제니스

II

밤밤밤 장편소설

동아

 II

초판 1쇄 인쇄일 | 2019년 04월 15일
초판 1쇄 발행일 | 2019년 04월 23일

지은이 | 밤밤밤
펴낸이 | 박성면
펴낸곳 | (주)동아

출판등록 | 제406-2012-000056호
주소 | 경기도 파주시 문발로 115, 세종출판벤처타운 201-A호
전화 | (031)8071-5201
팩스 | (031)8071-5204
E-mail | bear6370@hanmail.net

정가 | 12,000원

ISBN 979-11-6302-173-5 (04810)
      979-11-6302-171-1 (set)

ZERO NOVEL

제니스

II

밤밤밤 장편소설

동아

목 차

제3장

셀리어트

下

스캔들

1

전조는 없었다.

앨리스가 제니스에게 부활의 묘약을 건넨 지 이틀째 되던 날 오전, 셸리어트 자작이 흉흉한 안광을 빛내며 집으로 돌아왔다. 영지를 둘러보러 나간 지 2시간 만이었다.

그는 어리둥절해하는 집사를 뒤로하고 곧장 앨리스의 방으로 달려갔다.

"앨리스! 앨리스!"

자작은 늦잠을 자는 앨리스를 사정없이 흔들어 깨웠다.

"윽……. 아버지? 이게 무슨……. 도대체 뭐 하시는 거예요!"

잠에서 깬 그녀가 신경질을 냈다.

"말해 봐라, 사실이 아니지? 이 해괴망측한 소문이 절대 사실이 아니라고 말하란 말이다!"

"무슨 소문이요? 알아듣게 말을 하세요."

"내가 지금 무슨 말을 듣고 왔는지 아느냐?"

"제가 어떻게 알아요!"

앨리스가 버럭 짜증을 냈다.

"네가, 네가 매튜 카란과 놀아났다는 소문이 지금 셀리어트에 파다하게 퍼졌다."

"……."

거칠게 머리를 쓸어 올리던 앨리스의 손이 딱 멎었다.

"그래, 너도 기가 막힐 거다. 그렇지? 네가 타지 영식들과 좀 거침없이 어울리긴 해도 늘 선을 지키는 걸 안다. 암, 그렇고말고. 그래도 이번 소문은 너무 심했다. 혹시 언제 매튜 카란과 부딪힌 적이 있는 거냐?"

"……."

앨리스는 입술을 질끈 깨물고 아무 말도 하지 못했다.

소란스러운 자작의 귀가에 무슨 일인가 놀라 달려 나왔던 제니스와 일행은 앨리스의 방에서 흘러나오는 대화에 얼굴을 굳혔다. 어느새 다가온 자작 부인 로시아네도 매튜 카란의 이야기가 나오자 무릎을 휘청거리며 그대로 주저앉았다. 제니스와 플로라가 서둘러 부축했지만 로시아네는 꼼짝도 하지 못했다. 무엇을 예감했는지 그녀의 몸이 사시나무처럼 떨렸다.

이어지는 셀리어트 자작의 목소리 또한 떨리고 있었다.

"왜…… 대답이 없는 거냐? ……왜, 왜, 아니라는 대답이 없어? 모른다는 말을 왜 못 해!"

셸리어트 자작이 폭발했다.

* * *

앨리스와 대면을 끝낸 자작은 서재에 틀어박혀 저택에 있는 술이란 술은 모두 마셨다. 로이드와 네일은 그런 자작의 눈치를 보며 오후에 잠시 외출했다가 돌아왔다. 두 사람이 급하게 알아본 바에 의하면 셸리어트와 카란 사교계는 물론, 일반 영지민들 사이에도 앨리스 셸리어트와 매튜 카란의 관계가 쫙 퍼졌다고 한다.

어디서 시작된 건진 알 수 없었다. 다만 어제저녁 다수의 무도회에서 동시에 등장한 이 가십은 심야 파티 때 절정을 이루었고, 오늘 오전 고급 카페의 브런치 타임에는 모르는 사람이 없게 되었다.

솔직히 두 사람이 함께 있는 것을 누가 보았다고 해도 이상할 것은 없었다. 그러나 소문이 이렇게 한순간에 여러 곳에 퍼져, 순식간에 수면 위로 올라오는 모양새가 자연스럽지는 않았다. '누군가의 의도'가 있지 않다면 말이다.

그런 것을 캐기 좋아하는 사람들은 근래 앨리스에게 봉변을 당한 마담 글로리아나 오하라 영애를 소문의 시작점으로 보았다. 그러나 그들은 들은 이야기를 전했을 뿐이라고 코웃음 쳤다. 시작점은 아니었을지 몰라도 열렬한 전파자임엔 분명해 보였다.

하긴 인제 와서 범인을 찾는다는 게 무슨 의미가 있겠는가. 앨리스 셸리어트가 모르는 일이라고 펄쩍 뛴 것도 아닌데.

자작과 대치하던 앨리스는 결국 악을 쓰며 매튜 카란과의 관계를 인정했다. 왜 안 되느냐며, 왜 가문 때문에 자신이 피해를 봐야 하냐며 소리를 지르고 대들었다.

그녀가 시인하자 자작의 분노는 오히려 차가워졌다. 그는 처음 보는 냉정한 얼굴로 창고로 쓰이는 별관에 앨리스를 끌고 가 직접 감금했다. 그리고 식사도 물도 주지 말라고 명령했다.

끌려가는 내내 앨리스는 미친 듯이 고함을 지르며 몸부림쳤다. 그러나 자작의 손아귀에서 벗어나지 못했다. 그녀는 자작 부인을 부르며 도와달라고 소리쳤지만 로시아네는 눈물만 흘리며 움직이지 못했다. 앨리스는 두 눈을 희번덕거리며 악담을 퍼부었다.

"봐! 이것이 날 사랑한다고 속삭이던 당신의 실체야. 위선 덩어리! 이제는 당신도 부인하지 못할걸! 안 그래?"

앨리스가 자작의 손에 끌려 별관 안으로 사라지자 로시아네의 몸도 바닥으로 무너져 내렸다. 집사와 하녀장이 낭패한 얼굴로 달려와 실신한 로시아네를 방으로 옮겼다. 이 모든 것을 지켜본 플로라가 망연자실한 얼굴로 제니스를 돌아보았다.

"이제…… 어떻게 되는 거야?"

"이제 어떻게 합니까?"

로이드가 질문을 던졌다.

제니스와 일행은 네일의 방에 옹기종기 모여 앉았다. 생각보다 빨리 벌어진 최악의 사태에 네일과 로이드는 침중한 기색을 감추지 못했다. 지난 며칠 밤 열심히 준비한 제안서가 다시 휴지 조각이 되었다.

이 일이 카란가의 귀에 들어가지 않았을 리 없다. 이제 셀리어트가의 손님인 로이드와 네일이 카란가에 투자 이야기를 꺼내기는 아득하게 어려운 일이 되었다.

"조금 더 서둘렀어야 했는데……."

네일이 떨리는 목소리로 중얼거렸다. 그의 목소리엔 자책과 허탈함이 가득했다. 한참을 아무런 말도 없이 있던 그가 씁쓸한 얼굴로 말했다.

"여기서 더 뭘 할 수 있겠나……. 돌아가세. 우리가 떠나길 셀리어트 자작도 내심 바랄 거야."

"네일 형님……."

로이드가 안타까운 마음으로 네일을 불렀다.

다른 꿍꿍이가 있어 이 일을 시작한 자신과 다르게, 네일은 오직 영지의 부흥을 위해 밤잠을 설쳐 가며 고민하고 계획을 세웠다. 그 순수한 노력이 아무런 빛도 보지 못하고 부서져 내리다니.

로이드는 네일을 위로할 어떤 말도 찾을 수 없어 마음이 아팠다. 분위기는 당장 짐을 꾸리는 쪽으로 기울었다.

그런데 뜻밖에도 플로라가 강력하게 반대하고 나섰다.

"안 돼요."

"플로라?"

"지금 자작 부인이 자리에 누워 집안을 돌볼 사람도 없는데 우리마저 기다렸다는 듯 떠날 수는 없어요."

"그러니 더욱 빨리 자리를 비켜 줘야지. 신경 써야 할 대상이 하나라도 줄어야 몸도 마음도 편해지실 거다."

네일의 말에 플로라가 반박했다.

"왜 우리가 신경 써야 하는 손님으로 남아야 하죠? 우리는 셀리어트가와 파트너가 되기 위해 이곳에 왔어요. 그리고 진정한 동맹은 서류 위에 존재하는 금전적인 이해관계 이상의 의리가 필요하다고 전 생각해요. 어려울 때 옆에 있어 주는 친구처럼요. 물론, 이제 이곳에서 우리가 기대하던 사업적 성과를 얻는 게 어려워졌다는 것을 알아요. 하지만 오라버니 그리고 하버 공자, 정말 이대로 아무 결과 없이 돌아갈 건가요?"

"······."

"······."

"돌아갈 수 있나요?"

흥분한 듯 자기 생각을 토로하는 플로라의 얼굴은 붉게 상기되어 있었다. 멍하니 그녀의 이야기를 듣고 있던 네일이 불쑥 손을 뻗었다. 움찔한 플로라의 머리 위로 그의 손이 부드럽게 내려앉았다.

"언제까지 어린애일 줄만 알았는데 그런 생각을 하다니, 이제 다 컸구나."

"윽, 오라버니······. 다 컸다면서 이러시면······."

네일이 플로라의 머리를 마구 헝클이자 그녀는 그 손을 뿌리치지 못하고 칭얼거렸다.

"귀여운 녀석, 널 어떻게 시집보낼지 모르겠다."

순간 플로라와 로이드 모두 움찔했지만, 다른 생각에 빠진 네일은 눈치채지 못했다. 은밀히 시선을 주고받는 두 사람이 어쩐지 고까워, 제니스는 자연스럽게 그 사이를 가로막았다. 플로라가 어이없다는 표정을 지었지만 모른 척했다. 그러게 좀 적당히 하란 말이다.

플로라의 의견에 네일이 암묵적으로 동의하자 로이드도 별 반발 없이 따라왔다. 돌아간다는 것은 모든 것을 포기한다는 의미. 그러니 남아서 사건을 조금 더 주시한다고 해서 문제 될 것은 없으리라. 그동안 자택에 머물게 해 준 셀리어트 자작의 호의를 조금이나마 갚는다고 생각하면 될 것 같았다.

"그럼 이제 어떻게 해야 합니까? 필렌 영애의 말대로 한다면 무언가 도움이 되어야 하지 않겠습니까?"

네일이 플로라와 제니스를 돌아봤다.

"아무래도 자작 부인과 조금이라도 가까웠던 너희가 힘을 써야 하지 않겠느냐? 주제 넘는다는 말이 나오지 않도록 조심하도록 하고."

"알겠어요."

플로라가 힘차게 고개를 끄덕였다.

그녀는 우선 정신적 충격을 받은 자작 부인을 돌보는 데 집중하기로 했다. 제니스는 고용인들이 쓸데없는 말을 옮기지 않게 주의 시키는 일을 맡았다. 집사나 하녀장이 있지만 이런 우환이 생겨 안주인이 앓아누우면 어떤 식으로든 기강이 해이해지게 마련이었다.

"자작이 랑고트에 있던 두 아들을 불러들인 모양이다. 그러니 그 두 사람이 올 때까지만 자리를 지키도록 하자."

네일이 앞으로의 일정을 정리했다.

* * *

앨리스의 스캔들이 터진 다음 날, 셀리어트 자작은 해가 뉘엿뉘엿 질 무렵 귀가했다. 카란 백작을 만나 설전을 주고받은 탓에 피곤함과 자괴감으로 얼룩진 얼굴이었다.

카란 백작 또한 소문이 퍼지자마자 매튜 카란을 근신시켰다. 백작은 앨리스가 자기 아들을 꾀어냈다는 원색적인 비난을 퍼부었고, 평소 좋지 못했던 딸아이의 행실을 부정할 수 없었던 셀리어트 자작은 입도 벙긋하지 못했다.

시간이 좀 지나서야 매튜 카란이 제 아비에게 뭐라고 고했기에—손바닥도 마주쳐야 소리가 나는 법이거늘—카란 백작이 저렇게 기고만장일까 속에서 열불이 치솟았지만, 생각이 앨리스에게 닿자 김빠지듯 푸시시 맥이 풀렸다. 가슴에 남은 건 허탈함뿐이었다.

친어미를 지켜 주지 못했다는 미안함에 그렇게 오냐오냐하는 것이 아니었는데…… 후회는 아무리 빨라도 늦었다.

초저녁이었지만 집 안은 쥐죽은 듯 조용했다. 자작의 눈치를 살피느라 고용인들은 숨소리도 크게 내지 못했다. 셀리어트 자작, 아키발은 어둑어둑한 복도를 걸으며 무겁게 입을 뗐다.

"아내는?"

"아직 누워 계십니다."

수행을 위해 따라오던 반백의 집사 브리언이 말했다. 아키발은 조용히 한숨을 삼켰다. 그녀에게 너무 미안했다.

특별한 애정은 없는 결혼 생활이었지만 각자의 의무를 다했고 아들 둘을 낳았다. 나름 평화롭던 관계에 파탄을 일으킨 건 아키발 자신이었다. 바보 같은 사고로 앨리스가 생겼고 그는 자신이 저지른 일에 책임을 져야 했다.

로시아네는 아키발을 탓하지 않았다. 묵묵히 앨리스를 키우며 늘 그랬듯 빈틈없는 내조를 이어 갔다. 아이를 진심으로 사랑하는 게 눈에 보였다. 그 한결같음에 아키발은 감동했고 큰 위로와 힘을 얻었다. 언젠간 그 헌신에 걸맞은 보답을 돌려주고 싶었다.

그런데 이런 일이 터지다니, 보답은커녕 수년에 이른 로시아네의 노고를 발로 뭉개 버린 것 같아 고개를 들 수 없었다. 자신의 잘못이었다. 그가 앨리스를 더 단속했어야 했다.

"필렌 영애가 정성으로 간호하고 계십니다."

　집무실로 향하던 아키발의 발걸음이 멎었다.

"필렌 영애?"

"네."

"그들이 아직 머물고 있나?"

　아키발이 놀라 물었다. 그는 당연히 로이드 일행이 오늘 떠났으리라 생각했다. 이런 사건이 터졌으니 서로 불편하지 않게 자리를 비켜 주는 게 예의, 따로 배웅하지 못하는 사정을 이해하리라 여겼다.

"네. 호의를 받았는데 아무 인사 없이 떠날 수는 없으시다며, 큰 도움은 되지 않겠지만 도련님들이 오실 때까지 계시겠다고 하셨습니다."

"허……. 의외로군."

"기대하지 않았는데 뜻밖에 의지가 되더군요. 필렌 영애가 마님 간호에 힘써 주신 덕분에 제가 한숨 돌렸습니다. 린트벨 영애도 상당히 위엄 있는 분이셨습니다. 나서는 법이 없어 그저 과묵한 성격인 줄 알았는데 하녀들을 눈빛 하나로 휘어잡으시더군요. 하버 공자와 필렌 공자도 안팎을 단속하는데 한 손 거들고 있습니다."

　아키발이 집사를 흘긋 바라보았다.

"불쾌하지 않았나? 고용인들 관리는 자네 몫인데."

"송구스럽게도 지금은 몸이 열 개라도 모자라 감사하게 생각하고 있습니다."

　아키발이 씁쓸한 표정을 지었다.

"티오렌에 그런 트인 생각을 하는 위인이 있다니 놀랍군. 젊은 친구들이라 그런가? 아내에게 신경 써 준 건 고마우니 따로 인사를 해야겠어."

그 시각, 제니스는 하녀장과 마주하고 있었다. 하라는 청소는 안 하고 모여서 속닥거리느라 정신없는 하녀들에게 친절한 지적질을 십여 회 실시한 직후였다.

여기, 여기, 여기. 먼지가 쌓였구나. 반짝반짝 윤이 나게 닦아 주겠니? 아, 그리고 내 방 침구를 갈 때가 된 것 같아. 커튼도. 아, 카펫도. 물론 테이블보도. 플로라의 방? 아이참 당연히 같이 해야지.

하녀들은 기가 질린 얼굴로 알겠다고 말하며 달려 나갔다. 잘하면 같이 온 두 공자의 방은 물론 정원의 잡초까지 그녀들이 뽑아야 할 것 같았기에. 준비한 일거리 폭탄을 반도 풀어놓지 못한 제니스가 아쉬움에 입맛을 쩝 다시는데 묘한 표정의 하녀장이 다가왔다. 어이가 없는 것도 같고 뭔가 기대하는 것 같기도 한 얼굴이었다.

그녀의 용건은 앨리스. 하녀장이 가져다주는 음식을 족족 집어 던져 마님의 시름이 깊다는 하소연이었다. 제니스는 자신이 직접 앨리스를 찾아가 보겠노라 말했다.

자작 부인은 자작의 명에도 불구하고 앨리스가 절대 굶지 않도록 해 달라고 신신당부했다. 자작은 자신의 명을 거스르는 로시아네의 말에 토를 달지 않았다. 집안에서 그녀의 영향력은 생각 외로 단단했다.

* * *

한때 고용인들의 거처로 사용되었던 낡은 방.

제니스가 그 문을 열고 들어서자 앨리스가 눈을 크게 떴다. 그녀는 헝클어진 머리에 흐트러진 잠옷 차림으로 삐거덕 소리가 날 것 같은 탁자 앞에 앉아 있었다. 자괴감과 무력감, 분노로 얼룩진 얼굴의 그녀는 제니스가 가져온 음식을 보며 차가운 미소를 지었다.

"듣지 못했나요? 내게 물 한 모금 주지 말라던 아버지 말씀. 딸이 굶어 죽기를 바란다면 그렇게 해 드리겠다고 전해 주세요."

제니스는 여상한 얼굴로 대꾸했다.

"마음에도 없는 말 하지 말아요. 이런 일로 좌절할 사람이 아니잖아요. 아니면, 내가 사람을 잘못 봤나요?"

"흥."

앨리스가 고개를 모로 돌리며 콧방귀를 뀌었다. 만 하루 이상 입에 댄 게 없을 텐데, 조금도 기가 죽은 낌새가 없었다. 제니스는 그런 앨리스를 부드럽게 달랬다.

"당신도 알잖아요? 굶기라는 명령을 내린 자작님도 이 방에 음식이 드나드는 것을 알고 계시다는 걸. 문 앞에 떡하니 기사가 버티고 있는데 자작님의 용인 없이 이게 가당키나 한가요? 잠깐 이성을 잃고 하신 말씀에 너무 섭섭해하지 말아요. 게다가 지금 영애는 매우 중요한 일을 앞두고 있다고 생각하는데……. 아닌가요?"

앨리스는 순간 흔들리는 눈으로 제니스를 바라보았다.

"설마 포기한 건가요? 아니면 좀 더 극적인 연출을 위해 이러는 건가요?"

제니스의 말에 앨리스는 놀란 기색을 숨기지 못했다. 자작의 죄책감을 자극해 사랑을 용인받겠다는 것이 원래 계획이었으니, 이 상황을 이용해 그 죄책감을 극대화하겠다는 생각 또한 할 법했다.

"쳇."

제니스에게 정곡을 찔려서인지 입술을 삐죽거리던 앨리스가 말없이 음식 그릇을 당겨 숟가락을 잡았다.

"현명한 판단이에요. 사람은 배가 고프면 여유를 잃고 실수를 하기 마련이거든요."

제니스가 앨리스를 칭찬했다. 단출하게 빵과 스튜뿐이던 음식은 얼마 안 가 바닥을 드러냈다. 남은 스튜를 깨끗하게 먹은 앨리스가 물었다.

"더 없어요?"

제니스가 실소했다. 자신의 말에 설득당한 게 아니라 그저 처음 하는 단식이 힘들어 포기한 게 아닐까.

"빈속에 너무 과하게 먹으면 좋지 않아요. 그건 그렇고 앞으로의 계획이 궁금하군요. 당장 그걸 몸에 지니고 있지도 않고, 카란 공자와 연락할 방법도 없잖아요?"

앨리스의 초췌하던 얼굴이 순식간에 거만해졌다.

"훗, 그와는 이미 이야기를 끝냈어요. 이틀 후면 아버진 날 이렇게 대한 걸 후회하게 되실 거예요."

"호……. 벌써요?"

"호호호, 이게 뭐라고 질질 끌까요? 그 사람은 내가 원하는 건 뭐든지 해 준답니다."

아, 그러세요?

앨리스가 웃음을 멈추고 목소리를 낮췄다.

"그건 잘 가지고 있겠죠?"

"저야 안전하게 보관 중이죠. 하지만 영애는……?"

앨리스가 뻐기듯 목에 걸고 있는 로켓 두 개를 보여 주었다.

"내가 말했잖아요? 한시도 몸에서 떼어 놓지 않겠다고. 선견지명이 있었던 거죠."

"어머, 그런 곳에 넣어 뒀군요."

제니스가 감탄했다.

"정말 지혜로운 방법이군요. 저도 비슷한 물건을 구해 봐야겠어요."

안에 작은 내용물을 넣을 수 있는 속이 빈 로켓이나 반지는 옛날 유행이었지만, 지금도 간간이 좋아하는 사람이 있었다. 비밀스러운 느낌을 준다나 뭐라나. 나이가 어린 영애들이 특히 그런 장치가 있는 장신구를 좋아했고 재주를 부리는 마술사들이 속임수를 위해 사용하기도 했다. 정부를 가진 귀족이 이런 물건으로 메시지를 주고받는다는 소문도 있었다.

허기가 가셔서인지 날카로움이 한풀 꺾인 앨리스가 제니스에게 속마음을 내비쳤다.

"생각해 보니 오히려 더 잘 되었어요. 내 입으로 말하는 것보다 이편이 더 효과적인 것 같아요. 후훗, 누군지 몰라도 날 물 먹이려고 힘들게 소문을 냈을 텐데, 오히려 돕고 있다는 걸 알면 꽤 속이 쓰릴 거예요."

목소리가 생각 이상으로 컸다. 대범한 척 허세를 부리고 있지만 속마음까지 그런 것은 아닌 모양. 그녀의 눈동자 속에 꿈틀거리는 조바심과 두려움을 읽은 제니스는 한없이 다정한 표정을 지으며 자리에서 일어났다. 그리고 앨리스에게 다가가 꼭 끌어안았다. 갑작스러운 포옹에 놀란 듯 굳은 그녀의 어깨를 쓰다듬으며 상냥하게 속삭였다.

"걱정하지 말아요. 모든 게 잘될 거예요."

앨리스가 조금 감격한 표정으로 제니스를 바라보았다.

"내가 마음으로 응원할게요."

어울리지 않는 격려를 퍼부은 제니스는 자작의 엄명 때문에 오래 있지는 못한다고, 아쉬운 표정으로 빈 식기를 챙겼다. 방을 나서기 직전 뒤를 돌아본 그녀는 한 번 더 환한 미소를 던졌다. 앨리스의 눈동자가 크게 일렁였다.

밖으로 나오니 문 앞을 지키고 있던 기사가 다시 문을 잠갔다. 제니스는 언제 웃었냐는 듯 냉랭한 얼굴로 앨리스가 갇힌 방문을 가만히 바라봤다. 표정 한 올 없는 입가가 저도 모르게 살짝 휘었다. 기사와 눈인사를 나눈 제니스는 조용히 별관을 떠났다.

앨리스가 식사했다는 소식은 곧 자작 부인 로시아네에게 전해졌다. 그녀는 본인도 아픈 주제에 뛸 듯이 기뻐했다. 도대체 로시아네에게 앨리스는 어떤 존재인 걸까? 제니스는 로시아네의 속마음을 한차례 들었음에도 여전히 그녀를 이해할 수 없었다.

불가해에 대한 거부감일까, 앨리스를 아끼는 로시아네를 볼 때마다 제니스의 속이 불쾌하게 출렁거렸다. 부정적인 감정을—실은 긍정적인 감정도—이렇게 선명하게 느껴 본 적이 없어 신기하기까지 했다. 제니스에게 누군가를 싫어하는 일은 누군가를 좋아하는 일만큼 드물었다. 그 부정적인 감정에 '경멸'이란 이름을 붙인 그녀는 자신을 이렇게까지 자극한 앨리스에게 나름대로 감탄을 표했다.

그러나 제니스가 잘 몰라서 그러는데, 그건 경멸보단 '시기' 또는 '질투'라고 불리는 감정에 더 가까웠다.

다시 하루가 저물었다. 이제 사람들은 벌어질 사건은 모두 벌어졌고 남은 건 '얼마나 빠르고 원만하게 이 사태를 수습하는가.'라고 생각했다. 셀리어트 자작은 앨리스를 타국으로 시집보낼 마음을 굳힌 듯했다. 그 문제로 자작 부인과 다투는 것을 플로라가 들었다고 한다. 그녀는 앨리스 셀리어트가 맞이한 반전 없는 결말에, 왠지 풀이 죽어 보였다.

그렇게 밤이 깊었다.

2

새벽녘, 붉은 그림자가 창밖을 물들였다. 다급한 고함과 비명, 무언가가 무너져 내리는 둔탁한 충돌 소리가 셀리어트 저택을 울렸다.

제니스는 잠옷 차림으로 복도에 뛰쳐나왔다. 저 멀리서 '불이야!'라는 외침이 선명하게 들렸다. 소리가 난 곳으로 달리는 도중 놀란 얼굴을 한 플로라와 네일, 로이드도 나타났다. 먼저 화재 현장에 도착한 자작과 자작 부인은 반쯤 넋이 나가 있었다.

앨리스가 갇혀 있던 별관이 붉은 화마에 휩싸여 있었다.

"앨리스! 앨리스! 앨리스!"

로시아네가 숨도 제대로 쉬지 못하며 끊임없이 앨리스의 이름을 불렀다. 셀리어트 자작이 불길을 잡기 위해 목이 터져라 하인과 병사들을 재촉했지만, 하늘을 삼킬 듯 솟아오른 불길은 인간의 접근을 쉬 허락하지 않았다. 자작의 눈은 금방이라도 터져 나갈 것처럼 붉게 물들었다.

"아…… 아아……."

목이 쉰 로시아네는 의미 없는 신음을 토하며 별관을 향해 기어갔다.

기력이 쇠해 자리보전하고 있던 사람답지 않은 괴력에 만류하는 하녀장과 집사가 오히려 끌려갈 지경이었다. 뒤늦게 달려온 제니스와 다른 세 명도 불 끄는 작업에 동참했지만 결과는 처참했다.

3시간의 사투 끝에 별관은 완전히 전소되었다. 뼈대만 남긴 검은 잿더미 앞에, 그을음을 뒤집어쓴 셀리어트 일가가 패잔병처럼 널브러졌다. 그나마 기력이 남은 하인 몇 명이 조심스럽게 잿더미를 뒤지기 시작했다. 누구도 멍하니 허공만 바라보고 서 있는 셀리어트 자작에게 말을 걸지 못했다.

그 때 하인 하나가 황급히 달려와 집사에게 귓속말했다. 차마 자작에게 바로 고할 수는 없었으리라.

"시체를 발견했습니다."

낮은 목소리였지만 가까이 있던 제니스에게는 똑똑히 들렸다. 집사는 남자 하인이 이끄는 곳으로 급히 달려갔다. 제니스가 조용히 그 뒤를 따르자 눈치를 보던 로이드와 네일도 따라갔다.

불에 탄 시체는 끔찍했다. 잔뜩 그을린 시신에선 희미한 연기가 피어올랐다. 누구인지 도저히 알아볼 수 없었지만 골격상 여성인 것은 분명했다. 집사의 목에서 깊은 침음성이 새어 나왔다.

"별관에 거주하는 고용인이 있었습니까?"

네일이 조심스레 물었다.

"……아니오. 고용인 거처는…… 따로 있습니다……."

집사의 목소리가 희미하게 떨렸다. 세 사람은 서로의 얼굴을 마주 봤다. 누가 이 사실을 자작에게 말할 것인가? 난감함이 그들을 덮쳤다.

"셀리어트 영애가 아닙니다."

시체를 유심히 살피던 제니스가 단정적으로 말했다. 세 사람이 깜짝 놀라 그녀를 바라보았다.

"어제저녁, 마지막으로 영애를 만난 게 저였습니다. 식사를 가져다 주었죠. 그때 영애는 로켓 두 개를 목에 걸고 있었어요. 아끼는 물건이라 잠자리에 들 때도 하고 있었던 거죠."

맞다. 당시 셀리어트 영애는 침대에서 일어나자마자 자작에게 끌려 별관에 갇혔다.

세 사람의 시선이 다시 시신으로 돌아갔다.

"아무리 불에 탔다 해도 금속이라면 흔적이 남았을 거예요. 게다가 이 화재……."

제니스가 말끝을 흐리자 로이드가 받았다.

"자연적인 것은 아닌 것 같습니다."

"네. 건물 전체가 끄트머리 하나 남기지 않고 모두 탔어요. 바람이 심하게 분 것도 아닌데…… 자연적으로 그럴 수는 없죠."

"방화라는 건가?"

어느새 다가온 셀리어트 자작이 형형한 눈빛으로 물었다.

"네."

"누가…… 어째서!"

자작이 고함을 질렀다. 섬뜩한 한기가 화재 현장을 배회하던 모두의 마음을 짓눌렀다.

"마님!"

한쪽에서 하녀장의 외침이 들렸다. 버티던 로시아네가 끝내 쓰러진 모양이었다. 플로라와 하녀장이 서둘러 자작 부인을 저택 안으로 데려갔다. 핏줄이 터질 것 같은 눈을 한 자작도 올바른 사고를 하기 어려워 보였다.

하인 한 명이 조심스럽게 다가와 기사로 생각되는 시신이 한 구 더 발견되었다고 전했다. 앨리스가 갇힌 방 앞에서 불침번을 선 기사일 확률이 높았다. 그런데 자고 있지도 않았을 그는 왜 건물을 벗어나지 못했을까?

"우선은 정리부터 하지요."

제니스가 자작에게 말했다.

"현장을 격리하고 고용인이든 누구든 함부로 접근하지 못하게 하는 것이 좋겠습니다. 이곳은 범죄 현장이고 나중에라도 단서가 발견될 수 있으니까요."

셀리어트 자작이 무겁게 고개를 끄덕였다.

"불이 난 것을 숨길 수는 없을 겁니다. 그래도 셀리어트 영애의 행방이 묘연한 것은 당분간 말하지 않는 게 좋겠습니다. 고용인들의 외출을 금지하고 입단속을 하지요. 네일 오라버니와 저는 현장을 조금 더 둘러봐요. 자작님은, 잠시 쉬는 게 어떠신지요?"

그는 제니스의 권유에도 가타부타 말이 없었다. 제니스가 조심스럽게 눈짓했다.

"집사가 모시세요."

"네."

브리언이 대답했다.

"주인님."

그가 은근한 목소리로 채근하자 셀리어트 자작이 고개를 돌려 제니스를 바라보았다. 그녀는 조용히 현실을 짚어 줬다.

"누군가 자작님의 집에 불을 질렀고 영애가 실종되었어요. 예기치 못한 사건에 황망하시겠지만 지금은 마음을 굳건히 하시고 이성적으로 생각하실 때에요."

그러려면 적당한 휴식을 취해야 한다.

"……고맙네."

한참 만에 대답한 자작이 비틀거리며 걸음을 옮겼다. 그러다 잠시 멈춘 그가 자작 부인의 방이 있는 곳을 바라보며 말했다.

"아내를 부탁하네."

그가 천천히 저택 안으로 걸어 들어가자 이것저것 해야 할 일을 하인들에게 지시한 집사가 급히 그 뒤를 따랐다. 쓰러질 것처럼 보이는 자작의 뒷모습이 안쓰러웠다. 하지만 조금이나마 약한 모습을 보여 주는 것도 지금뿐, 몇 시간 후 사람들 앞에 다시 나타날 그는 여느 때와 똑같은 위엄과 냉정함을 되찾은 후일 것이다.

귀족이란, 한 가문의 수장이란 그런 자리다. 인간적인 모습을 보이면 보일수록 물어뜯긴다.

모여 있던 고용인들이 하나둘 집사가 남긴 명을 수행하기 위해 자리를 뜨자, 황량한 화재 현장엔 플로라를 제외한 제니스 일행만 덩그러니 남았다. 잠들기 전까지 멀쩡하던 건물 한 채가 몇 시간 만에 눈앞에서 사라졌다. 그곳을 정처 없이 부유하는 재가 너무 비현실적이라 네일과 로이드는 그저 입만 벙긋거렸다.

이게 무슨 날벼락입니까?

나도 모르겠다.

더는 나빠질 게 없다고 생각했는데, 더 나빠질 수도 있었군요…….

나는 이제 슬슬 무섭구나. 내일 또 무슨 일이 생길지.

진짜 무섭게, 그런 말씀은 하지도 마십시오.

두 사람은 눈으로 그런 대화를 주고받으며 검댕이 묻은 손으로

얼굴을 쓱 문질렀다. 엉망이 된 서로의 얼굴을 지적하던 그들은 일
단 씻고 나서 나머지 걱정을 마저 하기로 했다.

* * *

엎친 데 덮친다고도 하고, 말이 씨가 된다고도 한다. 물론 입 밖으
로 낸 게 아니라 눈으로 주고받은 마음의 대화니 해당 사항 없다고
항변할 수는 있겠다.

결론만 말하자면 네일과 로이드의 걱정은 현실이 되었다. 빗나간
점이 있다면 굳이 내일까지 기다릴 필요도 없었다는 것 정도일까?

정오 무렵, 셸리어트 일가가 화재로 인한 마음의 충격을 채 다스리
기도 전에 카란 백작이 성난 황소처럼 들이닥쳤다. 그는 앞을 막는
브리언을 거칠게 뿌리치며 셸리어트 자작의 집무실에 난입했다.

"무례하게 이게 무슨 짓이오!"

셸리어트 자작, 아키발이 소리쳤다.

"네놈이 감히 내게 무례를 논하는 것이냐? 네 딸년은 어디 있느냐?
내 그년을 가만두지 않을 것이다!"

카란 백작은 예의라곤 조금도 차리지 않았다.

"말이 심하군. 당장 내 집에서 나가시오."

"매튜는 고집스럽긴 해도 정도를 넘어선 적이 없는 아이야. 그런데
네 여우 같은 딸년이 어떻게 꼬드겼는지 집을 나갔다."

"뭐라고?"

아키발이 놀라 눈을 치떴다.

"오늘 매튜에게 아침 식사를 가져간 하인이 텅 빈 방에서 이런

편지를 발견했지."

카란 백작이 아키발의 면전에 편지 한 장을 던졌다. 아키발은 설마 하는 마음으로 그것을 펼쳤다. 서신은 짧고 명료했다.

「존경하는 아버지께.

죄송하지만 저는 절대 앨리스를 버릴 수 없습니다. 우리는 이미 미래를 약속했습니다.

부디 저희를 찾지 말아 주십시오.」

편지를 읽은 아키발의 얼굴이 꿈틀, 일그러졌다.

"듣자 하니 앨리스 그년도 집에 불까지 지르고 사라졌다고?"

"말을 삼가라!"

아키발이 대로했지만 카란 백작은 눈 하나 깜짝하지 않았다.

"어쩌다 그런 망종을 낳았는지 모르겠군. 너의 선조의 선조가 그랬던 것처럼, 아랫도리를 잘못 놀리고 다니니 이런 사달이 나는 거다."

"감히!"

아키발의 눈에 핏발이 섰다.

"한 번만 더 그런 망발을 지껄이면 더는 참지 않겠다!"

자작의 경고에 카란 백작은 비웃음으로 응수했다.

"그건 내가 할 말이다. 이 더러운 악연을 후대에 물려줄 생각은 눈곱만큼도 없으니까. 조금 더 빨리 결단을 내렸어야 했는데 그러지 못한 것이 한스러울 뿐이야."

자작을 바라보는 백작의 눈이 얼음처럼 차가웠다.

"당대에 셀리어트와 카란 중 하나는 반드시 사라질 것이다."

카란 백작은 선전 포고와 같은 말을 남기고 올 때처럼 휑하니 사라졌다. 아키발이 충격을 이기지 못하고 의자에 털썩 주저앉았다. 폭풍처럼 던져진 새로운 사실에 머릿속이 멍했다.

매튜 카란이 사라졌다고?

아키발은 손에 든 편지를 다시 읽어 보았다. 몇 번을 봐도 변하지 않는 내용에 눈앞이 깜깜해졌다. 카란 백작이 아들의 필체를 모를 리는 없을 터, 하지만 정말 이것을 쓴 이가 매튜 카란이란 말인가?

자작은 숨이 턱 막히는 느낌에 가슴을 움켜쥐었다. 현기증이 몰려와 몸을 제대로 가눌 수가 없었다. 상체가 허공에서 휘청거리는가 싶더니 쿵 소리와 함께 그의 몸이 의자에서 굴러떨어졌다.

"주인님!"

브리언의 외침이 아득히 먼 곳에서 들렸다.

앨리스, 앨리스, 내 어리석은 딸아.

네가 정녕 이 집에 불을 질렀느냐, 매튜 카란과 도망을 간 게야?

정말 네 손으로 나와 우리 가문을 이 진흙탕 속에 처박은 것이냐!

"으…… 으아아아악! 앨리스!"

비명인지 절규인지 모를 외침이 셀리어트 저택에 울려 퍼졌다.

열심히 고용인들을 단속했지만 카란 백작이 흘리고 간 말은 하루도 지나지 않아 낙스 북부에 퍼졌다. 관광객과 외지인들은 황급히 짐을 싸기 시작했다. 누구의 입에서 시작됐는지 이제는 문헌에만 남아 있는 옛 시대의 유물, 영지전이 셀리어트와 카란에서 부활할 거라는 소문이 들불처럼 번졌다.

실제로 카란 백작이 다녀간 날 밤부터 셀리어트가와 카란가의 기사,

고용인들이 여기저기서 마찰을 빚고 실질적인 무력 충돌을 벌였다. 심하게 상한 사람은 없었지만 분위기가 흉흉해지기엔 충분했다.

사람들은 앞다투어 셸리어트를 빠져나갔다. 그러나 사라진 앨리스와 매튜를 찾기 위해 강화된 집요하고 철저한 검문 때문에 떠나는 자들이 만든 줄은 쉬 줄어들지 않았다. 인내심 없는 귀족들의 항의와 원성이 이어졌지만 셸리어트 자작은 그것까지 신경 써 줄 여력이 없었다.

결국 그들은 두 번 다시 셸리어트를 찾지 않겠다는 악담으로 분을 풀었다. 신의 축복을 받은 휴양지 셸리어트의 명성이 그렇게 무너져 내렸다.

자작의 명령을 받은 병사들은 거리를 헤집고 다니며 숙박업소와 술집, 농가, 인근 숲을 뒤졌다. 두 사람을 숲 속 버려진 수도원에서 보았다는 근거 없는 소문도 돌았다. 별관 화재가 발생한 지 이틀 만에 셸리어트 중심가는 눈에 띄게 한산해졌다.

자작 부인은 정신을 찾고, 다시 잃는 일을 반복했다. 그사이 자작의 두 아들이 돌아왔지만 제니스 일행은 예정대로 떠나겠다고 말할 수 없었다. 그들은 결국 흘러가는 상황을 지켜보며 두 가문이 영지전까지는 가지 않도록 방법을 찾아보자 머리를 맞댔다.

3

셸리어트가 어수선해지자 막 짐을 풀었던 라트 일족도 공연을 취소하고 떠날 채비를 서둘렀다. 보호막이 없는 그들로서는 당연한 선택이었다.

제니스는 바쁘게 움직이는 사람들 사이를 지나 예전에 한 번 들렀던 아밀라라는 여자 치료사의 막사를 찾아갔다. 반쯤 열린 입구 사이로 고만고만한 나무 궤짝에 약들을 정리하고 있는 여인의 뒷모습이 보였다.

제니스가 발소리를 내며 막사 안으로 들어서자 인기척에 뒤를 돌아본 아밀라가 의아한 표정을 지었다. 그러나 곧 제니스를 기억해냈는지 부드러운 미소를 머금었다.

"지난번에 뵈었던 아가씨로군요."

"맞네."

제니스가 담담히 대꾸했다.

"그런데 여긴 어쩐 일이십니까? 보시다시피 이동이 결정된 터라 더 이상의 공연도, 야시장도 없답니다."

"눈과 귀가 있으니 알고 있네. 나는 셀리어트 영애 때문에 자네를 찾아왔네."

아밀라의 눈빛이 살짝 흔들렸다.

"……무슨 말씀이온지?"

"자네가 그녀에게 그것을 주지 않았나?"

"네? 주다니요? 무엇을 말씀하시는 건지 도통 모르겠습니다."

아밀라의 농익은 연기에 제니스의 미소가 짙어졌다.

"그럼, 내가 장로를 찾아가 말해야겠나? 라트 일족 중 앨리스 셀리어트에게 죽음의 묘약이란 것을 준 사람을 찾아달라고?"

아밀라의 표정이 돌변했다. 그녀는 서둘러 막사 밖을 확인하더니 반쯤 열려 있던 입구를 황급히 닫고 빗장을 걸었다. 제니스를 향해 돌아서는 아밀라의 얼굴이 차가웠다.

"그 얘기는 어디서 들으셨습니까?"

"누구겠는가? 셀리어트 영애지."

아밀라가 고개를 숙이며 입술을 질끈 깨물었다.

'이 어리석은 것이 동네방네 떠들고 다녔단 말인가.'

"내게 부활의 묘약을 맡겼네."

이어지는 제니스의 말에 아밀라의 눈이 커졌다.

"……아가씨께 말입니까?"

믿기 어렵다는 표정.

"놀라운가?"

"솔직히, 앨리스 아가씨와 가까운 사이로는 보이지 않으셔서요."

조심스러운 말에 제니스가 피식 웃었다.

"그렇긴 하지. 하지만 그녀는 다른 선택지가 없었어. 셀리어트 영애에게 친구가 있었을 것 같은가?"

아밀라는 '설마 나고 자란 고향에 친구 하나 없겠습니까?'라는 얼굴이었다. 그런 아밀라를 보며 제니스가 혀를 찼다.

"알게 된 지 한 달도 되지 않은 나보다 몇 년을 알고 지낸 자네가 그녀를 더 모르는군."

제니스의 단정에 아밀라의 얼굴이 어두워졌다. 제니스는 바로 본론으로 들어갔다.

"어쨌거나 그녀에게 일의 전말은 대충 들었네. 오늘 자네를 찾아온 것은 혹시라도 셀리어트 영애에게 다른 계획도 있었는지 알고 싶어서라네. 자네도 소문은 들었겠지?"

어찌 모를까. 지금 셀리어트에는 앨리스 셀리어트가 매튜 카란과 도주했다는 소문이 파다한데.

"그렇습니다만, 다른 계획이라니……. 그런 건 들은 바가 없습니다. 원래 변덕스러운 아이…… 분이셨지요."

그리고 망설이다 덧붙였다.

"저희를 따라가겠다고 청하시기에 고심 끝에 그 약을 드렸습니다. 아마 더 극적인 연출을 위해 이 사달을 일으킨 게 아니겠습니까?"

제니스가 고개를 끄덕였다.

"그럴싸한 가정일세. 하지만 그녀가 중요한 역할을 맡은 나를 속이면서까지 계획을 변경할 이유가 있을까?"

"솔직히 저는 이제 그 아이, 아니 그분의 마음을 헤아리는 데 지쳤습니다."

아밀라가 조금 냉정한 어조로 말했다. 자신의 마지막 당부를 지키지 않은 앨리스에게 크게 실망했기 때문이었다. 군데군데 쌓인 나무 궤짝 사이를 걸으며 아밀라의 굳은 얼굴을 응시하던 제니스가 불쑥 물었다.

"질문 하나 해도 되겠나?"

"말씀하세요."

"셀리어트 영애를 '그 아이'라고 부르는군. 왜 그녀를 품어 주었나? 보아하니 일족의 다른 사람들은 자네가 그 약을 내준 걸 모르는 모양인데. 위험을 감수하면서까지 셀리어트 영애의 어리광을 받아 준 이유를 모르겠네."

아밀라가 입을 꾹 다물었다.

"그녀의 어머니 힐다 때문인가?"

아밀라의 눈이 커졌다. 제니스가 자기 생각을 이어 말했다.

"자작 부인에게 들었지. 자신은 앨리스의 친모가 아니라고 말이야.

그분은 라트 일족이 앨리스의 친모 힐다를 죽였다고 확신하고 계셨네. 여인의 감이란 때론 직접 눈으로 보는 것보다 더 정확할 때가 있잖나."

아밀라가 펄쩍 뛰었다.

"무슨, 그런…… 말도 안 되는 비약을! 오해이십니다."

제니스가 냉소를 머금었다.

"내 생각엔 라트 일족이 외부인의 아이를 가진 힐다를 그냥 둔다는 쪽이 더 비약일세. 라트의 내부 규율이 그렇게 엄격하다지?"

아밀라의 눈동자에 초조함이 어렸다.

"대체 무얼 알고 싶으신 건가요, 아가씨?"

"자네의 입에서 나오는 진실."

"그 일이 왜 궁금하신 거죠?"

제니스가 걸음을 멈추고 아밀라를 직시했다.

"책임져야 할 자를 정확히 알고 싶어서."

"……?"

제니스는 의문의 시선을 던지는 아밀라에게 천천히 다가갔다.

"누가 앨리스 셀리어트에게 자작 부인 때문에 힐다가 죽었다고 바람을 넣었을까? 자작가 내부에서 그런 소릴 했을 리는 없고, 그렇다면 결국 라트 일족에게서 나온 말이 아니겠는가?"

아밀라가 대경했다.

"무슨 그런 말도 안 되는 소릴! 라트의 내부 규율이 엄격함을 아시니 저희가 그런 누명을 자작 부인께 씌울 리 없다는 사실 또한 아실 텐데요?"

"그럼 왜 셀리어트 영애는 그렇게 알고 있나?"

"그건…… 혼자 착각하신 겁니다."

"자넨 그 착각을 방관했고?"

아밀라가 발끈했다.

"제가 왜 아가씨께 이 문제로 추궁을 당해야 하는지 모르겠습니다. 아가씨는 제삼자일 뿐입니다."

제니스가 비웃음을 흘렸다.

"내가 안 되면, 그럼 자작 부인은 어떤가? 그분을 모셔 오면 대답을 들을 수 있는 건가?"

아밀라의 얼굴이 일그러졌다. 제니스는 그런 그녀를 조롱했다.

"자네는 좀 다른 인간이지 않을까 생각했는데 내 기대가 너무 컸나 보네. 하긴 근본도 없이 떠돌아다니는 무리가 인의와 도덕을 알 리 없지. 괜찮아. 오늘 세상에 대해 좋은 공부 했다 치겠네. 자네들이 그저 비겁하고 졸렬한 인간들의 집합체일 뿐이라는 사실도 덤으로 알았고."

아밀라가 빠드득 어금니를 악물며 제니스를 노려보았다. 그 불손한 시선을 언제 지적할까 고민하는 사이, 빠르게 시선을 내리깐 아밀라가 경직된 목소리로 물었다.

"말씀드리면, 조용히 돌아가실 건가요?"

공손한 자세와는 다르게 더없이 차가운 목소리였다. 잘하면 사람 하나 잡겠다. 혹시 그런 분위기에 제니스가 위축되길 바랐다면 참 안타깝다. 그녀의 심술만 돋웠으니까.

"그리하지."

제니스의 대답에 아밀라가 목을 가다듬고 입을 열려는 순간.

"아, 글로 써 주게."

추가사항이 붙었다. 아밀라의 얼굴이 황당함으로 물들었다.

"그게 무슨……!"

제니스가 삐뚜름하게 웃었다.

"왜, 안 되나? 셸리어트 영애에게 전하려고 그러네. 그녀도 이제 알 건 알아야지. 자네는 그 이상한 약으로 불편한 과거를 덮고 싶었던 모양인데, 정말 죄책감을 덜고 싶었다면 그런 모략이 아니라 진실을 알려 줬어야지. 안 그런가?"

"그래도 그것은……."

아밀라는 제니스의 요구를 받아들일 수 없었다. 그건 자신들의 죄에 대한 증거를 직접 만들라는 말과 같았다. 법의 테두리 밖에 있는 그들에게 일족 내에서 일어난 일을 단죄하겠고 덤빌 이는 없겠지만 도덕적 비난은 면키 어려웠다.

진실을 알게 된 앨리스가 어찌 나올지도 불안했다. 셸리어트 자작이야 일이 흘러간 사정을 어느 정도 눈치채고도 모르는 척하는 듯했지만 어디로 튈지 모르는 앨리스는 품에 비수를 숨기고 찾아올지도 몰랐다.

"어차피 이제 셸리어트에 오지 않을 생각 아닌가?"

제니스의 은근한 속삭임에 아밀라가 뜨끔한 표정을 지었다.

"오, 정말인가 보군. 한 번 넘겨짚어 본 것을."

'……이 꼬마가!'

아밀라가 울컥했다.

"하면, 제가 써 드리는 것을 믿으실 수는 있겠습니까? 진실과 거짓을 교묘히 섞어 사정을 아는 이조차 정말 그랬던가, 혹하게 하는 것은 일도 아닙니다. 그걸 감당하실 준비는 되어 계시는가요?"

제니스가 능글맞게 웃었다.

"왜 전달자에게 책임을 떠넘기나? 내가 셀리어트 영애에게 전하고자 하는 것은 자네의 '기록'일세. 그 기록을 진실로 만들지 거짓으로 만들지는 오로지 자네 몫이야."

그리고 덧붙였다.

"물론, 거기에 자네가 술수를 부린다면 개인적으로 참 안타깝긴 할 걸세. 마지막까지 솔직해지지 못한 그대의 부덕함과 치졸함, 비겁함, 위선, 가식, 비열함, 유치함, 비굴함, 비루함……."

"송구하오나!"

아밀라가 신경질적으로 끼어들었다.

"거기까지 하시지요."

그녀는 처음의 공손함을 유지하기 어려워 보였다. 제니스가 혀를 차며 타박했다.

"내 말을 중간에 끊다니, 참으로 무례하군. 그리고 부탁은 공손하게 하는 걸세."

하아. 아밀라는 갑작스러운 편두통에 이마를 짚었다. 이러고 있을 시간이 없는데.

일족은 오늘 해가 저물기 전 셀리어트를 나갈 예정이었다. 그전에 막사 정리를 끝내고 개인적인 준비도 마쳐야 한다. 이 짜증 나고 끈질긴 아가씨와 계속 실랑이를 할 여유가 없었다. 결국, 조급함 반 될 대로 되라는 마음 반으로 결정을 내렸다.

"요구한 것을 드리면 더는 저를 괴롭히지 않겠다, 약조해 주시겠습니까?"

"내가 언제 괴롭혔다고 그러나?"

"……."

그 뻔뻔함에 아밀라는 잠시 말을 잃었다.

"쯧쯧, 왜 그렇게 마음의 여유가 없는지 모르겠군. 알겠네. 이 일로 다시 자네를 찾아오는 일은 없을 걸세."

제니스가 큰 인심이라도 베푸는 듯 말했다. 약속을 받아 낸 아밀라는 울화가 치미는 것을 참으며 빈 종이를 찾아 테이블에 앉았다. 이왕 결심한 것, 가능한 한 빠르게 이 불편한 손님을 눈앞에서 치워 버릴 생각이었다.

흥, 이미 17년이나 지난 일인데 뭐가 두려울까? 행실이 나쁜 처녀를 벌주는 것은 귀족 가문에서도 종종 일어나는 일이었다. 비인간적일지 몰라도 그것을 용인하는 사회 분위기 또한 엄연히 존재했다.

그래, 있었던 사실만 간략하게, 저 귀족 아가씨가 더는 좋알대지 못하게, 딱 원하는 만큼만 써 주자. 아밀라는 이를 빠드득 갈며 펜에 잉크를 듬뿍 묻혔다.

「앨리스에게.」

첫머리를 그렇게 시작했다. 앨리스에게 전하겠다는 말 때문이었다. 딱딱한 자백서 같은 글보다는 편지 형식이 그녀가 받을 충격을 덜어 주지 않겠는가? 더불어 자신에 대한 배신감과 분노도 어느 정도 희석해 준다면 더할 나위 없을 것이다.

아밀라는 강제로 쓰게 된 것이 아니라 스스로 지난날을 고백하는 양 허심탄회하고 절절한 어조로 글을 시작했다.

「이 이야기를 너에게 직접 말하지 못하는 나를 용서하렴. 나는 네가 힐다의 죽음과 관련해 약간의 오해를 하고 있다는 걸 알면서도 네 상처를 들쑤실까 두려워 지금까지 바로잡아 주지 못했단다. 하지만 급작스럽게 셸리어트를 떠나게 되니 그 사실이 못내 마음에 걸리는구나.」

음, 좋은데?

아밀라는 쾌재를 불렀다. 생각보다 글의 분위기가 괜찮다. 이 정도라면 앨리스에게 사실을 전하면서 자신과 라트 일족의 입장도 거부감 없이 그릴 수 있을 것 같았다. 펜을 잡은 아밀라의 마음이 조금 편해졌다. 그러자 그립고 아련한 그 시절의 기억이 파노라마처럼 떠올랐다. 그녀의 손에 쥐어진 펜이 살아 있는 듯 종이 위를 누볐다.

힐다와의 어린 시절, 그녀와의 경쟁, 힐다의 일탈이 알려졌던 날, 임신, 장로회의 결정, 힐다의 간청……. 그리고 그녀의 죽음에 얽힌 이야기까지.

아밀라는 그 모든 것을 뭐에 홀린 듯 숨 한 번 크게 쉬지 않고 써 내려갔다. 한 장으론 부족해 또 한 장을 채우고 그래도 남은 내용은 뒤편에 마저 썼다. 앨리스에게 직접 말하지 못한 마지막 작별 인사까지 남긴 그녀는 자신의 서명을 끝으로 펜을 내려놓았다. 그리고 찬물을 뒤집어쓴 얼굴로 그것을 내려다보았다.

처음 작정했던 것보다 훨씬 많은 이야기를 담고 있는 편지를.

굳이 말할 필요 없는 것으로 분류했던 내용까지 종이 위를 빼곡히 채우고 있었다. 절대 말할 수 없다고 생각했던 것들이…….

아밀라는 떨리는 손으로 그 단어를, 문장을 더듬었다. 자신이 왜 이런 짓을 저질렀는지 알 수 없었다. 여기 적힌 이야긴 자신의 원죄, 심장에 박힌 가시.

순간 정신을 차린 아밀라가 황급히 눈앞의 편지를 집었다.

'이걸 앨리스에게 보여 줄 순 없어.'

시간은 많았고 편지야 다시 쓰면 그만이었다. 그녀는 손에 쥔 종이에 힘을 줬다. 그냥 구겨 버리면 끝······ 인데!

······그러지 못했다.

아밀라는 허탈한 표정으로 움켜쥐었던 종이를 떨궜다. 그런 그녀 앞에 거짓말처럼 힐다의 환영이 나타났다. 그녀는 지난 17년간 단 한 번도 보여 준 적 없는 환한 미소를 머금은 채 아밀라를 바라보았다. 울컥 솟아오르는 그리움에 절로 눈물이 났다. 힐다의 입이 벙긋거렸다. 뭐라고 하는 걸까? 뭐라고······.

'고······ 마워······?'

아. 아아.

아밀라는 온몸을 부르르 떨었다. 진한 깨달음에 눈시울이 뜨거워지고 가슴이 먹먹해졌다. 고여 있던 눈물방울이 후두두 떨어져 내렸다.

그런 거였나? 그런 거였어, 힐다?

선명하던 그녀의 환상이 아련하게 흩어졌다. 아밀라는 황급히 손수건을 찾아 눈가를 훔쳤다. 손님에게 등을 보이고 있어 얼마나 다행인지. 멈추지 않는 눈물에 작은 손수건이 순식간에 축축해졌다.

갑작스러운 감정의 폭발에 머릿속이 멍해진 그녀는 30여 분이 지나서야 의지와 상관없이 솟아나는 눈물을 수습했다. 아밀라는 오늘에서야 17년간 그녀를 끈질기게 괴롭히던 죄책감을 완전히 떠나보냈다. 앨리스에게 진실을 전하는 편지를 쓰고 나서야.

그건 힐다가 아밀라에게 마법을 걸어 놓았던 게 아닐까 생각할 만큼 놀랍고 신비한 일이었다. 비록 시작은 좋지 못했지만 자신에게 이런 기회를 만들어 준 소녀에게 약간의 고마움마저 느꼈다.

'독사 같은 혓바닥을 지닌 저 소녀의 말 중 한 가지는 맞았구나. 내가 앨리스에게 주었어야 했던 것은 진정 사람의 눈을 속이는 묘약 따위가 아니었어.'

아밀라는 뒤늦게 후회했다. 그러나 앞서 누군가 그랬듯, 후회는 아무리 빨라도 늦는 법이다.

그녀는 오늘 쓴 편지로 자신의 실수가 조금이라도 주워 담아지길 바랐다. 장문의 글을 곱게 접은 아밀라는 그것을 제니스에게 전하기 위해 고개를 돌렸다. 제니스는 아밀라가 꾸리고 있던 약병과 약초들을 구경하고 있었던 듯 막사 가장 구석에 놓인 상자 안을 물끄러미 바라보고 있었다.

"아가씨, 원하신 것입니다."

감정이 채 정리되지 않은 아밀라의 목소리엔 확연한 습기가 배어 있었다. 그러나 제니스는 '감상에 젖은 네 마음 같은 건 난 모르겠고' 란 얼굴로, 자기 볼일을 봤다.

"이게 뭔가?"

"네?"

제니스가 앞에 있는 나무 상자 안에서 손바닥만 한 유리병 하나를 집어 올렸다. 청명한 하늘색을 똑 닮은 푸른 액체가 유리병 속에서 찰랑거렸다.

"그건……."

"무엇인가?"

"'피올라의 꿈'이라는 약물입니다."

"'피올라의 꿈'?"

"대륙 북부 황무지에서 주로 자생하는 푸른 꽃, 피올라를 가공하면 얻을 수 있습니다."

"어디에 쓰이는가?"

"아주 다양하지요. 원액은 냄새만 맡아도 극도의 환각을 불러일으 킵니다. 그래서 물에 희석해 최면 치료에 쓰거나 마취제, 진통제 제 조시 용도에 따라 소량 첨가합니다. 야사입니다만 대륙 전쟁 중에 포로 심문이나 자백제로 쓰였다는 얘기도 있지요."

"독으로는 쓰이지 않는가?"

"독이요?"

아밀라는 무슨 의도로 그런 질문을 하냐는 시선을 던졌다.

"단순한 지적 호기심일세."

아밀라는 대놓고 못 믿겠다는 표정을 지었지만 성실하게 대답했다. 그녀의 마음을 가득 채웠던 감동의 여운과 바로 이별해야 했던 탓에 목소리가 불퉁했다.

"……독과 같은 물질을 만들 수는 있습니다. 대륙 남부 정글에서만 구할 수 있는 마샬라라고 하는 꽃이 있는데 이 꽃을 '피올라의 꿈'에 넣으면 흔적도 없이 녹습니다. 많은 꽃을 녹일수록 '피올라의 꿈'은 투명해진다고 합니다. 지금 병에 든 '피올라의 꿈'을 완전히 투명하게 만들려면 싱싱한 마샬라 꽃이 밀 포대로 세 개는 필요할 겁니다."

"굉장히 흥미진진한 이야기로군. 계속하게."

"그렇게 만들어진 약물을 '마샬라의 정수'라고 부르는데 특정 금속 을 부식시키거나 광물의 성질을 변화시킨다고 알려져 있습니다. 그 외 다른 효능도 많다는데 저는 따로 연구한 적이 없어 그 이상은 모르겠 습니다. 해서 '마샬라의 정수' 자체를 연구하는 사람들도 있고 연금술

사나 광물, 고대 마도학 학자들이 종종 찾지요. 그 물질이 고대 마도 문명 시절 광범위하게 쓰였다는 설이 있거든요. 그리고, 사람이 먹으면 죽습니다."

"호."

제니스의 감탄사에 아밀라가 얼른 덧붙였다.

"오해는 마세요. 독이 필요하면 다른 독약을 구하는 게 훨씬 쉽고 경제적입니다."

"놀랍군."

"그렇지요? 아직 밝혀지지 않은 비밀이 많은 시약입니다."

"아닐세. 내가 놀랍다고 말한 건 자네의 지식이네."

아밀라가 화들짝 놀라며 정색을 했다.

"가당찮은 말씀입니다. 천한 떠돌이의 잡학일 뿐입니다."

그녀가 딱딱한 얼굴로 고개를 숙였다.

"자네가 굳이 그렇게 우기고 싶다면 그런 거로 하세. 그러면 이건 라트 일족만 만들 수 있는 물건인가?"

"그렇지는 않습니다. 많지는 않지만 대륙에 있는 몇몇 연금술사는 이 약물의 제조법을 알고 있을 겁니다. '피올라의 꿈'은 제조법보다 주재료인 피올라를 구하는 게 더 어렵습니다. 자생지가 대부분 아말의 영토라서요."

"그렇군. 그럼 이 상자 안에 있는 건 자네가 만든 건가?"

아밀라가 고개를 갸웃했다.

"그 물건을 왜 그렇게 궁금해하시는지 모르겠지만 제가 만든 것은 아닙니다. 몇 개월 전 달리아에서 일족의 다른 무리를 만나 한 상자 얻었지요. 저희는 귀한 물건이 생기면 나눠 쓰는 관습이 있습니다."

"다른 라트 일족이?"

"네. 그들 말로는 바란카도 군도 쪽에서 구했다고 했습니다만…….
정확한 건 모르겠습니다."

"그렇군."

제니스는 손안의 병을 슬쩍 뒤집어 보았다. 바닥에 있는 열두 개의
꽃잎 무늬가 무척 인상적이었다.

"병도 참 예쁘군. 라트에서 만든 걸까? 야시장에선 이런 유리 종
류는 잘 보지 못했는데."

"제가 라트 일족의 공예품을 모두 꿰고 있진 못하나 아마 저희 일
족이 만든 물건은 아닐 겁니다. 솜씨가 부족하진 않지만 약물을 담을
용기에 그런 불필요한 장식을 넣지는 않습니다."

아밀라가 바닥을 살펴보는 제니스를 보며 말했다.

"내게 주게."

"네?"

"기념으로 하나 가지고 싶네."

"네?"

아밀라가 '지금 제가 못 들을 말을 들었습니다.'라는 표정으로 되물
었다. 제니스가 힐다의 일을 빌미로 몰아세울 때보다 더 기가 막힌
얼굴이었다.

"설마…… 그걸 빼앗으시려고 그렇게 꼬치꼬치 물어보신 겁니까?"

제니스가 입술을 삐죽였다.

"표현이 좀 그렇군. 선물이라는 좋은 말도 있는데."

아밀라가 아주 할 말이 많은 눈으로 제니스를 바라보았다.

"……."

"쳇. 알겠네. 얼마면 되겠는가?"

"하아……."

제니스의 꿋꿋함에 아밀라가 뒷목을 잡았다.

"저런, 고혈압인가? 그건 지속적인 관리가 중요한데."

"고혈압이 뭔지는 모르겠지만…… 아니, 지금까지 뭘 들으신 겁니까? 돈 주고도 구할 수 없는 물건이란 설명이었습니다."

"돈은 귀신도 부린다네. 정말 못 사나?"

"그럼 얼마나 내실 수 있습니까? 충고드리건대 아가씨의 뻔한 용돈으로는 '피올라의 꿈' 한 방울도 사실 수 없을 겁니다."

"그 정도인가? 정말 비싸군. 그럼 병만 사겠네."

"네?"

"병. 내 맘에 쏙 들었네."

"이……."

아밀라의 얼굴이 붉으락푸르락해졌다. 제니스는 그런 아밀라를 못본 척하며 대놓고 막사 안을 뒤져 빈 유리병을 찾아냈다. 무언의 압력에 굴복한 아밀라는 이를 갈며 그 유리병에 '피올라의 꿈'을 옮겨부었다. 옆에서 제니스가 얄밉게 이죽거렸다.

"아, 다 붓지 말고 좀 남기게. 좀스럽긴. 정말 한 방울도 안 줄건가?"

"지체 높은 댁 아가씨가 이런 물건을 어디에 쓰시려고요?"

"색깔이 예쁘잖은가?"

"쓸데없는 말씀 마세요. 환각을 불러일으키는 위험한 물질입니다. 병이나 가지세요."

"아니 이런 단호한 성격인데 셀리어트 영애에겐 왜 그랬나?"

"……."

제니스는 마지막까지 아밀라의 속을 긁었다.

10분 후, 제니스가 처음 요구한 편지와 빈 유리병까지 그녀의 품에 안겨 준 아밀라는 이제 그만 꺼지라는 말을 다음과 같이 했다.

"저는 이제 하던 짐 정리를 마저 해야겠습니다."

제니스는 고개를 주억이며 영혼 없는 공치사를 날렸다.

"선물 고맙네."

아밀라는 끝내 유리병의 값을 받지 않았다. 제니스에게 돈을 받았다가 무슨 꼬투리를 잡힐까 두려워서.

용건을 끝낸 제니스가 잘 가라는 인사를 끝으로 막사를 나서자 초췌하던 아밀라의 얼굴이 태양처럼 환해졌다. 주책없이 올라가는 입꼬리를 억지로 다잡던 그녀는 문득 떠오른 의문에 급하게 제니스를 불렀다.

"저기, 아가씨!"

제니스가 뒤를 돌아보았다. 아밀라가 공손하게 물었다.

"실례가 안 된다면 아가씨의 성함을 알 수 있겠습니까?"

제니스가 빙그레 웃었다.

"실례일세."

* * *

아밀라에게 자기 마음대로 고혈압과 결단 결핍증 진단서를 날린 제니스는 셀리어트 저택으로 돌아가는 마차 안에서 그녀가 써 준 편지를 꺼내 읽어 보았다.

새로운 사실은 없었다. 자작 부인의 예상대로 폐쇄적인 라트 일족은 외부인의 아이를 가진 힐다를 용납하지 못했다. 특이점이라면 앨리스를 귀애한 것이 분명한 아밀라가 힐다의 죽음에 생각보다 깊게 관련되어 있었다는 점 정도였다.

라트 일족은 17년 전 두 달가량 셀리어트에 머물렀고 그 후 남하했다. 대륙의 남부와 서부를 오가며 불러오는 배를 숨기던 힐다는 산달을 석 달 남기고 일족들에게 임신 사실을 들키고 말았다.

그녀는 그들 무리에서 앞날이 창창한 처녀였다. 아밀라와 함께 차기 마법사―이자 치료사―자리를 노리는 엘리트였고 그 미모는 일족 내 모든 남자의 마음을 설레게 할 정도로 출중했다. 그런 그녀의 일탈은 많은 사람에게 분노와 허탈감을 안겨 주었다.

만약 힐다가 셀리어트 자작이 자신의 임신 사실을 알고 있으며 아이를 해치면 가만있지 않으리라고 위협하지 않았다면, 앨리스는 태어나기도 전에 변을 당했을 것이다.

힐다의 대처는 영민하고 대담했지만 일족의 장로회도 만만치 않았다. 그들은 아이를 살려 주는 대신 힐다의 자진을 요구했다. 만약 그녀가 거부한다면 어떤 식으로든 앨리스에게 어미가 저지른 죄의 대가를 치르게 하겠다고 협박했다. 힐다는 그 제안을 받아들였다.

힐다의 무리가 대륙을 한 바퀴 돌아 다시 셀리어트를 찾은 것은 그로부터 5개월 뒤였다. 힐다는 태어난 지 겨우 2개월이 된 아이를 품에 안고 홀로 자작 부인을 찾아갔다. 그녀는 자작 부인이 아이를 받아 주지 않을 경우 그 앞에서 자결이라도 할 생각이었다.

그러나 그런 날 선 각오가 무색하게 로시아네는 따뜻하고 외로운 눈을 가진 여자였다. 앨리스를 편견 없는 눈으로 안아 주는 그녀를 바라보며 힐다는 오히려 마음이 괴로워졌다. 이렇게 좋은 사람을 하룻밤 실수로 상처 입히고 말다니.

그랬다. 힐다와 셀리어트 자작 사이에는 어떤 마음의 열정도 없었다. 1년 전 있었던 일은 힐다도 이해할 수 없는 사고였다. 그저 달도 없던 밤, 지나치게 비현실적이던 티벨 호수의 마법에 걸렸던 거라고, 그렇게 생각할 수밖에 없었다.

앨리스를 무사히 로시아네에게 맡긴 힐다는 일족에게로 돌아왔다. 그녀가 살아서 보낼 마지막 밤을 친우이자 경쟁자였던 아밀라가 함께해 주었다.

아밀라는 눈이 짓무를 정도로 울었다. 힐다는 그런 아밀라의 등을 토닥이며 자작과의 일, 로시아네를 만난 일, 겨우 두 달밖에 안아 보지 못한 앨리스에 대한 사랑을 담담히 전했다. 그렇게 자신의 인생을 정리했다.

다음 날, 그녀는 아밀라가 만든 독약을 마시고 죽었다. 그것은 차기 마법사의 자리를 확정 짓기 위해 아밀라에게 내려진 마지막 시험이었다. 라트 일족의 장로회는 그들의 차기 마법사가 정에 연연하지 않는, 냉정한 율법의 수호자이길 원했다.

처음 장로회의 이 잔혹한 결정을 전해 들었을 때 아밀라는 눈물을 흘리며 거부했다. 그러나 힐다가 말했다.

'굳이 독을 마셔야 한다면 네가 만든 것이면 좋겠어.'

아밀라가 앨리스에게 가지고 있던 깊은 죄책감의 정체는 이것이었다. 강요였다 할지라도, 힐다의 묵인이 있었다 할지라도, 그녀는 친구의 죽음을 거들고 말았다.

그것은 어쩌면 미래를 내다본 장로회의 포석이었을지도 모른다.

힐다와 유독 사이가 좋았던 아밀라가 나중에라도 그날의 결정에 불만을 가지지 못하도록 아예 공범으로 만들어 버린 것이다. 힐다의 죽음을 떠올릴 때마다 스스로를 원망할 수밖에 없도록.

아밀라는 편지에서 '마법사'란 치료사를 뜻하며 라트 일족 내부의 상징적인 호칭이라고 설명했다. 하지만 제니스는 그게 전부가 아님을 눈치챘다.

'마법사.'

고대 마도 문명 시대에 존재했다는 능력자. 지금은 동화책의 단골 주인공으로 활약하며 어린이들에게 꿈과 희망을 주는 신비스러운 히어로. 그들이 과거에 존재했었다면 현재에도 존재하지 말란 법은 없지 않은가. 물론 수준 차이는 좀 나는 것 같지만.

제니스는 앨리스가 받아 온 묘약이 진짜라는 쪽으로 마음이 기울었다. 아닌 척했지만 아밀라는 자존심이 강했고 모욕을 참지 못했다. 천한 떠돌이가 가질 만한 자부심이 아니었고 천한 떠돌이의 잡학이라 비하할 만한 지식도 아니었다. 게다가 이런 사연까지 가진 사람이 앨리스에게 가짜를 주었을 리가 없다.

아밀라는 제니스가 힐다의 일을 추궁할 뿐 정작 묘약에 대해서는 크게 관심을 가지지 않는 것을 다행스러워 하는 듯 보였다. 라트 일족이 대륙에서 사라졌다고 알려진 마법을 일정 부분 재현할 수 있다면 그들이 그토록 폐쇄적인 이유, 힐다를 죽일 수밖에 없었던 이유가 설명되는 것이다.

물론, 이 모든 것은 제니스가 순간의 상상력을 동원하여 만든 하나의 가설에 불과했다. 그녀는 편지를 접어 품에 넣고 이번엔 아밀라에게서 강탈하듯 얻어 온 유리병을 꺼내 들었다.

사실 라트 일족이 마법을 가지고 있건 말건 제니스와 큰 상관은 없었다. 그리고 레베카 얀트의 죽음도 그랬다. 그녀의 죽음 뒤에 어떤 진실이 도사리고 있든 제니스의 관심사는 아니었다.

그런데 왜 자꾸 그녀의 그림자가 제니스의 주변을 맴도는 것일까?

제니스는 작은 유리병을 뒤집었다.

착각하려야 착각할 수 없는 화려하고 독특한 꽃무늬.

플로라가 가면무도회에서 만났다는 레베카의 연인.

마치 그녀의 영혼이 제니스의 곁에서 사건의 단서들을 끌어당기기라도 하는 것 같았다. 자신의 죽음을 둘러싼 진실을 파헤쳐 달라고.

하지만 그런 거라면, '故 레베카 얀트' 양은 사람을 참 잘못 골랐다.

자신이 왜?

자원봉사는 사절이다.

정 억울한 게 있으면 딴 놈을 알아보시길. 아직 모르시나? 죽고 못 살던 네 연인도 여기 와 있다던데.

제니스는 레베카 얀트에 대한 상념을 그렇게 5분 만에 정리했다. 그녀는 잘 알지도 못하는 소녀의 죽음에 분개하고 정의감을 불태우는 감성의 소유자가 아니었다. 유리병은 성의 없는 손길로 작은 소지품 가방에 처박혔다.

처음 아밀라의 약상자 사이에서 이 병을 발견했을 땐 놀라기도 했고, 호기심도 느꼈다. 하지만 그 흥미도 아밀라의 설명을 듣는 동안 기름 닳은 등잔의 꺼져 가는 불꽃처럼 빠르게 수그러들었다.

'아, 그런 거군.'

그게 끝이었다. 뭘 더 하겠다는 생각은 눈곱만큼도 없었다.

그런데도 굳이 아밀라의 혈압을 높이며 이 병을 챙겨 온 건 그녀에 대한 작은 심술, 제니스의 영혼에 희미하게 남아 있는 직업병 그리고 관광객의 기념품 수집 본능이 복합적으로 작용한 결과일 뿐이었다.

제니스가 그렇게 아밀라와의 만남을 정리하는 사이, 마차는 중앙 광장을 지나갔다. 3일 전까지만 해도 다채로운 공연이 열리던 거리는 한산하다 못해 휑했고 드문드문 보이는 행인들은 쫓기는 사람처럼 바삐 걸음을 옮겼다.

'앨리스 셀리어트는 어디로 사라진 것일까?'

지금 집중해야 할 문제는 바로 그거였다.

셀리어트 자작은 이틀간 가용할 수 있는 모든 인력을 동원해 셀리어트를 구석구석 뒤지고 이 지역을 빠져나가는 모든 마차와 짐을 수색했다. 그러나 사라진 두 사람은 흔적도 보이지 않았다.

제니스는 앨리스에게 도피 의사가 없었음을—최소한 그날 저녁까지는 그랬다—알고 있었던 사람 중 하나였다. 오늘 또는 내일, 라트 일족이 떠나면 셀리어트에서 그 사실을 아는 유일한 사람이 될 것이다.

심히 불안하긴 하지만, 그 전제를 믿는다면 추론의 범위가 확 줄어드는 편리함이 있었다. 먼저, 화재와 두 사람의 실종은 제삼자가 저지른 일이라는 것이다.

하지만 누가?

이제 와서 왜?

무엇 때문에?

대외적으로 앨리스의 인생은 매튜 카란과의 스캔들로 끝난 것이나 다름없었다. 사람들은 그녀가 이름도 들어본 적 없는 먼 외국의, 신분도 별 볼 일 없는 나이 많은 남자에게 시집가게 될 것임을 믿어 의심치 않았다. 실제 셀리어트 자작의 생각도 크게 다르지 않았고.

그러니 앨리스에게 원한이 있다 해도 그녀의 몰락을 위해 굳이 자기 손을 더럽힐 이유가 없었다.

"그렇다면, 앨리스 셸리어트 개인을 노린 게 아닌 거지."

제니스가 나지막이 중얼거렸다.

범인들이 원한 건 뭘까? 셸리어트나 카란가의 명예가 떨어지길 원했나? 낙스 북부의 경제를 흔들고 싶었나? 아니면…….

제니스가 인적이 드문 거리를 가만히 응시했다.

'지금과 같은 상황이 필요했던 걸까?'

잠시 후, 셸리어트 저택에 도착한 제니스는 로이드와 네일이 조금 전 돌아왔다는 소식을 집사 브리언에게서 전해 들었다. 그들은 자작과 함께 앨리스를 찾는 일에 동참하고 있었다. 수색 경과가 궁금했던 제니스는 곧장 네일을 찾아갔다. 마침 로이드도 함께 있었는데 차 한잔 하려던 모양인지 하녀가 티 세트를 세팅하고 있었다.

"수색에 진척은 있으신가요?"

제니스의 물음에 네일이 고개를 저었다.

"흔적도 없구나. 수도원 목격담을 처음 전한 이가 누군지도 모르겠고. 헛소문이었던 모양이야."

네일과 로이드는 많이 지쳐 보였다.

"자작님은 무얼 하고 계시는가요?"

"카란 백작령과의 경계 지역으로 가셨다. 분위기가 심상치 않은 모양이야. 두 공자 중 한 명은 서쪽 숲을, 나머지 한 명은 동쪽 민가와 농가를 다시 뒤져 본다는구나."

오늘 새벽, 랑고트에 있던 셸리어트 자작의 두 아들 체이스 셸리어트와 루단 셸리어트가 돌아왔다. 랑고트를 떠날 때는 별관 화재 사실을 몰랐던 듯, 이곳에 도착하고 나서야 알게 된 사건 규모에 두 사람은 황망함을 감추지 못했다.

"그러기에 그 계집애를 그냥 둬선 안 된다고 하지 않았습니까?"

스물일곱 살이라는 큰아들 체이스 셸리어트는 현관을 들어서자마자 분통을 터뜨렸다. 그는 랑고트에 있는 뮈리엠 상단에서 교역과 경영을 두루 배우는 중이라고 했다. 둘째 루단 셸리어트는 스물네 살로 문학도였다.

체이스가 분에 겨워 뭐라고 한마디 더 하려는 찰나 루단이 눈치를 주었다. 아들이 왔다는 소리에 로시아네가 창백한 얼굴로 마중을 나왔다.

평소 앨리스에게 무르기만 하던 자작 부부에게 불만이 많았던 체이스지만 곧 죽을 것 같은 얼굴로 서 있는 로시아네를 보자 더 불평을 늘어놓진 못했다. 그녀는 정말 아주 작은 충격에도 쓰러질 것 같았다.

두 공자와 제니스 일행은 어색한 분위기 속에서 인사를 나누었다. 그들은 제니스 일행이 왜 아직 셸리어트에 있는지 의아해하는 눈치였지만 플로라가 열심히 자작 부인을 간호하고 있다는 소리에 두말하지 않고 감사를 표했다.

두 사람은 세 시간 정도 눈을 붙인 후 바로 부친과 함께 앨리스와 매튜 수색에 뛰어들었다. 로이드와 네일이 잠시나마 이렇게 뒤로 빠져 쉴 수 있는 것도 그래서였다.

제니스는 두 사람이 차를 다 마시고 한숨 돌리기를 기다렸다.

그리고 물었다.

"두 분은 이 사건을 어떻게 생각하세요?"

"생각이라……."

네일은 말끝을 흐렸고 로이드는 간단히 대답했다.

"모든 것이 명료한 듯하나 반대로 모든 것이 석연치 않기도 합니다."

"무엇이 석연치 않은가?"

네일이 물었다.

"일단 이틀 전 화재 말입니다. 셀리어트 영애의 성격이 종잡을 수 없긴 하지만 도망을 치면서 꼭 불까지 질러야 했는지 모르겠습니다."

네일이 놀랍다는 듯 말했다.

"그녀를 겪고도 그런 말을 하나? 자신을 가둔 자작에게 앙심을 품었다면 그러고도 남는다."

앨리스에 대한 네일은 평가는 가차 없었다.

"그렇게 생각할 수도 있지만 제 맘에 걸리는 건 그 수준입니다."

"수준?"

"간혹 상단들끼리도 마찰이 생기면 상대방 창고에 불을 지르는 못된 위인이 있습니다. 그런데 이 방화라는 것이 생각만큼 쉬운 게 아닙니다. 바람의 방향을 고려하지 않거나 처음 발화점이 좋지 못하면 생각처럼 불이 크게 번지지 못합니다. 그래서 사고로 난 화재의 경우 한쪽만 심하게 타는 경우가 많지요. 그런데 별관 화재는……."

제니스가 받아 말했다.

"몽땅 깨끗하게 탔지요."

로이드가 고개를 끄덕였다.

"잘 타도록 구석구석 기름을 뿌린 게 틀림없습니다. 그러나 갇혀 있던 셀리어트 영애가 언제 그런 걸 준비했겠습니까? 그리고 현장에서 발견된 여인의 시신이 누구인지도 밝혀지지 않았습니다."

"셀리어트 내 실종신고가 들어온 것을 확인해 본다고 하지 않았나?"

네일이 물었다.

"이십 대 여성 하나, 삼십 대 여성 하나의 실종 신고가 들어온 것이 있었습니다. 가족을 찾아갔으나 불탄 시신을 확인해 보는 것조차 거부했답니다. 누가 영주의 저택에서 벌어진 화재 사건에 연루되고 싶겠습니까? 무조건 제 가족은 아니라고 부정부터 하더랍니다."

"그리고 매튜 카란이 함께 없어진 게 알려지며 이와 관련된 모든 조사가 뒤로 밀렸지요."

"어차피 앨리스 셸리어트는 사교계에서 매장된 거나 마찬가지인데 누가 영주의 집에 불까지 지르며 그녀를 납치한단 말이냐?"

네일은 여전히 부정적이었다.

"범인을 굳이 셸리어트 영애에게 원한이 있는 자로 한정할 필요가 있을까요?"

"뭐?"

"셸리어트 영애는 너무 유명한 트러블 메이커죠. 실종 직전 카란가의 공자와 염문설까지 터졌고요. 저는 그 사실이 사람들의 사고를 제한하고 있다고 생각해요. 별개의 사건일 수 있는 두 사람의 실종을 사랑의 도피 행각으로 낙인찍고 다른 가능성은 조금도 생각하지 않고 있잖아요?"

네일이 설레설레 고개를 저었다.

"너는 카란 백작이 던지고 갔다는 편지를 보지 못했느냐?"

제니스가 가소롭다는 듯 웃었다.

"그깟 편지야 턱밑에 칼을 대고 협박하면 백 장도 쓰게 만들 수 있어요."

네일은 떨떠름한 표정을 지었다. 꼭 그렇게까지 복잡하게 생각해야 하는 문제냐는 얼굴이었다.

"아주 가능성이 없는 이야기는 아니다만 함부로 그런 주장을 할 수는 없다. 이 일은 카란가도 관련되어 있어. 네 말대로라면 카란 저택에 괴한이 침입해 매튜 공자를 납치해 갔다는 건데, 무가인 카란가에서 경계가 뚫렸다는 가정을 용납할 리 없다. 네 가설을 들으면 지금보다 몇 배는 더 화를 낼 거야. 제삼자에게 누명을 씌운다고 말이다."

제니스가 반박했다.

"비난을 두려워하면 진실을 찾을 수 없어요. 생각해 보세요, 네일 오라버니. 카란과 셀리어트에서 동원된 인력만 수백 명이에요. 아직 셀리어트를 떠나지 않은 귀족들, 영지민들까지 그들을 찾고 있어요. 거친 생활이라고는 해 본 적 없는 두 사람이 이 모든 눈을 피할 방법은 수색 인력이 접근할 수 없는 곳에 자의로 은신했거나, 타의로 감금된 경우뿐이에요."

"셀리어트 영애는 몰라도 카란 공자라면 한두 명쯤 도와주는 친구가 있을지도 모르지."

네일이 반만 동의했다. 그의 생각에 앨리스 셀리어트는 무언가를 얻기 위해 납치할 만한 가치가 있는 존재가 아니었다.

"그게, 정말인가요?"

금방이라도 꺼질 듯한 가는 목소리가 끼어들었다. 놀란 세 사람이 고개를 돌리자 어느새 열린 문 너머에 자작 부인 로시아네가 창백한 얼굴로 서 있었다. 그들이 나누는 이야기를 들은 듯 옆에 선 플로라가 난감한 표정을 지었다. 아마 로시아네도 네일에게 수색 진척 상황을 물으려고 온 모양이었다.

"정말 그 아이가 납치되었다고 생각해요?"

로시아네가 재차 물었다.

"전 그렇게 확신합니다."

"제니스!"

네일과 로이드의 얼굴이 낭패감으로 물들었다. 이런 예민한 문제에 그런 단정적인 말은 쉽게 해선 안 되는 것이다.

"그럼 더 위험한 거 아닌가요?"

로시아네의 얼굴에 불안감이 어렸다.

"그렇다고 볼 수 있지요."

"아아……."

그녀가 휘청거렸다.

"안 돼……. 제발, 그 아이를 찾아 주세요. 제 딸을 찾아 주세요!"

로시아네가 그대로 주저앉으며 간청했다. 그 자리에 있는 사람들에게 하는 말인지 신에게 비는 것인지 알 수 없는 애원이었다. 제니스가 그녀를 내려다보며 말했다.

"숲, 수도원, 여관, 술집 뒤질 수 있는 곳은 모두 뒤졌어요. 그러니 이제 우리가 수색할 수 없었던 곳을 확인해야 해요."

로시아네가 고개를 들었다. 그녀는 지푸라기라도 잡고 싶은 얼굴로 물었다.

"그게 어디죠?"

"귀족들의 개인 별장."

* * *

제니스의 개인 별장 수색 건의에 셀리어트가가 한바탕 뒤집어졌다.

귀족들의 개인 별장은 예민한 곳이었다. 셀리어트 영지에 있지만 자작이 함부로 뒤질 수 있는 곳이 아니었다.

개인 별장 소유주들은 대부분 셀리어트 자작보다 높은 신분의 자·타국 귀족들이었다. 그런 곳을 셀리어트가의 사적인 문제로 강제 수색할 수는 없었다. 아니, 미친 척하고 할 수는 있겠지만, 그 후폭풍을 어떻게 감당한단 말인가?

셀리어트 자작은 그날 저녁 바로 네일을 불러 제니스의 발언에 대한 강한 불만을 표현했다. 가뜩이나 심신이 약해진 아내에게 신빙성 없는 이야기로 바람을 넣었다는 것이다. 네일 일행이 앨리스의 스캔들이 터진 후 물심양면으로 도운 전적이 없었다면, 바로 쫓겨났을지도 몰랐다.

그 이야기를 건너건너—네일은 로이드에게 말하고 로이드는 플로라에게 전했다. 제니스에게 직접 말하지 못하는 두 남자를 플로라가 안쓰러운 얼굴로 바라보았다고 한다—들은 제니스는 늦은 밤 자작을 찾아가 독대를 청했다.

그리고 다음 날, 개인 별장에 대한 본격적인 수색령이 떨어졌다.

4

개인 별장 수색에 대한 귀족들의 저항은 거셌다. 현재 사용자가 없는 곳은 그나마 나았지만 거주자가 있는 곳에선 고성과 실랑이가 오갔다. 가신들에게 밀려드는 압력도 만만치 않은지 그들은 연신 셀리어트 자작의 집무실을 들락거리며 이 위험한 행보에 대한 염려를 토해 냈다. 개인 별장 수색 2개 조 중 한 개를 맡아 직접 현장을 지휘한 체이스 역시 묻지 않을 수 없었다.

"아버지, 갑자기 생각을 바꾸신 연유가 무엇입니까?"

그는 오늘 여덟 군데의 개인 별장을 방문했다. 정문에서부터 불쾌함을 표시하는 귀족들을 어르고 달래고, 때로는 겁박하며 밀고 들어갔다. 길을 열어 주면서도 불한당을 바라보는 듯했던 그 노골적인 적대감, 앨리스가 일으킨 사건에 대한 은밀한 비웃음에 뒤통수가 뜨거웠다. 병사들의 사기도 말이 아니었다.

그래서 더 궁금했다. 전날까지만 해도 함께 핏대를 세우며 제니스 린트벨의 의견을 묵살했던 자작이 왜 바로 다음 날 돌연 입장을 바꾸었는지. 그러나 아키발은 그 이유에 대해 장남인 체이스에게조차 입을 열지 않았다.

"다음에 얘기해 주마."

아침과 똑같은 답변에 체이스의 눈동자가 어두워졌다. 가신들은 어떻게 해서든 자작이 고집을 부리는 이유를 알아보라 보챘지만, 막상 부친의 얼굴을 마주한 그는 생각처럼 강하게 물고 늘어질 수가 없었다. 한나절 동안 얼마나 시달렸는지 그새 10년은 늙어 보이는 아키발의 속이 까맣게 타다 못해 만신창이일 거란 사실을, 누구보다 잘 알기에.

그는 결국 그날의 수색 진척 상황과 특이사항은 없다는 보고만 짧게 전한 후 '얼굴이 말이 아니십니다. 좀 쉬세요, 아버지.'라는 걱정만 남기고 돌아 나올 수밖에 없었다.

집무실에 홀로 남은 아키발은 가만히 눈을 감았다.

그도 잘 알고 있었다. 지금 셀리어트가 천 길 낭떠러지 위에 서 있다는 것을. 단 한 발만 잘못 디뎌도 수백 년간 이어져 온 가문의 영광이 흔적도 없이 와르르 무너져 내릴 것임을.

하지만 가신들에게 제니스 린트벨이 했던 이야기를 털어놓을 수는 없었다. 차라리 자신이 분별없는 고집쟁이로 낙인찍히는 게 낫지 앨리스가 벌이려고 했던 창피하고 모욕적인 계획을 타인에게 떠벌리고 싶지는 않았다. 시간이 지날수록, 생각을 곱씹을수록 그녀의 계획은 패륜에 가까웠다.

가만히 눈꺼풀을 들어 올린 아키발의 눈이 심연처럼 어두웠다. 아마 아무도 모를 것이다. 독불장군처럼 수색을 밀어붙이는 그의 손발이 이렇게 홀로 있을 때면 덜덜 떨린다는 것을.

다음 날도 상황은 비슷하게 흘러갔다. 아침 일찍 체이스와 루단은 예정된 수색을 위해 저택을 나섰고, 자작도 가신들을 달래고 카란 백작령과의 경계지역을 순찰하기 위해 집을 비웠다. 덕분에 가장 바쁜 사람은 집사 브리언이었다.

셀리어트 자작에게 항의 서한을 전달하기 위해 방문한 시종들이 정오도 되기 전에 열 명을 넘어섰다. 브리언은 자작을 대신해 목에 담이 걸릴 정도로 허리를 숙이고 있었다.

제니스 일행을 보는 셀리어트 내부의 눈도 싸늘해졌다. 아무것도 모르는 외지인이 자작을 휘두르고 있다는 성토가 끊이지 않았다. 덕분에 울며 겨자 먹기로 수색에 동참하고 있는 로이드와 네일만 주위 눈총에 죽을 판이었다.

그 가시방석 속에서 혼자 태연한 제니스는 점심 식사를 끝낸 후 상태가 영 나아지지 않는다는 자작 부인을 보러 갔다. 그녀는 곧 죽을 날을 받아 놓은 사람처럼 초췌한 얼굴로 무릎 위에 올려진 수프와 힘겨운 사투를 벌이고 있었다. 앨리스의 염문이 터진 게 겨우 7일 전, 그사이 저렇게 마를 수 있다는 게 놀라웠다.

침대가에 붙어 앉은 플로라가 숟가락을 들고 한입만 먹어 보라고 로시아네를 달랬다. 그녀 또한 억지로라도 넘길 요량인지 힘겹게 삼키고 있었지만 들어가는 족족 다시 토해 냈다. 로시아네의 전속 하녀 사라가 침울한 얼굴로 멀건 위액밖에 없는 토사물을 닦아 냈다.

그 장면을 잠시 바라보던 제니스가 천천히 그들 앞으로 걸어갔다.

"왔어?"

플로라가 반가운 기색을 드러냈다. 침대 등받이에 쓰러지다시피 몸을 기대고 있던 로시아네도 그 와중에 예의를 차리겠다고 힘겹게 입꼬리를 당겼다. 몸의 병이 아닌 마음의 병이니 빨리 기력을 회복하지 못하는 게 이상할 건 없었다.

그러나 제니스는 이 꼴을 더는 두고 보고 싶지 않았다.

"부인."

그녀가 적막한 목소리로 로시아네를 불렀다. 로시아네가 천천히 제니스를 바라보았다.

"무슨 생각을 하고 계세요?"

로시아네의 얼굴에 의문이 서렸다.

"앨리스가 어떤 고초를 겪고 있을지 모르는 마당에 내가 어떻게 이 수프를 목구멍으로 넘길까, 그런 생각을 하고 계세요?"

플로라가 뜨악한 표정을 지었다. 뭐라고 입을 열려는 그녀를 제니스가 단호히 제지했다. 잠시 눈동자가 흔들렸던 로시아네는 그 말에 반박할 수 없는지 아니면 말할 힘이 없는지, 고개를 모로 돌린 채 조용히 눈을 감았다.

제니스가 냉정한 어조로 말을 이어갔다.

"자식을 걱정하는 부인의 절절한 마음을 짐작 못 할 바는 아니나, 지금 얼마나 큰 착각을 하고 계시는지 지적하지 않을 수가 없군요."

로시아네가 힘겹게 눈꺼풀을 들어 올려 제니스와 눈을 맞췄다.

"눈물과 걱정으로 셀리어트 영애를 구할 수 있다면, 이미 부인께서 열 번은 구하셨을 거예요. 그게 조금이라도 도움이 된다면 전 석 달 열흘도 울 수 있어요."

"제니스……."

플로라가 옆구리를 찌르며 말렸지만 무시했다.

"하지만, 아니잖아요? 도대체 언제까지 어리광을 부리실 건가요? 언제까지 이 시간 낭비를 지켜봐야 하죠?"

"저, 영애……. 말씀이 너무……."

사라도 안절부절못하다 끼어들었다. 역시 제니스는 눈길도 주지 않았다.

"먹고는 싶은데 속에서 안 받으세요? 아직 살 만하신가 보네요. 그거 아세요? 정말 마지막까지 몰린 사람은 돌도 씹어 먹어요. 해야 할 일이 있다면, 무언들 못 먹을까요. 벌레, 풀, 이끼, 짐승의 썩은 고기를 뜯으며 기어서라도 가야죠."

제니스의 목소리가 사나워졌다.

"가서, 때려잡아야죠. 부인의 귀한 딸을 건드린 그 악귀 같은 놈들을 누가 잡아 줄 때까지 기다리기만 하실 건가요? 내 손으로 잡아 씹어 먹겠다는 생각은 안 드세요? 부인께는 그 정도 각오도 없으신가요? 그런 안일한 마음으로 침대에 누워 있으면 셀리어트 영애가 돌아오나요?"

제니스의 말에 로시아네의 눈에서 눈물이 주르륵 흘러내렸다. 플로라가 비난이 담긴 눈동자로 제니스를 노려봤고 사라 역시 로시아네를 울린 제니스를 못마땅한 눈으로 바라봤다. 사라가 '아이고 마님'을 외치며 눈물을 닦을 손수건을 찾아 우왕좌왕하는 사이 로시아네는 덜덜 떨리는 손으로 수프 그릇을 들어 올렸다.

"에구머니나, 마님!"

로시아네가 헐떡거리며 손에 든 수프를 그릇째 마셨다. 미처 삼키지 못한 것들이 입가로 주르륵 흘러내렸지만, 접시가 빌 때까지 멈추지 않았다. 그녀는 마침내 깨끗하게 비운 접시를 사라에게 건네주며 꺼질 듯한 목소리로 한 그릇 더 가져오라 명했다. 사라는 감격에 찬 얼굴로 황급히 방을 나갔다.

부산스러운 하녀가 떠난 공간에 잠시 침묵이 흘렀다.

"수색은…… 진척이 있습니까?"

로시아네가 쉰 목소리로 물었다. 조금 전까지 자신을 몰아붙인 제니스에 대해 어떤 언급도 없이. 제니스 또한 언제 그랬냐는 듯 평이한 어조로 로시아네의 물음에 답했다.

"아니오."

"그렇군요……. 전, 오히려 안심됩니다."

로시아네는 가만히 눈을 감았다. 그리고 속삭이듯 말했다.

"저는 차라리 그 애가 사랑의 도피를 했길 빌어요. 이대로 발견되지 않길 빌어요. 멀리…… 그 애가 늘 원했던 대로 아주 멀리 떠났길 바라요."

그 말을 끝내고 뜬 로시아네의 눈빛이 형형했다.

"하지만 그런 게 아니라면, 영애가 추측한 것과 같은 일이 정말 일어난 거라면, 나는 그게 누구든 용서하지 않겠어요. 절대, 용서하지 않을 거예요."

그 결의를 대변하듯 무릎 위에 올려진 그녀의 손등 위 핏줄이 눈부시게 파랬다. 제니스는 '당연히 그러셔야죠.'라고 대꾸했다. 두 사람의 대화를 지켜본 플로라가 질린 얼굴을 했다.

'저게 사람 여럿 망치네.'

딱 그런 표정이었다.

그 후 로시아네는 사라가 가져온 수프를 한 그릇 더 먹었다. 그리고 이제 자신을 돌볼 필요 없다며 플로라에게 방으로 돌아가 쉬라고 말했다.

플로라는 그저 독기로 버티려는 로시아네를 걱정했지만 그녀의 고집을 꺾지 못했다. 결국, 플로라는 짧은 인사와 염려를 남기고 로시아네의 방을 떠날 수밖에 없었다.

함께 거처로 돌아가는 길, 플로라가 한숨을 푹 쉬며 제니스를 바라보았다.

"꼭 그렇게까지 말해야 했어?"

"왜? 너도 봤잖아. 벌떡 일어나는 거."

"그거야말로 오기지. 식사를 거의 못하셨다고."

"오기가 어때서. 오기로라도 먹고 버텨야지. 그냥 흘러나오는 감정에 자신을 던져 놓고 있으면 아무것도 할 수 없어."

그리고 플로라에게 의미심장한 눈빛을 던졌다.

"경험자 아니신가?"

"윽."

플로라가 질색했다.

"못됐긴! 여기서 꼭 상관없는 과거사를 들춰야겠어?"

"한 주 내내 네 온건한 방법이 먹히지 않았으니 충격 요법 한 번 쓸 때가 됐잖아. 네 말대로 오기로 버티는 거 맞으니까 주방에 말해 신경 쓰라고 해."

"흥, 이미 그러고 있네요."

플로라가 툴툴거렸다.

"그나저나 나가 있는 사람들이 걱정이네. 분위기가 너무 좋지 않아서."

"그래, 고생 좀 할 거야."

플로라가 팩 돌아봤다.

"뭐냐, 네가 저질러 놓고 남의 일처럼 말하니?"

그녀의 타박에 제니스가 볼을 실룩이며 눈꼬리를 세웠다.

"모르는 소리. 결정은 자작님이 하셨어."

뭔가 불만으로 가득 찬 말투에 플로라가 어이없다는 표정을 지었다. 그리고 툭 던졌다.

"그런데 좀 의외다?"

"뭐가?"

"네가 셀리어트 영애를 찾는 일에 이렇게 적극적으로 나설 줄은 몰랐는데. 너 남의 일에 관심 없잖아?"

"아."

그거.

"근래엔 나보다 더 셀리어트 영애를 맘에 들어 하지 않기도 했고. 왜 마음이 변한 거야?"

제니스가 피식 웃었다.

"변한 건 아무것도 없어."

"응?"

"난 그냥 내 먹이를 가로챈 쥐새끼들이 어떤 놈들인지 궁금한 것뿐이야."

"……뭐?"

플로라가 귓속에 들어온 말을 분석하며 두 눈을 끔벅이는 사이, 제니스는 잽싸게 발을 놀렸다. 플로라의 앞을 지나쳐 마침 시끄러운 소리가 들리는 현관을 향해 빠르게 걸어갔다. 뒤늦게 정신을 차린 플로라가 '너 그게 무슨 소리야? 잠깐 나랑 얘기 좀 해!'라고 소리치는 것을 못 들은 척하며 집사에게 다가갔다. 씩씩거리며 쫓아온 플로라는 브리언과 낯선 손님이 지척이라 아무 말 못 하고 눈만 부라렸다.

브리언은 덩치가 산만 한 사내와 실랑이 중이었다. 처음엔 또 항의 서신을 가지고 온 시종인가 했는데 먼지 묻은 부츠나 격식을 차리지 않은 옷차림을 보니 귀족가 내부 고용인으로 일하는 사람은 아닌 듯했다.

"지금은 그런 이야길 하고 있을 여유가 없네. 자네도 귀가 있다면 돌아가는 상황을 알 텐데?"

브리언이 그를 타일렀다.

"하지만 집사님, 이게 보통 일입니까요? 신이 노하신 게 분명합니다. 당장 조처를 해야 합니다."

"어허, 무슨 조치를 하란 말인가?"

"무엇이든지요. 그래, 신관님! 우선 신관님을 모셔 와야 하지 않겠습니까?"

브리언이 기가 막힌다는 얼굴로 이마를 짚었다.

"무슨 일인가요, 브리언?"

제니스가 끼어들었다. 브리언이 난처한 얼굴로 그녀를 돌아봤다.

"린트벨 영애."

"신이 노하셨다니요?"

걔들이 노해도 별일 안 생길 텐데?

"그게……."

"아이고 아가씨, 제발 자작님께 말씀 좀 드려주십시오. 우리 셀리어트의 보물이 사라지고 말았습니다요!"

남루한 옷차림의 남자가 불쑥 끼어들어 하소연했다.

남자의 말에 브리언을 바라보자 그가 한숨을 쉬며 말했다.

"티벨 호수의 관리인입니다."

"그런데 셀리어트의 보물이 사라졌다니요? 자세히 말해 보세요."

호수 관리인은 자기 말을 들어주는 사람이 등장하자 흥분했는지 속사포처럼 이야기를 쏟아냈다.

"아이고 아가씨, 감사합니다. 정말 감사합니다. 다름이 아니라 저희 셀리어트의 보물 티벨 호수에 큰 이변이 생겨 이렇게 달려오지 않았겠습니까? 저로 말할 것 같으면 8년 전 티벨 호수의 관리를 맡은 후 단 하루도 허투루 일한 적이 없는 사람이옵니다. 그런데 근래에는 시절이 하도 그…… 뒤숭숭해서 2, 3일간 야간 순찰을 하지 않았습니다. 절 고용하신 모젤라도 님께서도 당분간 그래도 좋다 하셨지요. 그런데 어제 아랫마을에 갔다가 밤늦게 돌아온 동생 놈이 티벨 호수 옆을 지나왔는데 영 이상하더라는 소릴 오늘 아침에 하는 겁니다. 티벨 호수가 빛을 잃었다니, 도대체 뭔 소린가 싶어 부랴부랴 달려갔지요.

그런데…… 그런데……!"

이때부터 관리인의 눈에 눈물이 그렁그렁 차올랐다.

"우리 티벨 호수가, 제가 30년 넘게 보고 자란 우리 티벨 호수가 사라지고 없었습니다. 그냥, 그냥, 호수예요. 그 아름답던 빛깔은 온데간데없고, 세상에 널리고 널린 푸르뎅뎅한 물웅덩이만 남았습니다. 도저히 제 눈을 믿을 수 없어 호수 주위를 몇 바퀴나 돌았는지 모릅니다. 나무 한 그루, 바위 하나 다 제 기억대론데 물빛만 그렇게 변해 버렸습니다. 어떻게 이런 기사가 생길 수 있습니까? 당장 대책을 세워야 합니다. 안 그렇습니까? 네?"

브리언이 나지막이 한숨을 쉬었다.

"상관에게 먼저 보고를 하고 기다리게."

"물론 제일 먼저 모젤라도 님을 찾아갔었습니다."

호수 관리인이 냉큼 대꾸했다.

"그런데 요즘 그, 영지를 시끄럽게 하는 일로 어딘가에 차출되셨다는데 저 같은 놈에게 알려 주지를 않으니 제가 내도록 기다리다 도저히 안 되겠다 싶어 여기까지 찾아온 겁니다. 누군가 우리 셀리어트의 신비를 훔쳐 간 게 분명합니다! 아니면 정말 신이 노하신 거지요. 셀리어트에 내린 축복을 거두어 가시려는 겁니다요!"

브리언보다 머리 하나는 크고 천생 나무꾼처럼 투박하게 생긴 덩치 큰 사내가 눈물을 글썽이며 징징대는 게 가관도 아니었다. 브리언은 두통을 참는 표정으로 말했다.

"그걸 어떻게 훔쳐 간단 말인가?"

"그거야 저도 모르지요. 하지만 없어지지 않았습니까?"

브리언과 호수 관리인이 다시 실랑이를 시작했다. 제니스는 누가 뒤통수를 후려친 기분이었다. 그녀가 조용히 중얼거렸다.

"훔쳐…… 갔을 수도 있지요."

"예?"

브리언이 반문했고 호수 관리인은 반색했다.

"그렇지요? 아가씨 생각도 저와 같은 것이지요?"

제니스가 천천히 뒤로 돌았다.

"브리언."

"네."

"지도가 필요해요. 티벨 호수 주변에 있는 개인 별장의 위치를 표시해 줄 사람도."

그녀의 두 눈이 번뜩였다.

"지금 당장이요."

* * *

얼마 후, 한 대의 마차가 셸리어트 저택을 출발했다. 같이 타고 있는 사람은 제니스와 플로라, 로시아네 그리고 루단 셸리어트였다. 제니스는 마차에 오르자마자 혼자 골똘히 생각에 잠겼다. 로시아네는 눈을 감고 몸을 추스르는 데 집중했고, 그런 어머니를 걱정스러운 눈으로 바라보던 루단 셸리어트는 제니스와 플로라에게 못마땅한 시선을 던졌다. 플로라는 마차 안 불편한 기류를 참지 못해 이리저리 눈동자를 굴렸다.

로시아네가 제니스의 움직임을 알게 된 것은 사라 때문이었다. 그녀도 브리언에게 불려가―제니스가 요청했던 사항인―티벨 호수 주변에 있는 별장의 위치를 기억나는 대로 말해야 했다. 사라 외에도 저택에 있던 하인과 하녀들이 교대로 불려 와 지도를 완성해 나갔다. 완벽하진 않았지만 티벨 호수에서 가장 가까운 별장 세 개에 대해선 이견이 없었다.

제니스는 브리언에게 자신이 사용할 수 있는 마차가 있는지 물었다. 셸리어트가의 가신들에게 밉보인 제니스였지만 브리언은 매사 똑 부러지는 이 손님을 괜찮게 생각하고 있었다. 그는 앨리스가 주로 쓰던 마차를 준비해 놓겠노라 말했다. 그때 사라에게서 이야기를 전해 들은 로시아네가 그들이 모여 있는 응접실에 나타났다.

"나도 가겠어요."

그녀가 다짜고짜 던진 말에 브리언이 기겁했다.

"마님!"

그는 뒤따라온 사라에게 눈을 부라렸다. 몸도 성치 않으신 분께 무슨 이야길 미주알고주알 몽땅 고해바친 건가. 눈총을 산 사라가 눈물을 글썽이며 안 된다고 로시아네의 소맷자락을 붙잡았지만 아무 소용없었다.

"린트벨 영애도 내게 말하지 않았나요? 직접 가서 그 무도한 놈들을 때려잡으라고."

브리언이 이게 무슨 괴이한 소리냐며 제니스를 돌아보았다. 제니스는 사라의 부축을 받으면서도 후들거리며 서 있는 로시아네에게 물었다.

"버티실 수 있겠습니까?"

로시아네가 결연한 얼굴로 말했다.

"기어서라도 가겠어요."

브리언은 기절이라도 할 것 같은 표정으로 두 사람을 바라보았다. 제니스는 낮은 한숨을 토했다.

응용력 빠르고 추진력 좋고. 이건 뭐, 완벽한 자승자박이네.

자조에 가까운 속마음을 뒤로하며, 그녀가 고개를 끄덕였다.

"움직이기 편한 옷으로 갈아입으세요."

서 있는 것도 힘들어하는 로시아네가 감당하기 벅찰 게 분명했지만 막지 않기로 했다. 그녀의 동행이 나쁜 점만 있는 건 아니었다. 모르긴 몰라도 이제부터 찾아갈 별장 문이 몇 배는 빨리 열릴 거다.

"나도 가."

플로라도 나섰다. 위태로운 로시아네를 제니스가 살뜰히 보살필 것 같지 않았다. 그러게 왜 그런 소릴 해선 이 사달을 만드느냔 눈빛을 던진 플로라는 준비를 위해 빠르게 달려 나갔다.

논의가 막힘없이 진행되자 브리언의 마음도 바빠졌다. 무슨 일인지 모르겠지만 부인과 영애들만 보낼 순 없었다. 저택 경비를 위해 남아 있던 기사와 병사 몇을 부르고 자신도 따라나설 준비를 하는데 루단 셀리어트가 돌아왔다. 그는 침대에 누워 있어야 하는 로시아네가 마차에 오르는 것을 보고 아연실색했다.

"이 무슨!"

제니스는 한시가 급했다.

"설명은 가면서 할 테니 타요!"

얼떨결에 루단이 합류하자 브리언은 저택에 남기로 했다. 루단과 함께 있던 기사와 병사 몇이 더 따라붙었다.

그렇게 출발한 마차 안에서 플로라가 물었다.

"제니스, 이제 무슨 일인지 말해 줘."

"동쪽을 흔들고 서쪽을 친다. 흔한 전술이지. 어떤 가치가 있는지 모르겠지만 티벨 호수의 신비를 훔치려는 놈들이 있다고 쳐. 도둑질 하려면 첫 번째, 칼을 휘두르는 강도가 되거나 두 번째, 이목을 피해 몰래 훔쳐야지. 이들은 두 가지 방법을 다 쓴 거야. 시선을 흐리기 위해 납치를 저지르고, 훔치는 건 조용히."

혼자만의 상념에서 벗어난 제니스가 플로라의 질문에 답했다.

"그게 도대체 무슨 말입니까?"

루단 셀리어트가 신경질을 내며 물었다. 플로라는 티벨 호수 관리인이 찾아온 이야기를 들려주었다. 제니스가 부연 설명했다.

"셀리어트 영애의 스캔들부터 영지전 이야기까지 소문이 너무 빨랐어요. 아무리 카란 백작님이 역정을 내고 갔다지만 그게 순식간에 영지전으로 비화할 만한 일이었을까요? 자작님 집무실에서 벌어진 일이 그날 저녁 바로 셀리어트 전체에 알려진 것도 말이 안 되는 거였는데. 셀리어트가 고용인들이 모두 나가 떠들어도 그렇게 빠르게 퍼지진 않았을 거예요."

제니스가 눈을 가늘게 뜨며 중얼거렸다.

"애초에 누군가 사실 여부와 관계없이 그런 소문을 퍼뜨릴 작정이었던 거죠. 카란 백작은 공자가 셀리어트 영애와 함께 떠난 듯한 편지를 발견했고, 우리는 별관 잿더미에서 여성의 시신을 발견했어요. 만약 그 시신을 셀리어트 영애로 오해했다면 그날 당장 칼부림이 났을지도 모릅니다. 죽은 영애를 모독하는 카란가를 어찌 참겠어요?"

"그래서 결론이 뭡니까?"

루단이 참지 못하고 물었다.

"셀리어트의 신비를 노린 도둑이 사람들의 이목을 돌리기 위해 영애의 스캔들을 터뜨린 후 두 사람을 납치해 도피 행각으로 위장했다. 두 가문의 갈등을 심화시켜 영지전이 날 거란 소문을 퍼뜨리고 그 많던 외지인이 빠져나가길 기다렸다. 티벨 호수가 한산해지고 관리인조차 순찰을 거르는 틈을 타 목적을 이뤘다—가 되겠군요."

"그건, 너무……."

루단은 말을 잇지 못했다.

"비약인가요?"

그는 아무 말도 못했다. 플로라가 조심스럽게 물었다.

"그럼 그들이 숨어 있는 곳이 티벨 호수에서 가장 가까운 개인 별장이라는 거야?"

"확률상. 나라면 목표와 먼 곳에 자리를 잡진 않았을 거야."

"그럼 이렇게 우리만 가는 거 위험하지 않아? 영애와 공자를 납치할 정도라면 아주 무도한 자들일 텐데?"

제니스는 로시아네를 곁눈질하며 목소리를 낮췄다.

"어쩔 수 없어. 모르겠어? 그들은 이미 원하는 것을 얻었단 말이야."

고개를 갸웃하던 플로라가 잠시 후 무언가를 깨달은 듯 희게 질렸다.

'그래, 이미 늦었을지도 몰라.'

마지막 말은 목 안으로 삼켜졌다. 제니스는 플로라와 마찬가지로 딱딱하게 굳은 루단의 얼굴을 지나 로시아네의 안색을 살폈다. 그녀는 두 눈을 감은 채 루단 셀리어트의 손을 꼭 잡고 있었다. 얼마나 꽉 잡았는지 앙상한 손마디가 새하얬다. 루단은 뭔가 결심이 섰는지 창문을 열고 동행하던 기사 하나를 불렀다.

그에게 짧은 지시를 전한 루단이 일행을 돌아보았다.

"아버지께 사람을 보내라 했소."

제니스가 고개를 끄덕였다.

"후보로 꼽은 곳은 세 곳입니다. 사람이 많을수록 좋지요. 우리는 우선 티벨 호수에서 가장 가까운 곳으로 갑니다."

루단이 가만히 생각하더니 그곳은 쥬안 왕국 카므딘 후작의 소유라고 알려주었다.

"입지가 기가 막힌 곳이지."

제니스는 목적지에 가까워져서야 루단이 한 말의 의미를 알게 되었다. 숲속 지그재그 길을 한참 달렸는데도 꽤 규모가 크다는 별장 건물은 벽돌 하나 보이지 않았다. 거기다 이 숲 일부까지 카므딘 후작의 소유여서 여기저기 출입 금지 팻말이 서 있는 상태. 완벽한 은신처였다.

그리고 얼마 후, 꼭꼭 숨어 있던 별장의 담이 보였다. 담장이 얼마나 높은지 지붕 끄트머리만 보였다. 낙스에선 흔치 않은 건물 구조였다.

정문을 지키고 있는 자는 없었다. 병사 한 명이 단단한 철로 된 문을 두드리며 간이로 매달아 놓은 종을 쉴 새 없이 흔들었다. 요란한 소리가 한참 울리고 나서야 살짝 뚱뚱한 남자 하나가 어슬렁거리며 정원을 가로질러 왔다. 한껏 거드름을 피우던 그는 눈앞에 있는 청년이 루단 셀리어트라는 말을 듣고 나서야 납죽 엎드렸다.

그의 말에 따르면 이곳은 한 달 전 달리아 출신의 어떤 상인에게 대여하였다고 한다. 쉬어 갈 공자가 사람을 가려 원래 관리인인 그조차 이곳에 있지 못하고 여관 생활을 했다고. 그리고 오늘 새벽 그 공자의 일행이 여관으로 찾아와 영지의 소란스러움 때문에 더 머물지 않고 돌아간다고 통보했다는 것이다. 영지 분위기상 이상할 것 없는 결정이었고, 관리인은 오늘 오전 여관 생활을 정리하고 별장으로 돌아왔다고 말했다.

그의 이야기를 다 들은 후 제니스가 확인할 것이 있으니 문을 열라 말하자 관리인은 주인의 허락 없이 사람을 들일 수 없다고 펄쩍 뛰었다.

"열어라. 난 로시아네 셸리어트다."

로시아네가 앞으로 나서며 한 번도 본 적 없던 위엄과 기세를 뿜었다.

관리인의 눈이 사정없이 흔들리는가 싶더니 결국 자물쇠를 열었다. 주인은 멀리 있고 자작 일가는 바로 코앞에서 두 눈을 시퍼렇게 뜨고 있으니 당연한 결과였다. 물론 이 일은 고스란히 카므딘 후작에게 고해질 터였다. 관리인은 자신의 안위를 위해 자작 일가가 그를 얼마나 겁박했는지 네 곱절은 부풀릴 준비가 되어 있었다.

높은 담장 안 건물은 총 세 개였다. 본관, 별관, 창고. 그 외에 마구간, 소각장 등이 따로 있었다. 관리인의 말에 따르면 머물기로 했다는 그 공자라는 사람을 직접 보지는 못했다고 한다. 임대 서류를 가져온 상인만 두 번 만났다는 것이다.

특이한 점은 없었느냐 끈질기게 추궁하자 짐을 옮기는 건장한 하인들만 봤지 따로 허드렛일을 해 줄 하녀들이 보이지 않더라, 잠깐 그게 이상하다는 생각은 했었다 말했다.

제니스는 본관부터 살폈다. 카므딘 후작은 상당한 재력가인 듯 내부 장식이 매우 고급스럽고 화려했다. 삼 층 건물인 본관의 모든 방을 샅샅이 훑었지만 의심할 만한 점은 보이지 않았다.

본관을 나와서는 두 무리로 갈라졌다. 한쪽은 별관을, 한쪽은 창고를 맡아 살펴보기로 했다. 사실 머무르는 사람들이 떠났다는 말을 들었을 때부터 조금 맥이 빠진 상태였지만, 여기까지 온 이상 확실하게 확인하고 다른 두 개의 후보지로 갈 생각이었다.

무슨 일인지 몰라 처음엔 찍소리도 못하고 따라다니던 관리인이 시간이 지나며 점점 입을 댓 발 내밀기 시작했다. 어떤 문제도 발견되지 않았으니까. 그는 일행이 잠겨 있는 방이나 공간을 하나하나 열라고 요구할 때마다 은근히 미적거리며 골을 부렸다.

별관은 대부분 고용인의 숙소로 쓰이는 듯 투박한 침실과 간이 부엌, 세탁실, 비품이 쌓인 창고 방 몇 개가 전부였다. 제니스는 그 창고 방 중 하나에서 걸음을 멈추었다.

열지도 못하는 창이 유독 작았다. 비워진 지 오래인지 있는 거라곤 작은 서랍장 하나,―그나마 서랍이 있어야 할 자리가 하나 비어 있었다―오래된 나무 궤짝 두 개가 전부였다. 제니스가 그 방에 오래 머무르자 로시아네를 부축하고 있던 플로라가 의아해하며 물었다.

"왜 그래?"

"깨끗해서."

"쓰지 않는 방이니 당연하지 않습니까?"

관리인이 볼멘소리를 늘어놓았다.

"그러면 오히려 먼지가 쌓이지. 다른 침실은 대충 정리했지만 생활감이 남아 있었네. 그런데 이곳은 아주 깨끗하군. 신경 써서 청소한 것처럼 말이야."

"그래서 안 될 것 있습니까?"

"누가 침실보다 창고를 더 열심히 청소하나?"

관리인이 움찔했다.

제니스는 바닥을 쓸어 보고 뒤로 물러섰다.

"최근까지 카펫이든 뭐든 깔렸었던 모양이야. 중앙 부근이 가장자리보다 매끈하고 나무의 윤기가 살아 있어."

플로라가 집중해서 바라보자 확실히 방 중앙이 가장자리보다 손상이 적었다.

"거기다 저 궤짝. 바닥은 이렇게 깨끗한데 저 나무 궤짝 위 먼지는 그대로야."

제니스가 놀리듯 말했다.

"남자들이 그렇지. 어디를 청소하라고 하면 딱 찍어 준 곳만 해. 바닥을 청소하면서 이 궤짝 위 먼지는 보이지 않았던 모양이야."

플로라가 낮게 실소했다. 그러나 그뿐, 좀 거슬리는 점이 있었지만 앨리스와 연결되는 것은 아니었다. 제니스는 그리 크지 않은 방 안을 휘 둘러보곤 나가기 위해 몸을 돌렸다. 그리고 닫힌 문을 뚫어져라 바라보았다. 들어온 후 닫은 문 위엔 둔탁한 것으로 여러 차례 찍힌 흔적이 남아 있었다. 제니스의 시선을 따라가다 그걸 본 관리인이 먼저 달려들었다.

"아니, 이게 뭐야?"

"없던 자국인가 보지?"

"없었죠. 없었습니다요. 제가 얼마나 밤낮으로 근면 성실하게 이 별장을 관리해 오고 있었는데! 별관이라고 해서 절대 소홀히 하지 않았습니다요. 아니, 이 불한당 같은 놈들이, 이런 흠집을 내고 미안하다는 말도 하지 않고 가다니!"

관리인이 파르르 떨었다. 제니스는 뒤로 돌아 다시 방 안을 둘러보았다. 무언가가 뒤통수를 잡아끌어 찝찝했다. 이미 열어 본 하나 남은 서랍 안은 먼지뿐이었다. 더 살펴볼 거라곤 나무 궤짝 두 개가 전분데 허술하게 달린 자물쇠에 뽀얗게 쌓인 먼지를 보니 근래 열린 적 없는 물건이었다. 혹시나 해 손끝으로 모서리를 들어 올리자 살짝 틈이 벌어졌다.

"셸리어트 공자."

제니스의 부름에 루단이 다가왔다.

"반대쪽을 잡으세요."

"어이쿠, 그러면 망가집니다요. 기다리시면 제가 열쇠를 찾아보겠습니다."

그럴 시간이 없다고 판단한 제니스가 관리인에게 말했다.

"비용 청구하세요. 셸기어트 공자, 당기세요."

제니스의 박력에 루단이 반사적으로 맞은편을 잡아 벌렸다. 오래된 나무판자가 견디지 못하고 파삭, 부서졌다. 날리는 가루와 먼지 사이로 낡은 식탁보와 커튼으로 보이는 천들이 나타났다.

"아이고, 별것도 없는데 그걸 왜……."

관리인이 참지 못하고 구시렁거렸다.

제니스는 안에 든 것을 모두 꺼내 바닥으로 쏟았다. 시트, 베갯잇 같은 것이 추가로 보였다. 꼼꼼하게 직물 안을 헤집어 본 제니스는 나머지 궤짝 하나까지 힘으로 열었다. 관리인이 아주 할 말이 많아 보이는 얼굴로 그녀를 힐끔거렸다.

루단 셸리어트가 이번에도 궤짝을 뒤집어 안에 담긴 것을 바닥으로 떨구었다. 내용물은 앞서 것과 대동소이했다. 누렇게 변색한 천 사이에 구깃구깃한 손수건 하나가 끼어 있었지만 특별한 물건은 아니었다. 모두의 눈이 의미 없이 그 위를 스쳐 지나갔다.

'시간 낭비였나?'

제니스가 인상을 찌푸렸다. 뭔가 찝찝해서 헤집어 보긴 했는데 건진 것은 없었다. 다른 곳도 가 봐야 하니 계속 여기에 매달릴 수도 없고. 결국 그렇게 돌아서려는 순간, 자작 부인이 뛰어들었다.

"앨리스! 아아아, 앨리스!"

그녀가 비통하게 울부짖었다.

"어머니, 왜 그러세요?"

루단이 당황해 물었다.

"앨리스의 손수건이야!"

그가 혀를 찼다.

"그 애가 무슨 그런 면 손수건을 썼다고 그러세요?"

"나에게 처음 온 날, 목에 매고 있던 거야."

그리고 홀린 듯 중얼거렸다.

"그 애가 이걸 얼마나 애지중지했는데……."

로시아네가 덜덜 떨리는 손으로 모서리를 펼쳐 보였다. 서툴게 수놓아진 '앨리스'란 이름이 희미하게 보였다.

"그 애가 절대로…… 절대로 몸에서 떼어 놓지 않는 건데……."

넋이 나간 듯한 중얼거림.

제니스와 루단의 시선이 동시에 관리인을 향했다. 갑작스러운 전개에 관리인의 얼굴이 당혹으로 물들었다. 그가 주춤주춤 뒷걸음질 쳤다.

"아니…… 그게 무슨 말도 안 되는……."

"저놈을 당장 결박하라!"

루단이 소리쳤다. 뒤따르던 병사가 득달같이 달려들어 관리인을 바닥에 꿇어 앉혔다. 영문을 모르는 그는 모르는 일이라고, 모함이라고 소리쳤다.

"앨리스, 앨리스 어디 있니!"

로시아네는 어디서 그런 힘이 났는지 건물이 쩌렁쩌렁 울리도록 소리치며 복도로 뛰쳐나갔다. 플로라가 급하게 로시아네를 따라갔다. 그녀는 이미 지나온 방을 다시 열어젖히며 애타게 앨리스를 불렀다. 그러나 가뜩이나 빈약한 체력에 정신력으로 버티고 있던 몸이 얼마 가지 못하고 무너졌다. 앨리스가 정말 이곳에 있었다는 흔적을 발견하자 충격을 견디지 못한 것이다.

"자작 부인!"

복도에서 혼절한 로시아네를 끌어안은 플로라가 놀라 소리쳤다. 관리인을 다그치던 루단이 서둘러 달려갔다.

창고 쪽으로 갔던 기사와 병사들도 로시아네가 지르는 소리를 듣고 별관으로 왔다. 그중 두 사람을 차출해 플로라와 로시아네를 집으로 돌려보내기로 했다. 관리인은 여전히 아무것도 모른다고 소리를 지르고 있었다.

그 혼란스러운 와중에 셀리어트 자작, 아키발이 도착했다. 그는 막 마차로 옮겨지는 로시아네를 발견하고 깜짝 놀라 달려왔다.

"어찌 된 일이냐?"

로시아네를 조심스럽게 내려놓은 루단이 낮은 목소리로 지금까지 있었던 일을 이야기했다. 아키발의 얼굴이 시간이 갈수록 험상궂게 변했다. 처음 제니스를 노려보듯 바라보던 그의 시선이 마지막엔 로시아네의 손에 쥐어진 손수건으로 향했다.

아키발은 그녀의 손에 꽉 쥐어진 천 조각을 빼내 펼쳐 보았다. 네

귀퉁이 중 두 개엔 '앨리스'란 이름이, 나머지 두 개엔 앨리스가 태어난 달의 탄생화인 아스란 꽃이 엉성하게 수놓아져 있었다.

이 손수건은 힐다가 앨리스에게 남긴 물건이었다.

아키발이 크게, 천천히 심호흡했다. 그러나 들끓는 마음을 진정시키기엔 역부족이었다. 눈에서 화르르 불길이 치솟았다. 그러니까, 정말 누군가 있었다고? 시끄러운 소문 뒤에 숨어 셀리어트를 농락하려는 놈이 정말 있었어?

아키발의 두 주먹이 부들부들 떨렸다.

감히, 감히, 어떤 놈들이!

그의 입에서 짐승 같은 으르렁거림이 새어 나왔다. 자신과 셀리어트를 얼마나 우습게 봤으면 이런 기만을 저지른단 말인가. 아키발은 피가 거꾸로 솟는 듯해 머릿속이 아득해졌다.

셀리어트 자작이 몰아치는 감정을 다스리기 위해 이를 악물고 있는 사이, 로시아네와 플로라를 태운 마차가 떠났다. 루단은 기사와 병사들을 모아 별장을 다시 수색했다. 건물 내부는 물론 정원, 소각장, 마구간, 담장 주위, 주변 숲까지 샅샅이 뒤지라고 지시했다. 그러나 더 이상의 단서는 발견되지 않았다.

정신을 차린 아키발이 직접 관리인을 심문했지만 루단과 제니스가 알아낸 것 이상의 정보는 나오지 않았다.

관리인은 한 달 전 임대 서류를 들고 온 금발 머리 남자에게 별장 열쇠를 건네주었고, 오늘 새벽 동이 트기 직전 돌려받았다. 열쇠를 돌려주려고 온 남자는 또 다른 사람이었다. 그게 관리인이 알고 있는 전부였다.

아키발은 당장 몽타주를 그리도록 지시했다. 검문이 엄격하니 아직 셀리어트를 빠져나가지 못했을 것이다. 그가 바드득 이를 갈았다. 놈들이 노린 물건이 무엇인지 몰라도 호락호락 뺏기지는 않겠다고. 말단 하수인까지 모조리 잡아들여 셀리어트를 능멸한 죄를 묻고야 말겠다고.

그러나 아키발이 대대적인 수색을 명하려는 찰나, 제니스가 제동을 걸었다.

"두 분이 아직 살아계실 수도 있습니다. 그렇다면 우리가 그들의 존재를 눈치챘다는 사실을 숨기는 게 좋습니다."

아키발이 멈칫하며 제니스를 바라보았다. 정말로 그렇게 생각하느냐는 얼굴. 사실 제니스도 그 확률을 그리 크게 보고 있지는 않았다. 그러나 한 가지 가능성 때문에 되도록 납치범들을 자극하지 않는 게 좋다고 생각했다. 그녀는 낮은 목소리로 자신이 생각한 바를 말했고 한참을 생각하던 아키발이 조용히 고개를 끄덕였다.

카므딘 후작의 별장 수색을 끝낸 루단은 사람들을 이끌고 근처 별장 세 곳을 더 방문했다. 어떤 곳은 문을 열어 줬고 또 어떤 곳은 끝내 열지 않았다. 그의 수색은 어제와 마찬가지로 아무 소득 없이 끝났다. 수색을 당한 귀족들은 떠나는 루단의 뒷모습을 보며 경멸과 비웃음을 던졌다.

셀리어트 저택으로 돌아온 아키발은 로시아네의 상태가 괜찮은지 살핀 후 다른 구역 별장을 수색 중이던 체이스를 불러들였다. 함께 있던 로이드와 네일도 돌아왔다. 세 사람은 어리둥절한 얼굴로 갑작스러운 호출 이유를 궁금해했다. 잠시 후 그들이 모인 응접실에 제니스와 플로라, 루단까지 합석하자 몇 가지 일을 처리한 아키발이 들어왔다.

"우선 린트벨 영애에게 정식으로 고맙다는 말을 하고 싶네."

그가 제니스를 똑바로 보며 말했다.

"티벨 호수의 기사를 듣고 그런 추론을 해내다니, 영애의 명석함에 놀라고 감탄했네. 고맙네. 덕분에 딸아이의 흔적을 찾을 수 있었어."

로이드와 네일은 자작의 말을 듣고 두 눈을 휘둥그레 떴다. 체이스가 깜짝 놀라 물었다.

"앨리스의 흔적이라니, 그게 무슨 말입니까?"

루단이 티벨 호수 관리인이 찾아왔던 이야기부터 카므딘 후작의 별장에서 앨리스의 손수건을 발견한 일까지 모두 풀어놓았다. 체이스는 로시아네가 혼절했다는 말에 자리에서 벌떡 일어났다.

"어머니를 그런 곳에 데려가다니 제정신이냐?"

그가 제니스에게 원망 어린 시선을 던졌다. 루단이 씁쓸한 얼굴로 말했다.

"형님도 어머니 얼굴을 보셨다면 절대 말리지 못하셨을 겁니다. 그리고 만약 어머니가 그 자리에 계시지 않았다면 앨리스의 손수건을 발견하고도 알지 못했겠지요."

예기치 못한 불행과 행운의 교차에 체이스가 한숨을 쉬었다. 아키발이 좌중을 진정시키고 입을 열었다.

"사후 조치는 린트벨 영애의 의견대로 했네. 티벨 호수 주변의 별장을 추가로 수색하는 흉내를 냈고 관리인 놈은 방종한 태도로 내 아내를 능멸하고 혼절케 한 죄로 잡아 가두었다 알려질 걸세. 검문소에도 사람을 보내 상황을 알렸네. 검문 강도는 지금까지와 같은 것처럼 보이겠지만 출입자 명단을 더 철저히 기록하고 신분이 불확실한 놈들, 행동거지가 의심스러운 놈들에겐 따로 꼬리를 붙일 예정이네. 또 해야 할 일이 있는가?”

로이드와 네일은 아키발이 제니스의 의견을 적극적으로 묻는 것을 보고 매우 놀랐다. 반나절 전까지만 해도 찬밥 신세였던—남들이 보기엔 그랬다—제니스의 위상이 몰라보게 달라졌다. 그리고 아키발의 질문에 한참을 생각하던 그녀가 막 입을 떼려는 순간 응접실 문이 예고도 없이 열렸다.

체이스가 무슨 무례한 짓이냐 화를 내려다 멈칫했다. 늘 몸가짐이 반듯한 반백의 집사가 휘청거리며 걸어 들어왔다. 그는 곧장 아키발을 향해 가더니 무너지듯 털썩 무릎을 꿇었다.

“주인님······.”

“브리언, 무슨 일인가?”

심상치 않은 느낌에 아키발의 얼굴도 굳었다. 브리언의 눈에 습기가 가득 찼다. 그가 겨우 입을 열었다.

“크로와 숲의 숲지기가, 두 분의······ 시신을 발견했음을······ 알려 왔습니다.”

마법의 묘약

1

"말을……."

아키발의 목소리가 떨렸다. 체이스가 침중한 얼굴로 일어나 밖으로 뛰어나갔다. 곧 마차와 말이 준비되었다는 소리가 들렸다. 제니스는 함께 가려는 플로라를 제지했다.

"자작 부인을."

부탁해.

로시아네는 카므딘 후작의 별장에서 기절한 후 아직 깨어나지 않고 있었다. 이 순간 그녀가 이 자리에 있지 않아 얼마나 다행인지.

제니스의 말을 이해한 플로라가 고개를 끄덕였다.

"너는 괜찮겠어?"

누군가의, 알고 지내던 사람의 시신을 보는 일이다. 감당할 수 있겠냐는 걱정스러운 물음. 제니스는 조용히 고개를 끄덕였다.

손님으로 와 있는 귀족 영애가 나설 일은 아니었지만, 누구도 그녀가 따라나서는 걸 말리지 않았다. 네일과 로이드도 눈치를 보다가 슬그머니 제니스 옆에 따라붙었다.

잠시 후 한 대의 마차와 수십 기의 기마가 셀리어트 저택을 박차고 나갔다. 목적지를 향해 달려가는 마차 안엔 무거운 침묵만 감돌았다. 제니스 역시 가만히 눈을 감고 이 일이 어떤 여파를 불러올지 가늠했다.

해 질 무렵 다다른 크로와 숲은 평소의 명성과는 다른 음울한 분위기에 잠겨 있었다. 얼굴이 허옇게 질린 숲지기가 마차에서 내리는 자작을 발견하고 황급히 고개를 숙였다. 숲지기의 안내에 따라 도착한 낡은 수도원은 더는 사용하지 않는 곳으로, 바람이 심하게 불면 그대로 무너져 내릴 것 같았다.

숲지기의 시선이 불안하게 어딘가를 향했다. 아키발은 그 시선이 가리키는 곳을 향해 빠르게 걸어갔다.

그나마 온전한 벽을 유지하고 있는 공간은 한창때 학사들의 회합장으로 쓰이던 곳. 삐걱거리는 나무문을 열고 들어가자 위태로운 외부와 달리 놀랍도록 아늑한 공간이 나타났다. 가장자리에 흩어진 낡은 책걸상 서너 개, 신화를 기반으로 그린 빛바랜 벽화가 따뜻하고 정감 있었다.

그리고 그 벽화 아래, 자연스럽게 기대앉은 두 연인이 있었다. 마치 신의 축복이라도 받는 것처럼 서쪽 창에서 쏟아져 들어오는 황금빛

노을 아래 잠들어 있었다. 서로 맞잡은 손, 눈처럼 새하얀 드레스, 그와 대조되는 검은 정장, 입가에 그려진 평온한 미소가 한 폭의 그림 같았다.

그 모습을 발견한 루단 셀리어트는 마음의 격동을 참지 못하고 털썩 주저앉았다. 아키발도 걸음을 멈춘 채 가까이 가지 못했다. 예상했던 결과라고 해서 고통스럽지 않은 것은 아니었다.

그리고 제니스는 격한 감정의 소용돌이에 빠진 셀리어트 일가와 다르게 앨리스의 발치를 구르는 유리병에 시선을 빼앗겼다. 마치 막 그녀의 손에서 떨어져 굴러온 것처럼 자연스럽게 놓여 있는 그것은 꽤 낯익은 것이었다.

제니스의 눈이 어둡게 가라앉았다.

설마하니, 저 유리병이 낙스 시장판에 쫙 깔린, 흔하고 흔한 물건인데 자신과 에스더만 몰랐던 걸까? 제니스는 자신의 발끝에 끈질기게 달라붙는 누군가의 그림자를 떠올리며 서로 다른 두 사건을 하나의 줄에 꿰어 보았다. 만난 적도 없는 두 소녀의 죽음이 알고 보니 서로 맞닿은 퍼즐이라…….

그녀의 눈이 가늘어졌다.

"발견한 그대로랍니다. 처음엔, 그냥 잠든 줄 알았다는군요."

함께 온 기사와 병사들에게 수도원 주변 경계를 명령한 체이스가 조금 늦게 들어와 말했다.

그런 오해를 할 법했다. 서로의 손을 꼭 잡은 두 사람의 모습이 얼마나 자연스러운지, 이 죽음이야말로 그들에게 어울리는 가장 아름답고 타당한 결말로 느껴질 정도였다. 그리고 바로 그 사실이 아키발과 두 공자의 마음을 사정없이 할퀴고 있을 것이다. 미련 없이 세상을 둥진 앨리스의 얼굴을 보며 그들이 느낄 감정은 안타까움이나 후회보단 배신감에 가까울 테니까.

"자작님."

제니스의 부름에 아키발의 눈이 천천히 그녀를 향했다.

"영애의 목에 걸린 로켓을 확인해 주세요."

그의 눈동자가 커지며 지금까지와는 다른 감정으로 일렁였다. 머뭇거리던 아키발이 천천히 앨리스에게 다가갔다. 이해할 수 없는 두 사람의 대화에 함께 있던 모두가 의문의 시선을 던졌다.

무릎을 꿇고 앨리스를 살핀 아키발이 뒤를 돌아보았다.

"비어 있네."

그의 목소리가 떨렸다. 제니스는 바닥을 나뒹구는 유리병을 발로 툭툭 치며 말했다.

"말씀드렸다시피 시간제한이 있어요. 바로."

"아니, 아닐세. 여긴……."

아키발이 그녀의 말을 끊으며 머뭇거렸다.

'보는 눈이 너무 많아.'

제니스는 자작이 말하지 않은 것을 이해했다.

30분 정도 지났을까, 밖이 시끄러워졌다. 어떻게 알았는지 카란 백작이 기사들을 이끌고 들이닥쳤다. 셀리어트 자작의 동태를 살피는 눈을 가까이에 심어 뒀던 모양이다.

밖을 지키고 선 이들과 승강이를 벌이는지 거친 고성과 병장기가 부딪치는 소리가 들렸다. 기사들의 실력이나 숫자에서 카란가에 밀리는 건 사실이었지만 그렇다고 호락호락 물러설 수는 없으리라. 여긴 셀리어트였다.

"들여라."

소란을 듣고 있던 아키발의 조용한 명령에 체이스가 문을 열고 나갔다. 그리고 잠시 후 카란 백작이 서슬 퍼런 기운을 흘리며 문을 박차고 들어왔다. 그는 벽에 기대어 있는 두 인영을 발견하고 눈을 부릅떴다. 으드드득, 이 가는 소리가 선명하게 들렸다.

"으아아악!"

카란 백작이 분노의 고함을 질렀다. 그는 연인의 마주 잡은 두 손을 거칠게 떼어 내더니 아들의 시신을 와락 끌어안았다.

"매튜, 매튜, 매튜!"

그가 절규했다. 그리고 저주했다.

"셀리어트, 더러운 셀리어트! 절대 네놈들을 용서하지 않겠다!"

아키발이 지친 얼굴로 말했다.

"나도 딸을 잃었네."

카란 백작은 들은 체도 하지 않았다. 어찌 앨리스 따위와 그의 아들을 비교할 수 있단 말인가. 주검을 안고 돌아서는 카란 백작의 두 눈에 불길이 넘실거렸다. 그는 셀리어트 일가를 하나하나 노려보며 말했다.

"오늘은 이렇게 돌아가지만, 조만간 다시 보게 될 걸세."

의미심장한 말을 남긴 그는 바깥에서 신경전을 벌이던 일행을 이끌고 성난 폭풍처럼 거칠게 사라졌다.

터질 듯한 긴장으로 달아올랐던 낡은 수도원이 언제 그랬냐는 듯 쓸쓸한 적막에 묻혔다. 남겨진 셀리어트 일가와 병사들의 어깨가 무거운 것을 매단 듯 아래로 처졌다. 황혼이 남아 있던 하늘은 금세 어둑해졌고 아늑하던 회합장은 순식간에 스산함이 감돌았다.

* * *

앨리스의 시신은 아키발이 직접 수습했다. 그녀의 시신을 실은 마차는 조용히 왔던 길을 되돌아갔다. 일행이 셀리어트 저택에 도착한 후, 루단은 집사와 하녀장을 불러 고용인들을 모두 외부로 내보낼 것을 지시했다.

"아버지가 누구도 신경 쓰지 않고 조용히 쉬고 싶다고 하십니다. 이틀 정도 휴가라 생각하시고 밖에서 지내다 오십시오. 비용도 따로 지급하겠습니다. 그리고……."

루단이 낮은 한숨을 내쉬었다.

"잘되진 않겠지만 입단속도 시켜 주십시오."

이미 상황을 짐작한 두 사람이 말없이 고개를 끄덕였다.

얼마 후 셀리어트 저택에 하나둘 불이 꺼지고 얼굴을 굳힌 고용인들이 삼삼오오 짝을 지어 사가로, 여관으로 흩어졌다. 남은 사람은 셀리어트 일가나 다름없는 브리언과 자작 부인의 식사를 책임져야 할 주방장뿐이었다.

기사들은 저택 외곽에서 경비를 강화했다. 오늘 밤만큼은 누구의 접근도 허락지 말라는 자작의 엄명에 눈을 부릅떴다. 현장에 동행했던 기사들은 비통함에 잠긴 주인이 하룻밤만이라도 편히 쉬길 바랐다. 그 마음 덕분인지 정원의 벌레와 새들조차 그 밤 내내 조용했다.

불도 켜지 않은 어두운 서재에서 아키발은 독한 브랜디를 병째 들이켰다. 알코올의 영향일까, 그의 입에서 킥킥 웃음소리가 새어 나왔다. 후회, 분노, 미련, 허탈함, 배신감, 슬픔, 두려움 같은 온갖 부정적인 감정들이 그를 괴롭혔다.

그래, 오늘 같은 날 어떻게 맨정신으로 버틸 수 있겠는가?

아키발은 목이 탈 것 같은 독주를 숨도 쉬지 않고 쏟아부었다. 아주 잠깐이라도 모든 것을 잊고 싶었다. 취하고 싶고, 잠들고 싶었다. 아니, 그냥 사라져 버리고 싶었다.

하지만 그럴 수 없지.

아키발은 핏발 선 눈으로 콰득 이를 악물었다.

그는 손에 들고 있던 브랜디를 한 모금 더 마신 후 바닥으로 내동댕이쳤다. 폭발할 것 같은 어둠을 간신히 내리누른 그의 눈에 분노 이상의 것이 넘실거렸다. 그는 비틀거리며 자리에서 일어섰다.

이제, 진실을 확인하러 갈 시간이었다.

* * *

앨리스의 시신을 안치한 저택 지하, 가문의 납골당으로 내려온 아키발은 혼자 있고 싶다며 주위 사람을 모두 물렸다.

체이스와 루단이 깜짝 놀라 만류했지만 아키발은 화까지 내며 그들을 내쫓았다. 두 아들은 부친이 욱하는 마음에 여동생의 시신을 훼손이라도 하지 않을까 걱정했다. 물론 그 걱정의 주체는 여동생이 아니라 아버지의 도덕성에 흠집이 날까 저어하는 쪽이었다.

버려진 수도원에서 매튜와 앨리스의 시신을 발견한 이후 아키발은 내내 이상했다. 체념과 울분이 뒤엉킨 표정, 제니스 린트벨과 나누는 기묘한 눈빛 그리고 이해할 수 없는 후처리까지.

두 사람 사이에 앨리스를 매개로 한 그들만의 공감대가 있는 게 분명한데, 체이스나 루단에게는 말을 해 주지 않았다. 아들인 자신들까지 따돌려야 하는 비밀이 도대체 뭘까? 체이스와 루단은 아키발의 처사가 불만스럽기도 하고 걱정스럽기도 해 쉽게 발길을 돌리지 못했다.

처음 숲지기의 전언을 듣고 떠난 후, 남아있던 브리언이 급히 준비한 관은 꽤 훌륭했다. 적갈색 윤기가 흐르는 마호가니 관 내부는 붉은 벨벳으로 마감되어 있었고 그 속에 누운 앨리스는 살아생전보다 훨씬 예뻐 보였다.

저 미간이 찌푸려져 있지 않아서, 눈꼬리가 사납게 올라가 있지 않아서, 또는 미운 말만 내뱉던 입술이 꼭 닫혀 있어서 일지도 몰랐다. 그 평온한 얼굴을 바라보면 바라볼수록 아키발의 속은 부글부글 끓어올랐다.

그가 뒤집히는 심사를 억누르며 앨리스의 시신과 대치한 지 20분쯤 지났을까, 또각거리는 구두 소리가 아키발의 뒤에서 울렸다.

"왔는가?"

그가 앨리스에게서 눈을 떼지 않으며 말했다. 제니스가 조용히 아키발의 옆에 와 섰다. 한참의 침묵 끝에 그가 중얼거렸다.

"이제야 영애가 내게 들려준 그 괴상망측한 이야기의 실체를 확인할 수 있겠군."

"아마도요."

제니스가 담담히 대꾸했다.

이틀 전, 그녀는 개인 별장 수색 건의에 불만을 표한 아키발을 찾아가 독대를 청했다. 그는 불쑥 찾아온 제니스에게 불편한 마음을 감추지 않았다. 아키발은 마지못해 그녀와 마주 앉았고, 제니스의 이야기가 끝났을 땐 화를 참지 못하고 소리쳤다.

"도대체 그런 허무맹랑한 이야길 나보고 믿으라는 건가?"

그가 역정을 냈지만 제니스는 흔들리지 않았다.

"전 있었던 사실을 말씀드리는 겁니다. 사실, 셀리어트 영애가 가져온 것이 진짜 그런 물건인지 아닌지는 중요하지 않아요."

"하, 그럼 뭐가 중요하지?"

"그녀가 카란 공자와 도망갈 생각이 없었다는 사실이 중요하지요. 묘약에 대한 영애의 믿음은 확고했어요."

묘약이란 말이 다시 언급되자 아키발의 얼굴이 심하게 구겨졌다.

"그러니까 린트벨 영애는 그 무모하고 괘씸한 계획을 도와줄 생각이었단 말이로군?"

화살이 제니스에게 겨누어졌다.

"천만에요. 전 적절한 순간 영애를 통제하기 위해 그녀의 제의를 거절하지 않았던 것뿐이에요. 제가 그날 그녀의 부탁을 외면했다면 영애는 다른 사람을 찾아갔을 거고, 모르긴 몰라도 더 큰 사건이 터졌을 거예요."

"그만! 변명은 듣고 싶지 않네."

아키발이 사납게 소리쳤다.

"그동안 자네 일행이 우리 가문에 보여 준 호의와 우정은 매우 고맙게 생각하고 있어. 그 부분은 앞으로도 절대 잊지 않을 거네. 갑자기 상황이 복잡해져 차마 떠나겠다는 말을 못 한 모양인데, 내가 정신이 없다 보니 자네들을 미처 챙기지 못했군. 이제 자식 놈들도 왔으니 아무 걱정하지 말고 떠나게. 나도 더는 가문의 치부를 외부인에게 보여 주기 부끄럽군."

"……."

완벽한 축객령이었다. 입을 다문 제니스는 잠시 후 어깨를 으쓱
했다.

"자작님의 생각이 정 그러시다면, 제가 고집을 피울 이유는 없지요.
뜻대로 하세요."

그녀는 산뜻하게 손을 털었다. 그리고 돌아 나오기 직전 마지막
충고를 던졌다.

"그래도 생각은 해 보시는 게 좋을 걸요? 제3의 범인이 있다면, 지
금 자작님은 완벽하게 농락당하고 계신 거예요."

정정한다. 마지막 심술이었다.

그날 밤 제니스는 이곳에서의 볼일이 모두 끝났다고 생각했다. 남의
가문에서 난장을 칠 수야 없으니 이렇게까지 해도 말귀를 못 알아들으
면 슬슬 빠져야지 싶었다. 중간에 자신의 먹이를 가로챈 놈이 어떤 인
간인지 궁금하긴 했지만 열 내며 달려들고 싶진 않았다.

플로라나 네일이 성과 없는 귀가를 아쉬워하겠지만 이 넓은 대륙에
돈 가진 사람이 셀리어트 자작 하나뿐일까? 결국 하버 남작이 더 부지
런히 움직이면 되는 일이었다.

날이 밝으면 일행에게 자작과의 대화를 알려 주자. 모르긴 몰라도
싫어하진 않을 것이다. 네일과 로이드는 이 가문의 끝나지 않는 사건
사고에 꽤 질린 듯하니까. 플로라는 자작 부인을 걱정하겠지만 일행이
있든 없든 로시아네의 상태가 쉽게 호전되지는 않을 것이다.

그렇게 생각을 정리한 제니스는 제법 상쾌한 마음으로 잠이 들었
더랬다.

그랬는데.

다음 날 아침 개인 별장에 대한 대대적인 수색령이 떨어졌다.

그때의 황당함이란. 아키발은 그녀의 눈을 피하며 네일과 로이드에게 은근히 수색에 동참해 달라고 요청했다. 아직 제니스에게서 전날 밤 이야기를 듣지 못한 두 사람은 자작의 청을 거절하지 않았다.

아키발은 지난밤 한숨도 자지 못한 듯 눈 밑이 거뭇했다. 그렇게 단호하게 쳐냈던 주제에 혼자 고민은 엄청 한 모양. 제니스의 말을 믿기 어렵지만 믿고 싶은 마음, 믿기 싫지만 혹시나 하는 마음. 온갖 가정이 그를 괴롭혔고 결국 속는 셈 치고 한 번 확인해 보자는 결론을 내린 것이다.

그리고 정말 정체를 알 수 없는 자들이 이 사건에 개입되어 있음을 확인하자마자, 생각을 정리할 틈도 없이 앨리스의 시신과 마주하게 되었다. 이제 남은 것은 제니스가 언급했던 마지막 가능성을 확인하는 일뿐이었다.

잠깐 지난 생각을 떠올렸던 제니스가 다시 현실로 돌아왔다. 그녀는 가볍게 숨을 내쉬고 바로 앨리스에게 다가갔다.

다가가려 했다.

아키발이 제니스의 어깨를 잡지 않았더라면.

그녀는 의문을 담은 눈으로 자작을 돌아보았다. 아키발이 음울한 얼굴로 제니스를 바라보았다. 아니 제니스의 어깨너머 어딘가를 보고 있었다.

"영애는…… 이 일이 정말, 앨리스의 자작극이 아니라고 생각하나?"

그의 목소리가 침울했다. 제니스는 어둠에 잠긴 아키발의 눈을 바라보며 무심한 어조로 물었다.

"두려우세요? 이 모든 일이 따님이 주도한 짓일까 봐?"

"이미 그런 계획을 세웠었다고 하지 않았나?"

아키발은 부정하지 않았다.

사실 처음엔 앨리스가 스스로 도망친 게 아니란 가설이 기꺼웠다. 그거면 될 것 같았다. 하지만 곧 깨달았다. 그 말이 사실이라면 앨리스가 죽음이란 칼로 자신과 카란 백작을 협박하려 했다는 또 다른 진실을 받아들여야 한다는 것을.

도대체 어느 쪽을 더 낫다고 여겨야 할까? 더 나은 것이 있기는 할까? 제니스의 이야기를 들었을 때만 해도 황당무계할 뿐이던 마음이 시간이 지날수록 용서할 수 없는 배신감으로 물들었다. 그리고 진실 확인을 코앞에 둔 지금 그가 느끼는 분노는 최고조에 달해 있었다.

제니스는 아키발에게서 희미하게 흘러나오는 술 냄새에 얼굴을 찡그렸다. 맨정신으론 이곳에 올 수 없었던 그의 마음을 따라가 본다. 배신감에 허덕이는 아비의 마음, 가문을 지켜야 하는 가주로서의 결단, 어쩌면 그는…….

제니스의 입가에 싸늘한 미소가 돋았다.

"버리고 싶으세요?"

앨리스를, 당신의 골칫덩어리 딸을, 이대로, 그냥 죽은 채로, 내버려 두고 싶으세요? 그래서 내 어깨를 잡았나요?

적나라한 질문을 마주한 아키발이 흠칫하며 뻗었던 손을 황급히 거두어들였다.

"……아닐세. 오해하지 말게."

잠긴 목소리가 떨렸다.

아키발은 무서운 것이라도 본 사람처럼 식은땀을 흘리며 한 걸음

물러섰다. 제니스는 모든 것을 안으로 삼키려는 듯 두 눈을 질끈 감는 그를 바라보다가 천천히 등을 돌렸다. 앨리스에게 걸어갔다.

사람은 언제 어느 때고 맞닥뜨릴 수 있다. 인간과 비인간의 경계. 아마 자작은 잠깐이나마 그곳을 지키고 선 자기 안의 악마를 보았을지도 모른다.

관 속에 누워 있는 앨리스는 시체 그 자체였다. 창백한 피부, 푸른 입술. 코에 손을 가져가 보았으나 숨을 쉬는 기색은 없었다. 심장에 손을 올려 보았다. 역시 미동도 없었다. 느껴지는 것은 시체 특유의 차가움뿐.

이것이 진짜가 아니라 마법으로 인한 것이라면 정말 재미있다. 신기한 세계다. 이제 어디서 드래곤만 튀어나오면 흥미진진한 요소가 모두 갖춰지는 건가―라는 실없는 생각마저 들었다.

제니스의 시선이 천천히 움직여 앨리스의 목에 걸린 로켓에 닿았다.

둘 중 하나, 50 대 50.

그래서 부활의 묘약을 손에 넣었을 땐 하늘의 운이 자신의 편인 줄 알았다. 그러나 그 운은 앨리스의 것도 제니스의 것도 아니었다. 하늘은 듣도 보도 못한 어떤 놈팡이의 손을 들어 주었다.

제니스는 쓴웃음을 삼키며 앨리스가 맡긴 부활의 묘약을 그녀의 입 속에 우악스럽게 밀어 넣었다. 감정이 잔뜩 실린 손길이었지만 제니스의 뒤에 서 있는 아키발은 알지 못했다. 그렇게 황금색 단약을 목구멍 깊숙이 밀어 넣고 손가락을 떼는 순간, 단단하기만 하던 단약이 물컹해지는 것을 느꼈다.

'녹든지 소화가 되든지 둘 중 하나는 되겠군.'

해야 할 일을 마친 제니스가 뒤로 물러섰다. 낯선 긴장과 기대가 조용히 밀려왔다. 이제 그녀는 물론 앨리스 또한 자신의 믿음에 대한 판결을 받을 것이다.

……5초쯤 흘렀을까, 억지로 벌려 놓은 앨리스의 입속에서 플래시 같은 빛이 한순간 번쩍였다. 제니스와 아키발의 눈이 튀어나올 듯 커졌다. 앨리스의 창백한 피부에 기이한 황금빛이 어리더니 시간이 흐를수록 진해졌다. 그러다 어느 순간, 눈도 뜨지 못할 정도로 눈부신 황금 물결이 어두컴컴한 납골당 안을 가득 채우고 거짓말처럼 사라졌다.

잠깐 눈을 감았다 뜬 제니스가 빠르게 앨리스를 살펴보았다. 그녀는 여전히 관 속에 미동도 없이 누워 있었다. 제니스의 얼굴이 구겨졌다.

'실패인가……?'

48시간이 지난 걸까, 아니면 이펙트만 그럴듯한 가짜였던 걸까?

그것도 아니면, 결국 죽음의 묘약을 먹지 못한 것인가?

제니스는 자세히 살펴볼 생각에 앨리스에게 가까이 다가가 고개를 숙였다. 그 순간.

번쩍!

앨리스의 두 눈이 찢어질 듯 크게 떠졌다. 두 사람의 눈이 10센드도 되지 않는 짧은 거리에서 마주쳤다. 제니스가 뒤로 물러나자 앨리스가 물속에 있다 나온 사람처럼 격렬하게 숨을 들이켜기 시작했다.

"커억! 허억, 허억……!"

급격한 호흡에 심장이 아픈 듯 가슴께를 움켜잡으며 허리를 웅크렸다.

"아…… 매…… 흐……."

"서두를 것 없습니다. 셀리어트 영애."

제니스가 충고했다.

"흐……으, 흐흐흑…….."

앨리스의 눈물이 터졌다. 관 속에 모로 누워 새우처럼 몸을 웅크린 그녀는 어깨를 덜덜 떨며 숨죽여 울었다. 아마 죽다 살아난 것이 실감 나는 모양이다.

아깝다. 그 눈물을 뽑아 주는 사람, 바로 제니스 자신이길 바랐는데.

"……으……. 매…… 매튜는……?"

역시 가장 궁금한 건 그인 걸까?

"카란 백작가에서 데려갔습니다."

"아아…….."

앨리스는 무엇이 서러운지 눈물을 멈추지 못했다. 제니스는 몇 발 자국 뒤에 서 있는 아키발을 바라보았다.

그는 원래 서 있던 그늘 속에서 꼼짝도 하지 않았다. 어둠 속에서 그의 두 눈만 맹수처럼 빛났다. 우여곡절 끝에 살아난 딸아이의 회 생을 기뻐하는 표정은 절대 아니었다. 오히려, 그녀를 후려치지 않기 위해 평생의 인내심을 끌어모으고 있는 쪽이랄까.

"아, 아밀라……. 아밀라에게 가야 해…….."

앨리스가 두서없이 중얼거리며 관에서 나오기 위해 버둥거렸다.

"라트 일족은 셀리어트를 떠났습니다."

제니스가 친절하게 알려주었다.

"……뭐? 어…… 어, 어, 어째서?"

"당신이 사라진 5일 동안 정말 많은 일이 있었으니까요. 그중 하나 는 셀리어트와 카란의 갈등이 심해져 영지전 이야기가 나올 정도로 정세가 불안해졌단 겁니다. 라트 일족으로선 이곳에 더 머무를 수 없었지요."

"으……으……."

앨리스의 목에서 짐승 같은 소리가 흘러나왔다. 제니스가 그토록 보고 싶어 하던 절망이 앨리스의 고운 얼굴 위에 내려앉았다.

"아…… 으……. 안 돼……. 안 돼, 안 돼!"

그녀의 움직임이 급해졌다. 흘러넘치는 눈물을 닦을 생각도 못 한 채 허겁지겁 관 속에서 기어 나왔다. 힘이 달리는지 몇 번이나 숨을 몰아쉬며 비틀거리던 그녀는 몇 분이 지나서야 차가운 돌바닥 위에 발을 디뎠다. 그러나 채 몇 걸음 옮기기도 전에 석상처럼 서 있는 아키발을 발견하고 그 자리에 얼어붙었다.

"……아, 아버지?"

뚜벅뚜벅.

아키발이 어둠 속에서 천천히 걸어 나왔다. 그 차가운 발소리가 천둥처럼 앨리스의 귓가를 때렸다.

"미안합니다, 셀리어트 영애."

제니스가 사과했다.

"예기치 못한 사건 때문에 자작께 진실을 고하지 않을 수 없었어요. 아니었다면 영애를 구할 기회조차 얻지 못했을 테니까요."

앨리스는 차마 고개를 들지 못하고 덜덜 떨었다. 그런 그녀를 내려다보며 아키발이 이를 악물었다.

"불이 났던 밤부터 아니, 라트 일족에게서 그 기괴한 약을 받아 낸 날부터 무슨 일이 있었는지, 하나도 빼놓지 말고 말하거라. 어디 한번 들어보고, 널 내 손으로 죽일지 말지 결정하도록 하겠다."

그의 일갈에 앨리스가 망연자실한 얼굴로 차가운 돌바닥 위에 주저앉았다.

2

그날 밤, 앨리스는 억지로 잠을 청한 지 얼마 되지 않아 눈을 떴다. 밖에서 무언가 부딪히는 둔탁한 소리가 그녀를 깨웠다. 이런저런 일로 무척 예민했던 그녀는 문 앞으로 다가가 한밤중에 무슨 소란이냐고 짜증을 부렸다.

문밖의 소음이 일순 멎었다.

말귀를 알아듣는 놈이라 다행이라고 생각하며 다시 침대로 돌아가려는 순간.

퍽—

문고리가 부서져 나갔다.

놀란 앨리스가 뒤를 돌아보자 덜컹거리며 열린 문 사이로 검은 그림자가 뛰어들었다. 그녀의 눈동자가 찢어질 듯 커졌다. 소리 따위 지를 새도 없었다. 괴한이 휘두르는 몽둥이 너머 바닥에 쓰러진 셸리어트가의 기사가 망막에 맺히는 순간, 그녀에게도 어둠이 찾아왔다.

그녀가 정신을 차린 곳은 작고 허름한 창고 안이었다. 먼지 냄새 나는 낡은 카펫 위에서 눈을 뜬 앨리스는 순간 지난밤 있었던 일을 기억해 냈다. 벌떡 일어난 그녀는 바로 눈앞에 보이는 문을 향해 달려갔다. 그러나 아무리 흔들어도 단단히 잠긴 문은 꿈쩍도 하지 않았다. 그녀가 신경질적으로 계속 잡아당기자 밖에서 낄낄거리는 웃음소리가 들렸다.

"조용히 해, 이년아!"

바로 앞에서 말하는 것 같은 사나운 일갈에 앨리스가 깜짝 놀라 뒤로 물러섰다. 그러나 자신이 잠시나마 겁을 집어먹었다는 것을 깨닫자 특유의 오기가 치밀어 올랐다.

'이 버러지 같은 것들이, 감히 누굴 보고!'

주위를 둘러본 앨리스는 구석에 있던 작은 서랍장에서 빈 서랍 하나를 빼 들어 문을 향해 던졌다. 문에 부딪힌 서랍이 요란한 소리를 내며 바닥으로 떨어지자 문밖이 조용해졌다. 의기양양해진 앨리스가 소리쳤다.

"당장 문 열어!"

반응이 없었다.

앨리스는 떨어진 서랍을 주워 직접 문 위에 휘둘렀다. 쾅, 쾅 요란한 소리가 났다. 맨손바닥이 가시에 찔려 따끔거리고 숨이 가빠 왔지만 소란을 멈추지 않았다. 결국 튼튼해 보이던 서랍 이음새가 비틀리며 부서지기 시작했다. 앨리스는 마지막 일격을 위해 두 손을 높이 들어 올렸다. 그리고 힘껏 내리치기 직전, 달칵거리며 자물쇠 열리는 소리가 들렸다.

그럼 그렇지.

그녀는 회심의 미소를 지었다.

'멍청한 놈들. 내가 다른 평범한 계집애들처럼 구석에 웅크리고 앉아 훌쩍거리거나 할 줄 알았다면 오산이야.'

앨리스는 한껏 오만한 표정을 지으며 천천히 열리는 문을 노려보왔다. 어떤 년의 사주를 받고 이런 짓을 저질렀는지 모르겠지만 단단히 후회하게 해 주겠다 벼르며. 그러나 그런 앨리스의 자신감은 오래가지 못했다.

대여섯 명 되는 덩치들이 등불을 들고 우르르 들어와 출입문 양쪽에 늘어섰다. 그리고 그 사이로 한 명의 남자가 나타났다.

말쑥한 차림새였다. 단정하게 빗어 넘긴 짧은 금발에 어울리는 실크 셔츠와 고급 코트를 입고 있었다. 나이는 삼십 대 후반일까? 험한 일은 한 번도 해 본 적 없어 보이는 손과 반질반질 윤이 나는 가죽구두가 뒤에 병풍처럼 둘러 서 있는 우락부락한 체격의 사내들과 전혀 어울리지 않았다.

그 남자와 눈이 마주치는 순간, 앨리스는 저도 모르게 뒤로 물러설 뻔했다. 유리알처럼 차고 검은 눈동자는 입가에 띤 엷은 미소와 다르게 전혀 웃고 있지 않았다.

징그러워.

앨리스는 본능적인 혐오감을 느꼈다. 그리 큰 키도, 험상궂은 얼굴도 아니건만 남자에겐 정체 모를 음험함이 있었다. 그녀는 위축된 자신을 숨기기 위해 더욱 큰 소리를 냈다.

"네가 이들의 우두머리인가 보군. 긴말하지 않겠어. 지금 당장 나를 돌려보내도록 해. 그렇게 한다면 지금까지 있었던 일은 모두 불문에 부쳐 주지."

앨리스가 명령조로 말했지만 금발 머리 남자는 아무 대꾸도 하지 않았다. 좁은 창고 안을 천천히 둘러본 그는 바닥에 나뒹굴고 있는 서랍의 잔해에서 시선을 멈췄다. 남자가 빙그레 웃었다.

"과연, 유명세가 아깝지 않은 반응이구려."

"넌 누구냐? 아니, 너에게 이 일을 사주한 자가 누구냐?"

앨리스의 추궁에 남자의 미소가 진해졌다. 비죽 휘어진 입술에 비웃음이 걸렸다.

"알면, 살아 돌아가지 못할 텐데?"

"감히!"

분노를 담은 외침에 남자가 천천히 다가왔다. 웃고 있는 눈이 뱀처럼 차가웠다.

"영애, 말조심을 좀 하는 게 어떻겠소? 내가 '감히'라는 단어를 별로 좋아하지 않거든. 뒤에 있는 내 친구들도 아마 그럴 거요. 알겠소?"

위협을 느낀 앨리스가 두 눈을 부릅뜨며 선언했다.

"내게 손가락 하나라도 까딱하는 날엔 너희는 아무것도 얻지 못할 것이다."

쿡. 남자가 어깨를 떨며 웃었다.

"도대체 당신을 담보로 셀리어트가에서 뭘 얻어 낼 수 있겠소? 아, 당신을 치워 준 대가는 요구할 수 있겠군."

둘러싼 놈 중 하나가 푸하하 웃으며 장단을 맞췄다.

"아이고, 한몫 단단히 잡겠습니다요."

"뿐이랴, 셀리어트 자작이 쫓아와 절을 할지도 모르지."

"이이이……!"

앨리스는 모욕감에 부들부들 떨었다.

"네놈들, 원하는 게 뭐야? 왜 날 납치한 거지?"

"원하는 것은 아무것도 없소."

남자가 가면 같은 미소를 거두며 말했다.

"당신은 그냥 여기 조용히 있으면 된다오."

"거짓말! 원하는 게 없으면 왜 날 데려왔어? 셀리어트가의 사람을 납치하고도 무사할 것 같아?"

앨리스는 감출 수 없는 불안감에 목소리를 높였다.

"말해 보라고. 누가 날 죽여 달라고 해? 얼마 받기로 했지? 내가 그두 배를 주겠어. 아니 세 배! 어차피 돈 때문 아냐? 내가 주겠다고!"

그 모습을 지켜본 우두머리 남자의 눈에 선명한 조소가 떠올랐다.

"귀족이라고 같잖게 목에 힘주고 다니는 치들을 내 여러 번 봤지만, 그중에서도 당신 같은 계집은 처음이라오. 더 신기한 건 이런 물건에 홀리는 남자도 있다는 거지. 한심하게도 말이야."

"뭐?"

"데려왔습니다."

문밖에서 누군가 말했다.

"들여라."

문이 열리며 체격이 건장한 구릿빛 피부의 남자가 머리에 자루를 뒤집어쓴 정체불명의 사내를 끌고 들어왔다. 앨리스의 손이 덜덜 떨렸다. 익숙한 체격, 낯익은 실루엣. 그녀는 자신이 본 것을 부정하고 싶었다.

"아닐 거야……."

앨리스가 신음처럼 중얼거렸다.

말도 안 돼. 누가, 누가 카란가의 대공자를 건드린단 말인가? 이놈들에게 그런 짓을 무마할 뒷배가 있단 말인가!

경악하는 앨리스를 보며 우두머리 남자가 명랑하게 말했다.

"내 선물이요. 부디 좋은 시간 보내시길."

그는 더는 할 말 없다는 듯 뒤돌아섰다.

"머, 멈춰! 내 얘기 아직 안 끝났어. 거기 서라고!"

앨리스가 악을 썼지만 남자는 돌아보지 않았다. 그녀가 쫓아가려 움직이자 문 앞을 지키고 있던 험상궂은 남자가 앞을 가로막았다. 그에게 밀려 나동그라진 앨리스를 보며 혀 차는 소리가 들렸다.

"쯧쯧, 고생을 자처하겠다면 어쩔 수 없지. 손발을 묶고 재갈을 물려라. 조용하게 관리하도록."

"넵."

명령이 떨어지자 둘러서 있던 사내들이 일사불란하게 움직였다.

"놓아라, 이것 놓아. 감히 어디 손을 대는 것이냐?"

앨리스가 발버둥 쳤지만 건장한 사내들의 힘을 당할 순 없었다. 순식간에 손발이 결박된 그녀는 소리를 지르며 이빨로 물어뜯는 것도 마다치 않았다. 그러던 중 우두머리 사내가 선물이라 말한 남자의 머리에 씌었던 자루가 벗겨졌다.

"⋯⋯매튜!"

비명 섞인 부름이 터졌다.

"우⋯⋯ 으으⋯⋯ 우."

재갈이 물려 있는 그의 입에서 언어가 되지 못한 소리가 흘러나왔다. 그리고 얼마 후 앨리스도 같은 처지가 되었다. 처리가 끝난 두 사람은 짐짝처럼 방 한가운데 던져졌다.

"어휴, 징한 년."

도중에 앨리스의 손톱에 할퀴어지고 팔뚝을 물린 장년의 남자가 그녀를 노려보며 이를 갈았다. 앨리스도 독기 가득한 눈으로 마주 보았다. 살덩어리를 뜯어내지 못한 게 한이라면 한이었다.

그런 앨리스의 마음을 읽었을까, 방을 나가려던 그 남자가 갑자기 낯을 굳히며 돌아와 앨리스를 잡아 일으켰다.

"으으으우!"

그녀가 몸부림을 치며 저항했으나 아무 소용없었다. 사내는 일말의 망설임도 없이 앨리스의 얼굴을 후려쳤다.

짜아악—

"우으으……!"

매튜가 물린 재갈 사이로 울부짖었다. 앨리스는 생전 처음 느껴 보는 고통과 충격에 정신이 아득해졌다. 아무런 방비도 없이 바닥으로 떨어져 내린 그녀는 머리를 세게 부딪치며 그대로 정신을 잃었다. 장년의 남자는 '재수 없는 눈깔'이라고 중얼거리더니 퉷, 침을 뱉고 사라졌다.

얼마의 시간이 흘렀을까……. 앨리스는 지끈거리는 통증을 느끼며 서서히 정신을 차렸다. 이상하게 숨 쉬기도 움직이기도 불편한 몸을 뒤척이자 뒤에서 작은 인기척이 났다.

"에으흐?"

웅얼거리는 소리에 반사적으로 뒤를 돌아보려던 그녀는 척추를 타고 올라오는 끔찍한 고통에 잠시 숨 쉬는 것도 잊고 몸을 움츠렸다. 피가 통하지 않아 마비된 근육이 미친 듯 비명을 질렀다. 덕분에 한참 동안 끙끙 앓는 소리를 내며 몸을 추스른 앨리스는 그제야 정신을 잃기 직전 있었던 일을 떠올렸다.

'꿈이…… 아니었어.'

볼을 스치는 낡은 카펫의 감촉과 결박된 손발을 인지한 순간, 온몸에 힘이 쭉 빠졌다. 가늘게 떨리는 손을 맞잡으며 조심스레 뒤를 돌아보자, 겨우 윤곽만 식별할 수 있는 어둠 속에서 한 남자가 걱정스러운 눈으로 그녀를 바라보고 있었다.

'매튜…….'

그의 얼굴을 다시 확인한 앨리스의 마음이 한없이 무거워졌다.

낙스 북부에서 무력으로 따라올 곳이 없는 가문이 카란 백작가였다. 그런 곳의 대공자를 아무렇지 않게 납치하다니, 제정신인 걸까? 앨리스는 지금 이 상황을 도무지 이해할 수 없었다.

시간이 흐르자 창고 안이 희미하게 밝아졌다. 밖에서 옅은 인기척이 났다. 일상적인 대화와 사내들의 질 낮은 농담, 낄낄거리는 웃음소리가 이어졌다. 그리고 문이 열렸다.

앨리스와 매튜는 힘겹게 서로에게 몸을 기대고 침입자를 경계했다. 어둠에 익숙해진 두 사람에게 밖에서 들이닥친 빛은 너무 밝았다. 힘들게 뜬 시야 속으로 걸어 들어온 남자는 지난번 보았던 우두머리도, 앨리스에게 손찌검한 장년의 남자도 아니었다. 붉은빛이 도는 짧은 갈색 머리의 사내는 멀건 죽처럼 보이는 음식을 앨리스 근처에 내려놓았다.

"여, 좋은 아침이요. 간밤엔 잘 잤소?"

마치 여관에서 손님이라도 대접하는 투였다. 무슨 좋은 일이라도 있는 것인지 사내는 연신 콧노래를 흥얼거리며 매튜와 앨리스의 재갈과 손을 풀어주었다.

"그럼 식사 맛있게 하시구려."

용건은 그것뿐이었던 듯 사내는 빠르게 문 쪽으로 걸어갔다. 앨리스는 사내가 그대로 나가 버릴까 마음이 급했다. 그녀는 허겁지겁 바닥에 놓아둔 음식을 그릇째 엎었다. 식기가 부딪치는 요란한 소리에 사내가 뒤를 돌아보았다.

"어제 본 당신들 우두머리를 데려와. 거래하자고 전해라. 원하는 것은 모두 들어주겠다."

주의를 끌었다고 생각한 앨리스가 두려움을 억누르며 간신히 말했다. 사내는 바닥에 내동댕이쳐진 음식을 물끄러미 바라보다 아무 대답 없이 그녀가 있는 쪽으로 다가왔다.

그녀의 눈이 살짝 커지고, 느낌이 좋지 않은 것을 느낀 매튜가 필사적으로 다가왔다. 그러나 역부족이었다. 눈 깜짝할 새 사내에게 멱살이 잡힌 앨리스는 바로 바닥으로 내동댕이쳐졌다.

"아악!"

떨어지면서 또 뒤통수를 부딪쳤는지 머릿속이 윙윙거렸다. 정신을 차리지 못하는 그녀 위로 사내가 다가왔다. 그의 손에는 서늘한 빛을 흘리는 손바닥만 한 비수가 들려 있었다.

"배가 부른 년, 너처럼 음식 귀한 줄 모르는 년은 혼이 나 봐야 정신을 차리지."

사내는 살기가 뚝뚝 흐르는 얼굴과 다르게 너무나 담백한 어조로 중얼거렸다. 앨리스의 어깨를 한 손으로 우악스럽게 잡아 누른 그는 그녀가 미처 뭐라고 반응하기도 전에 날카로운 쇠붙이를 아래로 내리꽂았다.

콰직—

"안 돼!"

매튜가 비명을 질렀다.

찰나간에 벌어진 일에 앨리스는 입도 벙긋하지 못했다.

또르르, 붉은 피 한 방울이 비수를 타고 바닥으로 흘러내렸다. 그걸 시작으로 앨리스의 귓불에서 붉은 피가 하나, 둘 방울방울 솟아올 랐다. 사내가 히죽 웃었다.

"이런 실수. 잘라 버리려고 했는데 그냥 스치기만 했네? 오래 쉬었 더니 감이 죽었나 보군. 걱정하지 마, 이번엔 한 방에 잘라 줄 테니."

사내가 여상히 말하며 바닥에 박힌 비수를 다시 뽑아 들었다.

쿠당탕—!

사내와 매튜가 엉키며 앨리스의 옆으로 굴러떨어졌다. 매튜가 앞뒤 안 가리고 몸을 날린 것이다.

"무슨 일이야?"

요란한 소리가 들렸는지 벌컥 문이 열렸다. 문밖에 있던 남자가 바 닥에 널브러져 있는 매튜와 붉은 갈색 머리 사내를 보더니 혀를 찼다.

"뭐냐, 너 지금 그 약골한테 칼 뽑았냐?"

널브러졌던 사내가 벌떡 일어났다.

"아니거든."

"아니긴. 쪽팔리게."

"아니라니까!"

붉은 갈색 머리 사내는 자기 말을 들어 보라며 문밖 남자에게 쪼르 르 달려갔다. 남자는 사내의 열변을 귓등으로 흘리며 다시 문을 걸어 잠갔다.

"아니든 기든 쓸데없이 사고 치지 마. 흠집 나면 토막 내서 버려야 하잖아. 귀찮아."

마지막 말이 앨리스와 매튜의 귓가에 메아리처럼 울렸다.

사내가 그렇게 사라진 후 절뚝거리며 일어난 매튜는 충격을 받아 꼼짝도 못 하는 앨리스를 일으켜 보듬었다. 미처 풀지 못했던 발목

끈을 풀고 피가 잘 통하도록 주물러 주었다. 쏟아진 음식물로 더러워진 카펫도 대충 접어 구석으로 치웠다. 덕분에 차가운 바닥에 그대로 앉게 됐지만 누구를 탓할 수도 없었다.

앨리스는 반쯤 정신을 놓고 있었다. 자신의 악과 오기를 파리 잡듯 그냥 뭉개 버리는 사람은 처음이었다. 그녀가 그동안 상대해 온 귀족들은 체면 때문에라도 앨리스가 난리를 치면 원하는 걸 쥐여 주며 얼른 눈앞에서 사라지길 바랐다. 앨리스는 그 방법이 통하지 않는 자들을 만난 적이 없었다.

어제 이전까지는.

'이제 어떻게 해야 하지?'

평정을 잃은 앨리스가 덜덜 떨었다.

어떡하지? 이제 어떻게 해야 하지? 기다리면 아버지가 구하러 와 주실까? 내가 여기 있는 걸 찾아내실까? 날 찾고는 계실까? 여기가 셀리어트이긴 한 걸까? 아니 카란인가? 여긴 어딘 걸까? 왜 아직 날 못 찾고 계실까? 설마 저놈들의 말처럼 날 포기해 버리신 걸까?

그녀는 초조함에 손톱을 물어뜯었다.

안 돼……. 아버지만 기다리고 있을 수 없어. 뭐라도 해야 해, 뭐라도. 그런데…… 뭘 하지? 다시 소란을 피울까? 문을 두드리고 우두머리를 불러오라고, 아니면 계속 시끄럽게 굴겠다고……. 아니야, 그러다 또 얻어맞을 거야. 이번엔 정말 귀가 잘릴지도 몰라……. 아, 안 돼, 겁먹지 마! 내 귀를 정말 자를 리가 없어! 실수니 뭐니 한 것도 못 자르니 그런 거야. ……그런데, 정말 실수할 수도 있는 거잖아? 겁만 주려고 했는데 실수로 잘릴 수도 있는 거잖아. 그럼 어떡하지? 어떡하지? 어떡…….

"앨리스."

"헉!"

놀란 앨리스가 화들짝 몸서리를 쳤다. 폭주하고 있던 그녀의 정신이 간신히 현실로 돌아왔다. 매튜가 바로 앞에서 그녀를 바라보고 있었다. 그는 앨리스가 정신없이 짓씹고 있던 손톱을 그녀의 입가에서 떼어 냈다. 망가진 손끝을 매만진 그가 떨고 있는 그녀를 품속으로 끌어당겼다.

"이제 괜찮습니다. 다 끝났어요. 많이 놀랐을 텐데 잠깐 눈이라도 붙이는 게 어떻습니까?"

"아뇨…… 싫어요……."

앨리스가 불퉁한 마음으로 겨우 말했다. 이런 상황에서 잠을 자라 권하는 그가 웃겼다. 그게 가능해?

"그럼 눈이라도 감고 있어요. 마음이 진정되는 데 도움이 될 겁니다."

그녀는 말도 안 되는 소리라고 생각했지만 습관처럼 매튜의 가슴에 파고들었다. 사실 반박할 기운도 없었다. 그나마 사람의 온기가 닿으니 바늘 끝처럼 뾰족하던 신경이 조금 누그러졌다. 매튜의 선명한 심장 박동이 미처 날뛰는 앨리스의 가슴을 서서히 진정시켰다.

이 남자가 이런 식으로 도움이 될 줄은 몰랐는데…….

앨리스는 자신의 마음에 스며드는 희미한 위로와 안도감을 신기하게 바라보며 가만히 눈을 감았다.

그래, 잠깐만. 잠깐만 아무 생각도 하지 말자. 조금만 쉬는 거야. 그러고 나서 다시 방법을 생각해보자. 그러면…… 길이 보일 거야. 모든 일이…… 잘, 될 거야…….

잠시 후 앨리스는 스스로 단언했던 것이 무색하게 까무룩 잠이 들었다.

* * *

'오늘은 어때?'

'별거 없었어.'

'꽝이야.'

'똑같지 뭐.'

'힘들어 죽겠다.'

괴한들이 나누는 대화는 늘 비슷했다. 앨리스와 매튜는 그들의 짧은 대화에서 가끔 나오는 인사나 농담을 들으며 하루의 어느 때를 지나고 있는지 추측했다. 나무판자로 막힌 작은 창에서 스며드는 빛은 너무 희미해 해가 뜨고 지는 것만 겨우 알 수 있었다.

두 사람은—갈색 머리 사내가 비수를 빼 들고 설쳤던—그날 이후, 창고 안에 가두어진 채 방치되었다. 괴한들은 더는 음식도 주지 않고 문을 여는 일도 없었다.

그들은 뒤가 구린 놈들답게 낮보다 밤에 더 활동적이었다. 앨리스는 그들이 매일 밤 무엇 때문에 그렇게 분주한지 궁금했다.

납치된 지 4일째였던가.—확실하지는 않다. 두 사람은 배고픔에 시달렸고 잠을 자는지 정신을 잃었는지 알 수 없는 시간을 보냈다—깊은 밤, 몹시 흥분한 듯한 큰소리가 앨리스의 선잠을 깨웠다. 매튜는 이미 깨어나 그들의 어수선한 대화에 귀를 기울이고 있었다.

평소와 달리 급박한 발걸음.

뛰고, 소리치고 그러다 잔뜩 목소리를 낮추고. 숨길 수 없는 희열이 저 벽 너머에 넘실거렸다.

앨리스는 무언가 변했다는 것을 본능적으로 느꼈다. 그녀는 허겁지겁 매튜를 찾았다. 괴한들의 대화를 듣고 있는 그는 지금까지 본 것 중 가장 심각한 얼굴을 하고 있었다. 그 모습을 보자 다정한 미소로 '별일 아닐 겁니다.'라고 말해 주길 바랐던 작은 기대가 와르르 무너졌다.

괴한들의 소란은 한참 동안 계속되었다. 그들은 두 사람이 갇힌 방 바로 앞에서 거리낌 없이 대화를 나누었다. 두 사람이 깊이 잠들었다고 생각하는 걸까? 아니면 들어도 상관없다고 생각하는 걸까?

그것도 아니면, 상관없게 만들겠다고 작정하고 있는 것일까?

첫날부터 이들 중 누구도 자신들에게 얼굴을 숨기지 않았다. 매튜는 침통한 눈으로, 그것이 의미하는 바는 하나뿐이라고 말했다.

앨리스는 아이처럼 매튜의 품에 파고들었다. 덜덜 떨리던 몸이, 거칠어지던 숨소리가 마법처럼 가라앉았다. 아아, 이 사람이 함께 있어 얼마나 다행인가. 납치범들에게 방치된 지난 며칠, 그가 없었다면 앨리스는 어둠 속에서 폭주하는 망상을 버티지 못하고 미쳐 버렸을 것이다.

그녀는 이 기막힌 상황이 되어서야 자신이 그동안 매튜 카란을 한 번도 제대로 보지 못했음을 알았다. 순하고 둔하기만 한 줄 알았던 그는 바위처럼 단단하고 강인한 마음을 가진 남자였다. 그는 불안과 초조 속에서 끊임없이 흔들리는 앨리스의 정신을 진심으로 다독이고 어루만졌다. 무너지지 않도록 지켜 주었다. 그녀는 이제 매튜의 품에서 안정감을 찾는 자신이 낯설지 않았다.

그리고 문득 궁금해졌다.

1년 전, 이 사람은 왜 자신이 내민 손을 잡았을까?

그는 바보가 아니었다. 자신이 그에게 끌린 건 사실이었지만 100퍼센트 순수한 마음은 아니었다.

매튜는 정말 몰랐을까? 자신이 아버지와 어머니의 가슴에 비수를 꽂을 가장 화려한 제물로 그를 골랐음을. 혼자만 불행해지지 않겠다는 그 추악한 마음을, 정말, 몰랐을까……?

앨리스가 매튜 카란을 처음 본 것은 제법 어렸던 열한 살 무렵, 아버지와 어머니를 따라갔던 어느 무도회에서였다. 사교계에 데뷔하긴 어린 나이였지만 당시 파티의 주최자가 만나기 어려운 퀸트의 고위 귀족이었다. 셀리어트 자작은 그가 기억하든 못하든 얼굴 도장을 찍어두는 게 좋겠다며 온 가족을 데리고 총출동했다.

그런 생각을 한 것이 셀리어트 자작만은 아니었는지, 참석한 귀족들은 너도나도 앨리스 또래의 아이들을 여럿 데려왔다. 덕분에 정원 한구석에 때 아닌 아이들만의 작은 모임이 만들어졌고, 어색하게 눈알만 굴리며 서로를 힐끗거렸다. 매튜 카란도 그곳에 있었다.

그는 앨리스보다 두 살 많은 열세 살이었지만 자신보다 어린아이들 앞에서도 기를 펴지 못했다. 소문으로 들었던 대로 키가 껑충하게 크고 둔해 보이는 인상이었다. 따뜻한 녹색 눈을 빼곤 볼 게 없었다. 누가 가시 섞인 말을 던져도 숨겨진 뜻을 이해 못 하고 웃음으로 화답해 비웃음을 샀다. 멍청이도 저런 멍청이가 없어 보고 있기만 해도 화가 났다.

어렸을 때도 제법 오만한 성정이던 앨리스는 그런 아이가 셀리어트가와 대적하는—어린 앨리스의 머릿속에선 그랬다—카란가의 장남이라는 게 너무 싫었다.

뭐야, 우리 셸리어트의 격까지 떨어지잖아!

그렇게 생각한 앨리스는 매튜 카란을 둘러싸고 놀리는 아이들에게 달려가 날 선 말로 쫓아내곤, 어리벙벙한 얼굴을 하는 그를 다그쳤다.

"야, 너 그렇게 비실비실하게 굴 거면 공부라도 열심히 해. 얕보이지 말란 말이야. 나까지 창피해지잖아!"

딴에는 눈에 잔뜩 힘까지 주고 쏘아붙인 그녀는 자신을 따르는 아이들에게 돌아와 방금 카란가에 본때를 보여 줬노라 자랑했다.

아무것도 몰라서 즐겁기만 했던 어린 시절의 한때. 그 후 몇 년은 매튜 카란을 보지 못했다. 아마 하일리움이나 수도 아카데미를 갔겠지 생각했다. 그러다 재작년 겨울, 유년 시절 이후 처음으로 그를 만났다.

자신에게 음탕한 눈길을 보내던 늙은 귀족의 가랑이를 걷어차고 돌아서던 길이었다. 한눈에 알아봤다. 그 키와 구부정한 자세는 매튜 카란의 전매특허와 같았으니까. 기사 가문의 장남이 검을 팽개쳐 난리가 났다지? 셸리어트도 한동안 그 소문으로 들썩거려 앨리스도 알고 있었다.

다시 만난 매튜 카란은 어릴 때와 달라진 것이 없었다. 여전히 순하고 어리숙했다. 그래서 꾀어냈다. 그의 선한 웃음과 다정한 마음에 위로받으면서도 그의 밑바닥에도 자신과 똑같은 어둠이 있을 거라 확신했다. 그는 다만 운 좋게 그것이 까발려질 기회가 없었을 뿐이라고.

그래, 어쩌면 자신은 그냥 그를 망가뜨리고 싶었던 건지도 모른다.

거기까지 생각한 앨리스는 눈시울이 뜨거워져 얼른 눈을 감았다.

생각이 길어질수록 진한 죄책감이 그녀를 옥죄었다. 되돌릴 수 없는 죄였다.

얼마 후 사방이 고요해졌다. 시시덕거리던 말소리도 분주하던 발소리도 끊겼다. 밤인가 보다. 아니, 새벽인가? 두 사람은 더는 잠들지 못했다. 매튜는 누가 엿듣기라도 할까 작은 목소리로 소곤소곤, 그들이 해야 할 일을 귓가에 속삭였다. 앨리스는 강하게 도리질을 치거나, 어깨를 떨고, 눈물을 흘렸다.

끝나지 않길 빌었던 새벽은 짧았다. 희미한 빛이 창을 가로막은 판자 사이로 스며들었다. 그리고 열리지 않던 문이 열리더니 첫날 언뜻 보았던 남자 둘이 들어왔다.

그들에게선 고소한 냄새가 났다. 김이 모락모락 나는 빵과 물, 고기 스튜가 앨리스와 매튜 앞에 놓였다. 두 사람의 얼굴이 창백해졌다.

그들은 3일 넘게 굶었음에도 잘 넘어가지 않는 음식을 꾸역꾸역 삼켰다. 아주 천천히. 그렇게 식사를 끝내자 이번엔 물이 담긴 나무 대야 두 개와 수건이 주어졌다.

"좀 닦으쇼. 귀족 체면이 말이 아니네."

그들은 처음과 다르게 고분고분한 앨리스를 곁눈질하며 자기들끼리 시시덕거렸다. 수치심에 발끈하려는 그녀를 매튜가 다독였다. 그는 직접 수건에 물을 적셔 앨리스의 얼굴과 팔, 손을 닦아 주었다.

사내들은 보기 좋다고 너스레를 떨더니 매튜까지 얼굴을 닦자 사용이 끝난 대야와 수건을 가지고 물러났다. 그리고 얼마 후 깨끗한 흰색 드레스와 검은색 남자 예복을 가지고 돌아왔다.

"쯧쯧, 꼬락서니가 그게 뭐요? 이걸로 갈아입으쇼. 아, 그리고 성질

고약한 아가씨 때문에 하는 말인데 행여 옷가지에 분풀이할 생각은 하지 마쇼. 그럼 재미없을 거거든."

남자는 웃는 낯짝으로 뻔뻔하게 협박을 곁들였다. 앨리스와 매튜는 서로의 손을 꼭 쥐었다. 남자가 나가지 않고 버티고 서 있자 매튜가 말했다.

"갈아입을 테니 나가 있으십시오."

진위를 판단하듯 매튜의 얼굴을 지그시 응시하던 남자가 픽 웃더니 문으로 걸어갔다.

"귀족님네들 자존심이란."

비웃음을 남긴 남자가 사라지자 앨리스의 얼굴 위로 숨길 수 없는 두려움이 떠올랐다. 매튜는 흔들림 없는 눈으로 그런 그녀를 격려했다.

앨리스는 이 상황이 너무 아이러니했다. 그를 제대로 알게 되자마자 이렇게 허무하게 빼앗기다니. 분한 마음을 참을 수 없었다.

자신이 살 수 있을까?

진짜의 달콤함을 알아 버린 후, 그가 없는 지옥을 견뎌 낼 수 있을까?

아니, 아니, 아니.

'난 그런 인내심이 없어.'

앨리스는 이를 악물었다. 그래, 포기할 수 없었다. 아직 기회는 있었다. 자신이 운 좋게 다시 눈 뜰 수 있다면, 바로 아밀라를 찾아가자. 그리고 빌자. 빌어서라도 묘약을 더 달라고 하자. 무슨 대가를 치르더라도, 이 사람을 살리자.

앨리스가 마음속으로 결의를 다지는 동안 매튜는 발치에 떨어져 있던 새 옷을 느릿느릿 주워 들었다. 앨리스의 얼굴이 거무죽죽해졌다.

새벽 내내 각오를 다졌지만, 결단의 순간이 코앞으로 닥치니 온몸이 절로 뻣뻣해졌다.

그러나 이 지독한 현실 속에서 그나마 이것이 두 사람이 걸어 볼 수 있는 유일한 방법이라는 것을, 그녀 또한 알고 있었다.

매튜는 석상처럼 굳어 있는 앨리스에게 다가와 더러워진 잠옷을 벗기고 새 드레스로 갈아입혔다. 어설픈 손놀림으로 머리까지 정돈해 준 그는 본인 역시 새 옷으로 갈아입고 그녀와 마주 섰다.

앨리스의 두 눈에서 기어코 눈물이 주르륵 흘러내렸다.

"미안해요."

"아닙니다."

"내가 바보 같아서……. 그걸 잃어버려서……."

그녀는 목에 걸린 로켓 하나를 손으로 움켜잡고 울먹거렸다.

"나도 미안합니다."

"뭐가요?"

"저들을 물리치고 당신을 구할 수 있는 강한 남자가 아니라서. 아버지 말씀대로 기사 수업을 좀 더 들을 걸 그랬습니다."

"검은 질색이라면서요?"

"그렇긴 합니다."

앨리스의 얼굴에 울음과 웃음이 뒤엉켰다. 매튜의 손이 그녀의 눈가를 쓸었다.

"지금 이 상황은 누구의 잘못도 아닙니다. 그저 운이 없었던 것뿐입니다. 그러니 자신을 탓하지 마십시오."

그의 말이 너무 아팠다.

"그대에겐 미안하지만, 나는 지금 너무 행복합니다. 당신과 마지막을 함께할 수 있어서."

매튜는 잠시 숨을 고르더니 이어 말했다.

"나는 늘 불안했습니다. 저 문밖에서 당신은 너무 강하고 누구의 도움도 필요 없는 사람이었습니다. 나는 항상 그런 당신에게 버려지지 않을까 두려웠습니다. 그래서 당신 앞에만 서면 말을 더듬고, 주저하며, 앞으로 달려가려는 당신의 발목을 잡았지요."

생각도 못 했던 고백에 앨리스의 눈이 커졌다.

"그런 주제에 나는 늘 당신이 높이 뛰어오를 수 있는 발판이 되고 싶었습니다. 당신이 마음의 짐을 떨쳐 내고 진정으로 웃는 모습을 보고 싶었습니다. 그렇게 웃게 하는 사람이 바로 나이길 바랐……."

앨리스는 입술로 그의 말을 막았다. 한참 후 떨어진 그녀가 조용히 속삭였다.

"당신은 이미 내게 그런 사람이에요."

매튜가 미소 지었다.

벼랑 끝에 이르러서야 비로소 앨리스의 진짜 마음을 얻은 그는 만족스러운 얼굴로 눈을 감았다.

* * *

"원인은?"

첫날 앨리스가 만났던 짧은 금발 머리 사내가 차갑게 물었다. 덩치 큰 남자는 연신 고개를 조아렸다. 두 사람은 숨이 멎은 앨리스와 매튜의 시신 앞에 있었다.

"몸을 뒤져보니 소지품 중에 안이 빈 로켓과 반지가 나왔습니다.

아무래도 거기에 독을 숨기고 있었던 것 같습니다."

"하!"

금발 머리 사내가 혀를 찼다.

"인제 보니 내버려 둬도 알아서 죽을 위인들이었구나."

"죄송합니다. 제대로 관리하지 못했습니다."

"……됐다. 독약을 들이밀어도 먹지 않겠다고 패악을 부릴 줄 알았는데 알아서 죽어 주니 오히려 편해지지 않았느냐?"

"그렇기는 합니다만."

금발 머리 사내가 언젠가처럼 비죽 입술을 휘며 망자를 조롱했다.

"불한당 같은 놈들 손에 더럽혀지느니 깨끗하게 자결하겠다, 이제 무엇도 우리의 사랑을 방해하지 못하리라……. 킥, 눈물을 흘리며 꼴값을 떨었겠지."

그는 그들이 손대기 전에 먼저 자결해 버린 두 사람을 보며 이율배반적인 혐오감을 숨기지 않았다. 마치 이들의 목숨을 빼앗을 생각따위 전혀 없었다는 듯이.

"이래서 곱게 자란 것들이 싫다니까. 근성이 없어."

금발 머리 사내가 미소를 거두며 차가운 얼굴로 말했다.

"계획대로 마무리해. 주인공들이 한 손 거들어 주기까지 했으니 제대로 그림 한 번 만들어 봐."

"넵."

앨리스와 매튜가 마지막으로 만났던 사내가 허리를 반으로 접으며 복명했다.

3

띄엄띄엄, 절반은 울음으로 뒤덮인 앨리스의 설명은 지극히 주관적이었지만 이해하지 못할 정도는 아니었다.

"그렇게 된 거예요……. 아버지, 저는 불 같은 건 지르지 않았어요. 정체를 알 수 없는 괴한들에게 납치되어 정신을 잃고 있었어요. 시간이 지날수록 그들이 우리를 살려 두지 않을 거란 생각이 들었어요. 너무, 너무 무도한 놈들이었어요……."

앨리스가 눈물을 주르륵 흘렸다.

"매튜가 그랬어요. 바로 죽이지 않는 건 어쩌면 우리 시체가 필요해서일지도 모른다고. 믿고 싶지 않았지만 저도 그들이 우리에게 너무 많은 것을 보여 주고 있다는 생각이 들었어요. 뒤는 아무 걱정 없다는 듯이……. 결국…… 걸어 볼 데라곤 아밀라가 준 약을 우리가 먼저 먹는 것뿐이었어요. 그랬는데……."

그녀가 아키발을 발을 붙잡고 오열했다.

"흐흐흑……. 어떡하죠? 어떡하죠, 아버지? 제가 가지고 있던 부활의 묘약을 잃어버렸어요. 그날 저녁까진 분명히 가지고 있었는데……. 흐흐흑, 린트벨 영애, 영애도 봤잖아요? 그날 저녁에…… 분명히 가지고 있었는데……!"

"네, 보았습니다. 영애가 두 개의 로켓을 지니고 계신걸."

"그런데 없어졌어요. 매튜를 만나고 얘기를 나누다 제 목을 봤더니 하나밖에 걸려 있지 않았어요. 그것도 부활의 묘약이 든 쪽이! 그 무도한 놈들 때문에 어딘가에 떨어진 거예요. 아아아…… 아밀라, 어서 아밀라를 쫓아가야 해요. 시간이 없어요. 빨리 그녀를 찾지 못하면 매튜를 살릴 수가 없어요. 아아, 아버지 제발……."

밀랍 같은 얼굴로 그녀의 애원을 듣고 있던 아키발이 말했다.

"그들은 3일 전에 떠났다."

"……아!"

앨리스의 울음이 한순간 멎었다. 그녀는 넋이 나간 얼굴로 천천히 자신의 귀를 막았다. '아니에요. 아니에요, 아버지, 그럴 리가 없어요.' 앨리스는 머리를 흔들며 아키발의 말을 부정했다. '그가 이렇게 나를 떠날 리가 없어요. 나를 혼자 둘 리가 없어요…….' 그녀가 어린 아이처럼 떼를 썼다.

"결국."

"……."

"네가 우리 집안을 말아먹었구나."

아키발의 단호하고 무자비한 선언에 웅크리고 있던 앨리스의 몸이 흠칫 떨렸다. 그가 고저 없는 목소리로 말했다.

"어디 말해 보아라. 이 아비를 겁박해 네 잘난 사랑을 이루겠다는 계획을 세웠던 그 발칙한 머리로. 시궁창에 처박힌 가문의 명예를 어찌 살릴지, 우리에게 칼끝을 겨눈 카란을 어찌 막을지, 어디 말해 보아라."

그녀는 아키발을 바로 보지 못하고 더듬거렸다. 갈라진 목소리가 애처로웠다.

"죄, 죄송해요, 죄송해요, 아버지. 하, 하지만 제가 의도한 일은 아니었어요. 아시잖아요? 저도 그놈들에게 끌려가 고초를 겪었어요!"

"모든 것이 네가 뿌린 씨다."

앨리스의 얼굴이 백지장처럼 새하얘졌다.

"평소, 네 행실이 올발랐다면 그들이 너를 표적으로 삼았을까? 감히 우리 셀리어트를 능멸할 마음을 먹었을까?"

그녀는 억울한 표정으로 고개를 흔들었다.

"차라리 깨어나지 말지 그랬느냐. 그랬으면……."

아키발의 마지막 말에 앨리스는 눈물만 뚝뚝 흘렸다. 완성되지 못한 문장이었지만, 그녀를 상처 주기엔 충분했다.

* * *

앨리스는 텅 빈 눈으로 계단을 올랐다. 거스를 수 없는 분위기를 풍기는 자작의 뒤를 따라 기계적으로 발을 놀렸다. 납치로 인한 육체적, 정신적 충격, 아키발의 비난에 대한 원망 그리고 무엇보다 매튜를 살릴 수 없다는 절망감이 그녀의 사고를 마비시켰다.

눈앞이 어질어질하고 속이 메스꺼웠지만 잠시 쉬어 가자 말할 수 없었다. 그 말을 하는 순간 그녀만 이곳에 남겨 두고 떠날 것 같았다. 어두운 곳은 싫었다. 지금 앨리스에게 남겨진 유일한 본능은 그것뿐이었다.

몸의 요구를 무시하고 계속 무리를 하자 머리가 핑 돌며 다리가 후들거렸다. 숨이 차 잠시 헐떡거리자 뒤에서 부드러운 손이 그녀의 등을 밀었다. 뒤를 돌아볼 새도 없이 그 힘에 떠밀려 앞으로 나아갔다.

묵묵히 도와주는 제니스 린트벨에게 말 못 할 고마움이 밀려왔다. 앞에서 머뭇거리는 자신이 걸리적거려 그런 거라곤 상상도 하지 못하고.

드디어 몇 계단만 더 오르면 저택 일 층과 이어지는 곳이었다. 살짝 열린 문을 통해 희미한 빛이 새어 들어왔다. 그리고 자작 부인의 목소리도 함께 들렸다.

"말해 보렴, 무슨 일이 있는 거니? 왜 하인들이 한 명도 보이지 않아? 다들 어디를 간 거지? 네 아버진? 뭔가 알아낸 거야, 그렇지? 어서 말하렴. 지금 나에게 뭘 숨기고 있는 거니?"

"아닙니다, 어머니. 아버지가 신경이 너무 날카롭다고 하셔서 잠시 내보낸 것뿐이에요."

체이스 셸리어트의 목소리다. 아마 아키발이 걱정되어 이 근처를 서성이다 로시아네와 맞닥뜨린 모양이었다.

"거짓말……. 거짓말이로구나. 넌 옛날부터 거짓말을 참 못했어……. 놀라지 않으마. 난 각오가 돼 있단다. 그러니 말해다오……. 제발, 최악은 아니라고…… 아직, 희망은 있다고. 애야, 제발 말해다오."

체이스 셸리어트는 아무 대답도 하지 못했다. 그리고 로시아네는 진실을 눈치챘다. 넋이 나간 듯한 웅얼거림이 들렸다.

"아아…… 힐다에게 약속했는데……. 세상에서 가장 아름다운 아가씨로 키우겠다고 내가 약속했는데……."

"어머니!"

당황한 체이스의 부름이 뒤를 이었다. 잠시 멈춰 그 소란을 듣고 있던 아키발이 낮은 목소리로 말했다.

"앨리스."

"……네, 네. 아버지."

"앞으로, 한 번만 더 네 어미에게 버릇없이 구는 모습을 보인다면 절대 용서치 않을 것이다."

"……네……. 아버지."

아키발이 다시 걸어갔다. 앨리스는 비틀거리는 걸음으로 유령처럼 그 뒤를 따랐다.

얼마 후 두 사람을 발견한 것인지 경악하는 체이스의 목소리가 들렸다. 로시아네의 울음소리, 용서를 비는 앨리스의 목소리도 간헐적으로 새어 들어왔다. 제니스는 조금 전 아키발이 걸음을 멈추었던 자리에 서서 움직이지 않았다.

가족 간의 눈물 어린 상봉에 자신까지 낄 필요 없으니까.

로시아네의 건강을 걱정하는 자작 때문에 그들은 곧 장소를 옮기자며 떠나갔다. 그렇게 바깥이 조용해진 후에야 제니스는 일 층으로 이어지는 마지막 계단을 올랐다. 그리고 아무도 없을 줄 알았던 홀 중앙에 장승처럼 서 있는 아키발을 발견했다.

제니스에게 뒷모습을 보이고 선 그는 벽에 걸린 전대 가주와 가모의 초상화를 가만히 바라보고 있었다. 제니스가 천천히 그가 있는 곳으로 걸어가 다섯 걸음 정도 되는 거리에 이르렀을 때, 아키발이 기다렸다는 듯 입을 열었다.

"린트벨 영애."

그는 여전히 뒷모습을 보이고 있었다.

"말씀하세요."

자작의 낮은 한숨 소리가 적막한 홀에 퍼져나갔다.

"영애나 영애의 친구들이 우리 셀리어트에 보여 준 넘치도록 과분한 호의를 잘 알고 있네. 특히 영애의 도움은 이루 말할 수 없이 컸지. 그런 상황에 이렇게 다시 확인받고 싶어 하는 내가 몰염치해 보일 수도 있어. 하지만 이해해 주게. 나는…… 한 가문의 수장일세. 더는 떨어질 곳도 없지만 그래도 지켜 내야 할 것들이 있어. 부탁하네."

아키발이 돌아섰다.

"영애가 이곳에서 보고 들은 모든 것, 함구해 줄 수 있겠나?"

그는 좌절감이 가득한 눈으로 제니스를 바라봤다. 그녀가 바로 대답하지 않고 침묵하자 초조함을 숨기지 못했다. 그에게는 이 찰나의 순간이 영원처럼 느껴졌기에.

아주 짧은, 혹은 몹시 길었던 침묵을 깨고 제니스가 입을 열었다.

"우의에는 우의로. 그 원칙을 지켜 주신다면 자작님이 걱정하실 것은 아무것도 없답니다."

아키발은 조금 의아한 표정을 지었다.

우의에는 우의로?

"만약 지금 자작님께서 저를 조금이라도 겁박하셨다면 저는 다른 선택을 했을 거예요."

"나는, 우리 셀리어트는 그런 곳이 아닐세."

아키발이 불쾌한 듯 미간을 찌푸렸다. 제니스가 싱긋 웃었다.

"저도 그 사실이 참으로 기쁘답니다. 누군가에게 호의를 베풀 때 이왕이면 그럴 만한 가치가 있는 사람이길 바라거든요."

"영애의 기준을 통과했다니 다행이군."

담담하려고 노력했지만 비감함이 섞인 목소리였다. 어린 여자아이의 평가 대상이 된 작금의 상황이 그의 자존심을 크게 상처 입힌 듯했다. 제니스는 그런 그에게 한 손을 내밀어 보였다. 뭐냐고 묻던 아키발의 눈이 순식간에 커졌다.

"이건······!"

"전 라트 일족이 떠나기 직전, 아밀라를 만나고 왔지요."

그녀가 살짝 젠체했다.

"왜…… 왜 납골당에선 말하지 않나?"

제니스가 차가운 미소를 머금었다.

"주제넘을지 모르지만, 전 셀리어트 영애에게 어느 정도 교훈이 필요하다고 여겼어요. 그녀의 경솔함이 불러온 불행을 한 번 제대로 겪어 봐야 다시는 그런 어리석은 선택에 눈길을 주지 않지요."

아키발은 실감이 나지 않는 듯 멍하니 제니스의 손을 내려다보았다. 그런 자작을 바라보며 제니스가 냉정하게 권했다.

"매튜 카란이 살아날 수 있다면 카란 백작의 분노를 조금은 가라앉힐 수 있겠지요. 두 사람의 실종에 흉수가 따로 있고, 대담하게도 낙스 북부의 패자인 카란과 셀리어트를 동시에 능멸했음을 알려주세요. 처음 두 사람의 염문을 터트린 것도 아마 그놈들일 겁니다. 받은 것이 있으면 배로, 아니 열 배로 돌려주는 게 귀족 사회의 불문율 아니던가요? 지금은 서로 싸울 때가 아니라, 손을 잡을 때임을 제의해 보세요."

"카란가와 손을 잡으라고?"

제니스의 손바닥 위에 시선을 빼앗기고 있던 아키발이 황당하다는 얼굴로 반문했다.

"지금 찬 수프, 뜨거운 수프 가릴 여유가 있으시면 그렇게 하시고요."

제니스가 미소를 잃지 않고 빈정거렸다.

"뭐, 더 좋은 방법이 생기겠죠."

그녀가 손안의 물건을 어서 가져가라 재차 내밀자 아키발은 떨리는 손으로 그것을 받아 들었다.

"고맙네."

당연히 그래야지.

"별말씀을."

그 고마움 오래오래 간직하시길.

아키발은 손안에 들어온 황금색 단약의 가치를 아는 듯 한동안 눈을 떼지 못했다. 그러다 문득 제니스를 바라보았다.

"그런데 다른 선택……. 그러니까 이걸 주지 않을 생각도 했다고?"

그녀는 뭐가 문제냐는 얼굴로 대꾸했다.

"드렸잖아요. 안 가세요? 시간이 얼마 없을 텐데?"

"……."

얼마 후, 칠흑 같은 밤을 틈타 한 대의 마차가 셸리어트 저택을 떠났다. 세상에 알리고 싶지 않은 무언가가 있는 듯 검은 천으로 가문의 문장을 가린 마차는 달리는 말을 채찍질하며 어두운 밤거리를 질주했다.

* * *

카란가의 집사 페이단은 황망한 눈으로 새벽의 침입자를 바라보았다. 지금 눈앞에 있는 사람이 자신이 알고 있는 그 사람이 정말 맞는 것일까?

"카란 백작에게 나와 아내가 왔음을 고하게."

아키발의 말에 페이단의 눈에 살짝 핏줄이 섰다. 그는 셸리어트 자작과 그 옆에 검은 베일을 두른 귀부인을 바라보며 완곡한 거절 의사를 밝혔다.

"자작님, 지금은 방문에 적합한 시간이 아닌 것 같습니다."

페이단은 어젯밤 아들의 시신을 부여잡고 차마 울지도 못하던 백작의 얼굴을 떠올리며 얼굴을 굳혔다. 이런 무례한 방문이라니, 정말 염치라곤 없는 작자들이다.

"중요한 일일세. 내가 오죽하면 이 새벽에 여길 왔을까."

그러나 아키발의 강경한 태도에 페이단도 움찔했다. 그가 어찌해야 하나 잠시 고민하는 사이, 이 층에서 서릿발 같은 음성이 날아들었다.

"무슨 소란이냐."

잠들지 못했던 듯 두 눈이 붉게 충혈된 카란 백작이 흉흉한 기세를 내뿜으며 층계를 내려왔다.

"아키발?"

자작을 발견한 백작의 얼굴에 페이단과 마찬가지로 믿지 못하겠다는 표정이 떠올랐다.

"하, 네놈이 감히 여기가 어디라고!"

카란 백작이 기가 차다는 듯 헛웃음을 토했다.

"독대를 원하네."

"뭐라?"

"조용한 곳으로 가서 얘기하세. 한시가 급한 일이야."

"이……이……!"

카란 백작은 더는 참을 수 없었다. 마치 아무 일도 없었다는 듯 이 새벽에 자신의 집을 찾아와 저런 뻔뻔한 태도라니!

그는 벽에 걸려 있던 장식용 검을 뽑아 빠르게 걸어갔다. 영지전 승인이 날 때까지 기다릴 필요 무에 있을까. 카란 백작은 살심을 숨기지 않았다.

"찾아갈 수고를 덜어 주어 고맙군. 여기가 사자 아가리란 사실을 몰랐을 리 없을 터, 내 검을 받을 각오 정도는 하고 왔겠지?"

그가 쩌렁쩌렁한 목소리로 일갈하자 검은 상복에 베일을 두르고 있던 자작 부인이 황급히 앞으로 걸어 나와 그의 앞을 막았다.

"물러서시오!"

현숙한 여인으로 소문난 자작 부인을 먼저 베고 싶지는 않았다. 그러나 그녀는 꼼짝도 하지 않았다. 카란 백작의 분노가 더욱 커졌다.

"이 쓰레기 같은 놈, 이런 상황에 여자 뒤에 숨는단 말이냐!"

그러나 그의 분노는 오래가지 못했다. 자작 부인이 몇 겹이나 두르고 있던 검은 베일을 걷어 올리고 그를 바라보는 순간 백작은 저도 모르게 잡고 있던 검 손잡이를 놓쳤다.

카강ㅡ 날카로운 금속성이 대리석 바닥에 울렸다. 페이단이 놀란 얼굴로 그를 응시하는 것도 모른 채 카란 백작은 눈앞에 서 있는 여인에게서 눈을 떼지 못했다.

"제발요. 제발, 백작님. 매튜를 위해서요."

여인이 그에게만 들릴 작은 목소리로 속삭였다. 귀신을 본 것 같은 카란 백작의 시선이 몇 걸음 뒤에 서 있는 아키발을 향했다. 며칠 새 부쩍 늙은 태가 나는 그가 꺼질 듯한 한숨을 내쉬며 같은 말을 반복했다.

"조용한 곳으로 가세."

한 시간 후, 한 쌍의 남녀가 카란 백작 앞에 무릎을 꿇고 앉았다. 방금 눈을 뜬 매튜는 조금 창백하기는 했지만 굳건한 눈으로 앨리스의 손을 잡고 있었다. 눈으로 보고도 믿을 수 없는 괴사에 카란 백작은 입을 다물지 못했다.

늦지 않게 매튜의 죽음을 되돌릴 수 있었던 앨리스의 얼굴이 기쁨으로 빛났다. 그녀는 카란 백작과 셀리어트 자작의 눈초리가 사납게 박히는 것도 모르고 매튜의 얼굴에서 눈을 떼지 못했다. 그녀는 한참이 지나서야—아키발에게 옆구리를 찔려—자작에게 했던 이야기를 카란 백작에게도 전했다. 매튜도 자신의 방에 괴한이 침입했던 일과 납치 경위를 중간, 중간 부연 설명했다.

"그들은 셀리어트에서 무언가를 찾고 있었어요. 계속 성과가 없다는 말만 주고받았는데 어느 날 밤은 매우 분주했어요. 아버지께서 말씀해 준 것을 고려할 때 아마 이틀 전 이맘때인 것 같아요. 그들은 드디어 발견했다고 환호했어요. 아주 일정한 간격으로 박혀 있는 것 같다고, 그들은 굉장히 서둘렀고 우리가 본 것보다 훨씬 많은 사람의 발소리가 들렸어요. 몇 명은 춥다고 재채기를 했고 매튜와 저는 그들이 물속에 들어갔다 나온 게 분명하다고 생각했어요."

"티벨 호수가 신비를 잃었네."

아키발의 말에 카란 백작이 미간을 찌푸렸다.

"그건 또 무슨 소린가?"

"말 그대로. 이제 티벨 호수는 다른 호수와 다른 점이 전혀 없네. 밤을 밝히던 다이아몬드 같은 광채도, 낮을 장식하던 무지개 같은 빛깔도 잃어버렸네."

"무슨 말도 안 되는!"

카란 백작이 자리에서 벌떡 일어났다. 그는 매튜가 다시 숨을 들이켜는 광경을 지켜보던 순간보다 더 놀란 것 같았다.

"수백 년간 한결같던 것이 어떻게 하루아침에 사라진단 말인가?"

"도둑맞은 거지."

아키발이 으드득 이를 갈았다.

"어떤 잡놈들이 내 땅에 기어들어 와 가문을 박살내고 보물을 훔쳐

가는 것도 모르고 병신같이 넋 놓고 있었네. 이 아이들이 그런 어처구니없는 물건을 가지고 있지 않았다면 진실은 영원히 덮였을 걸세. 영지민들은 앨리스의 행실 때문에 신이 축복을 거두어갔다고 바보 같은 소리를 해댔을 테고, 아들을 잃은 자네는 이성을 잃고 영지전이라도 신청했겠지. 나는 만신창이가 된 가문이라도 지키기 위해 발버둥 치다…… 흠, 그다음은 상상하고 싶지도 않군."

아키발은 움찔하는 카란 백작을 보며 쓴웃음을 지었다.

"왜? 벌써 신청한 건가?"

"큼, 아닐세. 생각은 굴뚝같았지만."

카란 백작은 반사적으로 눈을 피하며 거짓말을 했다. 뭐, 어차피 철회하면 되니까. 그는 얼른 화제를 전환했다.

"그건 그렇고, 그놈들을 당장 잡아들여야지 뭘 하는 건가?"

"그 전에 결정해야 할 일이 있네."

아키발이 나란히 앉은 두 남녀를 가리켰다. 카란 백작이 침음성을 흘렸다.

"그 찢어 죽일 놈들을 찾는 건 당연한 얘기지. 그러나 앞서 생각할 것들이 몇 가지 있네. 아이들 말처럼 그놈들은 이 애들에게 얼굴을 보여 줬어. 그건 큰 단서가 될 거야. 그리고 반대로 큰 위험이 되기도 할 걸세."

카란 백작의 얼굴이 굳어졌다.

"그놈들이 두 아이를 다시 죽이려고 할 거란 말인가?"

"놈들의 얼굴을 알아. 자네 같으면 그냥 두겠나? 이번 같은 행운이 또 있을 거라고 장담하진 말게."

"경계를 강화하고 호위 인력을 배치해도?"

"카란가는 자신 있나 보군. 나는 아닐세. 이미 놈들은 내 집에 기어들어와 불까지 질렀어. 사건이 터지고 난 다음엔 늦다는 걸 이번에 깨달았네. 누가 그러더군. 열 손이 도둑 하나를 잡지 못하는 법이라고. 작정하고 숨어드는 놈들을 잡는 덴 한계가 있어."

거기까지 말한 아키발의 목소리가 낮아졌다.

"그러니 이번엔 우리가 숨도록 하세."

카란 백작이 무슨 소리냐는 얼굴을 했다. 매튜와 앨리스는 숨을 죽이고 부친들이 나누는 이야기를 들었다. 아키발이 두 사람을 설핏 돌아봤다. 아주 골치 아파 죽겠다는 표정에 앨리스와 매튜는 고개를 떨궜다.

"저 두 사람은…… 살아나도 가망이 없네."

카란 백작이 얼굴을 찌푸렸다.

"내 딸은 물론, 자네 아들도 평생 조롱받으며 살 걸세."

백작의 턱이 부르르 떨렸다. 앨리스에 대한 분노를 참기 어려운 모양이었다. 그러나 그런 그녀의 손을 꼭 잡고 있는 아들의 면상을 보니 똑같은 놈이라 기가 막힐 뿐이었다. 그의 주검을 안고 몰래 흘린 눈물이 아까웠다. 그런 카란 백작에게 아키발이 놀라운 결론을 내놓았다.

"나는 두 사람을 이대로 죽은 채로 놓아두는 것이 어떨까 하네."

4

로이드와 네일은 퀭한 눈으로 김이 오르는 찻잔을 들어 올렸다. 충분히 자지 못한 그들의 얼굴엔 피곤이 덕지덕지 묻어 있었다.

지난밤은 길었다. 걸어서 돌아다니는 앨리스를 보고 기절할 뻔했고 제니스의 설명을 듣고 2차 충격을 받았으며 그 후엔 혹독한 밤샘 작업에 시달려야 했다.

　네일은 자작이 카란으로 떠난 후에야 제니스와 앨리스 사이에 있었던 거래를 듣게 되었다. 세상에 그런 약이 존재한다는 것도 놀라웠지만 제니스가 그런 무모한 계획에 끼어들 만큼 겁 없고 대담하다는 것에 더 놀랐다.

　'카란가의 며느리가 되면 우리 일을 도와주겠다는 약속을 받았다니 오, 제니스. 이 오라비는 널 그렇게 키우지 않았다!'

　네일은 제니스가 들었다면 차게 식은 눈을 했을 생각을 하며 홀로 좌절했다. 그는 한참만에야 충격을 뒤로하고 엄격한 보호자의 얼굴로 그녀를 나무랐다.

　"투자 유치가 아무리 중요해도 네가 그런 일을 하면서까지 이루어야 하는 일은 아니다. 까딱했으면 일행은 물론 가문의 명예까지 더럽혀질 수 있는 위험한 짓이었어. 중간에 정체 모를 괴한들이 끼어들어 그 계획이 무산된 게 천만다행이구나."

　그리고 공정하게, 제니스의 공을 칭찬하는 것도 잊지 않았다.

　"어쨌거나 수고했다. 네가 그, 묘약이라는 것을 하나 더 가지고 있어서 매튜 카란이 살아날 수 있었다니 위험한 고비는 넘기겠구나. 두 가문의 분노를 그 납치범들에게 돌릴 수 있다면 일촉즉발인 지금의 긴장감도 좀 누그러지지 않겠느냐?"

　사실 네일은 제3의 납치범이라든가 그들의 근거지였던 카므딘 후작의 별장을 찾아낸 제니스의 명석함이 꽤 자랑스러웠다. 개인 별장 수색에 동참하며 받았던 스트레스가 확 날아가는 것 같았다. 그때 자신과 로이드를 면박 주던 인사들을 찾아가 받은 만큼 돌려주고 싶어 엉덩이가 근질거릴 정도였다.

네일의 엄한 표정이 풀리자 얌전히 반성하는 흉내를 내고 있던 제니스의 얼굴에 의아함이 감돌았다. 질책이 길지 않았던 게 의원지 눈동자만 또르르 굴려 그의 얼굴을 흘깃거렸다. 그 모습을 본 네일이 실소했다.

사실 조용하고 정숙한 줄만 알았던 제니스가 결코 그런 성격만은 아니라는 것을, 그도 어느 순간부터 느끼고 있었다. 그러나 그녀의 대외적 처신은 언제나 흠잡을 데 없이 완벽했고, 자신을 드러낼 곳과 드러내지 않을 곳을 명확하게 구분하는 지혜가 있었다. 네일은 그런 제니스를 믿었다. 또한, 그랬기에 그녀가 앨리스의 말도 안 되는 계획에 동참한 건 자신 때문이라고 생각할 수밖에 없었다.

열망은 있었지만 성과는 내지 못했다. 일행을 이끌어야 함에도 누구보다 먼저 포기했다. 우울한 내심을 숨기지도 못했다. 그러니 제니스가 그런 일을 해서라도 자신을 도우려 했던 거다.

누군가—그러니까 제니스가—알았다면 말도 안 된다고 비웃었을 상상을 하며, 네일은 감동에 젖었다. 반성도 했다. 체면이 서질 않는다. 주군의 따님임에도 불구하고 허물없이 오라비로 대해 주는데 이렇게 나태하고 무능력한 모습을 보이다니!

네일은 두 눈을 부릅뜨고 새롭게 의지를 다졌다. 제니스가 여전히 힐끔, 그의 얼굴을 살피는 게 보였다. 아, 상냥하기도 하지. 그는 너무 실없어 보일까 봐 입가로 새어 나오려는 웃음을 억지로 삼켰다.

그렇게 혼자 착각해 준 네일 덕분에 예상보다 빨리 어울리지 않는 반성 모드를 때려치운 제니스는 뭔가 맹한 생각을 하는 것이 분명한 그를 훔쳐보며 조용히 혀를 찼다.

'바보는 아닌데 가끔 이상한 데서 사차원이란 말이야.'

지금도 히죽거리는 모양새가 썩 영리해 보이지 않았다. 무슨 생각을 하는 건지 그의 정신세계를 한번 파헤쳐 보고 싶다고 생각하는데, 네일의 훈계가 끝나기만을 기다리고 있던 플로라가 달려왔다.

이런. 네일의 정신세계 분석은 나중에 해야겠다.

플로라는 '와, 그런 일을 혼자만 알고 있다니, 이 앙큼한 계집애!'라고 화를 내며 옆구리를 꼬집었다. 묘약이라는 말에 얼마나 눈을 반짝이던지, 더 이야기해 달라 집요하게 달라붙는 것을 힘겹게 떼어 냈다. 제니스에겐 오늘 해치워야 할 스케줄이 아직 남아 있었다.

"밤이 깊었는데 피곤하진 않으세요?"

제니스가 다정한 목소리로 네일에게 물었다. 자정을 훌쩍 넘긴 시간이었다. 그는 눈가를 문지르며 말했다.

"하루 동안 너무 많은 일이 일어나 피곤한지도 모르겠구나. 카란으로 간 셀리어트 자작이 가져올 결과도 궁금하고. 오늘 밤은 쉽게 잠이 올 것 같지 않아."

제니스가 화사하게 웃었다.

"역시 그렇죠? 잘됐네요."

"응, 뭐가 말이냐?"

답은 곧 알 수 있었다.

네일은 물론 함께 있던 로이드까지 그 밤을 꼴딱 새워야 했으니까.

로이드는 함부로 '오늘 밤은 잠이 올 것 같지 않아.' 따위의 말을 지껄인 네일을 원망스러운 눈으로 바라보았다.

옆에서 잔심부름이라도 해 주겠다던 플로라는 쏟아지는 잠을 이기지 못한 듯 어느새 도망가고 없었다. 제니스도 그렇게 자리를 비우길 내심 기대했지만, 기적은 일어나지 않았다. 그녀는 사감 선생처럼 방 한가운데를 차지하고 앉아 둘 중 누구라도 고개를 떨굴라 치면 귀신같이 쓴 차를 갖다 바쳤다.

로이드가 '이 일을 꼭 이 밤중에 해야 합니까?'라고 소심하게 반항해 봤지만 '당연히 기세가 올랐을 때 몰아붙여야 합니다.'라는 냉정한 대답에 깨갱 했다.

네일은 그래, 그게 전투의 기본이지, 라며 대견한 표정을 지었다. 로이드는 도와주지는 못할망정 초를 치는 네일을 안타까운 눈으로 바라보았다. 저 눈치로 제국 내무부에서 8년을 어떻게 버텼는지 모르겠다. 캐물으면 뭔가 짠한 스토리를 듣게 될 것 같지 않은가?

하여튼 제니스에게 밤새 채찍질 당한 두 남자는 날이 훤하게 밝아올 무렵에야 목표로 했던 물건을 완성했다. 낯선 그것을 앞에 놓고 두 사람이 어정쩡하게 서 있자 제니스의 차가운 호령이 떨어졌다. 결국 로이드와 네일은 아침 식사까지 거르며 자세 교정, 제스처 교정, 화법 교정을 받았다.

열 살이나 어린 소녀의 지적을 받는 네일의 표정이 참 볼 만했다. 그는 '우리는 사기꾼이 아니야, 제니스. 그런 근거 없는 표현은 좀…….'이라며 그녀가 요구하는 단어와 퍼포먼스에 난색을 보였다. 그래도 두 번째라고 빠르게 적응한 로이드가 그 모습을 애잔하게 바라보며 '형님, 포기하면 편해집니다.'라고 중얼거렸다.

두 사람은 제니스에게 '됐다'라는 사인을 받고 나서야 자유의 몸이 되었다. 늦은 브런치를 깨작거리다 도망치듯 자기 방으로 돌아간 그들은 열심히 잠을 청했지만 숙면에 들지 못했다.

피곤한데 잠은 오지 않는 이상한 상태. 결국 한참을 뒤척이다 약속이라도 한 것처럼 밤을 새운 응접실로 돌아왔다. 그리고 머리를 맑게 해 준다는 차만 벌써 석 잔째, 로이드와 네일의 얼굴이 퀭한 이유였다.

"그나저나 자작님의 귀가가 정말 늦어지는군요."

로이드가 창밖을 살피며 말했다. 어느덧 해가 기울어 붉은 노을이 아스라이 깔리고 있었다. 조금 전 티타임을 함께 한 체이스와 루단도 아키발의 늦은 귀가를 걱정했다.

이미 볼 장 다 본 사이라서인지, 제니스 일행을 대하는 체이스와 루단의 태도가 한결 친근해졌다. 그들은 오늘 내내 창밖을 내다보며 돌아오지 않는 부친을 걱정했다. 그 불안과 초조를 숨기지도 않았다. 셀리어트 형제에겐 감정을 표출할 상대가 있다는 것 자체가 큰 위로였다.

아키발은 전날 밤 제니스에게서 부활의 묘약을 얻자마자 카란가로 갈 준비를 서둘렀다. 믿지 않을 백작을 설득하기 위해 앨리스를 대동하기로 했고 계속 숨겨 왔던 묘약에 관한 이야기도 두 아들에게 털어놓았다.

처음 체이스와 루단은 아키발이 스트레스가 너무 심해 헛소리를 하는 줄 알았다. 그러나 죽은 것이 분명한 앨리스가 다시 살아나 눈앞에서 얼쩡거리니 그 동화 같은 이야기를 마냥 부정할 수도 없었다. 그리고 할 수만 있다면 매튜 카란을 살려야 한다는 데도 동의했다.

잠깐 소란이 인 건 로시아네 때문이었다. 그녀는 겨우 살아 돌아온 앨리스를 한시라도 떼어 놓으려 하지 않았다. 그러나 매튜를 살릴 수 있다는 소식을 들은 앨리스는 조금이라도 빨리 카란으로 가고 싶어 했다.

그녀의 간청을 이기지 못한 로시아네는 그 와중에도 먼저 앨리스의 식사를 챙기고 몸을 살폈다. 마음이 급한 앨리스도 그 부분만큼은 로시아네의 고집을 꺾지 못했다. 앨리스는 로시아네가 충분하다고 말할 정도의 식사를 하고 아픈 곳은 없는지 확인받은 후에야 마차에 오를 수 있었다.

사람들의 눈을 피하고자 검은 상복을 입고 베일을 쓴 것도 로시아네의 의견이었다. 혹시라도 누군가를 만나면 자기 행세를 하라고 조언했다. 괴한들의 손에서 벗어났지만 아직 그들이 어딘가에서 셀리어트 저택을 지켜보고 있을지 모른다는 생각 때문이었다.

아키발과 앨리스가 떠난 후, 두 아들은 앨리스를 억지로 떼어 낸 것이 로시아네의 상태를 악화시키진 않을까 우려했다. 자신도 이렇게 걱정이 되는데 앨리스에게 집착하는 성향이 있는 로시아네는 오죽하겠는가?

그러나 그런 생각으로 한 시간에 한 번씩 그녀의 방을 들락거리던 두 형제는 결국 출입 금지를 당했다. 로시아네가 부산스러워 쉴 수가 없다고 신경질을 냈고, 고집을 꺾지 않는 아들과 대립하다가 제니스와 플로라가 곁을 지키는 것으로 합의를 보았다.

정오를 훌쩍 넘어서도 자작이 돌아오지 않자 체이스는 자신이 함께 갔어야 했다고 후회하기 시작했다. 아키발은 카란을 설득할 충분한 카드를 가지고 있다고 자신했지만 막상 부딪쳤을 때 그의 의도대로 일이 풀린다는 보장은 없었다.

막말로, 카란 백작이 묘약만 꿀꺽할 수도 있는 일 아닌가? 애초에 친구였던 사람도 아니었다. 체이스는 시간이 갈수록 자신이 안일했다고 자책했다.

그렇게 모두의 애가 타 닳아 없어질 즈음 카란가로 떠났던 마차가 돌아왔다. 급하게 마중을 나간 체이스와 루단, 브리언이 깜짝 놀랐다. 마차에서 내린 사람은 앨리스가 아니었다. 카란 백작이 그녀를 대신해 자작과 동행하고 있었다.

아키발과 카란 백작은 도착하자마자 간단한 음식으로 허기를 채우고 체이스와 루단을 불러서 1시간 정도 이야기를 나눴다. 만 하루 동안 카란 저택에 머무른 것을 보니 두 가문 간의 공조에 관해 꽤 많은 논의가 오간 모양이었다.

그리고 얼마 후 제니스를 비롯한 일행 네 명을 집무실로 청했다.

"늦은 시간에 미안하오."

"아닙니다."

로이드가 대표로 대답했다. 제니스는 동석한 카란 백작에게 잠시 시선을 던졌다가 아키발을 바라보았다.

"이야기가 잘 된 모양이군요. 다행입니다."

"린트벨 영애가 이번 일에 큰 도움을 주었다고 들었소. 고맙소."

카란 백작이 그녀에게 치하의 말을 건넸다.

"천만에요. 저야말로 도울 수 있어 기뻤습니다."

제니스의 다소곳한 반응에 아키발의 볼이 실룩거렸다. 그녀의 성정을 어느 정도 눈치챈 그로서는 제니스의 요조숙녀 흉내가 깜찍할 뿐이었다. 사정을 모르는 카란 백작만 흐뭇한 표정으로 말문을 열었다.

"그래서 염치 불고, 부탁 하나 하려 하오."

바로 본론으로 들어오는 그의 화법에 로이드와 네일이 살짝 긴장하며 제니스를 바라보았다. 어느새 그녀가 일행을 대표하는 분위기였다.

제니스는 순진한 척 두어 번 눈을 깜박거린 뒤 말했다.

"어떤 부탁이신지요?"

"영애도 알다시피 낙스 사교계에서 우리 자식들의 평판은 수습할 수 있는 수준이 아니오. 거기다 이번에 납치범들과도 얽혔지. 두 사람이 살아 있다는 것이 알려지면 겨우 구한 목숨이 다시 위태로워지지 않겠소? 그래서 아키발과 나는 이 둘의 죽음을 기정사실로 하는 것이 가장 좋은 방법이라고 결론 내렸소."

눈치를 보던 아키발이 이어 말했다.

"두 아이를 자네들과 함께 티오렌으로 보내려 하네. 하버가와 린트벨가가 두 아이의 그늘이 되도록 자네들이 주선해 줄 수 있는가?"

"물론 무기한은 아니오. 우리가 그놈들을 잡아낼 때까지만 보호해 주길 바라오."

카란 백작이 급히 덧붙였다. 제니스의 입가에 살짝 미소가 번졌다. 물론 기분이 좋아서는 아니었다.

그러니까 이 사람들, 물에 빠진 사람 건져 놓으니 보따리도 내놓으라는 말이렷다. 과연, 한 가문의 수장이 되려면 이 정도의 뻔뻔함은 있어야 하는 모양이다.

제니스의 지긋한 시선을 받은 아키발이 헛기침을 하며 슬쩍 고개를 돌렸다. 혹시 봤는지 모르겠다. 우리 네일 오라버니의 눈가가 파르르 떨리고 있는데.

얼마나 싫었으면 표정 관리에 능숙한 그가 대놓고 저런 얼굴을 할까? 물론 제니스도 앞으로 어떤 사고를 칠지 모르는 두 사람을 떠안을 생각은 눈곱만큼도 없었다.

"죄송하지만, 그 부탁을 들어드리긴 어려울 것 같아요."

오른쪽에 앉아 있던 로이드와 네일에게서 안도의 한숨이 흘러나왔다.

"어째서요?"

카란 백작이 단도직입적으로 물었다.

"혹시 모를 괴한들의 위협에서 두 사람을 보호하려면 평범한 귀족이상의 무력과 권력이 필요해요. 하버는 겨우 중소 규모의 상가일 뿐이고 너무 개방되어 있어요. 반대로 린트벨은 군사 요새죠. 두 사람을 린트벨성에 들일 수 없다면 보호하는 데 한계가 있어요. 무엇보다 셀리어트 영애가 린트벨의 척박하고 조용한 환경을 견뎌 내실지 모르겠네요."

"이번 일로 그 아이도 많이 반성했네. 예전 같지는 않을 거야."

물론 지금 당장은 그렇겠지.

"우리가 따로 자금도 지원하겠소."

제니스가 한쪽 입꼬리를 올렸다.

"돈으로 해결되는 일이었다면 두 분이 저희에게 이런 요청을 하실 필요도 없으셨을 텐데요?"

제니스의 지적에 카란 백작이 옆에 있는 로이드와 네일의 얼굴을 바라보았다. 일행의 중심은 너희 둘이 아니냐, 왜 아무 말도 없느냐는 얼굴이었다. 그들이 다른 의견을 내주길 바란 것이겠지만 두 사람은 딴청을 피우며 지금까지 관심도 없이 내버려 뒀던 식은 찻잔에 고개를 박았다. 그들은 제니스의 대응이 마음에 쏙 들었다.

집무실에 냉한 정적이 내려앉았다. 아키발과 카란 백작의 눈이 슬쩍 마주쳤다. 안 되는 일이었던가. 두 사람의 입가에 쓴웃음이 맺혔다. 이왕이면 이 일의 앞뒤 사정을 아는 사람이 자식들을 맡아

주길 바라 욕심을 부렸다. 그렇게 두 사람이 단념하려는 찰나, 제니스가 선심 쓰듯 말했다.

"그러나 딱한 사정을 뻔히 알면서 완전히 나 몰라라 하는 것도 친구가 할 일은 아니겠지요?"

카란 백작은 반색했고, 네일과 로이드는 화들짝 놀란 얼굴로 제니스를 바라봤다.

"그럼!"

카란 백작이 성급하게 설레발을 치기 전 제니스가 말했다.

"린트벨과 하버보다 더 든든한 그늘이 될 수 있는 사람을 소개해 드리겠습니다."

"그게 무슨……?"

"아르샤 대공의 연락, 받으셨지요?"

카란 백작이 흠칫 놀랐다. 제니스가 우아하게 찻잔을 기울였다.

"저희가 부탁드렸어요. 사건의 경위가 분명해질 때까지 두 가문 사이의 영지전을 막아 달라고."

사정을 알지 못하는 아키발이 물었다.

"그게 무슨 소린가?"

카란 백작이 제니스에게 의미심장한 눈길을 던지며 답했다.

"두 사람이 사라진 다음 날, 아르샤 대공에게서 서신이 하나 왔네. 놀랍게도 셀리어트를 비공식 방문 중이라고 하더군. 가문 간의 일에 간섭할 생각은 없으나 지나친 분노로 일의 선후를 잃지 말라 충고하셨네. 결국 본인이 머무르는 동안 문제를 일으키지 말라는 경고로 보았는데, 그걸 아가씨가 요청했다고?"

"네."

정확하게는 플로라가 한 일이지만 이들에게 그런 시시콜콜한 사항까지 모두 말해 줄 필요는 없었다.

아키발은 매우 놀랐다.

"그게 사실인가? 대공과는 어떻게 아는 사인가?"

"건너, 건너, 건너서요."

제니스의 성의 없는 대답에 그와 카란 백작의 얼굴이 와락 구겨졌다. 그녀는 개의치 않고 말했다.

"저희가 대공께 영애와 공자의 보호를 부탁드리겠습니다. 린트벨이나 하버보다 몇 배는 더 믿음직한 분 아닌가요?"

"그렇긴 하지만 대공이 무엇 때문에 우리 아이를 맡아 주겠소?"

카란 백작이 회의적으로 말하자 아키발도 동의했다.

"그 유하고 선해 보이는 인상만 믿고 있는 거라면 관두게. 그 정도 위치에 있는 자들은 절대 이유 없는 선의를 베풀지 않아."

"걱정하지 마세요."

제니스가 싱긋 웃었다.

"그분은 이 사건을 아주 흥미로워하실 거고 기꺼이 두 가문을 도와주실 겁니다."

제니스의 단언에 자작과 백작이 서로 시선을 교환했다. 이 아가씨의 자신감이 어디서 오는 건진 모르겠지만 일단 시도해 봐서 나쁠 것은 없다는 생각이 들었다. 특히 제니스가 허튼소리를 하지 않는다는 것을 경험한 아키발은 잘 부탁한다며 은근한 기대를 숨기지 않았다.

그렇게 분위기가 화기애애해지자 때가 무르익었다고 생각한 제니스가 입을 열었다.

"자, 그러면 두 분의 용건은 끝나신 것 같군요. 그럼 이제 저희의 용건을 들어 주세요. 무엇보다, 이렇게 두 분이 함께 계시니 참 좋네요."

카란 백작과 아키발이 살짝 긴장한 얼굴로 제니스를 바라보았다. 표정이 굳어진 것을 보니 지금까지의 비밀을 지켜 주는 대가로 무언가를 요구한다고 생각하는 모양이었다.

'뭐, 그렇게 부담을 가져 준다면 더 좋지.'

자식들 목숨 살려 줘, 피난처도 알아봐 줘, 이렇게까지 하고 빈손으로 돌아가면 그거야말로 병신이지.

제니스는 긴장하고 있는 네일과 로이드를 바라보았다. 그들의 눈빛이 자못 비장했다.

'끝까지, 탈탈 털어 오시길.'

제니스는 강렬한 시선으로 마지막 미션을 내리고 물러섰다.

잔뜩 굳은 얼굴의 네일이 앞으로 나섰다. 로이드는 잽싸게 뒤에서 화가들이 쓰는 이젤을 닮은 엉성한 나무 지지대를 가져왔다. 그의 옆구리에 둘둘 말려 있던 종이 뭉치가 나무 지지대에 고정되어 펼쳐졌다. 지난밤 제니스의 닦달과 지시에 따라 밤을 새워 만든 것이었다.

"큼."

네일이 목을 가다듬었다.

"그럼 지금부터 린트벨 산하 필렌가와 하버 상단이 공동으로 추진하는 '툴란 산맥 무역로 개발 사업'에 대한 투자 설명회를 시작하겠습니다."

로이드가 잽싸게 첫 장을 넘겼다.

앞으로 수없이 반복하게 될 두 사람의 첫 프레젠테이션이었다.

진실과 거짓의 콜라보

1

나르스트의 스무 번째 날, 놀라운 소식이 낙스 북부를 강타했다.

'실종되었던 앨리스 셸리어트와 매튜 카란의 죽음.'

어리석고 부적절한 감정에 빠졌던 두 사람은 결국 가장 비극적인 결말을 맞이했다.

당사자인 두 가문은 경악에 휩싸였고, 비탄에 잠겼으며, 어떤 질문에도 답하지 않았다. 성격 급한 누군가는 카란 백작이 이미 영지전을 신청하고 승인을 기다리는 중이라고 했고 또 누군가는 셸리어트가에서 막대한 자금을 풀어 용병을 모집 중이라고 했다.

엇나간 자식들 덕분에 최악의 상황에 직면한 두 가문이 어떤 끝을 향해 달려갈지, 낙스 북부 귀족 모두가 촉각을 곤두세웠다.

이 소식은 사교계 일각에도 빠르게 번졌다. 누군가의 치부는 말하기 좋아하는 사람들의 입맛에 딱 맞는 안줏거리였고, 그 주인공이 낙스 북부 경제의 중심 셀리어트라 해도 예외는 아니었다. 게다가 두 사람의 시신이 발견된 것이 이틀 전이라는 게 알려지며, 사실을 은폐하려 했던 게 아니냐는 의혹도 터져 나왔다.

'비밀로 하고 싶었단 말이겠지요?'

'호호호, 손바닥으로 하늘을 가리는 꼴이지요. 결국 이렇게 밝혀질 것을, 그동안 누가 눈치채지는 않을까, 없던 일로 만들 순 없을까, 얼마나 전전긍긍하며 애를 태웠을까요?'

'어휴 부인, 어쩜 들여다본 것처럼 그렇게 잘 아세요?'

특히 앨리스 셀리어트로 인한 피해자가 넘쳐나는 셀리어트 근교에선 그 정도가 심해, 죽음조차 분별없는 그녀다웠으며 천박하기 그지없었다는 조롱이 쏟아졌다. 살아 돌아와도 갱생의 여지가 없을 거란 셀리어트 자작의 말은 옳았다.

그러나 한나절 반짝했던 두 사람의 죽음에 대한 뒷말은 연이어 터진 대형 이슈에 밀려 관심 밖으로 사라졌다.

'셀리어트가와 카란가의 전격적인 화해 선언'

모두가 자신의 귀를 의심했다. 혹자는 올해 들은 농담 중 가장 웃겼다며 박장대소했다. 그러나 여러 개의 루트를 통해 계속 동일한 정보가 흘러들어 가자 낙스 북부가 발칵 뒤집혔다.

앨리스 셀리어트와 매튜 카란이 죽은 거 아니냐는 의심을 산 첫 번째 날, 온종일 저택에 칩거하여 가신들의 우려와 불만을 샀던 두 가문의 수장이 그다음 날 오후 약속이라도 한 듯 같은 행보를 보였다.

그들은 회동 가능한 모든 가신을 불러들여 앨리스와 매튜의 죽음을 밝히고 공식 입장을 천명했다.

"우리는 이번 일을 통해 양쪽의 비이성적인 대립이 어떤 불행을 불러일으키는지 통감했으며 그 결과에 개탄하였다. 하여 이 일을 기점으로 오랫동안 이어진 두 가문의 소모적이고 비합리적인 견제를 종료하는 것에 합의했음을 밝힌다. 그동안의 갈등으로 지역 사회에 끼친 악영향에 심심한 사의를 표하며, 추후 다양한 협력과 공조로 북부의 발전을 모색해 나갈 것을 약속하는 바이다."

얼이 빠진 카란가와 셀리어트가의 가신들은 그제야 칩거하고 있다고 여겼던 두 사람이 물밑에서 빠르게 회동했음을 눈치챘다. 그리고 백 년 가까이 '눈엣가시 같은 놈들'로 인식해 온 카란가, 또는 셀리어트가와 화해를 넘어 협력을 해 나가야 한다는 사실에 경악했다.

'그게 가능한 일인가?'

모두의 머릿속에 떠오른 의문이었다. 일부는 그럴 수밖에 없었던 내부 사정을 이해하고 현명하고 대담한 결단이라 칭송했지만, 일부는 가신들과 아무런 의논도 하지 않고 독단적인 결정을 내린 것을 비판했다. 영지의 실질적인 행정을 맡은 관리들도 사안의 비현실성을 우려했다.

덕분에 셀리어트와 카란 모두 벌집을 쑤셔놓은 듯 시끄러웠다. 둘 이상 모이기만 하면 이 주제에 대한 갑론을박이 벌어졌고 고성이 오가는 건 기본, 서로 멱살을 잡는 장면도 심심찮게 목격되었다.

셀리어트 자작이나 카란 백작이라고 이런 반응을 예상하지 못한 것은 아니었다. 수장의 선언 하나로 대동단결, 하하호호 하기엔 두 가문이 서로를 배척해 온 시간이 너무 길었다. 그러나 떨어진 명예를 회복하고 의문의 괴한들을 잡기 위해서라도 그들은 손을 잡아야 했다.

두 사람은 어떻게 하면 서로에 대한 불신과 마찰을 줄일 수 있을지 고민했지만 뚜렷한 해법을 찾지 못했다. 그러던 중 우연히, 괜찮은 대안이 굴러들어 왔다.

카란 백작이 셀리어트 저택에 온 날 밤, 네일과 로이드의 투자 설명회가 끝나고 세부적인 협약 내용을 논하는 마라톤 협상이 새벽까지 이어졌다. 보통은 제안서를 내고 2, 3일 혹은 그 이상 검토할 수 있게 하는 것이 일반적이지만, 두 가문 모두 이 사안에 느긋하게 시간을 할애할 여유가 없었다.

기세가 올랐을 때 몰아붙여야 한다는 제니스의 말처럼, 로이드와 네일도 자작과 백작이 그들에게 마음의 빚을 느끼고 있을 때 확답을 받길 원했다.

단 하룻밤 만에 제니스에게 물든 두 사람은 아키발과 카란 백작의 귀에 거부하기 힘든 달콤한 말들을 속삭였는데 그중 하나가 삐걱댈 게 분명한 두 가문의 공조를 원활히 하는 중재자가 되겠다는 제안이었다.

"하버는 셀리어트를 대변하고 필렌은 카란을 대변하겠습니다. 하버는 상가라 실리적인 면을 중요하게 생각하는 셀리어트에 대한 이해도가 높고, 린트벨의 가신인 필렌은 무가인 카란의 성격과 입장을 누구보다 잘 압니다. 그러니 두 가문 사이 이견 조율이 필요한 경우 하버와 필렌이 이를 대신해 감정적인 마찰을 최소화하는 겁니다."

제법 솔깃한 얘기였지만 얼마나 효과가 있을지는 미지수. 망설이는 아키발과 카란 백작에게 제니스가 말했다.

"앨리스와 매튜의 죽음이 불러온 결과가 파격적이고 긍정적일수록 이번 사건은 미화되고 재해석될 거예요. 그러니 당장 실질적인 협력이 어렵다 해도 두 가문은 계속 화해의 제스처를 취하고 교류해야 합니다. 하지만 두 가문이 진짜 파트너가 되려면 아주 오랜 시간이 필요하겠죠? 그 시간을 필렌과 하버가 벌어 주겠습니다."

결국, 셀리어트 자작과 카란 백작은 새벽이 밝기 직전 통 큰 금액을 내놓겠다는 협약서에 사인했고, 필렌과 하버는 이곳과 지속적인 연결 고리를 만드는 데 성공했다. 낙스 북부의 안정은 자금 조달은 물론 무역로 개발 사업 자체에도 필요한 일이었다.

그 후 아키발과 카란 백작은 제니스의 코치를 받아 유난스러운 공식 발표를 하고 부풀려진 미래의 청사진을 제시하며 눈코 뜰 새 없이 바쁘게 움직였다. 카란과 셀리어트의 화해를 증명하는 첫 번째 일정이 잡혔는데 두 가문의 가족들만 참석하는—앨리스와 매튜의—합동 장례식이 그것이었다.

말뿐인 화해라는 의심을 불식시키기 위해 사정을 아는 사람들만 모여 하는 연극이었지만, 앨리스와 매튜를 서로를 짝으로 인정한다는 명백한 의사 표명이었기에 두 가문의 가신들과 근교 귀족들을 또 한 번 놀라게 하기 충분했다.

이로써 앨리스 셀리어트와 매튜 카란은 평생 숨어 살며 영원히 고향으로 돌아올 수 없는 신세가 되었다. 이 논의와 결정을 전해 들은 로시아네는 한참 동안 아무 말도 하지 못했다.

"그 애는…… 뭐라고 하던가요?"

로시아네가 서글픈 목소리로 물었다. 앨리스는 현재 매튜 카란과 함께 카란가의 별장 하나에 숨어 있었다.

"개의치 않더군. 지금 그 녀석은 그 머저리 같은 자식과 같이 있을 수만 있다면 뭐든 상관없다는 식이오. 얼마나 회회낙락하는지 그 둘을 위해 이런 수고를 하는 내가 한심하게 느껴질 정도요."

아키발이 냉랭한 목소리로 말했다. 로시아네가 쓸쓸한 얼굴로 그의 손을 토닥였다.

"그럼 그 애가 아니라 날 위해 노력해 줘요. 마지막까지, 알겠죠?"

아키발은 뚱한 얼굴로 고개를 끄덕였다. 앨리스가 돌아온 후 조금씩 정상적인 컨디션을 회복하고 있는 아내였지만 안색은 여전히 창백했다. 그는 그녀가 앨리스에게 가진 미련을 지금부터라도 조금씩 정리하길 바랐다.

앨리스와 매튜의 거취 문제가 논의됐던 그 밤이 지나자마자, 플로라는 아르샤 대공에게 조만간 그를 방문하고 싶다는 편지를 보냈다. 그리고 자신의 일행 중 한 명과 동행하길 원한다는 의사도 밝혔다.

대공은 그날 저녁 바로 플로라의 요청을 허락하는 서신을 보냈고 다음 날 모든 일정을 비워 두겠다고 답했다. 함께 답신을 확인한 제니스가 눈살을 찌푸렸다.

"일정을 모두 비워두겠다니, 종일 널 붙들고 있겠다는 소리잖아? 이 인간 좀 위험한 거 아냐?"

"제니스!"

플로라가 펄쩍 뛰며 주변을 두리번거렸다.

두 사람 외엔 아무도 없는 방 안에서 웬 호들갑인지 모르겠다.

그러나 플로라는 목소리까지 죽였다.

"말조심해. 상대는 낙스의 대공이거든?"

제니스가 혀를 찼다.

"대공이고 나발이고, 이 인간을 믿고 일을 진행해도 되는지 갑자기 회의가 들잖아."

"나…… 나발……."

플로라가 뒷목을 잡았다. 겨우 진정한 그녀가 대공을 대신해 해명했다.

"그만큼 레베카를 사랑하신 거야. 주변에 그녀에 관한 얘길 할 사람이 한 명도 없으시다잖아. 얼마나 답답하면 날 붙잡고 이러시겠어? 게다가 이미 우리 부탁을 들어주신 것도 있는데 고맙다고는 못할망정 그런 소릴 하니? 내가 존경심까진 안 바라. 실례되는 말만 하지 마, 알겠어?"

플로라가 엄한 얼굴로 경고했다. 그러나 그 말이 제니스의 가슴에 새겨진 것 같진 않아, 홀로 속을 끓였다.

다음 날, 제니스와 플로라는 정오도 되기 전에 대공이 알려준 그의 거처에 도착했다. 잘 알지 못하는 귀족의 집을 방문하기엔 이른 시간이었지만, 온종일 일정을 비워 두겠다는 그의 선언을 듣고도 느지막이 나설 배짱이 플로라에겐 없었다. 셀리어트 자작도 연신 언제 가느냐고 눈치를 주었다.

아르샤의 거처가 있는 곳은 셀리어트 동쪽 외곽 드페르 언덕 위였다. 마차로 40분 정도 걸려 도착한 그곳은 언덕이라기엔 높이가 낮고 경사도 완만한 동산이었다.

대신 주변 지형지물도 모두 키가 작고 아담해 꼭대기에서 내려다보는 경치는 꽤 볼 만했다. 대공이 머무는 저택은 고위 귀족의 별장치고는 규모가 작았지만 저택을 둘러싼 정원은 매우 넓고 고즈넉해, 정말 휴식을 원하는 사람에게는 안성맞춤이었다.

아르샤의 거처에 도착한 플로라는 심호흡을 몇 번이나 한 뒤에야 마차에서 내렸다. 가면무도회 날 그와 한 시간 넘게 대화를 나눴지만 솔직히 그땐 그가 대공이라는 사실이 제대로 실감 나지 않았더랬다.

그러나 이렇게 공식적인 방문을 하게 되고 셀리어트 자작이 기대 가득한 얼굴로 배웅하니, 지금 만나러 가는 사람이 평소 얼굴 한 번 보기 힘든 고위 귀족이라는 게 새삼 크게 다가왔다.

태평한 얼굴로 주위를 둘러보는 제니스가 어느 때보다 부러웠다. 하늘이 무너져도 시큰둥하게 '짜증 나'라고 할 것 같은 저 철면과 무심함이.

별장은 정원보다 높은 지대에 지어져 있었다. 덕분에 현관까지 가려면 올라야 하는 계단이 제법 많았는데 제니스는 그 계단을 오르며 마차 소리가 들렸을 텐데 마중 나오는 이가 하나도 없다고 구시렁거렸다. 플로라가 흠칫하며 저 발칙한 입을 막아야 하나 말아야 하나 고민할 때, 벌컥 현관문이 열렸다.

플로라는 설마 제니스의 불평이 들린 건가 싶어 깜짝 놀랐다. 그러나 그들 앞에 나타난 남자는 은발에 한량 같은 느낌을 주는 젊은 사내. 고급스러운 옷차림에 수행원 세 명을 거느리고 계단을 내려오던 그는 제니스 일행에게 잠시 눈길을 던지며 의아한 표정을 지었지만 곧 냉정하게 지나쳤다.

그들을 기다리고 있었던 듯 마차 한 대가 바로 달려왔고, 그곳에 탄 그와 일행은 순식간에 별장 밖으로 사라졌다. 정문을 지나 점점 더 작아지는 마차의 뒷모습을 제니스가 물끄러미 바라보았다. 플로라가 그녀의 옆구리를 쿡 찔렀다.

"왜 그래? 아는 사람이야?"

"아니."

"그런데 뭘 그렇게 넋 놓고 봐?"

제니스가 고개를 갸웃했다.

'그러게. 왜 계속 봤지?'

"설마."

플로라가 두 눈을 동그랗게 뜨며 설레발을 쳤다.

"반했어?"

제니스는 망설임 없이 플로라의 입술에 스매시를 날렸다.

"아앗, 아니면 말지."

두 손으로 입술을 가린 플로라가 눈을 흘겼다. 현관 앞까지 그런 모양새로 총총 걸어가는 것을 보니 조금 전까지 긴장 어쩌고 한 건 까맣게 잊어버린 모양이었다. 제니스는 생각했다. 부럽다, 저 단순한 뇌 구조.

그렇게 사랑과 우정을 주고받으며 현관에 도착한 두 사람이 벨을 누르자 피 한 방울 나올 것 같지 않게 생긴 깐깐한 표정의 이십 대 사내가 문을 열어 주었다. 그리고 플로라의 이름을 말하는 순간, 마치 물건을 감정하는 시선으로 그녀와 제니스를 훑어 내렸다.

능숙하고 빠르게 두 사람의 전신을 스캔한 그는 뭔가 안심한 것도 같고, 실망한 것도 같은 얼굴로 비켜섰다. 그의 안내를 받아 도착한 응접실에서 잠시 기다리자 얼마 지나지 않아 아르샤 대공이 나타났다. 플로라와 제니스가 자리에서 일어났다.

"대공을 뵙습니다."

"대공을 뵙습니다."

두 사람이 허리를 숙이자 달려들듯 걸어 들어오던 아르샤도 그 자리에 멈춰 간결하게 응대했다.

"불편한 격식은 차리지 않는 거로 하지요. 이렇게 초대에 응해 줘 고맙습니다. 필렌 영애, 그리고 린트벨 영애."

"동행을 허락해 주서 감사합니다."

제니스도 답례했다.

"아닙니다. 제 생각이 짧았습니다. 아직 어린 필렌 영애가 저를 사사로이 만나러 오기 어려우리란 생각을 미처 하지 못했습니다."

그는 제니스의 동행을 그런 식으로 이해한 모양이었다. 아르샤의 권유로 두 사람이 자리에 앉자 시종이 들어와 다과를 준비해 주었다.

"셀리어트가의 일은 저도 들었습니다. 일이 결국 그렇게 되었다니, 안타까울 따름입니다."

아르샤가 근래 셀리어트를 떠들썩하게 만든 화제로 말문을 열었다. 플로라가 벌떡 일어나 다시 정중히 인사했다.

"저의 무례한 요청을 들어주셔서 감사합니다."

대공은 손사래를 쳤다.

"아닙니다. 두 가문의 충돌은 낙스 왕실에서도 원하지 않는 일입니다. 제 존재가 조금이나마 완충 역할을 할 수 있다면 다행이지요. 죽은 사람은 안타깝지만 그 일을 계기로 오랜 세월 소원하던 두 가문이 협력과 화해를 모색하겠다고 선언했으니 헛되지 않은 죽음이었습니다."

그는 진심으로 그렇게 생각하는 듯했다. 눈치를 보던 플로라가 슬그머니 운을 뗐다.

"저기, 대공님. 실은 그 일에 대해 드릴 말씀이 있습니다."

"셀리어트 가문의, 그 일에 대해 말입니까?"

아르샤가 의아한 얼굴로 되물었다.

"네. 저기…… 그 두 사람이 죽지 않았거든요."

"네?"

아르샤가 얼떨떨한 얼굴을 했다.

"자세한 이야기는 제가 말씀드려도 되겠습니까?"

제니스가 나섰다.

"아, 린트벨 영애."

"사실 제가 오늘 이 자리에 굳이 동행한 것도 그 문제 때문입니다."

아르샤의 얼굴이 진지해졌다.

"문제, 입니까?"

"네, 대공. 앨리스 셀리어트와 매튜 카란은 죽지 않았습니다."

"……정말입니까?"

아르샤가 플로라를 바라보며 재차 확인을 요구했고 그녀는 힘차게 고개를 끄덕였다.

"네, 사실이에요."

그의 시선이 다시 제니스에게 돌아갔다.

"그럼 왜 두 사람이 죽었다고 알려진 겁니까? 합동 장례식 소식이 셀리어트 전체에 파다합니다. 그렇다는 건 일부러 두 사람의 생존 사실을 숨겼다는 뜻입니까?"

"맞습니다. 두 사람의 실종이 겉으로 드러난 것처럼 단순한 도피 행각이 아니었기 때문입니다."

"단순한 도피 행각이 아니다?"

"그 이야기에 앞서 대공께 묻고 싶은 것이 있습니다."

"말씀하십시오."

아르샤가 허락했다.

"대공께서는 얀트 영애의 살아생전 이야기를 좋아하신다고 들었습니다."

그의 얼굴이 굳어졌다.

"무슨 뜻으로 하는 말입니까?"

"노여워하지 마시길. 저는 다만 대공께서 '죽은' 얀트 영애의 이야기도 들을 준비가 되셨는지, 알고 싶은 것뿐입니다."

아르샤의 얼굴이 순식간에 차가워졌다.

"동행을 요청하셨으니 레베카와 저의 관계를 알고 계실 수도 있겠다고 생각은 했습니다만, 영애의 입에 올리기엔 과한 발언이었습니다."

아르샤가 냉랭한 목소리로 꾸짖었다. 깜짝 놀란 플로라가 대신 사죄했다.

"대공, 죄송합니다. 제 친구의 무례를 부디 용서해 주세요."

그리고 철판도 뚫어 버릴 것 같은 눈으로 제니스를 노려보았다.

'말조심 좀 하라고 그렇게 신신당부했건만!'

막 나가는 친구 때문에 플로라는 정말 눈물이 날 것 같았다. 그러나 그녀의 이글거리는 눈빛이 느껴지지도 않는지, 제니스는 자신이 하고 싶은 말을 계속했다.

"저는 에스더 샤린테 영애와 친분이 있습니다. 덕분에 얀트 영애의 사건에 대해 외부인치고 꽤 많은 정보를 알고 있지요. 그녀는 혼자 사건의 의문을 풀기 위해 동분서주했습니다. 얀트 영애의 죽음을 둘러싼 루머 중 어떤 것도 인정할 수 없었으니까요. 그러나 무조건 사건을 빨리 종결하려는 주변의 흐름을 막을 수 없었고, 에스더는 그 무력감과 안타까움을 제게 털어놓았습니다."

아르샤가 딱딱한 표정으로 제니스를 바라보았다. '그래, 무슨 말을 지껄이나 어디 한번 들어 보자'라는 얼굴이었다.

"그런데 사건 종결 후 에스더를 더 큰 혼란과 충격에 빠트리는 일이 생겼습니다. 그녀는 하일리움에서 '주니스의 기쁨'이 열리는 기간 동안 얀트가를 방문했습니다. 레베카 양의 추도제에 참석하고 싶었기 때문입니다. 어렵게 허락을 받은 에스더는 낯선 별관에 머물게 되었는데 익숙지 않은 구조 때문에 잠시 길을 헤맸습니다. 그리고, 정체불명의 남자와 얀트 백작이 나누는 대화를 듣고 말았죠."

사나운 눈빛을 쏘아대던 플로라가 어느새 호기심 가득한 눈으로 제니스의 이야기에 귀를 기울였다. 플로라 또한 오늘 제니스가 하려는 말에 대해 아는 바가 없었다. 다만 아르샤 대공을 설득할 수 있는 이야기가 있다고 귀띔받았을 뿐이다.

그리고 제니스의 입에서 에스더가 들었다는 대화 내용이 공개되자 충격을 감추지 못했다.

"말도 안 되는 소리!"

아르샤가 테이블을 내리치며 격분했다.

"감히 얀트 백작을 음해하려 함인가!"

그가 차가운 분노를 내뿜으며 제니스를 노려보았다. 제니스는 냉정한 눈으로 아르샤에게 진실을 전했다.

"대공께서 샤린테 영애에게 확인해 보시면 바로 밝혀질 일입니다. 다시 말씀드리건대, 그녀에게서 들은 이야기입니다."

"정말 진…… 진짜야?"

플로라가 더듬거렸다.

"그래. 너도 기억하지? 우리가 하일리움을 떠나던 날 그녀가 나를 찾아왔던 것을."

"아! 기억나. 얼굴이 너무 창백해서 깜짝 놀랐잖아. 그럼 그날 나눈 이야기가……?"

"맞아. 에스더는 바로 다음 날 도망치듯 얀트가의 저택을 나왔다고 해. 하지만 그 대화를 도저히 머리에서 떨쳐 버릴 수 없었던 거지. 진실일까, 아닐까? 모른 척해야 할까, 말까? 그런데 정말 진짜면 어떡하지? 이걸 누구와 의논해야 하지? 에스더는 모든 것이 혼란스럽고 무서웠어. 결국 혼자 품고 있는 것조차 힘들어진 그녀는 나를 찾아와 조언을 구했고, 나는 모든 판단과 행동을 보류하자고 말했지."

제니스는 여전히 분노를 감추지 못하고 있는 아르샤에게 시선을 던졌다.

"에스더 또한 얀트 백작님을 무척 존경하고 있었습니다. 그런 일을 하실 분이 아니라고 믿었고, 아버지를 만나고 돌아온 얀트 영애 역시 그런 일을 겪었다고 보기 어려운 모습이었다고 했습니다."

"……그래서, 무슨 말이 하고 싶은 건가, 린트벨 영애?"

아르샤가 사납게 물었다. 이제 그는 제니스에게 공대하지 않았다. 신분을 떠나 두 사람을 레베카의 친구로만 대하겠다는 처음의 묵시적 입장을 철회한 것이다.

"레베카 양의 사건이 종결되기 전, 에스더는 그녀의 방에서 발견된 독약 병의 바닥을 탁본했습니다. 특이하게도 그 유리병 바닥에 아름다운 꽃무늬가 새겨져 있었거든요. 귀한 물건을 제법 접해 본 그녀도 그런 것은 처음이라 어쩌면 단서가 되지 않을까 생각했답니다."

제니스는 가지고 있던—자작의 동의하에 크로와 숲 수도원에서 가져온—유리병을 대공 앞에 내놓았다.

"저도 그 탁본을 한 번 본 적이 있습니다. 무늬가 독특해서 잊지 않았지요."

아르샤는 제니스의 말을 이해했다.

"이 병이, 그것과 동일하다는 건가?"

"네."

"병 따위야 어디에나 있다."

"맞습니다. 라트 일족의 치료사 막사에서 발견될 수도 있고, 죽은 셀리어트 영애와 카란 공자의 발치에서 발견될 수도 있지요."

아르샤가 미간을 찌푸렸다.

"두 사람은 죽지 않았다고 하지 않았나? 그리고 애초 두 사건이 무슨 관계가 있다고 함께 언급하는 거지?"

좋은 질문. 바로 그 얘길 하려고 여기 왔지.

제니스는 수도원에서 그 병을 발견하고 난 후 계속 머릿속을 맴돌던 가정을 입에 올렸다.

"그건 두 사건이 지독하게 닮았기 때문입니다."

"닮아?"

그녀는 앨리스의 출생과 행실, 평판, 라트 일족 치료사와의 친분, 매튜 카란과의 관계, 또 그녀가 가져온 믿기 힘든 마법의 묘약에 관해 이야기했다. 그리고 두 사람의 관계가 폭로되고 실종사건이 터진

후 티벨 호수가 신의 축복을 잃어버린 일, 두 연인이 시신으로 발견
되고 비밀리에 부활의 묘약으로 되살린 것까지 설명했다.

"하, 하하하……."

아르샤가 헛웃음을 터트렸다.

"말도 안 되는……. 그런 허무맹랑한 이야기를 지금 믿으라고 하는
건가?"

"제 이야기를 처음 들으신 셀리어트 자작님도 그렇게 말씀하셨죠.
대공께 두 사람의 시신을 보여 드릴 수 없어 유감이네요. 정말 감쪽
같았거든요."

아르샤가 입가를 굳히며 제니스를 노려보았다. 그녀가 자신을 기만
하려 한다고 확신하는 표정이었다.

"처음 두 사람의 시신을 발견한 사람은 크로와 숲의 숲지기입니다.
자작님이 그곳에 가실 때 많은 기사와 병사들이 함께했지요. 그들 모
두가 목격자입니다."

"그…… 두 사람이 죽었던 건 사실이에요. 다시 살아난 것도 사실이
고요."

한겨울 아오스 산 골짜기처럼 냉랭한 분위기에 숨도 제대로 못 쉬던
플로라가 힘겹게 제니스의 역성을 들었다.

"카란가나 셀리어트가에 확인해 보셔도 좋습니다. 물론 그들 모두가
저와 한통속이라고 생각하신다면 누구도 믿지 못하시겠지만요. 사실
제가 정말 하고 싶은 이야기는 지금부터인데, 계속해도 되겠습니까?"

"이게 끝이 아니라고?"

아르샤가 냉소를 지었다.

"좋아, 이 기막힌 이야기의 끝이 무엇인지 어디 한번 들어 보지.

그러나 얀트 백작을 모욕하고 나를 기만한 죄가 절대 가볍지 않다는 것을, 영애는 기억해야 할 거야."

그가 차가운 경고를 던졌다.

제니스는 무심한 얼굴로 찻잔을 들어 목을 축였다.

"앞서 잠깐 언급했지만 전 똑같은 유리병을 라트 일족의 막사에서도 발견했습니다. 그들의 치료사는 푸른 액체가 들어 있는 유리병 네개를 가지고 있었습니다. 그 유리병에 들어 있던 것은 '피올라의 꿈'. 혹시 그 약물이 어떤 것인지 알고 계시나요?"

"알고 있네."

반사적으로 답한 아르샤가 흠칫했다.

"……'피올라의 꿈'이라고?"

"네. '마샬라의 정수'를 만드는 데 필요한 물건이지요. 사실 라트 일족의 막사에서 그것을 발견했을 때만 해도 전 별생각이 없었어요. 그유리병은 독의 출처를 추적할 수 있는 단서였지만 이미 얀트 백작님께서 '마샬라의 정수'라는 것으로 협박당하고 계신 것을 알고 있었으니까요. 그것이 사람을 죽일 수 있다는 것을 치료사 아밀라의 설명을통해 확인했을 뿐이었습니다. 그러나 며칠 후 셀리어트 영애와 카란공자의 시신이 있는 곳에 이 유리병이 놓인 것을 보는 순간, 위화감을느꼈죠."

플로라가 침을 꼴깍 삼키며 제니스의 입을 주시했다.

"남자에게 버려져 죽음을 선택했다는 뜬금없는 소문이 돌았던 얀트영애, 이루어질 수 없는 사랑으로 죽음을 선택한 것처럼 보이는 두연인. 우습지 않으세요? 이 유리병은 그런 사연을 가진 사람들만 찾아가는 마법이라도 걸린 걸까요?"

아르샤는 제니스의 가벼운 말투에 미간을 찌푸렸다.

"믿지 않으셨지만, 셀리어트 영애와 카란 공자가 먹은 건 그 유리병에 든 무언가도 아니었어요. 수도원에 있던 그 병은 그냥, 그럴듯한 그림을 위해 놓인 소품에 불과했습니다. 그때 문득 그런 생각이 들었어요. 어쩌면, 얀트 영애의 방에 놓여 있던 그 유리병도, 잘 짜인 연극을 위한 소품이 아니었을까?"

쿠당탕-!

의자가 뒤로 넘어갔다. 자리에서 벌떡 일어난 아르샤의 얼굴이 새파랬다.

"무슨 일이십니까?"

응접실 문이 황급히 열리며 문밖에 있던 보좌관이 놀란 얼굴을 들이밀었다.

"……아무것도 아니야. 나가 보게."

아르샤가 겨우 표정을 수습하며 말했다. 이상한 느낌에 보좌관이 머뭇거리자 아르샤가 다시 일갈했다.

"나가 보래도!"

움찔한 보좌관은 끝까지 미심쩍은 얼굴이었지만 대공의 명에 토를 달진 못했다. 대신 제니스와 플로라가 대공의 심기를 상하게 했다고 확신했는지 사나운 눈으로 두 사람을 노려본 후 조용히 문을 닫았다. 아르샤는 바로 자리에 앉지 못하고 테이블 근처를 서성거렸다. 그리고 한참 만에 떨리는 목소리로 물었다.

"지금 영애는, 레베카가 살해당했다고 말하는 건가?"

"네."

"흡……!"

소품이란 말이 의미하는 바를 바로 쫓아오지 못했던 플로라의 입에서 늦은 비명이 새어 나왔다. 그녀는 자신의 입을 막으며 커진 눈으로 아르샤와 제니스를 번갈아 바라보았다.

허물어진 표정을 겨우 수습했던 아르샤의 얼굴이 다시 창백해졌다. 그는 뭔가 말하려는 듯 입술을 달싹였으나 분노 때문인지 놀람 때문인지, 어떤 말도 입 밖으로 꺼내지 못했다. 아르샤의 눈동자가 지진이라도 난 것처럼 흔들리는 것을 보며 제니스는 차분히 자신의 가설을 이어 갔다.

"그 후 생각했습니다. 그렇다면 레베카 양에게 독약을 준 것을 부정하지 못하던 얀트 백작님의 일은 어떻게 된 걸까?"

아르샤는 '맞아, 그게 있었지'란 얼굴로 제니스를 바라보았다.

"고민하던 도중 전 라트 일족의 막사에서 보았던 유리병이 떠올랐습니다. 정확하게는 거기에 담겨 있던 '피올라의 꿈'이. 그 약물이 담긴 용기와 협박범이 '마샬라의 정수'를 담아 준 용기가 똑같은 게 그냥 우연이었던 걸까? ―라고. 사실 전 우연이란 걸 지독하게 믿지 않거든요."

그녀가 잠시 서늘하게 웃었다.

"그래서 얀트 백작님에게 '마샬라의 정수'를 팔았다는 그 남자가 처음 손에 넣은 것도 어쩌면 완성된 '마샬라의 정수'가 아니라 아밀라가 가지고 있던 것과 같은 '피올라의 꿈'이 아니었을까 생각하게 되었어요. 협박범은 그걸 가지고 직접 '마샬라의 정수'를 제작한 겁니다. 그렇다면 그는 여분의 '피올라의 꿈'을 가지고 있을 수도 있지요. 치료사가 한 방울도 위험하다고 말한 그것을요."

"그게 왜, 왜, 왜?"

플로라가 독촉했다.

"에스더도 대공님도 얀트 백작님이 레베카 양에게 그런 요구를 할 사람이 아니라고 펄쩍 뛰셨어요. 그런데 왜 백작님은 그 협박범의 말을 부정하지 못하셨을까요?"

플로라와 아르샤는 제니스의 다음 말을 기다렸다.

"어쩌면 얀트 백작님은 자신이 하지도 않은 일을 기억하고 계신 건 아닐까요? '피올라의 꿈'은……."

"환각을 일으키지……."

아르샤가 홀린 듯 중얼거렸다. 그는 낙스 왕실에서 진행하는 고대 마도 문명 연구의 총책임자였다. 이를 위해 오랫동안 역사학을 공부했고 고고학과 마도 문명의 권위자 얀트 백작에게 사사했다. 당연히 그와 관련된 약물에 대한 지식을 가지고 있었다.

제니스의 말이 이어졌다.

"얀트 백작님이 레베카 양에게 실수를 저질렀고 그걸 우연히 목격한 누군가가 백작님을 협박한다? 아니요. 저는 차라리 처음부터 백작님의 연구 결과를 노린 일당이 그분을 함정으로 몰아넣었다는 쪽이 더 현실적이라고 생각해요. 그놈들이 백작님께 요구한 게 뭐겠어요? 관심 없는 척했지만 결국 연구 결과를 달라고 했을 거예요. 그리고 셀리어트로 와 두 공자와 영애를 납치하고, 외지인을 내쫓고, 티벨 호수의 신비를 훔쳤죠."

"오직 유리병 하나만으로 두 사건이 동일범의 소행이라고 단정할 수 있나?"

이 양반 참 느리네.

"모르시겠어요? 노리는 것이 같잖아요. 애초에 티벨 호수의 장관은 자연적으로 말이 되지 않는 거였어요. 어떻게 달도 없는 밤에 호수가 빛날 수 있나요? 그런 기사를 가능하게 하는 건 이 세상에 단 하나뿐이죠."

그제야 아르샤는 넋이 나간 얼굴로 중얼거렸다.

"마도 문명의 흔적."

제니스가 속으로 혀를 찼다. 여기 사람들은 신비에 너무 무감하다. 많은 신비를 '신의 축복' 또는 '신의 노여움'으로 설명하고 대부분의 사람은 그것을 의심하지 않았다. 이런 세상에서 한때나마 티벨 호수를 연구하려는 사람들이 있었다는 게 놀랍다. 제니스는 마지막 의견을 보탰다.

"목적을 이룬 후 보여 준 사후 처리도 얀트 영애의 사건과 똑같아요. 부적절한 감정 때문에 자살을 택한 어리석은 소녀, 혹은 연인이란 그림을 만들었어요. 뜬금없을 정도로 소문이 빨랐죠. 해당 가문이 그 추문 때문에 사건을 파헤칠 엄두도 내지 못하게."

하고자 했던 이야기는 끝났다. 아르샤는 충혈된 눈으로 테이블 위의 유리병을 노려보다가 한참 만에 입을 열었다.

"이 증거, 내가 가져가도 되겠나?"

제니스가 고개를 끄덕였다. 그가 어둡게 가라앉은 눈으로 말했다.

"영애가 언급한, 이 일과 관련된 모든 사람을 만나 보고 싶네."

"카란가든 셀리어트가든 대공이 부르시면 바로 달려오실 거예요. 그러나 셀리어트에 들렀던 라트 일족은 직접 찾으셔야겠네요. 샤린테 영애에겐 제가 증언을 부탁하는 편지를 쓰지요."

아르샤가 손을 들어 올리며 거절했다.

"아니. 모르는 사이도 아니니 그녀는 내가 직접 만나 보겠다."

그리고 이어 물었다.

"카란과 셀리어트는 납치범의 꼬리를 잡았나?"

"아직은요. 두 분의 시신을 발견하기 직전부터 검문을 강화했지만 특별히 수상한 마차나 짐은 지나가지 않았답니다. 몇몇 눈에 띄는 무리에 꼬리를 붙였다고 하는데 결과를 알긴 이르지요. 지금은 공자와 영애의 증언을 토대로 그들의 몽타주를 만들고 있습니다."

"몽타주!"

아르샤가 소리쳤다.

"얼굴을 봤단 말인가?"

"애초부터 죽일 작정이었던 듯 얼굴을 마주한 누구도 본색을 가리지 않았답니다. 그들 중 우두머리로 보이는 금발 머리 남자와 수하 서너 명의 인상착의를 집중적으로 복원하고 있습니다."

아르샤의 두 눈이 크게 떠졌다.

"그래서 죽은 척을 하는 거로군!"

"네. 두 분이 죽지 않았다는 사실이 흘러나가면 다시 목숨이 위태로워질 수 있으니까요."

그 외에 가문의 명예, 두 사람의 평판, 정치적인 측면 같은 것들은 굳이 언급하지 않아도 추측할 수 있는 부분이리라.

"내게 이 사실을 알려 주는 이유가 뭐지? 오로지 진실을 알리고자 하는 사명감에서 비롯된 일인가?"

아르샤가 날카로운 눈으로 물었다.

"아니요."

제니스의 당당한 부정에 그가 이유를 말해 보라는 듯 턱을 까닥였다.

"카란 공자와 셀리어트 영애의 은신처를 찾고 있습니다. 계속 셀리어트에 있는 건 위험하니까요. 대공께서 당분간 두 사람의 보호자가 되어 주시길 청합니다."

"그들은 지금 어디에 있나?"

"카란가의 개인 별장에 몸을 숨기고 있습니다."

잠시 생각하던 아르샤가 말했다.

"그들을 직접 만나 본 후 영애의 요청을 받아들일지 말지 결정하겠다. 돌아가면 셀리어트 자작에게 두 사람과 함께 나를 만나러 오라 전하라."

제니스는 긍정의 뜻으로 조용히 고개를 숙였다.

더 이상의 대화는 없었다. 제니스와 플로라는 이른 귀가를 결정했다.

아르샤가 떠나는 제니스에게 말했다.

"내가 영애의 이야기를 완전히 믿는 것은 아니야. 다만 확인해 볼 필요성을 느낀 것뿐. 그리고 확인 결과 밝혀진 진실이 영애의 추측과 다르다면, 그땐 오늘의 오만에 대한 책임을 져야 할 거야. 그런 상황이 닥친 후 그저 가설일 뿐이었다는 말로 빠져나갈 생각은 하지 말게."

플로라가 어두운 얼굴로 제니스의 팔을 잡았으나 그녀는 순순히 고개를 끄덕였다.

"그러십시오. 그리고 반대로, 제 추측이 진실일 경우 어떤 상을 주실지도 생각해 주세요. 원래 상과 벌은 함께 존재해야 하는 법이니까요."

제니스의 맹랑한 말에 아르샤 또한 망설임 없이 고개를 끄덕였다.

"당연히, 진실을 찾아 준 이에게는 그에 합당한 사례를 할 것이다."

그렇게 말하는 그의 얼굴은 목이 졸린 사람처럼 괴로워 보였다. 제니스가 날린 진실의 단면은 무방비 상태의 그를 세차게 후려쳤고, 혼란과 충격으로 숨쉬기가 어려울 지경이었다.

아르샤가 응접실을 나간 후 제니스와 플로라는 예의 깐깐해 보이는 이십 대 보좌관에게 내쫓기듯 대공의 거처를 떠났다. 돌아오는 마차 안은 쥐죽은 듯 조용했다.

플로라는 물어보고 싶은 것들이 넘쳐났지만 애써 꾹 참았다. 그리고 가만히 눈을 감고 있는 제니스의 한쪽 손을 살며시 잡아 주었다. 그 온기를 느낀 제니스가 슬쩍 눈을 뜨더니 어이없다는 표정을 지었다. 그러나 플로라의 손을 뿌리치진 않았다.

"괜찮겠어?"

플로라가 결국 참지 못하고 물었다.

"괜찮아."

제니스는 다시 눈을 감으며 대답했다.

가설은 가설일 뿐이다. 그러나 수십 번의 사선을 넘나들며 무수한 작전을 수행했던 그녀의 감은 이 추리가 진실에 가깝다고 속삭이고 있었다. 아르샤 대공에게 그 부분을 이해시킬 방법은 없으니 이렇게 밀어붙이는 수밖에.

어쨌거나 이쯤 했으니 레베카 귀신도—제니스는 죽은 레베카 앤트가 자신의 주위를 배회한다는 가설을 상당히 신빙성 있게 생각하기 시작했다. 아니면 움직일 때마다 그녀의 죽음과 관련된 일에 엮일 리가 없었다. 이건 음모가 아니면 일어날 수 없는 우연이다. 암, 그렇고말고—적당히 만족하고 자신에게서 떨어져 나가길 바랐다.

＊ ＊ ＊

대공의 전언을 들은 셸리어트 자작은 그다음 날 바로 아르샤를 찾아갔다. 그들 사이에 오간 구체적인 대화 내용은 알 수 없었다. 다만 모든 일이 빠르게 진행되어 대공이 두 사람의 보호를 수락했으며 곧 그가 마련한 은신처로 앨리스와 매튜가 떠나게 될 거란 소식을 듣게 되었다.

대공은 두 사람에게 새로운 신분까지 만들어 주겠다고 약속해 그를 추천한 제니스의 선택이 탁월했음을 증명했다. 아키발은 매튜와 앨리스가 벌써 새로운 이름으로 서로를 부른다며 한 쌍의 바퀴벌레 같은 그들의 행태에 치를 떨었다. 그의 얼굴은 큰 짐을 내려놓은 듯한 후련함과 뜻대로 되지 않은 자식 농사에 대한 착잡함을 동시에 머금고 있었다.

그러나 잠깐 내비친 마음의 동요는 그것으로 끝. 셸리어트 자작은 영지의 부흥과 사건 수습을 위해 밤늦도록 가신들과 근교 귀족들을 만나는 바쁜 일정을 소화했다. 개인 별장 수색의 후폭풍을 감당해야 했고 수십 장의 사과 편지를 썼다. 모르긴 몰라도 충분한 배상금이 알게 모르게 전해졌을 것이다. 그리고 매일 카란 백작을 만나 팔자에도 없는 우의를 과시하느라 진땀을 흘렸다.

아키발은 제니스가 사용한 '미화'와 '재해석'이란 말을 듣자마자 제대로 감을 잡은 듯했다. 그가 부리는 사람들이 벌써 대륙 구석구석으로 달려가 세상에서 가장 아름답고 비극적인 연인에 대한 이야기를 퍼트리고 있었다.

셸리어트의 절경 크로와 숲의 버려진 수도원에서 죽음을 맞은 두 연인. 그 모습이 얼마나 아름답고 애틋하던지, 얼어 있던 백작과 자작의 마음마저 녹였다는 의도된 미담.

앨리스의 만행을 생생히 기억하고 있는 셀리어트 근교에선 씨도 안 먹힐 이야기였지만, 슈벨리안이나 티오렌은 달랐다. 그리고 시간은 많은 일을 지우고 덮어 버린다는 것을 자작은 알고 있었다.

누군가는 두 가문이 연극을 하고 있으며 그런 방법으로 떨어진 명예를 주워 담으려 한다는 예리한 분석을 내놓았지만, 대부분의 사람은 그 죽음이 불러온 '지극히 낭만적인 결과'에 열광했다. 아키발은 10년 후 아니 적어도 5년 후, 셀리어트는 또 다른 명성을 얻게 될 거라 장담했다.

자작의 눈에서 활활 불타오르는 집념을 본 제니스는 조용히, 그와 시간과 뒷공작의 승리를 점쳤다.

2

시간은 쏜살같이 흘러 앨리스와 매튜의 은신처가 확정되고 출발일이 정해졌다. 셀리어트 자작이 아르샤를 만나고 온 지 겨우 3일 만이었다. 아키발은 해야 할 당부는 모두 했다며 마지막 배웅을 거부했다.

카란 백작도 오지 않았다. 자식의 죽음을 내버려 둘 수는 없었지만 가문보다 여자를 택한 아들의 결정을 환영하지도 않았다. 그래서 우습게도, 오늘 떠나는 그 두 사람을 배웅하러 온 사람은 제니스뿐이었다.

사실 로이드나 네일도 그녀가 앨리스를 만나러 가는 것을 달가워하지 않았다. 두 사람 사이에 사소한 인연이라도 남을까 걱정했다.

그러나 마지막으로 전해 줄 것이 있다는 제니스를 끝까지 막지는 못했다. 뒤늦게 아키발이 가지 않을 거란 소식을 들어서이기도 했다. 완고한 척해도 마음이 참 말랑말랑한 사람들이다.

제니스가 앨리스를 만나는 것은 그녀를 부활의 묘약으로 되살린 이후 처음이었다. 그래서 놀랐다. 대공의 응접실에서 마주한 앨리스는 한 주 만에 놀라울 정도로 달라져 있었다. 감출 수 없는 생기로 반짝거리는 그녀는 누구보다 행복해 보였다.

"린트벨 영애!"

앨리스는 제니스를 보자마자 반색하며 달려와 포옹했다. 마치 십년 지기라도 만난 사람 같았다. 제니스는—프로답게—화사하게 웃으며 그 반응에 호응했다. 앨리스가 흥분한 얼굴로 소리쳤다.

"그동안 꼭 한번 보고 싶었는데, 떠나기 전에 이렇게 만나서 정말 다행이에요!"

"저도 마지막 인사를 나눌 수 있게 되어 참 기쁘답니다."

앨리스가 제니스의 두 손을 꼭 잡으며 말했다.

"고마워요, 정말 고마워요. 영애가 날 위해 해 준 많은 일에 대해 아버지께 들었어요. 어떻게 감사를 표해야 할지 모르겠어요. 참, 이 사람 알죠? 매튜, 제가 늘 말하던 린트벨 영애예요."

앨리스가 옆에 멀뚱히 서 있던 남자를 잡아당기자 그가 꾸벅 고개를 숙였다.

"매튜 카란입니다. 말씀 많이 들었습니다."

"제니스 린트벨입니다. 저야말로 한번 뵙고 싶었어요."

정말로.

제니스는 가면 같은 미소를 지으며 그의 얼굴을 바라보았다. 관찰 당하고 있다는 걸 아는지 모르는지, 매튜 카란은 제니스와 인사를 나누는 그 일순간이 지나가자마자, 다시 앨리스에게 시선을 고정했다. 제니스가 헛웃음을 삼키며 두 사람을 바라보았다. 아키발과 카란 백작의 허탈함을 조금 엿본 기분이었다.

"기분은 어떤가요?"

그녀는 얼른 화제를 돌렸다. 추방을 당하는 것과 마찬가지였지만 오늘 만난 두 사람의 분위기는 그런 것을 전혀 개의치 않는 듯했다. 앨리스의 대답도 그와 다르지 않았다.

"좋아요. 너무너무 좋아요. 매튜와 함께라면 어디든 좋아요. 참, 대공과의 만남을 주선해 준 것도 제니스 당신이라면서요? 아아, 정말 고마워요. 당신 같은 친구를 만난 건 내 일생일대의 행운이에요."

제니스는 떨리는 입꼬리를 힘들게 당기며 '너랑 친구한 적 없다'고 말하지 않기 위해 이를 악물었다. 참 오랜만에 발휘해 보는 인내심이었다.

"그럴 리가요. 운이 좋았다면 그건 셀리어트 영애가 타고난 것일 거예요."

"아이참, 그런 걸까요?"

그녀는 까르르 웃으며 즐거워하더니 제법 진지한 얼굴로 제니스의 손을 잡았다.

"그래도 고마워요, 린트벨 영애. 당신은 정말 특별하고 멋진 여자예요. 그러니 자신을 너무 과소평가하지 말아요. 언젠간 당신도 나처럼 인생을 바꿀 수 있을 거예요."

"……."

참 따뜻한 위로였다. 앨리스에게 다른 말도 아니고 충고 비슷한 말을 들었다는 충격에 정신이 혼미해져 제대로 느낄 수는 없었지만.

"……조언, 명심하죠."

제니스는 앨리스가 약간의 반성이라는 걸 했음에도 불구하고 제멋대로에 자기중심적인 기본 성정은 조금도 변하지 않았음을 알았다. 정말 강적이다.

시간이 지날수록 유쾌하지 않은 경험이 늘어날 것 같은 나쁜 예감에, 제니스는 서둘러 용건을 꺼냈다.

"실은 셀리어트 영애에게 전해 줄 것이 있어요."

"저에게요?"

앨리스가 호기심 어린 눈을 했다. 제니스는 품에서 아밀라가 써 준 편지를 꺼냈다. 솔직히 이제 큰 의미는 없는 것일 수도 있었다. 하지만 앨리스가 상식이라는 선을 아슬아슬하게라도 지키면서 살려면 자신이 과거 저지른 잘못과 오해를 모두 알아 둘 필요가 있었다.

아밀라가 쓴 편지라는 말에 기뻐하며 그것을 받아 든 앨리스는 편지를 읽어 갈수록 입술을 앙다물며 침울해졌다. 분노하는 것도 같았고 자책하는 것도 같았다. 옆에서 그 편지를 함께 읽은 매튜가 그런 앨리스의 어깨를 감싸 안았다.

마지막까지 모두 읽은 앨리스가 가만히 눈을 감았다 느릿하게 떴다. 어느새 옅은 습기가 그녀의 눈동자를 감싸고 있었다.

"편지를…… 전해 줘서 고마워요, 린트벨 영애. 덕분에 제가 얼마나 바보였는지 다시 한번 알 수 있었어요."

그리고 물끄러미 제니스의 얼굴을 바라보다 불쑥 말했다.

"아무리 생각해도 참 이상해요."

제니스는 속이 뜨끔했다.

"뭐가, 말인가요?"

"린트벨 영애 당신은······ 우리 어머니가 나를 위해 보내 준 천사가 아닐까요?"

단호히 거절한다, 그런 직장.

"가끔 생각했어요. 만약 당신이 없었더라면 매튜와 나는 어떻게 됐을까? 셀리어트가와 카란가는 또 어떻게 되었을까?"

그녀의 얼굴에 아련한 미소가 번졌다.

"정말 고마워요······. 후후, 이 말을 몇 번이나 하는지 모르겠네요. 하지만 당신에게 아무리 고맙다고 말해도 계속 부족하게 느껴지는 걸 알아요?"

사심 없이 웃는 앨리스는 예뻤다. 그런 그녀를 매튜 카란이 애정과 대견함이 가득한 눈으로 바라보았다. 진심이 담긴 앨리스의 감사에 제니스는 잠시 말을 잃었다. 정신을 차려보니 팔에 닭살이 돋아 있었다.

'······오늘 이곳에 오는 게 아니었어.'

제니스는 참 오랜만에 후회라는 것을 했다.

얼마 후, 앨리스와 매튜를 찾는 사람이 들어왔다. 떠나야 할 시간이었다. 세 사람은 짧은 만남을 마무리하고 마차가 기다리고 있는 현관으로 향했다. 제니스는 그곳에서 마주친 대공과도 짧은 눈인사를 나누었다.

그가 먼저 마차에 올랐다. 대공은 랑고트로 갈 예정이었다. 다음 마차에는 앨리스와 매튜, 그들을 수행하기 위한 대공의 수하가 함께 탔다. 그들의 목적지는 슈벨리안 제국. 자세한 지명은 제니스도 듣지 못했다. 묻지도 않았다.

마차에 오른 앨리스가 짧게 손을 흔들었고, 작은 창문은 바로 닫혔다. 정문을 벗어나는 두 대의 마차 뒤로 몇 개의 짐마차가 따라갔다. 하얀 먼지를 일으키며 달려 나간 그들은 천천히 작은 점이 되어 시야에서 사라졌다.

모여 있던 하인들이 마지막 정리를 위해 뿔뿔이 흩어졌다. 그들 역시 두세 시간 후면 단속을 끝내고 이곳을 떠날 것이다.

제니스는 지나가는 수행원 하나를 붙잡고 잠깐 정원을 구경해도 되냐고 물었다. 그는 곧 이 별장의 문을 닫을 거니 멀리 가진 말아 달라 당부했다. 제니스는 알겠다 말한 후 천천히 발걸음을 옮겼다.

건물을 끼고 뒤로 돌아가니 인공적으로 조성한 아담한 연못이 나타났다. 그녀는 그 위를 가로지르는 아치형 다리를 느긋하게 걸었다. 날씨가 빌어먹을 만큼 좋았다.

홋, 세상사 다 그런 거지.

제니스가 냉소적으로 웃었다.

그대로 끝장났어도 누구 하나 동정하지 않았을 앨리스를 사랑한 남자가 저런 사람일 줄 누가 알았을까? 그리고 그 사랑을 깨달은 앨리스가 진짜 사랑을 시작하리라곤 또 누가 예상했을까?

저렇게 재수 없을 만큼 운 좋은 년도 흔치 않은데, 이렇게 딱 마주칠 건 뭔지.

제니스는 '배알이 꼴린다'는 게 어떤 뜻인지 제대로 알 것 같았다.

심통이 난 그녀는 반짝이는 햇살 아래에서 한참 동안 세상의 부조리함을 욕했다. 아치형 다리 중간에 선 그녀는 두 팔을 난간에 걸치고 먼 곳을 바라봤다. 난간 밖으로 내민 오른쪽 손가락 중 하나에 얇은 금속 줄이 반짝였다. 아래로 늘어진 줄 끝엔 낯익은 로켓 하나가 걸려 있었다.

둘 중에 하나. 50 대 50.

앨리스 셸리어트가 별관에 갇혀 있던 마지막 날 저녁, 그녀에게 식사를 가져다주고 격려를 빙자한 포옹을 하며 쥐도 새도 모르게 빼돌렸던 로켓 하나. 죽음의 묘약이었다 해도 나쁘지 않았을 텐데 부활의 묘약이라 다음 상황이 더 기대됐었다.

만약 그녀가 납치되지 않았다면 일은 어떻게 흘러갔을까?

로켓 하나가 사라진 것을 바로 눈치챘을까? 자신을 의심했을까? 계획을 강행했을까? 아밀라를 찾아가 하나 더 내놓으라 떼를 썼을까? 매튜 카란을 구할 수 있었을까? 아니면 상황을 부정하며 도망쳐 버렸을까?

나름 기대하던 시나리오였는데 중간에 끼어든 놈들 때문에 엉망이 됐다. 앨리스의 눈물을 쏙 빼 준 건 고맙지만 누구도 기대하지 않았던 '변화'까지 얹어 줄 필요는 없었는데.

정말 마음에 들지 않는 놈들이다.

아니, 결국 이 모든 건 앨리스 셸리어트의 운이 부른 결과인지도 모른다. 혼내 주려 했던 자신조차 결과적으로는 이리저리 휘둘리고 도와주기만 한 꼴이 아닌가?

쳇. 제니스는 분노의 콧방귀를 뀌었다.

그녀의 손끝에 걸려 있던 줄이 빙글빙글 돌았다. 그리고 점점 빠르게 회전하던 로켓이 어느 순간 허공을 날았다.

퐁―

제니스가 무심한 얼굴로 다리 아래를 내려다보았다. 순식간에 작은 로켓을 삼킨 연못은 잔물결 하나 없이 고요했다.

수면 위로 고개를 내민 물풀과 햇빛에 반사된 물의 반짝임을 한참 동안 구경하고 있는데 처음 말을 걸었던 수행원이 와 이제 이곳을 비워야 한다고 알려 주었다. 어느새 시간이 제법 지나 있었다. 제니스는 우아하게 웃으며 정원이 아름다워 즐거웠노라 인사했다.

* * *

돌아온 셸리어트 저택은 분주했다. 이틀간 나가 있던 고용인들이 돌아와 청소며 밀린 일을 하느라 저택 내부, 정원, 주방 할 것 없이 부산스러웠고, 앨리스와 매튜의 사건을 수습하고 카란과의 관계를 새로 정립하기 위해 수많은 관리와 가신들이 바쁘게 드나들었다.

게다가 자작 혼자 저질러 놓은 투자 건, 앞으로 셸리어트가를 대신해 카란가와 교섭하게 된 하버 가문과의 연계. 셸리어트가의 가신들은 몸이 열 개라도 모자란다고 아우성을 쳤다.

현관에서 손님을 맞느라 정신이 없는 브리언과 눈인사를 나눈 제니스는 자신의 방으로 돌아가던 중 테라스에 나와 앉아 있는 로시아네를 발견했다. 그녀는 따뜻한 햇볕이 가득 들어차는 곳에 놓인 길쭉한 일자형 의자에 앉아 있었다. 잠시 망설인 제니스가 인기척을 내며 그녀에게 다가갔다.

"아, 린트벨 영애, 어디 다녀오는 길인가 보군요?"

살짝 뒤를 돌아본 로시아네가 말했다. 아키발은 물론 집사와 하녀장, 플로라까지 신경을 쓴 덕분에 제법 혈색이 돌아온 그녀였다. 가볍게 고개를 끄덕인 제니스가 가만히 로시아네의 옆에 앉았다.

"괜찮으세요?"

"네? 뭘 말하는 건가요?"

로시아네가 두 눈을 동그랗게 뜨고 물었다.

"제가, 어디를 다녀오는 길인지 알고 계시잖아요."

그녀가 쑥스러운 표정을 지었다.

"모르는 척하려고 했는데 들켰네요."

"솔직히 마지막 배웅을 가지 않으신다는 말을 듣고 놀랐어요."

로시아네의 얼굴에 희미한 미소가 떠올랐다.

"나는 이미 두 아들을 키워 보았답니다. 그래서 알죠. 아이들은 언제나, 언젠간, 부모의 품을 떠난다는 것을. 그 순간 부모가 해야 하는 마지막 일은 떠나는 아이의 발걸음이 무겁지 않도록 하는 거예요."

그녀가 가만히 두 눈을 내리감고 속삭였다.

"괜찮을 거예요."

"……"

"그 애가 살아 있고 행복하리란 사실을 아니까요."

그러나 말과는 다르게 파르르 떨리는 속눈썹 사이로 눈물방울 하나가 소리 없이 떨어졌다. 제니스는 아무것도 보지 못한 사람처럼 정면으로 시선을 돌렸다. 로시아네가 그런 제니스의 한쪽 어깨에 머리를 기댔다.

"영애는 참 이상한 사람이에요."

"그런 소리 자주 들어요."

웃는지 어깨에 올려진 로시아네의 몸이 가늘게 떨렸다.

"아직 나이도 어린데 슬픈 사람을 위로하는 방법은 어디서 배웠나요?"

"그건…… 참 당황스러운 질문이네요."

그녀가 또 웃었다. 아니, 자신이 무슨 웃긴 이야길 했다고 자꾸 웃나?

"고마워요."

뭐, 일단 고맙다고 하니까.

"천만에요."

오후의 햇살이 눈부셨다. 양지바른 곳에서 일광욕을 즐기는 고양이처럼 두 사람은 한참을 그렇게 있었다.

"편지해도 되나요?"

로시아네가 느릿한 어조로 물었다.

"물론이에요."

"영애 말고, 린트벨 백작 부인께요."

이번엔 제니스가 두 눈을 동그랗게 뜨며 로시아네를 돌아봤다.

"제, 어머니요?"

"그래요."

로시아네가 기대고 있던 몸을 바로 하며 말했다.

"어떻게 하면 영애 같은 딸을 키울 수 있는지 궁금해요."

그녀의 눈이 반짝반짝 빛났다.

그러니까 두 사람이 서로 친분을 나누며 자신에 대한 이런저런 이야기를 하겠다고?

제니스의 표정이 떨떠름하다 못해 창백해졌다.

"안 되나요?"

"아니……. 안 될 거야 없죠……. 알겠습니다. 어머니께 부인의 요청을 전하겠습니다."

제니스가 마지못해 대답했다. 그녀의 표정을 본 로시아네가 처음 듣는 큰소리로 웃었다.

"호호호, 영애도 무서워하는 사람이 있었군요."

무서워한다니, 누가? 무얼?

제니스가 속으로 발끈했다. 그러나 이어진 로시아네의 호의를 굳이 거부하지는 않았다.

"걱정하지 마세요. 영애가 숨기고 싶어 할 만한 이야기는 절대 하지 않을게요."

그녀가 장난기 어린 미소를 지으며 약속했다. 멀리서 플로라가 제니스를 찾는 소리가 들렸다. 아마 자신이 돌아왔다는 소리를 들은 모양이다. 그래도 저렇게 큰 소리로 자신의 이름을 불러 대다니, 그것도 복도에서. 제니스는 혀를 쯧쯧 차며 자리에서 일어났다. 자신의 친구는 갈수록 품위를 잃고 있었다. 큰일이다.

이제 들어가 보겠다는 말을 하려고 옆을 돌아보자 여전히 입가에 웃음을 머금고 있는 로시아네가 보였다. 살짝 심술이 난 제니스가 불쑥 말했다.

"요즘 그런 생각이 자주 들어요."

"어떤 생각인가요?"

"부인께서 자작님을 조금 더 휘둘러도 되지 않을까, 하는 생각이요."

로시아네가 두 눈을 껌벅였다.

"사랑이 항상 만나는 순간 시작되는 것은 아니거든요."

제니스는 빨개진 얼굴의 로시아네를 뒤에 남겨두고 테라스를 떠났다. 심술을 부린 건지 사랑의 메신저를 한 건지 모르겠다고 투덜거리며.

복도에서 자신을 시끄럽게 불러대는 플로라의 입을 막은 제니스는 그녀를 기다리고 있다는 일행을 찾아 네일의 방으로 갔다. 잘 다녀왔냐고, 짧게 앨리스의 안부를 물은 그들은 앞으로의 일정을 의논하기 시작했다. 그리고 3일 후 셀리어트를 떠나기로 결정했다.

사실 이 출발은 좀 이른 감이 있었다. 제니스와 플로라는 몰라도 로이드와 네일은 아직 이곳에서 해야 할 일이 많았다.

두 가문의 가주가 투자 협약서에 사인했어도 그 아래 실무자들과 논의해야 할 세부 사항이 산더미였고, 카란과 셀리어트 사이의 중재자가 되기 위해 만나야 하는 사람, 알아야 하는 사항은 그보다 더 많았다. 그걸 제대로 하자면 보름은 더 머물러야 할 것 같은데 갑자기 티오렌에 돌아갔다 오겠다며 서두르고 있었다.

제니스와 플로라가 하일리움으로 돌아가야 하는 날짜가 다가오고 있다는 게 그들이 내세운 표면적인 이유였지만, 제니스가 보기에 실질적인 이유는 바로 셀리어트 일가의 태도 변화 때문이었다. 정확하게는 자작의 오해가 부른 황당한 상황 덕분.

투자 협약이 결정되고 제니스가 아르샤를 통해 앨리스와 매튜의 거취 문제까지 해결하자 체이스 셀리어트가 이상한 태도를 보이기 시작했다. 갑자기 제니스를 티타임에 초대하고 같이 정원을 걷자고 하면서 친근하게 굴기 시작한 것. 그건 루단 셀리어트도 마찬가지였다. 그는 플로라에게 접근하고 있었고 그걸 눈치챈 네일은 경기를 일으켰다. 로이드는 두말해 무엇 하겠는가, 눈에서 레이저라도 나올 기센데.

그제야 제니스도 자작의 오해를 어렴풋이 눈치챘다. 그는 투자 유치를 위해 셀리어트를 방문한 로이드 일행이 굳이 제니스와 플로라까지 데려온 이유가 자신의 두 아들 때문이라고 지레짐작한 것이다. 일이 잘되었을 경우 서로 간에 혼인 동맹까지 생각해 보자고 밑밥을 깐 거라 여긴 것. 근래 음모에 휘말렸던 탓인지 자작의 생각이 멀리, 너무 멀리 갔다.

문제는, 누구도 '그건 당신의 오해'라고 자작에게 단도직입적으로 말할 수 없다는 것이었다. 얼마나 창피해하겠는가?

로이드와 네일은 긴급 대책 회의를 열었다. 그리고 아무것도 눈치 채지 못한 것처럼, 그러나 꼬리에 불붙은 망아지처럼 급한 일정을 해치우고 제니스와 플로라를 셀리어트 밖으로 내쫓기 위해 온 힘을 다 했다.

몇 장의 편지가 지급으로 필렌가와 하버가에 보내졌는지 모른다. 업무 보고용이라기엔 지나치게 얇은 것 같고 지나치게 자주 보내는 것 같더니, 낙스 쪽에 있던 하버가 인사를 이쪽으로 불러들였다. 로이드와 네일이 플로라와 제니스를 로하샤이엄에 데려다주는 동안 이곳 일을 맡을 사람이었다.

두 사람에게 레베카의 사건과 관련된 이야기를 다 알려 주지는 못했다. 대공과 함께 이야기를 들은 플로라가 로이드에겐 따로 언질을 줬을지도 모른다. 그러나 네일에겐 에스더 샤린테를 들먹이며 그녀가 만들어 준 친분이 있었노라 둘러댄 게 전부였다.

네일은 제니스가 낙스 후작가의 여식과 그 정도 친분을 가지고 있음에 놀라고 자랑스러워했다. 제니스는 자신이 하는 말은 아무 의심 없이 믿고 보는 그의 순수함을 좋아해야 할지 걱정해야 할지, 잠시 고민했다.

* * *

나르스트의 스물여덟 번째 날, 하버 남작은 고대하던 내용이 담긴 서신을 받았다.

셀리어트와 카란의 투자 유치 성공.

으하하하하. 하버 남작 알베르는 평소의 근엄함을 내팽개치고 대소했다. 중간보고 겸 받은 서신엔 부정적인 이야기만 가득했는데 놀랍게도 그 어려운 상황 속에서 최고의 결과를 만들어 내는 데 성공한 것이다.

네일 필렌. 고지식한 책상물림인 줄만 알았더니 이런 통찰력을 가진 남자였나? 알베르는 필렌가를 다시 봐야겠다고 생각했다. 응?

싱글벙글 웃던 그가 서신 말미에 적힌 몇 줄을 보며 미간을 찌푸렸다.

「……다만 셀리어트 자작의 동향이 의심스럽습니다. 그의 두 아들이 플로라 필렌과 제니스 린트벨에게 노골적으로 접근하고 있습니다. 저는 그가 단순한 투자자가 아닌 개발자로서 우리 사업에 한발 걸치려는 게 아닌지 걱정됩니다. 그렇게 되면 하버 상단이 설 자리가 줄어들 수도 있습니다. 다행히 네일 필렌은 그들의 이런 접근을 탐탁지 않아 하는 눈치입니다.」

'설마…… 이 작자들이…….'

알베르는 로이드의 우려가 아주 가능성이 없는 일은 아니라고 생각했다.

하버 남작이 그런 생각을 한 지 얼마 지나지 않아 필렌 남작 또한 네일의 편지를 받았다. 투자 유치 성공과 향후 업무에 관한 이야기는 짧았다. 편지의 태반은 셀리어트가의 태도에 대한 불만으로 가득 차 있었다. 정확하게는 플로라와 제니스에게 '집적대고 있는' 셀리어트에 대한 분노였다.

그는 투자자인 셀리어트가의 가풍이 어떠한지에 대해선 관심도 없고 상관도 없지만, 행여 사적으로 혼인 동맹을 맺게 되는 것엔 결사반대한다는 입장을 분명히 했다. 사건 사고가 끊이지 않는 집 안에 플로라와 제니스를 보낼 수 없다며 그런 이야기가 아예 나오지 않도록 촉각을 곤두세워 달라고 강력하게 요구했다.

필렌 남작은 여동생을 끼고도는 네일의 행태에 헛웃음을 흘렸다. 나이 차이가 크게 나니 예뻐할 법도 하지만 이건 잘하면 아비 멱살이라도 잡을 기세 아닌가.

필렌 남작은 혀를 차며 장남의 팔불출 기질을 걱정했다. 이놈 짝이나 빨리 찾아 주고 싶은데 궁벽한 시골에 딸을 보내줄 참한 가문이 있을지 모르겠다.

필렌 남작은 서신에 나와 있는 또 다른 사실에도 주목했다. 셀리어트 영애의 사건에 관해선 지난번 편지로 대충 알고 있었다. 그래서 이번 투자 유치는 모두 물 건너갔다고 생각하며 단념하려던 참이었다. 그런데 이렇게 예상을 뒤집는 훌륭한 결과를 가져올 줄이야.

특히 새파란 애송이인 줄 알았던 로이드 하버가 그런 수완을 가지고 있다는 것에 놀랐다. 역시 상인 가문의 장남은 뭔가 남다른 게 있는 모양이었다.

같은 편지를 몇 번이나 반복해 읽으며 흐뭇한 미소를 짓던 그는 어느 순간 아차차 하는 얼굴로 집무실을 나섰다. 이 기분 좋은 소식을 얼른 주군인 헤이엄과 함께 나누고 싶었다.

하버 남작과 필렌 남작의 오해는 당연한 결과였다. 네일도 로이드도, 제니스의 활약상을 사실 그대로 전할 수 없었으니까. 그렇다고 그것을 자신의 공으로 만들 뻔뻔함과 주변머리도 없었다.

결국 네일은 그 공을 로이드에게 돌리고, 로이드는 네일에게 돌렸다. 두 사람은 남몰래 제니스를 찾아가 거기에 대한 허락을 구하기까지 했다. 제니스는 친절하게 두 사람이 각각 어떤 뉘앙스로 어디까지, 어떻게 표현하면 좋을지 섬세하게 코치했다.

혹시라도 필렌 남작과 하버 남작이 만나 어느 한쪽이 '아니다, 일이야 당신 아들이 다 하지 않았냐? 참 똑똑한 아드님을 두셨다.' 라고 하더라도 듣는 쪽은 그저 상대방이 겸양을 떠는 것으로 생각할 것이다. 어쨌거나 공식적으론 두 사람이 함께 해낸 일이니까.

이렇게 기분 좋은 소식 덕분에 로하샤이엄과 린트벨의 두 아비는 설레는 마음으로 자식들의 귀가를 기다렸다. 뜨거웠던 욕망과 절제, 반전의 나르스트가 그렇게 지나가고 있었다.

3

데니스 얀트 백작이 낙스의 수도 랑고트에 발을 디딘 것은 나르스트의 서른두 번째 날, 마지막으로 방문했던 마야 이후 근 5개월 만이었다.

하나뿐인 딸의 죽음 이후 그는 변했다. 찾아오는 친구도 모두 물리치고 어떤 모임에도 참석하지 않았다. 좋아하던 술도 끊고 자택 안 연구실에만 머물렀다. 백작 부인은 당신도 죽을 참이냐 화를 냈지만 어떤 말도 빛이 꺼진 그의 눈에서 예전의 총기를 되살리지 못했다.

그러던 어느 날, 수도에서 날아온 편지 한 장이 그를 움직였다.

「레베카의 죽음에 대해 반드시 아셔야 할 이야기가 있습니다. 저를 만나러 와 주세요.」

편지를 보낸 것은 에스더 샤린테. 죽어 버린 딸의 가장 친한 친구였다.

레베카의 죽음에 대해서 할 말이 있다니, 도대체 그게 뭘까? 데니스는 잠시 생각에 잠겼지만 곧 의욕을 잃어버렸다. 근래 그는 어떤 문제에 대해서도 깊이 사유하는 법이 없었다. 모든 것이 무의미했고, 아무래도 좋았다.

그러나 본능적으로 레베카에 대한 것만은 그럴 수 없었는지, 몸은 어느새 에스더를 만나러 갈 준비를 하고 있었다. 데니스는 편지를 받은 지 이틀 만에 수도 랑고트에 도착해 바로 샤린테 후작가를 방문했다.

샤린테가의 저택 현관에 들어서자 몇 번 본 적 있는 낯익은 집사가 데니스를 반겼다. 집사는 따로 언질을 받은 게 있는지 바로 에스더가 기다리고 있다는 응접실로 그를 안내했다. 데니스는 무기력한 얼굴로 집사의 뒤를 따랐다.

'음?'

잠시 후 데니스의 두 눈이 조금 커졌다. 도착한 장소에는 예상치 못한 인물이 그를 기다리고 있었다. 제자이자 상관인 아르샤 대공. 그가 왜 에스더와 함께 있는 걸까? 어리둥절한 얼굴로 아르샤에게 먼저 인사를 한 데니스는 에스더에게도 안부를 물었다.

"안색이 좋지 않구나. 무슨 일이 있었던 게야?"

에스더는 파리한 얼굴로 억지 미소를 지었다. 그러고 보니 아르샤 대공의 얼굴도 몹시 어두웠다. 데니스는 뭔가 불길한 예감을 느꼈다.

"백작…… 아니 스승님."

아르샤가 잠긴 목소리로 그를 불렀다.

"네, 대공."

"묻고 싶은 것이 있어 이렇게 청했습니다."

"대공께서요?"

데니스가 에스더를 바라보자 그녀가 고개를 끄덕였다.

"부르시면 바로 달려갔을 텐데, 어째서 이리 번거롭게……?"

"스승님을 만나기 전에 에스더와 나눌 이야기가 있었습니다."

그렇다 해도 이상했지만 데니스는 군말 없이 고개를 끄덕였다.

"그러셨군요."

아르샤는 초췌한 데니스의 얼굴을 바라보며 심호흡했다. 이제 정말 하기 싫은 질문을 해야 했기에.

두 사람을 지켜보는 에스더의 눈빛도 떨렸다.

"스승님, 단도직입적으로 묻겠습니다. 죽은 레베카의 일 때문에 협박을 당하셨다는 게 사실입니까?"

데니스가 두 눈을 부릅떴다.

'그걸 어찌……!'

"그들에게 연구 자료를 넘겨주었습니까?"

아르샤의 다음 물음이 이어지자 경련하듯 떨리던 데니스의 눈꼬리가 얼어붙었다. 숨 막힐 듯한 침묵이 그들을 감쌌다. 실제로 잠시 숨을 멈추었던 데니스는 힘겹게 두 눈을 감았다가 떴다. 어둡게 가라앉은 눈동자가 어느새 올 게 왔다는 체념으로 물들어 있었다.

그는 비틀거리며 아르샤에게 한 걸음 더 다가갔다. 그리고 무너지듯 무릎을 꿇고 바닥에 머리를 박았다. 데니스가 쇠가 끓는 듯한 거친 목소리로 흐느꼈다.

"대공, 소신을…… 죽여 주시옵소서……!"

긍정과 다를 바 없는 반응에 아르샤는 참담한 표정을 지었다. 에스더는 한 걸음 물러서며 터져 나오려는 울음을 손으로 막았다. 그가 떨리는 목소리로 요구했다.

"레베카가 죽기 전날, 무슨 일로 그녀를 만나러 갔던 건지 말씀해 주실 수 있습니까?"

데니스의 눈에서 닭똥 같은 눈물이 뚝뚝 떨어졌다.

결국 이렇게 될 일, 무엇이 두려워 그리 숨겼을까?

그는 고통과 두려움, 자책으로 얼룩졌던 지난 몇 개월을 떠올리며 가슴을 부여잡았다. 살아도 사는 것이 아니었던 시간. 가문의 명예를 위해서라 자위했지만 변명일 뿐이었다.

의도치 않은 사고에 놀랐고, 무서웠고, 도망쳤다. 그러나 세상 모든 비밀은 언젠가 결국 드러나게 되어 있으니, 저처럼 후안무치한 이의 말로야 이미 정해진 것이었다. 그런 이치를 알면서도 죄를 자백할 용기는 없었던 비루한 인간이 바로 자신이었다.

데니스는 비밀을 들킨 지금, 오히려 마음이 편안해짐을 느꼈다. 한평생 부도덕하고 음험한 것들과 거리가 멀었던 그는 이 재앙 같은 진창을 어떻게 하면 벗어날 수 있는지 알지 못했다. 언제 묻었는지 모를 얼룩은 지워지지 않았고 지워져서도 안 됐다. 그랬기에 울지도 못했다. 그에게 허락된 건 슬픔이 아니라 고통이었으니까. 평생 지고 가야 할 죄. 그러나 그 죄가 세상에 드러나 만천하의 손가락질을 받게 된다면, 그땐 조금은 눈물 흘려도 되지 않을까? 그 애를 위해 울어도 되지 않을까…….

모든 것을 내려놓은 데니스가 먹먹한 목소리로 이야기를 시작했다. "그때, 그러니까 레베카를 만나러 가기 전날, 평소 알고 지내던 달리아 출신 상인 하나가 좋은 술이 생겼다며 찾아왔습니다."

그 상인의 이름은 델라신. 삼십 대 후반으로 몇 개월 전 친구인 제리홀트 자작의 파티에서 소개받은 사람이었다. 상인임에도 불구하고 행동이 반듯하고 이익보다 도리를 더 중요시한다는 평을 받는 사람이었다. 그는 평소 학자들을 존경해 왔다며 자신 또한 가세가 기울지 않았다면 장사가 아니라 공부를 하고 싶었다고 쓸쓸한 눈빛을 흘렸다.

그는 얀트 백작에게 종종 안부를 묻는 서신을 보내고 부담이 되지 않을 정도의 선물을 챙겼다. 특히 데니스가 술을 좋아한다는 사실을 알고 나선 상행을 나갈 때마다 그 지역 특산주를 구해 왔다. 그 마음 씀씀이가 참 고마웠다.

그날도 그런 날인가 보다 했다. 델라신이 들고 온 술은 힐림버그 대수림에 사는 소수 민족이 만들었다는 전통주였다. 그와 함께 한 잔 나누어 마셨는데 톡 쏘면서도 풍미가 깊고 진한 게 처음 마셔 보는 진귀한 술이었다. 재료가 뭐냐고 캐물었지만 웃기만 할 뿐 알려 주지 않았다.

데니스가 볼을 부풀리며 골을 내자 델라신이 어린애 같다며 농을 걸었다. 상행 중 겪은 소소한 이야기를 풀어놓으며 즐거운 술자리가 이어졌다. 그러다 술병이 반쯤 비었을 때, 그가 데니스의 눈치를 보며 말을 꺼냈다.

"그런데 백작님, 제가 어제 로하샤이엄에 다녀온 동료 상인에게서 이상한 말을 들었습니다."

"이상한 말이라니?"

"아…… 그러니까, 그게…… 후…… 이런 이야기를 전해도 되는지 모르겠습니다."

"아, 사람 속 터지게 하지 말고 어서 말해 보게."

데니스의 다그침에도 몇 번이나 망설이던 델라신이 어렵게 말문을 열었다.

"그 사람 말로는 로하샤이엄에 좋지 않은 소문이 돌고 있다고 합니다. 영애이신 레베카 양의 행실에 대해서요. 신분이 미천한 남자를 주기적으로 만나고 다닌다는 소문이 파다하다는데……. 이런 얘길 백작님께 말씀드려도 되는 건지……."

"그 무슨 말도 안 되는 소리!"

데니스가 대로했다.

불쾌한 얼굴의 그는 발을 구르며 자리에서 일어났다. 델라신이 연신 죄송하다고 고개를 숙였다. 그러나 데니스의 귀엔 아무 말도 들리지 않았다. 필요 이상으로 흥분한 그는 당장 로하샤이엄으로 가 레베카를 만나야겠다고 소리쳤다. 데니스는 델라신이 만류하는 것도 뿌리치고 밖으로 뛰쳐나갔다. 당장 마차를 대령하라 명령한 그는 이동 게이트가 있는 달리아 크놀루까지 한걸음에 달려갔다.

그러나 툴란 산맥을 넘어가는 이동 게이트는 사전 예약이 필수였다. 자국 귀족도 아닌 그의 편의를 달리아에서 봐줄 리가 없었다. 로하샤이엄에 가야 한다는 충동에 몇 시간째 발을 동동 구르고 있는데 델라신이 나타났다. 그의 상단이 마침 당일 이동이 예약되어 있었던 것. 델라신은 좋지 못한 소문을 전해 미안하다며 데니스에게 자신과 동행할 것을 권했고 백작은 기꺼이 그 호의를 받아들였다.

우여곡절 끝에 데니스가 티오렌의 수도 로하샤이엄에 도착한 것은 다음 날 새벽이었다. 로하샤이엄에 몇몇 지인이 있었지만, 이번 로하샤이엄행에 대한 이유를 그들에게 말하기는 껄끄러웠다. 그래서 델라신이 추천한, 그가 자주 간다는 고급 여관에 숙소를 정하고 밀린 잠을 잤다.

늦은 오후 일어난 데니스는 충분한 수면을 취한 덕분인지 머릿속이 맑아지며 전날 저지른 추태가 부끄러워졌다. 놀라운 소문이긴 했지만 생각해 보니 자신의 딸이 그럴 리 없다는 생각이 먼저 들었다.

얼마나 어른스럽고 반듯한 아이인데! 여아만 아니었다면 가문을 물려주고 싶다는 생각을 종종 할 정도였다.

그래도 '확인은 해 보아야지'라는 생각에 레베카에게 자신을 보러 오라는 편지를 보낸 후, 간단한 음식을 주문해 요기했다. 잠시 후 이곳에서의 볼일을 끝낸 델라신이 찾아왔다. 데니스는 자신이 민폐를 끼친 것 같다고 사과했고, 델라신은 사람 좋은 얼굴로 손사래를 쳤다.

그는 평소 데니스가 좋아하던 와인을 내놓으며 따님을 만나는데 계속 그런 무서운 얼굴을 하실 거냐며 긴장을 좀 푸시는 편이 좋겠다, 아마 헛소문일 거다, 그런 소문을 전한 제가 죽일 놈입니다—라고 너스레를 떨었다.

데니스는 다소 편해진 마음에 웃으며 델라신이 건네는 잔을 받았다.

"그러고 보니 제가 백작님께 보여 드리고 싶은 게 있습니다."

델라신이 품속에서 유리병 하나를 내놓았다.

"이게 뭔가?"

"'마샬라의 정수'라고 합니다."

"뭐?"

데니스가 깜짝 놀랐다.

"이게 '마샬라의 정수'라고?"

"네. 우연히 사들인 물건인데, 마도 문명이나 고고학을 연구하시는 분들은 이 약물을 귀히 쓰신다는 이야기를 주워들은 적이 있어 보여 드리는 겁니다. 혹시 필요하신가 해서……."

"필요하다 뿐인가? 하하하! 구하기 어려운 물건인데 자네 참 재주도 좋군."

"그랬습니까? 잘 됐군요. 백작님께 선물로 드리겠습니다."

"선물?"

데니스가 펄쩍 뛰었다. 그냥 받기엔 너무 과한 물건이었다. 몇 번의 사양과 권유가 이어지다 결국 데니스가 이겼다. 델라신은 섭섭함을 숨기지 못하며 대금을 받았다. 데니스는 좋은 사람을 사귄 듯해 기뻤다. 친구인 제리홀트 자작에게 아끼는 술이라도 한 병 선물해야겠다고 마음먹을 정도로.

데니스는 기분 좋게 와인을 한 잔 더 마셨다. 아니 몇 잔 더 했던가? 잘 기억나지 않는다. 그리고 레베카가 도착했다.

찬찬히, 이성적으로 물어보겠다던 그의 계획은 실행에 옮겨지지 못했다. 그녀가 방에 들어서는 순간 데니스는 레베카를 몰아붙였다.

행실을 어떻게 하고 다녔기에 그런 소문이 도느냐, 설마 그게 사실이냐? 어떤 사내냐? 당장 죽여 버리겠다.

　레베카는 기가 질린 듯했고 상처를 받은 것 같았다. 아버지가 생각하는 그런 것 아니에요! 그런 말을 한 것도 같지만 그의 가슴엔 와닿지 않았다. 레베카는 결국 눈물을 글썽이며 방을 뛰쳐나갔다. 그 후 뭘 했더라? 모른다. 아마 속상한 마음에 남아 있던 술을 마저 먹었던 것 같다.

　다음 날 깨어나니 숙취가 보통이 아니었다. 속도 쓰리고 머리도 깨질 듯 아팠다. 애주가인 데니스는 술이 강해 웬만해선 취하지 않고 숙취도 거의 없는데 이상한 일이었다. 아마 좋지 않은 기분으로 먹어서 그런 모양이다.

　그렇게 과음으로 인한 두통에 시달리며 옷을 갖춰 입었다. 레베카와 다시 대화를 해봐야겠다고 생각을 하고 있는데 델라신이 찾아왔다.

　"괜찮으십니까? 도대체 어제는 왜 그렇게 흥분하신 겁니까? 얀트 영애에게 그런 말씀까지 하시다니 심하셨습니다."

　델라신이 데니스를 보자마자 타박했다. 그가 고개를 갸웃했다.

　"무슨 소린가?"

　"예? 설마 기억나지 않으시는 겁니까? 어제 영애에게 '마살라의 정수'를 던져 주시며 가문의 명예를 더럽힐 바엔 깨끗하게 자진하라고 소리치지 않으셨습니까? 영애께서 눈물을 흘리며 뛰쳐나가는데 제 마음이 다 아팠습니다. 제가 구해 드린 물건을 그런 용도로 쓰실 줄 알았다면 절대 백작님께 팔지 않았을 겁니다."

　자네 무슨 소릴 하는 건가? 누가 그런 말도 안 되는……!

그러나 델라신의 말이 스위치라도 됐는지 깜깜하기만 하던 머릿속에 갑자기 이상한 장면들이 떠오르기 시작했다.

자신이 악귀처럼 레베카를 몰아붙인다. 레베카가 눈물을 흘리며 유리병을 받아 든다. 유리병 바닥의 화려한 꽃무늬가 그의 뇌리에 박히고, 뒤돌아 나가는 그의 딸. 닫힌 문은 더 이상 열리지 않는다.

순간 얼어붙었던 데니스가 '아니야, 그럴 리가 없어'라고 부정하며 방 안을 뒤지기 시작했다. 그러나 어제 델라신에게서 받은 '마샬라의 정수'는 어디에도 보이지 않았다. 새하얗게 질린 데니스를 델라신이 딱하다는 얼굴로 바라보았다.

"너무 걱정하지 마십시오. 잘못 나온 말이라고 영애에게 서신을 쓰면 되지 않겠습니까?"

데니스는 그 말이 옳다고 여겼다. 그는 지끈거리는 두통을 참으며 테이블에 앉았다. 그러나 그가 채 한 줄을 완성하기도 전에 누군가 요란스럽게 문을 두드렸다. 바쁜 데니스를 대신해 델라신이 문을 열었다. 그 방문자는 말도 안 되는 끔찍한 비보를 전했다. 하일리움에서 보낸 사람을 따라가 딸의 시신을 확인한 데니스는 그 후 아무런 생각도 할 수 없었다.

그리고 레베카의 장례식이 끝난 다음 날, 델라신 그놈이 찾아왔다. 그동안 알고 있던 것과 전혀 다른 얼굴로.

"모든 것이 술 따위에 잡아먹힌 소인의 미흡함 때문입니다. 그로 인해 딸아이를 죽이고 왕국의 기밀까지 유출했으니 목숨으로나마 그 죄를 갚을 수 있도록 허락해 주십시오."

데니스가 엎드려 오열했다.

아르샤는 현기증이 일어 비틀거리며 의자에 앉았다.

"……그에게 뺏긴 연구는 어떤 것입니까?"

얀트 백작은 아르샤가 총괄하고 있는 연구의 핵심 멤버였다. 그 연구의 목표는 마도 시대 유적이 있을 만한 곳을 추적하여 발굴하는 것. 장기 프로젝트였고 5년의 추적 끝에 십여 개의 지역이 후보에 올랐다. 그 후보지를 몇 명이 나누어 다시 타당성을 검토하고 있었다.

"제가 맡은 지역의 후보지는 네 곳으로 좁혀졌습니다. 그중 가장 가능성이 작다고 생각한 셀리어트에 관한 정보를 넘겼습니다."

아르샤의 눈이 크게 일렁였다. 그는 떨리는 손으로 품 안에서 무언가를 꺼냈다.

"이걸 알아보겠습니까?"

아르샤가 내놓은 유리병을 바라본 데니스의 얼굴이 일그러졌다.

"그건……."

"아는 물건입니까?"

"네……."

데니스가 고개를 떨구었다.

아르샤는 겨우 다음 질문을 했다.

"혹시 이들 중 아는 얼굴이 있습니까?"

그는 몽타주 세 장을 내놓았다. 아르샤는 셀리어트 자작이 이것을 완성하자마자 랑고트로 출발했다. 어리둥절한 얼굴로 그림을 살피던 데니스가 매우 놀라 말했다.

"가운데 있는 자가 델라신입니다."

아르샤의 두 주먹이 부들부들 떨렸다. 짧은 금발 머리 사내. 앨리스 셀리어트가 납치범의 우두머리라고 증언한 자.

아. 제니스 린트벨의 말이 옳았다. 그의 스승은 함정에 빠진 거다. 그런데도 원망스럽다. 왜 그 음모를 피해 가지 못했나? 왜 그런 틈을 보였나? 왜 그런 자가 건네는 술을 마셨나? 왜, 왜, 왜 레베카를 죽음을 막지 못했나!

비통함이 아르샤의 온몸을 적셨다. 그의 눈에서 기어코 한줄기 눈물이 흘러나왔다.

"대공?"

놀란 데니스가 아르샤를 불렀다.

"스승님, 스승님, 스승님……."

아르샤가 오열하자 데니스가 어쩔 줄 몰라 했다.

"대공, 어찌 이러십니까?"

"우리가, 우리가 당한 겁니다. 우리가……!"

분노에 찬 고함이 그의 입에서 터져 나왔다. 눈물에 젖은 아르샤의 눈이 데니스와 마주쳤다. 그는 또다시 불길한 예감을 느꼈다.

"……스승님, 레베카가 만나던 남자가 바로 접니다."

털썩.

데니스가 뒤로 엉덩방아를 찧었다. 다리에 힘이 풀렸는지 바로 일어나지 못했다. 그가 멍한 얼굴로 되물었다.

"지금…… 뭐라고, 하셨습니까?"

"레베카의 연인이 저였습니다."

"'피올라의 꿈'……?"

데니스는 아르샤가 셀리어트에서 알게 된 사실을 들려주자 혼이 나간 것 같았다.

"그것에 당하셨을 확률이 높습니다. 그 델라신이라는 상인은 무도한 놈들의 우두머리입니다. 처음부터 작정하고 스승님께 접근한 게 분명합니다."

아르샤가 자신의 머리를 감쌌다.

"모두 제 잘못입니다. 제가 스승님께 진실을 밝혔어야 했는데 그러지 못했습니다. 저는 레베카가 너무 어리다는 생각에 입을 떼기 어려웠습니다. 무엇 때문인지 그녀도 당분간 비밀로 하길 원했지요. 그러나 제가 조금만 더 용기를 냈다면 그런 식으로 레베카를 잃지 않았을 겁니다."

데니스는 아무 말도 못 했다. 그는 어떤 말도 들리지 않는 듯 멍한 눈으로 허공을 바라보았다. 두 사람의 이야기를 듣던 에스더가 숨죽여 울다 결국 큰 소리로 흐느끼기 시작했다.

아르샤는 그녀에게도 미안했다. 그리고 홀로 고군분투해 준 것이 너무 고마웠다. 그녀가 없었더라면, 그녀가 제니스 린트벨과 이 일을 의논하지 않았더라면, 모든 진실은 어둠과 시간에 묻혀 먼지처럼 사라졌을 것이다. 그런 에스더가 울음 섞인 목소리로 말했다.

"저 때문이에요."

아르샤가 의아한 표정을 지었다.

그녀는 너무 울어 퉁퉁 부은 눈으로 그를 바라보았다.

"제가…… 어릴 때…… 아르샤 오라버니를 좋아한다고 말했거든요. 레베카는 그게…… 마음에 걸렸던 거예요……. 그래서 바로 말하지 못했던 거야. 아주, 아주 어렸을 때 일인데……. 그 바보가……!"

에스더의 울음이 커졌다. 아르샤는 머리를 한 대 얻어맞은 느낌이었다. 그는 천천히 고개를 돌렸다. 가슴이 지끈거렸다. 같은 고통과 슬픔을 공유한 세 사람은 우습게도 그렇게 서로를 외면할 수밖에 없었다.

4

제니스 일행이 로하샤이엄에 돌아온 것은 나르스트의 서른네 번째 날이었다. 그들은 온갖 사람들로부터 치하의 말을 들으며 영웅 대접을 받았다. 일행의 성과를 축하하는 성대한 만찬이 열렸고 하버가와 필렌가, 린트벨가와 툴란 산맥 개발 사업에 대해 아는 북부 귀족들이 모두 참석했다.

제니스의 예상대로 하버가와 필렌가의 사람들은 서로를 추켜세우기에 여념이 없었다. 양쪽 모두 상대방의 겸양이 지나치다는 뒷말을 하게 될 것 같았다.

두 달 만에 찾은 로하샤이엄은 더위가 한풀 꺾인 모습이었다. 제니스와 플로라는 여독을 풀 새도 없이 하일리움 2학기를 준비해야 했다. 다시 짐을 싸고, 계절에 맞은 옷과 소품을 구하고, 2학기 때 배울 과목에 대해 의견을 나눴다.

하일리움이 열리길 기다리며 로하샤이엄으로 모여든 친분 있는 영애들의 방문도 이어졌다. 제니스와 플로라가 초대를 받아 움직이기도 했다. 그들은 짧은 티타임을 가지고, 수다를 떨며, 소소한 선물을 주고받았다. 제니스는 이 모든 일을 능숙하고 편안하게 해내는 자신을 발견하고 화들짝 놀랐다.

이게 편하다니, 편하다니, 편하다니!

제니스는 잠깐이나마 진짜 열여섯 살 소녀처럼 굴었던 자신을 반성했다. 정신을 다잡은 그녀는 두 달간 있었던 일을 미주알고주알 풀어놓고 있는 마리, 클라라, 테일러를 어른의 눈으로 바라보았다. 그리고 어른답게 노파심에 빠졌다.

앨리스 셸리어트의 그림자가 여기까지 따라온 모양이다. 그녀에 비하면 눈앞에 있는 이 소녀들은 너무 순하고 독기가 없었다.

저들이 과연 이 거친 세상을 헤쳐 나갈 수 있을까. 앨리스 셸리어트 같은 여자를 만나 머리채를 잡히고 울진 않을까?

제니스는 한번 날 잡아 주먹 쥐는 법이라도 가르쳐야 하는 건 아닌지 심각하게 고민했다. 그 말이 입 밖으로 새어 나왔는지 옆에 있던 플로라가 헛소리 집어치우라고 일갈했다.

쳇, 저건 어쩌자고 저렇게 입이 거칠어지는지 모르겠다.

얼마 후 하일리움에 돌아갈 날짜가 되어 대충 꾸린 짐을 마차에 실었다. 이것도 없고, 저것도 부족하다고 말하는 데이지에게 대충 챙기라고 한마디 했다가 잔소리 폭격을 맞았다.

누가 상전인지 모르겠다고 툴툴거리는데 이번엔 플로라가 나서 데이지만 한 하녀가 있는 줄 아냐며 있을 때 잘하라고 핀잔했다. 이 둘, 요즘 너무 기어오르는 것 같다. 어떻게 교육을 하나 고민하고 있는데 눈이 번쩍 뜨이는 소식 하나가 전해졌다.

필렌과 하버의 혼인 동맹에 관한 논의가 수면 위로 떠올랐다.

제4장

고대
마도문명
上

테린&제니스

1

제5기사단 부단장 노더스는 못마땅한 눈초리로 앞에 놓인 《외출 허가 신청서》를 바라보았다. 그것을 내민 테린 린트벨을 쏘아보는 시선이 따갑기 그지없었다.

"또 외출인가?"

"제5기사단으로 차출된 후 처음 신청하는 겁니다만."

"한 달 전에도 두 달간이나 자리를 비운 것으로 아는데?"

"……."

요즘 익숙해진 시비였다.

"당시 영지에 급박한 사정이 있었고, 상부의 정상적인 재가를 받아 다녀왔습니다."

흔들림 없는 답변에 노더스의 입꼬리가 실룩거렸다.

"린트벨 경의 집안엔 급박한 일이 많나 보군. 이번에 요청한 외출 사유도 '가문의 중요 행사 참석'이라……. 무슨 일인지 모르겠지만 이 바쁜 시기에 일과 동료를 내팽개칠 만큼 '정말' 중요한 일이길 바라네."

"네, 신경 써 주셔 감사합니다."

노골적인 빈정거림에도 테린은 허리 숙여 감사를 표했다. 시비도 받아 주는 사람이 있어야 빛이 나는 법, 혼자 값싼 말을 지껄여 손해를 본 것 같은 기분이 든 노더스는 신경질적으로 외출 요청서에 사인했다.

"귀가 시간에 늦지 않도록 하게. 외부에서 온 자네 하나 때문에 5기사단 전체 기강이 흐트러질까 걱정이야."

테린은 마지막 남은 인내심을 박박 긁어모아, 배려에 감사드린다는 의례적인 말을 뱉어 냈다.

6시간 외출 허가서를 써 주며 웬 타박이 이리 긴가.

뒤돌아 나오는 마지막 순간까지 뒤통수가 간지러웠다. 그 시선을 모른 척하며 부단장실의 문을 닫는 순간, 참고 있던 한숨이 한꺼번에 터져 나왔다.

"부단장이라는 놈이 좀스럽긴."

시원하게 인상을 구긴 그가 빠른 걸음으로 자리를 떴다. 입안 가득 쓴맛이 맴돌았다.

* * *

테린이 로하샤이엄에 돌아온 것은 나르스트의 스물세 번째 날이었다. 두 달간의 휴가가 끝나 중앙 기사단 복귀가 임박했을 때, 그는 너무 기뻐 눈물을 흘렸다.

'드디어 이 지옥에서 해방이구나.'

그는 사업 초기 헤이엄이 왜 그렇게 단호하게 린트벨의 방어 업무에만 전념하겠다고 선언했는지 몰랐다. 자신이 맡은 일이 모두가 꺼리는 개미지옥의 중심이란 것도 몰랐다.

아아, 제니스가 벌인 일을 탈 없이 수습해야 한다는 생각에 두 눈이 뒤집혀 있지만 않았어도, 조금 더 빨리 그 사실을 눈치챘을 텐데. 불행하게도 그는 두 볼이 홀쭉해지고, 부리부리하던 눈은 퀭해지고, 종이 위 검은 악마와 싸우던 머리가 과부하에 걸려 그로기 상태에 빠진 후에야 막간에 숨어 있는 음모를 알아차렸다.

'모든 골치 아픈 서류 작업은 순진하고 어리석은 테린에게 맡기자, 크크크.'라고 밀약을 나눈 악마들을.

테린은 자신이 문서를 다루는 일에 재능이 없다는 생각은 해 본 적이 없었다. 20년 인생 대부분을 검을 들고 휘두르는 데 썼지만, 다른 귀족 가문의 자제들처럼 기본적인 교양, 문학, 역사에 대한 교육을 받았다. 전술이나 전략, 지휘, 전쟁사엔 심화 지식을 가지고 있었고, 일정 수준의 계산, 입출금이 정리된 회계 장부도 볼 줄 알았다.

그러나 지난 두 달간 맞닥뜨린 상황은 그런 그의 능력을 무용지물로 만들었다. 그건 자연재해와 같았다. 질이 아니라 양이 문제였다. 많아도 너무 많았다.

초반엔 사업 초기니 일이 몰린다고 생각했다. 그러나 하루, 이틀 시간이 흐르며 깨달았다. 저 거대한 툴란 산맥이 닳아 없어져도 자신의 책상 위로 밀려드는 문서들이 늘면 늘었지 줄어들지는 않으리란 걸.

완벽한 개미지옥이었다.

헤이엄은 책상 귀신이 되어가는 테린에게 말로만 훈련장에 나와 몸 좀 풀라고 권할 뿐, 바로 옆에 산더미처럼 쌓인 서류에 눈길 한 번 주는 일이 없었다. 초기에 가신들과 업무를 분담하라 지시했던 것도 테린이 너무 빨리 나가떨어져 자신에게도 일거리가 돌아올까 염려해 그랬던 게 분명하다.

지금까지 알지 못했던 부친의 음흉함을 깨달은 날, 그는 너무 분해 잠을 이루지 못했다.

'치사하게 혼자만 빠져나간 겁니까!'

닿지 못할 절규를 마음속으로 외치며.

진실은 명확해졌지만, 알아차렸다고 해서 그 지옥을 벗어날 방법이 있는 것은 아니었다. 꼼짝없이 두 달을 책상의 노예로 보낸 그는 기사단 복귀 날짜가 다가오자 뒤도 돌아보지 않고 린트벨을 떠났다. 남겨진 가신들의 눈가에 아롱대던 눈물방울은 결코 순수한 이별의 슬픔이 아니었다.

그렇게 천신만고 끝에 돌아온 기사단이건만. 사내들의 땀내가 풀풀 나는 숙소를 바라보며 감격의 눈물을 글썽인 것이 무색하게, 테린의 복귀 생활은 그다지 순조롭지 않았다.

어디서 시작된 오해인지는 모른다. 어쩌면 오해가 아닐 수도 있고.

테린은 복귀한 바로 다음 날부터 기사단 내의 싸한 분위기를 느꼈다. 믿었던 아버지와 린트벨 가신들에게 뒤통수를 맞고 곤두선 신경이 아직 왕성하게 돌아가고 있었던 덕분이었다.

'뭐지?'

그는 영문을 몰랐다. 테린은 훈련 중간 주어지는 휴식 시간마다 혼자 덩그러니 남겨지기 일쑤였고 식당에선 홀로 식사를 했다. 위에서 내려온 중요 지침을 전달받지 못해 그만 혼이 나기도 했다. 결국 가까이 지내던 북부 출신 기사 진을 찾아가 자신이 없던 지난 두 달 간 무슨 일이 있었는지 캐물어야 했다. 진은 곤혹스러운 얼굴로 기사단 내에 떠돌던 이야기를 들려주었다.

'린트벨에 대한 특혜.'

기사단에 속한 이가 가문의 급보를 받고 장기 휴가를 내는 일은 드물지 않았다. 다만 겨우 2년 차에 불과한 테린에게 그런 호의가 그렇게 빨리—휴가 신청을 내자마자 바로 승낙이 떨어졌다—베풀어졌다는 게 논란의 대상이 됐다. 중앙 기사단장 케일럿 후작은 평소 린트벨 백작을 존경한다는 말을 입버릇처럼 달고 다니던 위인이었다.

"단장님이 네 편의를 한 번 봐준 것 때문인 것 같더라. 자기들 가문이 세상에서 제일 잘 나가는 줄 알았는데, 막상 이 바닥에 들어와 보니 명함도 못 내민다는 것 때문에 짜증이 난 거겠지."

"……."

근래 중앙 기사단에는 중부 지역 출신 기사들이 하나의 파벌을 형성하고 있었다.

일단 제국 기사단에 들어가면 수도가 주 생활 영역이 되어 사교계 활동이 쉬워지고 고위 인사와의 교류도 잦아진다. 그러다 보니 가문을 이어받지 못하는 3남이나 4남에게 인기 있는 직종이 되었고, 정계에 영향력이 큰 중부 지역 귀족 자제들이 많이 유입되었다.

그러나 기사, 무인들의 세계엔 북부 지역 가문을 더 쳐주는 풍조가 아직 남아 있었다. 그런 분위기는 자신들의 가문이 최고라고 믿고 자란 중부 출신들에게 엄청난 충격이었던 모양으로, 이를 타파하기 위해 중부 출신 5, 6년 차 기사들을 중심으로 하나의 무리가 만들어졌다.

그들은 인맥을 동원해 기사단 요직을 차지하려 애썼고 북부 출신을 배척하기 시작했다. 중립을 지켜 주면 좋을 남부 출신이나 한미한 가문의 기사들이 중부 지역 가문의 영향력에 속절없이 휘둘리는 일이 잦아 북부 출신의 입지가 점점 줄어들고 있었다.

"그놈들이 그런 거로 꼬투리 잡는 게 하루 이틀도 아니고, 그냥 모른 척해라."

진이 충고했다. 테린은 생각지도 못한 사실에 허탈한 웃음을 흘렸다. 자신은 그런 줄도 모르고 어젯밤 내내, 혹시 동료들에게 실수한 일이 있는 건 아닌지 밤잠을 설쳐 가며 고민했다. 어떻게 사과할지 걱정했다. 그런데 감춰진 진상이라는 게 그런 삐뚤어진 시기심이 만든 유치한 따돌림이었다니.

지난 1년간 함께 웃고 울며 혈육과 같은 정을 쌓아 왔다고 생각했는데 모두 혼자만의 착각이었던 거다. 그런 자들을 동료로 생각하고 진심으로 정을 주려 했다니, 눈은 뭐 하러 달고 다녔나 모르겠다. 왜 실력이 출중한 북부 출신이 제국 기사단에 오래 있지 못하고 하나둘 귀향하는지 이제야 알겠다.

테린은 훈련에 열중하느라 기사단 분위기와 정세에 무신경했던 과거를 반성했다.

정색한 그의 얼굴이 무슨 사달이라도 낼 것처럼 보였는지, 진은 재차 무대응이 가장 좋은 방법이라고 테린을 다독였다. 그는 걱정하는 진을 안심시키고 사실을 알려 줘 고맙다고 인사했다. 물론 그 진실이 돌아가는 테린의 발걸음을 가볍게 만들어주진 못했지만 말이다.

그 후로도 테린이 속한 조의 분위기는 나아지지 않았다. 그가 아예 그들의 눈치를 살피는 일을 그만둬 버렸기 때문이었다. 따돌림을 주도한 몇몇 기사는 그 태도까지 문제 삼았다.—선배에 대한 공경심이 부족하다나 뭐라나—그러더니 얼마 후 뜬금없는 파견 명령서가 내려왔다. 테린을 아끼는 케일럿 단장이 개인적인 일로 자리를 비운 날이었다.

티오렌에는 중앙 기사단을 제외하고 총 10개의 기사단이 있었다. 제1기사단은 황제의 호위를 책임졌으며 2, 3, 4기사단은 황후를 비롯한 황족, 자국 및 타국 고위 인사들의 호위를 맡았다. 황궁 경비는 5, 6기사단 담당이고 7, 8, 9, 10기사단은 수도 로하샤이엄의 방어를 전담했다. 물론 기사단별로 그들을 지원하는 여러 하위 부서와 인력을 따로 두고 있었다.

그리고 중앙 기사단은 그 모든 업무로부터 열외인 곳이었다. 그들은 순수한 무력 집단으로 훈련과 전술 교육을 받는 것 외엔 하는 일이 없었다. 무인으로선 초엘리트라 할 수 있어 자존심도 대단했다.

테린에게 내려온 명령서는 얼마 후 열리는 제국 최대 행사 건국제 기간 동안 제5기사단에 가서 일을 도와주라는 내용이었다. 황궁 경비를 맡은 5, 6기사단이 그 기간을 전후해 타 기사단에 인력 파견을 요청하는 건 늘 있는 일이었다. 그러나 그때 차출되는 기사는 대부분 2, 3, 4기사단 소속이지 중앙 기사단에서 지원을 나가지는 않았다. 그들은 그런 일에도 열외였다.

그런데 올해 떡하니, 테린에게 그와 같은 명령이 떨어진 것이다.

그것도 오직 테린에게만. 파견 명령서엔 부단장 시온 길레야의 사인
이 들어가 있었다.

건국제 공식 행사는 3일뿐인데 명령서엔 두 달간 차출되는 것으로
명시되어 있는 것도 기가 막혔다. 제5기사단이 만성적인 인력 부족에
시달리고 있으니 가서 충분히 도와주고 오란다. 거기다 한술 더 떠 하
는 말이.

"여기서와 같은 태만함으로 중앙 기사단의 명예를 더럽히는 일이
없길 바라네."

시온 길레야의 훈시였다.

하, 그렇게 걱정되면 따라와서 감시라도 하시든가.

테린이 냉소했다. 무엇 때문인지, 누구의 농간인지 너무 빤해서. 5
기사단에 가서 타 귀족과 관료들 뒤치다꺼리하며 자존심 좀 상해 보라
이거지.

딱 그들이 할 만한 발상이라 화도 나지 않았다. 이런 유치한 놈들이
훗날 티오렌 제국의 무력 중추가 될 거라는 사실이 걱정스러울 뿐.

옮겨 간 제5기사단 생활은 그리 나쁘지 않았다. 중앙 기사단 소속이
지원을 왔다는 사실을 신기해하는 눈치였지만 반감은 없어 보였다. 하
일리움 재학 시 친하게 지냈던 동기 두 명을 그곳에서 만나기도 했다.

"헐, 너 여기서 뭐 하냐?"

답을 하려는데 휘적휘적 다가온 두 놈이 벌써 어깨를 끌어안고
등을 두드리며 부산스럽게 반가움을 표했다. 그리고 하는 말이 이
따위다.

"설마 좌천? 크하하하."

"무슨 소리야. 천하의 테린 린트벨이 그럴 리 있냐?"

"그럼?"

"깨달음을 얻어 스스로 내려온 거지."

"오. 무슨 깨달음을 얻었기에 이런 결단을?"

"뭐긴 뭐겠냐. 세상은 넓고 재밌고 신나는 일도 산더미 같은데 시간은 얼마 남지 않았다는 통렬한 진실을 마침내 눈치챈 거지."

"아니, 그걸 이제 알았단 말이야? 하긴, 이 자식 연습벌레였지? 남들 다 쉬는데 혼자 훈련한다고 유난 떠는 거 정말 꼴 보기 싫었는데."

"너도 그랬냐? 나도."

그러고는 뭐가 좋은지 크하하하 신나게 웃는다.

그래. 방금 생각났는데 원래 이런 놈들이었다. 남의 말은 귓등으로도 안 듣고, 머릿속에 떠오르는 대로 지껄이며, 진지함이라곤 약에 쓸래도 없는.

그걸 잊고 잠시나마 '얘기하자면 긴데……'라고 이곳에 지원 나오게 된 사정을 설명하려 했던 스스로에게 소름이 돋았다. 그래 봤자 밑도 끝도 없는 막장 스토리에 자극적인 양념으로 사용될 게 뻔한데. 예를 들면 저런 이야기 말이다.

"하루는 그러는 거야. 헛되이 흘려보낸 시간을 벌충하려면 잠시도 쉴 수가 없다고."

"나 알아. 그다음 날부터 기사단에 출근하지 않았지?"

"맞아. 도박, 여자, 술. 전혀 면역이 없던 놈에게는 너무 자극이 컸지. 한번 빠진 후 헤어나오지를 못하더라."

"휘유. 늦바람이 무섭다더니."

"도박 빚이 산처럼 쌓여 기사 월급이 압류되고."

"헉."

"술에 찌들어 검조차 제대로 들지 못하게 되었지."

"저런."

"결국 기사단에서 쫓겨난 그는 하일리움 시절 사귄 마음씨 고운 친구들에게 신세 질 수밖에 없었다고 하더라."

"그래도 친구 복은 있었네."

"하지만 계속된 사고에 그 친구마저 등을 돌리고 마는데!"

"아이고, 갈 때까지 갔네. 그게 다 남들 놀 때 같이 안 놀아서 그런 거야."

"누가 아니래? 어릴 때 노는 법을 제대로 못 배운 탓에 나이 먹어 혼자 놀다 사고를 친 거야. 들어보니 그 후 인생도 참 갑갑하더라."

"하, 그 잘난 테린 린트벨이? 쯧쯧, 이래서 인생은 아무도 모르는 거라고 하나 봐."

하. 하. 하.

적당히 해라, 이놈들아.

테린이 으르렁 웃으며 두 주먹을 꾹 쥐었다. 오랜만에 만난 친구와의 재회를 피로 물들이고 싶진 않았다. 하지만 백작가에 막대한 피해를 입혀 의절 당한 후 하나 남은 검을 팔아 술을 마셨다는 대목에선 피의 분노를 참지 않았다.

"큭!"

"커억!"

호되게 정강이를 까인 두 바보가 펄쩍펄쩍 뛰었다. 뒤늦게 또 기억났다. 봐주면 봐줄수록 기어오르는 놈들이라는 것이.

칼스와 헤르난.

좋게 말하면 낙천적이고 유쾌한 이 두 사람은 티오렌 남부 출신으로 사건사고를 만들고 다니는 사고뭉치로 유명했다. 웃긴 건 솔직한 언변으로 말썽을 일으키는 만큼 친화력도 좋아 테린이 5기사단에 자연스럽게 녹아드는 데 큰 도움이 됐다는 것. 일거수일투족을 평가당하다가 이렇게 순수한—혹은 뇌가 텅 빈—친구들과 어울리니 그동안 알게 모르게 쌓였던 스트레스가 확 풀리는 느낌이었다.

이 녀석들이 이런 쓸모가 있을 줄 알았으면 하일리움 재학 당시 좀 덜 때릴걸.

테린은 남몰래 반성했다.

미안하다, 친구들아.

물론 문제가 아예 없진 않았다. 제5기사단의 부단장 노더스가 시온 길레야와 무슨 작당을 했는지 참 부지런히도 시비를 걸어 댔으니까. 그 열정의 반만 검술에 쏟았으면 정말 대단한 검호가 됐을 거다. 비틀린 열등감 따위는 알지도 못할 그런 사람이.

하지만 검 대신 입만 수련했는지 들어주기 민망한 유치한 트집에 일가견이 있었다. 말대꾸하면 같이 수준 이하가 되는 기분이라 신경을 끊을 수밖에 없는 그런. 그러자 어느 순간 테린은 '개소리'는 듣는 즉시 잊어버리는 경지에 도달했다. 노더스가 테린의 얼굴이 시큰둥할수록 더 날뛰었지만 의미 없는 짓이었다.

전에도 한번 말했지만, 테린도 어디 가서 눌리는 성격은 아니었다.

* * *

외출 허가를 받은 테린은 황궁을 벗어나자마자 운행 마차를 잡아 타고 린트벨 저택으로 향했다. 로하샤이엄 중심가는 다가오는 건국 제에 한껏 들뜬 분위기였다. 사람들은 열심히 거리를 청소하고 건물 사이사이에 오색 깃발을 거느라 우스꽝스러운 자세로 지붕 위를 기어 다녔다.

전야제 날 있을 퍼레이드 경로를 미리 점검하는 사람과 그날을 위해 새 옷을 마련했다는 사람, 친지들과 함께 보낼 저녁 만찬에 대해 떠드는 사람을 지나치며 테린의 입가에도 미소가 떠올랐다.

티오렌 제국 건국 기념일을 전후해 3일간 열리는 '건국제'는 티오렌 제국 최대 축제로 제국민 대부분이 일과 학업을 멈추고 각종 행사에 참여했다. 시작은 건국 기념일 전날 열리는 전야제. 정오가 지나면 대부분의 상점에 축제 기념 이벤트를 알리는 깃발이 걸리고 광대와 마술사, 무용수와 노점상이 거리를 채웠다.

길 가장자리는 퍼레이드가 시작되기도 전에 사람들로 꽉 차고 춤과 음악, 공연과 음식을 즐기는 사람들이 밤새도록 불이 꺼지지 않는 이 도시를 흥청망청 배회했다. 이날 밤을 새우며 노는 건 선택이 아니라 필수였다.

건국 기념일 당일엔 황제가 주관하는 기념행사와 연회가 황궁에서 열렸다. 입이 쩍 벌어질 정도로 화려하고 규모가 커, 티오렌의 국력을 과시하고 자국 귀족들을 결집하는 효과가 있었다. 그리고 마지막 날엔 황실 주관 사냥 대회로 친목과 경쟁을 즐겼다.

큼직한 이벤트만 꼽으면 그렇고 3일 내내 열리는 크고 작은 파티, 공연이 부지기수였다. 정식 건국제는 3일이지만 축제는 6일간 이어졌다. 그동안 수업을 쉬는 하일리움도 내부 미술관, 음악 홀, 공연장을 개방하고 매일 밤 무도회를 열어 소년 소녀들을 기쁘게 했다.

이 건국제에 대해 생각이 다른 이들이 있다면 그건 아마 제국 기사단과 수도 경비대일 것이다.

"전야제에는 제7기사단 놈들이 죽어나요. 거리 퍼레이드가 있으니까. 건국 기념식은 눈치 봐야 하는 놈들이 많아 정신적으론 힘들지만 몸은 편한 편이고, 사냥 대회는…… 야, 그냥 죽었다고 보면 돼."

1년 먼저 경험한 칼스가 겁을 줬다.

"그쪽은 위험하니 들어가지 마시오, 라고 아무리 말해도 꼭 사고 치는 새끼들이 있거든. 도무지 들어 처먹지를 않아요."

이건 헤르난. 말이 험해 매일 시비를 달고 살았던 녀석답게 거침없이 같은 귀족을 성토했다.

테린은 신입답게, 귀를 쫑긋 세우고 정보를 수집했다. 제5기사단에 파견된 이래 그가 한 일은 딱 하나였다. 차출되어 온 다른 기사들과 함께 황궁 외벽 순찰조에 소속되어 경비 매뉴얼에 익숙해지는 것.

원칙만 지키면 되는 일이라 딱히 어려울 건 없었다. 다만 부가 업무에서 약간의 문제가 발생했다. 매일 밤 귀족 명부를 들여다보며 자국 귀족들과 타국에서 축하 사절로 오게 될 고위 귀족들의 얼굴을 외워야 했던 것.

건국제 때문에 차출된 거니 가장 소홀히 할 수 없는 일인데 하나같이 그 얼굴이 그 얼굴이라 얼마나 고역이던지. 테린은 자신의 얼굴도 저렇게 개성이 없나 싶어 한참을 거울 앞에서 서성였다.

그가 지난 시간을 돌아보는 사이 마차는 목적지에 도착했다. 거리에서 느낀 흥겨운 분위기가 이곳 린트벨 저택에도 고스란히 이어져 있었다. 활짝 열린 정문, 정원까지 환하게 밝혀진 불, 은은한 음악 소리가 창문 틈에서 흘러나왔다. 마차 소리를 듣고 달려 나온 하인이 잽싸게 문을 열어 주었다. 오늘따라 유난히 빠릿빠릿하다 싶더니 현관문을 열고 테린을 맞는 단정한 얼굴에 까닭을 알았다.

"오셨습니까? 도련님."

"모건, 아버지와 함께 왔군요."

"네. 행사 진행에 미흡함이 있을까, 마님의 걱정이 많으셔서요."

"모건이 맡아 준다면 어머니도 한결 마음이 놓이실 겁니다. 하지만 린트벨성을 너무 내버려 두는 거 아닙니까?"

테린의 농담에 모건이 허허 웃으며 응수했다.

"아들 녀석이 잘하고 있을 겁니다."

자신이 직접 가르친 자식에 대한 자부심을 읽은 테린이 엄지를 척 세우며 동조했다. 두 사람이 담소를 나누는 사이 안쪽에서도 희미한 웃음소리가 새어 나왔다.

"설마 벌써 시작한 겁니까?"

"아닙니다. 다행히 아슬아슬하게 도착하셨습니다. 어서 들어가 보시지요."

코트를 벗은 테린이 눈인사를 끝으로 성큼성큼 걸어 들어가자, 모건도 손님들의 접대에 차질이 없는지 다시 한번 확인하기 위해 주방으로 잰걸음을 옮겼다.

플로라의 약혼식이 곧 시작될 예정이었다.

린트벨 저택 메인 홀.

은은한 샹들리에 불빛 아래 삼삼오오 모인 사람들은 흥분된 마음으로 본 행사가 시작되길 기다렸다. 오랜만에 만난 지인들과 대화를 나누고, 관계가 깊어지고 있는 상대 가문에 대한 탐색에 열중하느라 시간 가는 줄 몰랐다. 그때 조용히 출입문이 열리며 장신의 갈색 머리 남자가 홀 안으로 들어왔다.

"오, 린트벨 공자로군."

"저 사람이 중앙 기사단에 있다는 린트벨가의 장남인가요?"

"이제 와야 할 사람은 다 온 것 같네요."

나지막한 속삭임이 번지며 테린에게 이목이 쏠렸다. 출입문과 가까운 곳에 서 있던 필렌 남작의 동생 더글러스가 반색하며 손을 번쩍 들었다. 빠른 걸음으로 다가온 그가 애정이 가득 담긴 손을 내밀었다.

"하하하, 이게 얼마 만입니까, 소영주?"

그가 격의 없이 테린의 어깨를 끌어안았다. 어지간히 반가웠는지 어깨를 감싼 손으로 쉴 새 없이 등을 두드리는 더글러스. 어째 얼마 전에 있었던 5기사단 두 말썽꾸러기와의 재회가 생각났다.

우욱.

테린은 표정 관리를 위해 당겨진 입꼬리에 힘을 주었다. 덩치만 컸던 그들과는 다른 묵직한 힘. 아이고, 이 양반은 늙지도 않나? 그런 불만이 절로 나왔다.

필렌 남작령의 치안을 담당하고 있는 더글러스는 마흔이 넘어서도 이십 대 못지않은 스태미나와 힘을 자랑하는 장사로 유명했다. 그 힘은 강도를 잡고, 질서를 세우는 등 많은 올바른 일에 쓰였지만, 가끔 적절치 못한 상황에 발휘되기도 했다. 예를 들면 좋아하는 사람에게 격한 애정 표현을 할 때, 그 사랑을 받은 사람의 온몸에 타박상이 든다는 문제가 있었다.

그 행위의 상습적인 희생자였던 테린은 '남자는 약한 소리 하는 거 아냐'라는 슬픈 편견을 어릴 적부터 주입받아 더글러스의 솥뚜껑 같은 펀치를 오직 근성으로 버텨 내며 자랐다. 덕분에 맷집이 비약적으로 늘었지만 그다지 고맙지는 않은 상황.

나이 들면 저 아저씨도 좀 약해지지 않을까 기대했는데 등줄기를 타고 오르는 은근한 통증을 보니 아직 20년은 이른 얘기 같다. 아니, 그런 날이 영영 오지 않을 것 같은 슬픈 예감이 든다.

더글러스 아저씨, 언제쯤이면 자신의 손이 살인 무기와 같다는 사실을 깨닫고 자제라는 걸 하실 겁니까?

테린이 그런 한탄을 하는 것도 모르고, 더글러스는 그저 해맑은 미소를 되돌렸다. 아, 정정한다. 능글맞은 미소였다.

"이거, 이거. 그러고 보니 지각 아닙니까, 소영주? 눈에 넣어도 아프지 않은 우리 플로라 약혼식인데 너무하십니다. 필렌에 대한 애정이 식은 겁니까?"

"아닌 거 알고 있습니다."

테린은 확인해 두길 잘했다고 생각하며—의기양양하게—반박했다.

"어? 어떻게 알았습니까? 제 표정 연기, 완벽하지 않았습니까?"

산적을 닮은 중년 사내가 볼을 주무르며 고개를 갸우뚱하는데 그리 보기 좋은 광경은 아니었다. 테린은 그 모습을 살짝 외면하며 빠르게 대답했다.

"들어오기 전 모건에게 확인했습니다."

"쳇."

더글러스가 입을 삐죽 내밀었다.

"이런 장난은 알아도 속아 주는 게 매너 있는 남잡니다. 소영주는 당황하는 척하고, 우리는 나무라는 척하고. 얼마나 화기애애하고 좋습니까?"

"맞습니다. 소영주가 이렇게 빨리, 새침한 제도 물이 들 줄은 몰랐습니다. 실망입니다."

한 박자 늦게 두 사람 곁으로 몰려든 린트벨의 다른 가신들이 약속이라도 한 듯 동조했다. 테린이 코웃음을 쳤다.

"그럼 제가 언제까지 열 살 코흘리개일 줄 아셨습니까? 죄송하지만, 재롱이 필요하시면 다른 놈들에게 가 보십시오. 전 이제 졸업했습니다."

테린은 어깨를 쫙 펴며 당당히 선언했다. 자신도 순진했다는 생각이 드는 십 대 시절, 이들 때문에 만들어진 흑역사가 몇 개던가? 그 암울했던 시절을 떠올린 그는 침통한 척하는 린트벨 가신들을 일말의 동정심도 없이 지나쳤다.

"봤나? 우리 테린 도련님이 변했어!"

창피하게 뭐라는 거야.

테린은 누가 볼세라 서둘러 그 자리를 떴다. 얼굴은 아무렇지 않다는 표정을 짓고 있었지만 재게 움직이는 다리는 수면 아래에서 필사적으로 움직인다는 백조의 그것을 닮아 있었다. 본색을 드러낸 능구렁이들이 크하하하, 웃는 소리가 뒤통수를 간지럽혔다.

저 아저씨들은 도대체 언제 철이 들려는 건지 모르겠다.

사소한 소란을 뒤로하고 연회장 중앙으로 걸어간 그는 곧 필렌 남작과 함께 있는 헤이엄을 발견했다. 헤이엄은 건국제와 플로라의 약혼식 참석을 위해 평년보다 조금 일찍 로하샤이엄에 도착한 상태였다.

애초에 약혼식이 건국제 행사 직전에 잡힌 것도 헤이엄 때문이었다. 어지간해선 린트벨을 비우지 않는 주군의 성격을 알고 있는 필렌 남작이 헤이엄의 동선을 최소화하겠다는 발상으로, 건국제와 딸의 약혼식 일정을 겹친 것이다.

사사로이는 가신 가문의 막내딸 약혼이지만 그 본질은 필렌은 물론 린트벨까지 포함하는 사업 동맹을 강화하기 위한 혼사. 헤이엄의 참석이 필수이기도 했다. 이 약혼식이 린트벨가의 연회장에서 열리는 것도 같은 맥락이었다.

덕분에 남은 날짜가 너무 빠듯해, 준비를 맡았던 린트벨 백작 부인과 로즈마리, 필렌 남작 부인이 매우 많이—전설에 나오는 드래곤이 불을 뿜는 것처럼—화를 내며 힘들어했다는 후문이다.

"왔느냐."

"네, 아버지. 린트벨에는 별일 없지요?"

"거기야 늘 한결같지."

헤이엄과 짧은 인사를 주고받은 테린이 하버 남작에게도 안부를 묻고 축하 인사를 건넸다.

"아드님의 약혼을 축하드립니다. 플로라는 동생같이 자란 아이라서 잘 아는데, 밝고 사랑스러운 녀석입니다. 당장은 부족한 점이 많겠지만 아무쪼록 잘 부탁드립니다."

"하하하, 당치 않소, 린트벨 공자. 나야말로 필렌 영애 같은 영민하고 현숙한 아가씨를 아들과 짝지어 줄 수 있게 되어 기쁘다오."

하버 남작이 너털웃음을 터뜨리며 즐거워했다.

테린은 어머니 마르티아와 필렌 남작 부인과도 인사를 나눈 후 하버가 쪽에서 참석한 사람들을 소개받았다.

이미 안면이 있는 라티스 경, 하버 남작의 사촌들, 하버 상단의 주요 간부들을 만났고, 돌아서는 길엔 평소 알고 지내던 북부 귀족들과 가벼운 근황을 주고받았다.

테린의 등장과 함께 일었던 소요가 가라앉자 분위기를 살피던 사회자가 유리잔을 두드리며 이목을 집중시켰다. 테린은 얼른 가족들이 모여 있는 자리로 가 앉았다. 엔시아가 눈을 흘기며 아슬아슬하게 도착한 그를 타박했다. 때마침 주인공들이 등장해 얼마나 다행이던지, 아니면 꽤 긴 잔소리가 이어졌을 것이다.

섬세한 흰색 레이스와 남색 프릴로 장식된 드레스를 입은 플로라는 예뻤다. 그녀의 의상을 고려한 듯 남색 정장을 입은 로이드도 같은 생각인지 플로라에게서 눈을 떼지 못했다.

테린은 그녀를 다시 봤다.

걸핏하면 제니스에게 토라져 방 안에 틀어박히거나 울음을 터뜨리던, 기 세고 촌스러운 빨강 머리 꼬마는 없었다. 수줍은 듯, 로이드 하버와 눈을 마주치지도 못하는 플로라의 여성스러운 자태에 테린은 남다른 감회를 느꼈다.

'시간이 벌써 이렇게 흘렀구나······.'

언제나 천방지축 꼬마일 줄 알았던 아이가 어느새 어엿한 숙녀가 되어 자신의 짝을 만났다. 여자아이는 남자아이보다 빨리 자란다더니 정말이었다. 애벌레가 허물을 벗고 나비가 되는 것처럼 순식간에 소녀에서 여인이 되었다.

테린은 플로라의 두 볼에 어린 홍조를 발견하고 저도 모르게 미소 지었다. 다행이었다. 이 약혼이 싫지 않은 듯해서. 솔직히 조금 걱정했었다. 동맹이 중시된 이 약혼이 어린 플로라를 상처 주진 않을지. 그녀는 아직 꿈꾸는 것이 많은 열여섯 살 소녀였다.

사실 로이드와 플로라의 약혼이 이렇게 빨리 결정될 줄은 몰랐다. 누나 로즈마리만 해도 말이 나온 후 서너 달은 지나서 확정되었고, 약혼식은 그로부터 한 달 이후에나 치렀으니까.

그러나 처음 이 사안을 꺼냈던 네일이 분주히 하버가와 교섭한 결과, 말이 나온 지 채 한 달도 되지 않아 약혼식까지 쭉쭉 진행됐다.

테린은 로이드 하버의 어디가 그렇게 네일의 마음에 들었는지 궁금했다. 셀리어트에서 보여 준 하버 공자의 활약이 그렇게 굉장했나? 불가능에 가까운 상황을 뚫고 투자 유치에 성공했다는 말을 듣긴 했지만.

사실 테린은 네일이 너무 적극적인 게 불만이었다. 아무래도 많이, 먼저 원하는 쪽이 아쉬워 보이는 건 사실이니까.

그러나 손뼉도 마주쳐야 소리가 난다고, 이런 급속 전개는 하버가 장단을 맞춰 주지 않으면 불가능한 것이기도 했다. 들리는 말로는 하버 상단 내부에 오가는 네일의 평가가 몹시 준수하다고 하니, 걱정처럼 얕보인 건 아닌 것 같았다.

셀리어트가와 카란가의 중재를 위해 낙스에 가 있는 트로잔 준남작도 전하길, 린트벨과 필렌에 대한 셀리어트 자작의 호의가 제법 크다고 한다. 그건 네일 역시 로이드 하버에 버금가는 활약을 했다는 뜻 아닐까? 네일과 단둘이 술 한 잔 느긋하게 하면서 당시 이야기를 듣고 싶은데, 당분간은 자신의 일정 때문에 어려울 것 같아 아쉬웠다.

약혼식은 정해진 순서에 따라 하나씩 진행되었다. 어느 때보다 멋지게 차려입은 로이드와 플로라는 양가 부모에게 인사하고 반지를 교환했다. 약속의 신 마음의 신전에서 나온 신관이 예비부부에게 축복을 내렸다. 그리고 마지막 절차인 약혼 서약서에 사인하는 순간, 조금 떨어져 앉아 있던 네일이 금방이라도 눈물이 떨어질 것 같은 그렁그렁한 눈으로 그들을 바라보는 것을 발견했다. 테린이 헛웃음을 삼켰다.

'풋, 뭐야. 누구보다 강력하게 이 약혼을 밀어붙인 사람이.'

위로가 필요한 것 같아—사실은 두고두고 놀릴 생각으로—그에게 다가가려 몸을 일으키던 테린은 미처 발견하지 못했던 사람이 네일 바로 옆에 앉아 있는 것을 보고 깜짝 놀라 다시 자리에 앉았다.

언제 왔는지 제니스가 네일의 옆자리에 앉아 있었다. 처음 연회장에 들어왔을 땐 보이지 않았는데……. 아마 플로라가 입장하기 전까지 그녀와 함께 있어 준 모양이었다.

제니스의 얼굴을 보는 것은 석 달 전, 테린이 린트벨로 떠난 이래 처음이었다. 두 달 동안은 각각 린트벨과 셀리어트에 떨어져 있었고, 로하샤이엄에 돌아와서는 기사단에서 눈칫밥을 먹느라 한 달 내내 외출을 하지 못해 얼굴 볼 일이 없었다.

테린은 그동안 일에 치이느라 까맣게 잊고 있었다. 제니스와 풀지 못한 감정이 있다는 걸 말이다.

예정된 식순이 모두 끝나고 주인공인 플로라와 로이드에게 축하와 덕담이 쏟아지는 것도 모른 채, 테린은 혼자만의 상념에 잠겼다. 제니스와 말다툼을 할 때만 해도 그날의 일이 이렇게 오래갈 줄은 몰랐는데.

씁쓸한 감정을 곱씹으며 그녀의 얼굴을 훔쳐보던 테린은 문득 머리 한쪽을 치고 올라오는 단상에 울컥했다.

'아니, 어쨌거나 내가 먼저 사과받아야 하는 문제잖아? 그동안 이렇게 저렇게 엇갈리다 보니 서로 얼굴 볼 새는 없었지만 손은 뒀다 뭐 할 거야? 나한테 먼저 편지라도 쓰면 손가락이 부러지기라도 해? 이런 일은 동생이 먼저 굽히고 들어와야 하는 거 아냐?'

테린은 눈꼬리를 실룩이며 감정이 실린 눈으로 제니스를 흘겨보았다. 살짝 미소 띤 얼굴로 네일과 담소를 나누고 있는 것을 보니 기분이 더 나빠졌다.

'나한텐 한 번도 저렇게 살갑게 군 적 없으면서!'

테린의 입이 저절로 툭 튀어나왔다. 자신은 그녀와의 다툼 때문에 헤이엄에게도 한소리 듣고 나름 마음고생도 했는데 설마 저 녀석은 조금도 신경 쓰지 않고 있었던 건가?

갑자기 떠오른 생각에 머리 한쪽이 화르르 달아올랐다. 아버진 아니라고 하지만 가족을 보는 제니스의 눈동자는 언제나 무심했다. 늘 그랬기에 내버려 두었던 것이 머리가 조금 굵어진 후엔 눈에 거슬리기 시작했고…….

"무슨 생각을 그렇게 골똘히 해? 엄청 심각한 얼굴로."

"아……."

"아는 무슨."

네일이 테린의 어깨를 툭 치며 옆에 앉았다. 사석에선 친구처럼 지내는 두 사람이었다.

"오늘 우리 플로라 아주 예쁘지?"

팔불출 확정 발언에 테린이 김빠진 웃음을 흘렸다. 역시 그 그렁

그러한 눈물은 환상이 아니었던 모양.

"인정. 예쁘던데요."

네일의 눈꼬리가 가늘어졌다.

"인제 와서 탐내 봐야 늦었어. 이미 다른 곳으로 날아가 버렸으니까."

이 팔불출이 뭐라는 거냐. 테린은 먼저 도발한 쪽이 나쁜 거라고 자기합리화하며, 잔인한 진실을 알려 주기로 했다.

"형님, 오해는 마세요. 오늘 한정이란 소립니다. 린트벨성 복도를 우당탕 뛰어다니던 말괄량이를 못 봤다면 모를까. 휴, 하버 공자는 그런 과거 따위 꿈에도 모르겠죠? 앞으로도 모르는 채로, 부디 잘 살기만 바랄 뿐…… 컥!"

옆구리에 혹이 들어왔다. 평소 대련하는 기사들의 돌주먹에 비할 바는 아니었지만 정체불명의 에너지가 내부를 진탕시켰다.

"하하하……. 고정하세요, 형님. 정정, 정정합니다. 제가 플로라 약혼식에서 왜 심각했겠습니까? 다 마음이 심란해 그랬지요."

두 번째 혹이 들어올세라 테린이 비굴하게 손바닥을 비볐다. 이형님, 욱하는 성격이 있는 걸 깜박했다.

주먹 앞에 양심과 신념은 아무 소용없는 법, 그는 플로라에 대한 찬양을 주저리주저리 늘어놓으며 위기를 모면했다. 때마침 하버 남작이 네일과 테린을 찾는 소리가 들렸다.

네일은 아직 남은 감정이 있는지 의미심장한 얼굴로 '나중에 다시보자'라는 멘트를 남기고 먼저 자리를 떴다.

어휴. 테린은 고개를 절레절레 저었다. 린트벨 출신은 이게 문제다. 하나같이 모든 문제를 힘으로 해결하려고 한다. 그래서 자신처럼 섬세한 감수성을 지닌 이성적인 사람은 너무 힘들다.

그는 진지한 표정으로 린트벨의 고질적인 문제점을 걱정했다. 190 센드를 훌쩍 뛰어넘는 체격으로, 툭하면 주먹부터 쥐는 그도 다른 린트벨 출신과 그다지 다르지 않다는 걸 본인만 몰랐다.

먼저 간 네일이 능장을 부리는 테린을 재차 불렀다. 그는 알겠다고 고개를 끄덕였다. 지나가는 하인이 들고 있던 와인 한 잔을 낚아챈 그는 네일과 하버 남작, 헤이엄이 모여 있는 무리에 합류했다. 그들은 앞으로 더 확장될 툴란 산맥 개발 전반에 대한 이야기를 나누고 있었다.

시간이 흐르자 대화에 참여하는 사람이 더 늘었다. 필렌 남작이 합류하고 다른 가신들, 하버 상단 관계자가 모여들었다. 토론은 더욱 뜨거워졌다.

너무 달아오르는 분위기에 살짝 질린 테린은 잠시 머리를 식힐 겸 슬금슬금 뒤로 물러났다. 은은한 음악 소리가 흐르는 홀 중앙에는 로이드와 플로라가 춤을 추고 있었다. 관심과 주목을 받아야 하는 오늘의 주인공은 저들인데, 정작 어른들은 일 얘기에만 골몰하니 조금 미안했다.

테린은 오고 가는 말을 건성으로 들으며 멍하니 홀 안쪽에 시선을 두었다. 플로라와 로이드 옆엔 어느새 제니스가 낯이 익은 남자 한 명과 춤을 추고 있었다. 하버가 쪽에서 온 사람이었다.

플로라의 친구들도 몇 참석했는지 하이 톤의 감탄사와 재잘거림이 귀를 어지럽혔다. 제니스는 그린 듯한 미소를 지으며 파트너가 하는 말에 대답하고 있었다. 그러면서 조금의 흐트러짐도 없는 자세가 더할 나위 없이 우아했다.

사실 저런 모습만 보면 그녀에 대한 테린의 불안이나 불만은 매우 비합리적으로 느껴진다. 그러나 웃기게도 제니스에 대한 그의 판단은 이성보다 감에 의존하는 경우가 많았다.

제니스와 싸웠던 당시에도 그랬다. 기억을 더듬은 그는 제니스가 요구하는 일을 해 주면서도 실체가 모호한 어떤 일이 벌어진다는 불안을 며칠간 계속 느꼈던 것을 떠올렸다. 그리고 헤이엄의 서신을 받자 잠재된 스트레스가 폭발하며 화가 났다. 제니스가 자신을 의지하지 않는다는 사실에 배신감도 느꼈다.

그녀가 추진한 사업 덕분에 린트벨과 필렌에 활기가 돌고 하버란 파트너를 얻어 외부로의 확장도 꾀해 볼 수 있는 괜찮은 상태가 됐지만, 그렇다고 모든 불안이 사라진 건 아니었다.

아오스산이나 마크란, 클로트 봉우리는 만만치 않은 곳이었다. 어떤 사건사고가 생길지 몰랐다. 다행히 하버나 필렌 남작 모두 서두르지 말자고 합의했고, 이 약혼 역시 장기 레이스를 염두에 뒀기에 필요한 연계였다. 돌다리도 두드려 보고 건너는 마음으로 한 발, 한 발 신중히 나아가길, 테린은 진심으로 바랐다.

음. 그러고 보니 이제 정말 들을 때가 되지 않았나? 도대체 두 가문의 동맹을 종용해 제니스가 무엇을 얻으려 했던 것인지. 가만히 생각해 보면 그로 인해 파생될 일이야 뻔한데.

테린은 다시 솟아오르는 의문에 인상을 구겼다. 눈앞에서 한 점의 고민도 없는 얼굴로 빙글빙글 도는 두 연인을 보니 배가 아프기도 했다. 숨길 수 없는 행복의 아우라가 주위로 퍼져 나갔다.

고깝구나, 고까워. 지금 누구 덕분에 너희 둘이 그렇게 웃을 수 있는지 알긴 알고…….

응……?

쭉쭉 뻗어 가던 테린의 상념에 제동이 걸렸다.

'연인…… 이라고?'

그는 위화감 없이 떠올린 단어를 곱씹으며 홀 중앙에서 태양처럼 빛나고 있는 두 사람을 멍하니 바라보았다.

플로라의 두 볼을 물들인 홍조가 새롭게 보였다. 그건 그저 싫지 않은 수줍음만 표현하는 게 아닌 것 같았다. 로이드 하버에게서 흘러나오는 다정한 눈빛도 꼭 어린 약혼녀에 대한 배려만은 아닌 것 같았다. 다시 본 두 사람은 누구보다 친밀하고 행복해 보였다.

"……!"

맙소사.

아니야, 진정해. 설령 그렇다 해도 셀리어트를 다녀오며 정이 든 걸 수도 있잖아?

'이건 너무 앞서가는 거야. 이건 너무 말이 안 돼. 이건 내가 너무…….'

마음속으로 온갖 부정의 말을 쏟아 내면서도 테린은 어느새 제니스를 향해 걷고 있었다. 말했다시피, 그녀와 관련된 일에선 항상 감이 앞섰다.

마침 음악이 멈추고 파트너와 인사를 하고 돌아 나오는 제니스와 정면으로 마주쳤다.

"테린 오라버니?"

그녀의 얼굴에 의아한 기색이 떠올랐다.

"잠깐 얘기 좀 하자."

테린이 무겁게 가라앉은 눈으로 제니스를 바라보았다.

비어 있는 테라스를 찾아 들어서자 어느새 서늘해진 밤공기가 뜨거워진 머리를 조금 식혀 주었다. 제니스가 뒤따라 들어오고 문이 닫히는 소리가 들렸다.

"무슨 일이신가요, 테린 오라버니?"

'그래 내가 네 오라버니이지. 그렇다면 예, 아니요로 답할 수 있는 문제 정도는 솔직히 말해 주길 바란다.'

테린은 헤이엄이 했던 말을 떠올렸다. 가족들에게, 침묵할지언정 거짓말은 하지 않는다는 그녀의 규칙을. 테린은 돌려 말하지 않기로 했다.

"내가 방금 말도 안 되는 생각을 했다."

그의 얼굴이 심각해 보이긴 했는지 제니스의 표정도 덩달아 진지해졌다.

"그런데요?"

"이 말도 안 되는 생각에 대한 네 의견을 듣고 싶구나. 부디…… 진실을 말해다오."

잠시 말을 끊은 테린이 크게 심호흡했다.

"네가 하버와 린트벨, 아니 하버와 필렌의 동맹을 추진한 이유가 혹시 이 약혼 때문이냐? 그러니까 플로라와 로이드 하버 말이다. 혹 두 사람을 맺어 주려고…… 그랬느냐?"

잠깐의 정적이 흘렀다. 테린은 자신이 너무 두서없이 말한 것 같아 다시 설명하려 했다. 그러나.

"놀랍네요."

제니스가 답했다.

"오라버니가 그 정도로 눈치가 빠르실 줄은 몰랐는데. 이 정도로 집요하실 줄도 몰랐고요. 3개월이나 지났는데 아직도 제 진실한 의도가 무엇일까에 골몰하고 계셨던 거예요?"

아…….

'사실, 이었어?'

테린은 속에서 뜨거운 무언가가 치고 올라오는 걸 느꼈다. 거기엔 너무 태연한 제니스의 태도에 대한 분노도 섞여 있었다.

"어떻게, 어떻게 그런 이유로 이런 일을 벌여?"

그가 높아지려는 언성을 억지로 낮추며 짓씹듯 말했다.

"안 될 이유라도 있나요?"

"뭐?"

테린은 기가 찼다.

"그걸 말이라고 해? 고작 그런 이유로 두 가문의 사활이 걸린 사업이 시작됐는데? 이 사업이 실패로 돌아갔을 때 두 가문이 어떤 손해를 입게 될지 조금이라도 생각해 보았느냐? 플로라가 어리석은 짓을 하면 네가 말렸어야지, 부추기다 못해 나서서 이런 짓을 벌이면 어쩌자는 거야?"

"하지만 잘, 됐잖아요?"

제니스의 뻔뻔함에 테린은 현기증이 났다.

"맙소사, 그럼 잘 안됐으면? 도박의 결과가 한 번 좋았다고 도박이란 행위 자체를 칭송할 수는 없는 거다. 친구가 걱정됐으면 다른 방법을 썼어야지 이런 무모한 짓을 벌여? 나에게 사실을 말하고 도움을 요청할 생각은 들지 않았어?"

제니스의 표정이 눈에 띄게 가라앉았다.

"그랬으면 뭐가 달라졌을까요?"

"뭐?"

"고작 이런 것 때문—이라고 말하는 오라버니가, 그 두 사람을 위해 무엇을 해 주셨을까요?"

"······."

테린은 순간 말문이 막혔다.

"오라버니를 무시하는 것은 아니에요. 그러나 고지식한 오라버니가 취할 해결책이라는 것은 너무 뻔해요. 남들이 알기 전에 관계를 정리해라, 비밀은 지켜 주겠다, 한순간 스쳐 가는 감정일 뿐이다······. 훈계는 원 없이 들었겠네요. 아닌가요?"

테린의 얼굴이 일그러졌다.

"나를 모욕하지 마라. 네가 나에 대해 알면 얼마나 안다고!"

그가 진심으로 화를 냈다.

"아니라고, 린트벨을 걸고 맹세하면 믿어 드리죠."

테린이 성난 눈으로 제니스를 노려보았지만 그녀도 굽히지 않았다.

"오라버니에겐 플로라보다 앞서는 우선순위가 너무 많아요. 그렇지 않나요?"

"그래서, 끝까지 잘했다는 거냐?"

"······."

제니스가 한숨을 쉬었다. 뭔가 도돌이표가 잔뜩 찍힌, 끝나지 않는 노래를 부르는 느낌이었다.

그런 제니스의 한숨과 표정을 어떻게 받아들였는지, 테린의 얼굴이 불타는 고구마처럼 빨개졌다. 그는 거친 숨을 몰아쉬며 제니스를 노려

보더니 그대로 테라스를 나가 버렸다. 거칠게 닫히는 테라스 문을 바라보며 그녀는 다시 한번 한숨을 내쉬었다.

좋은 일이 생기면 나쁜 일도 따라온다더니, 어떻게 오늘 딱 걸렸지?

고개를 갸웃하던 제니스는 홀 안에서 좋아죽겠다는 표정을 숨기지 못하던 두 바보를 떠올리며 바로 이해했다.

들킬 만해. 그렇게 감정을 줄줄 흘리는데 모르는 척하는 것도 어렵지.

이제 그 둘에게 표정 관리 좀 하라고 요구하는 것도 지친다. 약혼 서약서에 사인까지 했으니 앞으로 더하면 더했지 덜하진 않을 터다.

그러나 잠깐 고민하던 그녀는 성의 없이 '뭐, 괜찮겠지'라고 결론 내렸다. 신관이 공증까지 한 약혼은 웬만해선 물리지 못한다. 로이드와 플로라도 그걸 아니 저렇게 고삐가 풀린 거다.

"문제는 삐친 우리 오라버니뿐이네."

테라스에 놓인 긴 의자에 걸터앉은 제니스는 화를 내며 떠난 테린을 떠올리며 잔뜩 심통 난 표정을 지었다. 설마 당장 헤이엄에게 달려가 '제니스가 이랬쪄요!'라고 이르진 않겠지? 몰래 화덕에 넣은 반죽이 이미 부풀어 완벽한 빵이 된 이 마당에.

테린에게 그 정도 분별력은 있다고 믿고 싶었다. 그건 그렇고.

'또 싸웠네.'

몇 개월 전에 있었던 신경전에 대한 정리도 못 했는데 말이다. 테린과는 타고난 코드가 맞지 않는 걸까? 제니스는 진지하게 고민했다. 다 큰 사내자식이 왜 그렇게 예민한지 모르겠다.

톡톡─

제니스가 속으로 열심히 구시렁거리고 있을 때 테라스 문이 가볍게 흔들렸다. 그녀는 심드렁한 어조로 쉬는 사람이 있다고 말했다. 그러나 살짝 열린 문틈 사이로 누가 머리를 쑥 들이밀었다.

"잠깐 실례해도 될까?"

"네일 오라버니?"

제니스가 피식 웃었다.

"들어오세요."

"싸웠냐?"

테라스로 들어온 네일이 문을 채 닫기도 전에 물었다.

"들으셨어요?"

"아니, 테린이 퉁퉁 부은 얼굴로 나가는 걸 봤어."

제니스가 어깨를 으쓱 추어올렸다.

"싸웠다기보다는 혼자 화내고 갔죠."

네일은 들고 온 탄산수 하나를 제니스에게 건네주며 반대편에 앉았다.

"왜?"

"그런 게 있어요. 그런데 네일 오라버니, 알고 계셨던 거죠?"

제니스는 화제를 돌렸다. 계속 궁금하던 것을 확인하고 싶었다.

"뭘?"

"플로라와 로이드 하버요."

그녀의 직구에 멈칫하던 네일이 살짝 미간을 찌푸리며 한숨을 쉬었다.

"역시 너도 알고 있었구나. 하긴 플로라가 네게 들키지 않았을 리 없지."

그가 허탈한 듯 중얼거렸다.

"두 달이나 붙어 있었는데 어떻게 모르겠냐. 나 말고 다른 사람이 먼저 눈치챘으면 어쩌려고 그렇게 조심성이 없는지. 그나마 어떻게 해 볼 명분이 있는 가문이라 다행이었다. 아버지가 모르셔서 더 다행이었고."

제니스가 조용히 웃었다. 그가 적극적으로 이 약혼을 추진했다는 소리를 들었을 때, 그렇지 않을까 예상은 했다.

"이렇게 좋은 오라버니를 두었다는 것을 플로라 고것이 알아야 하는데 말이죠."

제니스가 진심을 담아 말했다.

"아서라. 그래 봤자 내 눈치만 보겠지. 그런데 테린과 왜 싸웠는지는 끝까지 알려 주지 않을 거냐?"

네일의 표정이 진지했다. 둘 사이에 심각한 문제가 있는 건 아닌지 걱정하는 눈치였다. 그 얼굴을 물끄러미 바라보던 제니스의 눈동자에 문득 장난기가 돌았다.

"별다른 일 아니에요. 테린 오라버니도 오늘 플로라와 하버 공자의 관계를 눈치챘거든요. 그래서 화가 좀 나셨네요."

"뭐, 테린이? 음⋯⋯. 그런데 왜 그 문제로 너한테 화를 내?"

네일이 이해할 수 없다는 얼굴을 했다.

"두 가문이 함께 툴란 산맥 개발과 무역로 개척 사업에 들어가도록 수를 좀 썼거든요."

"⋯⋯?"

네일의 머리 위에 무수한 의문 부호가 떴다. 제니스의 말이 이어졌다.

"아버지께 레인저 발족과 툴란 산맥 개발을 제안하고."

"……."

"하버 남작님이 툴란 산맥을 넘는 무역로와 린트벨에 관심을 가지도록 유도하기도 했죠."

"……누가?"

네일의 목소리가 살짝 떨렸다.

"제가."

"……."

몇 초간의 정적 후, 네일이 입을 쩍 벌렸다.

그가 가져다준 탄산수를 우아하게 들이켠 제니스가 상체를 앞으로 내밀며 속삭였다.

"그러고 보니 제 계획의 최고 공로자는 네일 오라버니시네요. 따로 말씀드린 적도 없는데 어쩜 그렇게 완벽한 공범이 되어 주셨는지. 너무 감사해요. 속 좁은 제 오라버니는 언제쯤 네일 오라버니처럼 듬직한 남자가 될까요?"

몇 마디 말이 더 이어졌지만 네일의 귀엔 아무것도 들리지 않았다. 밤하늘로 날아간 그의 정신이 돌아온 건 그로부터 한참이 지난 후였으니까. 그는 제니스의 얼굴을 한 번 쳐다보고 한숨을 쉬고, 먼 하늘을 멍하니 쳐다보다 또 한숨을 쉬었다.

2

플로라의 약혼식이 끝난 후, 테린은 원래의 일상으로 돌아왔다. 건국제를 앞둔 기사단은 눈코 뜰 새 없이 바빴고, 그건 썩 다행스러운 일이었다. 덕분에 딴생각할 여유가 없었으니까.

'그래서, 끝까지 잘했다는 거냐?'

물론 꿈에서까지 그런 건 아니었다.

윽. 사라져라, 사라져.

테린은 머리를 붕붕 휘젓다가 흠칫 잠에서 깼다. 그리고 자신이 기사단 숙소 침대 위에 있다는 걸 깨닫고 털썩 이불 속에 고개를 파묻었다.

하아…… 꿈이었구나.

그는 우울한 한숨을 뱉으며 꾸무럭꾸무럭 몸을 일으켰다. 채 물러가지 않은 새벽이 어둑한 그림자를 창가에 드리우고 있었다.

엠버의 서른한 번째 날인 오늘은 건국제 공식 행사의 마지막인 사냥 대회가 있는 날이었다. 욕실로 들어간 테린은 눈 밑의 거뭇한 다크서클을 안쓰럽게 바라보며 깔깔한 턱에 면도 크림을 발랐다.

힘내자, 아니 버텨 보자. 오늘이 마지막이야. 그렇게 스스로 격려하며.

고상하고 지적이며 교양이 넘치는 줄만 알았던 우리 귀족님들 중에 말귀 못 알아먹고, 하지 말라는 짓만 골라 하고, 질서의 'ㅈ'도 모르는 인간들이 그렇게 많다니. 테린은 믿고 싶지 않은 일을 목도한 충격에서 벗어나지 못하고 있었다.

헤르난의 경고는 결코 과장이 아니었다. 새파랗게 어린 것들은 버릇이 없었고, 나이 지긋한 노인들은 고집불통이었다. 플로라의 약혼식 끝에 있었던 일을 곱씹는 것과 개념 없는 귀족들을 상대하는 일 중 뭐가 더 싫냐고 물으면 우열을 가리기 힘들 정도로.

테린은 헤르난이 자주 시비에 휘말리는 게 실은 하는 족족 옳은 말만 해서가 아닐까라는 착각까지 하게 됐다. 여기서 오해하지 말자, 헤르난에게 그런 통찰력은 없다. 그냥 말투가 문제다.

'그래서, 끝까지 잘했다는 거냐?'

아, 씨. 또 생각났다.

테린이 흐린 거울에 이마를 쿵 박았다. 우열을 가리기 힘들다고 했던 걸 취소해야겠다. 역시 전자가 더 싫다. 쪽팔린다. 어른의 논리로 상식을 바로 세워야 할 순간에 왜 그런 말이 튀어나왔담?

제니스가 못 말리겠단 얼굴로—마치 열 살 어린 남동생을 보는 눈이었어!—한숨을 내쉬며 고개를 젓던 모습이 자동 재생됐다.

그 순간 제니스가 무슨 생각을 했는지 궁금한 동시에 절대 알고 싶지 않기도 했다. 가뜩이나 오빠로서의 권위가 바닥인데 그걸 더 아래로 추락시킨 게 분명하니까. 덕분에 이불만 수십 번 걷어찼다. 물론, 그런다고 기억이 흐려질 기미는 없었다.

하아. 자신은 왜 이다지도 불행하단 말인가…….

잠시 후, 소집 시간이 임박해서야 겨우 '내가 왜 그랬을까'란 후회와 반성을 끝낸 테린은 우울한 얼굴로 기사단 숙소를 나섰다. 건국제 기간 그의 임시 파트너인 수다쟁이 벤 하츠가 입구에 서서 반갑게 손을 흔들었다.

참 부지런한 친구다. 몸도, 입도.

"하하하. 그래서 그 친구가 무릎까지 꿇고 싹싹 빌었다고 하더군. 세상에 부인에게 그렇게 잡혀 사는 남자가 있으리라곤 상상도 못 했는데. 안 그래? 남자 망신은 혼자 다 시키고. 하일리움에 다닐 땐 그런 성격이 아니었는데 왜 그렇게 됐을까?"

"글쎄……. 이유가 있겠지."

"역시 그렇겠지? 사람이 그렇게 변할 정도면 엄청난 사건이 있었다는 건데, 그걸 모르고 지나갔다는 게 너무 아쉬워. 엄청 흥미진진한 일이었을 거야. 아, 그런데 자네 혹시 8기사단에 있는 그리셀을 아나?"

"아니…… 잘……."

"그 친구가 도박에 맛을 들인 모양이야. 자네도 소문 들었지? 샤를롱 거리에 엄청난 규모의 카지노가 생겼다는 걸. 시골 출신들이 혹해서 기사단 월급을 매월 갖다 바치는 모양인데 그리셀도 그중 하나라지. 차남이나 삼남도 아니고 가문을 이어받을 장남인데 친구를 잘못 사귀는 바람에 좋지 않은 길로 들어서고 말았어. 시골 남작가가 재산이 있으면 얼마나 있겠나? 이런저런 핑계로 돈을 요구하니 이상하게 생각한 부친이 로하샤이엄까지 달려왔고 결국 도박 중독을 들키고 말았지. 기사단까지 쳐들어온 남작이 아들 멱살을 잡고 너 죽고 나 죽자 한바탕 난리가 났다고 하지 뭔가. 참 안됐어."

"허허……. 그러게."

"참, 자네 어제 첼마 거리에서 있었던 사건 들었나? 아 글쎄 거기에……."

테린은 푸른 잎사귀 사이로 반짝이는 햇살을 보며 자기 최면에 들어갔다.

'이건 새 소리야. 잘 들어봐, 쪼롱쪼롱으로 들리지 않아?'

그의 마인드 컨트롤이 벽을 깨고 새로운 경지로 나아갔다.

지난주 휴일, 플로라의 약혼식에 참석했던 테린은 부단장이 경고한 시간까지 복귀하지 못했다. 제니스와 다툰 후 자기 방에 틀어박혀 잘

먹지도 못하는 술을 신나게 들이부은 탓이었다. 만취해 잠들어 있는 그를 네일이 발견해 깨우지 않았더라면, 단순한 지각으로 끝나지 않았을 거다.

당시 테린을 깨운 네일은 뭔가 할 말이 있는 눈치였지만, 테린이 늦었다고 허둥대자 별거 아니라고 웃음으로 얼버무렸다. 대신 저택을 나서는 그를 배웅하며 짠한 얼굴로, 힘내라고 어깨를 두드려 주었다.

어? 이 형님 요즘 자신의 기사단 생활이 꼬인 걸 어떻게 알았지?

네일의 놀라운 정보력이 신기했지만 더 생각할 겨를이 없었다. 잘 걸렸다는 얼굴로 킬킬거리고 있을 노더스 부단장의 얼굴이 머릿속을 가득 채웠으니까.

서둘렀지만 제5기사단에 도착한 건 새벽 2시경이었다. 그리고 역시나. 노더스는 사냥감을 발견한 하이에나 같은 눈으로 테린을 기다리고 있었다. 그 자리에서 1시간이 넘는 훈계와 이죽거림을 들으며 사소한 규칙 하나 지킬 줄 모르는 못된 망나니로 매도당한 그는, 징계 차원에서 건국제가 치러지는 3일간 가장 많은 업무를 배당받게 되었고 모두가 꺼리는 파트너와 한 조가 되었다.

벤 하츠는 참 마음 좋은 청년이었지만 그의 가족들도 질색할 만큼 말이 많았다. 노더스조차 통제하기를 포기했다는 벤의 명성을 웃어넘겼던 테린은 첫날 바로 그 대가를 톡톡히 치렀다.

처음엔 대꾸를 해 주지 않으면 무안해서라도 입을 다물 줄 알았다. 그러나 벤 하츠는 테린이 지금까지 만난 사람 중 가장 강적이었다. 상대방이 호응하든 말든, 의기소침해지는 법이 없었다. 이야기도 중구난방이라 이 화제에 대해 말하는가 싶으면 순식간에 '그런데 말이야' 하며 전혀 상관없는 다른 이야기로 넘어갔다.

그 많은 이야기를 어디서 듣고 오는지 신기했고, 모두 사실이긴 한 건지도 궁금했다. 그러나 그에 대해 하나라도 호기심을 표하는 날엔 엄청난 재앙이 도래했다. 그 사실을 몰랐던 테린은 '노더스 부단장의 취미 생활'이란 주제가 화제에 올랐을 때 무심코 "하하, 그건 좀 궁금한데?"라고 말하고 말았다.

그리고 그날 내내, 부단장의 업무 외 시간에 대한 온갖 증거와 목격담, 그의 사생활, 그의 가계도, 그의 학창 시절, 그에 대한 고위 귀족들의 평가, 그의 은퇴 후 목표에 대한 벤 하츠의 수다를 들어줘야 했다. 심지어 업무 시간이 끝나 겨우 한숨 돌리려는데 함께 식사하자고 '굳이' 찾아왔다. 그리고 말했다.

"자네가 낮에 궁금해했던 것에 대해 방금 생각난 것이 있는데 말이야."

"……."

벤은 3시간을 더 떠들다가 갔다.

테린은 노더스가 자신에게 제대로 엿을 먹였음을 인정해야 했다.

"……그래서 사람은 나쁜 짓을 하고 살면 안 되는 거야. 그렇지 않나?"

"응? 아, 맞아. 그렇지."

"하하하, 자네와는 말이 잘 통해서 참 좋아. 과묵한 것도 마음에 들고. 나도 말 많은 친구는 좀 별로거든. 자네와 파트너가 돼서 정말 기쁘다네."

마인드 컨트롤이 깨진 테린이 영혼 없는 얼굴로 입꼬리를 당겼다.

"나도."

벤과 테린은 가벼운 아침 식사를 하자마자 오늘 주요 행사 장소인

사냥터 외곽을 순찰했다. 사냥 대회 시작은 정오부터였지만 그 전에 사고를 유발할 만한 장애물은 없는지, 달라진 지형지물은 없는지, 확인하지 못한 맹수의 흔적은 없는지 샅샅이 훑어봐야 했다.

이미 몇 번이나 사전 답사를 한 곳이지만 숲이란 곳은 항상 변수를 품고 있었고 거기에 사람까지 더해지면 생각지도 못했던 사고가 터진다고, 벤 하츠가 쉴 새 없이 종알거렸다.

황실 소유 사냥터의 지형과 넓이, 유래, 변천사에 대한 친절한 설명을 배경 음악 삼아 2시간에 가까운 순찰을 마친 테린은, 본격적인 사냥 대회 준비와 경계에 들어가는 기사단원들을 뒤로하며 숙소로 돌아왔다. 이른 점심을 먹고 지정된 위치로 이동할 예정이었다.

긴 하루가 시작되었다.

* * *

건국제에 치러지는 황실 사냥 대회는 매우 오랜 역사를 가지고 있었다. 티오렌 개국 후 초기 백여 년은 매 건국 기념일 황제가 직접 잡은 짐승을 주신 알타니아에게 바치는 제사를 지냈다.

그러나 시간이 흐르고 시대가 변하자 피 흘리는 짐승을 제물로 쓰는 행위를 야만스럽게 여기는 풍조가 나타나 공식 행사에서 생략되기 시작했다. 그 대신 사냥 대회 자체는 티오렌 황족과 귀족들의 용맹함을 과시하는 방편으로 그 명맥을 유지했다.

문호가 넓어지고 타국의 축하 사절까지 참여하는 근래의 건국제 사냥 대회는 축제의 성격까지 더해졌는데, 이는 우수한 실력을 보인 자에게 주어지는 하사품 때문이었다.

가장 사나운 짐승을 잡은 자, 가장 많은 짐승을 잡은 자, 가장 깔끔한 사냥 실력을 보인 자 세 명은 티오렌 황실이 준비한 하사품을 받을 수 있었다.

초기에는 주로 무기나 방어구, 금괴, 보석 같은 것들이 상품으로 나왔고 근래에는 황실 비고 깊숙이 간직되어 있던 고미술품, 도자기, 역사적 가치가 있는 서적 같은 것이 주를 이루었다. 그리고 그것들은 어느 시절보다 큰 호응을 얻었다. 돈이 있어도 구할 수 없는 물건이 대부분이라 티오렌 500년 역사와 저력을 은근히 과시하는데도 제격이었다.

시작은 순조로웠다. 날씨는 쾌청했고 황제의 개회사도 무사히 지나갔다. 외곽 경비 기사들과 지휘부 사이의 전령을 맡은 테린은 사소한 지시 하나를 전달하기 위해 뭐 빠지게 뛰어다녀야 했지만, 귀부인들의 티 테이블이 차려진 막사 안에선 낭창낭창한 웃음소리와 음악 소리가 끊임없이 흘러나왔다. 하늘이 거뭇거뭇해지며 차가운 빗방울을 떨구기 전까진.

지나갈 줄 알았던 비가 그칠 기미를 보이지 않자 귀부인들의 자리를 옮기라는 지시가 내려왔다. 먼저 황후와 황족, 소홀히 할 수 없는 타국 귀빈들의 이동이 시작되었다. 그들의 호위와 시종, 시녀들까지 한꺼번에 움직이자 숲 외곽에 임시로 마련된 쉼터는 순식간에 북새통을 이뤘다.

혹시나 해 준비해 둔 3황비의 궁으로 사람들이 이동하기 시작했고 —그녀의 처소가 사냥터에서 가장 가까웠다—저 멀리 하늘 끝자락에 검은 구름이 조금씩 깔렸다. 1년에 한 번뿐인 사냥 대회를 날씨 때문에 망치는 게 아니냐는 걱정이 여기저기서 흘러나왔다.

그리고 그들이 떠난 지 30분도 지나지 않아 그 우려는 현실이 되었다.

우르르 쾅-!

먹구름은 어느새 테린의 머리 꼭대기 위로 이동했고, 소나기인가 했던 빗줄기는 갈수록 거칠어졌다. 이래서야 시야를 확보할 수 없어 사냥이 어려워지고 사람을 동물로 오인해 사고가 날 확률도 커진다. 황제도 그 부분을 걱정했는지 얼마 지나지 않아 사냥 대회를 종료한다는 지시가 내려왔다.

수십 명의 전령과 시종, 기사들이 숲속으로 흩어졌다.

"백작님, 사냥 대회가 종료되었습니다!"

"주인님, 오늘 사냥 대회는 여기까지라고 합니다!"

테린도 사냥터 주위에 포진해 있던 5기사단 소속 기사들에게 같은 내용을 전달했다. 아쉬워하고, 짜증 내는 귀족들을 달래 내보내느라 전쟁 같던 1시간을 보내자 비로소 비에 젖은 숲에 고요가 찾아왔다.

때를 맞춰 남아 있던 5기사단의 일부가 3황비의 궁으로 이동했고 테린과 벤은 사냥터 정리를 위해 남았다. 혹시 아직 소식을 듣지 못해 숲속에 낙오된 사람은 없는지 확인해야 했다. 황실 사냥터는 넓고 험해 지형을 숙지한 사람이 아니면 길을 잃기 딱 좋았다.

벤은 연신 불만을 터트렸다.

"맙소사, 건국제 기간에 이런 큰비가 내리면 어쩌자는 거야? 예정된 행사는? 짜 놓은 동선은? 모두 엉망이 될 거야. 이건 비상사태야. 여기만의 문제가 아니라고. 건국제 축제를 즐기기 위해 로하샤이엄에 와 있는 사람들이 얼만데? 불꽃놀이는? 야외 공연은? 오, 알타니아시여 이건 무슨 심술입니까?"

벤은 흠뻑 젖은 자신을 내려다보며 울상을 지었다. 낙천적인 그에게도 오늘 같은 기상 변화는 날벼락인가보다.

"드디어 마지막 갈림길이군. 시간이 없으니 테린 자넨 오른쪽으로 가 봐. 난 왼쪽을 살펴보지."

비에 완전히 젖은 기사단 정복은 무겁고 거치적거렸다. 테린은 조금이라도 빨리 일을 끝내고 싶다는 벤의 제안을 바로 받아들였다. 그의 목적은 잠시라도 지친 귀를 쉬는 것이었다.

빗소리만 무성한 숲속을—드디어—홀로 걷게 된 테린은 날아갈 듯 가볍게 발걸음을 옮겼다. 일정 구간마다 사냥 대회가 종료되었으니 외곽 쉼터로 이동하라고 소리치는 것도 잊지 않았다. 다행히 모두 빠져나갔는지 테린의 목소리에 답하는 사람은 없었다. 그리고 얼마 후 사냥터 남쪽 외곽으로 빠져나온 그는 커다란 베밥 나무 아래, 창백한 얼굴로 서 있는 일남일녀를 발견했다.

"자네, 소속이 어딘가?"

소녀를 지키듯 서 있던 삼십 대 남자가 급히 물었다. 흘깃 본 복장은 티오렌 제2기사단 정복, 내뿜는 기세가 서릿발 같았다. 자동으로 차렷 자세가 된 테린의 입에서 신상 명세가 튀어 나왔다.

"중앙 기사단 소속 테린 린트벨, 현재 5기사단에서 파견 근무 중입니다."

"파견? 중앙 기사단 소속은 차출에서 제외될 텐데?"

"그렇게 지시받았습니다."

"명령을 내린 게 누구……."

"폴만 경."

대화가 딴 길로 새는 걸 눈치챘는지 뒤에 서 있던 소녀가 남자의 이름을 불렀다. 중앙 기사단 소속이 차출되었다는 말에 의문을 표하던 남자가 아차 하는 얼굴을 했다. 원래 목적을 상기한 듯 그가 뒤늦게 엄한 표정을 지었다.

"8황녀 전하시다. 예를 갖추도록."

테린이 바로 허리를 숙였다.

"베아트리체 황녀님을 뵙습니다."

황녀가 가볍게 고개를 끄덕였다.

"나는 황녀님의 호위를 맡은 폴만 바우어다. 이동 중 큰비가 내려오도 가도 못하는 처지가 됐지. 내가 황녀님이 타실 마차를 불러올동안 테린 경이 8황녀 전하의 안전을 책임지도록."

남자가 말했다. 황족이 타는 마차는 사전에 등록된 자만이 호출할수 있었다.

"네, 알겠습니다."

폴만 바우어라고 자신을 밝힌 기사가 등 뒤의 소녀를 돌아보았다.

"중앙 기사단 소속이라고 하니 실력은 나무랄 데 없을 겁니다. 잠시만 기다리시면 최대한 빠르게 돌아오겠습니다. 이런 상황이 되어죄송합니다."

어린 황녀가 부드럽게 미소 지었다.

"괘념치 마십시오. 이것이 어찌 폴만 경의 잘못입니까?"

폴만은 떠나기 전 몇 번이나 테린에게 호위 시 주의 사항을 주지시켰다. 쉽게 발걸음이 떨어지지 않는지 긴 잔소리를 남긴 그가 마침내자리를 뜨자 황녀가 가벼운 웃음을 흘렸다.

"자신의 임무에 워낙 충실한 분이라 걱정이 많으십니다. 테린 경은너무 신경 쓰지 마십시오."

"아닙니다. 모두 옳은 말씀이셨습니다."

정석적인 답변을 한 테린은 베아트리체에게 허리를 굽혀 다시 한 번 허락을 구한 뒤 그녀의 옆에 가 섰다. 나무 아래 완전히 들어가지 못한 그의 이마 위로 차가운 빗방울이 사납게 떨어져 내렸다.

"경, 조금 더 옆으로 오십시오."

"괜찮습니다."

"제 마음이 괜찮지 않습니다."

단호한 응답에 잠시 망설인 테린이 결국 황녀에게 한 걸음 더 접근했다. 나무 아래 두 사람이 들어가자니 겨우 두 뼘 정도의 거리를 두고 나란히 설 수밖에 없었다. 아무 말 없이 그러고 있으니 좀 많이, 무안했다. 테린은 황녀가 왜 여기 이러고 있나, 시녀들은 다 어디로 갔나 같은 생각을 하면서 시간이 빨리 흐르기만을 기다렸다.

"그러고 보니 이름이 테린 린트벨이라고 했던가요?"

황녀도 침묵이 부담스러운지 대화를 시도했다.

"네, 그렇습니다."

"대륙의 첫 번째 방패이신 헤이엄 린트벨 백작과는 어떤 관계입니까?"

"부친이십니다."

"어머, 이제 보니 제가 미래의 티오렌 제일검을 만난 거군요?"

"말씀 받들기 어렵습니다. 아직 한참 부족한 실력입니다."

베아트리체가 낮게 웃었다.

"경은 동생과 아주 다르시군요."

"네?"

테린이 깜짝 놀라 베아트리체를 돌아봤다.

"왜 그렇게 놀라지요? 제니스 린트벨. 경의 동생이 아닙니까?"

"아……. 맞습니다. 그런데 제 동생은 어찌 아십니까?"

테린의 가슴이 갑자기 미친 듯 뛰었다. 베아트리체의 입가에 은근한 미소가 어렸다.

"저 또한 하일리움에 있으니까요. 근래 그녀를 만난 적이 있는데 음……. 신선한 경험이었습니다."

그렇게 말하며 방긋 웃는 베아트리체를 보며, 테린의 안색이 창백해졌다.

아니, 그 의미심장한 미소는 뭡니까? '음…….'이라니 거기서 왜 머뭇거리신 거죠? 신선한 경험은 또 어떻고요. 엄청 많은 상상이 가능한 표현이란 거 알고 계십니까?

그의 마음속에 뭉게뭉게 불안이 피어올랐다.

'제니스 너 설마, 또 무슨 짓을 저지른 건 아니지?'

그 생각을 제니스가 알았다면 아마 이렇게 항변했을 것이다.

네, 아닙니다. 전혀요.

오해는 사절입니다.

정말로, 맹세코, 전 아무 짓도 하지 않았습니다.

그러니 확실하게 해 두자고요. 이 예기치 못한 사태의 최대 피해자는 바로 저라는 사실을. 늑대 싸움에 털 뽑히고 있는 가여운 아기 양이랄까요?

그러니 누가 저것들 좀 제 눈앞에서 치워 주세요.

꼭, 사례하겠습니다.

"호오, 비가 시원하게도 내리는구나. 덕분에 누구 때문에 더부룩하던 속이 확 내려가는 기분이다."

"저런, 몸 상태가 좋지 않으시면 그만 돌아가 쉬시는 것이 어떠신지요? 심신이 그토록 섬세하고 예민하시다니 제가 다 걱정입니다. 아예 한두 해 요양을 가시는 것도 나쁘지 않을 것 같네요."

"훗, 그 정도는 아닐세. 거슬리는 물건만 눈앞에서 치우면 되는 것을, 본 왕녀가 그런 수고까지 할 필요 있겠는가? 공녀의 속 깊은 마음 씀씀이는 기억해 두도록 하지."

"호호호, 그런 방법이 있었군요. 부디 영명하신 왕녀님의 뜻대로 이루어지시길."

"후후후, 이를 말인가."

"호호호."

"후후후."

"……."

경쟁적인 웃음소리 사이로 파지직 전류가 흘렀다. 비가 오는 건 창밖인데 왜 자신의 응접실에 번개가 내리치는지. 제니스는 오늘도 난입한 이 불청객들을 지겨운 눈으로 바라보았다.

낙스의 크리스티나 공녀와 달리아의 로렐 왕녀.

두 사람이 제니스의 기숙사 응접실에 쳐들어와 자신들의 대리 전장으로 삼은 지 2주째. 제니스는 슬슬 자신의 얄팍한 인내심에 금이 가는 것을 느꼈다.

그나마 베아트리체 황녀가 간섭해서 이 정돈데, 요즘 돌아가는 꼴을 보니 황녀의 중재고 뭐고 그냥 사고 한번 거하게 치고 끝내는 게 백번 나았지 싶다. 이 두 사람이 서로에 대해 이토록 끈끈한 집착과 열정을 발휘할 줄 알았더라면 말이다.

남몰래 얼굴을 구긴 그녀는 한숨을 삼키며 두 사람의 설전을 머리에서 밀어냈다. 어차피 이들의 설왕설래에 자신은 꾸어다 놓은 보릿자루일 뿐이니까.

하아, 어디 보자.

제니스는 하일리움 교양학부 공인 트러블메이커인 이 두 사람과 엮이기 시작한 4주 전을 떠올렸다. 발단은 크리스티나 공녀의 뜬금없는 초대, 아니 도발이었다.

그때 이미 뒤통수가 싸- 하더라니.

하일리움 2학기가 시작된 첫 주, 교양학부는 활기와 열정이 넘쳐흘렀다.

어떤 과목을 들을지 미처 정하지 못한 영애들이 지인의 도움을 받아 서둘러 수업 신청을 마쳤고, 두 달 만에 보는 친구들과 회포를 푸는 크고 작은 모임이 줄기차게 열렸다. 각 모임을 이끄는 장들은 2학기 목표를 정해 공표하고, 새로운 멤버를 받아들이기 위해 부지런히 움직였다.

제니스와 플로라는 자의 반 타의 반으로 이 흐름에 휩쓸려 다녔지만, 실은 하버와 필렌을 오가는 약혼 교섭에 온 정신이 팔렸었다. 그래서 제니스가 '운 나쁘게' 1학기 소란의 주범인 크리스티나 공녀나 로렐 왕녀와 같은 사교춤 수업을 듣게 되었어도, 크게 신경 쓰지 않았다. 신경 쓸 겨를도 없었고.

같은 수업 안에서도 아는 사람들끼리, 급이 맞는 사람들끼리만 어울리는 게 소녀들의 법칙이었다. 게다가 왕녀나 공녀처럼 사교계의 주류가 되는 이들 옆에는 어울리고 싶어 안달 난 사람이 넘쳐나기 마련. 제니스가 그들과 부딪힐 확률은 몹시 낮았다.

그러나 확고한 줄만 알았던 이 법칙이 사교춤 수업 첫날, 바로 부서졌다.

"그대가 그 유명한 제니스 린트벨인가요?"

제니스는 엉덩이를 살랑거리며 걸어와 자신을 아는 척하는 소녀를 보며 의아함을 감추지 못했다.

너 나 아세요? 왜 아세요?

생각은 그랬지만, 몸은 착실하게 학습의 효과를 보여 주었다.

"공녀를 뵙습니다. 제가 제니스 린트벨은 맞습니다만, 공녀께서 찾으시는 '그 유명한 제니스 린트벨'인지는 모르겠습니다."

제니스의 침착한 응수에 크리스티나가 까르르 웃었다.

"어머, 재치 있기도 하지, 호호호. 직접 만나 보니 더 호감이 가네요. 근래 영애에 대한 여러 가지 이야기를 들었는데 하나같이 흥미진진하고 놀랍기 그지없었답니다. 저는 궁금한 것이 있으면 잘 참지 못하는 성격이라 이렇게 그 주인공을 만나러 왔지요. 어떤가요? 오늘 오후 나의 티타임에 들러 영애의 이야기를 직접 들려주지 않을래요?"

수십 개의 시선이 제니스를 향했다. 아직 교실을 떠나지 않고 있던 이들이 꽤 많았다. 자존심이 전부인 이 나이대 소녀들은 공개적인 자리에서 행해진 초대를 거절당하면 상대방이 자신을 모욕했다고 여기기 마련. 지위가 높고 나이가 어린 귀족 영애일수록 그런 경향이 두드러졌다. 그러니 이건 뭐, 의사를 묻고 있다고 보기 어려운 초대였다.

제니스는 조용히 미소 지으며 크리스티나의 요구를 수락했다.

"영광입니다. 다만 공녀가 기대하시는 것만큼 재미있는 이야기를 들려드릴 수 있을지 모르겠습니다."

"호호호, 그런 걱정은 하지 마세요. 저는 기대와 현실이 일치하지 않는다고 짜증을 내는 어린아이가 아니랍니다."

착각처럼 짧게, 정적이 흘렀다. 분명 제니스에게 하는 말인데 왜 다른 이를 향한 빈정거림처럼 느껴지는지. 예를 들면, 막 교실을 벗어나고 있던 로렐 왕녀 들으라는 듯이.

예전에 싸우는 모양새를 보며 시비를 거는 쪽은 늘 로렐 왕녀라고 생각했는데, 오늘 보니 꼭 그렇지만도 않음을 알겠다. 의외인 건 발끈해서 바로 달려들 줄 알았던 로렐 왕녀가 차가운 코웃음을 치며 그대로 자리를 떠났다는 거다.

로렐 왕녀의 낯선—세련된—대응에 남아 있던 영애들 사이로 작은 술렁임이 지나갔다. 크리스티나 역시 한쪽 눈썹을 들썩이며 예상외란 표정을 지었지만, 이내 아무것도 기대한 적 없다는 듯 새침하게 웃었다.

"그럼 약속 시각에 봐요."

그녀는 제니스에게 고개를 까닥인 후 자신의 추종자들과 함께 사라졌다. 사람을 시비의 도구로 써 놓고 참 천연덕스럽기도 하다.

크리스티나가 떠나자 제니스와 안면이 있는 소녀들이 우르르 몰려왔다.

"공녀가 직접 티타임에 초대하다니, 굉장해요, 린트벨 영애."

"이제 린트벨 영애는 공녀님이나 후작 영애들과 어울리게 되는 건가요? 너무 부러워요."

"앗, 그렇다고 옛 친구들을 바로 모른 척하면 안 돼요, 알았죠?"

모두가 부러움에 찬 말들을 쏟아냈다.

"그건 너무 성급한 걱정 같군요, 틸리아."

제니스가 자신의 옆구리에 바싹 붙어 칭얼거리는 소녀에게 말했다. 아비가일의 자수 모임에서 알게 된 영애였다.

"저에 대한 공녀의 흥미가 얼마나 가겠어요? 솔직히 왜 관심을 가지는지도 모르겠네요. '그 유명한 제니스 린트벨'이라니, 호호, 대체 그건 누구죠?"

"……."

"……."

제니스는 농담이라고 던진 건데, 참새처럼 종알거리던 소녀들이 흠칫하며 동시에 입을 다물었다.

"그러게요……. 저도 잘……."

"어머, 벌써 신학 수업에 갈 시간이네."

"저도 다음 수업이 있어서……."

"앗, 중요한 약속이 있었는데 깜박했네요. 먼저 갈게요."

한 소녀가 어색한 변명을 하며 작별 인사를 하기 무섭게, 다른 소녀들 역시 너도나도 다음 일정을 외치며 제니스의 곁에서 달아났다.

홀로 남은 제니스는 의외의 사태에 조용히 팔짱을 끼고 발을 까딱였다. 이거, 무슨 일이 벌어지고 있긴 한가 본데?

그날 오후, 제니스는 헬레나 그린을 찾아갔다. 그녀는 북부 영애들의 정보통답게 제니스가 공녀의 초대를 받은 것을 이미 알고 있었다. 그리고.

"고대 비전을 간직하고 있는 신비의 무가 린트벨과 그 비전을 이어받은 소녀 제니스 린트벨."

"……."

"……."

"이게 바로 요즘 하일리움에 퍼지고 있는, 린트벨과 제니스에 대한 소문의 핵심이랍니다."

—라고 제니스의 궁금증을 풀어 주었다. 다만 들어도 의문이 해소되지 않는 게 문제랄까.

'저게 도대체 무슨 소리야?'

제니스는 저도 모르게 얼빠진 얼굴을 했다. 그건 '나도 궁금해!'라며 따라 온 플로라도 마찬가지였다.

"아마도 시작은 린트벨 영애가 나이프를 날렸다는 바로 그 사건부터가 아닌가 싶은데요……."

헬레나가 은근슬쩍 눈치를 살폈다.

"그런데…… 그거 진짠가요? 마리와 클라라는 물론 캐서린과 테일러까지 눈에 불을 켜고 똑같은 말을 하니 믿지 않을 수는 없지만……. 혹시, 나에게도 보여 줄 수 있어요?"

"나이프? 그건 또 무슨 소리야?"

플로라가 의문을 표하자 헬레나가 뒤늦게 아차 하는 얼굴로 제니스를 힐끔거렸다. 그 사건의 발단이 무엇이었는지 이제야 기억난 모양이다. 그 이야기가 플로라의 귀에 들어가지 않게 해 달라고 부탁—을 가장한 협박—한 것도 생각이 나셨으면 좋겠는데.

제니스가 조심성 없는 헬레나를 보며 스산하게 웃었다. 내 경고가 약했던 거야, 그렇지?

그녀는 살얼음 같은 미소를 머금은 채 테이블 위에 놓여 있던 페이퍼 나이프를 집어 들었다. 반짝이는 날붙이가 허공으로 휙 떠올라 헬레나의 시선을 끌었다. 그리고 빙글빙글 회전하며 아무렇지 않게 날아갔다.

퍽-!

"……!"

헬레나의 눈앞을 스쳐 지나간 그것은 응접실 문 중앙에 꽂혀, 파르르 나비의 날갯짓처럼 꼬리를 떨었다. 헬레나는 용수철이라도 단 것처럼 자리에서 펄쩍 뛰어올랐다.

이것으로 자신의 경고를 한 번 더 마음에 새겨-

"맙소사, 진짜네요. 세상에!"

헬레나는 뭐가 그렇게 감격스러운지 엉덩이를 들썩거리며 말을 잇지 못했다. 효과가 좋은 건 분명한데 어딘가 초점이 어긋난 것 같은…….

"저, 저거, 저런 거 나도 할 수 있어요? 어려운 거예요?"

"맙소사……."

다른 느낌의 이 '맙소사'를 내뱉은 건 플로라였다. 그녀는 두 손으로 머리를 감싸며 눈을 부릅떴다.

"배워서 뭣 하려고요, 헬레나? 그리고 제니스 너! 도대체 무슨 짓을 하고 다닌 거야? 오 맙소사, 이게 소문이 났어요? 하일리움이 다 아는 거야? 언제, 도대체 언제? 으……아악, 안 돼, 이러면 내가 백작 부인을 뵐 낯이……. 아…… 목걸이를 반납해야 하나……? 아니 그런다고 이게 수습이 되나……. 하아, 어떡하지? 어떡해!"

플로라가 테이블에 머리를 쿵쿵 박았다.

"왜 그러는지 모르겠지만 플로라, 이 소문은 당신 탓도 있어요."

자학하는 플로라를 보며 헬레나가 조심스럽게 말을 걸었다.

"……내 탓이라니, 그게 무슨 말이에요?"

휙 고개를 든 플로라가 잡아먹을 듯한 얼굴로 헬레나를 바라봤다.

"플로라가 그랬잖아요. 린트벨 출신은 누구나 말을 타고 산을 오르고, 전술과 전략을 기본으로 배운다고. 여성들도 기사들과 함께 훈련한다고."

"……."

"그뿐인가요? 제니스는 못 하는 게 없다, 왜? 린트벨이니까. 원래 린트벨은 못하는 게 없다, 그렇게 생겨 먹었다. 맞죠? 플로라가 한 말?"

"으…… 아…… 우……."

어버버거리던 플로라가 다시 테이블에 머리를 박았다.

"흐어엉, 난 망했어. 죽었어. 아버지가 날 가만두지 않으실 거야."

"그걸 사람들이 믿습니까?"

플로라가 폭주하는 사이 침착함을 되찾은 제니스가 어처구니없던 얼굴로 의문을 표했다. 헬레나가 검지를 척 세웠다.

"물론, 처음엔 믿지 않았죠. 모두 플로라의 허풍이라고 생각했고, 제니스가 자신의 존재감을 높이기 위해 가엾은 남작 영애에게 압력을 넣었다는 시각도 있었어요. 그런데 증거를 보여 줬잖아요."

그녀가 문에 박힌 나이프를 턱으로 가리켰다.

"그때부터 제니스를 주목하는 시선이 생겼어요. 제니스의 좀 남다른…… 성격도 눈에 띄기 시작했죠. 뭐랄까, 거침없고, 남의 눈치 안 보고, 좀 염세적이랄까, 무심하달까? 호호호, 그런 것들이 평소 보여 주는 반듯한 이미지와 너무 달라서 매력적이라는 영애들이 꽤 있어요."

뭐라는 건지……. 들었는데 이해할 수 없는 말이 또 등장했다.

"게다가 근래 나타난 새로운 증인 두 명 덕분에 가라앉던 소문에 불이 붙었죠."

헬레나는 가장 최근 제니스의 이야기를 풀어놓고 있는 두 사람의 이름을 들려주었다. 3년 차인 데일리어 자작 영애와 도리안 백작 영애.

"아……."

제니스가 맥 빠진 소리를 냈다. 목격자를 살려 둬선 안 된다는 법칙을 어긴 대가가 이런 거로구나라고 생각하며. 휴가지에서 있었던 해프닝 따위 바로 잊어버릴 줄 알았는데, 여긴 이야깃거리가 그렇게 없단 말인가.

그러나 그건 제니스가 뭘 몰라서 하는 소리였다.

성격 하나로도 충분히 화젯거리가 되는 어떤 귀족 영애가, 남자와 염문설이 터지더니 급기야 야반도주를 감행, 마지막엔 죽음에 이르렀다는 말도 안 되게 흥미진진한 이 이야기를, 감히 어떤 소녀가 외면할 수 있단 말인가?

실제로 데일리어 영애와 도리안 영애는 물론 당시 셀리어트에 들렀던 다른 몇몇 아가씨들까지 'S 영애'의 비극적인 일대기를 열심히 퍼 나르며 하일리움에서 주가를 올리고 있었다.

"역시 너였구나. 이 거짓말쟁이!"

플로라가 분한 표정으로 이를 바드득 갈자 헬레나의 눈이 빛났다.

"어머, 정말 그런 일이 있었나 보군요? 세상에, 그 천하의 망종이라는 아가씨는 도대체 누군가요? 그 엄청난 스캔들 어디까지가 진실인 거죠?"

"알면 다쳐요."

제니스가 시큰둥하게 받아쳤지만 헬레나는 쉽게 포기하지 않았다.

"그럼 제니스 당신에 대한 이야기는요? 정말 검술도 배웠어요? 린트벨에선 한 대에 한 명씩 여기사가 나온다는데 정말이에요?"

마지막엔 비밀 이야기라도 하는 양 한껏 죽인 목소리로 속살거렸다.

"린트벨엔 최후의 순간 제국을 지키는 숨겨진 그림자 기사단이 있다는데, 진짜예요?"

아이고, 이 아가씨야.

제니스가 한숨을 쉬었다.

"헬레나, 넓은 식견을 가진 그대야말로 린트벨에 대해 누구보다 많은 것을 알고 계실 텐데, 어째서 그런 말도 안 되는 이야기를 귀담아들으시나요?"

헬레나의 얼굴이 시무룩해졌다.

"그런데 저기 증거가 있잖아요……."

그녀의 눈이 대롱거리는 나이프를 훔쳐봤다.

"저거요? 별거 아니에요. 누구나 할 수 있어요. 가르쳐 드려요?"

헬레나가 반색했다.

"정말요?"

"시끄러워. 닥쳐. 못 해. 아무나 못 한다고!"

널브러져 있던 플로라가 정신을 차리고 진지하게 강습에 들어가려는 두 사람을 뜯어말렸다. 그리고 울먹거리며 소리쳤다.

"언젠가 네가 크게 일낼 줄 알았어!"

제니스도 비웃음을 날리며 맞받아쳤다.

"나야말로. 네 가벼운 입이 언젠가 이런 사달을 일으킬 줄 알았다."

"뭐?"

크르르릉!

헬레나는 순간 자신의 응접실에 어두운 먹구름이 잔뜩 드리운 것 같은 착각에 빠졌다.

할 말 못 할 말, 수위 높은 비난이 서로를 오갔다. 플로라의 비밀 연애 때문에 박살 직전까지 갔던 탈 많은 6년 우정이 4개월 만에 또다시 시험대에 올랐다. 두 눈을 반짝이며 이 싸움을 관전한 헬레나는 '이 정도 일론 멱살을 잡거나, 주먹을 휘두르진 않는군요.'라며 상당히 아쉬워했다는 후문.

그렇게 묻어 두었던 과거까지 들쑤시며 크리스티나 공녀가 언급한 '그 유명한 제니스 린트벨'의 실체를 확인하려 했던 제니스는, 시간에 쫓겨 이렇다 할 성과 없이 공녀를 방문해야 했다.

결론부터 말하자면 다 쓸데없는 짓이었다. 크리스티나 공녀는 그 소문 어떤 것에도 관심이 없었다.

공녀와의 약속 시각은 오후 3시. 제니스는 정확히 약속 시각 5분 전에 크리스티나 공녀의 응접실에 도착했다. 괜히 일찍 방문해 잘 알지도 못하는 공녀의 추종자들 사이에 앉아 있고 싶지 않았다. 그러나 안내받은 응접실 어디에도 기대했던 소녀들은 보이지 않았다.

대신 낯익은 사람 하나가 제니스를 반겼다.

"오랜만이에요, 제니스."

"에스더?"

"낙스 북부 여행은 즐거웠나요?"

에스더 샤린테가 살이 쏙 빠진 얼굴로 제니스를 바라보며 웃었다. 도대체 휴가 기간에 무얼 했기에 몸이 저 모양인가? 고개를 갸웃하던 제니스는 뒤따라오는 생각에 '아' 하고 감탄사를 삼켰다.

아르샤 대공이 에스더를 찾아갔다면 그녀 또한 제니스가 추리한 레베카 사건의 내막을 모두 들었을 터, 그 여린 감성에 좀 놀라기는 했겠다 싶었다.

"두 사람, 친분이 있다더니 정말이네요."

언제 들어왔는지 크리스티나가 마주 보고 있는 그들에게 다가왔다. 제니스가 약식이나마 예를 차렸다.

"됐어요, 이런 자리에선 편하게 하자고요. 어서 와, 에스더. 우리도 오랜만이지?"

"그렇습니다, 크리스티나. 잘 지냈나요?"

"나야 늘 똑같지. 그런데 넌 왜 얼굴이 그 모양이야? 아직도 그 일에 신경 쓰고 있어? 부탁인데 이제 그만 떨쳐 버려."

공녀가 단호한 표정으로 에스더를 타박했다. 두 사람은 제법 친분이 있어 보였다. 하긴 공·후작 영애가 흔한 것도 아니고, 어렸을 때부터 신분이 맞는 놀이 친구로 자주 어울렸을 것이다.

에스더가 우물쭈물하며 생각하는 그런 게 아니라고 해명했지만 크리스티나는 전혀 믿는 눈치가 아니었다. 그녀는 제니스를 돌아보며 빙긋 웃었다.

"놀랐나요, 린트벨 영애?"

초대 손님이 단둘뿐임을 말하는 것 같았다.

"조금 그렇습니다."

"영애를 보고자 한 건 좀 사적인 일이라 일부러 다른 영애들은 부르지 않았어요. 에스더야 린트벨 영애와 제법 친하다고 들었고 저와도 아주 막역하니 상관없다 싶었고요."

막역? 에이, 그 정돈 아닌 것 같다만.

크리스티나의 왼쪽에 앉은 에스더의 얼굴이 마냥 편해 보이진 않았다. 조금 전 대화도 그렇고 그녀가 일방적으로 이 공녀님께 휘둘리는 모양새. 확실히 멀리서 볼 때도 크리스티나는 꽤 마이 페이스였다.

하녀가 다과를 내놓고 물러나자—크리스티나 공녀가 주도하는—본격적인 대화가 시작됐다. 그녀는 제니스의 가문이나 고향, 친구, 취미 같은 기본적인 사항들을 물어봤다. 질문도 성의가 없고 대답도 귀담아듣는 것 같지 않아 왜 이런 문답을 하고 있나 짜증이 나려던 찰나였다.

"하일리움으로 돌아오기 직전 외숙부께 인사를 드리러 갔었어요. 요즘 건강이 좋지 않다고 하셔서 걱정됐거든요. 아시죠? 제가 누굴 말하는지."

'누군데?'

"물론입니다."

"안부를 여쭙고 서로의 근황에 관해 이야기를 나누는데 제가 하일리움에 간다고 하니 벌써 그럴 때가 되었느냐 놀라시면서 제니스 린트벨, 당신 이야기를 하시더군요."

제니스는 살짝 놀라는 척을 하며 '어머' 하고 손으로 입을 가렸다.

'그러니까 그놈이 누구신데요?'

"어떤 영애인지 아느냐, 혹시 친분이 있느냐고. 그래서 궁금증이 생겼죠. 어떤 분이기에 우리 외숙부님이 관심을 가지는 걸까? 호호호,

말했죠? 전 궁금한 게 생기면 참지를 못하다고."

"대공께서 제니스를 굉장히 좋게 보셨나 봐요."

에스더가 조용히 덧붙였다. 제니스는 그제야 크리스티나가 말하는 인물이 누구인지 깨달았다. 낙스 왕실 계보 좀 알아 둘 걸 그랬다.

"셀리어트에서 운 좋게 한 번 뵙기는 했습니다만, 저에 대한 안부를 물으셨다니 황송할 따름이네요. 짧은 만남을 인상 깊게 여겨 주셔 감사하다고 전해 주세요."

제니스는 '어머' 할 적부터 고수하고 있던 '좀 놀란' 표정을 유지하며 감격을 표했다. 크리스티나가 재빠르게 선을 그었다.

"뭐, 안부까진 아니었어요. 혹시 아는 사이냐 정도였죠. 그런데 에스더, 네가 소개했다며?"

아르샤가 그렇게 핑계를 댄 모양이었다. 에스더는 두 눈을 동그랗게 뜨더니 이내 고개를 끄덕였다.

"어, 직접은 아니고 편지로…… 근래 사귄 친구가 셀리어트에 있다 말씀드렸더니…… 그, 기억하신 모양입니다."

뭔가 어설펐지만 크리스티나는 이상하게 생각하지 않는 눈치였다. 에스더는 그런 크리스티나를 보며 조용히 안도했고 제니스도 이 만남이 누구로부터, 무엇 때문에 비롯되었는지 알게 돼 답답하던 속이 후련해졌다. 한마디로 헬레나를 찾아가 '도대체 무슨 소문이 퍼진 거지?'라고 고심할 필요가 없었던 거다. 크리스티나는 대공의 존재를 거론하기 싫어 다른 적당한 핑계를 댔던 것뿐이었다.

그러나 모든 상황을 파악한 제니스가 안심하기가 무섭게, 크리스티나가 황당한 결론을 던졌다.

"그러니 우리 지금부터 친하게 지내요."

"네?"

"외숙부가 그러라고 하시더라고요."

"아, 네……. 고마우신 말씀……. 하지만 그러실 것까지야……."

"호호호, 부담 가질 거 없어요. 저 그렇게 까다로운 사람 아니랍니다."

대신 좀 막무가내인 것 같은데?

많이 그런데?

제니스의 뭐 씹은 것 같은 얼굴이 보이지도 않는지, 크리스티나는 낭랑한 음성으로 웃음을 터트렸다. 에스더는 이런 경험이 처음이 아닌 듯 못 말리겠다는 얼굴로 작게 고개를 저었다. 제니스는 왠지 귀찮은 일이 생길 것 같은 예감에 허허, 영혼 없는 미소를 흘렸다.

* * *

"크리스티나는 아르샤 오라버니의 조카예요. 공녀의 모친이 대공의 누님 되시지요."

크리스티나와의 어이없고 일방적인 티타임이 끝난 후, 제니스는 자연스럽게 에스더의 방에 들러 못다 한 이야기를 나눴다.

"저에 대해 궁금한 점이 있으면 에스더 당신을 통하면 될 것을, 왜 아무것도 모르는 공녀에게 운을 띄웠을까요?"

제니스가 짜증을 삼키며 의문을 던졌다. 하녀가 내온 차를 의미 없이 휘젓던 에스더가 멈칫하더니 시선을 떨구었다.

"……아마 계획적이신 건 아닐 거예요. 크리스티나를 만나 갑자기 생각이 나신 거겠죠. 그리고…… 대공께선 저와의 만남을 피하고 계시니 달리 물으실 곳도 없으셨을 거예요."

왜 당신을 피해?

그런 질문이 담긴 제니스의 시선을 어색하게 외면한 에스더가 씁쓸한 표정을 지었다. 한참을 망설이던 그녀는 대공과 얀트 백작, 에스더가 삼자대면했던 날의 이야기를 들려주었다.

"우리는 모두가 피해자이자 가해자가 된 느낌이었어요. 각자 가볍게 넘겨 버렸던 작은 일 하나하나가 모여 레베카를 죽음으로 몬 것 같았죠. 우리는 스스로를 자책하면서 동시에 나머지 두 사람을 원망할 수밖에 없는, 이상한 관계가 되어 버렸어요."

"그런 바보 같은 생각은 난생처음 듣는군요."

제니스는 '얼간이들이나 할 만한 착각'이라고 말해 주고 싶은 것을 꾹 참고 나름 완곡한 표현을 썼다. 뭘 하고 있나 했더니 자기들끼리 쓸데없이 땅을 파고 있었나? 한심한 위인들 같으니.

"그, 그런가요?"

제니스의 냉소적인 반응에 에스더가 움찔했다.

"그런 식으로 생각하면 세계 난민 문제도 내 탓, 환경 오염, 테러, 저성장, 고령화 문제도 다 내 탓입니다. 에스더 당신이 대륙의 운명을 책임지기라도 할 건가요?"

"그거야 아니죠……. 그런데 난민 문제는 뭐고 테러는 또 뭔가요?"

"아, 신경 쓰지 말아요. 중요한 건 아니니까. 무엇보다 그 사건을 일으킨 주범은 따로 있잖아요? 그런 멍청한 감상에 빠질 시간이 있으면 범인들이나 빨리 잡으라고 하세요. 왜 아직도 꼬리를 잡았다는 소식이 없는 건가요?"

"글쎄요……."

에스더가 또 어색한 웃음을 흘렸다. 아르샤 대공이 그녀에게 일의 진척 상황을 알려 주고 있지는 않은 모양이었다. 에스더는 그 일을 생각할수록 우울해지는지 순식간에 안색이 어두워졌다. 그리고 억지로 화제를 돌렸다.

"어쨌거나 크리스티나는 너무 걱정하지 말아요. 그녀는 아르샤 오라버니를 굉장히 좋아하고, 좀 맹목적으로 따르는 면이 있어요. 아마 오늘의 티타임도 대공께서 나중에 또 물어볼까, 허울뿐인 친분이라도 만들어 놓으려고 그런 걸 거예요. 물론 제니스가 정말로 그녀와의 친분을 이어 가고 싶다면 제가······."

"됐어요, 전혀요. 마음만 받을게요."

제니스가 숨도 쉬지 않고 말했다. 말이 끊긴 에스더가 살포시 웃었다.

"역시 번거로운 일을 싫어하는군요. 이해합니다. 크리스티나가 못된 성격은 아닌데 자존심이 세서 가끔 시끄러운 일을 만들곤 하지요."

두 사람은 은밀한 공감의 미소를 주고받은 후, 서로의 근황에 대한 소소한 이야기를 조금 더 나누었다.

제니스는 크리스티나가 문제 삼았던 에스더의 얼굴을 다시 언급했다. 그리고 크리스티나보다 조금 더 적나라하게, 죽은 사람 문제는 사지 멀쩡한 두 남자에게 맡기고 자신을 돌보는 데 주력하라고 타박했다. 에스더는 제니스의 까칠한 모습이 낯선지 당황해 어찌할 줄 몰랐다.

음, 그동안 유지하던 콘셉트를 깜박했다. 내일 당장 '미안하지만 우리의 우정은 여기까지인 거로.' 같은 편지가 날아올지도 모르겠다.

그리고 제니스가 그런 실없는 생각을 하며 방심하고 있을 때, 일은 터졌다.

크리스티나의 티타임에 다녀온 지 이틀째 되던 날, 달리아의 로렐 왕녀가 복도를 지나가던 제니스의 앞을 막아섰다.

"그대가 그 유명한 제니스 린트벨인가?"

아, 젠장.

제니스는 이쪽 인생 16년 만에 처음으로, 쌍소리가 튀어나올 뻔했다. 또 '그 유명한 제니스 린트벨'인가. 자신과 같은 이름을 가지고 있는, 그 유명한 제니스 린트벨.

도대체 누구냐, 넌.

그녀는 어깨를 늘어뜨리며 드레스 자락을 잡았다. 귀찮은 일이 생길 것 같긴 했는데 이건 좀 빠른 것 같다고 불평하며. 그래도 몸은 입력된 프로그램에 따라 우아하고 공손하게 허리를 숙였다.

"왕녀를 뵙습니다."

"편히 하라."

제니스가 천천히 허리를 폈다. 그리고 로렐의 성격이 몹시 급하다는 소문이 사실임을 확인했다.

"내 어릴 적부터 유서 깊은 그대 가문의 영웅담을 여러 번 들었노라. 부왕께선 항상 그런 전통 있는 명문가의 사람과 교분을 쌓고 식견을 넓히는 일을 '절대' 게을리하지 말라 하셨지. 해서 오늘 나의 담론회에 그대를 초대해 뜻깊은 시간을 함께 보내고자 한다."

헛소리 말고 꺼져, 제발.

……이라고 하면 안 되겠지?

그랬다간 집에 있는 새가슴 둘이 숨도 쉬지 못하고 쩍쩍거릴 것이다.

"영광입니다."

의욕이 없으니 표정 관리도 영 시원찮았다. 요즘 영광스러운 일이 왜 이렇게 많은지, 좀 물린다. 많이 물린다.

"흠. 당연히, 그럴 줄 알았노라."

로렐은 제니스의 직답이 만족스러운지 얼굴 가득 거만한 미소를 지었다. 제니스가 벌레 먹은 표정인 건 눈에 들어오지도 않나 보다. 시력이 엄청 나쁘거나 머리가 엄청 나쁜 게 분명하다. 아니면 둘 다 던가.

제니스가 속으로 로렐 왕녀를 헐뜯거나 말거나, 용건을 끝낸 그녀는 산뜻한 얼굴로 자기 길을 갔다. 우연히 이 장면을 목격한 영애들의 웅성거림이 제니스의 귓가를 때렸다. 온갖 추측이 난무했지만 결론은 한 가지로 좁혀졌고 누군가는 벌써 제니스의 명복을 빌어 주었다.

여보세요, 나 아직 안 죽었어요.

속으로 그렇게 반박했지만 구겨진 미간은 숨길 수 없었다. 이건 크리스티나 공녀가 제니스를 초대하던 날 던졌던 도발에 대한 대답임이 명백했으니까.

그날 점심시간, 북부 출신 영애들이 달려왔다.

"제니스, 로렐 왕녀의 초대를 받았다는 게 사실인가요?"

"네."

"세상에……."

그들의 얼굴이 동정심으로 가득 찼다. 로렐이 제니스에게 정말 관심이 있다고 생각하는 사람은 아무도 없었다.

"음……. 거절할 수는 없겠죠?"

"로렐 왕녀 성격에 그걸 참겠어요?"

"하긴……."

"무엇을 선택하든 후회하게 되겠죠."

모두 차마 입 밖으로 꺼내지 못한 진실을 제니스가 친히 읊어 주었다. 소녀들은 안타까운 눈으로 제니스를 바라보았다.

"……힘내요, 제니스."

"그래요. 뭔가 방법이 있을 거예요."

"맞아요, 원래 그런 아가씨들이 싫증을 잘 내고 변덕스럽대요."

"아직 아무 일도 없는데 저희가 너무 비관적이었네요. 호호, 호……."

"그렇고말고, 네 성격에 걔들이 대수겠니?"

그렇게 두서없는 위로와 격려의 말을 쏟아내며, 소녀들은 제니스와의 거리를 슬금슬금 벌렸다. 멀어진 사이만큼 목소리를 높여 마지막 인사를 전했다.

"전 별다른 힘이 없어서 아무 도움 못 될 거예요. 멀리서 마음으로 응원할게요!"

"아시다시피 제가 낯을 많이 가려서요. 이해해 주실 거죠?"

"저희 가문은 너무 한미해서 아버지가 절대 그런 지체 높은 아가씨들이랑은 눈도 마주치지 말라고 그러셨어요. 미안해요, 제니스!"

아니, 벌써 이러긴가? 아니, 플로라 너마저?

어쭈, 제일 먼저 내빼네.

* * *

예상했던 바지만, 로렐 왕녀는 린트벨에 대해 쥐뿔도 몰랐다. 심지어 남쪽에 있는지 북쪽에 있는지도 알지 못했다. 왕녀 옆에 보좌관처럼 붙어 있던 신경질적인 인상의 소녀가 '왕녀님도 무슨 그런 농담을 하세요. 호, 호, 호.'라는 어색한 변명으로 상황을 무마했다. 타샤니아 랑생 후작 영애였던가? 애쓴다. 이 동네가 어떻게 돌아가는지 알겠다.

얼마 후 왕녀가 알린 시간이 되자 작지 않은 응접실에 수십 명의 영애가 모여들었다. 대부분 달리아 출신으로 드문드문 2, 3년 차도 보였다.

로렐의 담론회에 대해선 들어본 적이 없었다. 명성을 얻고 있는 모임은 아닌 듯했지만, 교양학부에서 이런 토론 형태의 모임은 흔치 않았기에 어떤 방식으로 전개될지 조금 기대…….

……따윈 해선 안 됐다.

소녀들의 중앙에 자리한 로렐은 철학 서적에서 베낀 것 같은 문장을 한껏 격앙된 어조로 읊었다. 그러자 그녀를 둘러싼 소녀들이 돌아가며 그 식견과 취향에 감탄을 표했다.

"어쩜 그렇게 창의적인 발상을 하실 수 있죠?"

"왕녀님이 평소 쌓으신 교양의 깊이가 그대로 드러나는 문장이었어요."

"브라보! 왕녀님과 같은 시대에 살고 있다는 게 행복해요."

그들은 똑같은 수식어를 반복적으로 쓰지 않도록 주의했고, 너무 노골적이거나 지나치게 과장된 표현을 삼갔다. 눈은 경애를 담고, 제스처는 열정을 담아, 진심으로 놀라워했다. 단언컨대, 오스카 찜 쪄 먹을 연기자가 여럿 있었다.

그리고 뒤로 갈수록 아직 적당한 칭찬을 하지 못한—사용할 수 있는 단어가 점점 줄어드는—영애들의 얼굴이 눈에 띄게 굳어졌다.

신종 고문을 목격한 기분이었다.

3시간에 달하는 담론회 중간에 약 30분의 휴식 시간이 주어졌다. 로렐 왕녀가 잠시 자리를 비우자 여기저기서 앓는 소리가 흘러나왔다. 종합해 보니 이 칭찬 릴레이가 제대로, 자연스럽게 이루어지지 않을 시 '삐친' 로렐 왕녀의 뒤끝이 엄청나게 피곤하단다.

영애들은 머리를 맞대고 지금까지 나오지 않은 참신하고 혁신적인 표현은 무엇이 있는지 토론하느라 정신이 없었다. 아마도 로렐은 제니스에게 자신의 명석함, 혹은 그 명석함이 칭송받는 장면을 보여 주고 싶었던 것 같다.

뭐…… 어떤 면에선 굉장히 감탄스럽다. 인정한다.

다행히 시간은 꾸역꾸역 흘러갔고 담론회도 무사히 끝났다. 소녀들은 마라톤을 완주한 얼굴로 하나둘 왕녀의 거처를 떠났다. 로렐은 처음 알은체했던 때를 제외하고 내내 제니스에게 무심한 척했지만 틈이 날 때마다 '봤어? 보고 있나? 들었어?'라는 시선을 던졌다. 제니스는 허허, 실소만 지었다.

그리고 다음 날, 모두가 예상했던 불행이 그녀를 덮쳤다. 놀라는 사람은 아무도 없었다.

크리스티나는 기다렸다는 듯 로렐 왕녀의 집적거림에 반응했다. 만약 여기서 크리스티나와 제니스의 교류가 끊어진다면, 로렐은 제니스가 자신을 우선시해 크리스티나와의 교분을 거절했다는 소문을 낼 것이다. 아니 의도하지 않아도 그런 말이 나오고야 말 것이다.

크리스티나가 멋지게 무시해 주면 좋겠지만 언제 이 두 사람이 그렇게 깔끔했던 적이 있던가? 특히 크리스티나는 로렐을 약 올리며 이 대립을 즐기는 쪽이 확실했다.

역시나, 두 사람은 경쟁적으로 제니스에게 초대장을 보내고 자신들이 주재하는 모임에 들 것을 권유했다. 그리고 며칠 지나지 않아 두 진영 중 한쪽을 선택하라는 노골적인 압력을 넣기 시작했다.

"린트벨 영애는 오늘 나의 꽃꽂이 모임을 참관키로 하였다. 공녀의 수준 낮은 독서 모임을 소개할 기회는 앞으로도 영영 없을 것 같군."

"어머, 승마를 즐기는 활동적인 린트벨 영애에게 꽃꽂이라니, 지위를 앞세운 고문도 가지가지네요. 좀 자제해 주시면 좋으련만."

"훗, 모르는 소리. 취미는 어느 한쪽으로 편중되지 않는 것이 좋아. 야외 활동을 즐긴다면 실내에서 할 수 있는 정적인 취미도 하나 가져야지."

"그녀는 이미 수준급 자수 실력을 지니고 있는데 설마 모르셨던 거예요? 관심과 호의가 있다 하시면서 상대방을 알려는 노력은 많이 부족하신 거 같네요."

"린트벨 영애에 대한 내 관심과 호의의 표현 방법에 대해 공녀가 걱정해 줄 필요는 없네. 그리고 그대야말로 자제가 필요한 것 같군. 린트벨 영애의 취향과 일상을 그토록 꿰고 있다니, 어찌 보면 너무 섬뜩하지 않은가?"

"호호호, 저와 린트벨 영애 사이에 이미 그 정도의 친밀함이 쌓여 있다는 생각은 들지 않으세요? 모든 일을 지나치게 자신에게 유리하게 생각하시네요."

"후후후, 글쎄, 과연 누구의 오해일까?"

"호호호, 그러게요."

크리스티나와 로렐은 약속이라도 한 듯 서로를 향해 썩은 미소를 날렸다. 제니스는 한 쌍의 바퀴벌레처럼 옥신각신하는 두 사람을 흥미진진하게 관전했다.

구관이 명관이라, 순발력과 창의성은 크리스티나 공녀가 한 수 위, 그러나 1학기 때와는 다르게 공녀의 비꼼을 침착하게 되돌리는 로렐 왕녀의 약진도 눈부셨다.

여름휴가 동안 자국에서 개인 교습이라도 받았나? 로렐 왕녀가 권위와 껍데기에 연연하는 실속 없는 부류인 건 분명하지만 크리스티나에게 지지 않겠다는, 저 이글거리는 욕망만은 진짜.

와, 이런 거 자꾸 인정해 주면 안 되는데.

크리스티나와 로렐이 충돌한 요 일주일간, 제니스는 그들이 건네는 모든 초대와 권유를 거절했다. 그녀는 그들을 만나러 가는 도중 발목을 삐거나, 교수와 갑작스러운 면담 일정이 잡히거나, 열과 기침이 심해 침대 밖을 나올 수 없는, 참 안타까운 상황에 연이어 빠졌다.

아슬아슬하면서도 매번 완벽한 명분을 내미는 제니스에게 어떤 꼬투리도 잡지 못한 크리스티나와 로렐은 슬슬 인내심의 한계를 느끼는 것 같았다. 그래서 예의 사교춤 수업이 끝난 후 직접 맞붙은 오늘의 공방은 어느 때보다 불꽃 튀고 뜨거웠다.

긴장감이라곤 조금도 없는 제니스에게 꽤 좋은 구경이긴 했지만 슬슬 해결책을 찾아야겠다는 생각도 들었다. 하루 이틀도 아니고 이렇게 계속 일상을 방해받으며 두 사람의 싸구려 트로피 노릇을 하고 있을 순 없으니까.

그래서.

'깔끔하게, 계단에서 밀어 버릴까? 다리가 동강 부러지면 자국으로 돌아가야지 별수 있어? 두 사람이 자주 가는 파스갈레오관 복도가 참 매끈하던데. 역시 비싼 대리석은 달라. 잘못 미끄러지면 발목이 아니라 엉치뼈가 나갈 수도 있을 것 같았지. 거기서 자빠지면 아파서가 아니라 창피해서 얼굴을 못 들고 다니겠지? 흠, 이쪽이 더 당기는군. 적당한 사람을 한 번 알아봐? 저 둘에게 유감 있는 아가씨가 꽤 있을 텐데…….'

따위의 생각을 하고 있을 무렵.

"제니스!"

우렁찬 목소리가 두 싸움닭의 설전과 제니스의 망상을 뚫었다. 크리스티나와 로렐의 대결을 숨죽이고 지켜보던 사람들의 시선이 모두 이 대담한 등장인물을 향했다.

제니스는 다른 의미로 두 눈을 가늘게 떴다.

호, 이게 누구신가.

겨우 성사된 혼사에 부정 탈지도 모른다며, 로렐 왕녀의 초대가 있었던 날 이후 제니스 근처에 코빼기도 보이지 않던, 그 플로라 필렌 양 아니신가?

제니스가 청산하지 못한 빚을 떠올리며 심술궂은 미소를 짓는 사이, 플로라가 겁도 없이 세 사람─크리스티나, 로렐, 제니스─사이에 뛰어들었다. 자신의 말을 끊은 불청객에 공녀와 왕녀의 고운 아미가 와락 찌푸려졌다.

그러나 두 볼이 발갛게 상기된 플로라는 주변 상황이 전혀 보이지 않는지 잔뜩 들뜬 목소리로 소리쳤다.

"네 앞으로 이게 왔어!"

분이 묻어날 것 같은 하얀 봉투가 제니스의 코앞에 들이밀어졌다. 봉투 위엔 티오렌 황실을 상징하는 금색 문양이 선명히 박혀 있었다.

"어머나."

"그건⋯⋯."

화를 내려 했던 크리스티나와 로렐까지 살짝 놀라며 제니스의 손으로 넘어간 물건을 바라보았다.

"뭐라고 적혀 있는지 열어 봐. 응, 응?"

플로라가 재촉했다. 분명 제니스의 방에 가 있었을 물건을 궁금증을 참지 못해 여기까지 들고 왔으리라.

제니스는 수많은 소녀의 시선을 받으며 천천히 봉투를 열었다. 안에 들어 있는 짧은 메시지를 확인한 그녀가 고개를 들자 플로라가 침을 꼴깍 삼켰다.

"뭐, 뭐래? 무슨 내용이야?"

제니스가 부드러운 미소를 지으며 크리스티나와 로렐에게 시선을 돌렸다.

"제 모국인 티오렌의 베아트리체 황녀께서 오후 티타임을 저와 함께하고 싶다는 요청을 보내셨습니다. 제국의 신민으로서 감히 사양할 수 없는 부름임을 이해해 주시겠지요? 그런 이유로, 두 분과는 오늘도 시간을 함께 보낼 수 없게 되었네요. 부디 양해해 주시길."

제니스는 허리를 숙여 사과한 뒤 허탈한 표정의 두 사람 사이를 사뿐사뿐 걸어갔다. 플로라가 그 뒤를 종종걸음으로 쫓으며 더 자세히 말해 달라 칭얼거렸다.

주위를 둘러싸고 있던 영애 중 눈치 빠른 몇몇은 공녀와 왕녀의 이 '놀이'가 예상치 못한 전환점을 맞이했음을 깨달았다. 그들은 '어머 웬일이니!'를 외치며 밖으로 달려 나갔다.

제국 황녀가 참전했다!

멀리서 그런 메아리가 들리는 듯했다.

그리고—어쩌다 보니—마지막까지 자리에 남은 로렐과 크리스티나 패거리는 서로 눈이 마주치자마자—무안함에—평소보다 몇 배는 큰 콧방귀를 뀌며 등을 돌렸다.

"흥."

"흐흥!"

거친 치맛바람에 먼지가 풀썩 일었다. 크림빵처럼 빵빵하게 볼을 부풀린 두 소녀는 장난감을 빼앗긴 아이처럼 씩씩거리며 자신의 거처로 돌아갔다. 어디선가 '베아트리체 미워!'라는 소리가 들리는 듯했다.

4

첫인상은 뭐랄까, '와우' 혹은 '역시!' 같은 감탄사로 표현할 수 있겠다. 로렐 왕녀의 처소도 꽤 으리으리하다고 생각했는데 제국 황녀의 거처와 비교하면 아담한 거였다. 속으로 돈지랄한다고 비웃었던 거, 사과한다.

제니스는 모국인 티오렌의 위세를 이곳 베아트리체 황녀의 응접실을 보며 실감했다. 시녀를 따라 걸어온 복도와 지나친 문들을 생각하면 작은 저택 하나를 그대로 옮겨 놓은 규모였다. 실내 장식이나 가구, 카펫, 소품 하나하나는 또 어떤가? 대부분 제니스도 몇 번 보지 못한 최고급품.

크리스티나나 로렐을 한 방에 찍 눌러 버린 최종 보스다웠다.

"차는 입에 맞습니까?"

따뜻한 햇볕이 내리쬐는 창가 티 테이블에서, 베아트리체 황녀가 부드러운 목소리로 물었다. 황금빛 머리카락을 가지런히 땋아 내린 그녀는 청명한 에메랄드빛 눈동자를 곱게 휘며 잔잔한 미소를 흘리고 있었다.

"괜찮습니다. 취향이 까다롭지 않아 다 잘 먹습니다."

"다행이군요. 이 차는 쓴맛이 강한 편이라 나를 제외하고 좋다 말하는 사람을 거의 보지 못했습니다. 이자벨에게 그대가 온다는 말을 미처 전하지 못해, 제가 좋아하는 차만 준비했지 뭡니까. 미안하게 되었습니다."

"당치 않습니다. 불러 주신 것만으로 무한한 영광입니다."

제니스가 다소곳이 응대했다. 그러나 속으론 자신의 '영광스러운' 나날은 도대체 언제 끝나는 거냐고 푸념했다. 이곳에 오기 직전, 다른 사람도 아닌 황녀의 초대라며 야단법석을 떠는 데이지와 플로라에게 준비를 빙자한 시달림을 몇 시간이나 당했더니 더 그렇다. 차라리 크리스티나와 로렐을 상대하는 게 낫지 않았을까?

그리고, 도대체 머리에 장신구를 몇 개나 꽂은 거니 데이지? 목이 꺾일 것 같아. 넌 모르겠지만 내가 무겁다면 정말 무거운 거야.

제니스는 황송하단 표정으로 열심히 이 시련에 일조한 데이지와 플로라를 욕했다.

"이야기는 들었습니다. 크리스티나와 로렐, 두 사람 사이에서 아주 힘들었지요?"

잠깐의 인사치레 후 황녀가 본론으로 들어갔다.

"괜찮다는 겸양은 못 떨겠습니다."

컨디션이 나쁘니 절로 솔직해진다. 베아트리체가 청량한 목소리로 웃었다.

"미안합니다. 제가 다른 일정이 많아 린트벨 영애의 일을 좀 늦게 알았습니다. 두 사람 모두 꽤 곤란한 성격이지요. 그래도 잘 처신했습니다. 특히 어느 한쪽으로도 기울어지지 않은 건 좋은 선택이었습니다."

그런가? 자신이 두 쪽 모두와 거리를 둔 건 그냥 둘 다 귀찮아서였는데.

"혹자는 사교계에 정식으로 데뷔하지도 않은 어린 소녀들의 의미 없는 기 싸움 정도로 여기겠지만, 외교 일선에 선 자들은 때때로 이런 소란조차 공론화해 이권을 얻어 내려 하지요."

베아트리체가 진지한 얼굴로 말했다.

"황녀님과 같은 식견이 있어 그런 선택을 한 것은 아니지만, 티오렌에 누를 끼치지 않았다니 정말 다행입니다."

제니스의 번드르르한 말에 베아트리체가 대견하단 표정을 지었다. 그리고 짧게 한숨을 내쉬었다.

"그동안 그 두 사람의 공방이 하일리움의 평화를 해치는 것은 알고 있었지만 내버려 두는 게 상책이라 여겼습니다. 두 나라 간의 해묵은 감정은 누가 옳고 그름을 판명할 수도, 편들어 줄 수도 없는 영역이니까요."

"이해합니다."

"그러나 그로 인해 우리 티오렌 출신 영애가 피해를 본다면 이는 제국의 황녀로서 절대 좌시할 수 없는 문제이기도 합니다."

그렇게 말하는 베아트리체의 눈빛이 꽤 확고했다.

"도움이 필요하다고 여긴 나의 참견이 그대를 불쾌하게 만들지 않았으면 좋겠군요."

"그럴 리가요."

제니스가 방긋 웃었다.

하는 김에 그 두 사람을 아예 하일리움에서 치워 주면 좋겠는데, 아무리 황녀라도 그건 안 되겠지? 아쉬워하는 제니스의 속마음을 읽기라도 한 듯, 베아트리체의 다음 말은 자신의 영향력에 대한 한계를 설명하는 것이었다.

"오늘 저의 관여로 크리스티나와 로렐 모두, 두 사람의 싸움에 티오렌의 영애를 끼워 넣지 말라는 제 경고를 이해했을 겁니다. 그러나 그것으로 영애의 어려움이 완전히 끝났다고 보긴 어렵습니다. 제가 그대를 일일이 따라다니며 두 사람의 접근을 막아 줄 수는 없으니까요."

"어찌 그런 도움까지 바라겠습니까. 심려치 마십시오."

일일이? 졸졸? 농담도 잘하시네요.

제니스가 속으로 손사래를 쳤다. 그러나 베아트리체의 생각은 좀 다른 것 같았다.

"어찌 심려하지 않을 수 있겠습니까? 그러니 혹시라도, 정말 난처한 상황에 빠지면 제 이름을 사용해도 좋습니다."

제니스는 황녀를 만나러 온 이후 처음으로, 진심으로 놀랐다. 예상치 못한 호의였다. 황족이 자신의 이름을 쓰라는 건 그렇게 가벼운 일이 아니었다. 그러나 베아트리체는 되레 미안한 표정을 지었다.

"사실 영애를 보호하는 가장 확실한 방법은 그대가 제 그늘 아래 있다고 천명하는 겁니다."

아니, 그럴 필요 없습니다.

"그러나 이 방법은 같은 티오렌 출신 영애들 사이에서도 말이 나올 확률이 높습니다. 형평성 문제지요. 제 도움이 필요한 사람은 영애 말고도 많으니까요."

제니스는 어색하게 입꼬리를 올리며 얼른 마음만 받겠다고 말했다. 황녀의 배려가 딱히 고맙진 않았지만 성의를 생각해 웃어 줘야 할 것 같았다. 보살핌이 필요한 애 취급당하는 건 오랜만이라 신선하기도 했고.

그리고 베아트리체 황녀를 다시 봤다. 제국의 8황녀인 그녀는 제니스보다 고작 한 살 연상이었다. 3황비 샤로니아 소생으로 종종 애늙은이 황녀로 거론되던 아가씨가 바로 이 소녀였다. 그녀는 제니스의 은근한 시선을 느꼈는지 사심 없이 방긋 웃었다.

"제가 린트벨 영애에게 하고자 했던 이야기는 모두 끝났습니다. 기대보다 더 담대하고 지혜로운 모습에 시름을 덜었습니다. 이제 돌아가도 되지만, 필요하면 이곳에 두어 시간 더 머물다 가도 좋습니다."

황녀와의 친분이 큰 것처럼 보일수록, 오랜 시간을 보낼수록, 공녀와 왕녀가 경거망동하지 못할 것이다, 베아트리체는 그렇게 말하고 있었다.

그러나 황녀의 뒤에 서 있던 소녀―아마도 이자벨―은 베아트리체의 말이 떨어지기가 무섭게 눈꼬리를 사납게 치뜨며 고개를 저었다. 까막눈도 알아볼 수 있는, 그만 꺼지라는 신호였다.

저렇게 대놓고 불청객 취급을 하면 쿨한 자신도 감정이 좀 상하는데.

제니스가 비죽 웃었다. 지독할 정도로 떫었던 차는 황녀의 설명처럼 원래 쓴맛이 강해서만은 아니었다. 악독한 누군가가 의도적으로 대량의 찻잎을 한 잔에 때려 넣은 거다. 이유는 모르겠지만, 이제 범인은 알겠다.

응징해야 하는 사람을 찾은 제니스는 도발적인 미소를 띠었다.

"배려와 호의에 감사드립니다, 황녀님."

그녀는 보란 듯이 넙죽 감사 인사를 하곤, 자세를 편히 했다. 그리고 '아마도 이자벨'에게 말했다.

"여기 쿠션 하나만 주세요. 아, 읽을 만한 책도 한 권 주시면 좋겠네요. 괜찮죠, 베아트리체 님?"

"……당연히 괜찮습니다."

베아트리체가 두 눈을 동그랗게 뜨고 고개를 끄덕였다. 그녀는 자신의 말이 떨어지기가 무섭게 제 응접실처럼 방만하게 늘어지는 제니스를 신기하단 얼굴로 쳐다봤다. 게다가 본인이 이름을 허락했던가? 고개가 갸우뚱해졌지만 제니스의 태도가 너무 자연스러워 그 점을 지적할 타이밍을 놓쳤다.

'아마도 이자벨'은 당장 폭발할 것 같은 얼굴로 쿠션과 책을 건넸다. 얼굴빛이 그녀의 붉은 머리와 똑같은 색으로 물들었다.

그녀가 어디선가 가져온 책은 『대륙 식물도감』. 책이라기보다는 벽돌 또는 흉기에 가까웠다. 전생의 백과사전도 이렇게 무식하게 두껍진 않았던 것 같은데. 아마 이걸로 제니스의 머리를 후려치고 싶었나 보다.

"취향이 특이하시네요. 원예가 취미이신가 봐요."

제니스가 책을 골라 준 사람의 속을 한 번 더 긁었다. 까득, 황녀에겐 들리지 않을 정도로 낮게, 이 가는 소리가 들렸다. 제니스는 눈 하나 깜짝하지 않고 자신의 빈 찻잔을 들어 올렸다.

"차 끓이는 솜씨도 좋으신 거 같아요. 한 잔 더 부탁드려도 될까요?"

"……."

부글부글, 말 없는 분노가 공기를 통해 전해졌다.

그녀는 그렇게 두 시간 내내, 부들거리는 '아마도 이자벨'을 놀려 먹었다. 처음엔 눈치채지 못했던 베아트리체도 얼마 후 두 사람 사이의 신경전을 깨닫고 못 말린다는 표정을 지었다.

"린트벨 영애, 이쪽은 이자벨 프레이스 백작 영애입니다. 하일리움에서 제 사소한 일정을 도와주는 친구지요. 그리고 이자벨, 린트벨 영애가 누군지는 이미 알고 있지요? 제가 청한 손님입니다. 무례하게 굴지 마세요."

"그 손님 때문에 하루 중 유일한 휴식 시간을 방해받고 계십니다. 경우를 안다면 황녀님의 배려에 감읍하고 냉큼 돌아가는 게 정상이지요."

이자벨이 제니스를 노려보며 말했다.

"저 따위가 어찌 감히, 황녀님의 배려를 물리칠 수 있겠습니까? 쉬어 가라 하시니 기꺼이 따를 수밖에요."

변죽 좋은 응대에 이자벨이 다시 카르릉거렸다. 오가는 이야기를 들어보니 베아트리체가 제니스를 만나고 있는 이 시간이 황녀의 유일한 휴식 시간인 모양이었다. 다른 일정에서 도저히 시간을 뺄 수 없었던 그녀는 결국 자신의 개인 시간을 제니스에게 할애했던 것.

"신경 쓰지 마세요. 말 그대로 제 개인 시간이니 무엇을 하든 내 마음이지요."

제니스는 얼굴 두껍게 '황녀님의 뜻이 그러시다면 기꺼이 따라야지요.'라고 받았다. 베아트리체의 중재로 제니스와 이자벨이 잠정 휴전한 가운데, 투덜거리는 이자벨과 그런 그녀를 달래는 황녀의 조곤조곤한 목소리를 자장가 삼아, 제니스는 살짝 졸았던 것도 같다. 『대륙 식물도감』의 위력이었다.

그리고 어느 순간 낯이 따가운 느낌에 눈을 뜨니 '뭐 이런 게 다 있냐?'는 얼굴로 그녀를 내려다보는 이자벨과 눈이 마주쳤다. 제니스는 방긋 웃으며 낮은 목소리로 속삭였다.

"응접실이 아늑하고 좋네요."

뭐라고 쏘아붙일 줄 알았던 이자벨이 가만히 턱짓했다. 시선을 돌리니 자신처럼 푹신한 팔걸이에 고개를 얹고 잠든 베아트리체가 보였다. 이자벨이 다시 턱짓했다. 이번엔 문 쪽.

아이고, 성질은.

그녀의 요구에 따라 베아트리체가 있는 방을 조용히 빠져나오자 이자벨이 대번에 차가운 목소리로 말했다.

"한 번만 더 베아트리체 님의 앞에서 그따위로 건방지게 굴면 가만두지 않을 것이야."

제니스는 눈꼬리를 사납게 올린 이자벨의 얼굴을 바라보다 그녀의 잔뜩 찌푸려진 미간을 손끝으로 꾹 눌렀다.

"무, 무슨 짓이야."

"그러다 주름 생깁니다."

"윽, 건방지게!"

"거기까지."

제니스도 목소리를 낮췄다.

"프레이스 영애도 말조심을 좀 하는 게 좋겠습니다. 그리고 시비는 그쪽이 먼저 걸었잖아요? 저도 어디 가서 이유 없이 져 주는 성격은 아니랍니다."

그리고 다 안다는 눈을 했다.

"물론, 황녀님의 오지랖이 넓어 영애가 마음고생하는 것은 알겠습니다. 하지만 그렇다고 불려 온 사람한테 심술을 부려선 안 되죠."

"익……."

"오늘은 황녀께 받은 배려가 있으니 프레이스 영애의 무례함은 못 본 것으로 하겠습니다."

제니스는 어른스러운 척을 하며 끝까지 이자벨을 약 올렸다. 그리고 베아트리체가 잠들어 있는 방을 흘깃 쳐다보며 말했다.

"뭐, 이해는 가네요. 대륙의 운명을 책임지려는 사람이 여기도 한 명 있었을 줄이야. 적당히 좀 하시라고 말씀드려 주세요."

"하아……. 타고난 성정이 저러하시다."

날을 세우고 있던 상황이 무색하게 한탄 같은 대답이 튀어나왔다. 짧은 한숨에 참 많은 것이 담겨 있었다.

음. 이쪽도 왠지 짠하네. 내 알 바는 아니지만.

"그럼 잘 쉬다 갑니다. 황녀께도 인사 전해 주시길."

제니스는 그렇게 뒤도 돌아보지 않고 자리를 떴다. 멍하니 그녀의 뒷모습을 바라보던 이자벨이 허탈한 웃음을 터트렸다.

"보세요, 베아트리체 님. 이번엔 황녀님이 틀리신 것 같아요. 저런 성격이라면 공녀와 왕녀를 열두 명 풀어놔도 눈 하나 깜짝하지 않을 거예요."

하루가 그렇게 저물었다. 아니 제니스의 하루는 조금 더 남아 있었나? 적절한 낮잠으로 컨디션을 회복한 그녀가 상큼하고 발랄한 기분으로 돌아온 기숙사엔 마녀처럼 음산한 기운을 뿌리는 엔시아가 동생을 기다리고 있었다.

엔시아는 하일리윰에 떠도는 소문을 비롯해 크리스티나-로렐과 얽힌 사연을 캐물었다. 그리고 오늘 베아트리체 황녀와 무슨 이야기를 어떻게 했나에 대해, 숨 쉰 횟수와 차 한 잔을 몇 번에 나눠 마셨는가까지 철저하게 심문했다.

제니스는 순진한 척 두 눈을 깜박이며 성심성의껏 엔시아의 질문에 대답했다. 미심쩍은 얼굴로 제니스 주위를 빙빙 돌며 의혹의 눈길을 던지던 엔시아는 결국 '내가 언제나 지켜볼 거야' 따위의 스토커 같은 말을 던지며 조사를 마무리했다.

그리고 머뭇거리며 물었다.

"그런데 베아트리제 황녀님 말이야, 정말 그렇게 예뻐?"

"……."

제니스가 찌를 듯한 시선으로 엔시아를 바라봤다.

설마, 그게 진짜 용건이었나요, 엔시아?

엔시아가 조용히 시선을 외면했다.

베아트리체의 호출이 있었던 날 이후, 크리스티나와 로렐의 싸움은 소강상태에 접어들었다. 그들은 선을 넘지 말라는 베아트리체의 경고를 이해했고 존중했다.

음. 정확하게는 존중하는 척했다. 제국 황녀의 제스처 하나에 바로 꼬리를 말아 버리는 건 너무 자존심 상했으니까. 그들은 제니스에게 더는 한쪽을 선택하라는 압력을 넣지 않았지만, 여전히 사교를 빌미로 주변을 맴돌았다.

그들이 완전히 물러서지 않은 것을 안 베아트리체는 그 후로도 두 번이나 제니스를 불러 힘을 실어 주었다. 제니스는 점점 익숙해지는 베아트리체의 응접실에서 값비싼 차와 디저트를 얻어먹으며 낮잠을 즐겼다. 황녀의 응접실이라 그런가? 난방 마법이라도 돌리는 것처럼 아늑했다.

크리스티나는 감시의 고삐를 늦추지 않는 베아트리체에게 '잔소리 쟁이 시할망구'라는 막말을 시전하기도 했는데 그 말을 들은 로렐은 큰 충격을 받은 듯했다. 그녀는 고운 손으로 입을 가리며 떨리는 눈으로 이렇게 말했다.

'어떻게 그런 정확하고 참신한 표현을……!'

그 눈엔 짙은 패배감이 드리워져 있었다.

그때부터 두 사람이 부쩍 가까워진 것 같았다. 그들은 '제니스와 더 친분이 있는 사람'이라는 타이틀을 위해 신나게 설전을 벌이다가도 어느 순간 심술 난 얼굴로 함께 제니스를 공격하는가 하면, 또 갑자기 서로의 신경을 긁으며 짧은 동맹을 끝내곤 했다. 쿵작쿵작 얼마나 장단이 잘 맞는지, 제니스가 소외감을 느낄 정도였다.

근래엔 느닷없이 들이닥치는데 맛을 들였는지, 제니스가 다른 사람들과 어울리고 있으면 귀신같이 알아채고 난입해 모여 있던 사람들을 해산시켰다. 이 명백한 심술이 기대하지 않았던 불로소득─저절로 줄어드는 모임으로 인한 호젓함─을 선사하기도 한다는 게 아이러니였다.

제니스는 세상사 다, 일장일단이 있음을 알았다.

* * *

　엠버의 열여덟 번째 날을 넘어가며, 로하샤이엄과 하일리움은 다가오는 축제에 대한 기대로 들썩였다. 건국 기념일 전후로 열리는 축제와 무도회는 티오렌 최대 이벤트였다. 그 때문에 고급 상점가는 몰려드는 사람들로 몸살을 앓았고, 소녀들은 멋진 추억을 만들기 위해 맘에 드는 드레스와 소품을 찾아 거리를 누볐다.

　제니스는 조울증에 걸린 것 같은 플로라의 감정 기복—그녀는 이틀 걸러 한 번씩 '다시 생각해 보니 혼인 동맹까지 맺을 필요는 없는 것 같아. 약혼은 없던 일로 하기로 했어.'라고 통보받는 악몽을 꾸고 있었다—을 받아주며 그녀의 약혼식 준비, 하일리움 무도회 준비에 끌려다녔다.

　진짜 징글징글했다.

　그러나 골치 아픈 와중에도 시간은 꾸준히 흘렀고 대망의 약혼식 날이 밝았다. 머릿속에 있던 작전 계획서 마지막 페이지에 '클리어' 도장을 쾅 찍은 제니스는 잠깐이나마 웃을 수 있었다. 테린에게 들키지만 않았으면 완벽한 하루였을 것이다.

　아쉬운 마무리를 남기고 돌아온 하일리움에선 6일간의 무도회가 그녀를 기다리고 있었다. 소녀들은 파티를 귀찮아하는 제니스를 이해하지 못했고, 용납하지도 않았다. 그들에게 질질 끌려 두 번의 파티에 참여한 제니스는 자신의 삶에 회의—내가 왜 이러고 있나—를 느꼈다.

　어디 들어갈 때와 나올 때는 다른 법이라더니, 플로라는 언제 악몽을 꾸며 불안해했냐는 얼굴로 방글방글 웃고 다녔다. 로이드 하버의 팔짱을 끼고 축제는 물론 그의 가족 모임과 상단 행사에 꼬박꼬박 얼굴을 내밀었다. 테린이 그날 딱 눈치챈 줄도 모르고, 아니 그전에 네 일이 이미 훤하게 알고 있었던 것도 모르고.

바보, 아니 바보들. 창피하니까 다른 사람들에겐 절대 그런 바보라는 걸 들키지 마라.

사냥 대회가 열리는 건국제 마지막 날엔 비가 내렸다. 하필 이날 하일리움에 예정되어 있던 이벤트는 가든파티. 가을밤, 하일리움의 아름다운 정원을 거닐며 색다른 운치를 즐길 기대에 부풀었던 소년 소녀들은 눈물을 흘리며 행사를 주관한 집행부를 욕했다. 왜 하필 오늘 가든파티를 하려 했냐고.

오후가 돼도 비가 그칠 기미가 없자 티오렌 북부 출신 영애들이 제니스의 응접실로 모여들었다. 그들만의 작은 티 파티로 무산된 가든 파티의 아쉬움을 달래야겠다나 어쨌다나.

크리스티나-로렐 사태 때문에 부득이하게, 제니스의 주위를 떠나 있던 소녀들은 소소한 선물과 함께 사과의 말을 전했다.

"제니스, 본의는 아니었어요. 말 안 해도 알죠?"

"저도요. 참가하는 사교 모임이 너무 많아 몸이 스무 개라도 모자랄 지경이었다니까요. 호호호, 절대 제니스를 피해 다니려는 의도는 없었어요."

제니스가 무표정한 얼굴로 조용히 손을 내밀었다. 소녀들은 공손히 공물—찻잎, 리본, 초콜릿, 책, 손수건, 현재 로하샤이엄에서 가장 인기 있는 연극 예매표 따위—을 바쳤다.

모처럼의 꿀맛 같은 휴일, 제니스가 티 파티 따위를 열 리가 없다.

'깜짝 티 파티'라 명명된 이 작당은 플로라가 제안하고 마리와 헬레나가 적극적으로 동조하여 성사된 것이었다. 한마디로 무작정 쳐들어왔다는 말.

'요 꼬맹이들이 못된 것만 배워서는.'

몰려온 소녀들 앞에서 제니스가 눈을 부라리자 클라라가 상냥한 얼굴로 차 통 하나를 내밀었다.

"저희 가문에서 보내온 것인데 마음을 안정시키는 효능이 있다고 해요."

크리스티나와 로렐 때문에 스트레스 받았을 제니스를 걱정해 챙겨 온 것이었다. 그걸 물끄러미 내려다보던 제니스가 고개를 끄덕이며 '통과'를 외쳤다. 클라라는 얼떨결에 응접실 안으로 입장했고 무단으로 진입하려던 플로라는 딱밤을 맞았다.

"아앗, 나는 왜 안 돼? 치사해!"

버럭 외친 그녀는 어디론가 달려가더니 고급스럽게 생긴 상자 하나를 들고 돌아왔다. 비싸기로 유명한 부클라임 과자점 상표가 커다랗게 붙어 있었다.

호, 저런 걸 숨기고 있었어?

"몰래 아껴 먹으려고 했던 건데!"

플로라가 눈물을 글썽이며 상자를 넘겼다. 제니스는 무게를 가늠해 눈속임이 아닌 것을 확인한 뒤에야 문을 열어주었다. 그다음은 자동이었다.

누군가는 가지고 있던 리본이나 스카프, 손수건, 머리핀 같은 걸 내놨고 마땅한 물건이 없는 사람은 방에 한 번 다녀오기도 했다.

제니스는 그런 대가를 치러서라도 굳이, 여기서 티 파티를 하려는 그들을 이해할 수 없었지만, 자신을 절대 귀찮게 하지 않겠다는 약속을 받은 후 장소 대여에 동의했다. 여기가 언제 핫 플레이스가 된 건지 모르겠다.

나 몰라라 하는 호스트를 대신해 접대는—이곳을 제 방처럼 여기는—플로라가 맡았고, 화제는 헬레나가 끌어가게 되었다. 제니스는 그들과 좀 떨어진 창가, 가장 좋은 소파를 차지하고 앉아 얼마 전 선물 받은 『대륙 식물도감』을 펼쳤다.

선물한 이는 이자벨 프레이스. 제니스가 베아트리체를 만나러 갈 때마다 똑같은 책을 내주던 이자벨은 지난번 만날 때는 아예 책을 가지라고 하더니 '황녀님이 내리신 물건이니 꼭 처음부터 끝까지 정독하길 바란다.'고 쏘아붙였다. 참 뒤끝 있는 아가씨였다.

그때를 떠올리며 피식 웃은 제니스가 천천히 책장을 넘겼다. 그리고 얼마 후 소파 등받이 깊숙이 고개를 떨궜다. 『대륙 식물도감』은 그런 책이었다. 제니스는 소녀들의 재잘거림을 흘려들으며 깜박깜박 졸았다. 사소한 소란이 있었지만 평화로운 오후였다.

"아아, 너무 속상해요. 정말 기대하고 있었는데⋯⋯."
한 소녀가 땅이 꺼져라 한숨을 쉬었다.
"무슨 일인가요, 쥬네브?"
"축제 마지막 날밤, 비츨라츠 광장에서 열리는 야외 공연에 절 에스코트해 주기로 한 사촌 오라버니가 급한 일이 생겨 갈 수 없다고 하잖아요."
그녀가 우울한 얼굴로 답했다.
"저런⋯⋯."

"그런데 오늘 가든파티까지 못하게 되다니 어쩜 이렇게 운이 없을 수 있죠?"

"대신 가 주실 분이 없는 건가요?"

쥬네브가 힘없이 고개를 저었다.

"모두 바쁘다고만 해요. 저희 아버진 몹시 엄격하셔서 늦은 밤, 저 혼자 외출하는 건 절대 허락하지 않으실 거예요. 그래서 사촌 오라버니께 몇 번이나 다짐을 받았는데……."

옆에 앉은 소녀가 쥬네브의 어깨를 토닥이며 위로했다.

"그 사촌 오라버니라는 분은 갑자기 무슨 일이 생긴 건가요?"

"그러게요. 그…… 외교부에 계시다는 분 아닌가요?"

"맞아요, 그게 말이죠."

쥬네브가 열을 내며 설명했다.

"혹시 기억나세요? 왜, 얼마 전에 낙스 스코트 연구원 학술 발표회에서 있었던 일요. 엠바로스산에 마도 유적이 있을 확률이 높다는 내용의 연구 결과를 공개해서 말이 많았잖아요."

"아, 그거요?"

"기억나요. 말도 안 되는 발표였죠."

"낙스 측의 쇼로 결론 난 것 아니었어요? 아니면 왜 그런 귀중한 정보를 모두에게 공개하겠어요?"

"사촌 오라버니 말론 '마도 문명은 대륙의 유산이며 우리 모두 그것을 연구하고 공유할 권리가 있다'라는 게 낙스의 주장이었대요."

마도 문명의 가장 큰 이기, 이동 게이트를 소유한 국가 티오렌의 영애들은 모두 눈살을 찌푸렸다.

"궤변이군요."

"날강도가 따로 없네요."

"티오렌이나 달리아의 이동 게이트 운영에 간섭하려는 수작 아닌가요?"

"각국 외교부도 처음엔 그렇게 의심했나 봐요. 그런데 발표회 때 제시된 연구 자료와 접근 방법이 그럴듯하다는 말이 뒤늦게 티오렌 학계에서 나오고 있대요."

"예에?"

"전 몰랐는데 역사학, 고대학계 쪽은 이 문제로 엄청나게 시끄럽나 봐요. 그러다가 사실 확인을 위해 엠바로스에 조사단을 파견해야 한다는 결론이 났답니다."

"세상에!"

"그건 예상치 못한 일이네요."

"만의 하나라는 건가요?"

"아마도요."

"그럼 쥬네브의 사촌 오라버니는 그 조사단에 속하게 되신 건가요?"

쥬네브가 우울한 얼굴로 고개를 끄덕였다.

"네……. 축제가 끝나기도 전에 떠나신대요."

"하지만 엠바로스라니, 툴란 산맥 최고봉이잖아요. 높고, 춥고, 험하기로 유명한 그곳에서 정말 뭔가를 찾을 수 있을까요?"

캐서린의 부정적인 의견에 다수의 소녀가 고개를 끄덕이며 동조했다. 언뜻 생각하기에도 허황된 이야기였다.

제니스는 어느 순간 잠에게 깨어 그들의 대화를 듣고 있었다. 화제에 오른 '엠바로스' 때문이었다. 대화에 나왔던 것처럼, 낙스는 약

3주 전 엠바로스산에 마도 문명 유적이 남아 있을 확률이 높다는 내용의 발표를 했다. 발표자는 낙스 왕립 연구원 비노스 자작이었다.

그는 이 연구가 왕립 연구소의 오랜 프로젝트였고 5년여 만에 위와 같은 결론에 도달했다고 밝혔다.

스코트 학술 발표회에서 벌어진 이 일은 타국은 물론 자국 학자들까지 놀라게 했다. 마도 문명 연구에 관한 것은 아무리 사소한 내용도 발설하지 않는 것이 당연하게 여겨지는 시대였다.

그리고 하일리움에서 그 소식을 들은 제니스와 에스더 또한 의문을 가졌다. 그들은 아르샤와 얀트 백작이 연구하던 것이 국가적인 프로젝트이며, 그걸 탐낸 누군가로 인해 레베카 얀트가 죽었다는 것을 알고 있었다.

아르샤 대공과 얀트 백작에게 그녀의 목숨 값이 그렇게 가벼웠을까? 문제의 그것을 이렇게 쉽게 세상에 내놓을 만큼? 의심은 깊었지만 그 문제를 파고들기엔 당시 제니스의 주변이 좀 시끄러웠다.

발표가 있고 나서 용광로처럼 끓어올랐던 대륙 학계는 그만큼 빨리 식었다. 너무나도 비상식적인 행동이었던 탓에 낙스 왕실의 질 나쁜 장난으로 치부되었고, 낙스는 크게 질타받았다. 그렇게 해프닝으로 끝난 듯했던 일이, 새롭게 재조명받고 있다는 이야기. 제니스는 문득 그 뒤에 아르샤 대공이 있지 않을까 생각했다.

비노스 자작이 지목한 엠바로스는 툴란 산맥에서 가장 높은 산이었다. 알카오 대륙을 종단하는 툴란 산맥은 대륙 중심부로 갈수록 높고 가팔라지는데 그 정점이 바로 엠바로스였다. 추정 높이 약 8,000미르, 대륙 전체 지형에서 아래 3분의 1정도 되는 곳에 있었다. 즉, 낙스의 영토가 아니었다.

북쪽에서 아래로 거침없이 내달린 툴란 산맥은 이 엠바로스에서 두 개의 가지로 나뉘는데 북 툴란 산맥과 연결 선상에 있는 남 툴란 산맥, 동쪽 45도 각도로 꺾어져 뻗어 나가는 마이어 산맥이 그것이었다. 대륙 동부를 횡단하는 마이어 산맥은 슈벨리안 제국과 달리아 왕국을 나누는 경계이기도 했다.

누군가의 말처럼 엠바로스 산은 높고 험할 뿐만 하니라 면적 또한 몹시 광대했다. 그래서 엠바로스를 끼고 국경이 나누어지는 나라가 네 곳이나 되었는데 티오렌 제국, 쥬안 왕국, 슈벨리안 제국, 달리아 왕국이 그들이었다. 티오렌에서 조사단 이야기가 나온 것도 엠바로스의 일부분이 그들의 영토였기 때문이었다.

"어쨌거나 자세한 일은 제국에서 알아서 하시겠죠. 방법이 있으니 조사대를 보내려는 거 아니겠어요?"

"만약 정말 뭔가를 발견한다면 어마어마한 사건이 되겠죠?"

"이를 말인가요? 그럼, 한번 기대해 볼까요?"

"아서요. 전 고생만 하고 성과 없이 돌아온다는 쪽에 걸겠어요."

여러 가지 추측이 쏟아지고 이야기는 다시 쥬네브의 안타까운 상황으로 돌아갔다.

"너무 상심하지 말아요, 쥬네브. 저도 그날 그 공연을 보러 갈 예정이거든요. 전 아버지가 직접 데려가 주기로 하셨어요. 제가 아버지께 쥬네브와 동행할 수 있는지 여쭤 볼게요."

"아, 그렇게만 된다면 얼마나 좋을까요. 부탁해요, 테일러."

두 사람은 우정이 담긴 뜨거운 눈빛을 주고받았다. 테일러의 제안으로 생기를 되찾은 쥬네브는 두 눈을 반짝이며 그제야 생각이 났다는 듯 손뼉을 딱 쳤다.

"앗, 깜박할 뻔했네."

그녀는 누군가를 찾아 고개를 두리번거렸고, 곧 찾던 사람을 발견했다.

"플로라, 약혼했다면서요? 축하해요. 어느 가문의 영식인가요?"

갑작스러운 질문에 쿠키를 오물거리던 플로라가 움찔했다. 급하게 치러진 탓에 약혼식에 참석한 친구는—제니스를 제외하고—마리와 클라라뿐이었다. 플로라가 부끄러움에 우물쭈물하자 마리가 냉큼 말했다.

"수도에 상점을 가진 하버 남작가의 장남이에요. 아주 미남이던걸요."

"어머, 진짜요?"

"네, 윤기 흐르는 갈색 머리에 아주 다정하게 생긴 신사분이셨어요. 약혼식 내내 플로라 얼굴에서 눈을 떼지 못하시더라고요. 얼마나 달콤한 시선으로 바라보시는지 제가 다 녹을 거 같더라니까요."

"꺄아, 지금 말씀하신 장면이 머릿속에 그림처럼 떠올랐어요! 플로라는 정말 좋겠어요."

"으아, 아니에요. 그, 그런 거. 그 얘기는 그만해요."

플로라가 달아올라 터질 것 같은 얼굴로 두 손을 내저었다.

우아, 저 내숭 좀 봐.

귀를 쫑긋 세우고 있던 제니스가 플로라의 가증스러운 반응에 혀를 내둘렀다. 이제 와서 내외하는 척이라니 여우가 따로 없다. 기가 찬 제니스가 작게 콧방귀를 뀌자 잘도 그 소리를 들은 캐서린이 클라라의 옆구리를 쿡 찔렀다.

"그런데 용케 약혼했네요. 방해는 없었나 봐요."

"어머, 그러고 보니 정말. 제니스가 어른스러워졌네요."

"기분이 별로인 것 같기는 해요."

"마음에서 완전히 놓아주진 못한 거겠죠? 시간이 해결해 줄 거예요."

무슨 소리인지 모르는 플로라가 어리둥절한 얼굴로 두 눈을 껌벅거렸다. 제니스는 자신이 뿌린 씨에 진저리를 치며 충동적으로 내질렀던 말들을 후회했다.

물론 이미, 많이 늦었다.

소녀들은 돌아가면서 플로라에게 축하의 말을 던졌다. 물론 대부분이 축하를 가장한 놀림이었기에 플로라는 불탄 고구마 같은 얼굴로 다른 방—제니스의 침실—으로 도망쳤다.

탁월한 선택이었다. 왜냐하면 도란도란, 화기애애한 시간은 딱 거기까지였으니까.

"린트벨 영애, 있는가?"

불청객이 찾아왔다.

"호호호, 린트벨 영애, 오늘같이 비가 오는 날 마시면 좋은 차가 들어와 맛보라고 가져왔어요."

5분 간격이었다.

사이가 나쁘다면서 서로 연락이라도 하고 지내는 것처럼 왜 늘 함께 오는지.

그리고 이런 상황이 됐다.

"호오, 비가 시원하게도 내리는구나. 덕분에 누구 때문에 더부룩하던 속이 확 내려가는 기분이다."

"저런, 몸 상태가 좋지 않으시면 그만 돌아가 쉬시는 것이 어떠신 지요? 심신이 그토록 섬세하고 예민하시다니 제가 다 걱정입니다. 아예 한두 해 요양을 가시는 것도 나쁘지 않을 것 같네요."

"훗, 그 정도는 아닐세. 거슬리는 물건만 눈앞에서 치우면 되는 것을, 본 왕녀가 그런 수고까지 할 필요 있겠는가? 공녀의 속 깊은 마음 씀씀이는 기억해 두도록 하지."

"호호호, 그런 방법이 있었군요. 부디 영명하신 왕녀님의 뜻대로 이루어지시길."

"후후후, 이를 말인가."

이렇게.

"어머, 그런데 린트벨 영애, 무슨 일이 있나요? 눈에 영 총기가 없 군요. 어디 몸이 좋지 않은 것인가요?"

"오늘 무도회가 취소되어 속상해 그런 거겠지. 린트벨 영애, 지나 친 도락은 몸에 좋지 않다. 사교와 춤은 적당히 즐기도록 해."

"아아 그런 거였군요. 하긴 은근히 친구가 많은 것 같더라고요. 그 러면서 제 사교 요청은 굳이 거절하는 이유가 뭔지. 좀 섭섭하네요."

"동감일세. 이 하일리움에서 찾을 수 있는 최고 수준의 교류를 내팽개치다니 통탄할 일이야."

"어리석군요."

"어리석어. 그런데 여기서 공녀를 보게 될 줄은 몰랐군. 생각보다 참 한가해. 그대는 다른 볼일이 없나?"

"저보다 왕녀께서 더 바쁘셔야지요."

"바빠도 린트벨 영애와 인생과 철학에 대한 담론을 나눌 시간 정돈 낼 수 있다네."

"저도 이번에 출판된 할로트 교수의 신간에 대해 린트벨 영애와 토론할 기쁨을 기대하고 있답니다."

"린트벨 영애의 얼굴을 보게. 몹시 피곤해 보이지 않는가?"

"왕녀께서 너무 오래 머무르셔서 그런 게 아닐까요?"

"무엄하군. 늦게 온 자네가 돌아갔으면 됐을 일 아닌가?"

잘− 논다.

제니스는 이젠 이것들이 자신 앞에서 싸우는 걸 즐기는가 싶기도 하다. 지구 어느 나라엔 '싸우면서 정 든다'는 말도 있다던데 너희가 그러실 것 같다.

북부 출신 영애들은 떠난 지 오래였다. 제니스의 침실로 도망간 플로라만 제때 나오지 못해 저 안에서 오도 가도 못하는 상황. 생각해 보니 그건 좀 고소하다.

"이게 공녀 그대가 선물한 차인가? 음……. 맛은 떫고, 향은 순식간에 흩어지는 이런 하품이? 차를 고르는 안목이 실망스럽군."

"요즘 퀸트에서 다도를 즐기는 이들이 가장 선호하는 파르얀 잎 차랍니다. 유행을 선도하셔야 할 왕녀님의 좁은 취향이 걱정스럽네요."

"후후후, 그런 잡스러운 유행을 경계하는 것이야말로 내가 해야 할 일이지."

제니스는 『대륙 식물도감』을 쓰다듬으며 이것의 힘을 빌려 다시 잠들기라도 해야 하나 고민했다. 그러나 다행히 얼마 후, 똑똑 문을 두드리는 소리와 함께 로렐 왕녀가 비서처럼 부리는 아가씨가 들어왔다. 그녀는 조용히 로렐에게 다가가 귓속말을 했다.

마음에 들지 않는 일이 생긴 듯 로렐의 표정이 잠시 샐쭉해졌지만 곧 원래대로 돌아왔다. 그녀가 거만한 목소리로 말했다.

"본 왕녀는 멀리서 귀한 손님이 찾아와 이만 일어나야겠다. 누구처럼 주인의 컨디션도 고려치 않는 불한당이 아니거든. 린트벨 영애, 친구는 가려 사귀어야 한다."

크리스티나가 대놓고 코웃음을 쳤지만, 로렐은 못 들은 척하며 자리에서 일어났다. 그녀가 떠나자 이번엔 크리스티나가 말했다.

"흥. 저렇게 사람을 쉬이 업신여기는 부류와는 가능한 상종을 하지 않는 게 좋아요, 린트벨 영애. 어쩌다 저 여자의 눈에 띄어 이 고생인가요?"

뭐라니. 이게 다 너 때문인데. 기억 안 나?

제니스는 너무 어이가 없어 크리스티나의 얼굴을 빤히 쳐다보았다.

어쭈, 지금 시선 피했냐?

양심이 아주, 아주 조금은 남아 있는 모양이지?

찔리는 게 있어서인지 로렐이 없어서인지, 몇 마디 더 실없는 말을 주워섬긴 크리스티나도 얼마 후 자리에서 일어났다. 그리고,

"받아요."

품에서 봉투 하나를 꺼내 내밀었다.

"어제 연회에서 아르샤 외숙부를 만났어요. 건국제 축하 사절로 오셨거든요. 그리고 이 편지를 영애에게 전해달라고 부탁하셨죠."

제니스를 바라보는 크리스티나의 시선이 강렬했다. 제니스는 내키지 않는 표정으로 그 편지를 받았다.

"도대체 어떤 내용이 적힌 걸까, 외숙부는 왜 이런 걸 영애에게 전하라고 했을까? 어제오늘 내내 궁금한 걸 참느라 혼이 났답니다."

크리스티나가 살짝 입술을 휘며 장난스러운 미소를 지었다. 이글거리는 눈으로 그래 봤자 섬뜩하게 느껴질 뿐이었지만.

"외숙부의 간곡한 당부 때문에 당장은 아무것도 묻지 않겠어요. 하지만, 늦든 빠르든 언젠가는 이 모든 것을 내게 설명해야 한다는 사실, 잊지 말아요, 린트벨 영애."

그렇게 크리스티나 공녀가 떠났다.

제니스는 자신의 손에 들린 편지를 물끄러미 노려보았다.

이걸 크리스티나의 손에 들려 보내다니, 아르샤 대공의 센스가 어느 정돈지 알겠다. 몹시 꽝. 아주 꽝. 완전히 꽝.

하긴, 처음부터 전혀 믿음직스럽지가 않았지.

제니스는 고개를 설레설레 저었다. 그녀는 이 원한을 기억해 두기로 했다.

5

쏴아아- 빗방울 소리가 요란했지만 테린은 눈 한 번 깜박이지 않고 베아트리체의 이야기를 들었다.

"아······. 그런 일이······ 있었군요."

그가 놀란 가슴을 쓸어내렸다. 자세한 설명을 들어보니 오히려 제니스가 현명한 대처를 하고 있다는 내용이었다.

'여자아이들의 세계는 복잡하구나······.'

낙스의 공녀와 달리아의 왕녀라니, 황녀의 설명으론 둘 다 성격이 보통이 아닌 것 같다. 제니스는 괜찮은 걸까? 그런 일이 있는 줄도 모르고 플로라의 약혼식 때 싫은 소릴 잔뜩 한 게 조금 미안해졌다.

'아, 아니야. 그래도 따질 건 따져야 했어!'

……잘 따지진 못했지만.

테린은 머리를 흔들며 약해지려는 마음을 다잡았다. 일에는 순서라는 게 있다. 어떤 결정을 내렸다면 행동으로 옮기기 전에 최소한의 의논, 협의 하다못해 통보나 사전 경고라도 있어야 한다. 그게 가족사에 관한 일이라면 더더욱.

테린은 제니스가 그 단계를 하찮게 여기는 것이 화가 났다. 자신의 고지식함을 부정할 순 없지만 그도 사람이다. 그녀가 진심으로 설득했다면 플로라의 마음을 지켜 주기 위해 테린도 뭔가 했을지 모른다. 그 가능성마저 단칼에 부정당한 건 꽤, 아팠다.

베아트리체는 테린을 바라보며 고개를 갸웃했다. 제니스의 상황은 나쁘지 않았다. 그런 내용을 잘 전달했다고 생각했는데 이 기사님의 얼굴이 생각보다 어두웠다.

"테린 경, 너무 걱정하지 마십시오. 영애는 제가 만나 본 소녀 중 가장 담대하고 겁이 없는 성격이었습니다."

황녀는 그를 안심시키려 했지만 역효과였다.

'그게 걱정입니다.'

혹시 욱하는 마음에 '누군가'를 계단에서 밀어 버린다든지, 지나가는 길 창문 위에서 화분을 던진다든지, 연못가에서 발을 건다든지 하는, 그런 짓은 하지 말아야 할 텐데.

테린은 억지로 입술 한쪽을 끌어 올리며 괜찮은 척을 했다. 그리고 눈앞의 소녀에게 정식으로 예를 취했다.

"제 불민한 여동생을 보살펴 주셔 감사합니다. 이 은혜는 잊지 않겠습니다."

그의 정중한 배례에 베아트리체가 당황한 듯 손사래를 쳤다.

"은혜라니요. 제국의 황녀로서, 그들이 억울한 일을 당하지 않도록 살피는 게 저의 소임입니다. 그러니 이런 과례는 필요 없습니다."

생각보다 거센 만류에 테린은 바로 몸을 일으켜야 했다. 그는 좀 얼떨떨한 눈으로 베아트리체를 바라봤다. 이제 열일곱 아니던가……?

황족은 물론 많은 귀족이 고귀한 혈통의 권리만 중시할 뿐 의무는 나 몰라라 한다. 특히 어릴수록 권리만 가지고 있는 줄 아는 자들이 수두룩하다.

린트벨에서 헤이엄의 엄격한 훈육을 받았던 테린은 하일리움과 로하샤이엄에서 그런 소년 소녀들과 부딪히며 좁혀지지 않는 거리감을 자주 느꼈다. 테린의 신념을 비웃는 자들이 너무 많아 한때는 헤이엄의 가르침이 정말 구닥다리인 건 아닐까 의심하기도 했다. 그 흔들림을 헤이엄에게 털어놓자 그는 이렇게 답했다.

'네 신념은 네가 결정하는 것이다. 다른 사람들이 어떤 생각을 하는지는 중요하지 않아.'

'아버지의 생각도요?'

'물론이지. 내 생각 역시 하나의 조언일 뿐이다.'

'그럼 제가 앞으론 의무 따위 신경 쓰지 않고 살겠다고 해도 괜찮으세요?'

헤이엄이 당당히 말했다.

'당연하지. 우리 가문의 명부에선 제명되겠지만.'

'아니, 그건 괜찮은 게 아니잖아요? 제 마음 가는 대로 하라고 하셨으면서 그러는 게 어디 있습니까?'

'그게 내 신념이니까. 너도 너만의 신념을 세웠다면 가문에서 쫓겨나도 굴하지 말고 꿋꿋하게 걸어가거라. 그동안 널 키우며 행복하고

즐거웠다. 잘 살아라. 다행히 아들이 둘이니 후계 걱정은⋯⋯.'

'아직 선택 안 했거든요!'

⋯⋯그랬던 시절이 있었다. 결말이 썩 유쾌하지 않아 자주 꺼내 보는 기억은 아니었지만.

결론은 자신보다 어린 황녀가 이미 그와 같은 생각을 품고 몸소 실천하고 있다는 게 놀랍다는 것. 생각해 보니 헤이엄과 그 대화를 나눴던 때가 열일곱 살 즈음이었다. 한없이 흔들리던 자신과 달리 베아트리체 황녀의 신념은 이미 확고해 보였다. 그게 감탄스러웠다.

"경과 같은 오라비를 두어 린트벨 영애가 아주 든든할 것 같습니다. 오늘 있었던 일을 꼭 그녀에게 전해 주겠습니다."

"아, 네⋯⋯엣?"

황녀가 흐뭇한 표정으로 하는 말에 테린은 크게 당황했다.

"왜 그러시⋯⋯."

"안 됩니다."

무조건 안 돼요.

그는 눈앞에 있는 소녀가 황녀라는 것도 잊고 단호히 말했다.

"안 된다니요?"

베아트리체가 얼떨떨한 얼굴로 바라봤다.

"그게⋯⋯."

"경이 자신을 그토록 귀히 여긴다는 것을 알면 린트벨 영애가 얼마나 기뻐하겠습니까?"

아니요. 아닐 걸요. 아닐 겁니다. 무엇보다 제가 창피해서 죽어 버릴 겁니다.

그러나 황녀의 반짝이는 눈동자는 물러설 의사가 없어 보였다. 눈앞의 상대는 황족, 떼를 쓸 수도 억박지를 수도 없어 마음이 급해진 테린은 결국 이실직고하고 말았다.

"······싸웠습니다. 얼마 전에······."

'얼마 전에······.'를 말할 땐 쥐구멍에라도 들어가고 싶은 마음에 목소리가 절로 쪼그라들었다.

"······아아."

베아트리체가 두 눈을 동그랗게 뜨더니 한 박자 늦게 감탄사를 토했다. 그리고 눈동자를 데구루루 굴리더니 슬며시 고개를 돌리며 풋- 하고 웃었다. 소리를 죽이려 애쓰는 기색이 역력했지만, 그게 테린을 위로해 주진 못했다.

너무한다.

현실을 외면하듯 시선을 정면에 고정한 채, 떨어지는 빗방울만 하염없이 바라보는 테린의 어깨가 축 처졌다. 허망한 눈동자는 모든 것을 내려놓은 듯 텅 비어 있었다.

오늘 일진이 왜 이럴까? 다름 아닌 황녀 앞에서 여동생과 싸운 이야기를 해야 하는 상황이 되다니. 그리고 비웃음을 당했다.

"흠흠······. 미안합니다. 테린 경."

"네."

영혼 없는 목소리로 대답한 테린이 푹 고개를 떨궜다. 한참을 그러고 있자니 오른쪽 볼이 계속 간지러웠다. 음······. 지금 황녀가 쳐다보고 있는데 내가 무시하고 있는 건가? 엄청 무례한 짓을 하고 있는 거 같은데······.

"경."

"네."

"힘내세요."

테린이 움찔했다.

"제가 경을 만난 지 1시간도 되지 않았지만 바르고 꾸밈없는 분인 걸 바로 알았습니다. 무엇 때문에 다투었는지 몰라도 곧 화해할 수 있을 겁니다. 그러니 힘내십시오."

테린이 베아트리체를 돌아봤다. 그의 시선이 너무 강렬했는지 이번엔 베아트리체가 쑥스러운 표정을 지으며 고개를 돌렸다. 머뭇거리던 테린이 답했다.

"고맙습니다."

한쪽밖에 보이지 않는 황녀의 뺨이 빨개졌다.

테린은 다시 정면을 바라봤다. 우르릉, 쾅. 검은 비구름이 아직 힘을 잃지 않았다는 듯 노성을 질렀다. 떨어지는 빗방울이 반짝거렸고 바닥에 흩어진 나뭇잎들이 고왔다. 테린은 저도 모르게 속에 있던 말을 했다.

"……여동생은, 너무 힘듭니다. 사내 녀석은 그냥 주먹으로 교육하면 되는데 여자애는 때릴 데도 없고, 때려서도 안 되고, 말은 얼마나 잘하는지, 이길 수가 없습니다."

그건 꼭 제니스에게 국한된 이야기는 아니었다. 테린은 엔시아도 말로 이겨 본 적이 없었다. 베아트리체가 쿡 웃었다.

"여자로서 항의해야 함이 마땅한데, 아니라고 딱 잘라 말할 수가 없네요. 실은, 저도 어떻게 다뤄야 할지 난감한 여동생이 하나 있거든요."

"황녀께도요?"

베아트리체가 그의 말을 격의 없이 받아 주자 테린은 왠지 신이 났다. 이어지는 말은 그런 그의 마음을 더욱 부채질했다.

"베아트리체라고 부르세요."

"……네, 베아트리체 님."

테린은 의미 없이 발끝으로 땅을 톡톡 팠다. 갑자기 시력이 좋아진 건지 파헤친 흙더미 주위를 뺄뺄 기어가는 개미 두 마리가 선명하게 보였다. 뭔가 아까부터 세상이 좀 달라진 것 같았다.

"실은 이곳에서 테린 경을 만나게 된 것도 그 아이 때문이랍니다. 저에게 가끔 심술을 부리는데 참 혼내기도 모호한 일들이라……. 호호. 생각해 보니 저도 그 애를 말로 이겨 본 적이 없네요."

테린은 그 심술이 뭔지 알고 싶었지만 애써 꾹 참았다. 베아트리체 황녀의 여동생이라면 같은 어머니 소생인 질리에타 9황녀뿐이다. 황족의 사생활을 캐묻는 불경을 저지를 순 없었기에 그는 그저 "베아트리체 님도 힘내십시오."라는 말밖에 할 수 없었다.

황녀와 몇 마디 말을 더 도란도란 나누었을 때 저 멀리서 황급히 달려오는 마차의 그림자가 보였다. 테린은 움찔하며 순간 풀어졌던 자세를 바로 하고 눈에 힘을 주었다. 젖은 땅 위로 깊은 바퀴 자국을 낸 마차가 순식간에 테린과 베아트리체 앞에 도착했다. 폴만은 물론 시녀로 보이는 여성 둘이 함께 내렸다.

"베아트리체 님!"

"어머, 어떡해! 몸 차가우신 것 좀 봐."

폴만이 뭐라고 하기도 전에 득달같이 달려든 시녀 둘이 베아트리체를 둘러쌌다. 그들은 황급히 황녀의 몸에 마른 천을 둘렀다.

"어서 타람 궁으로 돌아가야겠어요."

시녀 중 한 명이 말했다. 본격적으로 비를 맞은 것은 아니었지만 연회에나 어울리는 차림으로 너무 오래 밖에 있었던 탓에 몸이 가늘게 떨리고 있었다. 그런 사실을 미처 몰랐던 테린이 두 눈을 크게 떴다.

맙소사, 이렇게 무신경했다니!

본인이 괜찮다고 곱게 자란 황녀님도 똑같은 줄 알았나? 바보같이 시시덕거릴 시간에 불이라도 피웠으면 좋았을 것을!

그의 마음이 자책과 걱정으로 물드는 사이 베아트리체와 시녀 둘은 바로 마차에 올랐다. 마차 문을 닫은 폴만이 뒤를 돌며 테린과 눈을 맞췄다.

"수고했네."

테린은 아무 말 없이 예를 취했다. 폴만이 마부 옆에 자리를 잡자 마차가 바로 움직이기 시작했다. 살짝 열린 창문 너머로 황녀의 초록색 눈동자가 잠깐 보였던 것도 같다.

* * *

돌아가는 마차 안, 베아트리체의 전속 시녀인 줄리아와 니나가 연신 걱정을 쏟아내며 황녀의 몸에 묻은 물기를 닦아 냈다.

"어쩜 좋아요, 이러다 감기 걸리시겠어요. 목욕물을 준비해 놓으라고 미리 전갈을 보내는 건데!"

"호들갑 떨 거 없다. 화란은 잘 전달했느냐?"

"그럼요, 걱정하지 마세요. 샤로니아 마마의 궁까지 비에 젖지 않고 무사히 도착했고, 마마께서도 화란의 상태에 흡족해하셨습니다."

줄리아가 답하자 니나가 참지 못하고 끼어들었다.

"진짜 속상해서 못 살겠어요. 질리에타 님 때문에 매번 무슨 고생인지. 베아트리체 님도 뻔히 알면서 당해 주는 것 좀 그만두세요."

"니나, 그게 무슨 말버릇이니?"

줄리아가 눈꼬리를 올리며 동료의 불경함을 탓했지만 니나는 멈추지 않았다.

"질리에타 님이 샤로니아 마마께 뭐라고 속닥거렸는지 아세요? 베아트리체 언니가 그런 중한 일을 서툰 저에게 맡길 수 없다고 해 양보했다고 투정을 부리시지 뭐예요."

베아트리체가 어색한 미소를 흘렸다. 얌전한 줄리아도 맺힌 것이 많은지 슬쩍 옆구리를 찔렀다.

"제 생각에도 매번 이러시는 건 좋은 방법이 아닌 거 같아요."

베아트리체는 그런 줄리아와 니나의 손을 다독였다.

"둘 다 걱정해줘서 고맙구나. 그러나 그 애의 장난에 내가 진정 마음 상한 적은 한 번도 없단다. 오늘도 고작 비 좀 맞은 것뿐이잖니?"

아우우, 니나가 자신의 가슴을 탕탕 쳤다. 황녀님의 그런 생각이 가장 답답하다고요! 줄리아도 정색하며 자신의 의견을 고했다.

"베아트리체 님의 말씀은 잘 알겠어요. 그러나 이런 일을 계속 그냥 넘기는 건 질리에타 님을 위해서도 좋지 않습니다. 언젠가는 황녀님이 아닌 다른 사람들도 그분의 심술을 눈치채실 거예요. 황궁 고용인들의 입이 아무리 무거워도 소문은 퍼지게 되어 있어요. 그런 일이 벌어지기 전에 언니이신 베아트리체 님이 질리에타 님의 행동을 바로잡아 주셔야지요."

니나는 엄지를 척 세웠다. 완벽한 논리다. 그러나 베아트리체는 강했다.

"나도 그런 생각을 해 보지 않은 건 아니란다. 그러나 그 애가 삐뚤어지기 시작한 건 나 때문이었어. 질리에타가 채 열 살도 되기 전부터 어머니나 황후마마, 언니와 오라버니들이 입버릇처럼 말했지. '베아트리체의 반만 닮으렴.' 그때마다 한없이 어두워지던 그 애의 눈동자를 난 아직도 기억한단다. 그러니 내가 질리에타를 나무라 봤자 반발심만 키울 뿐이야."

"그럼 또 이러시려고요? 비에 젖고, 시간에 늦고, 드레스를 망치시면서요?"

"우리 자매가 얼굴 맞대고 살날이 앞으로 몇 년이나 더 남았겠느냐. 길어야 3, 4년이란다. 그 짧은 기간을 참지 못해 하나뿐인 여동생과 얼굴 붉히고 싶지 않구나. 게다가 너희들이 내 옆을 이리 든든하게 지켜 주고 있는데 무슨 큰일이야 있겠니?"

"어휴, 내가 미쳐요."

니나는 나 화났소, 토라져 몸을 돌렸고 줄리아는 한숨만 푹 내쉬었다. 베아트리체는 머쓱한 표정을 지으며 살짝 열린 창문 너머로 시선을 던졌다. 무성한 초록빛이 빠르게 스쳐 지나갔다.

질리에타는 베아트리체보다 두 살 어린 여동생이었다. 같은 어머니에게서 난 동복 여동생이지만 세간의 인식처럼 친하진 못했다. 줄리아와 니나에게 말한 것과 같은 이유만은 아니었다. 질리에타는 천성이 샘이 많고 다른 사람이 주목받는 것을 견디지 못했다. 오늘의 심술도 베아트리체가 연회장으로 돌아오지 않길 바라서였을 것이다.

비가 약하게 내리기 시작했을 때부터 황후와 황비들은 귀부인의 담소 장소를 옮기는 문제에 관해 이야기를 나눴다. 돌발 상황 발생시 대체 장소로 3황비의 궁을 거론한 적이 있었기에 결정은 빨랐다. 3황비는 시녀를 먼저 보내 손님들을 맞을 준비를 하라 일렀고 이를 지켜보던 질리에타가 말했다.

"그렇다면 제가 온실에 가서 어머니가 아끼시는 '화란' 꽃을 가져 올게요. 오늘 같은 날 손님들에게 대접하면 아주 좋을 것 같아요."

화란은 귀한 화초였다. 제대로 크면 콩알만 한 꽃송이가 수십 개 피는데 평소에는 꼭 다물려 있다가 비가 오거나 물만 주면 봉오리가 만개했다. 그때 화란은 무엇과도 비교할 수 없는 그윽한 향기를 풍겼다. 이 꽃으로 차를 만들어 먹는 건 귀부인들이 자랑할 만한 귀하고 사치스러운 도락이었다.

샤로니아는 질리에타의 갑작스러운 제안에 놀랐지만 생각해 보니 괜찮은 아이디어 같았다. 화란의 향이 가장 진한 때가 오늘처럼 비가 오는 날이었고 망쳐 버린 사냥 대회의 분위기를 다시 띄울 이벤트가 필요하기도 했다.

"비에 젖지 않도록 조심해야 한다. 잘할 수 있겠니?"

"전 이제 어린애가 아닌걸요? 걱정하지 마세요, 어머니."

모녀의 대화를 들은 황후와 타국 사절, 귀부인들이 너도나도 기대 된다는 말을 던졌다. 어깨가 으쓱해진 샤로니아는 부탁한다는 말을 남기고 황후를 비롯한 다른 손님들과 함께 궁으로 떠났다.

그러나 자신이 가겠노라 했던 질리에타는 귀부인들의 막사가 거의 비어 갈 때까지도 온실로 떠나지 않았다. 그러다 빗줄기가 조금 더 거세졌을 때 정리를 위해 남아 있던 베아트리체에게 말했다. 오늘 높은 굽을 신고 너무 무리한 것 같다고, 발목이 아파 온실에는 갈 수 없다고.

"베아트리체 언니가 대신 가 주세요. 그 정도는 해 줄 수 있잖아요?"

질리에타의 핑계가 거짓말이라는 건 바로 알았다. 그러나 고집스러운 얼굴로 "그게 뭐 어렵다고 싫은 얼굴이세요? 언니도 들으셨잖아요, 손님들이 고대하는걸. 화란이 제때 도착하지 않으면 어머니께 얼마나 누가 되겠어요?"라고 말하니 움직이지 않을 수 없었다.

화란이 있는 온실은 보안이 철저했고 샤로니아의 허락을 받은 몇 명만 드나들 수 있었다. 베아트리체는 하던 일을 접고 급히 온실로 향했다. 줄리아와 니나가 우산을 받쳐 들고 따라왔다.

화란 채취는 순조로웠지만 온실을 나설 무렵 빗줄기는 더 강해져 있었다. 튀어 오른 빗방울에 드레스 자락은 순식간에 엉망이 되었다. 이 차림으론 바로 모임 장소로 돌아갈 수 없었다. 아마 질리에타는 그걸 노린 것 같았다.

화란의 향기가 유지되는 건 줄기에서 떨어진 후 약 1시간가량이었다. 혹여 비에 젖기라도 하면 그 속도는 더 빨라질 것이다. 베아트리체는 결단을 내려야 했다.

"너희 둘이 먼저 이것을 가져가거라."

그녀는 바구니에 담긴 화란에 비가 튀지 않도록 자신의 숄을 덮어 줄리아에게 내밀었다. 니나가 깜짝 놀랐다.

"황녀 전하는 어쩌시려고요?"

"폴만 경과 함께 비가 잦아들길 기다리겠다. 이 차림으론 연회장으로 돌아갈 수도 없구나."

두 사람은 그럴 수 없다고 반항했지만, 화란의 향기가 사라져선 안 된다는 베아트리체의 보기 드문 불호령에 울먹이는 얼굴로 떠나야 했다. 우산도 그들에게 들려 보낸 폴만과 베아트리체는 근처에 있던 가장 큰 나무 아래로 몸을 피했다. 그리고 얼마 지나지 않아 테린과 만났던 것이다.

줄리아와 니나가 자신의 결정을 못마땅해하는 게 당연하다. 폴만과 함께 베밥 나무 아래 남겨졌을 때만 해도 자신 역시 돌아가면 질리에타에게 따끔하게 한마디 해야겠다고 생각했다.

자신을 골탕 먹이는 건 괜찮지만 그로 인해 제국과 어머니의 명예가 손상되어선 안 된다. 오늘 일은 그 수위가 아슬아슬했다. 질리에타에게 그 부분을 확실하게 짚어 줄 요량이었다.

그런데 어느새 마음이 몽글몽글하게 풀려 있었다. 어째선지 질리에타에게 화낼 마음이 들지 않았다. 실망한 표정으로 옆에 앉아 있는 줄리아와 니나를 보니 방금까지 폴만을 대신해 곁에 머물렀던 젊은 기사가 생각났다.

어린 여동생과 싸웠노라 푸념하던 그. 덩치에 어울리지 않던 소심한 고백이 떠오른 베아트리체는 다시 한번 푸웃, 웃어버렸다.

"아니 이 와중에 웃음이 나오세요?"

니나가 무엄하게 신경질을 냈다. 베아트리체는 얼른 신색을 바로 하며 창밖으로 시선을 돌렸다.

아직 비가 많이 오는데 잘 돌아갔을까?

그녀의 입가에 고혹적인 미소가 어렸다.

혹시 궁금해하실까 봐 말씀드리자면, 테린은 잘 돌아갔다. 5기사단 앞에서 비열한 웃음을 머금고 있는 노더스 부단장에게로.

아르샤 대공

1

전날 내린 비가 거짓말인 것처럼, 하늘은 맑고 파랬다. 잠시 침울해했던 로하샤이엄 상인과 시민들은 화창한 이때를 놓치면 안 된다는 강박 관념이라도 생겼는지 정오도 되기 전부터 거리로 쏟아져 나왔다.

한 통의 편지 때문에 하일리움을 나섰던 제니스는 결국 마차에서 내려 걸어가기로 했다. 귀족임을 내세워 호통을 치면 어찌어찌 나아갈 순 있겠지만, 그러면—욕을 바가지로 먹고—너무 오래 살게 될 것 같았다.

하일리움과 가까운 제라늄 거리는 하일리움 학생을 대상으로 하는 찻집, 과자 가게가 주를 이루는 카페 밀집 지역이었다. 1년 매출에 가장 큰 영향을 끼친다는 건국 축제 기간은 이 거리의 모든 오븐과 화덕을 24시간 가동해도 수요를 대기 어려워 기쁨의 비명을 지르는 때…… 라는 게 정설이지만, 뭐 권력자가 끼어들면 이런 비상식적인 일이 발생하기도 하는 거지.

제니스는 달콤한 디저트를 파는 카페 '빅스윗' 앞에서 '오늘 하루 내부 사정으로 쉽니다.'라는 위풍당당한 안내 문구를 읽으며 그렇게 생각했다.

플로라가 여기서만 판다는 유명한 딸기 케이크 '스윗스윗라이크유'를 사다 달라 신신당부했는데 어쩐다? 후후후, 글렀네, 글렀어.

요즘 타인의 불행이 부족한 제니스는 모처럼의 행복에 심술궂게 웃었다.

날이 날인지라 수많은 사람이 길 한쪽에 서 있는 그녀를 스쳐 지나갔다. 그들을 피해 길가로 물러나듯 자연스럽게 움직인 제니스는 태연히 '휴업' 팻말이 걸린 카페 문을 열고 안으로 들어섰다.

작은 종소리가 들렸는지 바로 앞을 지나가던 행인이 뒤를 돌아봤지만, 카페 문은 이미 가벼운 떨림과 함께 닫힌 후. 행인은 지인의 부름에 잠시 떠오른 의문을 지우고 다시 발길을 재촉했다.

거리엔 행복한 사람들이 가득했다.

딸랑, 머리 위의 종이 제법 크게 울렸다. 홀은 텅 빈 상태였지만 직원들의 공간이 가까이 있었는지 곧 말쑥한 차림의 남자가 나타났다.

"죄송합니다, 레이디. 오늘 저희 가게는 내부 사정으로 영업하지 않습니다."

"알고 있어요."

제니스가 담담하게 말하며 한 장의 카드를 직원에게 내밀었다. 크리스티나 공녀가 가져온 편지 속에 들어 있던 것으로 누군가의— 아마 대공의 친필이라 추정되는—사인이 적혀 있었다.

그것을 받아 든 직원이 다시 안으로 들어가더니 얼마 후 다른 남자가 나타났다. 셀리어트에서 한 번 본 적 있는 대공의 깐깐한 보좌관이었다.

"린트벨 영애."

두 사람은 서로 고개를 숙여 아는 체를 했다.

"기다리고 계십니다. 이리로."

제니스는 그의 안내를 받아 위층으로 향하는 좁은 계단을 올랐다. 남자는 삼 층 맨 끝 방 앞에서 멈추더니 작게 노크한 후 문을 열어 주었다.

입구에서 언뜻 봤을 땐 사무실로 보이는 곳이었다. 사무용 책상과 서류, 책장, 창문을 가린 투박한 블라인드, 손님용 소파가 중앙을 차지하고 있었다. 그러나 안으로 몇 걸음 더 들어간 후 보이는 공간은 좀 달랐다.

두꺼운 커튼으로 분리된 한쪽엔 아담한 티 테이블과 의자 두 개, 아기자기한 꽃이 담긴 화분으로 장식된 비밀 테라스가 있었다. 제니스는 그곳을 보자마자 이 카페가 어떤 용도로 쓰였는지 짐작이 갔다.

저 티 테이블 빈 의자에 앉으면 잘 어울릴 것 같은 한 소녀를 떠올리며, 제니스는 테라스 가장자리에 우두커니 서 있는 남자를 바라봤다. 쏟아지는 햇살을 받으며 물끄러미 거리를 내려다보던 남자가 조용히 뒤를 돌았다.

"대공을 뵙습니다."

제니스가 정중하게 무릎을 굽혔다.

"왔군. 인사는 짧게 하지."

방 중앙으로 걸어온 그가 무뚝뚝하게 말했다. 몸을 일으킨 제니스는 가볍게 묵례한 후 아르샤가 권하는 자리에 앉았다.

"이렇게 시간을 내주어 고맙군."

"별말씀을요."

"하일리움은 어떤가?"

"무도회 때문에 시끌벅적합니다."

"……"

"……"

건조한 대화는 오래 이어지지 않았다. 대공은 예의상일 뿐 의미 없는 문답을 이어 갈 생각이 없어 보였고, 제니스 역시 그 침묵에 동조했다.

한 달 만에 보는 아르샤 대공의 얼굴은 가면이라도 쓴 듯 냉랭하고 피곤해 보였다. 해를 등지고 앉은 탓에 얼굴에 옅은 음영이 드리워 더 그런지 몰랐다. 그러고 보니 그녀를 안내한 보좌관 역시 어딘가 침중한 기색이었는데.

생각이 흩어지기도 전에 그 단상의 주인공이 차를 내왔다. 대공은 그를 더스틴이라고 부르며 제니스에게 정식으로 소개했다. 더스틴 말론브로. 백작가의 영식으로 10년 가까이 대공을 수행한 자였다.

"들지."

아르샤가 먼저 찻잔을 들었다.

"감사합니다."

제니스는 뜨거운 차 안에 설탕 하나를 넣었다. 그윽한 홍차 향이 천천히 퍼져 나갔다.

"경황이 없어 안부를 묻는 것도 잊었군. 잘 지냈나?"

"······저야 늘 무탈하지요."

한 박자 뜸을 들인 제니스가 부드러운 미소와 함께 답했다. 눈앞의 남자가 무신경하게 꺼낸 말 한마디에 이루어진 누군가와의 티타임이 떠올라서.

그 만남이 촉발한 대단히 소란스러웠던 지난 한 달의 시간을 곱씹으며 제니스의 미소가 더욱 화사해졌다.

"대공께선 어떠십니까?"

"썩 좋진 않아."

그거 다행이네. 아니면 억울함에 뭐라도 저지를 것 같았거든.

"아니, 솔직히 말하면 이보다 더 나쁠 수 있을까 싶어."

아르샤가 한 모금 마신 차를 내려놓으며 차게 말했다. 제니스와 그의 눈이 정면으로 부딪쳤다.

"······."

"전혀 놀라지 않는 걸 보니 예상했었나 보군."

"그 정도 확신도 없이 어찌 그런 이야길 대공께 아뢸 수 있겠습니까?"

"듣고 보니 그렇군."

아르샤가 쓴웃음을 삼키며 수긍했다.

"에스더를 통해 이미 들었는지 모르지만 레베카의 죽음에 관한 영애의 추론이 모두 맞았다. 게다가······ 그게 전부도 아니었지."

제니스는 잠깐 찻잔을 향해 내렸던 시선을 다시 들어 올렸다. 짧게 따라붙은 마지막 문장에서 진한 자조가 느껴졌다.

"전부가 아니면, 또 무엇이 있었습니까?"

제니스는 겁도 없이 물었다. 어차피 레베카 얀트와 아르샤 대공을 둘러싼 사건에 대해 알 만큼 알았다. 대공이 그를 불편해했다면 자신을 만나러 오지도 않았을 터, 호기심은 기회가 있을 때 해결하자 마음먹고 나온 길이었다.

깊은 숨을 내쉰 아르샤가 다시 찻잔을 들어 올렸다. 옅은 김이 그의 표정을 잠시 가렸다 흩어졌다. 두 눈을 지그시 감았다 뜬 그는 천천히 그동안 있었던 일들을 풀어놓았다.

"셸리어트 자작은 납치범 일당이 그의 영지를 빠져나가지 못할 거라 장담했지만, 실패했네. 그들은 감쪽같이 사라졌고 티벨 호수에서 가져갔을 거라 추정되는 물건도 끝내 찾아내지 못했어. 쥬안 왕국 카므딘 후작에게 사람을 보내 별장 관리인이 가지고 있던 임대 서류를 보여 주자 그는 그런 계약을 맺은 적이 없다고 펄쩍 뛰었지. 실제로, 그 서류는 위조된 것으로 판명되었네."

"아."

"스승님은 한 상인을 가까이했어. 에스더가 엿들었던 협박범이 바로 그였고, 셸리어트 영애가 납치범의 우두머리라고 증언한 자와 동일인이었어. 델라신, 그의 행적을 추적했지만 1개월 전후로 그를 보았다는 사람이 한 명도 없더군. 그의 상단으로 알려진 곳은 본점이든 지점이든 개미 한 마리 얼씬하지 않은 지 오래. 조사 과정에서 그에게 사기를 당했다는 상인만 몇몇 더 알게 되었지."

"흐음."

"그자는 스승님에게만 마수를 뻗친 게 아니었다. 2진 연구원 중 하나도 그자의 협박을 받고 연구 결과를 넘겼더군. 도박 빚 때문에 델라신에게서 돈을 빌렸던 모양이야."

아르샤는 동정할 가치도 없는 놈이라고 이를 까득 갈았다. 그 남자는 빚 탕감은 물론 웃돈까지 받아 챙긴 듯했다.

"핵심 연구원은 아니어서 넘어간 자료도 곁가지에 불과했지만, 중요한 건 내가 나의 팀원을 믿을 수 없게 되었다는 거지. 결국 프로젝트를 잠정 중단하고 모든 팀원을 내사하게 되었어. 그들의 가족과 주변인들 뒷조사까지 하느라 분위기가 말도 못 하게 흉흉했다네."

"추적의 성과는 없는 건가요?"

제니스가 참지 못하고 물었다. 줄줄이 뒤통수 맞은 이야기가 도통 끝나지를 않아서. 이러다 날 저물겠다 싶었다.

아르샤는 어깨를 으쓱했다.

"전혀 없진 않다. 올여름 셀리어트에 들어온 불꽃놀이 상단이 델라신의 위장 상단이었다는 걸 알아냈지. 그들은 셀리어트 관리에게 막대한 뇌물을 주고 올해의 사업권을 따냈어. 절대 그 정도의 뇌물을 쓸 만한 이권이 아니었는데 말이야."

"……."

"……."

"그리고요?"

"처음엔 그게 전부였다."

"처음엔, 이라니 다행히 그다음도 있나 보군요."

제니스가 어느새 식어 버린 차를 성의 없이 휘저으며 중얼거렸다.

"그토록 많은 일이 있었는데 정작 범인의 꼬리는 잡지 못했다고 하시는 줄 알고, 대공께 좀 실망할 뻔했습니다."

건방진 말이었지만 진심이었다. 대공이 쫓는 자들이 정체를 감추는 데 유독 철저한 조직일 수도 있다. 그러나 아르샤가 말한 일들이 모두 한 무리의 소행이라면 그 무수한 흔적을 완벽하게 지울 수는 없었다. 대공 정도나 되어서 그런 놈들도 제대로 찾아내지 못한다면 정말 대실망이다.

"그대는 참 겁이 없군."

아르샤가 가늘게 뜬 눈으로 제니스를 응시했다. 그의 찌를 듯한 시선이 좀 부담스러워진 그녀는 의례적인 미소를 되돌리며 '칭찬 감사합니다.'라고 대꾸했다. 아르샤가 헛웃음을 흘렸다.

"그래, 나도 그런 생각을 했다. 셀리어트 자작이 보내 준 검문 기록, 의심되는 무리의 목록, 수하들이 보내 주는 조사서, 증언들을 아무리 살펴도 정작 이 모든 일을 지휘한 배후의 실체가 너무 모호했어. 그놈들이 이토록 내 주변을 활개 치고 다녔는데 뚜렷하게 용의 선상에 오르는 자가 없다니, 기가 막힐 노릇 아닌가? 그저 다른 나라의 첩자들인가 하는 원론적인 추론밖에 나오지 않더군. 이를 명확하게 밝혀내지 못한다면 그래, 실망뿐일까, 나 자신을 용서할 수 없을 것 같았지. 그래서 매일 밤을 새우며 고민했어. 내가 뭘 놓친 걸까? 도대체 무엇이 나의 눈을 가리고 있는 건가, 라고."

긴 독백을 끝낸 아르샤의 눈동자가 눈에 띄게 어두워졌다. 그의 입술이 힘겹게 열렸다.

"그리고 아주 우연히…… 뜻밖의 사람을 주목하게 되었다."

* * *

수확, 결실, 이별의 엠버를 맞은 랑고트의 푸른 하늘은 찬탄을 불러일으킬 정도로 아름다웠다. 그러나 그 하늘 아래, 격식 있게 지어진 삼 층 저택 한쪽을 차지한 아르샤의 얼굴은 험악하게 일그러져 있었다. 그는 조사원이 보내온 보고서를 와락 구겼다.

1년 전, 낙스 동부 스마할 자작가는 대대로 내려오던 가보를 도둑맞았다. 그만한 일이 전혀 알려지지 않았던 것은 스마할 가문에 그런 가보가 있다는 사실 자체를 아무도 몰랐기 때문.

잃어버린 가보는 팔찌 형태로 피부와 접촉하면 일정한 온기를 내뿜는 기물이었다. 겨울이 되면 그 팔찌를 몸에서 떼어 놓는 일이 없었다는 스마할 자작은 도난당한 물건을 대놓고 찾지도 못하고 가슴앓이를 했다. 이제 와서 그런 물건을 가지고 있었다고 밝혀 봐야 거짓말이라고 매도당하거나, 어떻게 그런 걸 잃어버릴 수 있느냐, 보물을 가질 자격이 없는 가문이라고 조롱당할 게 뻔해서.

자작가가 그 팔찌의 존재를 숨긴 것은 아마 권력자에게 빼앗길지 모른다 염려해서일 것이다. 아르샤만 해도 그런 물건이 있는 걸 알았다면 '연구'라는 명분을 내세워 강제로 팔게 했을 테니까. 그건 누가 봐도 고대 마도 문명의 흔적이 담긴 물건이었다.

셀리어트에서 티벨 호수의 축복이 사라진 걸 직접 목격한 아르샤는 괴한들의 이런 수작이 어쩌면 처음이 아닐지도 모른다는 의심을 품었다. 그는 즉각 낙스 각지에 정보원을 풀었고 기묘한 절경을 가진 곳, 신비한 전설이 내려오는 곳, 예기치 못한 사건, 스캔들이 터졌던 곳을 조사하게 했다.

스마할 자작가의 이야기는 다른 소문을 파고들다 예상치 못하게 얻은 소득이었다. 그리고 놀랍게도, 그와 유사하게 숨기고 있던 신묘한 물건을 도둑맞은 귀족이 여럿 있음을 알게 되었다.

아르샤의 발치에는 구겨진 보고서가 하나 더 있었다. 상인 델라신을 조사하기 위해 달리아 남부로 간 수하의 전언이었다.

델라신이라는 가문이 있기는 있었다. 그러나 이미 수십 년 전 패가망신해 후인들은 모두 뿔뿔이 흩어진 지 오래. 고된 수소문을 통해 그 가문의 마지막 하녀장이었다는 늙은 여자를 찾았다.

"내가 일할 당시 그 집에 아들이라곤 없었수. 어릴 때 병으로 죽었다는 말을 지나가며 듣긴 했지만."

그게 그곳에서 얻은 소득 전부였다. 수하는 델라신이 처음 일을 배웠다는 상단을 찾아가 보겠다고 했지만 그곳에서 무언가를 건질 거란 기대는 할 수 없었다. 델라신과 거래를 했던 자들은 모두 사기를 당했다고 길길이 날뛰고 있었다.

아르샤는 답답한 마음을 간신히 진정시키며 내팽개쳤던 보고서를 주워 서랍 속에 차곡차곡 밀어 넣었다. 습관처럼 찾아온 두통에 머리가 지끈거렸다.

처음 사건의 실상을 알게 되었을 땐 마음만 먹으면 바로 범인을 잡을 수 있을 줄 알았다. 당장 레베카를 죽인 놈을 잡아 그녀보다 백 배, 천 배 더 고통스럽게 죽여 주겠다고 이를 갈았다.

그러나 내막을 안 지 열흘이 넘어가는 지금까지 추적엔 큰 진척이 없었다. 범인들은 아르샤의 속을 들여다보기라도 한 것처럼 한발 앞서 사라졌고, 새로 밝혀진 사실은 모두 그와 낙스가 얼마나 우롱당했는지 보여 주는 것들뿐.

아르샤는 눈을 감으며 주먹으로 가슴을 쳤다. 답답해 죽을 것 같 았다. 자신과 자신의 수하들이 이렇게 무능했던가? 자괴감이 물밀 듯이 밀려들었다.

누굴까? 어떤 놈일까?

역시 개인은 아닐 것이다. 그렇다면 달리아인가? 아니면 퀸트? 그 것도 아니면 티오렌? 아니면 아말일지도 모른다. 그들이야말로 그런 기물이 가장 필요한 땅에서 살고 있지 않나…….

생각이 꼬리에 꼬리를 물었지만 뭐 하나 확실하지 않았다.

"대공, 곧 출발하셔야 합니다."

보좌관 레온의 목소리가 그의 상념을 방해했다. 레온은 문밖에서 일정을 알린 후 더는 재촉하지 않았다. 근래 아르샤의 심기가 사납다 는 것을 아는 저택의 모든 이들이 행동을 조심하고 있었다.

아르샤는 충혈된 눈을 문지르며 자리에서 일어났다. 창밖엔 어느새 석양이 내려앉고 있었다. 몸은 열 개라도 모자라는데, 의무적으로 참 석해야 하는 자리는 왜 이렇게 많은지. 며칠 동안 쌓인 피로가 그의 눈가를 더욱 어둡게 했다.

"어서 오세요, 대공."

하인의 안내를 받아 넓은 홀에 들어서자 바로 오늘의 주인공이 다가왔다.

"부인은 나날이 더 아름다워지시는군요. 생일을 축하드립니다, 공작 부인."

아르샤는 희미한 미소를 던지며 곱게 늙어 가는 중년 여인의 손등 에 입을 맞췄다. 흰머리 하나 없는 아름다운 밤색 머리채를 우아하게 틀어 올린 여인이 같은 색의 눈동자를 곱게 휘며 소녀처럼 까르르 웃었다. 눈가의 주름조차 고왔다.

"호호호, 빈말도 대공께 들으니 기분이 좋군요. 자주 좀 얼굴을 보여 주세요. 요즘 너무 일만 하신다는 소리가 제 귀에까지 들립니다."

가벼운 타박을 날리는 이 귀부인은 낙스의 두 공작 중 하나인 지반트 공작가의 안주인 디아나. 아르샤는 그녀의 생일 파티에 왕실 대표로 참석했다.

"아직 모든 것이 미숙해 그렇습니다. 남들과 같은 성과를 내려니 유난을 떨 수밖에요."

"하하하, 대공의 영민함이야 이미 알 만한 사람은 다 아는데 그걸 핑계라고 대십니까? 은둔이라니, 결혼하기가 그렇게 싫으신 겁니까?"

어느새 지척에 다가온 지반트 공작이 호탕한 웃음소리와 함께 끼어들었다. 아르샤가 뭐라 답하기도 전에, 공작 부인의 반문이 먼저 튀어나왔다.

"어머, 결혼이라니요?"

"얼마 전 국왕 전하를 뵐 때 그러시더군. '이제 내 막냇동생도 슬슬 장가를 가야 하지 않겠는가, 좋은 아가씨가 있으면 알려 주게.'라고. 어떻습니까, 대공? 제 말이 맞지요? 전하께서 갑자기 중매를 서겠다고 하시니 일 핑계로 저택에서 두문불출하시는 게 아닙니까?"

회색 머리카락을 깔끔하게 빗어 넘긴 지반트 공작이 온몸에서 풍기는 중후함과 전혀 어울리지 않는 익살스러운 표정으로 아르샤를 추궁했다.

"그런 말씀을 듣기야 했지만 아직은 때가 아닌 것 같아 정중히 사양했습니다."

아르샤가 쓴웃음을 지으며 해명했지만 공작 부인의 눈은 더 초롱초롱해졌다.

"대공의 말을 듣고 전하께서 '오냐, 그래라' 하시던가요? 무엄하게 진실을 말하자면, 전하 성격에 바로 가납하진 않으셨을 텐데요?"

아르샤가 가볍게 웃음을 터뜨렸다.

"부인께선 앉아서 천 리를 보시는군요. 맞습니다. 몰골이 그게 무어냐 곁에서 보살펴 주는 손길이 없어 그렇지 않냐, 호통을 치셔서 진땀을 빼긴 했습니다."

"제가 보기에도 전하의 염려가 백번 지당합니다. 오늘도 안색이 별로십니다."

지반트 공작이 고개를 주억이며 동조했다.

"그래요, 결혼이야 원하실 때 하시더라도 건강은 챙기셔야죠. 이렇듯 창백하고 우수에 찬 모습이라니, 세상에 큰 죄를 짓는 겁니다. 오늘 이곳에 온 귀부인들의 마음을 모두 훔칠 작정이세요?"

공작이 어이없다는 표정을 지었다.

"아니 부인, 지금 그런 이야기가 아니잖소?"

"병약한 미청년은 취향이 아니지만 그게 대공이라면 나쁘지 않은……."

"어허, 부인!"

"챈들러 후작 부부께서 도착하셨습니다!"

마침 다른 손님의 도착을 알리는 외침이 들렸다. 공작 부인의 귀가 쫑긋거리자 아르샤가 얼른 말했다.

"어서 가 보십시오. 다른 손님도 맞아 주셔야지요."

공작 부인이 미안한 얼굴로 아르샤를 바라봤다.

"그럼 잠시 실례할게요. 인사만 하고 바로 올 테니 어디로 도망갈 생각은 하지 마세요. 알겠죠?"

공작 부인은 마지막까지 엄포를 놓은 후에야 챈들러 후작 부처를 맞으러 자리를 떴다. 아르샤는 조용히 미소 지었다. 가끔 사람을 난처하게 만들긴 하지만 따뜻한 성품과 유쾌한 화술로 함께 있는 사람을 즐겁게 만드는 여인이었다. 그녀의 뒤를 졸졸 따르는 공작이 툴툴거리는 소리가 들렸다.

"아니 변명 한마디 안 하는 건가? 대놓고 딴 남자에게 한눈을 팔아 놓고?"

"호호호, 부러우면 회춘을 하시던가요."

공작 부인의 웃음소리가 낭랑하게 울려 퍼졌다.

아르샤는 서로 장난을 치며 멀어지는 두 사람에게서 눈을 떼지 못했다. 공작 부부는 언제부터 저렇게 사이가 좋았던 걸까? 어떻게 만났을까? 공작 정도라면 분명 엄격한 계산 후에 결정된 혼사였을 텐데 어떻게 저런 다정한 부부가 됐을까……. 만약, 레베카가 죽지 않았다면…… 그와 그녀도 저렇게 행복한 한 쌍이 되었을 텐데…….

기습처럼 떠오른 생각에 가슴이 욱신거렸다. 아르샤는 황급히 돌아서며 이를 악물었다. 그는 지나가는 시종이 나르던 위스키를 거칠게 잡아챘다. 이 고통을 잠시나마 잊으려면 독한 술이 필요했다. 그러나 손에 든 것을 한 모금 들이켜기도 전에 그와 인사를 하려는 사람이 몰려들었다.

후작, 백작, 기사, 학자, 그들의 아내, 그들의 자식들, 친구라고 부르는 자들이 차례로 다가와 한마디씩 하기 시작했다.

"그동안 너무 격조하셨습니다, 대공."

"건강이 정말 좋지 않으신 겁니까? 안색이 창백하십니다. 마침 저희 가문에 좋은 치료사가 있는데 한번 만나 보시겠습니까? 아니면 신관을 선호하십니까?"

"연구원에 있는 제 친구가 말하길, 곧 굉장한 발표가 있을 거라는데 사실입니까? 우리 낙스가 마도 문명과 관련된 힘까지 갖추게 되면 그 누구도 우습게 보지 못할 겁니다. 특히 달리아 놈들을 한 방 먹이는 게 가장 기대됩니다. 하하하하."

"대공, 결혼하신다는 게 사실인가요? 어떤 아가씨가 낙스 최고의 신랑감을 차지하게 될지 너무 궁금해요."

또 누군가는 말했다.

"친구이신 타타크가의 공자는 요즘 어떻게 지내시나요? 영 보이지 않으시네요. 참 유쾌한 분이셨는데."

"어머, 저도 그게 궁금했답니다. 방랑벽이 있다고 가끔 말씀하시긴 했지만 대부분 낙스에 머물지 않았나요? 우리 대공 전하가 이곳에 계시니까요."

"두 분이 나란히 서 계시면 눈이 참 즐거웠죠."

"호호호, 부정할 수가 없네요."

아······. 디카프넨······.

"그가, 랑고트에 없습니까?"

모든 질문에 단답형으로 일관하던 아르샤가 관심을 보이니, 귀부인 들이 볼을 발갛게 물들이며 호들갑을 떨었다.

"어머, 대공도 모르셨어요? 벌써 몇 개월째 보이지 않으시는데. 매 너가 너무 좋아 제 살롱에도 한번 초대하고 싶었는데 말이죠. 아마 이번 여름은 로하샤이엄이나 나일라함에서 보내신 모양이죠? 재밌는 일은 랑고트에도 많은데, 왠지 질투 나네요."

"사실 처음엔 그분 출신도 그렇고 좀 꺼려졌는데—이 부분에선 아르샤의 눈치를 보며 살짝 목소리를 죽였다—대공께서 괜히 가까이하신 게 아니라는 것을 곧 알게 됐죠. 호호호, 참 매력적인 분이세요."

"그럼요. 대공 전하의 안목을 뭐로 보고."

옆에 있던 귀부인이 목청을 높이며 앞서 출신 운운하는 말을 꺼냈던 여인을 향해 눈살을 찌푸렸다. 그녀 역시 괜한 말을 했다 싶은지 연신 아르샤의 얼굴을 살폈다. 그러나 아르샤는 그녀들의 대화를 거의 듣고 있지 않았다.

랑고트에 없다고?

먼저 간다고 하지 않았나?

벌써 다른 도시로 떠난 건가?

디카프넨이 꼭 랑고트나 아르샤 주변에 머물러야 하는 건 아니었지만 그래도 기별 한마디 없이 떠났다고 생각하니 좀 섭섭했다. 지금 그에게 닥친 힘든 일 때문에 더욱 그런 마음이 드는지도 몰랐다. 그를 만나, 누구를 향해야 할지 알 수 없는 이 분노와 고통을 쏟아 내면 숨쉬기가 좀 수월해지지 않을까, 그런 생각이 들어서.

몰래 떠난 셸리어트에서 그의 앞에 불쑥 나타났던 것처럼, 이번에도 그렇게 자신을 찾아와 주면 좋겠다. 그리고 그때처럼 걱정도 해 주고, 야단도 쳐 주고, 무슨 일인가 하고 물어 주면…… 그러면 그땐 다…….

……아?

아르샤의 안색이 딱딱하게 굳었다.

"대공?"

그의 옆에서 신나게 떠들던 중년 부부가 의아한 얼굴로 그를 불렀다.

지금…… 섬뜩한 무언가가 머릿속을 스쳤는데…… 그게 뭐지……?

아르샤의 무릎이 휘청 꺾였다.

"대공!"

손에 들려 있던 술잔이 바닥으로 곤두박질쳤다.

"꺄악, 괜찮으세요?"

"정신 차리세요, 대공!"

머리가 윙윙 울렸다. 눈앞이 깜깜하고 속이 메스꺼웠다. 정신을 잃었던가? 모르겠다. 순간 숨이 꽉 막힌 듯해 한참을 헐떡이다 눈을 뜨니 그의 두 무릎이 바닥에 닿아 있었다.

"대공, 괜찮으세요?"

지반트 공작 부인이 달려왔다. 걱정스러운 얼굴로 그를 내려다보는 그녀를 보며 아르샤는 반사적인 미소를 지었다. 다리가 후들거렸지만 내색하지 않으며 천천히 일어섰다.

"경사스러운 자리에 소란을 일으켜 죄송합니다, 부인."

"무슨 그런 섭섭한 말씀을! 이렇게 몸이 좋지 않으시면 미리 말씀하셨어야죠."

공작 부인이 진심으로 화를 냈다. 아르샤는 그저 희미한 미소만 지었다.

"죄송하지만, 이만 돌아가 봐야 할 것 같습니다."

"당연히 그러셔야죠. 대공껜 죄송하지만 저도 전하의 편을 들어야겠습니다. 결혼이 그렇게 나쁜 건 아니랍니다."

그가 쓴웃음을 지었다. 소식이 전해졌는지 수행원 두 명이 헐레벌떡 들어왔다. 아르샤는 떨리는 손을 감추며 그들의 부축을 받아 달려 나온 마차에 올랐다. 잠시 자리를 비웠던 지반트 공작이 돌아와 떠나는 아르샤를 배웅했다.

당장 치료사나 신관에게 가자는 수행원들의 애원을 물리친 아르샤는 곧장 저택으로 돌아와 삼 층 집무실로 향했다. 그는 미친 듯이 서랍을 열어젖히고 돌아오는 내내 생각하던 것을 찾았다.

마침내 손에 든 두툼한 종이 뭉치는 셸리어트 자작이 보내 온 출입 기록 필사본. 앨리스의 납치 사건이 있었던 날부터 나르스트의 마지막 날까지, 셸리어트를 오간 모든 자의 기록이었다.

일시와 인원수, 신분, 성별, 방문 목적, 아래엔 자작의 필체로 주석이 달려 있었다. 확인, 미확인, 확인, 확인, 미확인.

셸리어트 자작은 막대한 자금을 풀어 사람을 사고 셸리어트를 떠난 사람들을 조사했다. 그들이 기록으로 남긴 신분이 맞는지 일행의 수가 조작되진 않았는지 확인하도록 했다. 그 와중에 의심스럽게 증발한 몇몇 집단을 알게 되었고 그중 하나가 불꽃놀이 상단이었다.

'없어…….'

페이지를 넘기는 아르샤의 손이 빨라졌지만 찾는 것은 나타나지 않았다. 착각이 아니었다. 파티장에서 순간 떠올랐던 단상이 맞았다. 디카프넨의 기록이, 없었다. 이 서류를 처음 봤을 땐 미처 인지하지 못했던 사실이었다.

그를 마지막으로 본 게 언제였지? 그래, 제니스 린트벨이 찾아왔던 날. 아르샤는 그날을 되짚었다.

디카프넨이 아르샤가 머무는 곳으로 찾아와 합류를 요청한 건 그보다 2, 3일 전이었다. 원래 머물던 곳의 임대 계약이 끝났는데 자신과 며칠 시간을 보내고 싶다고 해 즐거운 마음으로 허락했다. 그리고 나르스트의 스물한 번째 날 먼저 랑고트로 떠났다. 오래된 선약이 있어 미룰 수 없다고 했다.

그때 짐 하나를 맡겼다. 아랫것들이 시원치 않아 마차 한 대가 고장 난 걸 이제 알았다고. 그러니 대신 랑고트로 가져다주면 안 되겠냐고.

짐마차가 넉넉해 그러마하고 승낙했던 게 떠올랐다. 자신이 랑고트로 올 때 가져왔을 텐데, 그 짐을 찾아가기는 한 건가?

그가 집사를 소리쳐 불렀다.

"내가 셀리어트에서 돌아올 때 디카프넨의 짐을 맡아 준 게 있었다. 그게 지금 어디에 있는지 알아 오라."

집사는 10분도 지나지 않아 남자 하인 하나와 함께 돌아왔다. 셀리어트에 동행했던 자였다.

"자네가 직접 아뢰게."

불려 온 하인이 잔뜩 긴장한 얼굴로 입을 열었다.

"당시 그분의 짐이 실린 마차를 제가 몰았습니다. 랑고트 저택에 들어섰을 때가 정오를 조금 넘긴 시간이라 마차를 그대로 세워 두고 점심을 먼저 먹었습니다. 그리고 2시간 후인가, 타타크 공자의 하인이라는 남자 셋이 찾아와 짐을 가져갔습니다."

"그런데 날 보러 오진 않았다고?"

"저, 타타크 공자는 보이지 않으셨습니다. 그리고 그때 주인님께선 전하를 뵈러 궁에 들어가셨던 것으로 기억하고 있습니다."

"디카프넨의 사람인 건 확실한가?"

하인이 머뭇거렸다.

"저…… 죄송합니다, 주인님. 제가 타타크 공자의 하인을 모두 아는 건 아니라……. 다만 그분의 표식을 들고 왔기에 믿고 내주었습니다."

그의 얼굴에 수심이 가득했다. 집사가 대신 물었다.

"주인님, 혹 큰 실수가 있었던 겁니까?"

"……아니, 알았다. 물러가라."

하인은 죽다 살아난 표정으로 집무실을 나갔다.

두 사람을 물린 아르샤가 다시 출입 기록을 뒤지기 시작했다. 그가 떠난 것으로 생각되는 날 남겨진 기록을 하나하나 짚었다. 어디어디 남작과 평민, 상인, 그 아래에 기록과 사실이 일치한다는 셀리어트 자작의 주석이 달려 있었다. 그리고 미확인으로 표시된 잡부, 불꽃놀이 상단 무리도 그날 기록에 있었다.

생각은 다시 처음으로 되돌아갔다. 왜 기록이 없을까? 앨리스 셀리어트의 납치 사건이 생긴 후 셀리어트의 검문은 몹시 엄격했다. 들어올 때는 몰라도 나갈 때는 흔적 없이 나갈 수 없었다.

그런데 왜 기록이 없을까?

아르샤는 답을 알고 있었다. 디카프넨이 숨겼기 때문이다. 거짓 이름을 댔거나, 수하의 이름을 댔거나, 거처를 주선해 준 상인의 이름을 사용했을지도 모른다.

하지만 왜 그랬지?

이름을 숨기는 건 자신을 부정하는 것과 같았다. 자존감이 하늘을 찌르는 대부분의 귀족은 절대 하지 않을 행동이었다. 디카프넨이 평소 보여 준 자유분방한 감성을 고려해도 그렇다.

쉬고 싶고 사람들의 이목이 쏠리는 게 싫다고 했지만 원래 그는 사람 사귀는 걸 매우 좋아하는 위인이었다. 게다가 떠나는 마당에 이름 한 줄 남기는 게 무슨 대수란 말인가. 길목을 지키는 기사와 병사가 그를 잡고 늘어질 것도 아닌데.

왜 숨겼을까?

아르샤는 의미 없는 질문을 계속 던졌다. 아무리 생각해도 명쾌한 답이 나오지 않았다. 지반트 공작가의 저택에서 잠시 쓰러졌던 때처럼 숨이 가쁘고 가슴이 꽉 조여 오기 시작했다.

왜, 왜 이렇게까지 숨겨야 했나? 왜 그랬지, 디카프넨?

아르샤는 종이 뭉치를 움켜쥔 채 마치 무서운 것을 본 어린아이처럼 눈물을 뚝뚝 흘렸다.

범인은 자신과 레베카의 사이를 알았다.

범인은 그가 주관하는 연구가 무엇인지 알고 있었다.

범인은 그의 연구원과 주변인을 꿰고 있었다…….

'범인은…… 범인은 내 옆에 있었어.'

셸리어트를 빠져나온 사람 중 기록이 남지 않은 또 한 명의 사람이 있다. 아르샤 림 헤이트 바로 자신. 셸리어트 영애와 카란 공자를 데리고 있던 그의 일행은 당연히 아무런 검문도 받지 않고 셸리어트를 떠났다.

만약, 정말 만에 하나.

디카프넨이 자신이 찾고 있는 배후라면, 그리고 그가 자신에게 맡긴 짐이 티벨 호수의 유물이라면, 이해할 수 없었던 많은 것들이 설명된다.

툭─

구겨진 출입 기록 필사본 뭉치가 바닥으로 떨어져 내렸다. 텅 빈 아르샤의 눈에선 더는 눈물도 흐르지 않았다.

아르샤가 디카프녠을 처음 만난 것은 낙스 왕립 학원에서 수학하다 하일리움 2년 차로 들어갔던 열일곱 살 때였다. 격식을 따지는 왕실에서 호젓하게 자라 외로운 유년기를 보낸 아르샤는 하일리움에선 자신의 신분을 개의치 않는 친구를 만날 수 있지 않을까, 좀 순진한 기대를 했더랬다.

그러나 하일리움이라고 권력과 신분을 넘어서는, 동화 같은 낭만이 존재하는 곳은 아니었다. 다가오는 사람은 많았지만 진짜 친구가 되려는 이는 없었다. 그런 현실에 아르샤가 크게 실망하던 무렵, 디카프녠을 만났다. 귀족으로 인정받긴 하지만 동시에 경원시 당하는 한 소년. 그는 주변의 차가운 눈초리에도 웃음을 잃는 법이 없었다.

디카프녠은 늘 당당했다. 상대방이 황족이나 왕족이라 해서 기죽는 법이 없었고, 남작이나 자작가의 영식이라고 함부로 하지 않았다. 그것이 아르샤의 시선을 끌었고 어느 순간부터 많은 시간을 함께하게 되었다.

디카프녠과는 겹치는 것이 많았다. 독서 취향, 술 취향, 거짓말을 싫어하는 것, 좋아하는 그림, 과목, 좋아하는 연극과 배우도 모두 비슷했다. 그는 사교성도 좋았다. 친구가 많았고—특정 이유로 그를 싫어하는 몇몇을 빼고—어떤 모임에서나 환영받았다. 박학하고 유머와 위트가 넘쳤다.

아르샤는 디카프녠이 시도 때도 없이 던지는 농담도 좋아했다. 늘 진지하기만 한 자신을 지루하다고 말하지 않아서 좋았다. 어디에 있든 자기 집처럼 편안해 보이는 여유와 자신감, 어른스러움을 동경했다.

단 하나 있는 단점이라면 지나치게 여자를 좋아해 고급 정부와 자주 어울리는 듯했다는 것. 물론 그런 모습을 자신에게 적나라하게 보여 준 적은 없었다. 가끔 풍기는 여자 향수 냄새에 그렇게 생각했을 뿐. 밖으로 드러내지 못하는 자괴감을 그렇게 푸나 보다—라고.

늘 여유롭고 넉살이 좋은 그였지만 단 한 번 몹시 낯선 얼굴을 보여 준 적이 있었다. 아마, 하일리움을 졸업하기 직전이었을 거다.

정치외교학부 본관 건물 앞에 있는 커다란 산티노스 나무 아래 그가 서 있었다. 만날 약속을 했던 아르샤는 웃으며 디카프넨을 부르려 했다. 그러나 그 앞을 지나가던 한 무리의 소년이 먼저 입을 열었다.

"이제야 바란카도의 쓰레기와 얼굴 마주칠 일이 없어지겠네."

"시궁창 냄새에 코가 썩는 줄 알았다니까."

"하일리움도 스스로 고귀함을 지키려면 좀 더 엄격해질 필요가 있다는 걸 알아야 할 텐데 말이야."

디카프넨보다 한 연차 아래인 소년들이었다. 그들은 디카프넨이 듣고 있다는 것을 알면서도 개의치 않았다. 아니, 들으라고 하는 소리였다. 저열했다. 디카프넨은 생전 처음 보는 차가운 얼굴로 낄낄거리며 멀어지는 그들의 뒷모습을 지켜보았다. 그 무리가 희미한 점으로 보일 때까지 계속, 시선을 떼지 않았다.

그 시선에 담겨 있던 지독히 무거운 무언가를, 아르샤는 감히 헤아릴 수 없었다. 그래서 웃었다.

그는 그날 약속에 한참 늦었고, 디카프넨에게 엄청난 타박을 들었다. 아르샤는 용서를 빌며 사과의 의미로 식사와 술, 장신구와 책, 음악회 입장권 등을 사 안겼다. 디카프넨의 마음이 조금이라도

위로받길 바라며, 자신의 웃음이 그의 어둠을 조금이라도 희석하길
바라며.

디카프넨 샤 타타크. 그는 바란카도 군도 연합 출신이었다.

바란카도 군도는 대륙 북서쪽 바다를 차지하고 있는 수백 개 섬의
집합체였다. 본토와의 거리는 약 500카미르. 수백 개라고는 하지만
북쪽에 있는 섬은 대부분 무인도인 돌섬이고 그나마 남쪽에 있는 백
여 개 정도에만 사람이 살 수 있었다.

앞바다에 잔디처럼 깔린 암초, 높은 파도, 농사짓기 적합하지 않은
땅 같은 자연환경 때문에 대륙 역사 초기에는 아무도 살지 않는 황무
지였다. 그러나 항해술이 조금씩 발전하며 더는 대륙에서 살 수 없게
된 사람들이 하나둘 바란카도 군도로 모여들기 시작했다.

그들이 가진 사연이란 대부분 음침하고 폭력적인 것들. 농사도 짓
기 어려운 땅에 모여든 범죄자들이 해적이 되는 건 어쩌면 당연한
순서였다. 하지만 당시 좀도둑 취급도 받지 못하던 그들이 백여 년
후엔 악명 높은 바다의 무법자로 이름을 떨치리라곤, 본인들도 알지
못했을 것이다.

대륙 서부 해안은 그들의 약탈로 몸서리를 앓았고 도를 넘는 횡포는
서부 해안을 영토로 가진 모든 왕국의 경각심을 불러일으켰다.

해적을 소탕해야 한다는 목소리가 커져 갔고, 중심이 된 것은 당시
건국된 지 100년이 좀 넘어가던 티오렌 제국이었다. 시아렌 황가의
통치가 안정기에 접어들며 국력이 크게 상승한 티오렌은 해적 소탕
을 위한 연합군 창설을 주장했고 열두 개의 나라가 이에 동참했다.

전력은 연합군이 우세했으나 부족한 해전 경험과 통일되지 못한

지휘 체계는 이 전쟁을 5년이나 끌고 갔다. 그리고 마지막 저항지 차링 섬이 함락되며 바란카도 군도의 해적 시대는 막을 내렸다. 투항하길 거부한 몇몇 해적은 연합군의 눈을 피해 먼바다로 달아났다.

연합군은 바란카도 군도에서 가장 큰 네 개의 섬에 네 명의 대리자를 세워 나머지 섬과 투항자들을 통제하도록 했다. 그들은 대륙과 교역할 수 있는 권리를 가졌고 그를 이용해 권위를 세웠다.

그러나 1대 대리자들의 달콤함은 짧았다. 13개국 연합군은 바란카도 군도에서의 일이 마무리된 이후 쌓여 있던 서로에 대한 불만을 터뜨렸다. 날 선 신경전도 잠시, 앙금이 깊었던 몇 나라가 서로의 국경을 넘으며 잔혹한 160년사 대륙 전쟁이 시작되었다.

바란카도 군도는 다시 방치되었다. 바람막이가 없어진 1대 대리자들은 소리 소문도 없이 죽어 나갔다. 누구는 사고로, 누구는 암살자에게, 또 누구는 심복에게 목숨을 잃었다.

그 거친 땅도 땅이라고, 권력의 주도권을 잡으려는 사람들의 이합집산이 수없이 반복됐다. 대륙 전쟁보다 규모는 작았지만, 어찌 보면 더 잔혹하고 처절했다. 그들의 싸움엔 뒤가 없었다. 항복해도 받아주지 않았다. 죽거나, 살 뿐이었다.

그렇게 50여 년의 시간이 흘렀을 때, 새로운 네 가문의 지배가 공고해졌다. 그들은 연합군과 싸우면서 조직적인 군대의 위력을 실감했고 네 개 지역 분리 통치의 효율성 역시 이해했다.

연합군이 세운 그 구조를 그대로 빌려, 얼마 전까지 친구요 동료였던 누군가를 베고 밟아 지배자의 자리를 차지한 네 가문은 겔만의 타타크, 차링의 디엘린, 브롬그렌의 고트, 토크타의 카스타나였다.

섬에서 기반을 굳힌 그들은 내부적으로는 각자의 지역을 개별 통치하고, 외부적으로는 하나의 연합으로 활동하겠다는 내용을 대륙에 선포했다. 바란카도 군도 연합의 출범이었다.

연합이 가장 먼저 한 일은 과거를 청산하고 이미지를 쇄신하는 것이었다. 그들은 바란카도 군도에 더 이상 해적은 없다고 목소리를 높이며 용병으로 대륙 전쟁에 참전하기 시작했다. 그들은 연합을 정상적인 도시 국가 연합으로 인정해 주는 국가—대부분 패색이 짙어 멸망의 징조가 보이는—쪽에서 싸웠다. 그들이 멸망해도 상관없었다. 하나의 전쟁이 끝나면 또 하나의 전쟁이 시작되었고 불리한 쪽은 늘 생기기 마련이었으니까.

그 노력이 무색하지 않아, 대륙 전쟁이 끝났을 땐 해적의 오명을 벗고 용병들의 나라로 인식되는 데 성공했다. 그들은 수준 높은 항해술과 선박 제조법을 앞세워 대륙 동부 왕국과 교류하기 시작했다. 바란카도 군도의 악명을 옛날이야기 정도로 전해 들은 동부는 서부보다 쉽게 그들을 받아들였다. 막 무역이 활성화되며 상선 호위에 뛰어난 능력을 보이는 용병이 필요해서이기도 했다.

물론 그런 용인을 위해 바란카도의 네 가문이 대륙 동부에 쏟아부은 재화가 어마어마하다는 소문이 솔솔 흘러나왔고, 바란카도 군도가 그 돈을 어디에서 마련한 거냐는 의혹이 불거지기도 했다.

또한, 해적과의 단절을 선언한 지 오래되었음에도 특유의 잔인하고 거친 문화가 뿌리 깊이 남았다. 그중 하나가 바로 네 가문의 후계자 쟁탈전.

그들은 서열도, 성품도, 세력도 따지지 않았다. 그들이 인정하는 것은 단 하나. 마지막까지 살아남는 자가 가문의 다음 주인이 된다는 것이었다.

그리고 디카프넨은 그런 바란카도 군도 연합의 네 맹주 중 하나인 타타크가의 자식이었다. 그가 가문의 본거지인 겔만 섬을 떠나 대륙으로 온 것은 열세 살 무렵, 네 살 위인 그의 형이 죽은 직후였다.

후계자 전쟁에서 밀린 그의 형은 누군가의 독수에 목숨을 잃었다. 당시 어린 디카프넨을 지키기 어렵다고 판단한 그의 어머니는 대륙에서 작은 상단을 운영하는 친정에 디카프넨의 보호를 위탁하기로 했다.

다행인지 아닌지 후계자 싸움은 오직 바란카도 군도 내에서만 가능했다. 그러니 대륙으로 도망가는 건 후계자 자리를 포기한다는 의사표시였고 목숨을 보전할 유일한 방법이었다. 그 이야기를 해 주던 디카프넨의 쓸쓸한 얼굴을 아르샤는 아직도 기억한다.

그래서 더 캐묻지 못했다. 안전을 위해 자세한 이력을 조사해 보자던 더스틴의 의견도 무시했다. 친구였기에 상처투성이일 게 분명한 과거를 멋대로 파헤치고 싶지 않았다. 언젠간 모두 알게 되리라 여겼다.

그러나, 그게 이런 식으로 이루어질 줄은 몰랐다.

아르샤는 더스틴이 3일 만에 내민 첫 보고서를 받아 천천히 읽어 내렸다. 세 장 남짓한 짧은 내용이었지만 필요한 건 다 들어 있었다.

불길한 예감을 현실로 바꾸어 주는, 서늘한 사실들이.

* * *

"의심하신 대로였습니까?"

"……그랬다."

말하는 동안 감정이 격양됐는지 아르샤의 손가락이 미세하게 떨렸다.

"그가 여행이라고 다녔던 지역은 마도 문명의 흔적이 사라진 것으로 추정되는 곳들과 일치했다. 그의 외가로 알려진 드루이드 상단 지점은 몇 개월 전부터 잠정 휴업 상태로 사람도, 짐도 없더군. 대신 그 상단 사람이 내 저택의 하녀와 연구원의 관리를 매수하려 했던 정황을 포착했다."

아르샤는 직접 주전자를 기울여 빈 찻잔을 채웠다. 말을 많이 한 탓인지 아니면 다른 이유가 있는 건지 몹시 목이 타 보였다.

"그다음부턴 더 의심스러운 행적이 쏟아졌다. 그가 가까이하던 고급 정부 두 명은 행방불명이고, 1년 전 스마할 자작에게 접근한 적이 있다는 것도 알게 됐지. 드루이드 상단을 드나들던 신원 불명인의 인상착의가 델라신이 부리던 상단 직원과 같다는 것도. 하나같이 체격이 건장하고 힘깨나 쓸 거 같은 사내들이었다."

제니스는 아르샤의 말을 들으며 셀리어트에서 그를 처음 방문했던 날을 떠올렸다. 현관에서 우연히 마주쳤던 은발의 사내. 그가 앨리스 납치 사건과 레베카의 죽음을 교사한 막후였다니. 그날 자신의 시선을 잡아끌었던 것은 주위를 배회하던 레베카의 의지였던 걸까?

어쨌거나 대공의 설명을 들으니 한때 가졌던 의문 하나가 해소되었다. 제니스는 왜 괴한들이 굳이 납치 사건까지 일으키며 일을 서둘렀는지 궁금했다. 시간이 조금만 지나면 셀리어트는 저절로 한산해졌을 테고 얼마든지 조용히 원하는 것을 얻을 수 있었을 텐데.

"이제야 그 답을 알겠네요."

제니스의 이야길 들은 아르샤의 눈가가 비릿해졌다.

"······나 때문이라는 건가?"

"그렇지 않을까요? 그곳에서 대공을 만나 여유를 잃은 거예요. 대공이 셀리어트에 온 목적을 의심했고, 그래서 일을 서둘러야 했던 겁니다."

"하······ 하하하······ 하하하하."

아르샤가 마른 웃음을 터뜨렸다.

"일이 참 우습게 돌아가는군. 셀리어트 자작과 카란 백작에게 사과라도 해야 하는 건가? 나 때문에 아들과 딸이 죽을 뻔했다는 걸 알면 지금처럼 고마워하지는 못할 거야, 그렇지 않나?"

글쎄, 그쪽이 아니더라도 앨리스가 사고를 쳤을 텐데 뭐.

"소재 파악은 하셨습니까?"

제니스가 말을 돌렸다.

"아니."

아르샤가 여전히 가벼움을 가장한 목소리로 말했다.

"엠버의 열 번째 날, 낙스의 체카타 항구. 내가 알아낸 건 거기까지였다. 그 이후의 행적은 묘연해."

"바다로 나간 모양이군요."

"아마도."

어라, 혹시.

"해적, 인가요?"

아르샤의 입술이 삐뚜름해졌다. 그에게서 보게 될 거라고는 한 번도 상상하지 못했던 낯선 표정이었다.

"그렇게 생각할 수밖에 없지. 그와 델라신이 부리던 사람들은 모두 햇볕에 탄 거무스름한 피부를 가진 건장한 사내들이었어. 몰랐을 땐 바란카도 군도 출신이니 당연하다고 생각했지만 대륙에서 정상적인 상단 운영을 했다면 그렇게 하나같이 뱃사람의 특징을 가지진 못했을 거야.”

“그와 타타크가의 관계는 어떻습니까?”

“확인 중이다. 마침 이번 티오렌 건국제에 타타크가에서도 사람이 왔기에 슬쩍 떠봤다.”

아르샤가 냉소했다.

“알고 그러는 건지 모르고 그러는 건지, 그의 이름이 나오자마자 선을 긋더군. ‘그가 대공의 심기를 상하게 한 일이 있다면 죽이십시오. 이미 본가와는 연이 끊어진 잡니다.’라고.”

와우, 듣던 대로 화끈한 집안이네.

그러나 아르샤의 감상은 제니스와 방향이 달랐다.

“그들은 항상 그랬다. 발아래 납작 엎드려 간이라도 빼 줄 듯 굴지만 그 눈에 진정한 공경과 신의가 담긴 적은 없어. 디카프넨에게 해적과의 연결 고리가 있다면 그건 타타크가나 바란카도 군도에서 비롯되었음이 분명하다. 나는 그가 실컷 이용당하고 버려지는 패라 해도 놀라지 않을 거야.”

흠. 분노의 대상이 넓어진 건가? 아니면…….

“나는 타타크가도 바란카도 군도도 곱게 봐 넘길 생각이 없어. 그들은 과거를 청산한 게 아니라 해적들과 새로운 공생 관계를 만들어 왔음이 분명해. 그동안 지키는 자와 훔치는 자가 똑같았다니, 정말 웃기지 않나?”

그러는 그쪽 눈은 조금도 웃고 있지 못하신데요? 제니스가 속으로 중얼거렸다.

피에로의 기괴한 화장처럼 어색하게 당겨진 입꼬리에 매달린 건, 누가 보더라도 자신을 향한 조소.

저렇게 자신을 비웃으면 뭐가 좀 나아지시나? 제니스는 은근히 짜증이 났다.

처음의 침착함은 모두 연기였는지 아르샤는 디카프넨의 이야기가 나온 후 완전히 평정을 잃고 있었다. 그는 분노와 슬픔 중 무엇도 선택하지 못한 사람 같았다. 방향을 잃은 감정은 결국 냉소를 가장한 자책감으로 올인, 떨쳐 버리지 못한 미련이 양념처럼 덕지덕지 붙어 있었다.

진짜, 꼬락서니 하고는.

"만약 내 가설이 사실이고 이것이 대륙에 알려진다면……."

"대공."

제니스가 그의 말을 잘랐다. 오늘 일로 아르샤 대공과 연이 끊어진다 해도 어쩔 수 없다. 하고 싶은 말은 해야 하니까.

"뭐지?"

"그렇게 이유를 만들고 싶으세요?"

"……무슨 말이지?"

"디카프넨 샤 타타크. 그에게, 그럴 수밖에 없는 이유가 있었다고 생각하고 싶으시냐고요."

제발 그래서였길 간절히 원하는 사람 같아서요.

"……."

"……."

순간 말이 없던 아르샤의 얼굴이 단박에 일그러졌다. 그가 벌떡 일어나며 소리쳤다.

"감히! 나를 어떻게 보고 그런 머저리 취급을 하는 거지?"

희미하게 떨리는 목소리.

그래, 인정하지 않을 줄 알았다.

아르샤의 반응을 본 제니스의 눈동자가 되레 냉정해졌다.

"제가 정신 못 차리는 대공을 대신해 깔끔하게 정리해 드릴 테니 잘 들으세요."

"뭐라?"

"첫째, 나쁜 놈에겐 이유 따위 없습니다. 그냥 그러고 싶어 그런 거예요. 굳이 이유를 갖다 붙이자면 통제할 수도, 통제할 생각도 없는 그들의 욕망 때문이겠죠. 둘째, 정상 참작이 가능한 실수는 한 번뿐입니다. 그걸 두 번 세 번 되풀이하면 더는 실수가 아니죠. 원래 그런 놈인 겁니다."

"영애, 그대가 뭘 안다고……."

"대공, 세상 모든 사람이 대공을 좋아하진 않습니다. 세상 모든 사람이 대공의 호의를 기꺼워하진 않아요. 그러니 어쩌다 재수 없게 질 나쁜 인간 하나 만났다고, 세상 끝난 것처럼 굴지 마세요."

아르샤가 충혈된 눈으로 제니스를 노려보았다. 꽉 쥔 주먹이 부들부들 떨렸다. 그가 한참 만에 겨우 입을 열었다.

"연인을 잃고, 의지하던 스승을 잃고, 그나마 마음 주던 친구까지 잃었는데……. 이 모든 것이 아무것도 아니라고?"

목소리는 낮았지만 그 안의 기세는 사나웠다. 당장에라도 제니스를 후려칠 것 같았다. 그럴수록 제니스는 여유로워졌다.

"믿었던 사람의 배신은 슬픈 일이죠. 황망하고 열 받고, 이가 바득바득 갈릴 겁니다. 그런 자를 가까이한 자신에게 화도 나겠죠. 하지만 그렇다고 그런 짓을 저지른 놈에게 무슨 이유가 있었을 거야, 대신 변명해 줄 필요는 없습니다."

"다시 말하지만, 그런 생각은 떠올린 적도 없네."

아르샤가 눈을 번뜩이며 한 자 한 자 힘주어 말했다.

"계속 그런 모욕적인 말을 지껄인다면, 린트벨 영애 그대라 해도 더는 참지 않겠어."

네네, 어련하실까요.

아르샤의 매가리 없는 경고를 귓등으로 흘리며 제니스는 밀어라도 건네듯 낮고 부드러운 목소리로 속삭였다.

"그러나 계속 생각하고 계셨죠? 왜 나에게 이런 일이 벌어졌을까, 라고요."

정곡이었는지 아르샤의 표정이 살짝 흔들렸다.

"제가 알려드리죠. 그건 그 새끼, 아 죄송, 그 인간이, 쓰레기 거짓 말쟁이 양아치 사기꾼 날강도 도적놈이기 때문입니다. 그리고 대공은 운이 없었어요."

하! 아닌 척하며 귀 기울이고 있던 대공이 바람 빠지는 소리를 냈다. 뭔가 대단한 이유를 기대했나 보다.

"그러니 그 이유를 본인에게서 찾으려 하지 마세요."

순간 아르샤의 얼굴이 굳었다.

"물론 대공도 참 칠칠치 못하게 틈을 보이셨죠. 하지만 그래서 뭐요? 대공이 그를 가까이하지 않았으면 그놈들이 그런 짓을 벌이지 않았을까요? 더 잘해 줬으면, 이건 나쁜 짓이야 반성하며 돌아섰을까요? 죄송하지만, 대공이 뭘 했든 그들은 그들이 하고 싶은 일을 했을 거예요."

제니스는 어느새 아르샤의 턱밑에 서 있었다. 그녀가 그의 눈동자를 올려다보며 말했다.

"스스로 상처를 헤집으며, 자신을 벌주지 않고는 견딜 수 없는 그 마음을 아예 모르지는 않아요. 하지만 방심에 대한 반성은 1시간이면 충분해요. 그 이상 하는 건 자위죠. 이렇게 열심히 괴로워하고 있다는 자기 면죄부. 아시겠어요?"

숨 막힐 것 같은 정적이 두 사람 사이에 내려앉았다.

"……그대는 참으로 불경해."

한참의 시간이 흐른 후 아르샤가 냉랭한 얼굴로 중얼거렸다. 그러나 위엄도 독기도 빠져 버린 눅눅한 눈동자였다. 제니스 역시 한 발 뒤로 물러섰다.

"저는 소중한 사람을 잃어 본 적이 없습니다. 그러니 대공의 슬픔에 공감해 드릴 수도 없어요. 거짓으로 점철된 위로 대신, 인생의 피와 살이 될 조언을 들었다고 생각해 주시길."

그리고 잠깐 생각에 잠겼던 제니스가 '아, 그리고 이건 정말 노파심에서 하는 말인데'라고 운을 떼자 아르샤가 살짝 질린 얼굴로 또 뭐가 남았냐고 물었다.

"혹시 그 디카프넨이란 작자를 잡게 되시면, 왜 그랬느냐, 내가 뭐 잘못한 게 있느냐, 혹은 나한테 어떻게 그럴 수 있냐 같은 말은 하지도 마세요. 아니 입도 벙긋하지 마세요."

"그럼 심문을 어떻게 하나?"

아르샤가 얼굴을 찌푸렸다.

"아무것도 묻지 마세요. 그 순간 대공이 해야 하는 일은 대화가 아니라 죽빵을 날리는 겁니다."

생각 같아선 모가지를 따 버리라고 하고 싶지만, 미성년자와 다름없는 대공의 정신 연령을 고려해 수위를 낮췄다.

"죽빵? 그게 뭐지?"

횐-

제니스가 아르샤의 코앞에 주먹을 휘둘렀다. 그가 움찔하며 고개를 뒤로 뺐다가 머쓱한 표정을 지으며 원위치시켰다. 제니스가 음산하게 웃었다.

"대화는 그다음에 하는 겁니다, 아시겠어요? 맞을 만큼 맞으면 묻기도 전에 알아서 다 불게 돼 있습니다."

아르샤는 기이한 것을 목격한 사람처럼 제니스를 쳐다봤다. 곱게 자란 귀족 영애가 어떻게 그런 것을 알고 있냐고 묻는 얼굴이었다.

"……내가 린트벨에 대한 믿지 못할 소문을 몇 가지 접했는데 혹시……."

"혹시?"

"고대 비전……."

잠깐, 스탑!

제니스는 파삭 구겨진 얼굴로 손을 들어 올렸다.

뭐지? 더 듣지 않아도 알 것 같은 이 익숙한 느낌은.

"대공."

그녀가 얼음처럼 냉랭한 목소리로 아르샤를 불렀다.

"누군가요? 그런 잡소문을 정보라고 주워 온 인간이."

"큼……."

아르샤가 민망한 듯 고개를 돌렸다.

제니스는 자신이 오지랖 넓은 참견쟁이라고는 한 번도 생각해 본

적 없지만, 오늘만큼은 도저히 잔소리를 멈출 수 없었다.

"대공, 세상에서 가장 위험한 게 뭔지 아세요? 바로 무능력한 아군입니다."

그 새끼 누굽니까?

괜히 옆에 뒀다가 지뢰 밟지 마시고 얼른 정리하세요.

3

한여름에 비해 해가 부쩍 짧아졌다. 바닥을 포장한 투박한 벽돌 위로 긴 그림자가 늘어지고 노점상들의 간이 판매대 위에 하나둘 등불이 걸릴 무렵, 제니스는 카페 '빅스윗'의 문을 나섰다.

아르샤는 제니스와 가벼운 식사까지 함께했다. 자신의 속을 들켜서 거리낌이 없어진 건지, 그는 처음보다 편한 얼굴로 제니스를 대했다. 뭔가 무거운 짐을 내려놓은 사람 같았다. 덕분에 대화가 길어졌고 카페 일 층에 이 가게 주인이 있다는 사실을 안 제니스는 당당하게 '스윗스윗라이크유'를 요구했다.

그녀가 떠나기 위해 일 층에 내려왔을 땐 카페 주인이 만들 수 있는 모든 디저트가 담긴 상자가 그녀를 기다리고 있었다.

무능한 주제에 이런 눈치는 빠르네.

라고 생각하기가 무섭게, 그 주인공들이 나타났다. 더스틴 말론브로와 처음 보는 검은 머리 남자였다. 더스틴보다 서너 살은 많아 보이는 검은 머리 남자는 자신을 아르샤의 제1보좌관 레온 펠릭스라고 소개했다.

"고맙다는 인사를 드리고 싶습니다, 린트벨 영애."

"당연히 그래야죠. 당신들이 해야 할 일을 대신했으니까."

제니스가 대공과 목소리를 높일 때, 문 바로 앞에서 느껴지던 수선스러운 인기척이 바로 이들이었다.

더스틴은 제니스의 노골적인 응대가 불쾌한지 볼을 실룩였지만, 레온은 정중한 표정으로 고개를 숙였다.

"맞습니다. 린트벨 영애에게 면목이 없군요."

알면 잘하시던가.

그런 눈빛을 쏘아 준 제니스가 도도하게 뒤로 돌아 대공이 불러준 마차에 올랐다. 아르샤가 배신감과 자괴감에 허덕이는 것을 알면서도 어떤 위로나 질책, 조언도 하지 못했다면 보좌관이란 자리에 있을 자격이 없었다. 대공과의 단절을 각오하고 입을 열어야 했던 건 제니스가 아니라 바로 이들이었다.

본인들도 그걸 아니 자신의 따가운 말을 묵묵히 견딘 거겠지.

하지만 아는 거로만 그친다면 끝이 좋지는 못할 거다. 대공에게 행한 오늘의 교육이 조금이라도 효과가 있다면, 아르샤도 더는 그렇게 말랑하게만 굴지 않을 테니까.

거리는 여전히 사람들로 북새통을 이뤘지만 아르샤가 수배해 준 마차의 마부는 현란한 채찍질과 신들린 코너 워크를 선보이며 이 시대의 총알 마차가 무엇인지 보여 주었다.

하일리움 기숙사에 돌아오자 자기 방처럼 응접실을 차지하고 있던 플로라가 득달같이 달려왔다.

"내 사랑 제니스! 넌 정말 최고의 친구야."

그녀가 디저트 상자에 볼을 비비며 소리쳤다. 데이지가 기다리고 있었다는 듯 찻물을 끓이러 갔다. 그녀가 뜨거운 물을 가지고 돌아오자 플로라의 흥분은 배가 됐다.

"세상에, 데이지 이것 봐. 100개 한정으로만 판다는 레몬 푸딩이야."

"어머, 정말요?"

"우왕, 내 사랑 스윗스윗라이크유~. 꼭대기에 장식된 딸기 절임이 진짜 끝내줘."

"네, 정말 사랑스럽네요."

"데이지, 제니스가 미쳤나 봐. 이걸 이렇게 큰 상자로 가득 사 오다니."

"저도 조금 전부터 그게 걱정이었어요."

이것들이…….

확, 뺏을까 보다.

제니스가 외출복을 갈아입고 나오자 티 테이블에 앉은 플로라가 어서 오라고 신나게 손을 흔들었다. 볼록한 두 볼엔 이미 '행복'이라고 쓰여 있었다. 제니스가 못 말리겠단 얼굴로 자리에 앉자 데이지가 잽싸게 찻잔을 채워 주었다.

"왜 이렇게 오래 걸린 거야? 혹시 다른 볼일도 있었어?"

플로라가 입안에 든 것을 힘겹게 꿀꺽 삼키며 물었다.

"아니, 대공과 얘기가 좀 길어져서. 별다른 일은 없었지?"

"그렇지 뭐……. 아, 실은 에스더가 좀 늦게까지 기다리다 갔어."

플로라는 제니스를 통해 에스더와도 제법 친해진 참이었다.

"에스더가?"

"응."

"혹시 말했어?"

자신이 대공을 만나러 간걸.

"아—아니."

플로라가 붕붕 고개를 저었다.

"용건은 말 안 하고?"

"응."

플로라는 대답하면서도 연신 손을 놀렸다. 케이크 하나—아마도 저게 스윗스윗라이크유겠지—를 순식간에 해치우고 새 케이크를 고른 그녀는 황홀한 표정으로 접시를 내려다보았다. 그리고 커다란 체리와 그 아래 크림을 듬뿍 떠 입안에 넣고는 '으응' 같은 정체불명의 신음을 내며 몸을 꼬았다.

눈과 귀가 썩을 것 같았던 제니스는 완전히 옆으로 돌아앉아 에스더에게 편지를 썼다. 지금 방문해도 되겠냐는 내용이었다. 그것을 데이지의 손에 들려 보내고 나니 케이크 두 개를 게눈 감춘 듯 먹어치운 플로라가 아쉬운 얼굴로 차를 홀짝이고 있었다. 제니스가 더 먹으라고 상자를 밀어주자 두 눈을 질끈 감으며 소리쳤다.

"안 돼. 오늘 로이드가 올 거란 말이야……."

저녁을 함께 먹고 오늘 밤 무도회에 동행할 거란다. 저녁 약속을 코앞에 두고 크림 덩어리 케이크를 두 개나 먹다니, 먹은 의지와 멈춘 의지 중 뭘 칭찬해야 할지 모르겠다.

그러거나 말거나 욕망의 충족으로 기분이 좋아진 플로라는 콧노래를 부르며 데이트 준비를 위해 자기 방으로 돌아갔다. 얼마 후, 데이지가 기다리고 있겠다는 에스더의 답변을 가지고 돌아왔다.

"그런데 몸이 안 좋으신지 침대에 누워 계신 것 같았어요."

제니스가 혀를 찼다. 에스더는 몸이 약했다. 심리적인 충격을 받으면 바로 컨디션이 저하됐다. 제니스는 데이지에게 가져온 케이크 중 몇 개를 따로 담아 달라고 한 후, 누가 찾아오면 친구 병문안으로 오늘 무도회는 참석하지 못한다고 말하라 했다.

"좋으시겠네요, 핑곗거리가 생기셔서."

데이지가 은근히 야유했다. '아가씨가 병간호해야 할 정도는 아닌 것 같던데.'라고 쫑알거리기까지 했다.

제니스가 그런 데이지의 발칙한 입술에 손가락을 튕겼다.

"핑계라니, 친구를 생각하는 내 깊은 마음을 오해하지 말렴."

제니스는 하늘을 우러러 한 점 부끄러움도 없었다. 정말로, 진짜로. 에스더를 방문할 준비를 마친 그녀가 데이지가 챙겨 준 꾸러미를 들고 나서며 말했다.

"남아 있는 케이크 중 두 개는 네가 먹으렴. 린다도 불러서 같이."

데이지가 공손하게 허리를 숙였다.

"아가씨, 사랑해요."

안다, 네가 뭘 사랑하는지.

"얼굴이 그게 뭐예요?"

제니스는 에스더를 보자마자 가까이 다가가 뺨을 쓱 문질렀다. 손 끝에 붉은 가루가 연하게 묻어났다. 화장으로 급하게 만든 혈색을 들킨 에스더가 무안한 얼굴로 시선을 피했다.

"그게……."

"몸 관리 못 한다고 야단맞을까 겁은 났나 봐요?"

에스더가 민망함에 볼을 붉혔다.

"아니에요. 난 그냥 제니스가 괜히 신경 쓸까 봐 그랬어요."

"네, 신경이 쓰이네요. 얼마나 안 좋으면 이런 위장이 필요한가 싶어서."

제니스가 색이 묻어난 검지를 흔들자 순한 에스더가 어쩔 줄 몰라 하며 바로 사과했다.

"미안해요. 속일 생각은 아니었어요."

"이렇게 어수룩하면 속아 주기도 힘들죠. 나 참. 요런 못된 짓은 어디서 배운 거예요?"

"난 그냥 걱정을 끼치고 싶지 않았던 것뿐인데……. 못된 짓인가 요……."

힘없이 중얼거리는 에스더의 입꼬리가 시무룩했다.

아이고, 더 하면 울겠네.

제니스가 한숨을 쉬며 엄한 표정을 풀었다.

"좋아요. 이번 한 번만 봐줄게요. 몸이 안 좋다고 들었는데 식사는 했어요?"

그녀가 에스더의 하녀인 나탈리를 돌아봤다. 그녀가 한숨을 쉬며 고개를 저었다. 제니스가 혀를 찼다.

"걱정을 끼치고 싶지 않으면 화장 대신 식사를 해야죠. 혹시 무슨 일 있나요?"

"그런 건 아니에요. 그냥 입맛이 좀 없어서……."

"케이크를 가져왔는데 먹을 수 있겠어요?"

"케이크?"

나탈리가 제니스가 가져온 꾸러미를 보여 주었다.

"아, 이건……."

"입맛이 없으면 과일이 나오려나."

"아니요, 이걸 먹을래요. 역시, 필립 아저씨의 가게에 갔었군요."

필립 아저씨?

"예전에 자주 먹었어요. 아르샤 오라버니가 아끼는 요리사였는데 과자와 디저트 만드는 걸 더 좋아했죠. 결국 대공저를 나와 이곳 티오렌에 자기 가게를 차렸어요. 저도 레베카와 몇 번 간 적 있거든요."

에스더가 제니스를 바라봤다.

"크리스티나에게 들었어요. 아르샤 오라버니의 편지를 전해 주었다고요. 혹시 오늘……."

"맞아요. 만나 뵙고 오는 길이에요."

에스더는 잠시 말이 없었다.

"무슨 이야기를 나눴는지 듣고 싶나요?"

망설이던 그녀가 고개를 끄덕였다.

"그럼 자리에 앉죠. 이야기가 제법 깁니다. 그리고 에스더라면, 이 모든 것을 알 권리가 있지요. 무엇부터 듣고 싶나요?"

한참을 생각하던 에스더가 말했다.

"얼마 전 아버지에게서 뜻밖의 말을 들었어요. 얀트 백작님이 다른 사람에게 가주위를 넘기려 하신다고요. 아버지도 이유는 모르시는 눈치셨어요. 다만 이번 스코트 학술 발표회에서 있었던 일이 문제가 된 게 아닐까 하셨어요. 발표자는 비노스 자작이었지만 그 뒤에 얀트 백작님이 있다는 건 낙스 귀족이라면 누구나 알아요. 혹시 그 일에 대해서 들은 게 있나요?"

"네, 들었어요."

"엠바로스에 관한 발표는 어떻게 된 겁니까?"

가벼운 식사를 끝낸 후 가진 두 번째 티타임에서 제니스가 궁금하던 것을 물었다.

"덫이다."

아르샤가 숨김없이 답했다.

"바다를 제집처럼 누비는 해적 하나 잡자고 왕국 해군을 출동시킬 순 없으니까. 그렇다고 그가 다시 대륙에 나타나기만을 손 놓고 기다릴 수도 없지."

허……. 쥐 잡자고 멀쩡한 헛간 태운다더니.

"사고는 바람직한데 해결 방안은 미치도록 비이성적이시군요. 전 대륙을 상대로 사기 칠 생각을 하시다니, 그 과감한 결단을 칭송드려야 할지 비웃어야 할지 모르겠네요."

아르샤가 쓴웃음을 지었다.

"내가 이성적이길 바라는 그대가 더 놀랍다."

조금 전까지 입 아프게 떠든 건 뭐로 들은 거냐.

"영애가 말한 것처럼, 그대는 정말 모른다. 내가 얼마나 상처받았는지, 얀트 백작이 어떤 충격을 받았는지."

몰라줘서 미안하다.

"영애 말대로 어리석은 감상에 젖어 있긴 했지만 그렇다고 내가 무엇을 해야 하는지 헷갈린 적은 없다."

'디카프넨을 잡아 그가 저지른 일의 대가를 치르게 한다.'

"스승님은……."

아르샤는 감정이 북받치는지 잠시 말을 멈췄다. 그의 목울대가 소리 없이 출렁거렸다.

"머리가 세셨다."

제니스가 놀란 표정을 지었다.

"영애는 나의 자책감이 과하다고 말했지만, 스승님이 느끼는 죄책감에 비할 바는 아니다. 레베카를 자신의 잘못으로 잃었다고 생각할 때도 괴로워하셨지만, 모든 것이 준비된 음모였고 기만이었음을 알게 됐을 때 느낀 고통은 상상 이상이셨던 것 같다……. 스승님은, 델라신을 잡기 위해 자신의 모든 것을 버릴 각오를 하셨어."

"엠바로스는…… 얀트 백작님의 작품이로군요."

아르샤의 눈동자에 쓸쓸함이 내려앉았다.

"그렇다. 델라신과 디카프넨이 연결되어 있음을 알게 되고 얼마 지나지 않아 나를 찾아오셨다. 그들이 바다로 나갔음을 막 확인했을 때였지."

'대공, 저는 일분일초도 기다릴 수 없습니다.'

그건 부탁이 아니라 통보였고, 요구였다.

'모든 책임은 제가 지겠습니다.'

제니스가 고개를 설레설레 저으며 한숨을 내쉬었다.

"얀트 백작님의 오판이었다는 사과로 수습될 규모가 아닌 것 같은데요?"

"그런 책임이 아니다."

"네?"

"엠바로스에 마도 유적이 있을 거란 연구 결과는 진짜다. 우리 팀의 마지막 핵심 자료를 검토한 최종 결론이지."

하……

이번에는 제니스도 놀랐다.

"그를 잡기 위해, 정말 진짜를 내놓으신 겁니까? 낙스의 국왕 전하께서 그런 결정을 승인하셨습니까?"

아르샤의 얼굴이 쓸쓸하다 못해 처연해졌다.

"쉽진 않았다."

'아르샤, 너도 알 텐데? 그곳이 낙스의 영토가 아니라 우리 손에 넣을 수 없다면 다른 누군가의 것이 되어서도 안 된다. 도대체 이러는 이유가 뭐냐?'

'남은 생을 왕실과 나라에 바치겠습니다. 이번 한 번만 저의 청을 들어주십시오.'

'너의 말과 행동은 결코 개인의 것이 될 수 없다. 낙스 왕실이 그 책임을 함께 지게 될지니, 때에 따라 너의 목을 쳐야 할지도 모른다. 오늘의 결정을 정녕 후회하지 않겠느냐?'

'모릅니다. 사람이 어찌 후회 없이 살겠습니까. 그러나 지금 이 일을 반드시 해야 한다는 건 압니다.'

크리샨트 2세가 탄식했다.

'무슨 일인지 모르겠지만 네가 뒤늦게 혹독한 성인식을 치르고 있구나. 얀트 백작을 들라 해라. 그에게 더 자세한 이야기를 들어보겠다.'

"스승님은 재산의 절반을 왕실에 헌납했다. 얀트 백작가의 가주위도 곧 다른 사람에게 넘어갈 거다. 스승님은 전하께 엠바로스에서 발견될 유적에 대한 명분을 얻겠노라, 목숨을 걸고 약속했다."

"고대 마도 문명은 대륙 모두의 유산이다."

"맞아, 벌써 퍼졌는가."

"궤변이라 규탄받고 있지요."

"달리아와 티오렌을 제외한 다른 나라들의 반응은 좀 다른 모양이 던데?"

아르샤가 얄밉게 덧붙이자 제니스가 시큰둥하게 쏘아붙였다.

"얀트 백작님이 굉장히 바쁘시겠네요."

"학계 인맥을 총동원하고 계시지."

"일이 이렇게 커졌는데 그자가 나타나지 않으면 어쩌실 거죠?"

"올 거야."

아르샤가 단언했다.

"스승님은 그가 셸리어트에서 가져간 유물이 일종의 마법진이라고 추측하셨다. 정확하게는 마법진의 잔해겠지. 정상적으로 작동하는 물건이라면 단지 빛과 관련한 기현상을 만들어 내는 데 그치진 않았을 거라고. 디카프넨은 하이에나처럼 낙스에 있는 유물을 긁어모았다. 우리가 가지고 있다고 인식조차 못 하던 것들을 말이야. 그것들을 단순히 타국에 팔아넘기려는 것인지, 자체적인 연구를 하려는 건지는 알 수 없지만, 그는 성급했어. 축적된 자료와 토양 없이는 그걸 깨부숴도 아무것도 얻지 못해. 어린아이에게 연금술서를 쥐여 준다고 이해하겠나?"

아르샤는 잠시 말을 멈추고 차를 한 모금 마셨다.

"사실 고대 마도 문명에 대한 연구는 전 대륙적으로 지지부진한 상태야. 그렇게 된 가장 큰 이유는 연구 대상인 마도 문명 유물이 까마

득하게 고차원적인 물건인 데다 그 기반이었다고 추측되는 마법과 공학에 대한 기록이 없기 때문이지. 그래서 나와 스승님은 그냥 유적이 아니라 그 부족한 부분을 채워 줄 수 있는 것을 목표로 했다."

아르샤의 눈이 지난 시간을 반추하듯 아련해졌다.

"그리고 우리는…… 성공했지. 엠바로스산에 있는 것은 일종의 '서고'다."

제니스의 눈동자가 휘둥그레졌다.

"확실, 합니까?"

"스승님께선 확신하고 계신다. 디카프넨이 날 제대로 염탐했다면 우리 프로젝트의 진짜 목적도 알고 있겠지. 그곳에서 유의미한 기록을 단 하나라도 발견한다면 향후 대륙의 판도가 달라질 거야. 그러니 확인하러 오지 않고는 못 배길걸?"

"미쳤군요. 그걸 공개하다니."

"……표현이 갈수록 격해지는군. 내게 너무 무례하다는 생각, 들지 않나?"

아르샤가 투덜거리자 제니스가 놀림 반, 진심 반으로 말했다.

"주변에 이 정도 직언하는 자도 없으신가요. 어머, 가엾으셔라. 어쨌거나 낙스 국왕 전하의 배포가 보통이 아니시네요. 존경스럽다고 전해 주세요."

제니스가 과장되게 엄지손가락을 척 세웠지만, 아르샤는 아무런 대꾸도 하지 않았다. 자리에서 일어나 뒤쪽에 있는 장식장에서 술을 꺼내는 그를 보며 제니스는 이 대화의 공백이 뭘 의미하는지 머리를 굴렸다.

"설마, 국왕 전하는 모르십니까?"

아르샤가 든 술잔의 주향이 제니스가 있는 곳까지 퍼졌다.

"스승님께서 그러시더군. '대공도 몰랐던 것으로 하십시오.'라고."

"……책임지겠다던 건 바로 그거였군요."

다소 화기애애하던 분위기가 삽시간에 어두워졌다.

제니스가 어렵게 입을 뗐다.

"차라리 전하께 모든 것을 아뢰지 그러셨습니까?"

"안 돼."

아르샤가 즉답했다.

"이건 내가 해야 하는 일이야. 내 손으로 잡아야 해."

독해 보이는 술을 단숨에 들이켠 그의 눈가가 붉었다.

"스승님의 말씀을 그대로 좇을 생각은 없다. 그렇게 무책임하진 않아. 전하의 진노가 그 정도로 다스려지지도 않으실 거고. 그러니 스승님이 말한 명분 이상의 실리를 얻어야 한다."

제니스는 냉정한 눈으로 아르샤의 얼굴을 살폈다.

"방법은 있으십니까?"

"찾아야지. 그래서 티오렌에 온 거다. 이맘때면 대륙 내로라하는 귀족들은 모두 이곳에 모이거든."

그는 말을 아끼는 눈치였다.

유적이 정말로 있다면 그 위치를 대충이라도 어림짐작할 수 있는 사람은 얀트 백작뿐이다. 그러니 그의 협조를 얻을 수 있다면 맨땅에 헤딩하는 다른 나라보다 몇 걸음 앞선 출발선에 서는 것.

"쥬안과 접촉하실 생각이시군요."

티오렌도 슈벨리안도 낙스가 숟가락 없는 걸 원하지 않는다. 달리 아는 말할 필요도 없지. 그러니 남은 건 쥬안뿐이다.

"그 이야기는 여기까지 하지. 대외비거든."

제니스가 코웃음 쳤다.

"뭐 지금까지 나눈 이야기는 그렇지 않았습니까?"

그러자 아르샤의 얼굴이 갑자기 진지해졌다.

"그래서 말인데, 나를 도와주지 않겠나?"

"거절하겠습니다."

제니스도 정색했다. 아르샤가 얼굴을 찡그리며 물었다.

"무슨 말인지 들어보지도 않고?"

"어떤 일은 듣는 것만으로 발을 뺄 수 없게 되기도 하지요."

아르샤가 노선을 바꿨다.

"린트벨이 툴란 산맥을 넘는 무역로 개척 사업을 한다지? 내가
투자하겠다."

"사양하겠습니다."

"어째서?"

화가 난 건지 술기운인지 아르샤의 얼굴이 붉으락푸르락해졌다.

"낙스 왕실 자본을 받아들이면 균형을 맞추기 위해 티오렌 황실
돈을 끌어와야 합니다. 그러면 그게 우리 린트벨의 사업이겠습니까?
거대 권력과 자본의 들러리가 될 뿐이지요."

수프 끓여 말 먹이는 거와 다를 바 없지.

그러나 아르샤는 끈질겼고 목소리엔 냉기마저 어렸다.

"다시 생각해 보라. 영애의 말대로 그대는 나와 낙스의 내밀한 이
야기를 너무 많이 알아. 그대가 협조하지 않는다면 나는 영애의 입을
막을 다른 방법을 찾아야 해."

제니스가 턱을 치켜들고 비웃었다.

"저를 겁박하시기에 10년은 이릅니다, 대공. 대공이야말로 생각을 잘하십시오. 제가 누구 손에 순순히 죽어 나갈 사람 같은지. 그런데도 저를 적으로 돌리시겠다면, 기꺼이 호응해 드리지요."

침묵이 내려앉은 공간에 불꽃이 튀었다. 한 치의 양보도 없는 서슬 퍼런 눈싸움이 수 분간 이어졌다. 한참 후 제니스에게서 시선을 뗀 아르샤가 천천히 뒤돌아 장식장 옆에 붙어 있는 바에 빈 술잔을 내려놓았다.

"한 마디도 안 지는군."

제니스가 찻잔을 들며 거만하게 다리를 꼬았다.

"그렇게 무턱대고 밀어붙이면, 먹힐 줄 아셨습니까? 상대방의 숨겨진 욕구와 두려움을 자극할 줄 알아야 제대로 된 협박이 되는 겁니다."

"협박이 아니라…… 협상, 협상을 하려고 한 거다."

"제 눈이나 똑바로 보며 그런 말을 하세요."

제니스의 용서 없는 비아냥거림에 아르샤가 난처한 얼굴로 그녀 앞에 와 앉았다.

"으흠……. 한 달 전에 그대에게 사례를 약속했었지? 그 말을 지키겠다. 원하는 걸 말해 보라."

흥. 말 돌리긴.

* * *

"아……."

찻잔을 움켜쥔 에스더의 손이 덜덜 떨렸다. 숨 쉬는 것을 잊어버린 사람 같았다.

"디카프넨 샤 타타크……."

그녀가 희미하게 읊조렸다.

"저도 그 사람을 알아요. 아르샤 오라버니가 정말 아끼는 분이셨는데……. 오라버니는 괜찮은가요?"

"솔직히, 별로예요. 그러니 그런 계획을 세운 거겠죠."

제니스는 에스더에게 그 유적이 마도 시대의 서고로 추정된다는 말은 하지 않았다. 그건 에스더가 감당하기엔 너무 무거운 진실이었다. 그 외에도 몇 가지 제외한 것이 있었다. 마지막에 아르샤와 주고받은 공방이라든가 중간에 그를 다그쳤던 말이라든가 뭐 그런 것들.

"백작님이 그런 무모한 결정을 하셨을 줄이야. 유적을 발견하게 되면 낙스인에게, 발견하지 못하면 전 대륙으로부터 비난받을 거예요. 그걸 버텨 내실 수 있을까요?"

에스더는 안타까움을 숨기지 못했다. 제니스 역시 그 의견에 동의했다. 그뿐만 아니다. 정말 고대 마도 시대의 기록물이 발굴된다면 얀트 백작에게 책임을 묻는 일 따위 뒷전으로 밀리고도 남는다. 온 대륙이 그것을 차지하기 위해 치열한 각축전을 벌일 테니까. 디카프넨을 잡는 일과 별개로, 엄청난 파란이 일 것이다.

제니스가 불안하게 흔들리는 에스더의 눈동자를 바라보며 말했다.

"이제 무슨 일이 벌어질지 누구도 알 수 없습니다. 시작은 대공과 얀트 백작이 했지만, 그분들도 이 일의 끝은 짐작하지 못하실 거예요."

에스더는 두 눈을 질끈 감으며 떨리는 어깨를 감싸 안았다. 그녀가 마음을 다스리려 애쓰는 사이 창밖에선 악단의 연주 소리가 희미하게 들렸다. 제니스는 아직 따뜻한 찻잔을 들어 올리며 폭풍전야 같은 이 밤의 긴장을 가만히 음미했다.

대륙 서쪽 바다에서 남쪽 바다로 넘어가는 경계 즈음, 선명한 파란색 물빛이 인상적이라 '푸른 산호해'라고 불리는 바다가 있었다. 멀리서 보면 인어의 전설이라도 내려올 것처럼 아름답지만, 서쪽 바다의 물길과 남쪽 바다의 물길이 부딪혀 조류가 급변하고 예기치 못한 소용돌이가 자주 발생하는 위험 지역이었다. 그 인근에서 해적선을 보았다는 목격담도 간간이 흘러나와 웬만한 상선이나 고깃배는 얼씬도 하지 않았다.

그 푸른 산호해 한가운데 섬이라고 부르기도 뭐한 둔덕 하나가 있었다. 편의상 거북등섬이라 부르는 이곳은 옛날 바란카도 군도에서 도망친 해적단 중 하나가 연합군의 추적을 피해 몸을 은신했던 곳.

그 해적단의 이름은 드루이드였다.

"도련님, 뭐 하십니까요?"

"아무것도."

디카프녠은 석양이 지는 거북등섬 해안가에 앉아 보석처럼 파란 바다를 물끄러미 바라보고 있었다. 붉은색과 푸른색이 뒤엉킨 수평선이 천천히 보라색으로 물드는 모습이 장관이었다.

"어르신이 찾으시는데요?"

"왜?"

"저야 모르죠."

어릴 때부터 호위 겸 심부름꾼으로 붙어 있던 스캇이 껄렁하게 대답했다. 낙스에 있을 땐 남들 눈을 의식해 나름 '하인인 척' 공손하게 굴더니 이곳에 온 후론 그나마도 없었다. 날 때부터 해적이었다는 듯

적응이 얼마나 빠른지, '피엔 아무것도 흐르지 않는다.'는 디카프넨의 신념이 흔들릴 정도다.

아무 말 없이 자리에서 일어난 그가 성큼성큼 걸음을 옮기자 스 캇이 .불량스러운 자세로 그 뒤를 졸졸 따랐다.

"어딘지 묻지도 않고 가십니까요?"

"이 손바닥만 한 섬에 그 작자들이 모여 있을 곳이야 뻔하지."

디카프넨이 냉소적인 얼굴로 중얼거렸다.

"왔느냐?"

섬 동쪽에 있는 건물을 통해 지하로 내려오자 희미한 등불 아래 모인 다섯 쌍의 눈동자가 디카프넨을 맞았다. 그는 자신에게 말을 건, 가장 상석에 앉은 하얀 머리의 노인에게 머리를 숙였다.

"찾으셨습니까?"

"그래."

노인이 작게 고개를 끄덕였다. 주름으로 뒤덮인 얼굴, 깡마른 체구 에서 상상하기 어려운 형형한 눈빛이 위압적인 기세를 흘렸다. 그를 제외한 나머지 네 사람은 데면데면한 얼굴로 디카프넨을 바라봤다. 그들에게 형식적인 눈인사를 건넨 그가 빈자리에 앉았다.

"무슨 일입니까?"

"크흠, 그게, 앞으로 일의 방향이 크게 달라질 것 같아 알려 주려고 불렀다. 큼, 어쨌거나 지금까지 네 수고가 가장 컸지 않으냐?"

돼지처럼 비대한 몸집의 중년 사내가 헛기침을 연발하며 입을 열 었다. 프랭코 드루이드, 혈연으로 따지자면 디카프넨의 외삼촌 되는 자였다.

"애를 쓰면 뭐합니까? 쓸모도 없는 돌 쪼가리 들고 오라고 그 돈과 인력을 투입한 줄 압니까? 양심이 있으면 지금 우리 앞에 이렇게 고개 빳빳이 들고 앉아 있을 수 없지요."

프랭코와 똑같은 얼굴을 한 삼십 대의 장한이 대놓고 시비를 걸었다. 프랭코의 아들 말라이였다. 말을 끝낸 그는 디카프넨의 차가운 시선과 눈이 마주치자 벌컥 성을 냈다.

"왜, 아니꼬워? 그러면 일을 제대로 하던가. 그 잘난 척하는 먹물 늙은이도 쓸모없는 물건이라고 하는 거 못 들었어? 이번 건 틀림없다더니 학자 나부랭이에게 뒤통수나 맞아서, 아우. 제기랄, 나 같으면 창피해서 얼굴을 못 들고 다닐 텐데 참 대단하셔."

"크, 흠, 그만해라. 디카프넨이 일부러 그런 것도 아니고……."

"아니, 제 말이 틀렸습니까, 할아버님? 제가 다 쓸데없는 짓이라고 했습니까, 안 했습니까? 그냥 팔아먹어도 억만금은 받을 텐데 저 녀석의 달콤한 말에 혹해 뭔 개고생입니까? 그뿐입니까? 구조와 원리가 어쩌고 하며 그 먹물 늙은이가 깨 먹은 게 몇 개인데요. 애초에 안 되는 일이었습니다. 그렇게 쉬운 거였다면 티오렌이나 달리아가 이동 게이트의 비밀 하나 못 풀어 몇백 년이나 빌빌거리진 않았을 겁니다. 제대로 된 정보 좀 빼 오라고 돈과 사람을 그렇게 갖다 부었는데 보십시오, 진짜는 따로 있지 않았습니까?"

"그게 진짜 같으십니까?"

디카프넨이 짜증을 참지 못해 응수했다. 말라이가 기다리고 있었다는 듯 눈을 빛냈다.

"너는 또 틀렸다. 아르샤 대공의 함정이라고? 달리아와 티오렌이 벌써 조사대 구성에 들어갔는데? 그게 연극이라면 낙스는 전 대륙을 우롱하고 있는 거다. 너 하나 잡자고 나라를 말아먹을 계획을 세웠을 거라니 스스로에 대한 자부심이 대단하구나."

디카프넨이 반박하려는 찰나 침묵하던 흰머리 노인이 손을 들어 올렸다. 말라이는 그가 말려 참는다는 듯 생색을 내며 고개를 팩 돌렸다. 디카프넨의 안색이 삽시간에 굳었다.

'이제 보니 이것들이 모두 한통속이로구나.'

그는 그동안 자신의 계획을 지지하던 흰머리 노인, 마티앙 드루이드를 바라봤다. 마티앙이 디카프넨의 시선을 외면하며 무표정한 얼굴로 선언했다.

"사실 확인을 해 볼 필요는 있다고 결론 내렸다. 정말이라면 우리에게 가장 절실한 것 아니더냐. 그래서 드웰모를 보내기로 했다."

지금까지 프랭코의 뒤에 말없이 서 있던 남자 하나가 고개를 숙였다. 드웰모. 해적으로 잔뼈가 굵은 그는 프랭코의 심복이었다. 디카프넨의 입술이 비틀리자 프랭코의 변명 같은 부언이 이어졌다.

"아르샤 대공이 널 추적하고 있는 마당에 다시 대륙으로 돌아갈 수는 없지 않으냐. 위험하니 조금 더 숨어 있는 게 좋아. 이 기회에 좀 쉰다고 생각해라."

디카프넨의 속에서 비웃음이 끓어올랐다. 걱정해 주는 척이라니, 고양이 쥐 생각도 이렇게 가증스럽진 않을 거다.

"이건…… 통보로군요."

겨우 내뱉은 말에 말라이가 빈정거렸다.

"알려 주기라도 하는 걸 고맙게 여겨. 할아버님이나 아버지나 그 놈의 핏줄이 뭐라고 싸고도는지, 쯧."

테이블 아래 있는 디카프넨의 두 손에 힘이 들어갔다. 분노와 모멸

감에 입술이 파들거렸다. 참으로 해적다운 심보다. 남의 것도 모자라 이제는 한 가족이라고 사탕발림하던 자의 것까지 탐내는 것을 보라. 이런 놈들과 피가 반이나 섞였다는 게 역겹다.

아니, 무슨 상관인가. 상관없다. 피엔 아무것도 흐르지 않는다.

귀족들이 내세우는 고귀한 혈통도, 눈앞에 있는 이들이 편할 대로 써먹는 끈끈한 혈연도 다 개소리다.

프랭코가 자신과 눈을 마주치지 못하고 슬그머니 고개를 돌리는 게 보였다. 비웃음이 절로 새어 나왔다. 자신이 하는 걸 보니 쉬워 보였나 보지? 거저먹는 것 같았나?

병신 같은 인간. 방심하고 있던 아르샤와 독이 잔뜩 올랐을 그가 같을 것 같은가? 아르샤가 내민 미끼에 눈이 뒤집혀 헉헉거리는 것을 보니 그 결과가 어떨지 눈으로 보지 않아도 알겠다.

"섭섭하더냐?"

마티앙이 인자한 외할아버지 흉내를 냈다. 디카프넨 역시 들끓는 분노를 수면 아래로 숨기며 순종적인 손자 역할을 해냈다. 아직은, 드루이드란 바람막이가 필요했다.

"할아버님의 뜻이 그러시다면 따를 뿐입니다."

그가 허허 웃으며 기꺼워하는 척을 했다. 섬에 처박혀 있으라는 말을 돌려 한 덕담 몇 마디가 더 이어지더니 바로 축객령이 떨어졌다.

"피곤할 텐데 돌아가 쉬려무나."

"이제 작전을 짜야 하니 상관없는 사람은 가 봐. 앞으로의 일은 우리와 드웰모가 알아서 할 거야."

디카프넨은 빙글빙글 웃는 말라이의 얼굴을 후려치지 않기 위해 이를 악물었다. 지상으로 향하는 계단을 하나씩 오를 때마다 피가 거꾸로 솟는 것 같았다. 그는 애초에 인내심이 그리 강한 사람이 아니었다.

쾅—

지하 밀실이 있는 건물 문이 거칠게 열렸다. 건물 앞 나무 밑에 쭈그리고 앉아 지나가던 해적과 시시덕거리던 스캇이 두 눈을 똥그랗게 뜨고 그를 쳐다봤다.

찬바람을 쌩쌩 일으키며 걸어 나온 디카프녠이 휑하니 걸어가자 스캇은 농담 따먹기를 하던 해적에게 손을 흔들고 다시 그 뒤를 따랐다. 뭔 일이 있기에 사람 하나 회 칠 분위기냐고 깐족거리다 뿜어져 나오는 냉기에 다다다 거리를 벌렸다. 눈치는 빠른 놈이었다.

일이—디카프녠의 입장에서—이렇게 어그러진 건 아르샤의 추적이 시작되면서부터였다. 그 때문에 본인은 물론 상단으로 위장해 있던 해적단의 인력까지 급히 빼돌리느라 손실이 이만저만이 아니었다. 아르샤를 이용해 티벨 호수의 유물을 완벽하게 빼냈다는 희열이 채 가시기도 전에 당한 역습이었다. 어떻게 알았는지 레베카 사건까지 눈치챈 것 같았다. 뒤처리가 완벽했다고 생각했는데 어디서 일이 틀어진 걸까? 얀트 백작이 입을 열었나? 역시 셀리어트에 간 건 유적 탐사가 목적이었나?

그가 셀리어트 자작과 은밀히 회동하며 저택과 연구소 직원을 내사하고 있다는 첩보를 들었을 때만 해도 심각하게 생각하지 않았다. 몸을 빼낸 건 습관 같은 것이었고 좀 잠잠해지면 남부 밀림으로 여행 갔었다는 핑계를 대고 돌아갈 생각이었다.

외가의 생각도 다르지 않아 전리품—티벨 호수의 유물—까지 가져온 그를 매일 밤 추켜세우며 환영 연회를 열었다. 그러나 시간이 흐르며 아르샤가 디카프넨을 쫓는다는 정황이 확실해지자 태도가 돌변했다. 쓰임이 다했다고 여긴 것이다. 그리고 이렇게 그의 공을 깎아내리며 앞으로 따게 될 달콤한 과실을 나누어 주지 않겠다는 음험한 속내를 그대로 드러냈다.

나를 버리겠다고, 이 나를?

디카프넨의 눈에서 살기가 새어 나왔다. 스캇이 흠칫하며 몇 걸음 더 떨어졌다.

빠른 걸음으로 섬을 가로지른 그는 타원형의 거북등섬 중간에 있는 초막 안으로 들어갔다. 초막은 위장일 뿐 안에는 쇠창살까지 갖춰진 감옥이 자리하고 있었다. 그 앞을 지키고 있던 해적이 디카프넨의 얼굴을 보더니 고개를 까닥이고 밖으로 나갔다. 그가 오래전부터 매수해 놓은 자였다.

감옥 안엔 머리가 반쯤 벗겨진 육십 대 노인이 불안한 듯 눈동자를 굴리고 있었다. 오랫동안 씻지 못해 얼굴과 옷차림은 꾀죄죄했지만 살집은 꽤 두툼해 유복하게 살던 자 같았다.

디카프넨이 벽에 걸린 열쇠로 문을 열고 감옥 안으로 들어서자 그가 주춤거리며 뒤로 물러섰다.

"왜, 왜 또 온 거요?"

디카프넨은 여유로운 얼굴로 방 한가운데 놓인 의자에 앉았다. 노인이 갇힌 곳은 일반적인 감옥의 모습과 조금 달랐다.

손바닥만 한 창문 아래에는 허름하지만 네 다리 멀쩡한 책상이 있었고 그에 딸린 의자, 책장, 책장을 가득 채우고도 남는 책들이 책상 위와 감옥 구석구석에 쌓여 있었다. 바닥엔 복잡한 기호와 문자가 적힌 종잇조각이 흩어져 있고 한구석에 있는 침대도 짚을 가득 채운, 나름 신경 쓴 물건이었다.

"몰라서 묻나?"

"나는 내가 알아낼 수 있는 모든 것을 말했소. 더는 내 능력 밖이란 말이오."

큭큭큭.

디카프넨이 어깨를 떨며 웃다가 정색을 했다.

"내가 능구렁이 같은 당신을 몇 년이나 봐 왔는데 그 말을 믿으라고?"

노인이 마른침을 꿀꺽 삼키며 시선을 피했다. 디카프넨이 벌떡 일어나 벌벌 떠는 척하는 노인에게 바짝 다가갔다.

"오늘 우리 쪽에서 무슨 말이 나왔는지 알아? 그동안 모은 물건을 전부 팔아 버리고 손 털자는 이야기. 알다시피 우리가 참을성이란 게 없는 위인들이라, 알지?"

노인의 눈동자가 커지며 소리라도 날 것처럼 또르르 굴러갔다. 그러나 잔뜩 겁먹은 얼굴과는 다르게 고집스러운 입은 열릴 기미가 없었다. 디카프넨이 다정한 목소리로 말했다.

"모르겠어? 그게 뭘 의미하는지? 한마디로 이제 영감이 필요 없다는 거야."

노인의 등이 움찔거렸다. 이제 관짝에 누울 일만 남은 것 같은 늙은이가 살고자 하는 욕망 하나는 대단하다는 걸 디카프넨은 알고 있었다.

"실낱같은 목숨 연명하려면 어떤 줄을 잡아야 하는지 잘 생각해 봐. 이대로 시간이 흐르면 나야 체면 좀 상하는 거로 끝나겠지만 당신은 어떨까? 그동안 머리에 든 그 알량한 지식으로 유세 좀 떨지 않았어?
곱게 죽는 것도 복인데 영감은 그러기 어려울 거야, 안 그래?"

"……."

디카프넨은 말없이 바닥만 내려다보는 노인을 조용히 지켜보다
그대로 뒤돌아 나왔다. 다시 감옥 문을 잠근 그가 마지막 협박을
던졌다.

"시간이 얼마 없다는 걸 명심해."

디카프넨이 초막에서 나오자 먼저 나와 있던 해적이 다시 안으로
들어갔다. 그의 손엔 어느새 두툼한 주머니가 쥐어져 있었다. 기다
리던 스캇이 하품을 쩍 하고는 다시 디카프넨의 뒤를 따라 걸었다.
눈치는 더럽게 빠른 그가 물었다.

"대륙으로 돌아가는 겁니까?"

"그래."

무슨 수를 써서라도.

이틀 후, 디카프넨은 감옥에 있던 노인으로부터 한 장의 종이를
몰래 건네받았다. 노인은 몇 번이나 자신의 구명을 약속해 달라고
요구했지만 그의 마지막 패는 이미 디카프넨의 손에 넘어간 후. 망
연자실해 하는 노인을 등지고 나오는 디카프넨의 눈에서 기광이 번
뜩였다.

노인이 마지막까지 움켜쥐고 있던 정보는 누구도 예상하지 못한
것이었다.

얌전한 고양이들의 일탈

1

서늘한 바람이 부는 딜리움이 시작되며 건국제와 축제를 위해 로하샤이엄에 모여들었던 사람들이 하나둘 떠나갔다. 바쁜 일정에 시달리는 각국 사절단과 상인들이 가장 먼저 자리를 떴고, 느긋하게 로하샤이엄 교외의 가을 정취를 즐기던 관광객도 서서히 빠져나갔다. 그렇게 일상이 돌아왔다.

할 일 많은 아르샤 대공은 가장 먼저 제 갈 길을 간 축이었다. 티오렌은 엠바로스에 조사단을 파견했고 그 일은 정계와 학계에서 다시 한번 화제가 되었다.

하일리움에도 변화가 찾아왔다. 교양학부엔 모처럼 면학 분위기가 흘렀다. 1년간의 학업을 평가하는 개인 면담이 딜리움의 첫 번째 주부터 시작됐다. 시험이 따로 없는 하일리움은 지도 교수가 학생 개개인과의 면담을 통해 한 해의 성과를 확인했다.

2년 차들은 면담에서 요구하는 수준이 그리 높지 않으니 걱정할 것 없다고 말했지만, 집단 평가를 처음 접하는 소녀들이 경험자의 의연함을 따라갈 순 없었다. 덕분에 늘 한산하던 도서관이 요즘은 앉을 자리도 없을 정도. 오후에 있는 많은 사교 모임이 개인 면담 일정이 끝날 때까지 잠정 중단된다는 소식이 전해졌다.

그 여파인지 크리스티나와 로렐의 방문도 뜸해졌다. 학식에 대한 허영심이 남다른 로렐이라면 눈에 불을 켜고 집착할 만한 일이었고, 크리스티나는 로렐을 약 올리기 위해서라도 경쟁에 뛰어들 확률이 높았다. 제니스는 1년 내내 시험을 봤으면 좋겠다고 생각했다.

당장에라도 무슨 일이 터질 것 같던 엠바로스는 뜻밖에 조용했다. 제니스는 에스더와 베아트리체 황녀를 통해 조사단의 대략적인 분위기를 전해 들었다.

엠바로스산과 영토가 맞닿아 있는 모든 나라가 조사단을 파견했지만 성과를 거둔 곳은 없었다. 낙스, 아르샤 대공은 예상대로 쥬안과 손잡았다. 정확하게는 별생각 없는 쥬안을 충동질한 것 같다. '엠바로스산이라고 했지만 실은 너희 땅에 있을 확률이 높아'라고 꼬드긴 게 분명하다.

그 말에 넘어간 고위 귀족의 주도로 조사단을 파견한 쥬안은 아직도 내부 여론이 반으로 갈려 팽팽히 맞서고 있단다. 마도 문명을 찾아 왕국을 한 단계 도약시키겠다는 진보파와 찾아봤자 대국의 등쌀에 결국 빼앗기고 말 것이라는 보수파.

아쉽게도 제니스가 알 수 있는 것은 그 정도였다. 진짜 목적인 디카프넨이나 델라신에 대한 이야기는 들을 수 없었다. 아르샤는 자신의 협조 요청을 거절한 제니스에게 마음이 좀 상하기는 했는지 아무런 연락이 없었다.

세상 돌아가는 상황은 대충 그렇고.

요즘 제니스의 신경을 긁고 있는 것은 다른 문제—라고 하기에는 좀 사소한 문제—였다.

플로라. 요즘 플로라가 이상하다.

하아……. 전에도 한 번 이 문장을 읊었던 것 같은데.

그렇다. 그녀가 또, 이상하다.

로이드를 몰래 만나던 그때는 제니스를 슬슬 피하며 뭔가 숨기는 기색이 역력하더니 이번엔 제니스를 졸졸 쫓아다니며 뭔가 할 말이 있다는 티를 팍팍 냈다.

그런데 말을 안 해.

뭐 마려운 똥강아지처럼 낑낑거리다 '아무것도 아니야.'라며 돌아서길 몇 번째. 이제 짜증을 넘어선 무언가가 제니스의 인내를 좀먹고 있었다.

이상하다고 하니 생각나는 사람이 하나 더 있는데 바로 베아트리체 황녀다.

그녀는 일주일에 한 번 정도 제니스를 불러 차를 함께했다. 엠바로스에 대한 소식도 듣고, 낮잠도 자고, 이자벨도 놀리고. 나쁘지 않은 만남이었다. 그러던 게 요즘 찾는 횟수가 부쩍 늘었다.

2, 3일에 한 번꼴로 부르는데 이상한 건 그녀가 플로라와 상당히 유사한 증상을 보인다는 거다. 다른 용건이 있는 것 같은데 매번

머뭇거리다 '그냥 차나 한잔하자고 불렀습니다.' 이런다. 그렇게 정작 해야 할 말을 못 하니 자신을 부르는 간격이 계속 짧은 거지.

둘 다 왜, 말을 못 하니?

사랑 고백, 보증 요청 빼고 다 받아 줄 테니 본인이 이성을 잃기 전에 어서 입을 여는 게 좋을 거다.

—라고 생각했던 게 어제.

제니스는 더 기다리지 않기로 했다.

"왜, 왜 이래?"

"몰라서 물어?"

제니스가 음험하게 웃으며 플로라를 벽으로 몰았다.

"나, 난 임자 있는 몸이야."

"닥쳐, 방금 내 귀를 더럽힌 책임을 묻기 전에."

"히잉, 도대체 왜 그래……."

"다시 한번 말하는데, 몰라서 물어? 너야말로 왜 그래? 길게 말하기 귀찮으니까 빨리 불어라."

"너, 완전히 건달 말투야!"

"씁!"

더는 물러날 곳 없는 플로라가 벽에 바짝 붙어 두려운 눈으로 제니스를 올려다보았다. 그녀는 불안해 보이는 눈동자를 사정없이 굴리며 입안이 마르는지 연신 입술을 핥았다. 그리고 마침내 결심한 듯 떨리는 눈으로 입을 열었다.

"사실은……."

플로라의 고백이 이어졌다.

* * *

로하샤이엄 가로수가 울긋불긋 단풍으로 물든 어느 날, 이제 앞뒤 좌우 눈치 볼 필요 없는 로이드 하버와 플로라 필렌은 당당하게 거리 데이트에 나섰다.

그들은 두 사람이 처음 만났던 에하레 강변을 거닐며 밀빛을 띠어 가는 잎사귀를 보며 까르르, 그 잎이 톡 떨어지면 또 까르르 웃었다. 아주 신났다.

한참을 그들만의 세상에 빠져 있던 두 사람은 잠시 쉬어 갈 겸 카이로 거리의 한 카페에 들어갔다. 이 층에 앉아 주문한 차와 디저트를 기다리며, 플로라는 한 달 전 제니스가 큰 상자 가득 케이크를 사 왔던 일을 화제에 올렸다.

참 맛이 좋았다, 언제 그 가게에 같이 가자로 시작된 이야기는 제니스가 드디어 로하샤이엄의 사치스러운 분위기에 물들기 시작한 것 같다는 뒷말로 끝났다.

서로 고개를 맞대고 킥킥대던 그들은 주문한 다과를 든 직원이 지척에 다가왔을 때야 표정을 수습하고 자세를 바로 했다. 플로라가 창 밖을 지나가는 테린을 발견한 것도 그때였다. 목을 길게 빼고 아래를 내려다본 그녀가 로이드에게 말했다.

"저기 테린 오라버니가 지나가요! 우리 가서 맛있는 거 사 달라고 해요."

그녀의 눈이 짓궂게 휘어지는 것을 바라보며 로이드는 아무 생각 없이 고개를 끄덕였다. '귀여워.' 그런 생각을 한 게 분명하다고, 플로라는 덧붙여 말했다.

방금 주문한 차와 디저트를 그대로 두고, 어이없어하는 직원을 모른척하며, 바로 카페를 뛰쳐나온 두 사람은 살금살금 테린의 뒤를 따랐다. 무얼 하나 지켜보다가 나중에 놀래 주자라는 계획이었다.

그래서 테린이 꽃집에서 벌건 얼굴로 꽃을 샀을 땐 좋은 건수를 잡았다고 생각했다. 분명 외출을 나오지 못한 기사단 동료나 상관의 부탁일 거라고.

다음엔 핑크빛이 난무하는 여성용 숍에 들러 새하얀 손수건을 사는 걸 목격했다. 값비싼 비단 가장자리엔 섬세한 레이스가 달려 있었다. 테린은 점원이 권해 주는—그 가게에서 가장 비싼 게 틀림없는—물건을 묵묵히 고개를 끄덕이며 구매했다.

가게 창문에 붙어 그 광경을 지켜본 로이드가 어디 상단에서 취급하는 어느 공방 물건인지 읊으며 '린트벨 공자가 바가지를 썼네요.'라고 어색하게 중얼거렸다. 눈치 없는 그에게도 그건 심상치 않은 광경이었다.

테린의 다음 목적지는 보석 가게였다. 그러나 그 앞에 선 그는 뭔가 굉장히 복잡한 얼굴이었다. 어떤 것을 갑자기 깨달은 사람처럼 한참을 멍하니 보석 가게 앞에 서 있더니 딱딱하게 굳은 얼굴로 돌아섰다.

미련을 버리려는 듯 바로 지나가는 마차를 잡아탄 그는 바람처럼 카이로 거리를 떠났다. 모퉁이 뒤에 쪼그리고 앉아 고개만 내밀고 있던 플로라와 로이드는 그제야 허리를 펴고 서로를 마주 보았다.

로이드가 그냥 좀 놀랐다면, 플로라는 큰 충격을 받은 상태였다. 플로라에게 테린은 그럴 수 있는 사람이 아니었다.

"봤어요?"

"봤습니다."

"어, 어떡하죠?"

"우리가 참견할 문제는 아닌 것 같습니다."

플로라가 울상을 짓자 로이드가 황급히 덧붙였다.

"그러나 잘 참견해 줄 사람을 한 명 알고 있지 않습니까?"

두 눈을 끔벅거리던 플로라의 얼굴이 어느 순간 환해졌다가 다시 어두워졌다.

"……내가 말해요?"

그럼 누가 하겠습니까?

로이드는 침묵으로 그렇게 말했다.

"하…… 하하하, 하하하하."

제니스가 어깨를 들썩이며 웃었다.

"제니스?"

"하하하, 난 또 뭐라고. 진짜 어처구니가 없어서."

"진짜야, 웃을 일이……. 앗!"

따콩, 소리가 난 것 같다. 딱밤을 얻어맞은 플로라는 눈물이 핑 도는 고통에 이마를 감싸 쥐었다. 우아, 이게 진짜 세게 때렸어!

"세상 사람이 다 너와 로이드 같지는 않단다."

뭔가 한심해 하는 듯한 어조에 플로라가 울컥했다.

"확실해! 로이드도 동의했단 말이야."

플로라의 격한 항변에도 제니스는 고개를 설레설레 저었다. 이런 별 시답지 않은 일인 줄 모르고 아까운 시간과 에너지를 낭비했다.

하하하. 테린 린트벨이 열애에 빠졌다고?

그 꽉 막힌 인간이?

흥미롭긴 한데 과대망상이 너무 심했어, 플로라.

제니스는 헛웃음을 실실 흘리며 플로라의 방을 나섰다. 얼추 약속 시각이 다 된 것 같았다.

'그건 그렇고, 이자벨 프레이스는 무슨 일로 나를 보자는 거지?'

가벼운 의문을 머릿속에 떠올리며 제니스는 경쾌하게 발걸음을 옮겼다.

* * *

"당신 오빠인 테린 경과 베아트리체 황녀님이 몰래 만나고 있다는 걸 얼마 전에 알게 되었습니다. 어쩐지 계속 날 따돌리더라니, 어떻게 황녀님이!"

얼…….

제니스는 표정 관리에 실패했다. 그녀의 멍한 표정을 본 이자벨이 눈에 쌍심지를 켰다.

"듣고 있는 겁니까?"

"……듣고 있어요."

"그럼 뭐라고 말을 해 봐요."

"뭘요?"

"이익, 이제 어쩔 거냐고요!"

그걸 왜 나한테 묻니? 네 말대로면 내 오라비에게 따져야지. 아, 무슨 연좌제 이런 거 적용한 거니? 그런데 왜 황녀도 아닌 네가 따져?

생각이 이어질수록 기분이 나빠진 제니스가 슬그머니 눈꼬리를 세웠다.

당사자도 아닌 사람이, 역시 당사자도 아닌 사람을 불러 뭘 하자는 건지.

"할 말은 그것뿐입니까?"

"그것뿐? 어떻게 이 일을 '그것뿐'이란 말로 표현할 수가 있죠? 황녀님의 명예가 걸린 일이라고요. 당장 테린 경에게 전하세요. 앞으론 황녀님 앞에 얼씬도 하지 말라고!"

이자벨이 열이 잔뜩 오른 얼굴로 파드득거렸다. 뒤에 닭 날개가 달려 있으면 참 잘 어울렸을 것 같다. 제니스가 시큰둥하게 대꾸했다.

"원하는 사람이 직접 하지 그래요?"

"당신 가족이잖아요!"

"맞아요. 가족이지, 노예가 아니잖아요? 내가 말하면 그가 따르나요? 아니 그 전에 내가 그러고 싶지 않아요."

"뭐라고요?"

이자벨의 얼굴이 경악으로 물들었다. 그녀는 있을 수 없는 일을 목격한 사람처럼 부들부들 떨더니 제니스를 힐난했다.

"영애는…… 어쩌면 그렇게 이기적이고 안하무인이죠? 황녀님 걱정은 조금도 안 되나요? 황녀님이 당신을 그렇게 아껴 주셨는데, 그분이 어떻게 돼도 상관없다는 건가요? 린트벨 출신은 다 그렇게 무책임해요?"

어이, 꼬마. 거기까지만 하자.

이자벨의 날 선 발언에 제니스의 눈빛이 차가워졌다. 이 아가씨는 참 선을 자주 넘는 것 같다. 입가에 삐뚜름한 미소를 머금은 제니스는 얼굴과는 다른 나긋한 어조로 입을 열었다.

"황녀께서 직접 제게, 테린 린트벨이 눈앞에서 얼쩡거리지 않게 해 달라고 요청하신다면, 당연히 귀 기울여 듣겠어요. 그러니 프레이스 영애, 정식으로 묻겠습니다. 지금 영애가 한 요구, 베아트리체 황녀님의 뜻 맞습니까?"

이자벨이 흠칫했다.

"아니면 감히, 황족의 뜻을 사칭하는 건가요?"

"……지금 황녀님은, 이성적인 판단을 하실 수 있는 상태가 아니세요."

당황하는 기색이 역력하던 이자벨은 곧 입술을 앙다물며 고집스러운 표정을 지었다. 제니스의 입가에 어려 있던 미소도 짙어졌다.

"대개 군주를 업신여기는 역신들이 그런 말을 입에 달고 살았죠. '이 모든 것이 폐하를 위해섭니다.'라고."

이자벨의 얼굴이 분노와 수치심으로 빨개졌다.

"이건 경우가 달라요!"

"아니 다르지 않아."

제니스의 얼굴에 심술이 만개했다. 그녀는 자신이 할 수 있는 가장 재수 없는 말투를 골랐다.

"저도 이성적인 판단을 할 수 없는 제 오라버니를 대신해 말씀드리죠. 황녀님께 전해 주세요, 순진한 제 오라버니에게 더는 꼬리 치지 말라고."

"……!"

이자벨은 상상도 못 한 모욕에 순간 할 말을 잊은 듯했다. 제니스는 자신을 죽일 듯이 노려보는 눈동자를 보며 차게 웃었다. 그 모욕을 자초한 게 본인임을 자각이나 할는지.

제니스는 새파랗게 질린 이자벨을 버려두고 냉정하게 등을 돌렸다.

참, 애들이란. 중간이 없어서 문제야.

걱정이 됐다는 건 알겠는데, 걱정을 그런 식으로 하면 안 되지.

코웃음을 핑핑 날리며 자신의 방으로 돌아온 제니스는 데이지에게 차 한 잔을 받아 창가 안락의자에 앉았다. 이자벨에게 딱 잘라 말한 것과 다르게 사실 제니스도 꽤 어처구니가 없었다.

나 참, 테린과 베아트리체라니, 이건 또 어디서 엮인 조합인가.

베아트리체도 자신처럼 대부분의 시간을 하일리움에서 보낼 텐데 언제 눈이 맞았는지 모르겠다. 제니스는 이자벨을 몰아붙이기 전에 관련 내용을 조금 더 캐물어 볼 걸 그랬다고 후회했다.

그러다 바로 정정.

아니야. 알면 또 어쩔 건가? 자신은 이자벨처럼 그 연애가 옳다, 그르다 끼어들 생각이 없었다. 물론 여러 가지 시뮬레이션을 돌려 봐도 희극보단 비극에 가까운 결말이 튀어나왔지만, 뭐 어떡해? 일은 이미 벌어졌고 지금 그 두 사람을 찢어 놓는다고 행복한 결말이 그들을 기다리고 있는 것도 아닌데.

제니스는 최악이 무서워 차악을 선택하는 이들을 이해하지 못했다. 그녀의 사고방식으론 최선이 아니면 최악이나 차악이나 똑같았다. 특히 그 선택이 사회적 통념에 등 떠밀린 것이라면 더더욱.

삶이란 얼마나 제멋대로인지, 정점에 오르는 순간 처박히고 여기가 끝인가 싶으면 그런 건 없다는 듯 계속 떨어진다. 그러다 이런 낯선 세상에 날아와 박히기도 하지.

그러니 삶에서 무엇이 중요한지는 '너'나 '우리'가 정하는 게 아니다. 세상이 결정해 주는 것도 아니다. 그건 오직 '나'만이 정할 수 있는 것.

선택은 테린의 몫이었다. 제니스는 다만 그가 그 결정이 불러올 거친 비바람을 모두 감당할 각오가 돼 있기를 바랐다.

그래 딴 건 몰라도 책임감 하나는 있는 놈이니까, 알아서 잘하겠지.

다음 날, 베아트리체의 초대가 있었지만 거절했다. 옆에서 땍땍거릴 이자벨을 보기도 싫었고 그동안 베아트리체가 계속 말하려다가 만 이야기가 이건가 싶어서.

그녀가 눈물 흘리며 '어떡하면 좋죠? 도와주세요.' 하면 모른 척하기 어려울 것 같단 말이지.

제니스는 고개를 살랑살랑 저으며 '난 아무 말 못 들을 거로 할래.'라고 중얼거렸다. 그러나 그로부터 딱 3일 후, 이자벨 프레이스가 초췌한 얼굴로 그녀를 찾아왔다.

"린트벨 영애, 지난번에는 제가 큰 실례를 범했습니다."

제니스의 기숙사 앞에서 기다리고 있던 이자벨은 제니스의 얼굴을 보자마자 사과부터 했다.

"무슨 일입니까, 프레이스 영애?"

제니스가 아무것도 모르겠다는 얼굴로 물었다. 그녀의 표정이 냉랭하자 이자벨의 얼굴에 조급함이 어렸다.

"말 한마디로 영애가 받았을 불쾌함이나 상처가 바로 치유되지 않을 거라는 거 압니다. 다만, 내가 그 일을 후회하고 있고…… 미안해하고 있다는 걸…… 흑, 영애가…… 알아주었으면……. 흐흑……."

어이어이. 내가 뭘 했다고 우냐?

갑자기 울먹이는 이자벨을 황당한 눈으로 바라보자 옆에서 따가운 눈총이 쏟아졌다. 플로라가 엄한 얼굴로 '너 나 몰래 애들 괴롭히고 다니니?'라는 시선을 던졌다.

제니스가 헛웃음을 토했다. 와, 이게 '억울함'인가?

이자벨의 흐느낌은 어느새 통곡으로 바뀌고, 플로라는 그런 이자벨의 어깨를 토닥이며 울지 말라고, 자신이 제니스를 혼내 주겠다고 큰소리를 뻥뻥 쳤다.

"흑, 아닙니다. 잘못은 제가 했어요. 부디 용서를……. 흐흐흑."

그럴수록 플로라의 확신은 깊어져, 짬짬이 제니스를 노려보며 '내가 성질 죽이랬지, 캭.'이라는 눈빛을 날려댔다.

앞뒤 사정도 모르면서 설레발치는 저 버릇은 언제 고치려나.

제니스가 남몰래 혀를 차는데 복도 여기저기서 빼꼼 고개를 내밀고 무슨 일인지 눈을 반짝이는 사람이 하나둘 늘어났다. 제니스는 한숨을 쉬며 자신의 응접실 문을 열었다. 동물원 구경거리는 사양이니 일단 들어가서 보자고.

손수건에 얼굴을 파묻은 이자벨은 플로라의 호들갑과 제니스의 침묵 속에 서서히 안정을 되찾았다. 그러나 울음이 잦아든 후에도 무엇 때문에 '사과'까지 하며 제니스를 찾아왔는지, 도통 입을 열지 않았다.

고개를 갸웃하던 플로라는 그제야 자신에게 들려주기 어려운 사연이 있음을 눈치채고 멋쩍은 얼굴로 자리에서 일어났다. 물론 제니스의 귀에 '윽박지르지 말고 좋은 말로 해.'라는 경고를 남기는 걸 잊지 않았다.

잔소리가 길어지는 플로라를 겨우 내보낸 제니스가 피곤한 얼굴로 이자벨을 돌아봤다.

"자, 이제 말해 봐요. 무슨 일로 여기까지 온 건지."

이자벨은 황급히 시선을 내리깔며 웅얼거렸다.

"사, 사과를 하러 왔어요."

"그건 밖에서 들었어요. 요점은 왜 사과를 하러 왔냐는 거죠."

그렇게 당당하고 확신에 차 있던 사람이.

"제가 잘못했다는 걸 뒤늦게 깨달아서……."

제니스가 두 눈을 게슴츠레하게 떴다. 시선을 피하며 눈알을 이리 저리 굴리는 걸 보니 거짓말이 익숙한 소녀는 아니었다. 말끝을 흐리며 제니스를 훔쳐보던 이자벨은 썩은 미소를 짓고 있는 제니스와 시선이 딱 마주쳐 히끅, 딸꾹질했다.

"사과까지 하러 오셨으면 진실만 말하는 게 어때요?"

"그…… 그게……."

풀이 죽은 이자벨이 다시 눈물을 글썽였다. 평소의 똑떨어지는 성격과 너무 거리가 먼 모습에 의아함이 커지는 사이, 한참이나 입을 벙긋거리던 그녀가 겨우 사실을 토해 냈다.

"황녀님이, 아셨어요. 제가 린트벨 영애를 만나 이야기한 걸요."

"그걸 어떻게?"

제니스는 아무에게도 말하지 않았다.

"제가 말씀드렸어요."

뭐?

이자벨은 플로라가 준 손수건을 부적처럼 꼭 쥐고 이야기를 이어 갔다.

"3일 전 베아트리체 님이 테린 경을 만나셨나 봐요. 그런데 그날 그분이…… 흐읍."

그녀는 한차례 심호흡을 했다.

"더는 개인적으로 찾아오지 않겠다고, 그동안의 만남도 없었던 일로 하자고, 마, 마음이 변했다고…… 그렇게……."

어, 얼…….

제니스의 두 눈이 동그래졌다.

'마음이 변해?'

테린이 그런 말을 했다니 좀 의외였다. 생각지 못한 반전에 그녀가 놀라는 사이 이자벨의 말이 이어졌다.

"돌아오신 베아트리체 님은 그날 내내 우셨어요. 그러다 갑자기 테린 경의 집안에 무슨 일이 있는 건 아닌지 알아봐야겠다며 영애를 부르셨죠. 그런데 영애는 초대를 거절하고, 베아트리체 님은 테린 경이 영애에게 자신과 거리를 두라고 말한 게 분명하다고 속상해하셨어요. 사실, 영애가 오지 않은 건 나 때문이잖아요? 상황을 오해하고 슬퍼하는 모습을 지켜보는 게 너무 힘들어 그만, 그건 아니라고 말씀드리고 말았어요."

아이고. 잘- 하셨네요.

바보 같은 짓을 저지른 걸 알긴 아는지 이야기를 끝낸 이자벨의 얼굴에 자괴감이 가득했다. 그녀가 시무룩하게 덧붙였다.

"화를…… 그렇게 화내시는 모습은 처음 봤어요. 한 번도 곁에 있는 사람을 함부로 나무라는 법이 없는 분이셨는데…… 불같이 노여워하셨어요. 당장 가서 사과하고 오라고, 린트벨 영애가 용서해 주지 않으면 두 번 다시 제 얼굴을 보지 않겠다고."

말하는 내내 서러움이 뚝뚝 떨어졌다. 딴에는 황녀를 위해 한 일인데 그런 역정을 살 줄 몰랐던 모양이다. 그런데도 시키는 대로

자신을 찾아와 고개를 숙이는 걸 보니 황녀에게 미움 받는 건 어지
간히 싫은 듯.

"흐음, 그래서 온 거군요."

묘한 뉘앙스를 느꼈는지 이자벨이 허겁지겁 변명했다.

"꼭 그 이유 때문만은 아니에요. 줄리아—주로 황궁에서 베아트리
체 님을 모시는 영애예요—에게 들으니 절 내쫓으신 후 아예 자리보
전하고 누우셨다잖아요. 어른스러운 분이라 마음 아파도 금방 이겨
내실 거라 생각했는데 저렇게 힘들어하실 줄이야……."

그녀가 간곡하게 부탁했다.

"린트벨 영애가 가서 황녀님을 좀 위로해 주세요. 영애도 황녀님을
싫어하진 않잖아요?"

그건 그렇다. 하지만.

"프레이스 영애는 베아트리체 님과 제 오라버니의 관계가 하루빨리
정리되길 바라지 않으셨나요? 이제 그 단초가 제공됐으니 그냥 기다
리는 게 낫지 않겠어요? 제가 눈앞에서 알짱거려 봤자 오라버니 생
각만 더 나고 마음 정리에 방해만 될 겁니다."

이자벨이 울상을 지었다. 그녀는 '그건 그렇지만……. 정말 그렇지
만……. 그래도 황녀님이…….' 하며 혼잣말을 계속 하더니 결국 꽥
소리를 질렀다.

"하지만 그 전에 황녀님이 잘못되실 것 같단 말예요!"

인정하기 싫은 말을 하고야 만 이자벨은 속상한지 두 손에 얼굴을
묻고 훌쩍이기 시작했다. 그녀는 기대와 다르게 흘러가는 상황에 많이
당황한 것 같았다.

제니스는 콧등을 찡그리며 인상을 썼다. 아, 머리 아파라. 이 소녀는

왜 말릴 때도 위로할 때도 이렇게 열심인지 모르겠다. 이별은 당연히 아픈 일이고, 그거로는 안 죽는다. 죽을 것 같아도 안 죽는다. 하지만 그렇게 말해 봤자 인정머리 없는 년이란 소리만 듣겠지?

후-.

한숨을 거하게 쉰 제니스는 데이지를 불러 이자벨에게 차가운 물수건과 따뜻한 수프를 가져다주라고 지시했다.

"좋아요, 프레이스 영애의 요청을 받아들여 일단 황녀님을 만나 보도록 하죠. 하지만 부작용은 내 책임이 아니에요, 알겠어요?"

"그래 주겠어요?"

듣고 싶은 부분만 골라 들었는지 이자벨의 얼굴에 화색이 돌았다. 제니스가 자리에서 일어나며 덧붙였다.

"그리고 사과는 못 들은 걸로 할게요."

환해지던 이자벨의 얼굴이 쩡 굳었다.

"진심도 아니잖아요? 정말 잘못했다는 생각이 들면 그때 하세요. 뭐, 영원히 하지 않아도 상관없고."

데이지가 전해 준 찬 수건을 손에 든 이자벨은 입을 삐죽이며 황녀를 만나러 가는 제니스를 배웅했다. 일단 여기서 기다리겠단다. 참 지극정성이었다.

베아트리체의 기숙사인 디미올라관을 향해 걸으며 제니스는 무슨 말을 해야 베아트리체를 '잘' 단념시킬 수 있을지 이것저것 떠올려 보았다. 그러나 곧 머릿속이 고장 난 회로처럼 파지직거리다 터져 버렸다. 공감 부족이 문제였다.

테린이 린트벨에서 돌아온 건 나르스트가 끝나갈 무렵. 그때부터 만났다 해도 석 달 정도다. 그동안 쌓인 정이 있으면 얼마나 있다고 앓아눕기까지 했나. 이해를 못 하겠다.

그래도 엄청난 고민 끝에 해줄 말을 정하긴 했다.

'저희 아버지는 삼십 대부터 배가 나오고 머리가 벗겨지기 시작했죠. 린트벨가의 남자라면 누구도 피해 갈 수 없는 저주랍니다.'

누가 그랬다. 다른 건 다 용서해도 대머리는 싫다고.

부디 이 수가 통하길 바라보자.

디미올라관 정문은 평소와 달리 굳게 닫혀 있었다. 무거운 문고리를 두드려 인기척을 내니 처음 보는 다갈색 곱슬머리 소녀가 얼굴을 내밀었다.

"황녀님께선 오늘 아무도 만나지 않겠다고 하셨습니다."

그녀는 제니스의 얼굴을 보자마자 기계적인 안내 말을 뱉어 냈다. 황궁에서 베아트리체를 수행하던 시녀 둘이 와 있다고 하더니 그중 하나인 것 같았다.

"제니스 린트벨이라고 전해 주세요."

"말씀드렸다시피 아무도……. 린트벨요?"

"네."

소녀의 눈빛이 크게 흔들렸다. 그러나 곧 엄숙한 표정을 지으며 선을 그었다.

"린트벨 영애라 해도 달라지지 않습니다."

그러나 그녀의 눈은 다른 말을 했다. 그 이름을 열 번 정도 즈려밟고 싶다는 뜨거운 열망에 불타오르고 있었다. 다르지 않은 게 아니라, 너무 많이 달라 문제 같다.

아무래도 요령 없는 오라버니 덕에 미운털이 제대로 박힌 모양.

그럼 뭐, 어쩔 수 없지.

"오늘 뵙지 못하면 이제 두 번 다시 황녀님을 찾지 않을 예정인데요?"

그래도 괜찮나요?

제니스는 그냥 미운털 굳히기에 들어갔다. 아쉬운 것도 없고 비위를 맞춰 줄 이유도 없었다.

그녀가 그렇게 나올 줄은 몰랐는지 날을 세우던 소녀의 얼굴에 쩍 하고 금이 갔다. 그녀의 떨리는 동공은 '아니 잘못한 게 누군데 당신이 이렇게 나오는 거야!'라고 소리치고 있었다. 제니스의 기다림은 짧았다. 그녀는 '대답을 들은 것 같네요.'라고 중얼거리며 미련 없이 등을 돌렸다.

"이익, 잠깐만요!"

결국 기세에 밀린 황궁 시녀님이 소리쳤다. 그녀는 정말 싫은 얼굴로 '잠깐 기다려 주세요.'라고 하더니 연신 뒤를 훔쳐보며 종종걸음으로 달려갔다. 입술이 쉴 새 없이 달싹거리는 것을 보니 욕이나, 욕 같은 거나, 욕 비슷한 말을 하는 것 같았다.

한참이 지난 후 돌아온 그녀는 못마땅한 눈초리로 제니스를 처음 보는 방으로 안내했다. 베아트리체의 침실이었다.

황녀는 침대에 앉은 채 제니스를 맞았다. 늘 단정하던 머리는 애를 썼음에도 부스스했고 눈가는 짓무른 흔적이 역력했다. 이자벨에게 들은 것보다 더 볼썽사나운 모습이었다.

제니스는 꾸벅 인사를 한 후 성큼 걸어가 베아트리체의 침대에 턱하니 걸터앉았다. 그렇게 가까이 다가올 줄 몰랐는지 억지 미소를 짓느라 안간힘을 쓰던 베아트리체의 눈이 동그래졌다.

"나라라도 망했어요?"

옆과 뒤에서 '헉─' 하는 소리가 들렸지만 제니스는 베아트리체에게서 시선을 떼지 않았다. 타박으로 들렸는지 그녀의 침울한 초록빛 눈동자에 바로 습기가 차올랐다. 야단맞는 아이처럼 고개를 모로 돌린 베아트리체가 힘없이 중얼거렸다.

"이런 못난 모습을 보여 면목이 없습니다, 린트벨 영애. 크게 실망했지요?"

제니스가 뭐라고 하기도 전에 베아트리체가 계속 말했다.

"저도 이러고 싶지 않은데 마음이 참, 뜻대로 되지 않네요. 언제든지 나 자신을 통제할 수 있다고 교만을 떤 벌을 받는 모양입니다."

그러다 조심스럽게 물었다.

"이자벨에게 들었습니다. 모두 알고 있다고……. 많이 놀랐지요? 실망하게 해 미안합니다."

"왜 제가 실망했을 거라고 생각하시죠?"

똑같은 얘기만 두 번. 자신이 실망했나 안 했나, 그것이 이 아가씨에겐 중요한 문제인가보다.

"제국 모든 영애의 모범이 되어야 할 황녀로서 몸가짐을 바르게 하지 못했습니다. 게다가 이런 추한 모습까지 보이며 수발드는 사람을 걱정시키고 있으니 정숙하고 예법에 까다롭기로 소문난 영애의 눈에 어찌 보일지 두렵네요."

제니스가 진심이냐는 얼굴을 했다.

"아시잖아요? 전 필요할 때만 정숙한 척을 하고, 예법은 지키되 존중하지는 않는다는 걸. 지금도 무엄하게, 베아트리체 님의 침대에 허락도 없이 앉아 있는 걸요."

베아트리체가 허한 미소를 지었다.

"신기하긴 합니다. 알면서도 행하는 영애의 그 자유분방함이."

"많은 사람이 그런 저를 걱정하고 맘 졸이지요. 테린 오라버니는 그중에서도 가장 격하게 걱정하는 사람이고요."

테린의 이름이 나오자 베아트리체의 눈가가 파르르 떨렸다. 뒤와 옆에서 날아오는 시선이 따끔따끔했지만 말을 빙빙 돌리는 건 제니스의 취향이 아니었다.

"프레이스 영애에게 대충 이야기는 들었어요. 물론 베아트리체 님이 말하기 싫다면 하지 않아도 좋아요. 저는 그냥 모른 척해 드릴 수 있어요. 실제로 프레이스 영애에게 처음 언질을 받았을 때도 그럴 참이었답니다."

베아트리체가 놀란 얼굴로 제니스를 바라봤다.

"그럼······?"

"네, 저는 그 문제로 오라버니를 만난 적이 없어요."

제니스의 대답에 베아트리체의 눈동자가 급격히 흔들렸다. 입술을 달싹이던 그녀의 눈에 천천히 눈물이 고였다. 고개를 떨군 베아트리체가 떨리는 목소리로 중얼거렸다.

"나는, 다른 이유가 있길 바랐나 봐요. 동생의 추궁에 어쩔 수 없이, 그런 결정을 내렸다······. 그렇게, 믿고 싶었나 봐요."

그녀는 울면서 웃었다.

"그래서 이자벨에게 그렇게 화를 냈나 봐······."

베아트리체가 말을 잇지 못하고 두 눈을 감았다.

제니스는 어깨를 으쓱하며 짐짓 가벼운 어조로 입을 열었다.

"제 입으로 말하기 뭐하지만, 우리 오빠 정말 별로지 않나요? 융통성 없고, 아주 잘생긴 얼굴도 아니고, 눈치도 더럽게 없답니다."

처음 작정한 말은 아니었지만 힘담이란 건 같았다.

하. 하하······. 베아트리체는 억지로 웃어 주려는 듯 입술 끝을 당겼지만 손등 위로 후두두 떨어지는 눈물 때문에 빛을 보지 못했다. 뒤와 옆에서 조용히 이 가는 소리가 들렸다.

"······그런 게, 좋았어요······."

베아트리체가 속삭였다.

"걱정 가득한 눈빛을 하면서도 괜찮으냐는 말 한마디 하는 걸 힘들어하고, 늘 자신에게 엄격하고, 쉬운 길을 마다하는 우직함이 멋졌어요."

음, 그렇게 포장되기도 하는구나.

"나도 알아요. 그가 한 말이 진심은 아니라는 걸. 우리는 마음이 통했는걸요? 눈만 봐도 무슨 생각을 하는지 그냥 알아 버려요. 그러니 나를 봐도 더는 가슴 뛰지 않는다는 말 따위 하나도 믿지 않아요."

시녀 두 명의 눈이 활활 불타오르는 게 느껴졌다. 이 이야기를 처음 듣는 건지, 다시 들어도 화가 나는 건진 모르겠지만 이자벨보다 강력한 보모진이 또 버티고 있을 줄은 몰랐다. 이러니저러니 해도 많은 이에게 사랑받는 소녀였다.

"그런 것치곤 많이 우신 것 같은데요?"

제니스가 살짝 베아트리체의 눈가를 쓸었다. 뒤에서 '저런 무엄한!' 따위의 말이 들렸지만 신경 쓰지 않았다.

"나는······."

베아트리체가 눈을 감으며 제니스의 손에 얼굴을 기댔다.

"그의 마음을 알 것 같아 울었답니다. 그가 그 말을 하면서 얼마나 아프고 힘들었을지 알 것 같아서. 그리고……."

호소 어린 눈동자가 제니스를 향했다.

"안다 해도, 아무것도 바꿀 수 없다는 게 슬퍼서 울었어요."

그녀가 가타부타 아무 말 않자 베아트리체가 서글픈 표정으로 고개를 뒤로 물렸다.

"알아요. 이러면 안 된다는 걸."

그래서가 아니다. 제니스는 손발이 오그라드는 충격에 잠시 정신을 잃었던 것뿐이다. 전문 용어로 상태 이상 '스턴'. 무시무시하다.

"조금만 기다려 줘요. 나도 알고 있었어요. 이 달콤한 시간이 언젠가는 깨어지리란 걸. 그저 내가 생각했던 것보다 조금 빨라, 놀랐을 뿐이에요."

베아트리체가 이제 와 의연한 척을 하며 웃었다. 제니스는 낮게 한숨을 쉬며 침대에서 일어났다.

"그렇다면 다행입니다. 더 쉬셔야 하니 오늘은 이만 돌아가 볼게요."

베아트리체는 가만히 고개를 끄덕이곤 시녀의 부축을 받아 다시 자리에 누웠다. 거기까지 지켜본 제니스가 밖으로 나오자 처음 그녀를 안내한 시녀가 종종거리며 따라왔다.

제니스가 휙 뒤를 돌아봤다.

"제가 오라버니를 만나 보죠."

"옛?"

"그 인간이 무슨 생각을 하고 있는지 제대로 들어 봐야겠어요."

뚱한 표정을 짓고 있던 시녀가 두 눈을 동그랗게 떴다.

감정에 대한 생각은 저마다 다르다. 사랑보다 의무와 현실을 더 중요하게 생각하는 사람도 많고 그게 잘못된 것도 아니었다. 그래서 제니스는 테린과 베아트리체가 어떤 결정을 내리든 존중할 생각이었다.

하지만 웬걸? 당연하다는 듯이 차악을 선택한 두 사람을 보니 닭살이 두두두 솟아난 팔뚝과 별개로, 머릿속에 뿔이 돋았다. 기분이 바닥까지 가라앉았다. 왜 그 고통을 감내하며 포기하는지, 머리로는 이해해도 가슴으로 받아들이지 못했다.

원해?

그럼 가져.

가지기 위해 발버둥 치라고.

제니스의 깊은 곳에서 부글부글 끓어오르는 본심.

솔직히 말해 그녀 역시 그렇게 살지 못했다. 메리 베일 또한 자신의 불행을 방관했다. 더 나은 삶을 위해 치열하게 노력하지 않고 반전을 기대한 마지막 선택조차 반쯤은 자포자기한 마음이었다. 그래서다.

그런 삶의 끝을 안다.

제니스는 테린과 이야기를 좀 해 보기로 했다. 아마 그 예민한 자존심에 함부로 끼어들지 말라고 엄청 화내겠지만.

흥, 화 따위 내거나 말거나. 어차피 처음 싸우는 것도 아닌데 뭐.

제니스는 입을 부루퉁하게 내밀며 눈에 힘을 주었다. 다가올 전쟁을 대비해 전투력을 잔뜩 끌어 올렸다. 딴 건 몰라도 싸움이라면 지지 않을 자신 있었다.

2

놀랍게도, 할 이야기가 있다는 제니스의 편지에 테린은 바로 답장을 보냈다. 플로라의 약혼 사건으로 말다툼한 후 계속 서먹하던 것을 생각하면 뜻밖의 반응이었다.

어쨌거나 3일 후 휴일, 제니스는 테린을 만나기 위해 린트벨 저택으로 향했다.

그는 그녀보다 먼저 도착해 있었다. 제니스를 맞은 하녀 벨라가 테린이 아침 일찍 와 오전 내내 이 층 가족 응접실에 있다고 알려 주었다. 그녀는 조금 더 할 말이 있는 눈치였지만 우물쭈물하다 그냥 입을 다물었다. 제니스는 테린의 얼굴을 본 후 벨라가 왜 그랬는지 알았다.

까치집 같은 머리, 거뭇한 수염, 퀭한 눈동자, 불그스름한 코끝.

린트벨의 이름에 먹칠하지 않도록, 늘 단정하고 칼 같은 차림새로 다니던 그 테린 린트벨이 아니었다. 어머니가 이 모습을 못 봐 다행이다 싶을 정도.—그녀는 얼마 전 헤이엄과 함께 린트벨로 돌아갔다—그는 벽난로 앞 안락의자에 앉아 있다가 문소리에 뒤를 돌아봤다.

"왔니?"

테린이 묵직한 목소리로 인사를 건넸다.

"네."

천천히 걸어 들어간 제니스가 그의 맞은편에 앉았다. 칼끝처럼 날카롭게 신경이 곤두서 있을 줄 알았는데 아니었다. 그는 물먹은 솜처럼 푹 가라앉아 있었다. 벨라가 차를 내올 때까지 테린은 흐릿한 시선으로 테이블 모서리만 바라봤다.

"그때 이후로 처음인가?"

테린이 나지막이 중얼거렸다. 제니스가 그를 머리부터 발끝까지 노골적으로 훑어보고 있다는 걸 알면서도 별말 하지 않았다.

"그러잖아도 하고 싶은 말이 있었는데, 먼저 보자고 해 줘 고맙구나."

"오라버니가 저에게요?"

"그래. 사과하고 싶었다."

예? 예상치 못한 말에 제니스가 입을 헤 벌렸다. 그가 건조한 얼굴로 말을 이었다.

"내가 아버지의 편지를 받고 린트벨로 떠나기 전날 밤, 너를 불러 심한 말을 하지 않았느냐?"

그랬지.

제니스가 반사적으로 고개를 주억였다. 테린이 그런 그녀와 눈을 맞췄다.

"미안하다. 내가 어른스럽지 못했어. 네가 나를 믿지 않는다고 화를 냈지만, 정작 나도 너를 믿지 않았어. 네가 린트벨을 소중히 여기지 않는다고 한 말, 마음에 담아 두지 말기 바란다. 그리고……."

그가 까칠한 얼굴을 손으로 쓸어내렸다.

"플로라의 약혼식 때 막무가내로 화낸 것도 미안하구나. 플로라의 행복이 중요하지 않아서는 아니었다. 네가 나나 다른 가족들에게 숨기는 게 너무 많아 속상해 그런 거지. 뭐……. 널 나와 동등하게 생각하는 게 힘들기도 했고."

테린이 머리를 벅벅 긁었다.

"어쨌거나 사과가 늦어 미안하구나. 그게, 생각한 지는 오래됐는데 입이 영 떨어지지 않아서 말이야."

그가 멋쩍은 얼굴로 덧붙였다.

"실은 아버지도 알고 계시다. 툴란 산맥 개발 건을 발의한 게 너라는 걸. 린트벨에 가자마자 고자질했지, 하하하."

테린은 책 읽는 것 같은 웃음소리를 내며 시선을 피했다.

"그런데 아버진 별로 놀라지도 않으시더라. 네게 다른 의도가 있는 것 같다고 해도 신경 쓰지 않으셨어. 그때 은근히 샘이 났던 것 같아. 장남인 나보다 널 더 인정하는 것 같아서."

줄줄 이어지던 테린의 말은 거기서 멈췄다.

다행이다. 제니스는 민망함에 몸서리치며 그렇게 생각했다. 생각지도 못한 사과와 그 후를 잠식한 짧은 침묵이 너무 간지러웠다. 그날을 떠올릴 때마다 '사과, 받고야 말겠어. 크르릉.' 그랬는데 막상 일이 벌어지고 뭔가 고백 비슷한 말을 듣고 있자니 보통 민망한 게 아니었다.

게다가 사과를 받았는데 왜 기분이 이렇게 찜찜하지?

왜 뜬금없이 자신이 진 거 같지?

전쟁은 어떻게 되는 거지? 화는? 논쟁은? 그쪽으로 완벽하게 준비해 왔는데, 갑자기 튀어나온 이 전개는 뭐냐고!

"역시 내 사과가 너무 늦었나?"

제니스가 아무 말 않자 테린이 우울한 얼굴로 물었다. 그녀는 반사적으로 고개를 붕붕 저었다.

"아니, 아니요. 좀…… 뜻밖이라서요. 잘 들었고, 접수 완료했습니다. 사과를 받아들입니다. 예……. 저도 좀 덜 숨기도록 해 보죠. 지난 일은 저도 이것저것 미안할…… 걸요, 아마?"

제니스가 빠른 어조로 두서없이 대답하자 테린이 살짝 미소 지으며 작게 중얼거렸다.

"고맙구나."

으.

제니스는 베아트리체 때와는 다른 이유로 팔을 긁고 싶어졌다.

셀리어트에서 네일과 플로라의 사이를 지켜보며 잠깐 테린과 자신의 관계 개선을 상상한 적이 있었다. 그게 이런 거라고 알았으면 절대 '상상'도 하지 않았을 텐데. 발끝에서 스멀거리며 올라오는 이 느글거리는 기운이라니, 할 수만 있다면 당장 어디론가 사라지고 싶었다.

사람이 한순간에 변하면 흉한 일이 생긴다는데 왜 이러세요? 그 변화가 어디서 기인했는지 짐작 못 할 바는 아니지만요.

"그러고 보니 너도 할 말이 있다고 했지?"

다행히 테린이 운을 떼 준 덕분에 제니스는 자신의 용건을 떠올릴 수 있었다. 그녀는 질문에 답하기에 앞서 다시 벨라를 불렀다. 그리고 차 대신 술을 가져오라고 했다. 벨라도 테린도 놀란 얼굴을 했다.

"이제부터 할 이야기는 술이 필요할 것 같아서요."

그녀의 용건을 짐작한 테린이 쓸쓸하게 웃었다.

얼마 지나지 않아 벨라가 호기심 가득한 눈으로 과일주와 두 개의 유리잔, 안주로 먹을 치즈를 세팅해 주었다. 테린만을 위한 술이 아니라는 걸 눈치챘는지 도수 낮은 과일주를 골라 온 센스가 돋보였다. 술병을 든 제니스가 직접 테린의 잔을 채워 주었다.

"단도직입적으로 묻죠. 진심이었어요?"

밑도 끝도 없는 질문에 잔을 든 테린이 기다리고 있었다는 듯 답했다.

"진심이다."

"그런 몰골로요?"

테린이 한 손으로 얼굴을 쓰다듬으며 헛웃음을 토했다.

"마음이 변한 사내도 죄책감 정도는 느끼지 않겠냐."

변죽은. 그새 말이 늘었다.

제니스는 베아트리체를 만난 후 계속 생각하던 것을 제안했다.

"방법이 없는 건 아니에요. 지레 포기할 필요 없다고요. 로이드와 플로라는 뭐, 길이 보여서 덤볐겠어요?"

테린의 말랑말랑한 태도 때문에 제니스도 무작정 전투 모드로 돌입할 수 없었다. 그녀의 말을 들은 테린이 두 눈을 슬쩍 접으며 희미하게 웃었다.

"고맙구나. 하지만 괜찮다. 그 마음만 받으마. 우리는 그렇게 심각한 사이가 아니었어. 비이도, 나도 이제 제자리로 돌아가야지."

……얼. '비이'래.

플로라와 로이드 커플도 하지 않던 애칭 사용에 제니스의 입꼬리가 부르르 떨렸다.

황녀께 불경하기도 하지, 비이래.

말린 손끝을 어떻게 펴야 할지 모르겠다. 게다가 그 비이가 자리 깔고 누웠는데 뭐가 심각한 사이가 아니라는 거야. 자기도 술꾼이 다 됐으면서 괜찮기는 개뿔!

그 생각이 표정에 고스란히 드러났는지 테린이 슬쩍 시선을 피하며 주섬주섬 말을 이었다.

"한동안 정신을 빼놓고 있었던 건 맞아. 솔직히 내가 그랬다는 게 나도 놀라워. 이성이 마비되고 본능만 남은 사람 같았지. 보고 듣는 모든 것에서 그녀를 떠올리며 꽃을 찾는 벌처럼 그녀의 주위를 맴돌았어. 그래, 그 순간만큼은 행복했어. 세상이 그렇게 아름다웠던 적이 없었지. 하지만."

테린의 단호한 입매가 딱딱하게 굳었다.

"나는 그녀에게 무엇도 약속하지 못해. 책임지지 못할 감정은 모두를 불행하게 만들지. 나와 그녀는 물론 주변 사람 모두를."

그가 확신을 담아 말했다.

"놓아주는 것도 사랑이야."

"……흥."

제니스가 코웃음을 쳤다. 그러나 반박하지 못했다. 수긍해서가 아니라 뭔 소린지 몰라서. 젠장, 뭐 연애를 해 봤어야 아는 척을 하지.

그녀는 입을 삐죽이며 어느새 자작을 시작한 테린이 잔을 채우는 것을 막았다. 그리고 자신의 잔을 내밀었다.

"저도 주세요."

그가 뜨악한 표정으로 정말 마실 거냐는 눈빛을 보냈다.

"술친구 해 드릴게요."

그는 망설임이 가득한 얼굴로 제니스와 빈 술잔을 번갈아 보다가 조심스레 3분의 1을 채워 주었다.

"더요. 오라버니와 함께 먹는 건데 뭐 어때요?"

테린이 신음 같은 한숨을 내쉬며 조금 더 따랐다. 겨우 절반을 넘겼다. 그가 변명처럼 덧붙였다.

"난 술꾼 여동생은 별로다."

제니스가 코웃음을 쳤다.

"오라버니가 모범을 보이시면 생각해 볼게요."

테린은 조용히 고개를 돌리며 '내 무덤 내가 팠구나.'라고 우울해했다. 제니스는 히죽 웃으며 잔을 들어 테린의 잔에 부딪혔다. 챙— 맑은 소리가 났다.

"그럼, 본인이 찼으면서 차인 것 같은 얼굴을 한 오라버니를 위해 건배."

"위로하는 건지 놀리는 건지 모르겠구나."

"당연히 후자죠. 얼마나 만나셨어요? 얼마나 고민하셨어요? 두 달? 석 달? 시작은 어땠나요? 그건 오라버니의 의도였나요? 그럼 끝은 어떨 것 같아요?"

다다다, 숨 쉴 틈 없이 쏘아붙인 그녀가 손에 든 과일주를 한 번에 들이켰다. 테린이 경악했지만 아랑곳없이 빈 잔을 다시 채웠다.

"시작이 오라버니의 의지가 아니었는데 어디, 끝은 마음대로 낼 수 있을 거 같아요?"

그녀가 악담했다. 놓아주는 게 사랑인지 아닌지는 몰라도, 마음이 어느 순간 딱 잘리지 않는다는 것은 안다.

"이미 끝났다. 아니 좀 천천히, 과일주라고 그렇게 막······."

그러나 두 번째 잔도 순식간에 제니스의 입속으로 사라졌다.

"테린 오라버니."

그녀가 정색을 하며 그를 불렀다.

"사람이 누구에게 거짓말을 가장 많이 하는 줄 아세요?"

"글쎄다. 그런데 술은 그렇게 한 번에 마시는 게 아니다."

테린이 포기하지 않고 잔소리를 했다. 물론 제니스의 귀엔 들리지 않았다.

"그건 바로 자기 자신이에요. 난 괜찮다. 난 아프지 않다. 난 원래 저런 걸 좋아하지 않는다. 난 원하지 않는다. 정말, 정말 원하지 않는다…… 그런단 말이죠."

제니스가 테린의 눈을 물끄러미 올려다보며 한숨처럼 중얼거렸다.

"가지고 싶은 것을 포기하고, 상처를 숨기고, 실패를 외면하기 위해서."

테린이 멈칫했다. 그녀는 눈앞에 있는 자신이 아니라 다른 어딘가 먼 곳을 보는 것 같았다.

"오라버니는 그러지 마세요. 마음 가는 대로 하세요."

"그건 누구 얘기냐?"

그가 진지하게 물었지만 제니스는 뚱한 얼굴로 '뭔 소리예요?'라고 타박하며 테린에게 빈 잔을 내밀었다. 그녀의 눈이 살짝 풀려 있었다. 테린은 땅이 꺼져라 한숨을 쉬며 그 잔을 채웠다.

* * *

플로라가 한 번 물은 적이 있다.

"왜 나를 도와주었어?"

약혼식이 있었던 날 밤, 플로라가 제니스를 찾아왔다. 종일 상기되어 있던 붉은 뺨이 채 가라앉지 않은 얼굴로.

아래층에선 연회가 이어지고 있었지만 침실이 주인 이 층은 고요했다. 제니스를 비롯해 손님으로 초대된 좀 어린 소년 소녀들은 모두 각자의 방으로 흩어졌고 제니스도 막 잠자리에 들려던 참이었다.

똑똑.

너무 늦은 방문에 짜증을 내려던 그녀는 플로라가 들고 온 술과 유리잔을 보며 얼굴을 바꿨다. 역시 대담함의 대명사 플로라 필렌. 멋진 년.

서로를 보며 악동 같은 웃음을 나눈 두 사람은 침대 아래 엉덩이를 깔고 앉아 아무 말 없이 술잔을 기울였다. 시끄럽게 떠들 줄 알았던 플로라는 의외로 조용했고 제니스는 오랜만에 맛보는 알코올에 문득 옛날 생각―지구―이 났다.

그때 무언가를 골똘히 생각하던 플로라가 말했다.

"제니스."

"왜."

"고마워."

제니스가 피식 웃었다.

"새삼스럽게 인제 와서."

"그래도."

"알면 잘해라."

"제니스."

"또 왜?"

"왜 그랬어?"

침대 다리에 등을 기대고 앉아 창밖 흔들리는 나뭇가지를 바라보던 제니스가 플로라에게 시선을 돌렸다.

"왜 날 도와줬어? 너는 영원한 사랑 같은 거 안 믿잖아."

"……."

"너는 어릴 때부터 그랬어. 동화책에 나오는 공주님과 용사님의 사랑도 믿지 않았고, 왕과 왕비님의 사랑도 믿지 않았고, 또…… 또……. 하여간 다 믿지 않았어."

그랬지.

제니스가 피식 웃었다. 당시 플로라의 동심을 좀 파괴하긴 했다. 하지만 열한 살이나 되어서 그런 얘기에 열광하는 건 좀 아니지 않나.

"사랑은……."

"신기루. 내가 가장 보고 싶어 하는 것을 보여 주는 환상."

플로라가 웅얼거린 말을 제니스가 받아 마무리했다. 술병은 이미 바닥을 보였다. 그 술 대부분을 마신 플로라는 취했다고 믿기 어려운 또렷한 눈동자로 제니스를 바라보고 있었다. 그리고 대답을 요구했다.

"왜, 도와줬어?"

"나는."

제니스가 느릿하게 대꾸했다.

"그것의 절대적인 가치를 믿지 않아. 그것이 주는 환희와 기쁨, 열정은 찰나일 뿐이야. 그것은 쉽게 부패하고 때로는 세상에서 가장 고약한 냄새를 풍겨."

그러니까 왜.

플로라는 끈질겼다. 아무래도 술주정 같았다. 제니스의 볼에도 진한 홍조가 돌았다. 열여섯 살의 그녀 역시 술에 면역이 없긴 마찬가지였다.

제니스가 히죽 웃었다.

"이 세상이, 아니 이 우주가 말이야, 아주 웃겨. 영원한 게 없는 것처럼 완전한 것도 없어. 예외 없는 법칙이 없단 말이야. 그래서 가끔, 아주 가끔 진짜가 나타나. 가짜가 가득한 세상에 마치 돌연변이처럼 불쑥 등장해 그게 진짜였다는 걸 알기도 전에 사라져. 대개 진짜일수록 수명이 짧거든."

플로라가 두 눈을 깜박이다 어린아이처럼 물었다.

"와아, 그랬어? 진짜가 있었어?"

조금 전까지만 해도 또렷하던 눈동자가 거짓말처럼 풀려 있었다.

"있었지."

"어디에?"

"내 옆에."

"가졌어?"

"아주 잠깐."

"언제?"

"16년 전에."

"……."

"……."

쿠당탕!

"이이, 왕 잘난 체 거짓말쟁이! 나 놀리는 거지? 내가 숫자도 못 세는 줄 알아, 캭!"

그날 밤, 잠시 진지했던 대화는 그렇게 난투극으로 끝났다. 제니스는 술 취한 사람은 힘이 몹시 세다는 걸 알았고 플로라는 거대한 혹을 얻었다.

베아트리체와 테린의 마음이 어느 정도인지, 얼마나 계속될지 제니스도 알지 못했다. 그러나 플로라 사건 때 그랬던 것처럼, 그것이 진짜일 수도 있다는 가능성이 제니스의 발목을 잡았다. 관여하라고 속살거렸다.

진짜가 주는 에너지는 작지만 든든하고, 보잘것없지만 충분하다. 메리 베일은 코드명밖에 알지 못했던 어떤 멍청한 남자에게서 그것을 받았다. 완벽한 일방통행이었지만, 그래서 더 완전했다. 그는 메리의 손을 잡고 세상에서 가장 행복한 얼굴로 죽었다.

병신이었지.

따뜻한 병신이었다. 메리는 그로 인해 헛된 것으로 가득한 세상에 진짜도 있다는 걸 알았다. 자신도 의미 있는 존재가 될 수 있다는 걸 ─이미 되었다는 걸─깨달았다.

메리는 그때 태어난 것과 같았다. 공장에서 나온 기계처럼 좋아하는 것도, 싫어하는 것도 없이 그저 타인과 사회의 요구에 따라 부속품처럼 살아온 그녀가 처음, 자신의 의지로 숨 쉬었다.

늦게 알았지만 괜찮았다. 짧았지만 괜찮았다. 몸과 마음은 더할 나위 없이 충만했고 단지 조금 피곤할 뿐이었다. 쉬고 싶었고 마지막이 찾아왔다.

완벽한 끝이라고 생각했다. 진짜 완벽했는데……

제니스는 발을 구르며 짜증을 냈다. 중요한 마침표가 무위로 돌아갔다. 자신이 원한 건 도돌이표가 아니었는데. 아니, 졸다가 도돌이표를 찍었나? 모르겠다. 그녀는 배시시 웃으며 술잔을 내밀었다. 테린이 두 개로 보인다. 우…… 안 돼, 하나도 버거운데 둘은 안 돼 애애애애!

그가 뭐라고 왕왕거렸다. 귀에 이명이 울린다. 으, 시끄러워. 누가 이런 시끄러운 음악을 튼 거야? 난 할 말이 있단 말이야.

제니스가 플로라의 연애에 적극적으로 관여한 건 그녀의 고통을 두고 볼 수 없어서만은 아니었다. 제니스는 문득 세상에 진짜가 적은 건 그 진짜가 꽃필 기회조차 얻지 못하고 짓밟히기 때문이 아닐까, 생각했다.

진짜라면 야생화의 강인함을 가지고 있어야 해. 하지만 야생화도 막 싹이 올라온 순간 밟히면 죽지 않겠어? 갓 태어난 것들은 짜증 날 정도로 약하단 말이야.

그러니까 테린, 나의 오라버니.

원한다면 가져.

가지기 위해 발버둥 치라고.

그게 진짜면 어쩌려고 그래?

끝은 정말 예고 없이 찾아와.

언제나 내일이 거기 있을 거라고 생각하지 마.

그러니…… 까…… 아…….

"제니스, 제니스!"

테린은 자신의 무릎 위로 엎어진 여동생을 난감한 얼굴로 바라봤다. 미친 듯이 들이부을 때 알아봤다. 일부러 그러는 건지 테린이 술병을 잡을 때마다 족족 채 가더니 벨라가 가져다준 세 병 중 두 병 반을 혼자 마셨다.

아, 술꾼 여동생은 진짜 싫은데. 왜 이런 일을 자주 겪게 될 것 같은 불길한 예감이 퐁퐁 샘솟을까.

테린의 얼굴에 깃든 수심이 깊어지며 밤도 함께 깊었다.

3

그건 참 낯선 기분이었다.

깊은 밤, 번쩍 눈을 뜬 제니스는 본능적으로 상황 파악에 들어갔다. 팔자로 널브러진 사지가 가장 먼저 인식되었고 푹신한 쿠션과 보드라운 침구의 느낌이 뒤를 따랐다. 주위의 희미한 실루엣과 왠지 낯설지 않은 공기를 확인하는 순간 알았다. 그래, 여긴 린트벨 저택 그녀의 방이다.

벌떡 상체를 일으킨 순간 머리가 깨질 듯 아팠다. 입에선 절로 끙 소리가 흘러나오고 속은 부대꼈다. 맙소사, 이 끔찍한 느낌은 뭐지? 제니스는 짐작 가는 것이 있었지만 차마 인정할 수 없어 그렇게 반문했다.

메리 베일은 말술이었다. 웬만해선 취하지 않았고 숙취도 느껴 본 적이 없었다. 그녀는 꽤 오랫동안, 술에 약한 사람은 정신력이 약하다는 잘못된 상식을 믿었다. 그래서 본인, 제니스 린트벨이 알코올에 약할 수 있다는 가능성은 조금도 염두에 두지 않았다. 플로라와 술잔을 기울였던 날 잠깐 느낀 취기도 당연히 '착각'으로 치부했다.

하지만 아니었어.

음료수나 다름없는—제니스 기준이다—과일주 두 병에 정신을 놓다니.

그녀의 얼굴이 하얗게 질렸다. 그녀는 의지와 상관없이 무언가에 속수무책인 자신을 받아들이기 어려웠다.

용납할 수 없는 낯섦이었다.

제니스는 비틀거리며 일어나 침대맡에 놓인 램프에 불을 붙였다.

빛이 일렁이는 램프 옆엔 그녀가 한밤중에 일어날 것을 예상이라도 한 듯 커다란 물 주전자가 놓여 있었다.

싸움이라도 하듯 그 주전자를 노려보던 제니스는 결국 타는 갈증을 이기지 못하고 찬물을 두 잔이나 들이켰다. 머리는 덜 아팠지만 치욕 감은 커졌다. 또 이유 없이 진 느낌이었다.

살짝 커튼을 젖히고 창밖을 내다보니 어둠에 묻힌 정원 윤곽이 희미하게 보였다. 동이 트기 직전이었다. 그녀는 복합적인 한숨을 내쉬었다.

하일리움이 외박을 허락하는 건 휴일 전날 밤. 그 외에는 미리 사유서를 제출해 허가를 받아야 했다. 그런 절차 없이 무단으로 외박하면 무려 10점의 벌점을 부과하고 출신 가문으로 해당 사실을 통보했다.

모친 마르티아가 얼마 전 린트벨로 돌아간 덕분에 그 부분은 걱정하지 않아도 되고 벌점, 뒷말도 무섭지 않았다. 하지만 성가신 인물이 하나 떠오르는 순간 제니스의 이마가 사정없이 구겨졌다.

내가 호랑이 새끼를 키웠어.

그녀의 눈이 희미한 새벽처럼 어둡게 가라앉았다.

* * *

청명한 웃음소리가 울렸다.

"깔깔깔."

정정한다. 경박한 웃음소리다.

"그만 좀 하지?"

"와, 네 얼굴 진짜 끝내준다. 인상 좀 펴는 게 어때?"

"편 거야."

"크…… 크, 하하하."

하아. 너무 창피해서 나란히 걸을 수가 없군.

제니스가 잰걸음으로 플로라와의 거리를 벌리자 그녀는 다 안다는 눈으로 히죽히죽 웃으며 죽자고 따라붙었다. 6년간 친구를 사귄 건지 원수를 사귄 건지 모르겠다.

제니스는 하일리움 문이 열리자마자 기숙사로 돌아왔다. 그리고 오매불망 그녀를 기다린 플로라를 만났다.

자상하고 꼼꼼한 우리의 테린 오라버니는 뻗어 버린 제니스가 하일리움으로 돌아가지 못할 것을 직감했다. 물론 그런 모습으론 돌아가서도 안 됐다. 그래서 벨라와 함께 제니스를 방으로 옮긴 후 플로라에게 이런 사실을 알리는 편지를 보냈다. 불필요한 걱정을 하지 말라는 배려였지만, 제니스에겐 재앙이었다.

플로라는 이제, 이런 좋은 기회를 놓칠 만큼 순진하지 않았다. 한 달 전 두 사람만의 약혼식 뒤풀이에서 혼자 뻗었던 그녀는 다음 날 엄청난 숙취에 시달렸다. 이마 한가운데 생긴 거대한 혹도 의심스러운데, 제니스에게 정신력이 허약한 사람으로 매도당하기까지 했다. 뜻하지 않게 그 수모를 갚아 줄 기회가 생긴 플로라는 새벽부터 꽃단장하고 제니스를 기다렸다.

그리고 위로와 걱정을 가장한 야유와 놀림이 첫 수업을 들으러 가는 지금까지 이어지고 있는 것.

"속이 안 좋아? 하긴 아침도 못 먹었지? 어쩜 좋니, 얼마나 마셨으면 아직도 그렇다니. 자제 좀 하지. 절제하면 제니스 린트벨, 제니스 린트벨 하면 절제의 화신이었는데, 다 옛말인가 보다. 그지? 푸하하하하."

제니스는 음울한 얼굴로 하늘을 바라보았다. 먹구름이라도 몰려오면 좀 위로가 될 것 같은데, 지나치게 화창한 날이었다.

그날 제니스의 첫 수업은 '고대 역사'였다. 플로라와는 이 수업이 있는 레타관 앞에서 헤어졌다. 수업이 달라 천만다행이었다. 정신력 운운하는 조롱을 조금만 더 들었더라면 참지 못하고 실력 행사에 들어갔을 테니까. 그러면 수많은 목격자 앞에서 린트벨 괴담을 인증하는 하루가 되었으리라.

고대 역사 수업은 문헌으로 기록이 남지 않은 시대에 대한 연구와 가설, 신화를 광범위하게 다루었다. 그리고 얼마 전 낙스의 스코트 학술 발표회가 이슈를 일으킨 후에는 고대 마도 문명에 대한 것을 주로 이야기했다. 담당 교수 파로니스 후작이 바로 그 분야의 권위자였기 때문이다.

하일리움 명예 교수인 파로니스 후작은 일흔을 훌쩍 넘긴 노인이었다. 학계에서 쌓은 명성이나 위업을 생각한다면 교양학부 1년 차 수업을 맡을 위치가 아니었지만 본인이 한직을 자처했다.

그는 나이와 건강상의 문제를 이유로 다음 해 은퇴를 공식 선언한 상태였다. 영지로 돌아가 개인 연구나 하며 노년을 보내겠다는 것. 그래서 마지막 학기엔 번잡하지 않은 수업 하나만 달라 했고 그것이 교양학부 1년 차의 '고대 역사'였다.

파로니스 후작은 손녀뻘인 어린 영애들과의 수업을 즐거워했다. 그는 신화인지 역사인지 모를 일을 옛날이야기처럼 재밌게 들려줬고 소녀들의 얼토당토않은 질문—주신 알타니아는 금발인가 흑발인가 따위의—도 귀찮아하는 법이 없어 인기가 높았다.

그러나 수업이 시작되고 20분이 넘도록 파로니스 후작이 교실에 나타나지 않았다.

웅성거림이 커질 무렵 뜻밖의 소식이 전해졌다.

휴강.

처음 있는 일에 작은 소요가 일었다.

"설마 어디 아프신 걸까요?"

나이를 생각하면 가장 가능성이 큰 추측이었지만, 제니스는 늘 그가 백 살까지 거뜬히 살 거라고 생각했다. 참 정정한 노인이었다.

"하지만 아침 일찍 교수님 마차를 본 것 같은 걸요?"

누군가 중얼거렸고 저마다 의견을 말하느라 교실 안이 와자지껄해졌다. 물론 아주 잠깐이었다. 시대를 막론하고 휴강은 언제나, 이유 없이 좋은 것. 소녀들은 곧 새로운 주제의 이야기를 종알거리며 자유 시간을 즐기기 위해 흩어졌다.

제니스 역시 정원을 어슬렁거리며 플로라가 흠집 낸 자존심을 열심히 다독인 후 다음 수업에 들어갔다. 그리고 고대 역사 수업이 휴강한 이유를 알게 되었다.

"진짜예요?"

"쥬안에선 가능한 한 숨기려고 한 모양인데 결국 어디선가 비밀이 샜나 봐요. 오늘 아침에 공식적으로 인정했대요."

"어머, 어머, 어머!"

제니스는 사교 춤 수업 교실에 발을 들여놓는 순간 평소와 다른 들뜬 기류를 느꼈다. 이제는 그녀도 구별할 수 있었다. 이건 '뭔가 사건이 터졌음'이었다.

"재밌는 일이 있다면 저에게도 알려 주세요."

그녀가 한 무리의 소녀에게 둘러싸여 이야기에 열을 올리고 있는 틸리아—아비가일의 자수 모임 멤버로 앞서 잠깐 등장한 적이 있다—에게 물었다.

"어머, 제니스. 어서 와요. 맞아, 그 소식 아직 못 들었어요?"

뒤를 돌아본 틸리아가 새로운 청자를 발견하고 눈을 반짝였다.

"아 글쎄, 진짜로 발견되었대요, 마도 문명 유적이. 엠바로스에서요!"

그녀는 마음이 급한지 뚝뚝 끊기는 문장을 급하게 나열했다.

"쥬안에서 비밀로 하려고 했는데 결국 알려지고 말았대요."

"엠바로스산 외곽이래요."

"아직 발굴에 들어가지는 못했나 봐요."

모여 있던 소녀들이 너도나도 한마디씩 보탰다. 제니스의 흐릿하던 눈동자에 조용히 빛이 들어왔다.

"어머, 그랬군요. 놀라워라."

그녀가 손으로 입을 가리며 과장된 제스처를 취했다.

"쥬안은 정말 좋겠어요."

"제가 우연히 들었는데 파로니스 후작님이 학장실에 난입해 자기를 그곳으로 보내 달라고 떼를 쓰셨대요."

"어머, 정말요? 호호호. 아직 열정적이시네요."

"파로니스 후작님만 그런 마음이겠어요?"

"우리 티오렌 영토에서 발견된 게 아니라 너무 아쉬워요."

"그러게요. 낙스의 연구 수준이 놀랍네요. 그렇게 정확하게 유적의 위치를 짚어 내다니."

한 소녀가 그렇게 말하며 교실 한쪽을 흘깃거렸다. 그곳엔 크리스티나를 위시한 낙스 출신 소녀들이 모여 있었고 웃음소리가 끊이지 않았다.

낙스가 이번 일에서 어떤 실리를 챙겨 갈지 더 지켜봐야겠지만, 학문적 권위는 확실히 세웠다. 모여 있는 소녀들에게서 그 자부심이 느껴졌다.

이야기는 다시 발견된 유적 이야기로 돌아왔다. 소녀들의 가장 큰 관심사는 '어떤 유물이 발견될 것이냐!'였으나 제니스는 홀로 다른 것이 궁금했다.

아르샤 림 헤이트와 디카프넨 샤 타타크.

과연 둘 중 누가 마지막 승리자가 될 것인가.

이제 막 서막이 오른 이 흥미진진한 승부의 결과가 그녀는 몹시 기대됐다.

* * *

그 시각, 아르샤는 빠른 걸음으로 낙스 왕궁 복도를 가로지르고 있었다. 그는 방금 왕을 알현하고 나오는 길이었다.

크리샨트 2세는 얀트 백작의 연구가 정확했다는 사실을 흡족해하면서도 역시 남 좋은 일만 하는 거 아니냐는 우려를 감추지 못했다. 벌써 몇몇 귀족이 그 문제로 국왕을 만나고 간 듯했다.

아르샤는 쥬안과 공동 발굴 및 연구가 약조되어 있다는 말로 그를 안심시켰다. 사실이었지만, 그 동굴 끝에서 무엇이 발견되느냐에 따라 쥬안은 물론 낙스의 입장도 돌변할 가능성이 컸다.

무역 강국의 길을 걸어온 낙스에게 달리아의 이동 게이트는 애증의 대상이었다. 이동 게이트가 있어 중계 무역지로의 발판을 닦았지만 그 이동 게이트 소유국의 변덕에 휘둘리는 것도 사실이었다. 낙스 내부에는 그것 때문에 낙스가 대륙 제일의 국가가 되지 못한다고 생각하는 귀족이 많았다. 아르샤를 필두로 장기적인 고대 마도 문명 연구팀이 꾸려진 건 그래서였다.

1차 보고를 위해 만난 크리샨트 2세의 반응이 나쁘지 않았지만, 아르샤의 얼굴은 침울했다. 유적 발굴은 열악한 상황에서도 조금씩 진행되고 있는데 디카프넨과 그 일당은 아직 그림자도 보이지 않기 때문이었다.

수상한 자금을 들이밀며 조사단에 한발 걸치고 싶어 하는 상인과 귀족들이 몇 있었지만 디카프넨과 연결된 자는 아니었다. 더스틴과 레온이 정체가 드러난 그가 뻔한 루트로 접근하지는 않을 거라고 조언했지만, 아르샤는 초조함을 감출 수 없었다. 이 계획엔 걸린 게 너무 많았다.

그는 카란과 셀리어트의 지원을 받아 유적 주위에 촘촘한 그물망을 짰다. 셀리어트 자작과 카란 백작은 왜 일이 이렇게 확대되었는지 궁금해하는 눈치였지만, 노회한 귀족답게 말을 아꼈다. 아르샤는 디카프넨을 잡은 후 그들에게 진실을 알려 줄 생각이었다.

차가운 바람이 불었다. 복도의 끝자락에 이른 아르샤는 잠시 걸음을 멈추고 서늘해진 목덜미를 손으로 쓸었다. 귓가를 스쳐 간 바람이 칼날처럼 섬뜩했다.

그는 문득 자신이 어디로도 물러설 수 없는 백척간두 위에 서 있음을 느꼈다. 아르샤는 어둡게 가라앉은 눈으로 하늘을 바라봤다.

이 일은 어디로 흘러가게 될까.

실은 그도 알지 못했다.

* * *

오후가 되자 하일리움 전체가 엠바로스에서 발견된 유적—정확하게는 유적 추정지—소식으로 들끓었다. 쥬안을 후원한 낙스와 쥬안 출신 영애들은 서로 흥분을 감추지 못했다. 아직 무엇도 확인된 것이 없는데 그랬다.

쥬안 조사단은 남 툴란 산맥으로 이어지는 엠바로스 산 끝자락에서 지하로 떨어지는 듯한 구조를 가진 동굴을 발견했다. 입구는 자연적이었지만 20미르가량 진입해 확인한 결과 인공적인 처치가 더해져 있음을 확인했다. 그래서 마도 문명 유적 '추정지'였다.

조사대는 아직 입구에 머물러 있었고 유물도 확보하지 못한 상태였다. 그러나 쥬안 왕국 출신 소녀들에겐 벌써 축하의 말이 쏟아졌다. 축하받은 사람들 역시 당장 뭐라도 된 것처럼 목에 힘을 주었다.

귀엽네.

영혼 없는 감상을 날린 제니스가 눈앞의 소녀에게 시선을 돌렸다. 에스더는 무거운 눈으로 떨어지는 낙엽을 바라보고 있었다. 이곳은 하일리움의 인기 산책로 레드우드길 옆에 위치한 야외 카페.

에스더의 요청으로 나온 자리였지만 시간이 꽤 흐를 때까지 그녀는 별다른 말이 없었다. 제니스도 무슨 일이냐고 묻지 않았다. 에스더의 마음이 짐작이 갔다. 아마 내막을 모르는 다른 영애들의 호들갑을 견디기 힘들었으리라.

제니스의 눈길을 느낀 에스더가 천천히 시선을 돌렸다. 처연한 미소가 그녀의 입가에 맺혔다. 방관자의 자리가 생각보다 힘든 모양. 에스더가 한숨처럼 속삭였다.

"이제 어떻게 될까요?"

글쎄.

제니스의 입가에 쓴웃음이 맺혔다. 그녀도 해 줄 말이 없었다.

그리고.

엠바로스 유적을 둘러싼 파란은 예상보다 빠르게, 엉뚱한 곳에서 시작됐다.

쥬안에서 마도 문명 유적 추정지가 발견됐다고 알려진 지 이틀 후, 슈벨리안 제국 역시 유적으로 추정되는 동굴 입구를 발견했다고 발표했다. 위치는 남 툴란 산맥으로 이어지는 엠바로스산 끝자락. 그러니까 정확하게 쥬안 유적 추정지의 맞은편이었다.

대륙은 다시 시끄러워졌다. 유적이 두 개나 있었던 걸까, 아니면 입구가 두 개인 걸까?

대부분의 생각은 후자였다.

엠버로스

1

"세상에 불행한 사람들이 생기는 이유가 뭘까요? 전 하나로 만족하지 못하는 욕심쟁이들 때문이라고 생각해요."

"어머, 저와는 생각이 좀 다르네요. 전 다른 사람이 노력해서 얻은 걸 시기하는 사람들 때문에 세상이 혼란스러워진다고 생각해요. 자신의 무능은 생각도 않는 그런 작자들이요."

"영애, 말이 심하잖아요."

"누가 먼저 시작했는데 그래요!"

근래 흔하게 벌어지는 신경전. 그들을 주시하던 소녀 둘이 고개를 맞대고 속닥거렸다.

"오늘도 살벌하네요. 달리아와 낙스 출신 영애가 섞인 수업은 어김 없이 저러니 불편해서 살 수가 없어요. 빨리 교수님이 오시면 좋겠 어요."

"그러게요. 그런데 그 얘기 들었어요?"

"무슨 얘기요?"

"대륙 남서부 소국들이 이번 일에 한목소리를 내자는 협의를 진행 중이래요."

"그들이 끼어들 여지가 있을까요? 낙스와 달리아가 저렇게 극성 인데."

"좋은 명분이 있잖아요. '고대 마도 문명은 대륙 모두의 유산이다.' 그 말 때문에 너도나도 한발 걸쳐 볼 수 있겠다고 생각하는 거죠. 낙 스가 제 발등을 찍었어요."

그리곤 뭐가 웃긴지 숨을 죽이고 잘게 웃었다. 그 두 명의 소녀 뒷 자리에 앉아 있던 제니스는 처음 말다툼하던 소녀들에게 다시 시선을 던졌다. 2학기 내내 제법 사이가 좋아 보이던 그들은 서로 등을 돌린 채 멀찍이 떨어진 자리에 앉아 있었다.

이 날 선 대립은 쥬안에 이어 슈벨리안까지 유적으로 추정되는 동굴을 발견하면서 시작되었다. 얼떨떨함은 잠시, 잭팟을 터뜨린 쥬 안에 대한 부러움과 시기 일색이던 대륙 분위기가 급변했다.

달리아는 슈벨리안의 발표를 듣자마자 자국 조사단을 철수시키고 슈벨리안으로 사절단을 파견했다. 그리고 엠바로스산 유적에 대한 슈 벨리안의 소유권을 지지한다는 성명을 냈다.

달리아가 뭐라고 다른 나라 땅의 유적 소유권을 인정하네 마네 하 겠느냐만, 그게 도화선이었다.

남 툴란 산맥을 사이에 둔 두 개의 동굴은 누가 봐도 하나의 목적지로 연결된 모양새였다. 그러면 그 유적 안에서 발굴하게 될 유물은 누구의 소유일까? 이틀 먼저 입구를 발견했다고 발표한 쥬안의 것인가? 아니면 먼저 진입해 손에 넣는 자의 것인가?

상식적으로 생각하면 후자지만 억지도 가능했다. 산맥 아래 금이 그어진 것도 아니니 그 유적 자체는 누구의 영토에 있는지 알 수 없었다. 쥬안도 슈벨리안도 상대방에게 그것을 빼앗기게 된다면 '우리 영토에서 도둑질해간 것'이라고 우길 수 있었다.

달리아는 한발 먼저, 그럴 경우 슈벨리안의 편을 들겠다고 선언한 것이다.

쥬안이 발칵 뒤집힌 게 당연했다. 이틀 만에 천국에서 지옥으로 떨어진 것과 다름없었다. 슈벨리안이 '우리도 입구 찾았어.'라고 한 것도 기가 막힌데, 유물의 실체가 드러나기도 전에 넘보지 말라는 선언을 제삼자에게서 들었으니 뒷목 잡고 넘어갈 참이다. 말이야 '명분상 둘 다 우길 수 있다'이지, 쥬안이 슈벨리안 손에 넘어간 유물을 힘과 외교로 되찾아 올 역량은 없었다. 그게 현실이었다.

일이 이렇게 되니 어이가 없는 건 낙스도 마찬가지였다. 의욕 없는 쥬안을 어르고 달래, 돈까지 줘 가며 그 험한 곳을 한 달이나 뒤졌다. 쥬안 내부의 반대파를 다독이느라 로비는 얼마나 했던가. 그렇게 생고생을 해 이제야 겨우 열매를 따는가 했더니 슈벨리안이 끼어든 걸로 모자라 달리아가 흙탕물을 끼얹었다. 가만있어도 꼴 보기 싫은 그 달리아가!

낙스는 달리아가 불필요한 대립을 야기하고 있다고 성토했지만 이미 대륙은 벌집을 쑤셔 놓은 듯 시끄러웠다. 많은 나라가 이 경쟁에 한 발 걸치기를 원했다. 누구는 사람을, 누구는 자금을, 또 누구는 무력을 보텔 테니 유물에 대한 지분을 나눠 달라 요구했다.

원래 반으로 갈라져 있던 쥬안 내부의 갈등은 더욱 심화됐다. 유적 입구가 발견되며 진보파 쪽이 우세를 잡는 것 같았지만 슈벨리안과 달리아가 손을 잡을 조짐을 보이자 보수파가 거 보라며 공세를 강화했다.

슈벨리안은 대륙 남부의 패자였다. 마이어 산맥과 남 툴란 산맥에 둘러싸여 북쪽으로 진출하지 못했지만 남부에선 제왕과도 같았다. 거기에 달리아까지 가세하니 낙스만으론 무게 추를 맞추기 어렵다는 게 보수파의 주장. 슈벨리안과 달리아로부터 쥬안의 몫을 지키려면 최소한 티오렌 정도는 끌어들여야 한다고 목소리를 높였다.

무수한 유언비어가 떠돌았지만 쥬안이 티오렌에 협조 요청을 보낸 것은 확실했다. 그리고 많은 나라가 시기와 방법의 차이가 있을 뿐, 티오렌 역시 이 사건에 뛰어들 것이라 내다봤다.

발굴하기도 전에 시작된 이런 기 싸움은 하일리움 소년 소녀들에 게도 번져 오늘과 같은 신경전이 자주 일어났고, 보다시피 얄팍한 우정은 빠르게 금이 갔다.

문학 수업을 끝내고 걷는 복도 분위기는 냉랭했다. 하일리움의 노아는 졸업 시즌. 예년 같으면 이 한 달은 오로지 졸업하는 3년 차 위주로 돌아가는 기간이었다. 수많은 송별회가 열리고 그들에게 줄 선물을 고르고 졸업 무도회 준비를 도우며 참으로 화기애애할 시기.

그러나 지금은 서로에게 따가운 시선을 던지느라 살얼음판 그 자체였다. 이날을 기다려 온 3년 차에게는 날벼락이 따로 없었다.

문제가 심각하다고 느낀 베아트리체가 자리를 털고 일어나 각국 비중 있는 귀족 영애에게 자중을 요청했지만 그 영향력이 얼마나 갈지 알 수 없었다. 지금은 침묵하고 있는 티오렌이 노선을 정하는 순간 중립이란 위치를 잃어버릴 테고 베아트리체의 말도 권위가 떨어질 테니까.

　이날 제니스의 오후 일정에 오랜만에 북부 출신 영애들과의 모임이 잡혔다. 헬레나 그린이 주최한 티타임이었다. 엔시아를 비롯한 북부 출신 3년 차 영애의 졸업을 축하하고 선물을 의논하기 위해 1년 차와 2년 차가 모두 모인 것.

　그러나 그곳에서도 단연 화제는 엠바로스 유적 문제였다.

　"본국이 쥬안의 요청을 받아들이겠지요?"

　"그렇지 않을까요? 저희 아버지도 달리아와 슈벨리안의 독주를 막아야 한다는 쪽이세요."

　"아이참, 왜 이렇게 번거롭게 하는지 모르겠어요. 그냥 쥬안에 군대를 파견하면 안 되나요?"

　"모르긴 몰라도 무력 조직의 파견 역시 논의되고 있을 걸요. 낙스와 이견 조율 중 아닐까요?"

　"어머, 우리가 왜 낙스 눈치를 봐야 하죠? 티오렌이 도움을 주는 거니 당연히 고맙게 여겨야죠."

　소녀들의 대화에선 가벼운 흥분감마저 느껴졌다. 이렇게 노골적인 국가 간의 힘겨루기가 너무 오랜만이어서인지 오히려 무력 충돌을 기대하는 눈치였다.

　당연히 티오렌이 이길 거라는 확신이 만든 철없는 만용. 어떤 승리도 0의 피해로 만들어지지 않는다. 저들의 아비와 사촌, 오라비들의

배가 뚫리고 사지가 잘린 모습을 봐야 '위대하고 낭만적인 승리' 같
은 건 소설책에나 존재한다는 걸 알게 될까.

예쁠 땐 한없이 예쁜데 미운 소리도 곧잘 한단 말이지.

제니스는 응접실 가장자리에 방패처럼 수틀을 들고 앉아 속으로
중얼거렸다.

"하여튼 낙스와 달리아가 다투는 것도 하루 이틀이지 요즘은 가는
곳마다 그러니 못 참겠어요."

"그러게요. 크리스티나 공녀와 로렐 왕녀가 조용하니 이젠 남작,
자작 영애들이 난리네요."

"어머, 그런데 크리스티나 공녀와 로렐 왕녀는 왜 조용한 거죠?"

"……."

"……."

시끌벅적하던 응접실이 한순간 조용해졌다.

"그…… 러네요. 그러고 보니 요 며칠 로렐 왕녀를 못 본 것 같기도
하고……."

"정확하게는 이틀째랍니다."

의아해하는 소녀들 사이로 헬레나의 느긋한 한마디가 흘러나왔다.
모두의 시선이 그녀를 향했다.

"헬레나는 이유를 알고 있나요?"

"물론이죠."

그녀가 눈웃음을 치자 뭔가 느낀 영애들이 우르르 헬레나의 곁으로
몰려들었다.

"무슨 일이 있는 거군요!"

"아이참, 빨리 말해 줘요."

어서요, 어서요.

영애들의 성원이 이어지자 헬레나가 한참을 미적거리다 아주 큰 비밀을 알려 준다는 듯 작은 목소리로 입을 열었다.

"놀라지 마세요. 3일 전 달리아와 슈벨리안의 국혼이 전격적으로 결정되었다고 해요."

"국혼이요?"

성미 급한 테일러가 뾰족한 목소리로 반문했다.

"네. 달리아의 끈질긴 구애를 슈벨리안이 결국 받아들인 거지요. 하지만 그 내용을 들으면 모두 놀라실 거예요."

"아이, 뜸 들이지 말라구요오!"

"호호호."

헬레나는 간만의 취미 생활을 마음껏 즐기며 정보통답게 따끈한 소식을 내놓았다.

"달리아가 시집보내겠다는 왕족은 여러분이 예상하시는 대로 로렐 왕녀예요. 그리고 그 상대가 될 귀족은 슈벨리안의 오딘 공작이죠."

"슈벨리안에 독신인 공작이 있었나요?"

소녀 한 명이 고개를 갸우뚱하자 헬레나의 목소리가 더욱 은근해졌다.

"독신은 독신이죠. 상처했으니까. 나이는 예순둘. 장성한 아들이 둘이나 있고 정계 활동과 영지 경영에서 일찍 손을 떼고 취미 생활에 매진하는 분이라고 하네요."

"맙소사!"

누군가의 비명 같은 감탄사를 마지막으로 침묵이 내려앉았다. 그리고,

"너무해요."

"너무했네요."

"달리아가 뭐가 아쉬워 그런 자리에 로렐 왕녀를 보내는 거죠?"

마리가 분개했다.

"달리아가 밀어붙였다는 게 중론이에요. 오딘 공작 당사자도 썩 내켜 하지 않았다는데 이번에 유적 입구가 발견된 곳이 그의 영지라지요? 몇 대 거슬러 올라가면 슈벨리안 소르델로 황가의 피가 흐르기도 한답니다. 슈벨리안은 처음부터 달리아의 동맹 제의를 그리 달가워하진 않았어요. 하지만 쥬안의 요청으로 우리 티오렌이 끼어든다면, 그들도 우군이 필요할 수밖에 없죠."

헬레나가 설명했다.

"로렐 왕녀를 좋아한다고 말할 순 없지만, 달리아 왕실도 참 잔인하군요."

클라라가 우울한 목소리로 중얼거렸다. 소녀들은 그녀의 의견에 동조하기도 하고 반대하기도 하며 서로 목소리를 높였다. 안 된 건 맞지만 그동안 하일리움에 분란을 일으킨 걸 생각하면 자업자득이라는 말도 나왔고, 왕녀로서 많은 권리를 누렸다면 그에 걸맞은 책임도 있는 거라는 냉정한 반응도 있었다.

이야기를 듣느라 잠깐 멈췄던 제니스의 손이 다시 움직이기 시작했다. 그러나 바로 옆에서 느껴지는 인기척에 한 번 더 멈칫했다. 조금 전까지 소녀들의 중앙에 있던 헬레나가 어느새 제니스의 옆에 와 있었다.

"사실 전 이번에 한 사람을 다시 봤답니다."

그녀가 제니스의 옆에 앉으며 조용히 말했다.

"제 귀에 이 소식이 들어온 걸 보면 낙스의 크리스티나 공녀는 진즉 알고 있었을 거예요. 하지만 공론화하지 않았죠. 그녀가 입을 다물고 있었기 때문에 몇몇 소문에 빠른 낙스 출신 영애들도 침묵할 수밖에 없었고요. 오히려 달리아 출신 영애들이 저들끼리 모여 찧고 빻는 것 같더라고요."

헬레나가 제니스를 바라보며 씁쓸한 미소를 지었다.

"세상 참 웃기죠?"

* * *

신전에 가서 축복이라도 받아야 하나.

크리스티나는 진심으로 그렇게 생각했다. 마가 낀 게 분명하다. 아니면 하루 일진이 이렇게 사나울 리 없다.

첫 수업을 가기 전 졸업 시즌을 위해 준비한 드레스를 꺼내 다시 점검했다. 액세서리, 소품, 구두 등과 매치해 보니 생각했던 이미지가 아니라 결국 다른 드레스를 알아보기로 했다. 시간이 촉박해 성에 차는 물건을 찾을 수 있을지 모르겠다.

꺼내 놓은 드레스를 모두 치우고 단장을 시작하는데 가장 아끼던 머리 장식이 그녀의 발에 밟혀 부서졌다. 여러 보석과 장식을 꺼내 보는 와중 바닥에 떨어졌던 모양. 관리를 맡은 하녀가 바로 무릎을 꿇고 용서를 빌었지만 짜증을 숨기기 어려웠다.

기분 전환을 위해 새 구두를 신었다. 여성용 구두로 유명한 장인 발랑새의 작품이었다. 섬세하고 화려한 장식이 너무 예뻐 오늘 하루 많은 영애의 감탄을 샀다. 그러나 소녀들의 칭찬을 여유 있는 미소로 받아넘기는 크리스티나의 입가는 경련을 일으키고 있었다. 그 구두는 고문 도구였다. 크리스티나는 두 번 다시 발랑새라는 작자가 만든 신발은 신지 않겠다고 다짐했다.

그뿐만이 아니었다. 부서진 장식을 대신해 머리에 단 리본은 종일 눈에 거슬렸고, 유난히 장난기가 많은 슈벨리안 제국의 키아라 폰테 공작 영애를 만나 이야기 상대를 하느라 진이 빠졌다.

휴식이 필요했다.

그래서 폰테 공녀를 만나고 오는 길 나머지 일정을 모두 취소했다. 발은 부서지기 일보 직전이고 머리는 빠개질 듯 아팠다. 기숙사로 돌아가 아무런 방해 없이 푹 쉬고 싶었다.

그러니, 이런 불쾌한 대화로 자신의 발목을 잡고 두통을 더한 저들이 죽을죄를 지은 거다.

"깔깔깔, 속이 다 시원해요. 그렇게 잘난 척, 고상한 척을 하더니 결국은 다 늙은 귀족의 두 번째 부인이라니."

"슈벨리안 출신 영애에게 들으니 말만 공작이지 실권은 하나도 없대요. 이미 후계자로 자리 잡은 아들에게 이권을 모두 넘긴 뒷방 늙은이라는데, 호호호, 그 도도한 자존심에 혀라도 깨무는 거 아닌지 몰라."

"그럴 담이나 있답니까? 보세요, 창피해서 방 밖으로 나오지도 못하는걸. 하일리움을 계속 다닐 수는 있데요? 본국으로 돌아가 왕궁에 처박혀 있는 게 모두를 위한 일이죠."

"어머, 가엾기도 해라. 쿡쿡쿡."

"나는 그대들이 더 가여운데, 어떻게 생각하나요?"

유리처럼 매끄럽고 나긋나긋한 목소리가 두 소녀 사이를 갈랐다. 수업이 끝난 빈 교실에서 저희끼리 신나게 한풀이를 하던 두 사람이 깜짝 놀라 뒤를 돌아보았다. 낙스의 크리스티나 공녀가 한쪽 입꼬리를 요염하게 비틀며 그들을 바라보고 있었다.

걱정하던 상대는 아니었지만 당황스러운 건 마찬가지.

"공녀."

"공녀를 뵙습니다."

두 사람이 분분하게 인사했다.

"전 두 분이 달리아 출신인 줄 알았는데, 세상에, 제가 지금까지 잘못 알고 있었네요. 그렇죠? 두 분 이름이 뭔가요? 이번엔 제대로 기억해 놓겠어요."

무슨 뜻인지 알아들은 두 소녀의 얼굴이 빨개졌다. 그들을 지그시 바라보던 크리스티나의 얼굴에서도 서서히 가식적인 미소가 걷혔다.

"내 기억이 맞는다면 로렐 왕녀 옆에서 누구보다 딸랑거리던 상그리타 자작 영애, 배브리오스 백작 영애 아니신가요."

그녀의 목소리에 선명한 노여움이 맺혔다.

"감히, 국익을 위해 자신의 의무를 다하는 왕녀를 두고 그따위로 혓바닥을 놀리다니, 달리아 사교계 수준을 알겠군요. 부끄러운 줄 아세요."

"외람되지만, 공녀가 화내실 일이 아니잖아요?"

배브리오스 백작 영애가 수치심을 억누르며 소리쳤다. 그녀로선 로렐의 적이나 마찬가지인 크리스티나의 질책이 부당하게 느껴졌으리라.

그러나 그 항변은 크리스티나의 분노만 부채질했다. 그녀의 눈이 차갑게 가라앉으며 눈앞의 존재를 밟아 버리겠다 섬뜩한 마음을 먹는 순간, 선명한 구두 소리가 다가왔다.

"세 분, 흥미로운 대화를 나누고 계시네요."

언제부터 근처에 있었던 건지 제니스 린트벨이 또각거리며 걸어와 크리스티나 옆에 섰다.

"린트벨 영애?"

배브리오스 백작 영애가 놀란 시선을 던졌지만 제니스는 크리스티나만 바라봤다.

"그러잖아도 공녀를 찾아가는 길이었는데 여기서 뵙네요."

"나를? 무슨 일인가요?"

크리스티나의 목소리엔 아직 냉기가 흘렀다.

"듣기로, 제게 신경을 많이 써 주신 달리아의 로렐 왕녀께서 감기로 바깥출입을 삼가신다기에 문병을 가는 길이랍니다. 공녀의 일정에 여유가 있으시면 동행해 주십사 청하려 했지요."

크리스티나의 눈에 이채가 감돌았다. 날이 섰던 눈동자도 조금 누그러졌다.

"글쎄요, 왕녀를 방문하기엔 적절한 시기가 아닌 것 같은데?"

"적절하지 않을 게 뭐가 있나요. 게다가, 이런 재미난 소식을 가져가는데 왕녀께서 어찌 반기지 않으시겠어요? 아랫사람을 다스리는 거야말로 그분께서 가장 중요하게 여기시는 소임. 모자라는 저를 늘 친우라 불러 주시니 저도 하일리움에서 벌어지는 소소한 이야기 정돈 해 드려야죠."

그 말을 들은 배브리오스 백작 영애와 상그리타 자작 영애의 얼굴이 하얗게 질렸다. 반면 크리스티나는 어느 때보다 화사하게 웃었다.

"과연, 린트벨 영애의 말이 옳아요. 생각해 보니 저도 그간 너무 무심했네요. 제 거처에 들러 감기에 좋은 차라도 준비해 가지요."

제니스가 팔에 걸치고 있던 바구니를 살짝 들어 보였다.

"사소한 건 신경 쓰지 마세요. 제가 준비해 왔답니다. 공녀께선 몸만 가도 큰 위문이 될 거예요."

"그럴까요? 호호호."

발단이 된 두 명의 소녀는 완전히 잊어버린 건지, 제니스와 크리스티나는 맑은 웃음을 터뜨리며 망설임 없이 걸음을 돌렸다. 워낙 찰나에 벌어진 일이라 상그리타 영애와 배브리오스 영애는 그러지 말라, 애원할 생각도 하지 못했다. 결국 두 사람이 교실 밖으로 사라진 후에야 그 자리에 털썩 주저앉아 서로의 얼굴을 멍하니 바라봤다.

"무엄한 것들."

건물을 빠져나오는 순간 거짓말처럼 웃음을 거둔 크리스티나의 얼굴에 한기가 돌았다. 뒤를 노려보는 눈동자가 표독스럽기까지 했다. 그건 결코 잊어버린 자의 눈이 아니었다. 가볍게 입을 놀린 두 소녀가 걱정해야 할 상대는—적어도 지금은—로렐이 아니었다.

"전부터 생각했지만 린트벨 영애는 정말 눈치가 빠르군요."

걸음을 멈춘 크리스티나가 칭찬인지 야유인지 모를 말을 던지며 제니스를 바라봤다.

욱하는 마음에 요절을 내겠다고 마음먹은 건 사실이지만, 요즘처럼 민감한 때 정말 그랬다면 다른 쪽으로 불똥이 튈 수도 있었다. 그런 크리스티나에게 제니스의 등장은 참 시의적절했다. 그 계집들 얼굴이 허옇게 뜬 것도 맘에 들고 말이지.

"뭘요. 자 어서 가시죠."

제니스가 어깨를 으쓱하며 여상하게 말하자 크리스티나가 고개를 갸웃했다.

"가자니, 어디를요?"

제니스가 방긋 웃으며 팔에 걸린 바구니를 다시 들어 보였다. 크리스티나가 어처구니없단 표정을 지었다.

"농담이 지나치군요. 아니면 정말 왕녀 눈앞에서 조롱이라도 하겠다는 건가요?"

"차라리 조롱하세요, 공녀."

뜻밖의 말에 크리스티나가 두 눈을 크게 떴다.

"예순이 넘은 남자에게 시집을 가야 한다는 사실보다, 다른 사람도 아닌 공녀가 자신을 동정한다는 사실이 로렐 왕녀를 더 비참하게 만들 겁니다. 그러니."

제니스가 냉정하게 말했다.

"그냥 하던 대로 하세요. 두 사람이 언제부터 서로 사정 봐주는 사이였나요?"

로렐은 베아트리체처럼 별도의 기숙사 건물을 혼자 쓰고 있었다. 디미올라관만큼 크진 않았지만 로렐의 자존심을 세울 정도는 되었다.

그리고 그곳의 1차 관문이라 할 수 있는 타샤니아 랑생 후작 영애는 최악의 불청객을 맞아 두 볼을 부들거리고 있었다.

물밑으로 퍼지던 소문은 서서히 수면 위로 올라오고 있었다. 오늘만 해도 가볍게 입을 놀리는 몇 명을 혼쭐냈지만 교양학부 전체가 알게 되는 건 시간문제였다.

국혼이 결정되고 소식이 전해진 후 로렐은 3일째 방에서 나오지 않고 있었고, 타샤니아도 무슨 말로 왕녀를 위로해야 할지 알 수 없었다.

그리고 이때라며 나타난 제니스 린트벨과 크리스티나 루보이.

타샤니아는 이가 바득 갈렸다. 이들은 최소한의 인정도 없는 건가!

"왕녀께선 몸이 좋지 않아 두 분을 만나실 수 없습니다."

타샤니아는 불쾌함을 숨기지 않았다. 지금 크리스티나의 한마디는 로렐을 회생 불가로 만들 수도 있었다. 소문을 듣자마자 달려온 게 분명한 그녀를 보자 눈물이 찔끔 날만큼 화가 났다.

"알아요, 심한 감기로 몸이 좋지 않으시다죠? 여기 위문품이랍니다. 린트벨은 워낙 추운 곳이라 몸을 따뜻하게 하고 감기에 좋은 차를 자주 마시죠."

타샤니아는 그렇게 말하는 소녀의 얼굴을 노려보았다. 제니스 린트벨. 결국 크리스티나 공녀에게 붙었나? 그걸 천명하기 위해 이 자리에 함께 온 거라면 정말 저질 중에서도 저질. 추후 절대 용서하지 않으리라.

잔뜩 경계하는 타샤니아의 귀엔 사실 어떤 말도 곧이곧대로 들리지 않았다.

"약속도 없이 이렇게 불쑥 찾아오는 건 무례한 행동입니다. 공녀의 얼굴을 봐 문은 열어 드렸으나 더 이상은 어렵다는 걸 알아주세요."

제니스가 피식 웃었다. 그 무례 엄청 많이 당한 사람 여기 있는데. 그 의미를 눈치챈 랑생 후작 영애의 얼굴이 새빨개졌다.

"그럼 얼마나 이불 속에 숨어 있을 거라고 하시던가요?"

"말을 삼가세요, 크리스티나 공녀!"

타샤니아가 호통을 쳤지만 크리스티나도 아랑곳하지 않았다.

"실망이네요. 처음엔 정말 상대할 가치도 없다 여겼지만, 이번 학기엔 제법 독한 마음을 먹고 왔기에 아주 머저리는 아니구나 했는데. 솔직히 나름 즐기기도 했고. 그런데 겨우 이런 일로 거북이처럼 자기 방에 숨어 두문불출이라니, 그동안 그녀를 상대하느라 심력을 소모한 제가 창피해지려고 하네요."

제니스가 지원 사격을 했다.

"랑생 후작 영애에게도 실망입니다. 이런 때일수록 왕녀의 어리광을 받아 주면 안 되죠. 한 번 숨으면 영원히 숨어 살아야 한다는 걸 모르나요? 이곳에서 알게 된 슈벨리안 출신 영애들을 그곳에서도 만나게 될 텐데, 훗날 어떻게 권위를 세우겠어요?"

타샤니아의 얼굴이 잠시 멍해졌다. 그건 각오하고 상상했던 말들과는 좀 달랐다. 그러나 곧 입술을 질끈 깨물었다.

"그렇다고 상심하신 왕녀님을 힘으로 끌어낼 수는 없지 않습니까?"

그녀의 어조가 누그러지자 크리스티나가 은근한 미소를 흘렸다. 제니스가 속삭였다.

"꼭 힘이 필요한 일은 아니죠."

"예상은 했지만 정말 기대에서 한 치도 벗어나지 않네요. 저 커튼은 누가 골랐죠? 바닥 카펫과 어울리지 않는 건 둘째 치더라도 무슨 장식이 저렇게 주렁주렁 달렸는지. 하, 이 방에 뭔들 어울리겠냐마는, 정말 정신 사납네요."

분홍색과 프릴, 레이스, 황금색 구슬 따위에 대한 크리스티나의 감상이었다.

"개인 취향은 존중해 주셔야죠, 공녀."

함께 방을 둘러본 제니스의 대꾸가 더 얄미웠다. 지난밤 흘린 눈물로 축축해진 베개에 얼굴을 묻고 있던 로렐이 반쯤 몸을 일으켜 멍한 얼굴로 두 사람을 쳐다보았다.

도대체 이게 무슨 상황인가.

그녀는 무의식적으로 눈을 비볐다. 새침한 표정의 크리스티나와 정면으로 눈이 마주쳤다. 사람—대개 로렐—의 복장을 100퍼센트 뒤집는 크리스티나 특유의 얄미운 미소가 발현됐다.

"제가 모르는 새 달리아 예법이 많이 변했나 봅니다, 왕녀? 손님이 왔는데 차 한 잔 내주질 않네요."

"뭐?"

로렐이 눈을 문지르던 손을 내리지도 못하고 되물었다.

"누가 하면 어떤가요, 차는 제가 타죠."

제니스가 창가 옆 작은 테이블에 들고 온 바구니를 주섬주섬 풀었다. 타샤니아가 알려 준 곳에서 찻잔을 꺼내고 구석에 있는 작은 문을 휙휙 열어 보더니 어디선가 뜨거운 물을 가져왔다. 그동안 크리스티나는 그 테이블에 달린 의자에 앉아 부채를 살랑살랑 흔들었다.

로렐은 여전히 상황 파악이 안 됐다. 자신이 왜 이런 기막힌 장면을, 이렇게 생생한 꿈으로 봐야 하는지 알 수 없었다.

"어머, 린트벨 영애의 차 끓이는 솜씨가 이 정도로 수준급인지 몰랐네요."

제니스가 건네준 찻잔을 받은 크리스티나가 눈을 동그랗게 뜨며 칭찬을 퍼부었을 때야, 로렐은 겨우 이게 꿈이 아닐지도 모른다는 생각을 했다.

"두, 두 사람 지금 뭐 하는……. 아니 여기 어떻게, 당장……. 타샤니아!"

당황한 로렐이 소리를 질렀다.

"누가 너희들을 들여보낸 것이냐. 아니, 당장 내 방에서 나가라! 타샤니아, 타샤니아!"

로렐은 너무 울어 꽉 잠긴 목으로 비명 같은 고함을 질렀다. 그러나 몇 분이 흘러도 대답하는 이가 없었다. 로렐은 이해할 수 없다는 얼굴로 크리스티나와 출입문 쪽을 번갈아 바라보았다. 제니스가 자신의 찻잔을 채우며 천연덕스럽게 말했다.

"왕녀께서 생각보다 쌩쌩하시네요. 독한 감기라고 들었는데 와전된 모양입니다."

"어머 순진하시긴. 딱 보면 모르겠어요, 린트벨 영애? 엄살이시잖아요. 학업을 평가하는 개인 면담 일정이 벅찼던 거죠. 뭐, 힘들면 쉬셔야지 어쩌겠어요."

"무, 무슨 소리. 내 개인 면담은 완벽했노라!"

그 와중에도 호승심을 누르지 못한 로렐이 버럭 소리를 질렀다.

"증거 있으세요?"

"증, 증거라니, 모든 교수가 그리 말했다. 모두 나의 성취에 감탄하였어."

"호호호, 뻔한 립 서비스를 곧이곧대로 믿으시다니, 이래서 어린애들은."

로렐이 눈에 쌍심지를 켜고 침대에서 뛰쳐나왔다. 자신이 잠옷 차림이라는 것도 잊어버린 듯했다.

"무엄하구나. 당장 사과하라."

"어머, 죄송. 혼잣말이었는데 들으셨어요? 봐요, 린트벨 영애. 꾀병이시라니까."

"확실히 그러네요."

제니스가 반대편에 있던 의자—정확하게는 1인용 가죽 소파—를 질질 끌고 오며 말했다. 크리스티나가 앉은 테이블에 의자가 하나밖에 없었던 탓이다. 소파에 긁힌 카펫이 틱틱 소리를 내며 볼썽사납게 올이 풀려 일어났다.

퀸트 오르비올산 최고급 카펫이…….

로렐이 바닥을 내려다보며 넋이 나간 듯 중얼거렸다.

제니스는 해맑은 얼굴로 이마의 땀을 훔치며 테이블 가에 끌고 온 의자 등받이를 탁탁 두드렸다.

"자, 앉으세요. 일어난 김에 차나 한잔하시죠."

"도대체 타샤니아는 어딜 간 건가?"

로렐은 다시 한번 문제를 해결할 유일한 사람을 찾았다.

"모르겠네요."

크리스티나가 딴청을 피웠다.

"요 앞에."

"잠깐."

"다녀온다고."

"그랬던가?"

"식기 전에 드세요."

제니스가 찻잔을 내밀며 방긋 웃었다. 뭔가 거부할 수 없는 기세에 밀린 로렐은 엉겁결에 찻잔을 받아 들었고 정신을 차려 보니 침실을 가로질러 온 소파에 다소곳이 앉아 있었다.

"저희 린트벨 특산품이랍니다. 달고, 시고, 쓰고, 짠맛이 모두 나서 종합 선물 세트라는 별칭으로 불리는데 좋아하는 사람이 드물죠."

"그런 걸 왜?"

로렐이 기가 막힌다는 얼굴로 물었다.

"감기에 아주 좋거든요. 얼른 나으시라고요."

로렐의 얼굴이 순간 어두워졌다.

"감기라고, 소문이 났나?"

목소리가 조금 떨리는 것도 같았다.

"소문은 무슨."

요란한 칭찬이 쇼였다는 걸 증명이라도 하듯, 자신의 찻잔을 멀찌 감치 밀어 놓은 크리스티나가 삐죽 웃었다.

"졸업 시즌이 코앞인데 왕녀의 감기가 화제 축에나 들겠습니까. 언 제나 주목받을 거라 믿는 그 엄청난 자신감 하나는 감탄스럽네요."

로렐이 발끈했다.

"장난은 그만하게. 더는 나를 능멸하지 마."

그녀가 파르르 떨리는 입술을 앙다물며 일갈했다. 혼란이 얼추 수 습된 모양이었다. 대신 다른 감정이 몰려왔는지 붉게 충혈된 눈에 눈물이 고이고 찻잔을 움켜쥔 하얀 손엔 핏기가 없었다.

"타샤니아가 왜 허락도 없이 두 사람의 방문을 허락하고 내 침실에 까지 들여놓았는지 모르겠지만, 이제 그만 돌아가도록 해."

그녀가 목을 꼿꼿이 세우고 선언했다.

"나는 '카 데이시안'의 로렐, 너희가 함부로 농락할 수 있는 사람이 아니다."

떨림이 멎은 목소리는 어느새 단단해져 있었다. 제니스는 가늘지만 힘껏 곧추선 그 어깨에 침실 한구석에서 찾아낸 숄을 덮어 주었다. 크리스티나는 로렐의 반응에도 아랑곳없이 이곳을 자기 방처럼 헤집는 제니스를 감탄스러운 얼굴로 바라봤다.

크리스티나가 그런데 로렐은 말해 무엇하랴. 기막혀 돌아가시겠는데. 제니스는 태연하게 말을 붙였다.

"국혼은, 되돌릴 수 없는 결정이겠죠?"

훅 들어온 질문에 로렐도 훅- 숨을 들이켰다.

"그…… 렇다."

그녀의 음성이 파르르 떨렸다. 다가올 조롱을 예견하며 로렐의 눈동자가 파도처럼 흔들렸다.

"축하드린다는 말은 하지 않겠어요. 하지만 모든 일은 생각하기 나름이죠. 그분이 오늘내일한다면서요?"

"무슨 그런 불경한 소릴!"

로렐이 기겁했지만 제니스는 눈 하나 깜짝하지 않았다.

"그렇다 해도 공작 정도 되면 좋은 것만 먹을 테니 10년은 정정하겠네요. 그럼 한 20년 투자해서 나머지 50년을 손에 넣었다 치세요. 슈벨리안은 달리아보다 개방적이라면서요?"

"도, 도대체 무슨 말을 하려는 건가, 린트벨 영애?"

"그냥 그렇다고요. 혹시 아나요, 혼자되신 후 열 살 연하의 파릇한 기사와 뜨거운 염문이 꽃필지."

크리스티나조차 뜨악한 얼굴로 제니스를 바라봤다. 너무 기막혀 아무 말도 못 하는 로렐을 대신해 크리스티나가 입을 열었다.

"민망해 들어줄 수가 없군요, 린트벨 영애. 어떻게 그런 되바라진 소리를. 남의 일이라고 너무 함부로 말하는 거 아닌가요?"

제니스는 뻔뻔했다.

"남의 일이라 객관적인 분석이 가능한 겁니다."

그리고 아직 제정신을 못 차리고 있는 로렐에게 말했다.

"별일도 아닌데 왜 끙끙 앓고 계시는지 모르겠네요. 남자는 원래 이십 대나 삼십 대나 육십 대나 다 똑같답니다. 그래도 마음에 좀 걸리신다면 잘하시는 것 있잖아요? 왕녀께서 우기시면 누르스름한 것도 황금색이 됩니다. 왜 이러세요, 선수끼리."

로렐이 더듬거렸다.

"본 왕, 왕녀는 우긴 적이 없다."

그리고 선수는 뭔가. 선수끼리라니, 어감이 매우 좋지 않은 단어로다.

웅얼거리는 로렐을 보며 크리스티나가 '왕녀, 린트벨 영애의 의견에 찬동하는 것은 아니나 정직함은 무엇보다 중요한 덕목입니다.'라고 딴죽을 걸었다가 사나운 시선을 받았다.

그때 무뚝뚝한 음성이 끼어들었다.

"뭐 필요하신 건 없으신지."

딱 한 뼘 열린 문 사이로 타샤니아가 빠끔히 고개를 들이밀고 있었다.

"타샤니……!"

그녀를 발견한 로렐이 버럭 소리를 지르려는 순간 제니스에게 가로막혔다. 뒤에서 로렐의 입을 턱 막은 제니스가 미소를 띠며 말했다.

"왕녀님이 배고프다고 하시네요."

타샤니아가 알겠다며 고개를 끄덕였다.

"우! ……으으응!"

로렐이 격렬하게 고개를 흔들었지만 아무도 신경 쓰지 않았다. 타샤니아조차 살짝 외면했다. 크리스티나가 우아한 미소를 지으며 테이블을 두드렸다.

"차도 한 잔 주세요. 이번 기회에 왕녀께선 어떤 차를 마시기에 매번 제 취향을 타박하시는지 한번 알아봐야겠어요."

주문을 접수한 타샤니아가 문을 닫고 사라지자 로렐이 충격받은 얼굴로 중얼거렸다.

"타샤니아가, 나의 타샤니아가……."

로렐을 놓아준 제니스는 창가로 다가가 굳게 닫힌 창문을 활짝 열었다. 순간 거센 바람이 불어와 미처 갈무리하지 못한 커튼이 허공으로 휘날렸다. 찬 공기가 단숨에 방 안을 점령했다.

갑자기 서늘해진 공기에 반사적으로 제니스가 걸쳐 준 숄을 단단히 여민 로렐은 제니스가 지정해 준 자리에 앉아 제니스가 따라 준 차를 미심쩍어하며 들어 올렸다.

조심스럽게 한 모금 맛을 본 그녀는 절로 '으……' 소리를 냈다. 고개를 드니 제니스가 열린 창턱에 걸터앉아 자신과 같은 차를 마시고 있었다.

그 품위 없는 모습을 지적할 생각도 못 한 로렐이 차 맛만 불평했다.

"이런 걸 어떻게 먹나?"

제니스가 쯧쯧 혀를 찼다.

"쓰고, 달고, 시고, 짠 진짜 인생을 모르시니, 이 차를 제대로 즐기지 못하시는 겁니다."

우—

크리스티나가 엄지를 아래로 내리며 야유를 보냈다. 로렐은 그녀에게 동조하고 싶은 마음을 꾹 누르며 혹시나 하고 손에 든 차를 다시 맛봤다. 으, 착각이 아니었다. 정말 괴상한 맛이다.

마치, 지금 같은 맛.

그녀의 침실에 제니스 린트벨과 꼴도 보기 싫은 크리스티나 루보이가 앉아 있다. 자신은 잠옷을 입은 채 이들과 종합 선물 세트라는 괴상한 차를 마시며 늘 그랬던 것처럼 서로의 신경을 긁는다. 너무 이상한데 현실이다. 그걸 맛으로 표현하면 딱, 이런 맛이 아닐까?

로렐은 멍하니 열린 창밖으로 시선을 던졌다. 푸른 하늘엔 구름 한 점 없었다.

이런 게 인생이라고?

하아.

왠지 힘이 빠지고 배가 고팠다.

호르륵. 무심코 손에 든 것을 한 모금 더 마시고만 로렐은 변함없는 맛에 잔뜩 인상을 찌푸렸다.

다음 날, 로렐은 자리에서 일어나 씩씩하게 하일리움을 활보했다. 달리아 영애 몇이 눈물을 짰다는 소리가 들리는 걸 보니 완전히 부활한 모양. 제니스는 오랜만에 사심 없이 풀 죽은 어린애를 위로했다 우쭐거렸다.

그런데, 그런 말이 있다.

입방정.

세상은 제니스가 마음 편히 객관적인 게 싫었던 모양이다.

확실하다.

2

"국혼이요?"

"네, 아직은 내부 논의 단계지만요. 아버지 말씀으론 찬성하는 귀족이 많은 모양이에요. 가장 잡음 없는 명분이니까요."

이자벨의 아버지 프레이스 백작은 티오렌 현 재상 다니엘 공작의 보좌로 관료 귀족 중에서도 중심이 되는 인물이었다.

"아직 약혼자가 정해지지 않은 황녀는 베아트리체 님과 9황녀 질리에타 님 두 분이시지만 나이나 순서를 따지면 십중팔구 베아트리체 님이시죠."

이자벨의 어조가 침통했다.

여기나 저기나 정치하는 놈들 생각은 오십보백보, 아니 그냥 판박이다.

"문제는 내 국혼 따위가 아니에요."

베아트리체가 끼어들었다. 이곳은 디미올라관의 응접실, 제니스는 오랜만에 황녀의 부름을 받아 이곳에 왔다.

엠바로스를 둘러싼 대립이 하일리움에 번지면서 베아트리체가 얼마 누워 있지도 못하고 애들 단속하기 바빴다는 건 들어 알고 있었다. 제니스도 나름 에스더와 크리스티나 공녀, 로렐 왕녀를 돌보고 테린과 재접촉을 시도하느라 정신이 없었다.

덕분에 근 2주간 보지 못한 베아트리체가 육체적, 정신적으로 구석에 몰려 있는 건 아닐까 우려했는데……. 웬걸, 감정이 격양되어 있긴 했지만 어느 때보다 눈이 초롱초롱한 게 마음고생은 완전히 떨쳐 버린 것 같았다. 반면 이자벨은 굉장히 우울하고 피곤해 보였다.

"영애가 제발 테린 경을 말려 주세요."

이건 또 무슨 소리야?

제니스가 이자벨에게 부연 설명을 요구하는 시선을 던졌다. 그녀가 한숨을 쉬었다.

"린트벨 공자가 영광의 기사단에 지원했답니다."

"영광의 기사단?"

"네. 영애도 짐작하겠지만 본국이 쥬안을 지원하는 건 거의 확정된 사안입니다. 공표할 시기를 재고 있을 뿐이죠. 쥬안을 지원하기 위해 이미 부서별, 조직별로 준비에 들어간 곳도 많아요. 영광의 기사단은 쥬안에 파견될 무력 조직으로 1차 지원자를 받고 있어요."

"무력 충돌은 반드시 일어날 거예요. 못 가게 막아야 해요."

베아트리체가 애가 타는 얼굴로 다시 말했다.

"들리는 소식에 의하면 쥬안 발굴단에서 사고가 수시로 발생하고 있답니다. 동굴 입구가 좁아 한 번에 여러 명이 진입하기 어렵고 벽이나 천장이 무너지는 일도 부지기순가 봐요."

"그래도 속도를 늦출 순 없겠죠. 혹시라도 슈벨리안이 먼저 유물을 발견하면 큰일이니까."

제니스의 말에 이자벨이 고개를 끄덕였다.

"맞아요."

베아트리체는 이제 자리에서 일어나 응접실을 서성이기 시작했다.

"당장은 아니지만 본국 학자와 연구원이 본격적으로 참가하게 되면 요인 보호를 위해서라도 병력 파견은 불가피해요. 린트벨 영애, 영애의 힘으로 막을 수 없다면 린트벨 백작께 말해서라도 말려야 합니다."

제니스는 문득 떠오른 의문을 던졌다.

"오라버니가 지원했다는 건 어떻게 아셨어요?"

베아트리체가 멈칫했다. 그녀의 볼이 홍시처럼 붉어지고 옆에선 깊은 한숨 소리가 들렸다.

"설마, 기사단 주변을 배회…… 스토커?"

"아닙니다! 우연이었어요!"

아, 예. 그런데 시선은 왜 피하세요?

다시 설명을 요구하는 눈으로 이자벨을 돌아봤다. 그녀는 해탈한 노승 같은 눈으로 서 있었다. ……그러니까 뭐야, 헤어졌다고 눈물 바람으로 자리보전까지 하셨던 우리 황녀님께서 '아주 우연히' 테린을 만나 영광의 기사단에 지원하네, 마네 하는 이야길 나눌 만큼 관계 회복을 하셨다는 뜻? 그런데 입 꾹 다물고 계셨단 말이지?

와, 와, 와. 이래서 남의 연애는 간섭도 걱정도 하지 말라는 거군.

제니스는 지난 2주간 테린에게 날렸던 수많은 편지를 떠올리며 헛웃음을 흘렸다. 술에 취해 흐지부지 헤어진 그날 이후, 그녀는 하다 만 이야기를 매듭짓기 위해 여러 번 다시 만날 것을 요청했다. 그러나 그는 갑자기 중앙 기사단으로 복귀하게 되었으며 내부적인 문제로 외출이 어렵다는 답변만 계속 보내왔다.

그 내부적인 문제가 베아트리체와 다시 만나는 것일 줄은 몰랐네요, 오라버니.

제니스가 눈을 가늘게 떴다.

그리고 그날 바로 편지를 썼다.

「존경하는 오라버니께

세월이 하 수상해 매일 오라버니 걱정으로 눈물짓는, 여린 제니스가 씁니다. 몸과 마음 모두 평안하신지요? 저는 오늘도 오라버니의 무탈함을 위해 알타니아께 기도드렸습니다. 오, 제 걱정은 하지 마세요. 하일리움은 언제나 평온하니까요.

다만, 오후에 베아트리체 님을 뵈었는데 너무 놀라운 이야기를 해주셨습니다. 덕분에 손발은 차갑고 식고, 가슴엔 울화가 치밀어 이렇게 늦은 밤 오라버니께 편지를 쓰게 되었습니다. 공사다망하심은 이미 잘− 알고 있습니다. 그래도 시간 좀 만들어 보시죠? 나중에 후회하지 말고.

오라버니를 너무 사랑하는 제니스 올림.」

답장은 바로 왔다.

썩을 놈.

오래 기다릴 것 없이 다음 날 바로 린트벨 저택에서 테린을 만났다. 그는 이 층 가족 응접실 벽난로 앞 그 자리에, 2주 전과 똑같은 까치집 같은 머리, 거뭇한 수염, 퀭한 눈동자로 앉아 있었다. 코끝이 멀쩡한 걸 보니 술은 끊었나 보다.

아, 다른 게 하나 더 있었다. 눈빛이 달랐다.

헤이엄 린트벨의 눈을 그대로 빼닮은 부드러운 갈색 눈동자가 맑게 빛나고 있었다. 그 눈과 마주친 순간, 제니스는 쓴웃음을 삼켰다. 말을 꺼내기도 전에 결과를 예감했기 때문이었다. 무슨 말을 하던 그의 결정을 되돌릴 수 없을 거라는.

그러니 심술이라도 부려야겠다.

"자신은 있으십니까?"

제니스가 테린의 맞은편에 털썩 주저앉으며 물었다. 머쓱한 표정의 그가 머리를 긁적였다. 하긴 한 달도 지나지 않아 말을 바꾼 게 민망하긴 하겠지. 아니 한 달이 무어냐, 3주도 되지 않았다.

"아버지는 아시고요?"

"편지를 보낼 참이다."

그가 나지막한 목소리로 대꾸했다.

"잘─하십니다, 집안의 장남이?"

제니스가 빈정거렸다.

"아들이 하나 더 있지 않으냐."

어쭈, 하나 더 있으면 뭐? 거기 가서 죽어 오기라도 하려고?

"아버지가 반대하면 어쩌실 겁니까?"

"그 전에 떠나게 될 거다."

오, 그러니까 편지만 보내고 튀겠다? 와 생각하는 거 보게. 자신에게 대책 없이 대담하다느니, 책임감이 없다느니, 린트벨을 사랑하지 않는다느니 헛소리를 하더니 본인은 한술 더 뜨네.

그러고 보면 그녀가 유난스러운 게 아니었다.

'막가는 건 이 집안 내력이었어.'

마음에 쏙 드는 결론이었다.

"그런데 왜 마음이 바뀌신 거죠?"

"네 말대로 생각을 많이 했다. 나 자신에게 끊임없이 물었지. 놓을 수 있다고 생각한 건 진심이었어. 그런데⋯⋯."

머뭇거리던 테린이 이마를 힘겹게 쓸어 올리며 속내를 토해 냈다.

"쥬안과 국혼이 논의된다는 소릴 듣고 머리가 멍해졌다. 언젠가는 그녀가 다른 사람과 결혼할 거라고 생각하긴 했지만 이렇게 빠를 줄은 몰랐어. 거기다 쥬안이라니! 거긴 왕가라 해도 급이 좀……!"

그의 분노는 초점을 살짝 빗나가 있었지만 굳이 지적하지 않았다. 테린이 흥분한 어조를 이어갔다.

"내가 쥬안 왕실 직계, 방계 다 뒤져 봤는데 베아트리체와 어울릴 만한 남자는 아무도 없었다. 도무지 누구와 국혼을 추진하겠다는 건지 어이가 없었지. 그때야 깨달았다. 내가 물러선다고 비이가 행복해지는 게 아니라는 걸. 달리아의 로렐 왕녀처럼 어처구니없는 상대를 만날 수도 있다는 걸. 그리고 사실……."

무슨 말을 하려는 건지 순간 입을 다문 그가 벌게진 얼굴로 고개를 숙였다.

"……누구라 해도 내 마음에 차지 않는다는 걸…… 알았다. 내가 놓아준 그녀가 홀로 있는 건 견딜 만한데…… 누군가의 아내가 되는 건 못 참겠어."

그것 참.

"아름답고 감동스러운 스토리는 아니네요."

테린의 고개가 더 숙여졌다. 아예 바닥을 뚫고 들어갈 기세였다.

"좀…… 그렇지?"

많이 그래요. 하지만 베아트리체 황녀만 모르면 되죠, 뭐. 오라버니가 이런 남자라는 걸.

"어쨌거나 더 늦기 전에 뭐라도 해 보고 싶다. 공을 세워 입지를 다질 좋은 기회야. 그러니 말리지 말아다오."

"말리긴 왜 말립니까?"

"응?"

간절하게 말하던 그가 얼빠진 표정을 지었다.

"베아트리체 님이 그런 부탁을 하신 건 맞습니다만, 제 생각은 다릅니다."

제니스가 다리를 꼬며 거만하게 웃었다.

"가서, 모두 발라 버리고 오십시오."

대륙 제일검이라는 말 정도는 들어야지요. 그래야 황제에게 딸을 달라 하지 않겠습니까?

"하…… 하하하하."

테린이 머리를 숙이고 어깨를 들썩이며 웃었다. 과장된 반응이다 싶었지만 다시 고개를 든 그의 얼굴이 조금 가벼워 보였다. 테린이 다정한 눈으로 시선을 맞췄다.

"고맙구나."

윽.

제니스가 진저리쳤다.

그거 하지 마요, 오라버니. 진짜 아니야.

테린은 모든 준비가 원활히 끝날 경우 2, 3주 안으로 떠나게 될 거라고 말했다. 중앙 기사단에서 영광의 기사단에 지원한 사람은 테린이 유일했다. 그 일로 단장 케일럿 후작이 크게 화를 낸 요즘 그를 달래느라 골머리를 앓고 있다는 말도 들었다.

저녁 식사를 함께하며 향후 일정에 대해 조금 더 이야기를 나눈 제니스는 하일리움으로 돌아가기 위해 자리에서 일어났다.

"이 시간에?"

자고 가지 않는다는 말에 테린이 의아해했다.

"다음 주가 하일리움 졸업 시즌인 건 알고 계세요? 1년 차인 제가 왜 바빠야 하는지 저도 모르겠지만, 일단 그렇답니다. 오라버니도 쥬 안에 가든 뭘 하든 엔시아 졸업 선물은 준비해 놓고 가세요."

"으앗, 엔시아!"

테린이 벌떡 자리에서 일어나며 소리쳤다. 보아하니 생각도 못 했나 보다.

홋, 엔시아 뒤끝 엄청 긴데.

제니스의 미소에서 커다란 위기를 감지한 그가 다급한 눈으로 어 떤 선물을 하면 좋겠냐고 의견을 구했지만, 그녀는 냉정하게 등을 돌렸다.

그 정도 시련은 알아서 극복하시길. 이 동생은 몹시 바쁘답니다.

테린처럼 단순한 인간이나 '좋아, 정면 돌파하겠어.' 마음먹은 거로 할 일 다 한 줄 알지, 제니스처럼 섬세하고 지적인 소녀는 생각할 게 많았다. 우회로는 정말 없는지 고민을 좀 해 봐야 하고 국혼 이야기가 쏙 들어가게 만들 방법도 찾아야 했다. 시간을 벌어야 테린이 공을 세 우든 말든, 또는 린트벨 백작이 뛰어와 장남 엉덩이를 걷어차든 말든 할 게 아닌가.

하일리움으로 돌아가는 마차 안에서 그녀는 필요한 정보 목록을 만들고 우선순위를 정하는 일에 몰두했다. 베아트리체와 이자벨을 쥐어짜면 필요한 정보의 절반은 알아낼 수 있으리라. 아니지, 다 알 아낼 때까지 쥐어짜 보자.

제니스가 소리 없이 웃었다.

국혼 이야길 처음 꺼낸 건 누구고, 누가 가장 열심히 동조하고 있는지부터 밝혀야겠다. 보호를 먼저 요청한 게 쥬안인데 티오렌이 국혼을 들이밀 이유가 없었다. 어떻게든 편한 길만 가려는 초, 초, 초 게으른 놈들이 문제다.

　얼마 후 마차는 하일리움 정문을 지났다. 제니스는 외출복을 갈아입고 바로 베아트리체를 만나러 갈 생각이었다. 하지만 자신의 방문을 여는 순간, 평소와는 다른 얼굴로 달려오는 플로라를 보며 본능적으로, 그러긴 틀렸다는 사실을 알았다. 뒤이어 쫓아 나온 데이지까지 어딘가 긴장한 표정이었다.
　"제니스."
　"무슨 일이야?"
　플로라가 설명 없이 손안에 든 검고 길쭉한 원통을 내밀었다. 반으로 갈라지는 부분을 붉은색 종이로 단단히 봉한 그것엔 린트벨을 상징하는 갈색 타란티오페 문양이 찍혀 있었다.
　군사 기밀과 같은 레벨의, 보안과 긴급을 요구하는 적색 전문.
　"네일 오라버니가 보냈어. 저택으로 가져갈까 하다가 길이 엇갈릴까 봐 기다렸어."
　제니스는 망설임 없이 봉인을 찢고 통 안에 담긴 편지를 꺼냈다. 두툼한 종이 뭉치는 편지라기보다는 보고서에 가까웠다. 그녀는 급하게 휘갈겨진 네일의 필체를 빠르게 좇아갔다.

3

　스물다섯 살 한스는 린트벨 국경 수비대의 선임 병사였다.

필렌 남작령 외곽의 도타 마을 출신인 그는 열일곱 살 때 노련한 사냥꾼인 아버지의 뒤를 이어 활을 잡았지만 곧 현실이 만만치 않다는 사실을 알게 됐다.

농사지을 땅이 부족한 도타 마을엔 사냥꾼이 너무 많았고, 추운 툴란 산맥엔 산짐승도 귀했다. 고민하던 한스는 스무 살이라는 좀 늦은 나이에 군대에 지원했다. 린트벨 국경 수비대는 먹고살기 힘든 북부 출신 청년들의 유일한 대안이었다.

훈련은 힘들었다. 속된 말로 빡셌다. 아말이 그림자도 보이지 않은 지 수십 년이 넘었는데, 왜 이렇게 열심히 훈련해야 하는지 알 수 없었다. 하지만 매월 일정한 임금을 주고 숙소와 음식이 제공됐기에 버텼다. 추운 겨울엔 방한복도 주는 고마운 직장이었다.

그렇게 5년 정도 지났을 때, 훈련은 일상이 되고 기사들과 농담 따먹기를 할 정도로 능글맞아졌다. 곡소리를 내는 신입을 보며 '요즘 애들은 너무 근성이 없어.'라고 허세도 떨었다. 그래 봤자 그 역시 '고참' 병사에 불과했지만.

국경 수비대 진급은 너무 어려웠다. 근성만으론 넘을 수 없는 괴물이 득시글거렸다. 이제 결혼도 하고 아버지도 편히 모시고 싶은데, 병사 월급은 한 몸 건사할 순 있어도 가족을 거느리기엔 좀 부족했다. 그때 공고가 떴다.

산악 레인저 모집. 툴란 산맥 탐사와 정찰이라는 임무에 많은 병사가 고개를 저으며 꽁무니를 뺐지만 한스는 쾌재를 불렀다.

근무지가 고향인 필렌! 거기다 사냥꾼 출신 우대!

이건 그를 위한 병과였다. 신규 병과라면 진급 가능성도 더 클 거로 생각한 한스는 망설이지 않고 지원했다. 그리고 한 달 후, 그는 어릴 적 뛰놀던 놀이터를 일터로 삼게 되었다. 잡목과 풀을 베고 길을 다지며 머리로만 기억하던 지형을 종이에 옮겼다.

사실 먹고사는 문제만 아니라면 그는 그냥 사냥꾼으로 살고 싶었다. 사냥감을 쫓고, 숲과 산, 계곡을 누비는 일을 사랑했다. 형태가 조금 다르긴 했지만 고향으로 돌아온 그는 행복했다. 다른 신입 레인저들이 익숙지 않은 산을 타느라 밤마다 끙끙 앓을 때, 한스는 휘파람을 불었다.

얼마 후 그는 여덟 명의 팀원을 이끄는 조장이 되었고, 레인저의 임무가 순찰과 경비, 지형 탐사만은 아니라는 사실도 알게 됐다.

조용하던 필렌에 외부인이 들어오기 시작했다. 번듯한 잡화점도 생겼다. 영주님이 수도의 하버 상단과 무슨 협력이란 걸 한다는 소문이 들렸다. 좋은 일 같았다.

툴란 산맥 개발은 속도를 더했다. 몸이 날랜 레인저나 사냥꾼뿐만 아니라 일반인도 지나다닐 수 있는 길을 개척해야 한다고 했다. 때 아닌 일거리에 필렌 주민은 호황을 누렸다. 나이가 꽤 된 한스의 아버지도 사냥꾼이었던 이력 덕분에 좋은 일당을 받으며 길 안내를 맡았다. 수십 개의 조가 툴란 산맥으로 흩어졌다.

한스는 드래곤 이빨 협곡 탐사대에 지원했다. 듣는 순간 '바로 이거다!'라고 생각했다. 필렌 출신 사내라면 그것도 사냥꾼이라면, 드래곤 이빨 협곡의 끝을 정복하는 로망을 한 번은 꿈꿔 봤을 것이다. 할머니의 할머니가, 할아버지의 할아버지가 불 꺼진 침대 맡에서 들려주던 모든 이야기가 태어난 곳.

사람을 잡아먹는 괴물이 살고, 그 괴물이 모아 놓은 금은보화가 가득하며, 불행과 행운을 동시에 안겨 주는 심술궂은 요정이 산다는 그곳. 절대 혼자 들어가지 말라는 경고와 일확천금의 땅이라는 은밀한 부추김이 동시에 존재하는 마의 협곡.

한스는 생각만으로 가슴이 두근거렸다. 영주님이 전폭적인 지원을 약속했다는 얘기가 돌았다. 흐흐, 남작님도 어쩔 수 없는 필렌 사내라는 것을 그날 알았다.

드래곤 이빨 협곡엔 레인저 8개 조가 투입되었다.

처음 한 달은 그저 신났다. 드래곤 이빨 협곡의 초입을 경험해 본 적 있는 사냥꾼이 대거 모집되었고 그들의 경험을 바탕으로 입구 탐사는 빠르게 진행되었다. 낙석 주의 구간, 맹수 출현 구간, 안전 지역, 야영 가능 지역, 식생, 지질상태 등이 조금씩 밝혀졌다.

두 달째엔 그 유명한 갈지자 모퉁이를 44번—체감상으론 440번은 돈 것 같다—이나 지났다. 주위를 감싸는 협곡은 갈수록 높이를 키우며 가팔라졌고, 바닥은 오르막과 내리막을 반복했다. 폭이 좁아지자 탐사대는 조 단위로 쪼개졌다. 선발대, 전령팀, 보급팀, 운송팀, 구조대, 탐사 지역 관리팀 등으로 임무도 분할됐다.

한스가 조장으로 있는 팀은 선발대를 맡아 부러움을 샀다. 가장 위험했지만 첫 번째 탐험자라는 명예는 그 위험을 상쇄하는 매력이 있었다. 한 가지 안타까운 점이 있다면 협곡엔 괴물도, 금은보화도 없었다는 것이다. 매일 밤 요정을 만나게 해 달라고 빌던 팀의 막내 피터도 희망을 버렸다. 그는 잃어버린 동심을 보상해 달라고 징징거리다 선임의 응징만 받았다.

여름이 완전히 끝났을 때, 안전을 위해 느리게 진행되던 탐사 속도가 빨라졌다. 특이점을 발견하지 못한 드래곤 이빨 협곡 탐사가 올 한해를 끝으로 종료될 거란 소문이 돌았다.

툴란 산맥의 겨울은 다른 지역보다 빨랐다. 아무리 방한복을 갖춰 입고 모닥불을 피워도 산에서 자면 얼어 죽기 십상. 시간이 얼마 없다는 것을 알게 된 한스와 팀원들의 마음이 급해졌다. 요정과 괴물이 살지 않더라도, 이왕 여기까지 왔으니 전설의 끝을 보고 싶었다.

* * *

한스는 입김을 호 불며 발걸음을 재촉했다. 협곡은 이제 두 사람이 나란히 서기 힘들 정도로 좁아졌다. 높아진 협곡은 한낮에도 햇볕이 들지 않아 안전을 위해 등불을 켜야 했다. 머리 위로 보이는 하늘은 새끼손가락보다 가늘었다.

전령팀이 며칠 전 탐사 종료 지시를 전달하고 갔다. 3일 후 복귀가 결정되었다. 탐사대의 최전방을 맡고 있던 한스는 너무 아쉬웠다. 조금만 더 가면 끝이 보일 텐데, 그게 그저 막다른 벽이라 해도 확인하고 싶었는데.

하지만 고집을 부릴 순 없었다. 협곡의 경사도가 90도에 이른 건 오래전. 어떤 구역은 머리 위를 바로 덮칠 듯 휘어져 나와 하늘을 가렸고, 낙석이 떨어지는 횟수도 심하게 증가했다. 언제 어떤 사고가 생길지 모르는 곳으로 마냥 팀원을 끌고 갈 순 없었다. 그가 할 수 있는 일은 남은 3일간 최대한 전진하는 것뿐이었다.

중간보고를 위해 팀원 중 두 명이 전령과 함께 복귀했다. 나머지 일곱 명은 머리에 쓴 철모와 개인 등짐을 점검하고 다시 협곡 안으로 걸음을 옮겼다.

모자도 등짐도 모두 무거웠지만 불평하는 이는 없었다. 그건 사고 시 절명을 막아 줄 유일한 방패였다.

그날 하루 열심히 걸은 일곱 명은 해가 기울자 캠프를 차렸다. 해까지 지면 등불이 있어도 이동이 어려웠다. 건량으로 저녁을 해결한 일행은 그나마 평평한 바닥을 골라 돌을 치우고 모포를 깔았다. 좁은 통로에 두 줄로, 세 명, 네 명이 겹쳐 누웠다. 일곱 명 모두 머리를 맞대고 양쪽 발치엔 작은 모닥불을 피웠다.

잠들기 전, 통과 의례 같은 수다가 시작됐다.

"꽤 많이 왔지요? 협곡 전체로 보면 얼마나 들어온 걸까요?"

부조장 호세가 물었다.

"지난번에 만난 측량팀 말로는 직선으로 40카미르 정도……."

"에엑, 석 달이 다 되어가는 데 겨우 40카미르 왔다는 겁니까?"

피터가 격한 반응을 보였다.

"직선거리가 그렇다는 거지. 우리가 걸어온 절대 거리는 세 배, 아니 그 네 배는 될 걸?"

"아이고, 평지였으면 로하샤이엄까지 갔다가 돌아왔겠네요."

피터의 한탄에 그의 양옆에 누운 게리와 브루노가 키득거렸다.

"그동안 우리가 걷기만 했냐? 돌 치우고, 죽은 나무 태우고, 광물, 식물 수집하고, 모퉁이마다 표지판 달고 그러니 생각만큼 못 온 게지."

성격이 점잖은 호세가 달래듯 말했다.

"어쨌거나 이 고생도 이제 이틀 남았습니다."

더벅머리 제레미가 중얼거렸다. 물론 그 후 도착한 곳을 기점으로 다시 돌아가는 데만 며칠이 더 걸릴지 모른다. 그러나 누구도 가 보지 못한 곳에 발을 디디는 것과 왔던 길을 다시 지나가는 건 의미가 좀 달랐다.

제레미가 던진 말이 모두를 각자의 상념으로 이끌었는지, 일행은 잠시 침묵에 잠겼다. 좁은 협곡 사이로 짐승의 으르렁거림 같은 바람 소리가 지나갔다. 피터가 투덜거렸다.

"형, 이래서 괴물이니 뭐니 한 모양이야. 옛날 사냥꾼 아저씨들은 활 솜씨보다 상상력이 더 좋았던 것 같아."

모두 배를 잡고 낄낄거렸다. 그리고 자신도 질 수 없다며 너도나도 이야기를 만들어 냈다. 777번째 모퉁이를 돌아 벽을 7번 두드리면 땅속 나라로 가는 문이 열린다는 둥, 푸른 털을 칼날처럼 세운 황소만 한 늑대를 봤다는 둥, 장난꾸러기 요정을 만나 지난 한 달간의 기억을 모두 잊었다는 둥 갖가지 헛소리가 쏟아져 나왔다.

아, 우리가 듣고 자란 모든 이야기가 정말 저런 식으로 만들어진 거 아냐?

역시 한 줌밖에 남지 않은 로망을 그래도 틀어쥐고 있던 한스는, '협곡에서 떨어진 돌이 네놈들 주둥아리를 때리기 전에 어서 입 다물고 자라.'고 수다쟁이들을 윽박질렀다.

일행은 곧 조용해졌다. 조장이란 감투가 이럴 땐 참 유용하다. 물론 몇 초도 지나지 않아 목소리를 죽인 팀원들이 네네, 조장님. 조장님이 까라면 까야지요. 한 살 더 먹더니 히스테리가 느신 것 같습니다, 따위의 뒷말을 코앞에서 종알거렸지만.

어쩌다 보니 한동네 출신이 옹기종기 모여 의기투합이 잘 되긴 했는데 기강 세우기 어려운 게 문제였다. 아오, 언제 한번 날 잡아 이 형님의 위엄을 뼈에 새겨 줘야 하는데. 한스가 그렇게 홀로 응징을

꿈꿀 때, 모포 자락을 머리까지 끌어 올린 팀원들은 하나둘 꿈나라로 떠났다.

얼마 지나지 않아 호세의 코 고는 소리가 들렸다. 도롱도롱, 크르릉, 크고 작은 숨소리가 마치 하나의 음악 같았다.

'이제 이틀 남았습니다.'

종일 강행군을 했는데도 한스는 이상하게 잠이 오지 않았다. 협곡 끝자락의 실루엣을 따라 가늘게 이어지는 밤하늘 별빛이 마치 한 줄기 강 같았다.

하늘에서 바라보는 대지의 강줄기가 저러할까?

그렇게 생각하는 순간 땅과 하늘이 뒤집히는 것 같은 착란이 일었다. 마치 저 하늘로 떨어져 내릴 것 같은 기분. 가슴이 두근거리고 조바심이 났다. 검고 그윽한 하늘 강에서 눈을 뗄 수 없었다. 한스는 문득 자신이 몹시 행복하다는 사실을 깨달았다.

앞으로도 이렇게 살고 싶다.

세상의 비밀을 파헤치고, 미지의 땅을 탐험하고, 장엄한 자연의 신비를 엿보고 싶다.

모험가가 되고 싶어.

······조금은, 서글픈 깨달음이었다.

아침이 되고 눈을 뜬 팀원들은 앓는 소리를 내며 자리를 정리했다. 모두 부산스럽게 몸을 풀었다. 언제나 명랑한 피터가 산맥을 뚫고 낙스까지 가자고 목소리를 높였다. 그 허풍에 모두 큰소리로 웃었더니 멀지 않은 곳에서 잔 흙과 돌멩이가 우수수 굴러떨어졌다. '아차' 한 팀원들은 그제야 입을 조개처럼 다물고 정리를 서둘렀다.

그리고 어제와 똑같을 줄 알았던 하루가 변화를 맞은 것은 늦은 오후.

"한스 형."

"나도 안다."

팀원들의 눈이 마주쳤다.

길이, 넓어지고 있었다.

오전엔 긴가민가했는데 오후엔 세 사람이 나란히 설 정도가 됐다. 거기다 종일 은근한 내리막길. 이러다 낙스는 모르겠지만 땅속으론 들어갈 것 같았다.

변화가 찾아오자 문득 하루밖에 남지 않은 시간이 더 아쉬워졌다. 이 탐험은 아마도 그의 인생 처음이자 마지막 모험. 레인저에 몸담았으니 툴란 산맥 다른 지역으로 투입되겠지만 어디도 이곳과 같은 의미를 갖진 못할 것이다.

다음 날은 새벽같이 일어났다. 오늘 밤 도착하는 곳이 그들의 마지막 종착지. 어젯밤 잠들기 전 모두 한 발이라도 더 가 보자 결의했다. 한스는 어둑한 새벽하늘을 보며 크게 심호흡했다. 뭔가 예감이 좋았다.

피터는 일어났을 때부터 들떠 있었다. 제일 앞서 걸으며 왠지 느낌이 좋다고 쉴 새 없이 조잘거렸다. 한스는 까불지 말라고 잔소리를 하면서도 피식 웃어넘겼다. 자신도 그랬으니까. 마치 마을에서 가장 예쁜 레이아를 만나러 갈 때처럼 마음이 설렜다. 그의 잘못이었다.

다시 길이 꺾였다. 표식을 남기기 위해 한스가 수첩을 꺼내 들었다. 여기가 62번째인지 63번째인지 확인해야 했다. 선두에 있던 피터에게서 눈을 뗀 건 아주 잠깐이었다.

"으아아악―!"

"피터?"

갑자기 터져 나온 비명에 가까이 있던 게리와 브루노가 깜짝 놀라 달려갔다.

"으헉!"

"핫!"

모퉁이를 도는 순간 그 두 사람 역시 단말마의 비명을 지르며 시야에서 사라졌다.

"모두 침착해!"

한스가 날카롭게 소리쳤다. 그는 두근거리는 가슴을 억누르며 두 사람이 사라진 지점으로 등불을 들이밀었다. 침착하라고 소리친 주제에 손이 덜덜 떨리고 있었다.

'내 잘못이다. 욕심을 부려선 안 됐어.'

고작 몇 미르 더 가겠다고, 동도 트기 전에 길을 나서는 게 아니었다. 들뜬 피터에게 주의를 주고 자신도 더 긴장했어야 했다. 그는 밀려드는 진한 자책과 후회에 낯을 굳혔다.

등불 아래 드러난 바닥은 얄궂었다. 그동안 완만하게 이어지던 경사가 거짓말처럼, 한 차례 푹 꺼진 후 70도에 가까운 비탈이 나타났다. 모퉁이를 돌자마자였다.

저 아래서 희미한 신음이 들렸다. 한스는 허리에 밧줄을 묶은 뒤 조심스럽게 비탈을 미끄러져 내려갔다. 마음이 급했다. 부디 저 아래가 바위 밭이 아니길.

"게리, 게리!"

"브루노, 정신 차려."

경사가 끝나는 곳에 도착한 한스가 쓰러져 있는 이들의 이름을 불렀지만 둘 다 대답하지 못했다. 그래도 희미한 신음을 내는 게 의식을 아예 잃은 것 같진 않았다. 한스의 뒤를 이어 나머지 팀원들도 아래로 내려왔다.

"어떻습니까?"

"피터는요?"

한스가 등불을 들어 올려 시야를 넓혔다. 브루노와 게리는 비탈 바로 아래 있었지만 피터는 보이지 않았다. 몸도 가볍고 조금의 대비도 못 해 더 멀리 튕겨 나간 모양이었다.

한스는 다른 팀원에게 게리와 브루노를 맡기고 피터를 찾아 걸음을 옮겼다. 다행히 그리 멀지 않은 곳에 정신을 잃고 쓰러져 있는 그를 발견했다.

급히 다가간 한스가 엎어진 피터를 바로 눕힌 후 뺨을 두드리며 이름을 불렀다. 그는 완전히 정신을 잃고 있었다. 가슴이 철렁해 몸을 살펴보니 철모와 등짐은 그대로였다. 이것들이 충격을 완화해 주었길 바랄 뿐이었다.

"피터는 찾았습니까?"

호세가 다가왔다. 돌아보니 게리와 브루노가 정신을 차렸는지 비틀거리며 뒤따르고 있었다.

"그래. 여기 있어. 두 사람은 어때?"

"괜찮습니다, 조장. 머리가 울리긴 하지만 몸은 타박상 정도인 거 같습니다."

"어디 부러진 데 없으니 됐지요. 조심했어야 했는데 죄송합니다, 조장."

"둘 다 경솔했다."

한스가 정색을 하고 나무라자 두 사람이 고개를 숙이며 머리를 긁적였다.

"저…… 조장, 막내는 어떻습니까?"

한스가 바닥에 누워 있는 피터를 돌아봤다.

"외상은 없어 보이지만 아직 깨어나질 못하고 있다. 어디 잘못 부딪힌 데만 없으면 좋겠다."

"아우, 저 자식 깨어나기만 하면 내가 제대로 교육한다."

게리가 괜히 씩씩거리며 주위를 맴돌았다. 그새 호세는 피터의 철모와 등짐을 벗기고 숨쉬기 편하게 조처했다. 자잘한 생채기가 뺨과 손등에 가득했다.

한스는 내내 생각하던 것을 말했다.

"탐사는 여기서 종료한다."

순간 놀란 표정을 지었던 팀원들이 잠시 후 고개를 끄덕였다. 피터가 깨어난다 해도 어떤 후유증이 있을지 모르는데 탐사를 강행할 순 없었다.

"트레이, 넌 이 길로 복귀한다. 가는 길에 분명 마지막 보급팀을 만나게 될 거야. 사고를 전하고 구조팀을 불러라."

일행 중 가장 발이 빠른 트레이가 고개를 끄덕였다. 그는 곧 장비를 점검하고 등불과 기름, 건량, 모포를 확인했다.

"서두르지 말고. 알았지?"

"걱정하지 마십시오, 조장."

트레이는 당연히 그럴 거라는 얼굴로 고개를 끄덕였다. 하지만 그가 전력으로 달릴 거라고 모두 알고 있었다. 좀처럼 깨어나지 않는 피터를 무거운 마음으로 뒤로하고, 한스는 호세, 제레미와 함께 이 움푹 꺼진 분지 탐사에 나섰다.

피터가 굴러떨어진 지점을 시작으로 부채꼴처럼 넓어지는 지형이었다. 마치 광장 같았다. 바닥도 돌투성이가 아닐까 걱정했던 것이 무색하게 곱고 평평했다. 주변을 한 바퀴 돌아보며 지금까지 걸어온 험한 길과는 사뭇 다른 모습에 의아함을 느낄 무렵, 희미한 신음이 들렸다.

세 사람은 곧장 피터가 있는 곳으로 뛰어갔다.

"정신이 드냐?"

한스가 얼굴을 들이미니 피터의 눈꺼풀이 움찔거리는 게 보였다. 천천히 들어 올린 눈꺼풀 아래 눈동자가 멍했다. 한 번, 두 번 눈을 감았다 뜬 그가 입술을 달싹였다. 모두가 바싹 귀를 기울였다.

"삭신이…… 쑤셔요."

"헐."

"당연하지, 이 새끼야!"

브루노가 벌컥 소리를 질렀다. 그 고함엔 안도감이 서려 있었다.

"머리도 울려요."

피터가 징징거렸다.

"그 정도인 걸 다행으로 여겨. 철모 아니었음 네 머린 이미 곤죽이 되고도 남았다. 어디 다른 덴 아프지 않고?"

호세의 물음에 잠시 생각하는 듯했던 피터가 자신 없는 어조로 말했다.

"그러니까…… 온몸이 다……?"

"어이구 잘났다."

타박하는 게리의 눈은 웃고 있었다. 그가 심술과 염려를 담아 피터의 온몸을 주무르자 죽겠다 앓는 소리가 튀어나왔다. 걱정시킨 대가로 좀 꽉꽉 눌러 주는 것 같았다. 한스도 남몰래 안도의 한숨을 내쉬었다. 정말, 다행이었다.

"정신도 차렸고 몸에 감각도 있는 것 같아 다행이구나. 하지만 대열을 벗어나 이런 사고를 당한 건 징계감이야. 돌아가서 각오하도록 해."

한스가 엄히 말했다.

"죄송해요."

피터도 제 잘못을 아는지 고개를 숙였다. 자기 때문에 탐사를 종료하기로 했다는 얘기를 들었던 것이다.

"몸이나 제대로 추슬러. 아픈 데 없다고 까불지 말고 잘 살펴봐."

"네."

그가 힘차게 고개를 끄덕였다. 피터를 브루노와 게리에게 맡긴 한스는 호세에게 다가가 앞으로의 일정을 의논했다. 탐사 종료가 확정되었으니 이곳의 지형을 조사하고 지질, 광물 샘플을 수집하기로 했다. 피터는 물론 게리, 브루노의 상태가 정말 괜찮은지 경과도 지켜봐야 했다. 다행히 아침이 되며 빛이 들어오자 그들이 있는 분지 형태도 관찰하기 쉬워졌다.

그곳은 놀랍게도 호리병 모양이었다. 누워 있는 호리병이 아니라 서 있는 호리병이다. 꽤 넓은 둥근 지면을 감싼 벽은 위로 올라갈수록 안으로 오므라드는 형태였다. 그래서 하늘을 향해 열려 있는 공간은 바닥의 4분의 1도 되지 않았다. 아늑하면서 동시에 몹시 위험한 지형이었다.

한스는 일행이 쉬고 있는 곳을 중앙으로 옮겨야겠다고 생각하며 시선을 돌렸다. 그리고 봤다. 피터와 웃고 떠들고 있는 두 명의 머리 위에서 빗줄기처럼 흘러내리는 모래 줄기를.

"피해!"

감이었다. 미친 듯 달려간 한스가 피터를 끌어안고 몸을 날렸다. 뒤에서 투웅— 둔한 충격음이 들리고 피터는 협곡 벽에 부딪혀 신음을 흘렸다. 땅이 흔들렸다.

"조장님!"

"피터!"

먼지가 자욱하게 일었다. 한스가 몸을 일으키는데 오른손으로 짚고 있던 바닥이 푹 꺼지며 앞으로 고꾸라졌다. 그 순간.

쿵—

"으아악!"

지레 놀란 피터가 비명을 질렀다. 한차례 낙석이 떨어진 자리에 다시 돌무더기가 쏟아져 내렸다. 위를 바라보니 그 부분만 숟가락으로 파낸 듯 움푹했다. 한스와 피터는 서로를 바라보며 안도의 한숨을 내쉬었다.

"조장님, 피터, 괜찮은 겁니까?"

"다가오지 마!"

한스가 혹시나 해 소리쳤다.

"모두 중앙으로 가. 우리도 이동한다."

그가 피터를 부축하며 자리에서 일어났다. 아직 추락의 여파가 가시지 않았는데 2차 충격을 받은 피터의 손발이 덜덜 떨렸다.

그때 덜컹, 바닥이 꺼졌다. 몸이 붕 떴다.

경악으로 일그러진 피터의 얼굴이 두 눈 가득 들어왔다.

"……!"

누군가의, 혹은 여러 명의 목소리가 고막을 울렸지만 무슨 말인지 이해하지 못했다.

"조장님!"

피터가 소리쳤다. 순간 같기도 하고 영원 같기도 했다. 그를 향해 달려오는 호세과 제레미, 게리의 얼굴이 보였다. 한스는 피터의 손을 온 힘을 다해 밀쳤다. 그가 뒤로 엉덩방아를 찧는 것을 보는 순간 한스의 몸도 뒤로, 아니 아래로 꺼졌다.

커헉!

둔중한 충격에 허리가 접혔다. 물 밖으로 나온 생선처럼 한번 튀어 올랐다. 숨 쉬는 게 고통스러웠다. 억지로 눈을 뜨려 했지만 무언가가 우르르 흘러내렸다. 한스는 반사적으로 두 손을 들어 얼굴을 가렸다. 폭포처럼 쏟아지는 검은 알갱이를 보며 그의 정신도 흐릿해졌다. 그렇게 땅속으로 추락했다.

* * *

퉁퉁퉁.

주위가 시끄러웠다. 잘 자고 있었던 것 같은데 왜 갑자기 소란스러워진 걸까? 대장간? 아니 시장판 같기도 하고. 사내들의 목소리만 들리는 게 국경 수비대 훈련장인가?

그러다 번뜩 정신이 들었다. 피터, 사고, 낙석, 무너진 바닥이 떠올랐다.

"윽……!"

눈을 떠야겠다고 생각하는 순간 엄청난 통증이 그를 덮쳤다. 온몸이 부서질 듯 아팠다.

"으으으……."

"조장님?"

"한스!"

"여기 깨어났습니다!"

힘겹게 눈꺼풀을 들어 올렸다. 주위로 사람들이 모여드는 게 보였다. 시야는 어두웠지만 눈물을 뚝뚝 흘리는 피터의 얼굴은 확인할 수 있었다.

"나…… 죽었냐?"

한스가 겨우 물었다. 바짝 마른 목이 따가웠다. 피터가 고개를 저었다.

"그러면…… 곧 죽냐?"

피터가 다시 맹렬히 고개를 저었다.

"그런데, 왜 우냐?"

"으허엉, 조장님, 죽는 줄 알았잖아요!"

다 큰 사내새끼가 남부끄럽게 꺼이꺼이 운다. 저런 울보인 줄 알았으면 팀원으로 안 뽑았을 텐데. 귀가 따갑다.

"한스 조장, 날 알아보겠어?"

그가 천천히 눈동자를 돌렸다.

"윌……슨?"

윌슨이라 불린 사내의 얼굴에 안도감이 스쳤다.

윌슨이 왜……. 아, 그렇구나. 구조팀. 구조팀이 왔구나…….

자신은 정말 죽지 않았구나…….

그제야 실감이 났다. 한스는 울컥 북받쳐 오르는 기쁨에 눈을 꾹 감았다. 눈꺼풀을 비집고 나오려는 눈물을 겨우 눌러 넣고 다시 눈을 뜨자 사람과 풍경이 조금 더 선명하게 보였다.

병아리처럼 자신을 둘러싸고 있는 팀원들, 부산스러운 발소리, 공기 중을 떠다니는 먼지, 깡깡 돌 부수는 소리. 그리고 몸이 더럽게 아팠다. 거짓말 조금 보태서 머리부터 발가락까지 전부. 문득 정말 안 죽는 건지 의심스러웠다.

그리고 봤다.

'저게, 뭐지?'

하늘이, 아니 천장이 반짝거리고 있었다. 한스의 눈이 커졌다. 동굴인 줄 알았는데, 만약 그렇다면 지나치게 세련된 동굴이다. 중앙에 천장을 떠받치는 매끈한 기둥도 있었고 벽과 천장엔 하얗게 빛나는 가는 선이 어지러이, 그러나 아름답게 새겨져 있었다. 한스는 자신이 누워 있는 바닥도 광택이 도는 붉은색 돌이라는 걸 알았다.

이게 뭐지……?

이리저리 흔들리는 그의 눈을 보며 윌슨이 쓴웃음을 지었다.

"우리도 아직 몰라. 일단 상부에 보고는 했다."

헐…….

한스는 간이 들것에 실려 나갈 때까지 천장에서 눈을 떼지 못했다. 열심히 흙과 돌, 바위를 치우는 사람들 사이로 층계가 드러났다.

계단이네.

그가 멍하니 생각했다. 그 계단을 밟고 올라 밖으로 나갔다. 그는 자신이 굴러떨어진 지점이 바로 그 계단 위임을 알았다.

와, 이게 뭐지.

한스는 계속 생각했다. 어이가 없고 황당하고 웃기기까지 했다. 그리고 가슴이 벅찼다.

이게 초심자의 행운이라는 걸까? 아니 뭐래도 좋다. 한스의 눈꼬리에 조용히 눈물이 맺혔다. 너무 행복해서.

그의 첫 번째이자 마지막 모험이 어마어마한 성공으로 끝났다.

*　*　*

"뭐야? 뭐래? 무슨 일이야?"

제니스가 마지막 장을 덮는 순간 플로라가 조바심을 내며 물었다. 제니스가 미간을 찌푸리며 답했다.

"두통거리."

플로라가 침음을 흘리며 뒷걸음질 쳤다. 세상만사 시큰둥 제니스 린트벨 선생이 두통거리라고 인정하는 일이라니, 과연 적색 전문답구나—라고 생각하며.

"다시 나가 봐야겠어."

"이 밤에?"

"오라버니가 저택에 있으니 가서 의논 좀 해야겠어."

그리고 혹시 플로라가 서운해할까 덧붙였다.

"무슨 일인지 나중에 알려 줄게. 원래 이런 건 모를수록 좋아. 알아 봤자 머리만 아프거든."

플로라가 입술을 내밀었다.

"당연한 소릴 왜 해. 내가 앤 줄 알아?"

그 당당함에 제니스는 잠시 할 말을 잃었다.

아, 그랬냐. 언제부터 그랬냐? 몰라드려 죄송하다.

"너무 늦었으니까 데이지 데리고 가. 하일리움 마차 대기소도 문 닫았을 거란 말이야. 하일리움 밖으로 나가 운행 마차를 타야 할 거야."

제니스는 플로라의 조언을 받아들였다. 듣고 있던 데이지가 빛의 속도로 준비를 마치고 나왔다. 두 사람은 빠르게 발을 놀려 하일리움 정문을 벗어났다. 확실히 인적이 드물고 늘 몇 대는 서 있던 운행 마차도 보이지 않았다.

다행히 막 건너편을 지나던 마차를 데이지가 큰소리로 세웠다. 길을 건너 마차에 오르자 반대쪽으로 가던 마차라 조금 더 달려 방향을 틀었다.

「제니스, 이건 정말 마른하늘에 날벼락 같구나.

만약 그곳을 발견한 게 지금이 아니었다면 난 뛸 듯이 기뻐했을 거다. 덩실덩실 춤이라도 췄을 거야. 하지만 엠바로스 문제로 대륙이 그토록 시끄러운 것을 보니 이건 계륵이란 생각밖에 들지 않는다.

그 동굴을 목격한 탐사대 전원을 불러 입단속을 했다. 모두 필렌 사나이들이니 보안은 믿어도 좋아. 린트벨의 엄정한 기강이 이렇게 고마웠던 적이 없구나.

보고는 나와 아버지, 백작님과 최측근에게만 올라갔다. 하버 상단 쪽에도 알리지 않았어.

우리는 일단 모든 판단과 결정을 보류한 상태다. 그래도 나온 이야기들을 전하자면 그냥 묻어 버리고 아무것도 발견하지 못한 것으로

하자는 의견이 대세다. 어른들도 이것이 위험하다는 것을 바로 감지하신 거지.

그게 가장 안전한 방법이라는 데는 나도 동의한다. 하지만 문득 그런 의문이 들더구나.

보물을 찾아도 빼앗길까 무서워 쓰지 못하는 린트벨이, 다른 방법으로는 지금의 상태를 벗어날 수 있을까? 왜 우리 린트벨이 세상을 무서워해야 하나? 우리는 누구보다 강한데.

물론, 모든 걸 힘으로 해결할 수 없다는 건 안다.

답답함이 가시지 않는 와중에 네 생각이 났다. 어쩌면 너라면, 좋은 방법을 생각해 내지 않을까 하고. 부담은 가지지 말렴. 머리를 맞댈수록 좋은 생각이 나지 않겠니? 테린에게도 연락이 갔을 거다. 두 사람이 의논해서 좋은 해결책이 나오면 알려다오.

몸 건강하고, 엔시아에게 졸업 축하한다고 전해 주길.

일이 많아 가 보긴 어려울 것 같다.」

드래곤 이빨 협곡 탐사 레인저의 사건 보고서와 동봉되어 있던 네일의 편지.

동감이다. 웬 날벼락이냐. 줘도 안 먹는다. 아르샤의 일을 알고 있지 않았어도, 지킬 수 없는 보물이 어떤 비극을 불러오는지 잘 안다.

그리고 네일의 불만도 이해한다. 왜 포기해야 하나? 우리 땅에서 나온 물건은 우리의 것이다. 아슈트 공작령에 있는 이동 게이트가— 원칙적으론—아슈트 공작의 것이듯.

다만 시기가 지랄 같다. 아르샤 대공이 마도 문명은 대륙 모두의

유산 운운하는 소리를 퍼트리기 전이라면 모를까. 하, 대공. 갚아야
할 빚이 자꾸 쌓이고 있다는 걸 알고 계십니까.

제니스는 가만히 이마를 짚고 무엇을 먼저 처리해야 할지 고심했
다. 테린, 베아트리체, 파견, 린트벨의 드래곤 이빨 협곡. 그 순간
마차가 크게 요동쳤다.

"으앗!"

무방비하게 앉아 있던 데이지가 의자에서 떨어지려는 것을 잡아
줬다.

"이놈이 미쳤나!"

몇 차례 흔들린 마차가 멈춰 서고, 마부의 성난 고함이 들렸다.

급해 죽겠는데 아주 가지가지 한다.

제니스가 덜컹 마차 문을 열고 상체를 내밀었다.

"무슨 일이지?"

"아가씨, 제가 나가 볼게요."

데이지가 말렸지만 늦었다. 바닥에 주저앉아 마부의 호통을 듣고
있던 검은 그림자가 제니스를 보자마자 달려들었다.

"아……!"

퍽—

눈 깜짝할 새였다. 유려하게 뻗어 나간 구둣발이 괴한의 턱을 후려
친 것은.

"……!"

"……!"

……풀썩.

검은 그림자가 길 위로 널브러졌다.

'이런.'

제니스가 멋대로 올라간 다리를 슬그머니 내렸다. 자신이 한 게 아니다. 본능이 그랬다. 오랜만에 타격감을 맛본 발끝이 찌르르했다.

고개를 돌리니 마부가 달려오려던 자세 그대로 굳어 있었다. 뒤에서 들리는 땅이 꺼질 듯한 한숨 소리를 모른 척하며 무슨 일 있었냐는 얼굴로 마차에서 내렸다.

"내가 못 살아요!"

물론, 결혼 15년 차 주부의 바가지처럼 날카로운 데이지의 푸념을 피해 가진 못했다. 돌아가서 보자는 전의가 생생히 느껴져 제니스는 이 사달을 만든 원흉을 지그시 노려보았다. 그녀가 바닥에 뻗어 있는 괴한에게 접근하자 마부가 화들짝 놀라 말렸다.

"아이쿠, 위험합니다. 가까이 가지 마십시오, 아가씨. 제가 살펴보겠습니다."

마부는 눈살을 찌푸리면서도 슬금슬금 다가가 검은 인영의 두건을 제쳤다. 그자—아니 행색을 자세히 살피니 그녀다—는 한동안 제대로 씻지 못한 듯 퀴퀴한 냄새를 진하게 풍겼다.

잠시 후, 마부의 어깨너머로 괴한의 얼굴을 살피던 제니스의 눈동자가 천천히 커졌다. 땟국으로 몰골이 말이 아니었지만, 누군지 몰라볼 정도는 아니었다.

아밀라. 셀리어트에서 본 라트 일족의 치료사.

'그녀가 왜 여기에?'

티오렌은 완고한 구석이 있어 다른 지방 영지라면 몰라도 수도 로하샤이엄은 라트 일족의 출입이 금지되어 있었다.

"저기 아가씨……."

마부가 난처한 표정으로 그녀를 돌아봤다. 이걸 어떻게 하면 좋겠냐는 얼굴.

"일단, 실으시게."

"네?"

"아가씨!"

데이지가 버럭 소리를 질렀고—어허, 무엄하다, 데이지—마부는 울상을 지었다. 마차가 더러워질까 염려하는 눈치였다.

"걱정하지 말고 싣게. 피해는 보상할 테니."

제니스가 강경하게 말했다. 마부는 어깨를 축 늘어뜨린 채 정신을 잃은 아밀라를 짐짝처럼 들어 마차 바닥에 실었다. 마부석으로 돌아간 그는 지체한 시간을 만회하려는 듯 어두운 밤거리를 빠르게 내달렸다. 서비스 정신이라기보단 마차에 실린 걸인을 가능한 한 빨리 내려놓고 싶어서 같았다.

아밀라

1

아밀라가 앨리스의 사망 소식을 들은 것은 번창한 항구 도시 네르타에서였다.

셀리어트를 빠져나오자마자 동남쪽으로 길을 잡은 아밀라 일행은 사람과 물산이 풍부한 이곳에서 2주가량 공연을 하며 생필품을 보충했다.

소식을 전해 준 이는 약초를 취급하는 평민 상인으로 아밀라와 자주 거래하던 이였다.

"정말…… 앨리스 셀리어트가 죽었습니까?"

"몇 번을 말하오? 그 일로 셀리어트는 물론 랑고트까지 떠들썩한

데. 딸자식 키워 봐야 소용없는 건 우리나 귀족 나리나 똑같은가
보오."

약초 상인이 혀를 차며—그러나 신나게—풍문으로 전해진 앨리스
셀리어트와 매튜 카란의 죽음에 대해 떠들었다. 그는 셀리어트를 떠
나온 아밀라에게서 떠도는 소문이 정말 맞는지, 셀리어트 분위기는
어땠는지 자세히 듣고 싶은 눈치였다. 그러나 아밀라는 그런 소망을
신경 써 줄 여유가 없었다.

'앨리스가…… 죽었다고?'

인사를 하는 둥 마는 둥, 약초 꾸러미를 들고 거리로 나선 아밀
라의 눈이 멍했다. 한 번도 생각해 본 적 없는 결말이었다. 셀리어
트에서 앨리스가 사라졌다는 소식을 들었을 때도 그녀의 대책 없는
경솔함에 실망했을 뿐, 그게 앨리스의 죽음으로 이어질 거라곤 생
각하지 못했다. 아밀라가 상상한 최악의 결말은 앨리스와 매튜 카
란의 이별이었지, 죽음이 아니었다.

설마, 죽음의 묘약 때문인 걸까?

갑작스럽게 떠오른 생각에 아밀라는 길 한복판이라는 것도 잊고
우뚝 섰다. 뒤따르던 장한이 그런 그녀에게 부딪혀 짜증을 내며 지나
갔다. 욕설을 듣고서야 겨우 정신을 차린 아밀라가 급히 길 가장자리
로 비켜섰다.

도대체 무슨 일이 벌어진 거지? 정말 죽음의 묘약을 먹고 부활하지
못한 걸까? 자신을 찾아왔던 그 귀족 아가씨가 앨리스를 제때 돕지 않
은 걸까? 설마……. 그 소녀가 앨리스에게 앙심을 품고 일부러 그런 건
아닐까? 하지만 그 아가씨는 앨리스에게 줄 편지를 요구했다. 그건 앨
리스의 죽음을 염두에 두지 않았다는 뜻인데…….

한꺼번에 터져 나온 생각이 뒤엉켜 머릿속이 터질 것 같았다. 명확한 것은 아무것도 없었다. 아니, 한 가지뿐이었다.

앨리스가 죽었다.

"……."

어느덧 시가지를 벗어나 한적한 골목길로 들어선 아밀라는 그 문장을 몇십 번 곱씹다 걸음을 멈췄다. 갑자기 힘이 빠져 거친 담벼락에 몸을 기댄 그녀는 뜀박질이라도 한 사람처럼 가쁜 호흡을 들이켰다. 눈시울이 뜨거워지며 울컥, 참았던 눈물이 새어 나왔다.

아아아, 힐다……. 힐다, 힐다…….

내가, 너의 아이를 죽인 걸까?

17년 전 너를 죽인 것처럼, 너의 소중한 아이마저 차가운 죽음의 신에게 인도하고 만 것일까?

아밀라는 앨리스에게 죽음과 부활의 묘약을 내주었던 그날 밤을 떠올리며 가슴을 쳤다. 진실이 두려워 세상을 눈속임하려 한 대가를 아무것도 모르는 철없는 아이가 대신 치렀다.

쓰러지듯 그 자리에 주저앉은 아밀라는 소리 죽여 오열했다. 자신의 죄가 너무 무거워 숨을 쉴 수 없었다. 한참을 통곡한 그녀는 좁은 골목길에 깊은 밤이 드리웠을 때야 젖은 뺨을 훔치며 일족에게 돌아갔다.

이틀 후 아밀라의 무리는 이동을 결정했다. 대륙 중부에 겨울이 다가오면 라트 일족 대부분이 남부로 이동해 겨울을 났다. 아밀라의 무리 역시 이제부터 조금씩 남쪽으로 내려갈 예정이었다.

앨리스의 죽음으로 충격을 받은 아밀라는 스스로 심신이 불안정한 것을 느꼈다. 그녀는 하루라도 빨리 낙스를 떠나고 싶었다. 그래야 어딘가 구멍 난 것 같은 이 마음을 추스를 수 있을 것 같았다.

다행히 일행의 다음 목적지는 낙스 남부 국경 지역인 몽브랑트. 그곳만 지나면 낙스와 이별이었다. 아밀라는 깊은 안도감을 느끼며 늙은 말이 끄는 수레에 몸을 실었다. 이동하는 내내 그녀는 좀처럼 수레에서 내려오지 않았다. 그녀의 우울증을 눈치챈 몇몇 사람이 그런 그녀를 걱정했다.

몽브랑트에 도착한 것은 엠버의 일곱 번째 날, 여러 번 드나들어 익숙해진 성문 경비는 별다른 트집 없이 그들의 입성을 허락했다. 늘 머물던 곳에 잠잘 자리를 만들고 사내들은 야시장과 공연장 설치를 위해 분주히 움직였다. 다음 날부터 다시 바쁜 일상이 시작될 터였다.

그리고 몽브랑트에 온 지 3일째 되는 날이었다.

날이 희미하게 밝기도 전, 급박한 비명과 말 울음소리가 들렸다. 둔탁한 말발굽 질과 성난 사내들의 외침, 어린아이의 울음소리가 아밀라의 잠을 깨웠다.

깜짝 놀라 막사 밖으로 뛰쳐나온 그녀는 바로 앞에서 가죽 갑옷을 입은 병사와 맞닥뜨렸다.

"여기도 한 명 있습니다!"

그렇게 소리친 병사가 아밀라의 팔을 거칠게 잡아 어디론가 끌고 가기 시작했다.

"보세요, 도대체 무슨 일입니까?"

아밀라는 두려움을 참으며 그녀를 끌고 가는 병사에게 말을 걸었다. 아직 앳된 티가 가시지 않은 그는 몽브랑트 영지 경비병의 옷을 입고 있었다. 어린 경비병이 입을 댓 발 내밀며 신경질을 냈다.

"내가 어떻게 알아. 너희가 뭔가 잘못한 게 있겠지. 쳇, 나야말로 이 새벽에 쉬지도 못하고 웬 날벼락이냐, 이게 다 네놈들 때문이잖아!"

병사의 눈꼬리가 사나워지는 것을 느낀 아밀라가 얼른 고개를 숙였다. 야영지 여기저기서 여인과 아이들이 끌려오는 게 보였다. 사내들은 반대 방향으로 데려가는 듯했다. 몇몇은 반항을 하다 얻어맞았는지 파란 멍을 달고 있었지만 대부분은 얌전히 병사들의 지시를 따랐다. 그렇게 엇갈려 가는 일족의 표정은 한결같은 의문을 담고 있었다.

도대체 이게 무슨 일이냐고.

아밀라를 비롯한 여인들은 모두 하나의 공간에 격리되었다. 180여 명의 일족 중 여성은 아이까지 모두 79명. 공연장으로 쓰기 위해 뼈대만 세워 놓은 휑한 천막 아래, 그들은 두려움과 불안에 찬 얼굴로 옹기종기 모여 앉았다.

대륙 역사에 드러난 지 180여 년, 그동안 라트 일족에 대한 착취나 핍박의 시절이 없었던 것은 아니다. 그러나 근 50년간은 그들의 예술 활동과 공예품에 대한 평가가 높아지고 유랑 예인에 대한 인식도 많이 개선되어 큰 불편을 느끼지 못했다. 그러니 지금 이곳에 있는 이들은 그 핍박과 고난을 옛날이야기로만 들었던 세대. 경험하지 못한 것에 대한 막연한 공포에 여인들은 모두 새파랗게 질려 있었다.

시간은 속절없이 흘렀다. 두려워했던 가혹 행위는 없었지만 아밀라는 차라리 채찍이라도 휘두르며 자신들에게 원하는 게 뭔지 말해 줬으면 좋겠다고 생각했다.

그리고 격리되어 최소한의 식사만 공급받은 지 4일 만에 기사 한 명이 여인들의 구역에 나타났다.

"치료사 아밀라."

바늘이 떨어지는 소리도 들릴 것 같은 정적 속에서 모두의 시선이 한 여인을 향했다. 아밀라는 떨림을 감추며 자리에서 일어섰다.

"따라와라."

낮은 웅성거림이 일었다. 그를 따라 천막을 나서는 아밀라의 등 뒤로 커진 의문이 파도처럼 밀려왔다.

기사가 그녀를 데려간 곳은 대장로가 거처로 쓰던 막사였다. 그곳은 입구부터 거칠게 헤집어진 흔적이 역력했다. 활짝 열린 간이 옷장과 서랍들, 흩어진 옷가지와 장부, 서류들이 스치듯 눈에 들어왔다. 그리고 하얗게 센 머리를 가진 귀족 한 명이 그녀를 기다리고 있었다.

아밀라는 그와 눈이 마주치기가 무섭게 그의 발치에 엎드렸다.

"네가 이들의 치료사인가?"

"예, 나으리."

평소라면 이 정도로 고개를 조아리진 않았겠지만, 지금은 어떻게 해서든 이자의 비위를 맞춰야 한다는 생각이 들었다.

"이 물건의 주인이 너냐?"

'탁' 소리가 머리 위에서 울렸다. 눈만 들어 탁자 위를 확인한 아밀라가 조심스럽게 답했다.

"저희는 사유 재산을 인정하지 않습니다. 그러니 그것은 일족 모두의 소유이며 저는 관리자에 불과합니다."

남자의 반응을 기다리는 동안 입이 바싹 탔다. '피올라의 꿈'이 왜 이들의 관심을 끌었는지 알 수 없었다. 위험 약물로 취급하는 나라도 있지만 낙스는 대륙 최고의 무역 국가답게 반입 금지 물품에 대한 규제가 낮았다. '피올라의 꿈' 또한 허용 범위 안인 것으로 알고 있었다.

'탐이 났나?'

나름 귀하다면 귀한 물건이었다. 그러나 물건 하나로 이런 소란을 일으켰다고 생각하기엔 걸리는 부분이 많았다. 이어진 질문은 아밀라의 의구심을 더욱 키웠다. 남자는 '피올라의 꿈'을 얻게 된 경로, 유출 여부, 어디에 사용했는지에 대해 낱낱이 알길 원했다.

그녀는 희미해진 기억을 최대한 쥐어짰다.

"올 초, 에브릴의 중순쯤이었던 거로 기억합니다. 달리아 티모시 지방에서 일족의 다른 무리를 만났습니다. 그들은 항구 도시 뉴델리에서 오는 길이라고 했지요. 그 무리의 치료사가 이 '피올라의 꿈'을 여덟 병 가지고 있었고 저에게 절반을 나누어 주었습니다."

"어디서 구했다고 하더냐?"

"바란카도 군도의 상선에서 일하는 자가 가지고 있었다고 합니다. 아, 물론 값은 제대로 치렀다고 들었습니다!"

아밀라가 혹시나 하는 마음에 급히 덧붙였다. 남자는 그 외에도 일족이 가지고 있던 다른 약물에 관해서도 설명을 요구했다. 몇몇, 절대 말할 수 없는 효능을 가진 물건도 있었다.

그녀는 최대한 평정을 가장하며 겉으로 확인 가능한 부분에 대해서만 알려 주었다. 많은 약품이 눈이 멀거나 귀가 먹고, 목소리를 잃는 악독한 물질로 변질되었다. 아밀라는 식은땀을 흘리며 일족 내부에서 규율을 어긴 자들에게 형벌을 내릴 때 쓰는 것이라 둘러댔다.

"그럼 죽음과 부활의 묘약을 만든 것도 너냐?"

"……!"

심장이 땅에 떨어진 것 같았다. 이마 옆에 가지런히 모으고 있던 두 손이 감출 새도 없이 덜덜 떨렸다.

"아…… 닙니다. 그건, 몇 년 전 남쪽 대수림에 갔을 때 그곳의 주술사에게서 우연히 얻은 것입니다."

당황한 아밀라가 두 눈을 질끈 감으며 거짓말을 했다.

'이자가 어떻게······!'

'피올라의 꿈'이 장물이었던 게 아닐까라는 생각에 골몰하던 그녀는 카운터펀치를 맞은 것 같았다. 도대체 이 남자가 누구이기에 그 비약의 존재를 안단 말인가. 먼발치에서 한 번 봤던 몽브랑트 남작은 절대 아니었다.

잠깐의 침묵이 영원 같았다. 남자는 무슨 생각을 하는지 알 수 없는 눈으로 그녀를 내려다보았다. 그녀의 말을 믿는지, 믿지 않는지 짐작조차 할 수 없었다. 그는 아밀라가 숨이 막혀 죽을 것 같다고 생각할 무렵에야 건조한 목소리로 중얼거렸다.

"있긴 있었구나."

아아.

아밀라의 두 눈이 크게 떠졌다. 이번에 그녀를 덮친 것은 당황이 아니라 절망이었다.

'내가 어리석었구나.'

그런 물건은 모른다고 말해야 했는데. 앨리스에게 모두 주어 남아 있는 것도 없었는데.

남자의 유도신문에 휘말렸음을 깨달은 그녀는 머릿속이 아득해졌다. 이제 어떤 추궁이 이어질 것인가? 그녀는 가늘게 떨리는 손을 부여잡으며 천천히 번져 나가는 두려움을 애써 삼켰다.

그러나 아무리 기다려도 머리 위에선 어떤 질문도 들려오지 않았다. 한참 후 상황을 살피기 위해 살짝 들어 올린 시야에 멍하니 허공을 바라보는 남자가 보였다. 아밀라가 느낀 기세와 위엄은 어디로 갔는지 그 순간 그곳에 있는 건 늙고 추레한 노인일 뿐이었다. 텅 빈 눈이 무저갱 같았다.

얼마 후 그녀는 다시 막사로 돌려보내졌다. 여인들이 우르르 몰려와 너도나도 어떻게 된 일이냐고 물었다. 그러나 '피올라의 꿈'도, 묘약에 관한 이야기도 그들에게 말할 만한 것은 아니었다. 그저 모른다고 할 수밖에 없는 아밀라에게 조금은 불만스러운 시선이 쏟아진, 그런 밤이었다.

아밀라 일행은 다음 날 낙스에서—정확하게는 몽브랑트에서—추방되었다. 생필품은 돌려주었으나 약장에 있던 물건의 절반은 돌아오지 않았다. 더 큰 문제는 몽브랑트의 영주가 앞으로는 그들의 출입을 허락하지 않겠다고 공표한 것이었다. 사람을 상하게 하는 위험한 약물을 가지고 다닌다는 게 그 이유였다.

일족은 패닉에 빠졌다. 그건 아밀라 무리만의 문제가 아니었다. 몽브랑트는 달리아와 낙스를 오가는 통과 거점 중 하나인데 앞으로 모든 라트 일족이 이곳을 지나가지 못하게 된 것이다.

아밀라 일행은 달리아 국경을 넘은 후 다음 영지로의 진입을 포기한 채 들판에 주저앉았다. 장로들의 긴급회의가 열렸고 아밀라도 호출되었다.

"도대체 무슨 짓을 저지른 거냐?"

얼굴에 검버섯이 듬성듬성한 대장로 사록이 그녀를 질책했다.

"제 잘못이란 말입니까?"

"네가 불려 간 게 마지막이었다. 아무도 네 이름을 말한 적이 없는데 너를 어찌 알고 부른단 말이냐? 애초에 네가 목적이었던 거다. 도대체 어디서 무슨 실수를 한 게야!"

사록이 다짜고짜 노성을 질렀다. 아밀라가 분한 얼굴로 입술을 깨물었다.

"저도 모릅니다."

그녀는 허리를 꼿꼿이 세우고 그렇게 답했다. 그게 그녀가 할 수 있는 유일한 말이었다. 대장로를 비롯한 다섯 명의 장로들이 돌아가며 그녀를 윽박질렀지만 아밀라는 아무것도 인정하지 않았다.

씩씩거리는 장로들의 눈엔 분노와 불안감이 가득했다. 아밀라 또한 큰 실망감을 느꼈다. 실수는 저만 했다고? 웃기는 소리. 그녀의 입가에 차가운 조소가 내려앉았다.

아밀라가 남자를 훔쳐본 지 얼마 되지 않아 그의 시선이 다시 그녀에게 돌아왔다. 구멍이 뻥 뚫린 듯했던 남자의 눈은 어느새 단단하고 날카로운 무언가로 채워져 있었다.

"너도 그렇고, 장로라는 자들도 그러했다. 너희는 이상하리만치 겁에 질려 있구나. 마치 무언가를 숨기는 사람처럼 말이야."

남자의 말은 담담해서 더 무서웠다. 아밀라는 섣불리 입을 떼지 못했다. 그리고 불행인지 다행인지 모를 말이 이어졌다.

"나는 지금 내 일 외엔 관심이 없다. 그러니 당장 너희를 지하 감옥으로 보내 손톱과 발톱을 뽑고 피부를 벗겨 내며 뭘 숨기고 있냐고 추궁하진 않겠다. 그러나 너희에 대한 처우가 전과 같지도 않을 것이다."

전과 같지 않은 처우.

통행금지.

남자가 했던 마지막 말을 떠올린 아밀라의 마음이 무거워졌다. 그건 생각보다 큰 족쇄였다. 주변 영지들이 아무 이유 없이 그 흐름을 따라갈 수도 있었다. 장로들이 이렇게 자신을 몰아붙이는 것도 그 일을 책임질 자를 만들기 위해서이리라.

아밀라는 더욱 고개를 빳빳이 들고 장로들의 질타를 견뎠다. '피올라의 꿈'을 가지고 있었던 건 자신의 잘못이 아니다. 묘약을 만든 것도 그러하다. 그건 그녀의 신성한 의무였다.

* * *

다음 날 아밀라는 시끄러운 소리에 잠에서 깼다. 전날 자정이 넘어서야 장로들에게서 벗어난 그녀는 마음이 심란해 새벽녘에야 잠이 들었다. 그러나 바로 옆에서 들리는 듯한 고성에 밖을 내다보지 않을 수 없었다. 멀지 않은 곳에 몇 안 되는 젊은 아이들이 모여 있었다.

"아, 진짜 지랄 같아서. 이제 어쩔 거냐고!"

"좀 조용해. 어르신들 깨시겠다."

"시발, 깨라 그래. 나이 처먹어서 거드름 피우는 것밖에 할 줄 모르는 늙은이들이 장로라고 나대는 걸 언제까지 참아 줘야 해? 우두머리라고 목에 힘을 줬으면 일을 해야 할 거 아냐?"

"동감이야. 권력자의 눈 밖에 나 버렸다고. 앞으로 어쩔 건지 속 시원한 대책을 내놓지 않으면 나도 못 참아."

"난 그런 것보다 떠돌이 생활이 지긋지긋해. 이참에 때려치우면 좋겠다."

"애초에 늙은이들이 나댈 수 있는 구조 자체가 잘못됐어. 이제라도 뜯어고쳐야 우리가 살아남을 수 있다고."

평소에도 거친 언행으로 주의를 받던 청년 테오가 두 눈을 사납게 치뜨며 말했다. 얼굴 여기저기에 시퍼런 멍이 가득한 걸 보니 반항하다 치도곤을 당한 모양이었다.

불편한 마음과 안쓰러운 마음이 교차하는 순간 주위를 사납게 쏘아보던 테오와 눈이 마주쳤다.

그가 입가를 비틀며 웃었다. 일족의 연장자를 바라보는 얼굴이라고 생각할 수 없는 사나운 표정에 아밀라는 큰 충격을 받았다. 그녀는 태연함을 가장하며 엄한 얼굴로 그를 쏘아봤다. 이상하게 등골이 섬뜩했다.

자신의 천막 안으로 들어온 후에도 마음이 쉬이 진정되지 않았다. 아밀라는 아침 식사를 하기 전 기분 전환 겸 잠시 산책을 나갔다. 막 깨어나는 들판의 아침이 그녀의 마음을 조금이나마 다독여 주었다. 그리고 돌아온 야영장의 분위기는 떠나기 전과 사뭇 달랐다.

서너 명씩 모여 두런두런 이야기를 나누던 사람들이 아밀라에게 차가운 시선을 던졌다. 위화감을 느끼며 늦은 식사를 하러 연기가 피어오르는 간이 화덕으로 간 그녀는 남은 음식이 하나도 없는 걸 발견했다.

어디선가 흥, 비웃음 소리가 들린 것 같다. 무리를 지켜야 할 마법사가 도리어 그들을 위험에 빠뜨렸다는 비아냥거림도 들렸다. 아밀라는 눈앞이 노래지는 것을 느꼈다.

그녀가 자리를 비운 사이 장로들이 자기들 편할 대로 지껄인 게 분명했다. 그녀가 한 걸음 움직일 때마다 웅성거림이 커지고 비난의 목소리가 높아졌다. 아밀라는 이를 악물고 그 자리를 벗어났다.

이번엔 일족에 대한 실망감이 그녀를 덮쳤다.

다음 날, 일행은 경직된 분위기 그대로 짐을 꾸려 다음 영지로 향했다. 평소라면 농담을 나누고 여기저기서 악기 소리가 흘러나왔 겠지만 그날은 모두 조개처럼 입을 꾹 다물고 걷기만 했다. 테오의 거친 욕설만 간간이 들릴 뿐이었다.

달리아 포라이즌성에 도착한 건 늦은 밤이었다. 일행은 너무 늦었 다는 이유로 입성을 거절당했다. 일족은 세상이 무너진 것 같은 얼굴 을 했다. 이런 일이 아예 없었던 것도 아닌데 마치 '또 이런 불행이 찾아올 줄이야'라는 표정을 지었다. 아밀라는 가슴이 답답해졌다.

얼마 후 그들은 성문에서 조금 떨어진 들판에 자리를 잡았다. 수레 위 좁은 잠자리에 누운 아밀라는 온몸을 감싸는 서늘함에 쉬 잠들지 못했다. 그건 날씨 때문이 아니었다.

그녀는 그동안 일족이 밖으로 드러내지 못했던 불만이 이번 일을 계기로 터져 나오고 있음을 느꼈다. 라트의 율법은 엄격하다. 잔인하 고 강제적인 많은 조항이 지금까지 유지될 수 있었던 이유는 그것이 무리를, 나아가 라트 일족 전체를 지켜 준다는 믿음이 있어서였다.

그 명제가 깨졌다.

이젠 세상이, 아이들이, 예전 같지 않았다.

시대가 흐르며 젊은 청년과 처녀들은 더욱 자유분방해졌고 이 좁 고 폐쇄된 사회를 견딜 수 없어 했다. 왜 다른 사람처럼 살지 못하 는지 화를 냈다. 너는 특별한 사람이란 입에 발린 소리도 어릴 때나 먹히는 것이었다.

밤이 깊었지만 아밀라는 여전히 깨어 있었다. 잠들 수 없었다. 계 속 뒤척이던 그녀는 결국 자리에서 일어났다. 대장로를 만나 잘못된 부분을 바로잡아야겠다는 생각이 들었다. 자신도 예전의 아밀라가 아니다. 부당한 처사를 그냥 감내할 생각은 없었다. 경직된 일족의 분위기를 어떻게 쇄신하고 위로할 것인지 진지하게 이야기를 나누고 싶었다. 그를 좋아하지 않았지만, 그의 오랜 연륜을 무시하지도 않았다.

아밀라는 마음을 굳게 먹고 자신의 천막을 나섰다. 중앙의 희미한 화톳불이 방향을 알려 주었다. 아밀라는 둥글게 세워진 수레 외곽을 따라 대장로의 막사가 있는 곳을 향해 갔다.

그리고 잠시 후, 하얗게 질린 얼굴로 그 땅을 기어 돌아왔다. 자신이 본 것을 믿을 수 없었다.

테오가, 대장로를 죽였다.

왜인지는 모른다. 소리가 들릴 정도로 가까이 가지 못했다. 두 사람은 막사 밖에 나와 있었다. 몸싸움을 하나 싶더니 날카로운 날붙이가 대장로의 가슴에 박혔다. 희미한 달빛 아래, 그 날붙이와 테오의 얼굴만 하얗게 빛났다.

아밀라는 끽소리도 내지 못하고 뒷걸음질 쳤다. 몸이 움직이는 게 기적 같았다. 정신없이 자신의 수레로 돌아오는 내내 광기로 일렁이던 테오의 흰 눈동자가 계속 생각났다. 그 눈동자에 전날 자신을 쳐다보던 그의 얼굴이 겹쳐지는 순간, 온몸에 소름이 돋았다. 어떤 확신이 그녀를 사로잡았다.

도망쳐야 해.

지금, 당장.

아밀라의 발이 절로 빨라졌다. 수레로 돌아온 그녀는 업무 수행을 위해 가지고 있던 약간의 금전과 모포 하나를 챙겼다. 그 외엔 떠오르는 것이 없었다. 모포를 뒤집어쓴 그녀는 중앙의 화톳불과 멀어지는 방향을 향해 무작정 걸었다. 처음엔 조심스럽던 발걸음이 어느새 거친 뜀박질로 변했다. 풀에 쓸리고 자갈돌에 발이 채이며 아밀라는 쉼 없이 걸었다.

멀리, 더 멀리.

얼마나 걸었을까, 희미한 새벽이 밝아 오고 있었다. 아밀라는 숨을 몰아쉬며 잠시 걸음을 멈췄다. 몰랐는데 전신이 땀범벅이었다. 그래도 제법 멀리 온 것 같다는 생각에 안도감이 들었다.

아밀라는 뒤를 돌아 자신이 걸어온 방향을 바라보다 다시 앞을 보았다. 황량한 벌판이 끝없이 펼쳐져 있었다. 계속 가면 어디가 나오는 걸까? 어디가…….

톡-

전날 밤 한기로부터 그녀를 지켜 준 모포가 힘없이 바닥에 떨어졌다. 그녀는 그대로 주저앉지 않기 위해 주먹을 꽉 쥐었다. 먹먹한 허탈감이 그녀를 덮쳤다.

어디로 가야 하지? 이제 어디로…….

문득 살겠다고 도망 나온 자신이 우스워졌다. 이 세상 어디에도 그녀가 갈 곳은 없는데 어디로 도망친단 말인가. 길에서 태어나 길에서 죽는 것이 그녀의 숙명인 것을. 그 사실을 잊고 아등바등 달려온 지난밤이 한없이 허무했다.

'힐다, 나는 어쩌면 좋을까?'

고개를 숙이자 엉망이 된 발이 보였다. 등 뒤에서 뜬 해가 길쭉하게 그녀의 그림자를 만들었다. 멍하니 아래를 내려다보던 아밀라가 번쩍 고개를 들었다.

그래, 티오렌으로 가자.

계속 떠올랐다. 그 귀족과의 문답에서 느꼈던 기묘한 기시감. '피올라의 꿈'에 대해 그 남자처럼 캐물었던 한 사람. 죽음과 부활의 묘약을 알고, 앨리스의 죽음에 대해 진실을 말해 줄 수 있는 한 사람. 이 모든 것이 한 번에 연결되는 단 한 사람.

로하샤이엄, 하일리움으로 가자.

그곳에 있거나, 그곳으로 올 것이다.

이름은 모르지만 기다리다 보면 한 번은 만나지겠지.

가서 물어보자. 당신이 우리 일족을 쫓게 했는지, 앨리스는 정말 죽었는지. 죽을 때 죽더라도 왜 이런 일이 생겼는지 알고 죽자. 그게 아무 의미 없는 일이라 해도…… 일단…….

아밀라의 다리가 다시 움직였다.

티오렌으로 가자.

2

밝은 햇살이 곤히 잠든 여인의 얼굴 위에 내려앉았다. 이마를 살짝 찌푸린 그녀는 빛을 피해 베개 깊숙이 고개를 묻었다. 이게 얼마 만의 단잠인지, 조금만 더 이 안온함을 즐기고 싶었다.

'일어나기 싫어…….'

아.

아밀라가 두 눈을 번쩍 떴다. 코끝으로 산뜻한 비누 향이 스며들었다. 상체를 벌떡 일으킨 그녀는 자신이 낯선'방에 누워 있는 걸 발견하고 깜짝 놀랐다.

후다닥 침대에서 내려선 그녀는 황급히 주위를 둘러봤다. 벽에 붙은 침대와 옷장, 2인용 테이블, 3단 서랍이 놓인 작은 방은 단출하지만 정갈했다.

조심스레 주변을 탐색한 아밀라는 테이블 위에 놓인 주전자를 살짝 열어보았다. 찰랑거리는 맑은 물을 보자 심한 갈증과 공복감이 느껴졌다.

'어딘지도 모르는 곳인데 허락 없이 손대도 되는 걸까?'

마지막 이성이 발목을 잡았지만 망설임은 짧았다. 허겁지겁 물을 따른 그녀는 찬물을 세 컵이나 들이켠 후에야 멍하던 머리가 맑아지는 것을 느꼈다. 문가에 선 이십 대로 보이는 갈색 머리 여자와 눈이 마주친 것도 그때였다.

"깨어나셨군요."

아밀라는 서둘러 두 손을 모으고 고개를 숙였다.

"누구신지 모르나 큰 은혜를 입었습니다."

"뭘요, 저희 아가씨가 하신 일인데요. 어떻게, 먼저 씻으시겠어요? 아니면 식사부터?"

"제가 씻을 수 있는 곳이 있을까요?"

그녀가 다급히 물었다. 너무 반가운 소리에 조금 전 '어딘지도 모르는 곳' 운운하며 경계했던 사실은 저만치 던져 버린 후였다.

자신의 이름이 벨라라고 알려 준 하녀는, 아밀라에게 세면실을 안내해 주고 갈아입을 옷도 빌려주었다. 세면실에서 자신의 몸과 사투를 벌인 아밀라는 눈치를 보다 입고 있던 옷까지 빨았다. 오랜만에 산뜻해진 몸으로 처음 깨어난 방을 알음알음 찾아 돌아오자, 김이 모락모락 올라오는 수프와 부드러운 빵이 그녀를 기다리고 있었다.

"고맙습니다."

아밀라는 목이 멨다. 얼마 만에 맛보는 따뜻한 음식인지 모르겠다. 벨라가 가볍게 웃으며 아가씨가 시키신 일이니 자신에게 고마워할 건 없다고 말했다.

아가씨?

벌써 두 번이나 듣는 단어였다. 아밀라는 너무 놀라 숟가락을 놓칠 뻔했다. 어쩌면 이렇게 멍청할 수가! 배고픔에 좀 시달렸다고 정말 짐승이라도 된 건가. 어떻게 어젯밤 그 아가씨를 만난 걸 잊어버리고 있을 수 있단 말인가!

아밀라의 표정이 너무 좋지 않았는지 벨라가 걱정스러운 얼굴로 무슨 문제가 있냐고 물었다.

"아, 아닙니다. 저…… 혹시, 그분을 한 번 뵐 수 있을까요?"

아밀라가 조마조마한 마음으로 물었다.

"일단 식사부터 하세요. 우리 아가씬 오후나 되어야 일어나실 거예요. 그때 여쭤 볼게요."

"그럼, 아가씨의 성함은 어떻게 되시나요? 구해 주신 분의 이름도 모르고 있는 건 예의가 아닌 것 같아서……."

벨라가 생긋 웃었다.

"여긴 린트벨 백작가예요. 어제 그쪽을 데려오신 분은 백작님의 세 번째 따님이신 제니스 아가씨이고요."

제니스. 제니스 린트벨.

아밀라는 속으로 가만히 그 이름을 읊조렸다.

그녀가 자신이 만나려 한 그 소녀가 맞을까? 어제 만나자마자 자신의 턱을……. 그러니까, 날린…….

아밀라는 한숨을 푹 쉬며 욱신거리는 턱을 살며시 쓰다듬었다.

다짜고짜 달려든 자신도 경솔했지만, 개미 한 마리 못 죽일 것 같은 귀족 아가씨가 그런 발길질을 할 줄은 꿈에도 몰랐다.

하긴 성격도 평범하진 않았지.

그러니 제발 자신을 주워 온 제니스 린트벨이 바로 '그녀'이길. 다시 기약 없는 기다림을 시작하기에 아밀라는 너무 지쳐 있었다.

무리를 떠난 그날 이후, 아밀라의 여정은 고난 그 자체였다. 평생을 길 위에서 살았다고 자부했건만, 홀로 걷는 길은 또 달랐다. 혹 일족과 마주칠까 두려워 익숙한 경로를 포기한 탓도 컸다.

그녀는 달리아 동부로 이동해 소국 하랑쉐타로 넘어갔고 그곳에서 운 좋게 연안 화물선을 얻어 탔다. 그녀가 우연히 항해사의 배앓이를 치료해 주었기 때문이었다. 덕분에 슈벨리안 남부까진 그럭저럭 왔는데 그다음부터가 문제였다.

슈벨리안에서 바로 쥬안으로 넘어가는 길이 없는 것은 아니었지만 엠바로스산 유적이 논쟁거리가 되며 두 나라 간 국경 지역에 긴장감이 감돌았다. 남 툴란 산맥까지 순찰과 검문이 강화되고 그쪽 지역 영주들이 '혹시나' 하며 병사들을 풀어 산맥 근처를 뒤지기도 했다.

아밀라는 라트 일족인 그녀가 왜 홀로 떠돌고 있는지 설명할 방법이 없었다. 잘못하면 첩자로 오인당해 감옥에 갇히거나 죽을 수도 있었다. 결국 그녀는 멀리 돌아가는 길을 선택했다.

슈벨리안 서부와 붙어 있는 힐림버그 대수림의 가장자리를 지나, 대륙 남서부 소국 두 개를 거친 후 쥬안으로 들어갔다. 그 후의 이동은 그리 어렵지 않았지만 돈이 문제였다.

아껴 쓰던 여비가 떨어졌다. 나름대로 단정한 옷차림을 유지하려 노력했지만 한계가 닥쳤다. 그녀는 두 달 만에 상거지 꼴이 되었다.

짐마차에 몸을 숨기지 않았다면 로하샤이엄에 들어오지도 못했을 것이다.

두 번은 절대 못 할 짓.

그게 지난 두 달간의 여로에 대한 아밀라의 결론이었다.

* * *

"오랜만일세."

늦은 오후, 제니스가 응접실 한가운데 앉아 아밀라를 맞았다. 제니스의 얼굴을 확인한 아밀라의 얼굴이 격동으로 잘게 떨렸다.

'드디어 만났구나.'

눈가가 뜨거워진 그녀는 황급히 고개를 숙였다. 로하샤이엄에 당도한 이후의 처절한 시간이 주마등처럼 눈앞을 스쳐 지나갔다.

드디어 목적한 곳에 도착했다는 감격은 잠시뿐이었다. 찬 바람이 불기 시작한 로하샤이엄의 밤은 추웠고, 그녀의 현실은 그 밤보다 더 추웠다. 하일리움은 거대했다. 그 앞에서 지새는 밤이 하루 이틀 늘어날수록, 이 무모한 기다림이 얼마나 근시안적 발상이었는지 깨달았다.

그녀는 거지와 다름없는 몰골로, 주기적으로 하일리움 앞을 순찰하는 경비대를 피해 몇 번이고 도망쳐야 했다. 그때마다 차라리 로하샤이엄에 도착하지 못했으면 더 좋았을 거라고 생각했다. 그 아가씨를 만나면 진실을 알 수 있을 거라는 희망을 품고 있던 그때가 딱 좋았다고.

이 고고한 도시는 그녀를 너무 초라하게 만들었다.

그래도 하일리움 앞을 떠나지 못했다. 그녀에겐 다른 선택지가 없었다. 습관처럼 기적이 찾아오길 빌던 어젯밤. 제니스를 발견하고 달려가면서도, 자신이 헛것을 본 것일지도 모른다고 생각했다. 지친 여행자들이 간절히 원하는 것을 보여 준다는 사막의 신기루처럼.

마차에 뛰어들어 앞을 막은 무모한 몸부림의 절반은 자포자기에서 나온 것이었다. 그런 식으로라도 이 기다림에 종지부를 찍고 싶었다.

"아가씨를 뵈옵니다."

긴 상념에서 빠져나온 아밀라가 바닥에 무릎을 꿇었다.

"응? 웬 과례인가?"

"객사할 소인을 구해 주셨는데 어찌 이 정도 인사도 올리지 않겠습니까?"

제니스가 픽 웃었다.

"놀리는 건가? 그 턱에 남은 멍을 만든 게 난데, 설마 기억나지 않는 건가?"

"아가씨를 놀라게 한 제 불찰입니다."

아밀라가 조신하게 답했다.

"어울리지 않는 아부는 그만하고 가까이 와 앉게."

"배려에 감사드립니다, 아가씨."

바닥에서 일어난 아밀라는 제니스의 맞은편 의자에 다소곳이 앉았다. 벨라가 따뜻한 차를 가져다주었다. 늦게 일어났다는 제니스는 아직도 잠이 부족한지 연신 하품을 하며 찻잔을 들었다.

"로하샤이엄에서 그대를 볼 줄은 몰랐네. 여긴 어쩐 일인가? 그것도 그런 몰골로."

입안의 차를 꿀꺽 삼킨 아밀라가 조심스럽게 말을 골랐다.

"실은 아가씨를 뵈러 왔습니다."

"나를?"

"네."

그녀는 앨리스의 죽음을 전해 들은 일과 몽브랑트에서 겪은 사건을 이야기했다. 그리고 그로 인해 일족에 분란이 일고, 예기치 않게 무리를 떠나게 된 사실까지.

"저런, 정말 고생이 많았군."

의례적인 위로가 이어졌다.

"해서 아가씨께 여쭙고 싶은 것이 있습니다."

"말하게."

"앨리스는…… 정말 죽었습니까?"

"아니."

처연했던 아밀라의 눈이 화등잔만 해졌다.

"그럼 어째서……?"

"세상은 그렇게 알아야 하니까."

아밀라의 머릿속에 온갖 생각이 떠올랐다. 그녀가 입을 달싹이자 제니스가 선수를 쳤다.

"나는 셀리어트 자작과 약속한 것이 있네. 그러니 그 일에 대해 더 발설할 수 없어. 그대와 앨리스의 관계를 고려치 않았다면 이 정도도 알려 주지 않았을 거야."

아밀라는 하나만 더 알고 싶었다.

"불행한 일이, 있었습니까?"

매튜 카란이 죽었거나 두 사람이 강제로 헤어졌거나.

그 의미를 짐작한 제니스가 입을 삐죽였다.

"세상에서 가장 쓸모없는 걱정이 앨리스 셀리어트를 걱정하는 걸세.

불구덩이에 들어가도 살아 나올 강한 운의 소유자가 바로 그녀야. 그러니 자네는 이제 그 한 몸 누일 수레 하나 없는 본인 걱정이나 하시게."

안도의 한숨이 아밀라의 목을 타고 흘러나왔다.

"그럼, 되었습니다."

그녀의 목소리가 감격으로 살짝 떨렸다. 그래, 그거면 되었다. 다행이다. 죽어 힐다의 얼굴을 어찌 볼까 걱정했는데, 하늘이 도왔는지 자신의 죄가 더 늘진 않을 모양이었다. 아밀라는 눈을 꼭 감고 그저 고맙다는 말만 되풀이했다. 큰 짐을 내려놓은 기분이었다.

그녀가 감정을 다스리는 동안 응접실엔 침묵만 흘렀다. 한결 개운해진 얼굴로 눈을 뜬 그녀는 가만히 눈앞의 소녀를 응시했다. 부드러운 갈색 머리카락 사이로 드러나는 총명한 푸른 눈동자. 아직은 앳된 얼굴에 언뜻 장난기까지 어려 있는데 어째서 이토록 대하기 어려울까.

생각해 보면 제니스를 만나기 위해 그 먼 길을 달려왔다는 사실도 어이없었다. 아무리 귀족이라지만 열여섯 살짜리 여자아이가 알 수 있고, 할 수 있는 일은 극히 한정적이었다. 그런데 자신의 질문에 모두 대답해 줄 것 같은 이 기대감은 뭐란 말인가.

아밀라는 목구멍에서 맴도는 망설임을 몇 번이고 삼키다가 결국 입을 열었다. 이곳에서 진실을 찾을 수 있다는 근거 없는 확신이 그녀를 괴롭혔다. 훗날 떠올린 거지만 그 확신은 존재하는지도 몰랐던 자신의, 마법사의 감이었다.

"아가씨는, 몽브랑트에서 저희 일족을 찾아온 그분을 혹 아십니까?"

"모르네."

제니스는 바로 부정했고, 아밀라는 실망했다.

그녀의 입가에 쓴웃음이 맺혔다. 제니스와 그 귀족의 언사가 일치했다는 것만으로 연관이 있다고 생각한 건 좀 비약이었나 보다. 그 고생을 하며 찾아온 결과치곤 허무했지만, 아밀라는 마음을 달래려 애썼다. 앨리스의 생사를 바로 안 것만 해도 어딘가.

"그러나 누구일지 짐작은 가네."

아밀라가 번쩍 고개를 들었다. 찻잔을 움켜쥔 그녀의 손끝이 바르르 떨렸다.

"그게…… 무슨 말씀이세요? 아가씨는, 그 일에 대해 아는 것이 있으신 겁니까?"

"역시, 짐작하는 바가 있네."

멍해진 아밀라의 눈에 순간 원망이 차올랐다.

"왜……. 왜 그러셨어요? 앨리스에게 진실을 밝히는 대가로 더는 저와 일족을 추궁하지 않겠다 약조하지 않으셨습니까?"

"일을 왜곡하지 말게. 그분의 용건은 힐다의 사건이 아니었을 텐데?"

제니스의 냉정한 일침에 아밀라가 움찔했다.

"물론 내가 그대와 라트 일족을 언급한 일이 그 사건의 불씨가 되었음을 부정하진 않겠네. 하지만 자네들은 이미 거대한 사건에 휘말려 있었어. 그 병에 든, 그 '피올라의 꿈'을, 가지던 그 순간부터."

"도대체 무슨 일이 벌어지고 있는 겁니까? '피올라의 꿈'이 장물이었던 겁니까?"

아밀라의 목소리가 높아졌다.

"그런 문제가 아니야. 자네에게 밝힐 수 있는 것도 아니고."

밝힐 수…… 없다고요?

"그 일로, 저희 무리는 와해하다시피 했습니다. 일족은 서로에 대한 믿음과 존경을 잃었고, 대장로는 목숨을 잃었습니다. 저는, 이 한 목숨 살겠다고 평생을 함께해 온 형제들을 버리고 여기까지 도망쳐 왔습니다."

말을 하다 보니 감정이 북받친 아밀라가 이를 악물었다.

"저는 알아야겠습니다."

그녀의 눈에 고집과 오기가 어리자, 제니스의 얼굴에서 미소가 사라졌다.

"그 사건의 내막을 듣게 되면 그대는 꽤 높으신 분의 사생활을 알게 될 거야. 그러면 나는 비밀 유지를 위해 그대의 자유를 구속할 수밖에 없네. 그래도 좋은가?"

제니스가 차가운 목소리로 경고했다. 아밀라는 두 눈을 감으며 긴 숨을 내쉬었다. 오랜 세월, 라트 일족은 자유란 덕목을 몹시 중요하게 생각했다. 그 자유를 위해 평민 이하란 굴레를 감수하며 유랑민으로 남았다.

그러나 자유가 있다 한들 뭘 한단 말인가. 이제 그녀는 돌아갈 곳이 없는데. 돌아가고 싶지도 않은데.

지난 두 달간 그녀가 겪은 세상은 40년의 고생을 모두 모아 놓은 것보다 힘들었다. 그런데도 일족이 그립진 않았다. 서로를 그렇게 속속들이 알고 있었는데 사랑하진 못했다는 걸, 떠나고 나서야 알았다. 그녀에게 남은 건 의무감뿐이었다.

제니스에게 일족이 와해되었다, 원망의 말을 토했지만 그건 서러움이 사무쳐서였지, 돌이키길 원해서는 아니었다. 그녀의 무리는 이미 조금씩 바스러지고 있었다. 그래서 몽브랑트에서의 일을 견뎌 내지 못한 것이다. 채 3일이 지나기도 전에 그 파탄이 날 만큼.

아밀라는 고요한 눈으로 제니스를 바라보았다. 그다음 나온 말은 다분히 충동적이었다.

"그렇다면 아가씨, 부디 저를 거두어 주세요."

제니스가 어이없다는 표정으로 답했다.

"기다리고 있었다는 듯한 그 반응은 뭔가? 내가 되레 코 꿰이는 기분인데?"

"부탁드립니다. 객사할 목숨 구해 주셨으니 조금 더 은혜를 베풀어 주세요. 미약한 잔재주로나마 성심껏 보필하겠습니다."

"하, 하하하!"

제니스가 어깨를 떨며 가볍게 웃었다. 그녀는 한 손으로 턱을 괴고 아밀라를 지그시 바라보았다. 장난스러운 미소를 짓고 있었지만 이상하게 의미심장했다.

"그럼, 각오가 되었는가?"

"네?"

"그대의 비밀을 말할 준비가 되었느냐 말일세."

아밀라의 눈동자가 동그래졌다. 제니스는 자신의 빈 찻잔을 내려놓으며 심드렁하게 말했다.

"아니면 여기까지인 거로. 난 비밀을 품은 자를 아래에 들일 생각이 없어. 머리 아프잖아."

"비밀이라니……. 무엇이 궁금하십니까?"

"라트 일족과 그대와 마법에 관련된 모든 것."

아밀라가 짧게 숨을 들이켰다.

"아가씨는 정말……."

"눈치가 빠르다고? 알고 있네."

제니스가 방긋 웃었다. 그녀는 작게 하품을 하며 목을 이리저리 돌렸다.

"저녁을 먹고, 밤이 깊기 전에 하일리움으로 돌아갈 걸세. 결심이 서면 그 전에 찾아오길 바라. 아니면 내일 아침 벨라가 자네 여비를 챙겨 줄 걸세. 어디 한적한 시골 영지에서 이름 없는 치료사로 사는 것도 나쁘진 않지."

제니스는 그렇게 얄미운 미소를 남기고 응접실을 떠났다. 생각지도 못한 선택의 갈림길에 선 아밀라는 몇 모금 마시지도 못한 차가 손안에서 싸늘히 식어 갈 때까지 우두커니 앉아있었다.

해는 지독할 정도로 빨리 기울었다. 아밀라가 보기엔 그랬다. 그녀가 있는 하인 전용 별채까지 고소한 음식 냄새가 번졌고, 하루를 마감하려는 하녀와 하인들의 발길이 분주해졌다.

조금 전 벨라가 저녁을 가져다주었지만 아밀라는 조금도 먹을 수 없었다. 그녀의 차례가 돌아왔다는 건 이 집 아가씨의 식사가 진즉 끝났다는 뜻이리라. 그 추측에 쐐기라도 박듯 밖에서 말의 울음이 들렸다. 마차를 준비하는 게 분명했다.

먹은 것도 없는데 속이 울렁거리는 느낌에 아밀라는 테이블 위에 팔꿈치를 올리고 두 손에 얼굴을 묻었다. 그녀는 아직 아무것도 결정하지 못했다.

* * *

"아가씨!"

마차에 오르기 위해 한 발을 들어 올리던 제니스는 그대로 뒤를 돌아보았다. 어둑해진 정원 한쪽에, 아밀라가 새하얀 얼굴로 서 있었다.

"왜, 할 말이라도 있나?"

네.

그녀는 목소리가 나오지 않는 사람처럼 입만 벙긋거렸다. 그 모습을 물끄러미 바라보던 제니스가 말했다.

"아직도 고민이 된다면, 하지 않는 게 맞는 걸세."

다시 주어진 물러설 기회.

두 주먹을 꼭 쥔 아밀라가 천천히 고개를 저었다.

"아닙니다."

잠긴 목소리가 텁텁했다. 잠깐의 침묵 후 제니스가 훌쩍 마차에 올랐다. 뒤를 이어 한마디가 떨어졌다.

"타게."

두 사람의 대화 때문에 잠시 움직임을 멈추었던 사람들이 떠날 준비를 마무리했다. 따로 언질을 받은 데이지는 마부 옆으로 자리를 옮겼고 하녀장을 위시한 몇몇이 분주히 인사를 건넸다.

아밀라는 천천히 마차를 향해 걸었다. 그 몇 걸음이 천 리처럼 아득했다. 아니, 너무 짧았나? 모르겠다. 다만 주사위는 던져졌고, 그녀는 돌아갈 수 없는 강을 건넜을 뿐이다.

"라트 일족이 모시는 '셰 라트'는 신의 이름이 아닙니다."

하일리움으로 가는 마차 안에서, 아밀라의 이야기는 그렇게 시작됐다.

오랜 옛날, 고도의 문명을 쌓아 올린 대륙이 있었습니다. 그 대륙의 이름은 '엘다니아'. 전해지는 이야기가 맞는다면, 아마도 알카오 대륙 반대편에 있을 겁니다. 그 엘다니아를 지배한 유일한 제국의 이름이 바로 '셰 라트'였지요.

천 년하고도 더 오래전에, 엘다니아는 알카오 대륙을 식민지로 지배했습니다. 그들은 하늘을 날고 바닷속을 걸어 이 땅에 왔습니다.

당시 체계적인 문명을 이룩하지 못했던 알카오 원주민은 엘다니아 인을 신으로 받들어 모셨습니다. 그들이 요구하는 대로 산을 파고, 자원을 모으고, 농사를 지어 바쳤습니다. 자신들이 착취당하고 있다는 걸 알지 못했습니다. 상대는 신이었으니까요.

그런 상태가 최소 백 년은 지속되었다고 합니다. 원주민들은 엘다니아 인의 관리 하에 꽤 번성했습니다. 늘어난 원주민을 통제하기 위해 제법 많은 엘다니아 인이 알카오로 옮겨 왔습니다.

그러던 어느 날 이변이 생겼지요. 정확한 이유는 모릅니다. 남겨진 자들은 버려진 거나 마찬가지니까요.

알카오 식민지를 운영하던 제국 최고위층들이 급하게 엘다니아로 떠나 돌아오지 않았습니다. 엘다니아 대륙과의 통신이 끊기며 분위기가 몹시 흉흉해졌고, 남은 이들은 엘다니아로 돌아가 무슨 일인지 알아봐야 한다는 쪽과 맡겨진 일만 신경 쓰면 된다는 쪽으로 나뉘어 의견이 분분했습니다.

그리고 '그 날'이 닥쳤죠.

[아침에 일어났더니 하늘이 일그러지며 대기가 요동쳤다. 마나에 민감한 몇 사람이 피를 토하며 쓰러졌다. 그들은 마나가 사나운 폭풍처럼 휘몰아치고 있다고 말하며 정신을 잃었다. 우리는 간부들이 떠난 후 느낀 불안감이 실체화되는 걸 느꼈다. 그리고 얼마 후 악마 같은 해일이 밀려왔다.]

기록에 의하면 당시 알카오 대륙에 닥친 재앙은 해일만이 아니었습니다. 대륙 전체가 산발적인 지진과 이상기후에 시달렸고 몇 개의 섬은 바닷속으로 가라앉았다고 합니다.

엘다니아인이 건설한 문명은 땅에 묻히거나 해일에 쓸려 흔적도 없이 사라졌습니다. 지금 남아 있는 두 개의 이동 게이트는, 기적이라고 말할 수밖에 없습니다. 사고 방지를 위한 강력한 실드 마법이 설계되어 있어서라는데, 오늘날의 저희는 그저 대략적인 개념만 이해할 뿐입니다.

네, 이미 눈치채셨지요? 맞습니다. 그 난리 속에서도 살아남은 엘다니아인이 바로 저희, 라트 일족의 선조입니다.

높은 산으로 피해 목숨을 건진 엘다니아인은 그리 많지 않았습니다. 대륙 곳곳에 흩어져 있어 한곳에 모여 있는 사람은 더 적었지요. 그들은 셰 라트 제국에 반란이 일어났고, 해일을 일으킬 만큼 치명적인 무기가 사용된 게 아닐까 추측했습니다. 그리고 눈앞에 닥친 현실에 절망했지요.

더는 신의 기적을 행할 수 없는 그들에게 살아남은 원주민이 어떤 태도를 보일지 알 수 없었습니다. 아무도, 지배 구조가 깨진 무법천지일 게 분명한 세상으로 나가려하지 않았습니다.

[셰 라트에서 사람이 올 것이다.]

남겨진 엘다니아 인은 그렇게 믿었습니다. 믿어야 했습니다. 희망은 그것뿐이었죠. 하지만…… 거기서 모든 게 비틀린 겁니다.

차라리 그때, 산에서 내려와 원주민들 속으로 섞여 들어갔다면, 모든 것은 순리대로 흘러갔을 겁니다. 바래고 옅어지고 시간의 흐름 속에서 조금씩 사라져 갔을 겁니다.

하지만 그러지 못했죠.

그들은 신 노릇을 너무 오래 했습니다. 스스로 착각할 만큼 말이죠. 아무것도 하지 못하게 된 그 순간에도, 그들은 자신이 원주민과 격이 다른 존재라고 믿었습니다.

엘다니아인은 세상과 격리된 곳에 그들만의 촌락을 만들고 제국의 구조대가 오기를 손꼽아 기다렸습니다.

초기엔 그럭저럭 괜찮았습니다. 그들은 1세대였고 고도의 문명과 직접 닿아 있던 자들이었습니다. 기반은 없었지만 세상에 흩어진 아티팩트를 모아 캠핑 온 흉내 정도는 낼 수 있었다고 합니다.

그러나 1세대가 죽은 후부턴 급격한 쇠락이 시작됐습니다. 다른 지역에 숨어 살던 엘다니아인과도 만났지만 상황을 반전시키긴 못했습니다. 열 명이 모이면 그 열 명의 생각이 모두 달랐으니까요.

그들의 불행은 '안다'는 것이었습니다.

2세대에게 전승된 역사는 엘다니아와 셰 라트에 대한 찬양 일색이었습니다. 신이라 불러도 손색없는 이적을 인간의 손으로 이룬 자들에 대한 기록. 1세대의 기원은 신앙과 같았고, 2세대를 세뇌하다시피 했지요.

'엘다니아인은 반드시 다시 온다.'

저희의 선조는, 엘다니아인의 특징을 잃으면 훗날 찾아온 그들의 노예가 될지도 모른다고 생각했습니다. 창백한 피부와 검은 머리, 큰 신장을 유지하기 위한 노력은 강박 관념에 가까웠고 고립이 지속됐습니다. 셰 라트의 재림을 믿어 의심치 않으며, 기대와 두려움에 떨던, 그런 시절이었습니다.

그사이 원주민들은 빠른 기세로 수를 불려 허허벌판에 왕국을 세우기 시작했습니다. 정복자와 지배자, 영토의 개념이 생겼고 저희 선조는 그들의 눈을 피하기 위해 세상을 떠돌았습니다. 그리고 대륙에 남아 있는 엘다니아의 흔적을 지우기 위해 노력했지요. 기록은 불태우고, 수거할 수 없는 물건은 땅속 깊이 파묻었습니다.

아마 그때쯤엔 예감했을 겁니다. 어쩌면 엘다니아 역시 바닷속으로 가라앉았을지도 모른다고.

그렇다면 차라리 엘다니아의 흔적을 완전히 없애는 게 나았습니다. 알카오만의 역사가 정립된 후 노예로 부려지던 과거사를 알게 된다면 어떤 지배자가 달가워하겠습니까?

대륙에 고대 마도 문명에 대한 기록이 지나치게 적은 건 그래서입니다. '고대 마도 문명'이란 명칭도 저희 선조가 지어 붙였습니다. 엘다니아나 셰 라트와는 무관한 이름으로요. 신의 제단으로 불리며 각종 제사의 무대가 되던 이동 게이트가 재시동의 조짐을 보이며 왕국의 지배자를 기함시켰을 때였죠.

그러잖아도 범상치 않은 고대 건축물이 빛을 뿜으며 사람과 물건을 사라지게 하자 왕국이 발칵 뒤집혔답니다. 누구는 신의 노여움을 받았다고 하고 누구는 신이 제물을 받아들인 거라 해석했지요. 그러나 오랜 시간 자가 복구와 충전을 끝낸 이동 게이트가 우연히 작동했던 사건이었습니다.

그 제단이 산맥으로 갈라진 두 대지를 이어 준다고 양쪽이 정확하게 인지한 건, 그러고도 꽤 오랜 시간이 지나서랍니다.

시간이 한참 더 흘러, 대륙 전쟁이 발발했을 때 아시는 것처럼 우리는 세상으로 나왔습니다. 그때가 마지막 기회임을 모두가 알았습니다. 처음 라트 일족이란 이름을 스스로 붙인 무리는 하나뿐이었습니다. 엘다니아인의 후손임을 꽤 자랑스러워하던 이들이었죠. 서로의 존재를 알긴 했지만 왕래가 잦지 않았던 저희는 과거를 대하는 성향도 조금씩 달랐습니다.

누군가는 증오하고, 누군가는 무관심했으며 또 누군가는 집착했습니다. 그렇게 서로를 소 닭 보듯 했음에도, 알카오 원주민은 비슷한 생김새와 문화를 가진 우리를 순식간에 하나의 울타리 안에 넣었습니다. 스스로를 소개한 적 없는 무리도 어느샌가 라트 일족이라 불렸고 그것을 부정하지 못했습니다. 어쩌면 그때도 미련을 완전히 버리지 못했나 봅니다.

대륙 전쟁 내내 피난민들과 섞여 대륙을 떠돌았지만 다른 이들과 달리 쉽게 정착지를 정하지 못했습니다. 어떤 곳은 지나치게 결속된 저희를 꺼렸고, 어떤 곳은 저희의 성에 차지 않았습니다. 그러다 보니 대륙 전쟁이 끝날 때까지 물 위의 기름처럼 둥둥 떠 있었죠.

저희는 자의 반 타의 반 유랑 민족이 되었습니다. 아쉬워하는 사람도 있었지만 다행이라 생각하는 이들도 많았답니다. 1세대가 물려준 선민의식은 꽤 강력해서, 여전히 '우리의 격'은 다르다고 믿는 이들이었지요.

그건 꽤 유용했어요. 자신이 특별하다는 환상은 시궁창 같은 현실을 버티게 해 주는 마약과 같았으니까요. 실제로 힘겹게 지켜 온 몇 개의 마법 레시피는 그 특별함을 증명해 주었고 무리를 존속시키는 힘이 되었습니다.

물론 그것조차 이젠 옛날이야기입니다. 요즘 아이들은 저희의 역사를 믿지 않아요. 꾸며 낸 얘기라고 생각합니다. 마법도 주술의 일종이라고 믿지요. 힐림버그 대수림 깊숙한 곳에 사는 고대 부족엔 정말 주술사가 있거든요. 그들의 주술은 마법보다 저주에 가깝지만 아이들은 그 차이를 알려고 하지 않아요.

마법. 마법에 관해 물으셨죠?

맞습니다. 저는 일족의 마법이 잊히지 않도록 기억하고, 연구하며, 다음 세대에 계승할 책임을 진 마법사입니다. 하지만 생각하시는 것처럼 대단하진 않아요.

저희에게도 많은 사건, 사고와 시련이 있었으니까요. 아주 긴 시간 동안 수많은 소중한 것들이 잊히고, 소실되었습니다. 역량이 부족해 선대의 지식을 모두 물려받지 못하는 경우도 왕왕 있었죠.

마나를 느낄 수 있게 해 주는 비전을 잃어버린 후엔 한 세대에 한 명의 마법사를 키우기도 힘들었습니다. 선천적으로 마나에 예민한 아이가 태어나기만 기다려야 했으니까요.

결국 당대에 이르러선 마법사보다 연금술사란 이름이 더 어울리는 존재가 되었습니다. 아가씨가 아는 죽음과 부활의 묘약은 우여곡절 끝에 전해 내려오는 레시피 중 하나입니다. 만드는 과정은 연금술과 비슷하지만, 제조자의 의지에 의해 마나가 깃든다는 점이 다르지요.

그런데 아가씨.

"응?"

"제 이야기를 듣고 있지 않으시는군요."

"아닌데."

"그럼, 제 이야기를 믿지 않으시는군요."

아밀라가 서글픈 표정을 지었다.

"그것도 아닌데. 왜 그런 생각을 했나?"

"얼굴에 한 점 동요도 없으시니까요."

"……."

"……."

픕-.

잠깐의 침묵 후 제니스의 어깨가 들썩였다. 시원스러운 '하하하'도 아니고 교양 있는 '호호호'도 아니었다. 아주 우스운 거라도 본 사람처럼 고개를 숙이고 어깨만 떨었다. 이유는 알 수 없지만, 놀림감이 되고 있다는 걸 기민하게 눈치챈 아밀라가 언짢은 마음으로 제니스를 흘겨봤다.

거둬 달라 했던 말, 물러도 되나? 왠지 무르고 싶다.

아밀라의 가슴에 회의가 싹트는 동안, 겨우 웃음을 갈무리한 제니스가 반짝이는 눈동자로 아밀라를 쳐다봤다.

"아밀라."

"네."

토라진 티가 역력했다.

"자네 차원 이동 해 봤나?"

"네?"

"환생은?"

"네?"

"고대 문명 외계 기원설 들어 봤나?"

"죄송하지만, 무슨 말씀을 하시는 건지 모르겠습니다."

"다른 대륙인이 이곳에 와 건설한 식민지가 고대 마도 문명의 정체라니, 있을 법한 이야기잖나. 내 생각엔 대단히 상식적인데 어디서 놀라야 하나? 그러니 눈에 힘 좀 풀게. 그걸 정말 특별하다고 생각했나 보군?"

아밀라는 얼굴에 열이 확 오르는 걸 느꼈다. 맞다. 특별하다고 생각했다. 그녀뿐만 아니라 라트 일족 모두가. 그래서 그들만의 정체성을 유지하기 위해…….

"물론, 놀랍다고 느낀 부분도 있네. 무려 천 년이나, 그러니까 천년……. 하, 진짜 다시 생각해도 끝내주는군. 천 년이나……."

"중요한 건 그게 아니지 않습니까?"

아밀라가 빨개진 얼굴로 말을 잘랐다.

"아니 어쩌란 말인가, 그것만 기억에 남는데? 그러게 좀 흥미진진하게 살지 그랬나. 뭔가, 그건? 삽질, 삽질, 삽질, 차라리 산을 옮기지 그랬나? 천 년 동안 못해도 열 개는 옮겼을 걸세. 그럼 천하의 헛짓거리로 이름은 남았을 테지."

"아가씨!"

아밀라가 빽 소리를 질렀다.

어이쿠. 성질부리는 것 보게.

제니스는 왜 자신의 주변인은 하나같이 저렇게 사나운지 모르겠다고, 가증스러운 탄식을 토했다. 목까지 빨개진 아밀라는─수치심에─당장에라도 마차 밖으로 뛰어내릴 기세인데.

"에이, 왜 그러나? 고혈압도 있는데 너무 열 내지 말게. 릴렉스, 릴렉스. 또 자네 말대로 중요한 건 그게 아니지. 암 그렇고말고. 자 우리 특별하신 마법사님, 그래, 그 마법 레시피라는 건 몇 개나 알고 있지? 사람이 막 개구리로 변하고 그러는 것도 있나? 내가 찍어 놓은 사람이 몇 있는데 혹시 시험해 볼 수 있을까?"

아밀라는 조용히, 마차 벽에 이마를 박았다. 제니스의 간사한 목소리가 귓가에 부딪혀 허망하게 흩어졌다. 생각해 보니 자신의 천직은 한적한 시골 영지의 이름 없는 치료사였다. 몽브랑트 사건의 내막 따위 알게 뭐냔 말이다. 뭐 하러 고집을 피워선 제 발등 제가 찍었을까.

하아.

암울한 탄식이 절로 나왔다. 그러나 선택은 끝났고 자신은 돌아갈 수 없는 강을 건넜다. 그 사실을 곱씹은 아밀라의 눈꼬리에 맑은 눈물 한 방울이 맺혔다. 그녀는 동병상련을 느꼈다. 천 년 전 그녀의 선조와 조금 덜 오래된 몇몇 선조도 지금의 그녀와 같지 않았을까? 최선인 줄 알았던 선택이 이렇게 가열하게 뒤통수를 칠 줄은 몰랐던 거지.

선택이 선택이라 불리는 건 돌이킬 수 없기 때문. 후회할 결정을 하는 건 집안 내력인 모양이라고, 아밀라는 조용히 책임을 미뤘다.

"그러니까, 할 줄 아냐니까? 개골개골, 개구리로 뿅~ 말일세."

제발…… 좀 닥치세요, 주인님.

〈다음 권에 계속〉